KB000306

화이트 크리스마스 미스터리

The Big Book of
Christmas Mysteries

옮긴이 **이리나**

영문학을 전공하고 영어와 스피치 강사로 활동했다. 인생의 전반이 밖으로 향하는 삶이었다면 후반은 책을 통해 내실을 다지는 삶을 살고자 '부활'을 의미하는 'rinascita'의 줄임말, '리나'를 필명으로 다시 태어났다. 현재 외서 기획자 및 전문 번역가로 활동하고 있으며 옮긴 책으로는 『미스터리 서점의 크리스마스 이야기』, 『한 시간 사이에 일어난 일』, 『일중독자의 여행』, 『루시 핌의 선택』, 『줄 살인사건』 등이 있다.

THE BIG BOOK OF CHRISTMAS MYSTERIES
Edited and with an introduction by Otto Penzler
Introductions and compilation copyright © 2013 by Otto Penzler
Korean translation copyright © 2018 by Booksphere
All rights reserved.
This Korean edition published by arrangement with Otto Penzler c/o Sober Weber Associates, Inc.,
New York, through Shinwon Agency Co., Seoul.

이 책의 한국어판 저작권은 신원에이전시를 통해 저작권자와 독점 계약한 북스피어에 있습니다.
저작권법에 의해 한국 내에서 보호를 받는 저작물이므로 무단 전재 및 무단 복제를 금합니다.
공간상의 제약으로 인하여, 개별 단편 작품들에 대한 저작권은 550쪽에 명기하였습니다.

* 이 도서의 국립중앙도서관 출판예정도서목록(CIP)은 서지정보유통지원시스템 홈페이지(http://seoji.nl.go.kr)와 국가자료공동목록시스템(http://www.nl.go.kr/kolisnet)에서 이용하실 수 있습니다. (CIP제어번호 : CIP2018036716)

화이트 크리스마스 미스터리

The Big Book of
Christmas Mysteries

엘러리 퀸 ― 도널드 웨스트레이크 외 지음

이리나 옮김 ― 오토 펜즐러 엮음

WHO?

Merry Christmas

북스피어

독창적이고 놀라운 작가이며,

현명하고 소중한 친구

브래드포드 모로우를 위하여

목차

Merry Christmas

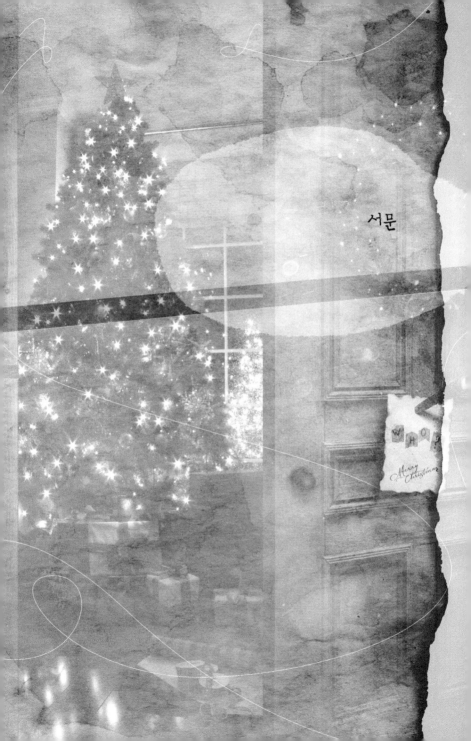

서문

크리스마스가 일 년 중 가장 행복한 때라고 외치는 것은 참으로 쓸데없는 짓이다. 억지로 기쁜 척해야 하고, 예수 그리스도의 생일을 종교적인 방향으로 축하해야 한다(물론 예수가 12월 25일에 태어났다고 주장할 성서나 여타 근거는 없다). 형편없는 상업주의에 속수무책으로 휩쓸리는 게 싫어서 이 시즌이 어서 끝나기만 간절히 기다리는 인색한 사람들은 제외해야겠지만.

그런 괴팍한 사람들이 이 책을 좋아할지도 모르겠다.

우리가 대개 사랑하는 사람들을 위해 선물을 고르거나 집을 장식하고 크리스마스 트리를 세우고 겨우살이를 내다 걸고 친구나 점원들과 너그러운 마음으로 덕담을 주고받는 동안, 이 매정한 영혼들은 평화와 기쁨과 사랑이 있어야 할 시간에도 범죄와 폭력, 심지어 살인이 끊이지 않는다는 사실에 위안을 얻을 것이다.

크리스마스 시즌을 배경으로 한 미스터리 소설은 오랫동안 우리

곁에 있었다. 얼마나 많은 작가들이 크리스마스와 관련해 짓궂은 생각을 하고 펜을 놀렸는지, 참으로 놀라울 따름이다. 일 년 중 가장 특별한 시기에 범죄라니, 어쩐지 굉장히 안 어울리고 부적절하다는 생각이 들 수도 있다. 그러나 슬픔과 분노를 자아내는 수많은 끔찍한 사건들이 '크리스마스 시즌'에 일어났음을 떠올려 보라!

'크리스마스 이야기' 하면 위대한 크리스마스 소설인 찰스 디킨스의 『크리스마스 캐럴』이 가장 먼저 떠오를 것이다. 1843년 발표되었을 당시에도 큰 인기를 누렸고 그 후로도 계속 우리의 가슴에 남아 있다. 비단 책만이 아니라 영화로도 줄곧 제작되어 세대별로 새로운 버전을 감상할 수 있을 정도이다(알라스테어 심이 주연을 맡은 버전만 한 게 없지만). 모두들 알다시피 '스크루지'라는 단어는 영어 사전에 정식으로 올랐고, 크리스마스의 전통까지 바꿔 놓았다. 에베네저 스크루지가 거리의 부랑아에게 가금류 판매상에서 가장 큰 칠면조를 가져오라고 하자, 전 영국이 크리스마스의 대표 요리로 굳건히 자리매김했던 구운 거위를 칠면조로 바꿔 버렸다.

『크리스마스 캐럴』은 순수 유령 이야기인 데다가 이미 수없이 많은 크리스마스 책에 수록된 바 있어 범죄와 미스터리 이야기를 엮은 이 책에는 싣지 않았다. 반면 수록된 이야기의 상당수는 다른 곳에 실린 적이 별로 없거나, 어쩌면 어디에서도 찾아볼 수 없는 작품이다. 단편집을 보통 멋진 파티에 비유하곤 하는데(진실을 말하기 때문에 클리셰는 영원히 클리셰일 수밖에 없다) 파티에서 우리는 오랜 친구를 다시 만나고, 새로운 친구를 소개받기 때문이다.

미스터리 독자라면(한동안 그들의 작품을 읽지 않았을 수는 있으나) 애거서 크리스티, 아서 코난 도일 그리고 엘러리 퀸이라는 이름에 익숙할 것이다. 그러나 수전 무디, 노벨 페이지, 피터 러브시, 메리 로버츠 라인하트 같은 작가들이 쓴 잘 알려지지 않은 이야기들은 다른 곳에서는 좀처럼 접하지 못할 것이다.

이 책을 읽는 당신은 으스스한 것에서부터 가슴 따뜻하고, 웃기고, 곤혹스러운 이야기들까지 다양한 주제와 스타일에 놀랄지도 모른다. 타고난 재능을 가진 작가들이 그들만의 목소리를 가지고 있고, 눈송이처럼 서로 비슷한 게 하나도 없으니 놀랄 만도 하다.

크리스마스는 연중 다른 어떤 때보다 사람들이 훨씬 책을 많이 읽는 시즌이었다. 오래전에는 가족과 친구들이 모여 즐길 수 있는 오락이 지금보다 훨씬 더 제한적이었다. 부유한 가정에는 그나마 악기가 있어서 주로 젊은 숙녀들이 피아노포르테나 하프시코드 아니면 다른 악기를 동원해 자신만의 플레이리스트를 만들기도 했다. 그러나 대부분의 일반 가정에서는 책을 큰소리로 읽는 것보다 편하고 좋은 오락이 없었고, 끝이 없을 것만 같았던 힘겨운 노동에서 잠시 벗어날 수 있는 이때야말로 책 읽기에 더없이 좋은 시기였다.

오늘날에도 책은 전자책 리더기와 더불어 크리스마스에 아주 인기 있는 선물이며, 책과 독서라는 귀중한 전통 역시 소중히 남아 있다. 이 책에는 이웃이나 가족 그리고 친구들이 함께 모여 큰 소리로 읽을 만한 이야기들이 많이 들어 있다. 자, 어서 사람들을 크리스마스 트리 옆으로 불러 모아 사탕과 음료를 나눠 주고 편한 의자에 앉게 한 후 퍼거스 흄의 「유령의 손길」이나 피터 러브시의 「먹어 봐야 맛을 알지」를 크게 읽어 보라. TV로 〈크리스마스 캐럴〉이나 〈멋진 인생〉을 보는 것보다 낮지 않을 수는 있으나, 여러 해 동안 즐거운 추억으로 회자될 멋진 저녁이 될 것임은 분명하다.

만약 이 부드럽고 고색창연한 활동의 진가를 몰라보고 비웃는 사람이 있다면, 뭐, 그들을 죽도록 패면 된다.

오토 펜즐러
2012년 크리스마스
뉴욕

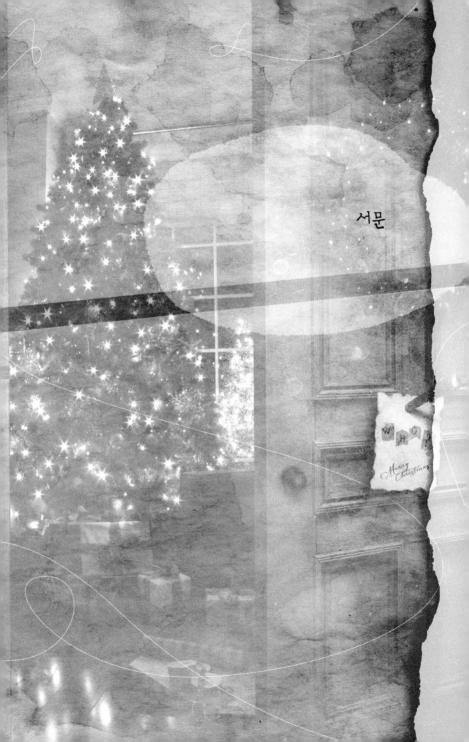

서문

먹어 봐야 맛을 알지
THE PROOF OF THE PUDDING

피터 러브시 Peter Lovesey

피터 러브시가 초기에 쓴 책은 모두 과거를 배경으로 했다. 그중에 크립 경사
와 새커레이 순경의 빅토리아 시대 모험담이 유명한데, 이 두 콤비는 1970년 『비
틀대다 죽다』에 처음 등장해서 PBS 방송국의 인기 텔레비전 시리즈인 〈미스터
리!〉 프로그램의 테마가 되었다. 이후, 버티라는 이름으로 더 유명하고 훗날 에
드워드 7세가 된 영국 왕세자 앨버트 에드워드를 주인공으로 하는 시리즈를 썼
다. 그의 최근작들에는 걸핏하면 화를 내는 무지막지한 피터 다이아몬드 탐정이
주로 주인공으로 등장하며 현대를 배경으로 한다. 「먹어 봐야 맛을 알지」는 팀
힐드가 편집한 『클래식 크리스마스 크라임』(1995)에 처음 발표되었다.

프랭크 모리스가 주방으로 성큼성큼 걸어 들어와 식탁 위에 희고
차가운 칠면조 한 마리를 세게 내려놓았다. "털을 뽑고도 17파운드
야. 됐냐?"

아내인 웬디는 개수대에서 아침 먹을 때 쓴 몇 안 되는 그릇을 씻
고 있었다. 웬디의 어깨가 경직됐다. "그게 뭐예요, 여보?"

"저 봐, 쳐다보지도 않지." 웬디는 그것을 명령으로 여기고 젖은
손을 앞치마에 닦으며 뒤로 돌아섰다. "칠면조네요! 아주 실하군요."

"실해?" 프랭크가 버럭 소리를 질렀다. "맙소사, 지금은 1946년이야! 알아들어? 이건 기적이라고. 근처에서는 다들 기껏해야 돼지고기나 양고기를 뜯게 될 거야. 크리스마스 아침에 빌어먹게 큰 칠면조를 가져왔는데, 한다는 소리가 '실해'?"

"칠면조 요리할 준비가 안 돼 있어서."

"환장하겠네, 지금 준비해."

웬디가 떠듬거리며 말했다. "근데 여보, 그거 어디서 났어요?"

거구의 남편이 다가오자 웬디는 순간 또 맞겠구나 하고 생각했다. 프랭크가 키를 낮춰 얼굴을 아내의 코 앞에 들이댔다. 아침 아홉 시도 안 됐는데 남편의 입에서는 달짝지근한 위스키 냄새가 났다. "땄다. 안 그러면 어디서 났겠냐? 어젯밤에 참전용사 단체에서 고기를 상품으로 내건 시합이 있었어."

웬디가 알겠다는 듯 고개를 끄덕였다. 프랭크의 말에 토를 다는 것은 아무 의미가 없었다. 온몸에 멍이 들 때까지 맞은 끝에 얻은 교훈이었다. 웬디는 프랭크가 그리도 신봉하는 주먹의 법칙으로 칠면조를 따냈으리라 생각했다. 그는 어떤 것에도 지는 법이 없었다. 만약 다른 사람의 상을 우격다짐으로 가로챘대도 프랭크는 그것을 공정한 게임이라 여길 터였다.

"속을 채워서 오븐에 구워. 애새끼는 어디 갔어?"

"위층에 있을 거예요." 웬디가 걱정스럽게 대답했다. 노먼은 프랭크가 열쇠로 현관 여는 소리를 듣자마자 줄행랑을 쳤다.

"위층? 크리스마스 날에?" 프랭크가 고함을 쳤다.

"불러올게요." 웬디는 프랭크한테서 벗어나 어두운 복도로 갈 핑계가 생긴 데 감사했다. "노먼, 아버지 오셨어. 와서 크리스마스 인사드리자." 웬디가 부드럽게 말했다.

얼굴이 창백하고 조용해 보이는 어린 소년이 아래층으로 조심스럽게 내려오다가 계단 아래에서 잠시 걸음을 멈추고 어머니를 껴안았다. 아홉 살짜리 또래 아이들과 달리 노먼은 1945년에 전쟁이 끝난 것을 몹시 서운해했다. 적이 완강하게 싸워 계속 세를 확장하리라 굳게 믿었다. 아직도 유럽 전승 기념일의 길거리 축제를 기억했다. 그날 노먼은 즐거워하는 이웃들에 둘러싸인 채 긴 나무 벤치에 오래 앉아 있었다. 노먼과 웬디는 '청년들이 곧 집에 돌아온다'는 소식이 전혀 기쁘지 않았다.

웬디가 아들의 머리를 쓰다듬으며 귓속말을 한 뒤 노먼을 부드럽게 주방으로 이끌었다.

"즐거운 성탄절이에요, 아빠." 노먼이 인사한 후 시키지도 않은 말을 덧붙였다. "어젯밤엔 집에 들어오셨어요?"

웬디가 재빨리 말을 가로막았다. "노먼, 그런 건 걱정 안 해도 돼." 웬디는 이런 날 아들이 프랭크를 자극할까 봐 조마조마했다.

프랭크는 못 들은 것 같았다. 그런데도 늘 군용벨트를 올려놓는 찬장 맨 위 칸으로 손을 뻗었다. 웬디는 얼른 팔을 벌려 아들의 앞을 막았다.

프랭크는 벨트 대신 갈색 포장지를 끄집어 내렸다. "자, 이거 가지고 나가면 애들이 꽤 부러워할걸. 내 특별히 너 주려고 가져왔다."

프랭크가 노먼에게 손짓하며 말했다.

노먼이 다가가 활짝 웃는 아버지의 옆에 놓인 선물을 풀었다.

낡은 강철 헬멧이었다. "고마워요, 아빠." 노먼이 공손하게 인사하고는 헬멧을 손에 들고 앞뒤를 살폈다.

"내가 죽은 독일 놈이 쓰고 있던 걸 벗겨 왔다." 프랭크가 신이 나서 말했다. "네 큰아빠 테드를 쏜 놈이야. 저격수지. 베를린 외곽 포츠담에 있는 폭격당한 건물에 숨어 있었다. 그놈이 총으로 위협하더니 끝내 테드를 쏘아 죽였지. 우리 열두 명이 그 건물로 몰려가서 그놈을 끄집어냈다."

"그래서요?"

"죽여 버렸지, 노먼. 뒤를 보면 구멍이 보이지? 303 리 엔필드로 쏜 거야. 내 총이 그거였거든." 프랭크가 웬디의 머리에 상상의 총을 겨눈 뒤 움찔해 가며 방아쇠를 당기는 시늉을 했다. "그놈을 처리하고 나니 독일 병정 놈이 얼마 안 남았더라. 그래서 너한테 주려고 그 헬멧을 가져왔다. 자, 자랑스럽게 써 봐라. 테드 큰아빠도 그러기를 원할 거다." 프랭크가 헬멧을 꺼내 아들의 머리에 씌워 주었다.

노먼이 얼굴을 찡그렸다. 토할 것 같았다.

"여보, 애가 좀 더 클 때까지 어디 치워 둡시다." 웬디가 최대한 기지를 발휘했다. "저런 특별한 물건이 상할까 걱정이네요. 어린 남자아이들 험한 거 당신도 알잖아요."

프랭크에게는 별 효과가 없었다. "그게 뭐 그리 '특별한 물건'이라고? 헬멧이 헬멧이지, 서른 개짜리 찻잔 세트도 아니고. 저 자식 좀 봐. 완전 뻑 갔잖아. 엄청 좋아하는 거 안 보여? 당신은 어서 가서 시킨 대로 칠면조 속이나 채워."

"네, 여보."

작은 머리에 터무니없이 큰 헬멧을 쓴 노먼이 손을 들었다.

"이제 가도 돼요?"

프랭크가 환하게 웃었다. "물론이지, 아들아. 친구들한테 자랑하고 싶지?"

노먼이 고개를 끄덕이자 헬멧이 눈 위로 미끄러져 내려와서 손으로 밀어 올렸다. 아버지에게 희미하게 웃어 보인 후 노먼은 주방을 나가 위층으로 뛰어 올라갔다. 얼른 머리부터 감고 싶었다.

웬디는 프랭크가 하는 말을 들으며 칠면조를 씻기 시작했다.

"아이들 마음은 내가 좀 알지. 돌아가신 우리 아버지가 플랑드르에서 총검을 가져다준 게 아직도 기억나. 그걸로 여섯 명이나 쑤셔 죽였다고 하셨어. 내가 핏자국을 찾는 동안 아버지가 사람들을 어떻게 돼지처럼 찔러 죽였는지 얘기해 주셨지. 내가 받은 최고의 크리스마스 선물이었어."

"당신 주려고 작은 선물을 하나 준비했어요. 시계 뒤에 있어요." 웬디가 신문지와 끈으로 싼 작은 꾸러미를 가리켰다.

"선물?" 프랭크가 꾸러미를 들어 올려 포장을 뜯었다. "양말?" 그가 역겹다는 듯 말했다. "이게 다야? 3년 만에 함께 보내는 크리스마슨데, 남편한테 줄 게 꼴랑 양말 쪼가리야?"

"돈이 별로 없어서요." 웬디는 반사적으로 변명했으나 곧 그러지 말걸 그랬다고 후회했다. 프랭크가 웬디의 어깨를 거칠게 잡는 바람에 식탁에서 칠면조가 떨어졌다. "그게 내 탓이란 거야?"

"아뇨, 여보."

"내가 많이 못 벌어다 준다는 말을 하려는 거 아니야."

웬디가 남편을 진정시키면서 뒤따를 폭력에 대비해 마음을 단단히 먹었다. 프랭크가 웬디를 거칠게 잡아끌어 찬장 문에 대고 계속해서 세게 밀쳐 대며 한 마디씩 또박또박 내뱉었다.

"저 헬멧 구하는 데 땡전 한 푼 안 들었어. 알아들어, 이 아줌마야? 중요한 건 생각이지. 마음을 보여 주는 데 돈이 필요해? 요령과 머리만 있으면 되잖아. 빌어먹을 양말이라니, 누구 놀리나!"

프랭크가 웬디를 식탁 쪽으로 다시 거칠게 밀어붙였다. "일이나 해. 오늘이 크리스마스고 내가 정신이 똑바로 박힌 사람이라 등신 같은 당신을 봐주는 거야. 질질 짜지 말고 저 예쁜 새나 오븐에 넣어. 엄마가 열 시에 오신다고 했어. 집 안이 칠면조 냄새로 가득하게 해놔. 네까짓 것 때문에 내 크리스마스를 망칠 수야 없지."

프랭크가 무거운 부츠로 복도 바닥을 꽝꽝 울리며 밖으로 걸어 나갔다. "난 폴리 집에 가. 형수는 영웅을 어떻게 대접해야 하는지 안다고. 이 쓰레기통 같은 집구석을 좀 봐. 장식이 있나, 사진 위에 호랑가시나무가 하나 있나. 심지어 맥주도 안 사 놨어. 내가 돌아오기 전에 뭐라도 좀 챙겨 놔."

웬디는 아까 프랭크가 흔든 것 때문에 아직도 머리가 어지러웠지만, 남편이 떠나기 전에 해야 할 말을 잊지 않았다. 지금 얘기하지 않으면 나중에 더 골치 아파질 터였다. "형님이 크리스마스 푸딩 가져올 거라 했어요. 잊지 않게 다시 얘기 좀 해 줘요. 부탁해요, 여보."

프랭크가 칙칙한 테라스가 둘러쳐진 맞은편 집들을 배경으로 실루엣을 드러내며 출입구에 섰다. "나한테 이래라저래라 하지 마. 넌 여기서 무슨 일이 있었는지나 잘 기억해 둬야 할 거야." 프랭크가 협박 조로 말했다.

문틀에서 문이 흔들렸다. 웬디는 계단 아래 서 있었다. 가슴이 쿵쾅거렸다. 잘 기억해 두라는 게 무슨 뜻인지 알고 있었다. 벨트는 노먼한테만 사용하는 물건이 아니었다.

"엄마, 아빠 갔어?" 노먼이 계단 위에서 물었다.

웬디가 고개를 끄덕이며 성긴 금발 머리에 아무렇게나 얹힌 핀을 다시 꽂고 눈물을 훔쳤다. "응, 아가. 이제 내려와도 돼."

계단 아래 내려온 노먼이 웬디에게 말했다. "나 그 헬멧 싫어. 무서워."

"그렇지?"

"거기 피가 묻어 있는 것 같아. 나 그거 안 쓸래. 우리 군인들이나 미군들 거면 모르겠지만 죽은 독일군이 쓰던 거잖아."

웬디가 아들을 껴안았다. 척추 아랫부분이 욱신거렸다. 목 안쪽에서 눈물이 차올랐다.

"아빠 어디 갔어?" 앞치마에 싸여 있던 노먼이 물었다.

"큰엄마 데리러 갔어. 크리스마스 푸딩을 가져오기로 했거든. 커스터드 만들면 좋겠지? 그때 좀 도와주렴."

"어젯밤에도 거기 있었대?" 사실 웬디는 알고 싶지 않았다. 남편 잃은 동서는 언제든 프랭크를 환영했다. 폴리는 웬디가 이따금 남편이 없어서 느끼는 안도감을 몰랐다. 프랭크가 밤에 외박한다는 사실이 주는 굴욕감은 긴장과 폭력에서 해방된 데서 느끼는 안도감보다 덜 중요했다. 주변에 의심스러운 소문이 돌았지만 웬디로서는 그걸 막을 방법이 없었다.

엄마의 생각이 어디로 향하는지 눈치챈 노먼이 말했다. "빌리 슬레이터가 그러는데 아빠랑 폴리 큰엄마가 그렇고 그런 사이래."

"그만해라, 노먼."

"걔 말이 큰엄마 속바지에는 고무줄이 없대. 그게 무슨 뜻이야, 엄마?"

"빌리 슬레이터 아주 못쓰겠구나. 이제 그런 얘기는 말고 커스터드나 만들자."

노먼은 한 시간 동안이나 주방에서 엄마를 도왔다. 칠면조가 오븐에 겨우 들어가서 노먼은 제때 익지 않으면 어쩌나 걱정됐다. 웬디가 익히 신경 쓴 부분이었다. 요리할 시간은 충분했다. 프랭크와 폴리가 참전용사 모임에서 돌아올 때까지는 어차피 식사를 할 수 없을 테니까. 두 시 사십오 분 전에는 완성되도록 해 놓았으니 다섯 시간이면 칠면조가 익기에 충분했다.

누군가 현관을 부드럽게 노크하는 소리가 들리자 노먼이 서둘러 문을 열었다.

"엄마, 모리스 할머니 오셨어!" 노먼이 살찐 노파를 주방으로 안내하며 신이 나서 떠들었다. 모드 모리스는 전쟁 내내 큰 도움을 주었다. 도움이 필요할 때를 귀신같이 알았다.

"채소를 좀 가져왔다." 모드가 진흙이 잔뜩 묻은 배추와 당근이 담긴 봉지를 테이블에 내려놓은 후 코트와 모자를 벗었다. "우리 아무 짝에도 소용없는 아드님은 어디 가셨나? 물어봐도 되니?"

"형님 데리러 갔어요." 웬디가 담담하게 말했다.

"그래? 정말로?"

노먼이 말했다. "한 시간 전쯤 갔어요. 아마 술집에 갈 걸요."

노파가 홀에 들어가 옷과 소지품을 걸었다. 다시 주방으로 돌아와 웬디에게 말했다. "사람들이 뭐라고 수군대는지 아니?"

웬디가 질문을 애써 외면했다. "아범이 오늘 아침에 17파운드나 되는 칠면조를 가져왔어요."

"칼 있니?"

"칼이요?"

"배추 다듬게." 모드가 고개를 돌려 손자를 보았다. "그래, 좋은 선물은 받았니?"

노먼이 신발 끈을 내려다보았다.

웬디가 말했다. "할머니가 뭐 물어보시잖니."

"받고 싶던 거 다 받았어?"

"몰라요."

"산타 할아버지한테 편지는 썼니?" 할머니가 웬디를 곁눈질하며 물었다. 노먼이 눈을 위로 치켜떴다. "그딴 거 이제 안 믿어요."

"이런."

"아빠가 죽은 독일 군인이 썼던 헬멧을 줬어요. 테드 큰아빠를 쐈던 사람이 썼던 거래요. 전 그거 싫어요."

웬디가 식탁 위에 있는 당근을 끌어모아 싱크대에 넣었다. "그래도 아빠 생각에는 제일 좋다고 생각해서 가져왔지 않을까, 노먼?"

"총알구멍도 있어요."

"아빠가 다른 건 안 줬어?" 할머니가 물었다.

노먼이 고개를 저었다. "엄마가 초콜릿과 올해 치 댄디 만화책을 줬어요."

"그런데 아빠는 헬멧 말고 다른 건 아무것도 안 줬어?"

웬디가 말했다. "어머님, 제발 아무 말씀도 마세요. 다 아시잖아요." 모드가 고개를 끄덕였다. 아들을 책망해 봐야 아무 의미 없었다. 웬디에게 화풀이만 할 터였다. 노파는 경험상 매 맞는 아내의 딜레마를 익히 알았다. 저항하면 더 맞기만 할 뿐이었다. 둘째 아들이 그렇게 망나니가 되어 버렸다는 사실에 노파는 부끄럽고 화났다. 사랑하는 첫째 아들 테드는 여자한테 절대 손을 대는 아이가 아니었다. 그러나 하늘이 테드를 데려가 버렸다. 노파는 문 뒤에서 앞치마를 가져와 두르고 배추를 썰기 시작했다.

네 시간 후에 왕이 대국민 연설을 할 때 현관문을 열쇠로 여는 소리가 들렸다. 웬디가 라디오를 껐다. 적어도 세 번은 열쇠로 이리저리 돌린 끝에 문이 열려 프랭크와 폴리가 비틀거리며 들어섰다. 프랭크의 몸이 흔들리는 가운데 손에는 병이 들려 있었고 종이 모자가 머리에 삐딱하게 올라앉아 있었다. 폴리가 프랭크의 코트에 매달려 호탕하게 웃었고, 오른손에는 발목을 묶는 신발 한 켤레가 대롱대롱 매달려 있었다.

"메리 크리스마스, 여러분! 땅에는 평화, 독일 놈들과 옆집 남자 빼고 모든 사람에게 축복을!" 프랭크가 고래고래 소리를 질렀다.

폴리가 우스워 죽겠다는 듯 배를 잡고 웃었다.

"코트 주세요, 형님. 푸딩 가져오셨어요? 지금 당장 필요한데."

폴리가 프랭크를 돌아보았다. "푸딩. 푸딩 어쨌어요?"

"뭔 푸딩?" 프랭크가 말했다.

노파가 웬디를 따라 홀로 들어섰다. "쟤가 푸딩 만들었다며. 괜히 딴청 피우지 마라, 어딨니?"

프랭크가 어깨 위를 애매하게 가리켰다.

웬디가 실망한 목소리로 말했다. "형님 집에 있다고요? 세상에!"

"멍청하게, 뭔 소리를 하는 거야? 우리 집 문간에 있어. 아까 문 연다고 내려놨지." 프랭크가 말했다.

웬디가 사람들을 비집고 나가서 종이 뚜껑이 덮인 흰 양푼이를 가지고 들어왔다. 재빨리 주방으로 들고 들어가 끓는 물이 담긴 소스 팬에 푸딩을 넣었다. "정말 크군요."

웬디가 너그럽게 말하자 폴리가 또 한 번 큰 소리로 웃더니 혀 꼬부라진 소리로 말했다. "그건 감안해야 해. 자네 남편이 좀 개구져야 말이지. 나를 데려가서 이렇게 취하게 만들었어."

노파가 말했다. "돈이 어디서 나는지 모르겠네."

"그건 아마 노먼 엄마도 모를걸요." 폴리가 손아래 동서에게 가까이 가서 갈색머리 타래를 웬디의 얼굴에 대고 흔들며 말했다. "어디서 들었는데 맞고 산다며?" 전혀 동정하는 말투가 아니었다. 승리의 기쁨에 찬 우쭐댐이었다.

웬디는 부끄러워서 얼굴이 확 달아올랐다. 폴리가 히죽히죽 웃으며 뱅뱅 돌아 방을 나서는데 검정 치마가 펄럭거렸다. 스타킹 솔기처럼 보이게 하려고 다리 뒤쪽에 그린 두꺼운 연필 자국이 위로 심하게 번져 있었다. 웬디는 이유를 생각하지 않기로 했다.

웬디가 잘 익은 칠면조를 오븐에서 꺼내 접시에 담아 앞방으로 가지고 갔다. 노파와 노먼이 야채를 내왔다.

"여보, 칼질 좀 해 줄래요?"

"서두르지 좀 말지, 아줌마. 아직 기도도 안 했잖아."

웬디가 말하기 시작했다. "하지만 우리가 언제……."

프랭크가 벌써 기도를 읊조렸다. "전지전능하신 주여."

모두 고개를 숙였다.

"우리에게 일용할 양식을 주셔서 감사합니다. 그리고 은혜를 베푸사 반 파인트 고기 상품을 모리스 가족에게 내려 주셨으니……."

노파가 못마땅해서 혀를 끌끌 찼다.

폴리가 또 낄낄거리기 시작했다.

"당신이 신비한 방식으로 일하심을 이해하기 어렵사오니, 하늘에 누군가가 계신다면 나의 형 테드가 오늘날 이 테이블에 함께 앉아 있게 해 주셨어야……."

노파가 말했다. "그만하면 됐다, 프랭크! 앉아라."

프랭크가 말했다. "아멘. 칼 어디 있어?"

웬디가 칼을 내밀자 프랭크가 칠면조를 두툼하게 잘라 노파가 내민 접시에 올렸다. "그건 폴리 거예요. 뜨거운 걸 좋아하거든요."

폴리가 또 깔깔댔다.

접시가 테이블로 건네졌다. 재치 있는 말이라 여기는지 폴리가 명랑하게 말했다. "프랭키 자기, 당신은 항상 가슴에 열광하더라. 난 다리를 좋아할 줄 알았는데."

노파가 간단명료하게 덧붙였다. "알았으니 됐다."

"엄마, 조심해요." 프랭크가 칼을 흔들며 주의를 주었다. "모든 이에게 평화와 사랑이 가득하기를."

폴리가 말했다. "얼마나 맛있는지 볼까?"

그때 문득 어떤 목소리가 튀어나왔다. "빌 슬레이터가 그러는데……"

"노먼, 조용해!" 웬디가 명령했다.

프랭크만 우적우적 짐승처럼 씹고 삼킬 뿐, 모두들 무겁도록 침묵을 지키며 음식을 먹었다. 맨 먼저 식사를 마친 프랭크가 잔에 맥주를 더 채웠다.

"아빠?"

"그래, 아들."

"미국 사람들이 없었어도 우리가 전쟁에서 이겼을까요?"

"미국 놈들?" 프랭크가 비웃음을 터트렸다. "아들아, 미국인들은 임시로 고용된 사람일 뿐이야. 나나 테드 큰아빠 같은 사람들이 진짜배기 싸움을 하고 난 후에야 전쟁에 뛰어들었어. 네 할아버지가 이겼던 그 전쟁에서도 똑같았어. 1917년까지는 기다리고만 있었지. 안 그래요, 엄마? 미국 사람들? 덩케르크 전투 때는 어디에 있었나? 아프리카에서는 또 뭘 했고? 그저 수천 마일 떨어진 곳에서 살찐 엉덩짝을 붙이고 앉아 있기만 했어."

"내가 기억하기로는, 프랭크." 노파가 말참견을 했다. "네놈도 술집에 앉아 있었잖냐."

"그건 다르죠!" 프랭크가 벌컥 화를 내며 대들었다. "형과 나는 1943년이 돼서야 불려 갔잖아요. 거기 가서는 우리 몫을 다했다고요. 유럽 각지에서 독일 놈들을 쫓아냈고 바로 벙커로 돌아왔어요. 형과 나는 전우로 왕과 나라를 위해 몸 바쳐 싸웠어요. 최후까지 이 한 몸 불사를 각오가 돼 있었다고요. 방금 엄마가 했던 말을 지하에서 아버지가 들으시면 무덤에서 펄쩍 뛰시겠네요."

노파가 차갑게 대꾸했다. "벽난로 앞 단지에 들어 있으니 그건 좀 어렵겠구나."

폴리가 참지 못하고 웃음을 터뜨리는 바람에 구운 감자가 목에 걸릴 뻔했다. 참으로 철없는 행동이었다.

"정신 좀 챙겨! 지금 당신의 죽은 남편이자 내 형의 고귀한 영혼에 관해 얘기하고 있잖아."

"미안요." 폴리가 손으로 입을 막았다. "나도 모르게 그만."

"여자들은 몰라. 우리가 전쟁에서 이기는 사이 여자들이 무슨 짓을 했는지는 신만이 알겠지."

"어쨌든 미국 사람들은 껌도 있고 지프차도 있고."

다행스럽게도 이때 프랭크는 다른 데 정신이 팔려 있었다.

웬디가 노먼의 귀에 대고 속삭이고는 둘이 일어나 테이블을 치우기 시작하자 노파가 웬디의 손을 누르며 말했다. "좀 앉아 봐. 할 만큼 했잖니. 푸딩과 커스터드는 내가 가져오마. 나도 잠시 일어서고 싶기도 하고. 집 안이 좀 더워지는 것 같지 않니?"

"내 푸딩이니 내가 가져올까요?" 폴리가 돕겠다고 하면서도 정작 일어날 생각은 하지 않았다. 다른 사람이 안 보는 틈을 타서 손을 프랭크의 허벅지에 올려놓고 있어서였다.

노파가 말했다. "내가 가져오마."

노먼이 물었다. "그거 제대로 된 푸딩이에요?"

"뭘 보고 제대로 된 푸딩이라 하는지 모르겠네. 저거 만든다고 내 배급 식량을 거의 다 쓰긴 했어. 푸딩으로 만들려면 좀 묵은 거라야 하거든. 2년 된 거라 맛있을 거야. 한 가지 문제가 있긴 했어. 1944년에는 내용물 젓는 걸 도와줄 남정네가 집에 없었거든." 폴리가 프랭크에게 간드러진 미소를 보였다.

못 본 척하며 웬디가 말했다. "노먼이 말하는 제대로 된 푸딩은 안에 행운의 6펜스가 있는지를 물어보는 것 같아요."

멍청하게 웃으며 폴리가 말했다. "아마도. 제대로 된 푸딩이니까 노먼이 아빠처럼 착한 아이라면 뭔가 건질 수 있을 거야."

프랭크가 익살을 떨었다. "다른 건 어떤데? 제대로가 아닌 푸딩도 만들어 봤어?"

누가 말릴 새도 없이 노먼이 말했다. "아빠가 잘 알 거잖아요." 노먼의 반응이 너무 빨라서 술 취한 프랭크가 미처 손을 쓸 수 없었다.

"그 말의 대가를 치르게 해 주지. 비누와 물로 입을 씻고 나면 엉덩이를 까고 때려줄 테다." 프랭크가 고래고래 소리를 질렀다.

웬디가 재빨리 말했다. "자기가 무슨 말을 하는지도 모르고 한 말이에요. 크리스마스잖아요. 다 용서하고 잊어버려요, 네?"

프랭크가 웬디에게 화를 퍼부었다. "누가 저놈 머리에 이런 생각을 심어 주는지 내 잘 알지. 마을 전체에 더러운 소문이나 퍼뜨리고 말이야. 웬디, 크리스마스를 즐겨. 최대한 멋지게. 내일을 왜 복싱 데이라고 부르는지 내 알게 해 줄 테니복싱 데이는 크리스마스 다음 날로, 선물 상자를 의미하는 Box에서 유래했으나 여기서는 권투를 의미하는 Boxing으로 말장난을 하고 있다."

그때 노파가 호랑가시나무 가지로 장식된 시커멓고 뒤집힌 푸딩을 들고 조용한 거실로 들어왔다. "착한 노먼, 커스터드 좀 가져오겠니?"

소년은 감사해하며 주방으로 달려 나갔다.

프랭크가 푸딩을 본 다음 폴리를 바라보고는 씩 웃었다. "오 멋진 광경이군!" 프랭크가 보고 있는 것은 폴리의 가슴골이었다.

손아래 동서가 방금 겪은 굴욕으로 사기를 완벽하게 회복한 폴리가 프랭크를 보고 환하게 웃었다. "먹어 봐야 맛을 알지……."

"자, 1944년이 좋은 해였는지 어디 한번 볼까." 프랭크가 말했다.

노파가 푸딩을 썰어 나눠 주면서 노먼에게는 특별히 큰 조각을 주었다. 폴리가 장담한 대로 푸딩은 맛있어서 모두들 한마디씩 하며 칭찬을 아끼지 않았다.

노먼이 숟가락으로 크게 한 덩어리 떠서 그 안에 6펜스짜리가 들어 있는지 살폈다. 그러나 맨 먼저 발견한 사람은 프랭크였다.

"하여튼 운이 좋다니까. 자, 소원을 빌어요, 뭐든." 폴리가 약간 쉰 목소리에 도발적인 톤으로 말했다.

프랭크의 마음은 다른 쪽에 가 있었다. 엄지와 검지 사이에 작은 동전을 올려놓고 슬픈 듯 말했다. "난 형 테드에게 신의 가호가 내리기를, 편히 쉬기를 소망해. 그리고 우리와 함께 싸워 살아남은 모든 녀석들이 행복한 크리스마스를 보내기를. 적들이 모두 썩어 나자빠지기를. 특히 빌어먹을 양키 새끼들, 모두 뒈져 버리길."

"소원이 네 개나 되네. 게다가 이렇게 남들한테 다 말하면 안 이루어져요." 폴리가 말했다.

웬디가 입안에서 6펜스짜리 동전의 모서리를 느끼고는 다른 사람 모르게 뱉었다. 속으로 프랭크가 자신의 삶에서 빠져 주기를, 진심을 다해 기원했다.

노먼도 마침내 푸딩에 숨어 있던 보물 조각을 발견했다. 접시에 동전을 뱉고는 유심히 살피더니 놀라서 소리쳤다. "이거 봐요! 6펜스짜리가 아니에요. 왕의 얼굴이 없어."

"이리 줘 봐." 프랭크가 은색 동전을 집어 들었다. "세상에 맙소사! 노먼 말이 맞네. 이건 다임이잖아. 10센트짜리 미국 돈. 저게 어쩌다 푸딩에 들어간 거야?"

모두의 눈이 설명을 바라며 폴리에게 쏠렸다. 폴리는 눈이 둥그레져서 프랭크를 바라보았다. 할 말이 없었다.

그러나 프랭크는 아니었다. 곧 자신만의 결론에 도달했다. "그게 어떻게 거기 들어갔는지 내 똑똑히 말해 주지." 프랭크가 동전을 폴리의 면전에 들이대며 말했다. "미국 놈하고도 붙어먹은 거야. 저 아래 미군 부대 있었잖아. 당신이 푸딩 만든 때가 언제랬어? 1944년?"

프랭크가 테이블에서 일어났다. 고함을 치는데 침이 펄펄 날았다. 노먼이 의자에서 미끄러져 내려가 테이블 밑에 몸을 숨기고 엄마 다리에 매달려 벌벌 떨었다. 노먼의 눈에 아버지의 두꺼운 부츠가 폴리 쪽으로 가는 게 보였다. 폴리의 다리는 경직되었고, 원피스 단이 바들바들 떨렸다.

프랭크의 목소리가 작은 방을 쩌렁쩌렁 울렸다. "형과 내가 영웅처럼 싸우는 동안 네년은 미국 놈이랑 붙어먹었단 말이지. 창녀 같은 년!"

노먼은 프랭크가 벽난로를 열어 벌겋게 달궈진 부지깽이를 꺼내는 것을 보았다. 여인들의 비명이 들렸고, 뭔가를 내리치는 소름 끼치는 소리가 이어졌다.

부지깽이가 바닥에 떨어졌다. 폴리의 다리가 일순간 경련을 일으키더니 곧 잠잠해졌다. 팔 한쪽이 밑으로 툭 떨어져서는 미동도 하지 않았다. 식탁 끝에서 피가 한 방울 떨어지더니, 또 한 방울, 이내 줄줄 흘러내렸다. 나무 바닥에 진홍색 웅덩이가 생겼다.

노먼이 방에서 나가 집 밖으로 내달렸다. 비명을 지르며 차가운 오후의 거리를 달렸다. 길 건너 이웃집 문을 주먹으로 두드렸다. 노면의 미친 듯한 울부짖음이 거리를 가득 채웠다. "도와주세요, 살인 사건이에요!" 곧 파티 모자를 쓴 사람들이 호기심 어린 얼굴로 모여들었다. 노면은 공포에 떨면서 대문을 가리켰고, 그때 피투성이가 된 아버지가 밖으로 튀어나와 노면을 향해 휘청거리며 다가왔다.

남자 셋이 달려들어 프랭크 모리스를 제압했고 경찰 다섯 명이 와서 그를 연행했다. 경찰 한 명은 노면이 잠이 들고도 남을 시간까지 집에 있어 주었다. 노면의 어머니와 할머니는 폴리의 시체가 없어졌는데도 차마 거실에 있지 못하고 한동안 주방에 앉아 있었다.

"아빠 안 돌아오겠지, 그치, 엄마?"

웬디가 멍청하게 고개를 끄덕였다. 다음에 일어날 일에만 정신이 팔려 있었다. 당연히 재판이 있을 테니 노면을 매스컴으로부터 보호해야 할 것이다. 노면은 아직 어려서 외부의 영향을 쉽게 받았다.

"아빠 교수형 당할까?"

"아가, 이제 잘 시간인 것 같구나. 네가 강해져야 한단다. 지금 엄마한텐 어느 때보다 너의 도움이 필요해."

노면이 물었다. "모리스 할머니, 그런데 다임이 어떻게 푸딩에 들어갔어요?"

웬디도 다음에 일어날 일에 대한 생각에서 빠져나와 시어머니를 바라보았다.

노파가 문 쪽으로 가서 코트를 입으려고 손을 내밀다가 밤새 그곳에 있어 주기로 한 약속을 기억했다. 이윽고 주머니에서 뭔가를 끄집어냈다.

어느새 끝이 조금 구겨진 크리스마스 카드 한 통이었다. 노파가 그것을 웬디에게 건넸다. "'사적이고 기밀한 것'이라 적혀 있던데 내 성이 적혀 있길래 내 건 줄 알고 뜯었지뭐냐. 지난주에 온 거야. 주소가 잘못됐더구나. 번지수에 실수가 있었어. 우편배달부가 다른 모리스 부인한테 배달을 해 버렸나 보더라."

웬디가 카드를 받아서 열어 보았다.

웬디가 카드에 담긴 메시지를 읽는 동안에도 노파는 계속 말을 이었다. "어쨌거나 그놈이 이제 나한테 남은 유일한 아들인데도, 일이 이런 식으로 돼 버린 게 유감이라고는 못하겠구나. 그 녀석이 너한테 어떻게 했는지 내가 다 안다. 그 애 아버지도 근 40년 동안 내게 똑같은 짓을 했으니까. 이 악의 고리를 내가 끊어야만 했다. 며늘아가, 카드는 읽었다. 뭔지는 모르겠지만 이 기회를 놓칠 수 없었다. 너를 위해서, 그리고 저 아이를 위해서."

눈물이 웬디의 뺨을 타고 내렸다. 두 여인이 포옹하는 것을 노먼이 지켜보았다. 카드가 웬디의 무릎에서 미끄러져 내려오자 노먼이 당장 밟고는 그 안에 담긴 글씨를 재빨리 훑었다.

그리운 내 사랑 웬디.

집에 돌아온 후로 오직 당신과, 우리가 함께 보낸 짧은 시간만 생각했다오. 외람된 말이지만 난 가끔 독일군이 당신을 과부로 만들어 주기를 원했다오. 당신이 다른 남자와 있는 모습을 상상만

해도 견딜 수가 없소.

당신 소식에 내 마음이 아프오. 단 하루도 다시 당신에게 안기는 꿈을 꾸지 않는 날이 없다오. 내 집과 내 마음은 항상 당신을 향해 열려 있을 거요.

부디 몸조심하시오.

닉

닉 세인트(전 미 육군 33기)

221C 플로버 애비뉴

마운틴 홈

아이다호

추신. 동봉하는 10센트짜리 다임은 노먼이 나를 기억했으면 하고 보내는 작은 크리스마스 선물이오.

노먼은 할머니를 올려다보며 그녀가 무슨 일을, 왜 했는지 이해했다. 노먼은 아무 말도 하지 않았다. 어른들 못지않게 노먼도 비밀을 지킬 수 있었다. 그는 이제 가장이다. 적어도 미국에 도착할 때까지는.

황금, 유향 그리고 독약

GOLD, FRANKINCENSE AND MURDER

캐서린 에어드 Catherine Aird

캐서린 에어드의 탐정 소설은 페어플레이 정신, 즉 천운이나 우연 혹은 고백에 기대지 않고 반드시 탐정이 관찰과 추론으로 수수께끼를 풀어야 한다는 멋지고 오래된 방식을 고집하는 것으로 유명하다. 이는 캐서린 에어드의 C. D. 슬론 시리즈에서 고스란히 증명되었다. 「황금, 유향 그리고 독약」은 팀 힐드의 단편집, 『클래식 크리스마스 크라임』(1995)에 처음 발표되었다.

"쳇! 크리스마스라니!" 헨리 타일러가 말했다.

"그래도 우리는 크리스마스 이브에 오빠를 기다릴 거야." 여동생 웬디 위더링턴이 태연하게 말을 이었다.

"근데……." 헨리가 전화에 대고 말했다. "근데 말이야, 웨……."

"애써 에베네저 스크루지인 척해도 소용없어, 오빠."

"아냐, 진짜 난 크리스마스가 싫어." 헨리가 훨씬 더 단호한 어조로 고함을 쳤다.

"말도 안 돼." 웬디의 태도에는 전혀 흔들림이 없었다. "오빠 애들처럼 크리스마스를 좋아해. 오빠도 알잖아."

"음, 뭐, 그치만 올해는 연휴 동안 런던에서 보내야 할 것 같아……." 헨리 타일러는 화이트홀_{런던의 관공서가 모여 있는 거리}에 있는 외무부에서 일했다. 요즘처럼 힘든 시기에는 밤낮이 없었다.

헨리와 여동생의 통화를 동료 대사들이 듣는다면 헨리가 상대의 반응을 시험하는 것으로 생각할 것이다. 부서의 낮은 직급 사이에서는 이를 속된 말로 '연을 날린다'고 불렀다. 뭐라 부르든 간에, 헨리 타일러는 외교 전문가였다.

"발트해에 문제가 생겼다고 해도 소용없어." 웬디 위더링턴이 부드럽게 맞받아쳤다.

"안 그래도 지금 발트해 때문에 골치가 좀 아파."

"안 오면 아이들이 오빠 용서하지 않을걸." 웬디가 필요하지도 않은 비장의 카드를 제시했다. 아무리 크리스마스 시즌이어도 국제적 위기나 다름없는 시기라면 콜래셔 심장부 작은 장터 마을에 있는 여동생 집에 헨리가 올 정신이 없다는 걸 웬디도 모르지 않았다. 하긴 요즘은 국제적 위기가 옛날만큼 드문 일이 아니라는 게 문제였지만.

"아, 아이들. 그래, 올해 아이들이 산타 할아버지한테 받고 싶은 건 뭐래?" 아이를 사랑하는 삼촌이 말했다.

"에드워드는 지금 있는 것과 세트인 모형 기관차를 갖고 싶대."

"그래?"

"'엘리자베스 공주'라는 혼비 LMS 빨간색 차, 모델명이 4-6-2야."

웬디가 기다렸다는 듯 말했다.

헨리는 발트해와 발칸 제국, 어쩌면 발레아레스 제도까지도 제대로 구별 못 할 것 같은 여동생이 아이가 좋아하는 모형 기관차는 훤히 꿰고 있다는 데 놀라며 받아 적었다.

"그럼 제니퍼는?" 헨리가 물었다.

웬디가 한숨을 푹 쉬었다. "착한 비행기 롤리팝을 달래. 오빠가 나중에 얘기 좀 잘해 줘. 지난주 영화관에 데리고 갔더니 자기는 셜리 템플이 보이는데 왜 셜리 템플은 저를 못 보냐고 난리도 아니었어."

헨리는 지난 열흘 동안 영국 국무성 장관에게 피에르 라발이 프랑스의 밝은 미래를 위해 무엇을 염두에 두고 있을지 공들여 설명하느라 애를 먹었다. 그러던 헨리가 지금은 제니퍼를 설득하는 데 최선을 다해 보겠노라 말했다.

"다른 사람은 또 누가 와?"

"옛 친구 피터와 도라 왓킨스 부부, 기억나지?"

"아, 남자가 은행에서 한자리하는…… 맞지?"

"거의 지점장급일걸. 그리고 톰의 삼촌 조지도 있을 거야."

"난 네가 눈을 좀 높였음 좋겠다. 작년에도 얼마나 고생했냐." 헨리가 낮은 신음을 냈다. 톰의 삼촌 조지는 젊었을 때 유명한 과학기기 생산자였다. "술을 거의 죽을 때까지 마시잖아."

웬디는 여전히 집에 초대할 손님들에게 정신이 팔려 있었다. "맞다, 난민 두 명도 올 거야."

"난민 두 명?" 헨리는 외무부 사무실에 혼자 있는데도 인상을 썼다. 외무부에서는 최근 난민들에게 촉각을 곤두세우기 시작했다.

"응, 목사님께서 올해는 칼레포드 로드에 있는 수용소에서 난민을 두 명씩 데려와 함께 크리스마스를 지내라고 각 가정에 부탁하셨어. 기억하지, 오빠?"

"설교 길게 하는?" 헨리가 틀리는 셈치고 던져 보았다.

"기억하네." 웬디가 비꼬는 기색 없이 말했다. "월리스 목사님이 몇몇 교회 조직과 함께 일을 만드셨거든. 그 사람들한테는 잘해 줘야 해. 모든 걸 잃어버렸잖아."

"도움 되는 선물을 주겠다는 말이지?" 헨리도 마지막 말은 큰 어려움 없이 이해했다.

"포근한 양말과 스카프 같은 것들." 웬디가 모호하게 말했다. "그리고 크리스마스 이브에 이곳으로 저녁 먹으러 올 사람이 더 있어."

"오, 그래?"

"우리 주치의와 그의 아내가 올 거야. 프라이어 부부. 여자는 좀 과격한 면이 있는데 남자는 사람들과 꽤 잘 어울리는 편이야. 그리고……" 웬디가 잠시 숨을 고른 후 말했다. "우리 옆집에 새로 이사 온 사람들, 스틸 부부도 올 거야. 지난여름에 스퀘어에 있는 약국을 샀대. 아무래도 남자가 약사 보조와 결혼한 것 같아. 잘 모르는 사람들이지만, 크리스마스에는 초대하는 게 맞겠지?"

"그렇겠지. 이제 다야?" 헨리가 물었다.

"아 참, 후퍼 양도 있네."

"초대하지도 않았는데 알아서 오겠다고 통보했겠네, 그렇지?"

"내가 무슨 말을 하고 싶어 하는지 아네." 웬디가 침착하게 말했다. "그때가 되면 항상 오니까뭐. 그래도 후퍼 양이 난민들은 잘 알 것 같아. 교회 일을 많이 하거든."

"어쩌다 난민이 된 사람들이래?" 헨리가 조심스럽게 물었다.

그러나 웬디도 거기에 관해서는 알지 못했다.

헨리가 처음 그 사람들을 만난 후에도 알 수 없었고, 매제도 별 도움이 되지 못했다.

"죄송합니다, 형님." 사람들이 응접실에 모여 크리스마스 이브 저녁 식사에 올 나머지 손님을 기다리고 있었다. "제가 아는 거라곤 지난달에 두 사람이 몸뚱아리 빼고는 아무것도 없이 중부 유럽 어딘가에서 왔다는 사실뿐이에요."

"될 수 있으면 고름처럼 안에 쌓이는 것보다 밖으로 나오는 게 낫죠." 의사 고든 프라이어가 오랜 의학 경구를 동원했다.

"그 사람들도 나온 지 얼마 되지 않았을 거예요. 가까스로 탈출한 것 같아요." 톰 위더링턴이 말했다.

"어느 현명한 시인이 그랬듯 떠나는 자에게만 자유가 주어지는 법이지요." 헨리가 웅얼거렸다.

"떠날 수 있을 때 잘 나왔구먼." 보어 전쟁 참전 용사였던 조지 삼촌이 중얼거렸다.

"항상 너무 늦게 떠나게 돼서 문제죠." 의사인 프라이어 선생이 힘주어 강조했다. 뭐든 너무 늦게까지 내버려 두는 것은 모든 의사들에게 악몽이었다.

"그 사람들이 지금 있는 곳은 누구라도 가기 싫어할 만해요. 캠프가 너무 황량하거든요. 특히 겨울에는요." 톰이 말했다.

그때 마침 고디스키 부인이 방으로 들어오더니 톰의 말을 확인이라도 해 주듯 활활 타오르는 난롯불을 보더니 기뻐서 어쩔 줄 몰라했다. "너어무 추었어요. 정말 너어무 추었어요." 난롯가에 쌓인 통나무를 부러운 듯 쳐다보며 말했다. "지인짜 추었어요."

고디스키 씨의 영어가 억양이 거칠긴 해도 조금 나은 편이었다. "그때 만약 떠나지 않았다면 우리가 어떻게 됐을지 누가 알겠어요." 고디스키 씨가 의미심장한 얼굴로 난로 앞에 손을 펼쳤다.

"그럼요, 누가 알겠어요." 그때 고향을 떠나지 않았다면 고디스키 부부가 어떻게 됐을지 지금 여기 있는 어느 누구보다 잘 아는 헨리가 동의했다. 외무부에 전해지는 소식들은 매우 매우 비관적이었다.

"그들이 밤새 한마디 경고도 없이 우리 대학 학부를 없애 버렸어요." 한스 고디스키 교수가 설명했다.

"끄음찍햇어요." 고디스키 부인이 다시는 몸을 따뜻하게 할 기회가 없을 것처럼 난로에 바짝 붙어서 손을 쬐었다.

"전공은 뭐였습니까, 교수님?" 헨리가 무심코 교수에게 물었다.

"화학이었습니다." 그때 왓킨스 부부가 들어서는 바람에 크리스마스 장식으로 매달아 둔 겨우살이 넝쿨이 소리를 내며 흔들렸다. 옆집 사는 로버트와 로레인 스틸이 곧바로 따라 들어왔다. 그들의 소개는 더 형식적이었다. 로버트 스틸은 아내보다 훨씬 나이가 들어 보였다. 아내 로레인은 빨간색과 짙은 초록이 섞인 옷을 입었고,

치마 길이도 웬디나 도라보다 훨씬 짧아서, 촌스러운 차림의 마조리 프라이어보다 눈에 띄었다.

"제때 오실 수 있어서 정말 다행이에요." 웬디가 얘기하는 동안 톰은 부지런히 사람들의 잔에 셰리주를 따랐다. "너무 늦어지면 곤란하겠죠?"

"요즘은 괜찮습니다. 젊은 보조를 하나 구했거든요. 큰 도움이 돼요." 로버트가 굵은 목소리로 말했다.

그때 여자들 중에서 제일 긴 치마를 입은 후퍼 양이 모습을 드러냈다. 숨이 턱까지 차서는 늦어서 미안하다고 연신 사과했다. "웬디, 미안, 정말 미안해요. 웨이츠 악단이 금방 올까 봐서……."

"웨이츠ₓₐ톀ₛ 악단이 안 기다려ₓₐ톀 주겠죠?" 헨리가 악의 없이 말했다.

"하지만 제 생각에는, 악단이 로열 오크나 다름없는 이 집을 그냥 지나쳐 버리지는 않을 거예요." 톰 위더링턴이 의견을 냈다.

"아이들이 실내 가운 차림으로 캐럴 들으러 내려올 거예요." 웬디가 다른 사람의 말은 듣지도 않고 자기 말만 했다. "걔들이 오늘 밤 얼마나 피곤해하든 난 몰라."

"오늘 누가 산타클로스가 되는 겁니까?" 로버트 스틸이 쾌활하게 물었다. 통통한 체격의 그는 시종일관 젊은 아내를 사랑스러운 눈길로 내려다보았다.

"저는 아닙니다." 톰이 말했다.

"접니다. 지은 죄가 많아서." 헨리가 말했다.

"사람들이 왜 산타 행세를 안 했냐고 물어보면 죄를 안 지어서라고 대답해야겠군요." 아이들의 아버지가 경건한 시늉을 했다.

"정직하게 말하는 버릇 언제 고칠 거야, 헨리?" 도라 왓킨스가 놀렸다.

"나는 외무부의 전통에 충실하게 항상 정직하고 완전히 정확하면서도, 전혀 의미 없는 대답을 해야만 해……." 헨리가 받아쳤다.

그때 홀에서 식사를 알리는 종소리가 들렸고 모두 식당으로 이동했다. 조지 삼촌이 가는 도중에 압력계를 슬쩍 때렸다.날씨를 확인하기 전에 하는 행동. 헨리 타일러는 모두들 즐겁게 잡담하는 틈을 타 모인 사람들을 관찰했다. 다른 손님들을 은밀히 지켜보면서도 동시에 불쌍한 고디스키 부인과 영국의 축제 분위기에 관해 얘기할 수 있는 것은 평소 훈련으로 갈고닦은 실력 덕분이었다. 로레인은 남편의 사랑을 독차지하는 게 분명해 보였지만 마조리는 그렇게 보이지 않았다. 그녀는 투덜대기 일쑤였고 꽤 삶에 비관적인 듯 보였다.

로레인이 아주 화려한 사람이기는 했다. 헨리는 그녀가 오늘 크리스마스 컬러인 빨강과 초록을 선택한 것이 성탄절 분위기를 내려는 의도였다고 생각했다.

동시에 그는 교수가 말하는 고국 이야기에 쓸 만한 단서가 있는지 귀를 기울였고, 톰의 삼촌 조지가 어느새 슬슬 노망이 들고 있음을 알아차렸으며, 최근 프라이어 부인 집에 가정부가 줄줄이 사직서를 냈다는 것을 알게 되었다.

"인정머리도 없게 크리스마스에 또 그만뒀지 뭐예요." 부인이 불펑을 터트렸다.

피터 왓킨스는 아내에게 준 크리스마스 선물을 소소하게 자랑하는 중이었다.

"음, 저는 냉장고야말로 장래성 있는 물건이라 확신합니다." 그가 은행원다운 차분한 어조로 말했다.

"훌륭한 구식 식료품 저장실만 있어도 전혀 문제없어요." 웬디가 좋은 아내인 양 힘주어 말했다. 톰은 아주 오랫동안 냉장고를 사 줄 능력이 없었던 것이다. "게다가 요리사도 자기가 하는 방식을 바꾸고 싶지 않을걸요. 예전 방식이 손에 완전히 익었을 거잖아요."

"하지만 그래서 버리게 되는 음식을 생각해 봐요. 이제 상할 염려는 없잖아요." 도라가 말했다.

"끝까지 써라, 해어지도록 입어라." 뭔가가 조지 삼촌의 기억 회로를 들쑤신 모양이었다. "만들어 써라, 없는 대로 살아라. 안 그러면 벨기에에 보내 버리겠다."

"그래도 식중독에 걸리고 싶지는 않겠죠." 로버트가 진지하게 말했다. "그렇지 않나요, 프라이어 선생님?"

"그럼요." 의사 양반이 즉시 동의하고 나섰다. "식중독은 너무 흔한 데다, 위험하기도 해요."

약사가 왓킨스 부부를 보더니 씩씩하게 말했다. "더 나은 선물은 없겠는데요."

"그래도 당신은 더 나은 선물을 했잖아, 그렇지 자기?" 로레인이 명랑한 어조로 끼어들었다.

헨리는 둘 사이에 흐르는 무언의 언어를 감지했다. 그때 로레인이 슬그머니 테이블 위로 왼손을 올렸다. 아름다운 다이아몬드가 한 알 떡하니 박힌 금으로 된 굵은 결혼반지가 네 번째 손가락에서 빛나고 있었다.

"로버트가 선물로 준 거예요." 로레인이 웨이브진 금발을 쓰다듬은 뒤 다이아몬드 반지를 비틀어 돌리며 우쭐대듯 말했다. "예쁘죠?"

"로레인은 왼손잡이라 반지는 오른손에 꼈으면 좋겠는데 말을 듣지 않네요." 로버트가 거들었다.

"왼손에 껴야 반지가 더 빛나 보이죠." 도라가 즉시 말했다.

"제 말이요." 로레인이 반지 낀 손을 내려놓으며 사랑스럽게 말했다.

"아!" 별안간 웬디가 소리를 질렀다. "웨이츠 악단이 오나 봐요. 다들 이리 오세요……. 이따가 홀에 민스파이와 커피가 준비될 거예요."

베어베리 캐럴 가수들이 현관 밖에 등을 내려놓고 위더링턴 가의 현관 로비에 있는 크리스마스 트리 주변에 빙 둘러선 후 악보를 들어 준비를 마쳤다.

"좋아요." 리더로 보이는 목울대가 튀어나온 젊은 남자가 신호를 보낸 후 지휘봉을 흔들기 시작했다. "이제 다 함께……."

곧 '옛날 임금 다윗성에'의 익숙한 가사와 흥겨운 멜로디가 집 안을 가득 채웠다. 헨리는 고디스키 부인의 눈에 눈물이 맺히는 장면을 놓치지 않았다. 후퍼 양의 진지한 표정에서 진한 향수가 묻어났다. 그녀에게도 크리스마스 캐럴에 등장하는 '과거의 크리스마스 유령'이 보였던 모양이다.

나중에 경찰에게 당시 모습을 진술할 때 헨리는 스틸 부부가 현관 로비 뒤쪽에 서 있었고 프라이어 선생과 조지 삼촌이 옆에 있었다는 사실밖에 기억하지 못했다. 피터와 도라는 2층 계단참으로 이어지는 계단을 몇 개 올라가 서 있었다. 사람들 틈에서 빠져나와 시야를 트기 위해서였다. 프라이어 부인은 악단 지휘자 앞에 엉거주춤 서 있었다. 고디스키 교수는 캐럴이 연주되는 동안 아무런 반응이 없었다.

헨리는 계단 꼭대기에 걸터앉은 조카 녀석들의 얼굴에서 홍분을 참으려는 표정을 발견했다. 부디 애들이 홀 뒤쪽 진열장 위 장식용 덩굴 식물 사이에 놓인 민스파이 더미가 아니라, 음악을 듣고 홍분한 것이길 바랐다.

하지만 아이들은 물론 어른들까지, 마지막 캐럴이 연주되자마자 파이에 달려들었다. 거기에는 톰이 나이 든 손님들을 위해 적당한 온도로 데워 둔 핫펀치도 있었다. 아이들을 위해서는 홈메이드 레모네이드가 준비되었다.

마지막 성가대원이 마지막 민스파이를 먹어 치웠을 때쯤 파티도 거의 끝났다.

약사와 그의 아내가 돌아가며 악수한 후 맨 먼저 자리를 떴다.

"너무 일찍 가서 죄송해요. 로버트의 가련한 배가 또 말썽이네요." 로레인이 미안해하며 말했다. 기운이 없으리라 생각했던 로레인이 힘차게 악수를 청해 와서 헨리는 깜짝 놀랐다.

"부디 양해해 주신다면 저희는 지금 가는 게 좋겠습니다." 로버트가 웬디에게 말했다. 무표정한 얼굴에 억지로 웃어 보이려 했지만, 헨리의 눈에 로버트는 여간 창백해 보이는 것이 아니었다. 어쩌면 그 역시 아내에게 크리스마스 선물로 준 반지 안쪽에 끔찍한 얼룩이 묻었다는 사실을 발견한 것일까.

부부는 여러 사람의 인사를 받으며 서둘러 집을 빠져나갔다. 가냘픈 후퍼 양은 저녁 내내 굉장히 즐거운 시간을 보냈지만 아쉽게도 자정 예배가 시작되기 전에 교회에 가서 모든 게 순조롭게 준비되고 있는지 점검하고 싶다며 파티장을 나섰다.

나머지 손님들이 응접실에 다시 모여 앉고, 에드워드와 제니퍼가 마지못해 침대로 올라가자 도라가 도발적으로 말했다. "늙은 영감의 귀염둥이가 나을지 젊은 남자의 노예가 나을지 정말 궁금하네요."

"글쎄 뭐가 나을까요." 웬디가 인상을 찌푸리며 심각하게 반응했다.

"내 생각엔 우리의 스틸 부인이 남편을 자기 멋대로 조종하는 것 같아요. 그죠?" 피터 왓킨스가 말했다.

"돌아와요, 윌리엄 윌버포스노예제도 폐지운동을 벌인 영국의 정치인, 아직 노예 제도가 남아 있다구요." 톰이 농담으로 가볍게 받아쳤다. "마지막으로 한잔 더 하실 분?"

그러나 아무도 원하는 사람이 없었고, 몇 분 후 프라이어 부부도 떠났다.

웬디가 갑자기 심야 예배 대신 아침 예배에 가야겠다고 말했다. 나머지 사람들도 이른 저녁 예배를 보기로 해서, 정작 그날 밤 세인트 페이스 교회의 심야 예배에 참석할 사람은 헨리뿐이었다.

헨리가 교회에 가려고 마켓 스퀘어를 가로지르는데 성가대가 마지막으로 불렀던 캐럴 '동방 박사 세 사람'의 가사가 계속 뇌리에 맴돌았다. 그는 외무부에서도 왕만 상대하면 좋겠다고 생각했다_{동방 박사는 세 명의 왕으로 알려져 있다.} 그렇다면 삶이 훨씬 간단할 텐데. 독재자와 대통령(특히 '불신의 알비온_{영국이나 잉글랜드를 가리키는 옛 이름}'에서 그다지 멀지 않은 곳에 있는 대통령)은 훨씬 더 종잡을 수 없었다.

헨리는 교회 계단을 오르며 캐럴의 마지막 가사를 조용히 읊조렸다.

주의 죽을 몸 위해 나는 몰약_{沒藥} 드리네
세상 모든 죄인 위해 십자가 지셨네
오 탄일밤의 밝은별 아름답고 빛난별
아기 예수 계신 곳에 우리 인도하여라

신도석 뒤쪽에서 자리를 찾는 동안 초와 꽃이 타면서 나는 불길한 냄새가 코에 와 닿았을 때 유향_{종교 의식 때 피우는 향}을 떠올렸어야 했다. 아니면 광나는 촛대와 제단 십자가를 보고 동방 박사의 황금을…….

따로 기도를 드리던 헨리가 몇 분 후 교회 정문 근처에서 갑자기 소란스러운 기운이 느껴져 기도를 멈추고 고개를 들어 보니 후퍼 양

이 교구 위원 두 명에게 도움을 받고 있었다.

"물 한 잔만 마시면 금세 괜찮아질 거예요. 소란을 부려 죄송합니다. 정말 죄송합니다……." 제의실로 가기 전에 후퍼 양이 한 말이었다.

목사의 설교는 여느 때처럼 끝날 줄 몰랐고, 이윽고 예배를 마치고 교회를 나서면서 헨리는 신도들과 일일이 크리스마스 인사를 나눴다. 광장을 가로질러 돌아오는 길에 스틸의 집에서 나오는 프라이어 선생을 만났다.

"그 친구가 쓰러졌어요. 명치 통증이 심하고 구토까지 하더군요. 스틸 부인이 남편을 좀 봐 줄 수 있겠냐고 부르러 왔었어요. 피를 토한 걸 보고 혼비백산했더라고요." 의사가 중얼거렸다.

"그랬겠군요."

"상태가 아주 안 좋아요. 최대한 빨리 병원에 데려갈 생각입니다."

"파티에서 먹은 게 문제였을까요?" 헨리가 의사에게 후퍼 양 얘기를 했다.

"단정하긴 이르지만 가능성은 있죠." 의사가 퉁명스럽게 말했다. "들어가시면 다른 사람들은 어떤지 확인해 주세요. 우리가 나설 때 보니 웬디도 표정이 안 좋았던 것 같고, 좀 전에 집에서 나올 때 제 아내도 상태가 그다지 좋지 않았거든요. 필요하면 전화 주세요."

헨리가 돌아갔을 때 집은 완전히 난장판이었고 침실 몇 개에 불이 켜져 있었다. 심각하게 아픈 사람은 없었지만 웬디와 고디스키 부인은 확실히 좀 불편해 보였다. 말짱한 도라가 상태 안 좋은 사람들을 돌보느라 정신이 없었다. 다행히도 아이들 방에서는 아무 소리도 들리지 않아서 헨리는 조용히 기어들어가 아이들 침대 맡에 물건이 가득한 양말을 놓아두었다. 다시 아래층으로 내려오는데 옆집에서 구급차 소리를 들은 것 같았다.

"아침이 되면 상황이 좀 더 명확해지겠지." 뼛속까지 외무부 직원인 헨리가 혼잣말했다.

과연 그랬다.

밤사이 위더링턴 집안의 절반이 심각한 위장 장애를 일으켰고 로버트 스틸은 새벽 2시경에 베어베리 로열 병원에서 죽었다.

크리스마스 아침에 마주친 웬디는 얼굴이 백짓장 같았다.

"아, 오빠……. 로버트 씨 불쌍해서 어떡해. 목사님 말씀이 성가대원 절반도 밤새 아팠대. 불쌍한 후퍼 양도 그렇고." 웬디가 울음을 터트렸다.

"애들이 괜찮은 걸 보면 펀치는 문제가 없나 봐." 헨리가 생각에 잠긴 채 말했다.

"요리사 말로는……."

"요리사는 괜찮아?" 헨리가 궁금한 듯 물었다.

"응, 아프지는 않아. 근데 화가 아주 단단히 났어." 웬디는 몹시 긴장된 목소리였다. "이전엔 이런 일이 한 번도 없었대."

"이번에도 없었어야지." 헨리가 매정하게 말했지만 웬디는 듣고 있지 않았다.

"감사하게도 에드워드와 제니퍼는 괜찮아." 웬디가 눈물을 글썽이며 말했다. "톰은 조금씩 나아지고 있는데 프라이어 부인은 아직 상태가 꽤 안 좋고 고디스키 부인은 심각한가 봐. 그리고 로버트 씨는…… 도대체 어떻게 해야 할지 모르겠어. 오빠, 모든 게 내 잘못인 것 같아."

"레모네이드도 아닐 거야. 아이 둘이 많이 마셨거든. 내가 봤어." 헨리가 추리를 계속했다.

"둘 다 민스파이도 먹었어. 근데 파이 먹은 사람 몇은 그 후로 상태가 안 좋아졌잖아."

"맞아, 동생아. 몇 명이 그렇긴 하지만 다 그런 건 아니잖아."

"그럼 도대체 무엇 때문일까? 요리사는 최상의 재료들만 사용했다고 자신하거든. 그런데 여기서 내온 음식에 문제가 있다는 건 누가 봐도 분명한 일이고……." 웬디가 자신의 두려움을 말로 표현하는 데 애를 먹고 있었다. "그 사람들이 모두 같이 있었던 곳은 여기밖에 없어."

"여기서 '먹은' 음식이 문제라고 봐야 사리에 맞겠지. 그거랑 이건 다른 거야." 대사들에게 현학적이라는 비난을 받는 헨리가 동생의 말에 맞장구쳤다.

"오빠, 무슨 뜻이야?" 웬디가 오빠를 바라보았다.

밀솜 경감은 헨리가 뜻하는 바를 알아차렸다.

밀솜 경감과 뷰먼 경장이 위더링턴의 집을 찾아온 것은 크리스마스 다음 날 저녁이었다.

"많은 사람이 여기에서 위험한 음식을 먹고 소화 불량을 겪은 데다 한 명은 죽기까지 했네." 밀솜 경감이 그의 명령을 받고 뛰어온 동료에게 위의 사실을 알렸다.

"고통이 시임했어요." 고디스키 부인이 몸을 떨었다.

"저도 마찬가지였습니다." 피터 왓킨스가 끼어들었다.

"그런데 선생님 부인은 괜찮으신 것 같군요." 밀솜 경감이 도라 왓킨스를 미심쩍게 바라보았다.

"네, 경감님. 전 아주 괜찮습니다." 도라가 말했다.

"다행스러운 일이지요." 톰이 말했다. 그는 아직도 얼굴이 창백했다. "덕분에 도라가 우리를 돌봐 줄 수 있었습니다."

"그랬군요." 경감이 말했다.

"그럼 식중독이 아니었나요? 요리사가 아주 기뻐하겠……." 웬디가 진심으로 말했다.

"음식에 독이 있었다고 말하는 게 더 정확하겠네요." 요리사를 두려워하지 않는 밀솜 경감의 말이었다. 웬디의 얼굴이 핼쑥해졌다. "아……."

"경감님이 말씀하시는 위험한 물질이 어떤 특징을 가졌는지 알아냈나요?" 고디스키 교수가 관심을 표했다.

"영국에서는 그걸 염화제2수은이라 부릅니다."

"수은? 아, 그거라면 모든 게 설명되네요." 난민 교수가 알아들었다는 듯 고개를 끄덕였다.

"아직 모든 게 설명된 건 아니지요. 이제 한 분씩 따로 좀 만났으면 합니다만."

헨리가 두 형사에게 캐럴 부를 때의 이야기를 들려준 후 물었다. "그런데 경감님, 독이란 게 그렇게 쉽게 구할 수는 없지 않습니까?"

"맞습니다. 하지만 특정 집단에 속한 사람은 어렵지 않게 구할 수 있지요."

"의사와 약사들 말입니까?" 헨리가 추측해서 말했다.

"특정 제조업에 종사해도……."

"특정……. 아, 조지 삼촌이 해당되겠네요? 온도계에는 수은이 많이 들어가니까요." 헨리가 말했다.

"그 노신사분은 확실히 좀 오락가락하시던데요."

"화학 교수들은요?" 헨리가 말했다.

"그런 위치에 있다면 만약을 위해서 조금 챙겨 놓을 생각을 할 수도 있겠죠." 경감이 신중한 태도를 취했다.

"오늘날 유럽 어떤 곳의 삶은 죽음보다 더 못하니까요. 경감님, 말씀하신 독이 어떻게 생겼는지 여쭤 봐도 될까요?" 헨리가 재빨리 물었다.

"흰색 결정체입니다."

"설탕하고 헷갈리기 쉽겠군요?"

"충분히 그럴 수 있죠." 경감이 심드렁하게 말했다.

헨리가 이번에도 현명하게 추리를 해 나갔다. "경감님, 그런데 그걸 민스파이 위에 뿌릴 수 있을까요? 제 생각에는 민스파이 위에 있었던 것 같거든요."

"그럴 수도 있겠군요." 경감이 수긍했다.

"실수로 그랬든, 많은 사람을 적당히 아프게 할 작정이었든……."

"그것도 아니면……." 뷰먼 경장이 빈틈을 주지 않고 끼어들었다. "한 사람을 매우 아프게 할 요량이라든가?"

"또는, 둘 다이거나." 헨리가 자연스럽게 받았다.

"그렇군요." 경감이 마른기침을 했다. "몇 사람을 아프게 하고 한 사람을 죽게 만들었네요."

"그걸 의도했을 수도 있죠?" 아무도 헨리를 막지 않았다.

"사람들의 말에 따르면, 스틸 씨는 염화제2수은을 소화시키기 전부터 배가 아팠습니다." 밀솜 경감이 밖에서부터 좁혀 들어오듯 말했다.

"조지 삼촌은 아프지 않았습니다, 그렇죠?"

"네, 경감님. 프라이어 선생도 멀쩡했습니다. 의사 선생은 빵을 전혀 먹지 않았다고 들었습니다." 헨리가 헛기침을 했다.

"스틸 부인은요?"

"조금 아팠습니다. 부인 말로는 민스파이를 하나밖에 안 먹었다더군요. 왓킨스 부인은 하나도 안 먹었고, 교수도 그렇구요."

"'파슬리가 없는 것'이 독이 없는 거군요." 헨리가 〈로마의 스캔들〉에 나오는 대사를 인용했다.

"정확히 그렇습니다. 퍼뜩 생각하기에는 방금 우리의 추리가 꽤 있을 법한……."

"경감님, 무슨 말씀을 하시든 항상 그렇게 에두르시는 걸 보니 제가 외무부에 자리를 하나 마련해 드려도 되겠습니다."

"감사합니다. 말씀드린 것처럼, 계단에서 가장 멀리 떨어져 있는 민스파이에만 독이 들었을 가능성이 있습니다. 여기 있는 뷰먼이 희생자들이 어디에 있는 파이를 먹었는지 차트로 만들었습니다."

"그걸 보면 어떤 사람은 전혀 아프지 않은 이유가 설명이 되겠군요." 헨리가 말했다.

"아마 그럴 겁니다." 경감은 헨리만큼 정확했다. "교수는 그 자리에 없어서 파이를 하나도 먹지 않았죠. 아내의 크리스마스 선물을 마저 준비하려고 방에 갔었다고 합니다. 오래된 나뭇조각에다 아내를 위해 뭔가를 새기고 있었지요."

"'사람이 절박하면 뭐라도 하는 법이나니', 그건 사소한 문제일 뿐입니다." 헨리가 무심코 반응했다. 그는 아직도 생각에 잠겨 있었다.

"범행 도구와 시간은 다 찾은 것 같습니다." 밀솜이 중얼거렸다.

"범행 동기는 아직 없네요. 안 그래요?"

"우선 그 노신사는 동기가 없을 것 같네요. 사람 자체를 보면 말이죠, 제 말뜻을 이해하시죠? 그런데 한편으로 생각하면 우리가 교수님 부부에 대해서 아는 게 없어요. 아직은 말이죠."

"네, 조금도 아는 게 없어요."

"의사라면 동기가……."

"프라이어 부인이 제 아내였다면 저는 수년 전에 벌써 죽였을 겁니다." 헨리가 신이 나서 말했다.

"그리고 스틸 부인은……." 잠시 뜸을 들인 후 밀솜 경감이 말했다. "약국에 새로 온 젊은 보조는 스틸 부인의 빈 자리를 일시적으로 메워 주는 사람 이상의 역할이었을 겁니다."

"아, 일이 그렇게 돌아가는군요."

"그리고, 동기 다음으로 경찰서에서 늘 범죄의 네 번째 차원이라 부르는 게 있는데⋯⋯."

"그게 뭐지요?"

"증거입니다." 경감이 일어나서 가려 했다. "도와주셔서 감사합니다, 선생님."

헨리는 두 형사가 떠난 후에도 가만히 앉아서 기억을 더듬었다. 그가 아는 어떤 사람이 파이에 든 것을 먹고 염화제2수은에 중독되었다. 역사의 교훈을 참고해 보면 파이를 먹고 중독되는 것도 가능한 것이다.

아니, 헨리가 알고 지내는 사람이 아니다.

역사 속 인물을 알 뿐이다.

도대체 누구였더라.

외무부 일로 알게 된 인물이다. 정치적인 살인이었으니까. 삼각관계로 얽힌 유명한 정치적 살인⋯⋯.

헨리 타일러는 고디스키 교수를 찾아가서 설명했다.

"현대 작가가 쓴 건데요, 수은이 들어간 파이가 런던탑에 있는 토마스 오버베리 경에게 배달됐는데 그걸 배달한 여자의 손톱이 우연히 빵에 박히는 바람에⋯⋯."

박식한 교수가 말을 알아듣고 고개를 끄덕였다. "그래서 그게 까맣게 물들었나요?"

"맞습니다." 헨리가 말했다. 역사는 배울 만한 교훈을 주는 법이다. 헨리 포드가 뭐라 했든 간에. "그런데 그게 혹시 씻겨 나가요?"

"그럼요." 한스 고디스키가 딱 잘라 말했다.

"그럼 증거가 남아 있지 않겠네요, 그렇죠?"

교수가 개인 교습을 하듯 몸을 앞으로 약간 숙였다. "하지만 수은이 항상 자국을 남기는 물질이 있습니다."

"그래요?"

"그걸 영어로 뭐라고 하지? 빼도 박도 못하는 자국입니다."

"우리도 그렇게 부릅니다." 헨리가 천천히 말했다. "교수님, 그 물질이 뭘까요?"

"타일러 씨, 금입니다. 수은은 금에 자국을 남깁니다."

"영원히?"

"영원히." 교수가 손을 흔들었다. "아말감이 만들어지니까요."

헨리가 희미하게 웃었다. "저는 멍청해서 영원한 것 하면 다이아몬드밖에 생각나지 않았네요."

"뭐라구요?"

"아무것도 아닙니다, 교수님. 용서해 주세요. 저는 경감을 따라잡을 수 있을 것 같으니 어서 가서 '그 여인을 주목하라!'셰익스피어 『맥베스』의 대사고 말해야겠어요. 금으로 된 결혼반지도 보라고."

"여인을 주목하라고요? 무슨 말씀이신지……." 난민 교수는 어안이 벙벙한 얼굴이었다.

"유명한 문구를 인용한 겁니다."

"아이고, 타일러 씨. 저는 일개 과학자일 뿐입니다."

"더 좋은 인용문도 있습니다. 잘못된 것을 바로잡으려면 과학을 주목하라는……. 저는 스틸 부인이 스스로의 운명을 개선하기 위해 과학에 주목했을지도 모른다는 생각입니다. 만약 부인이 민스파이 몇 개에는 염화제2수은을 조심스럽게 흩뿌리면서 다른 음식에 전혀 손대지 않으려면 왼손을 썼을 것이라고……."

"부인이 왼손잡이이기 때문이군요. 저도 기억하고 있습니다. 그런데 겨우 민스파이 하나로 충분했던 겁니까? 영국 사람들이 이걸 중요하게 여긴다는 걸 알긴 하지만……."

"네, 전 그렇게 생각합니다. 부인은 남편한테 하나만 건네 주면 됐고, 밥은 당신의 삼촌이니까요.'Bob's your uncle'은 '그렇게 된 겁니다'라는 의미의 관용구. 다른 사람의 집에서 그런 짓을 하다니 부인은 참 현명하네요."

한스 고디스키가 완전히 얼이 빠져 보였다. "그런데 밥이 누굽니까?"

"밥은 신경 쓰지 마세요." 문간에서 헨리가 말했다. "대신 동방 박사와 그의 금을 생각하세요."

복싱 언클레버

BOXING UNCLEVER

로버트 바나드 Robert Barnard

연쇄살인소설, 경찰소설 그리고 폭력적인 범죄소설이 미스터리 장르를 쥐락펴락하기 시작했을 때, 몇몇 영국 작가들은 전통 탐정소설의 명맥을 유지했다. 그중 한 명인 로버트 바나드는 번햄-온-크로치라는 맛깔스러운 이름을 가진 마을에서 태어나 옥스퍼드 대학을 졸업한 후 교직을 위해 호주로 갔으며 리즈에 정착하기 전에 노르웨이의 대학 두 곳에서 영어를 가르쳤다. 유머러스하고 풍자적인 그의 탐정소설 상당수에는 런던 경찰청 형사 페리 트레소언이 등장한다. 「복싱 언클레버」는 팀 힐드가 편집한 『클래식 크리스마스 크라임』(1995)에 처음 발표되었다.

"크리스마스의 참다운 정신은 사기꾼이자 감성팔이인 찰스 디킨스가 권장하는 폭음과 과시에 있는 게 아닙니다." 애드리언 트레메인 경이 자신에게 허락된 유일한 술인 포트와인이 담긴 작은 잔 손잡이를 손가락으로 쓰다듬으며 말했다. 그는 긴 테이블에 아직 널브러져 있는 저녁 식사의 잔재를 경멸에 찬 눈으로 둘러보았다. "칠면조나 건포도 넣은 푸딩에 있는 것도 아니고, 크래커나 비싼 선물에 있는 건 더더구나 아니지요. 절대 아니에요!" 그의 목소리가 떨리는가 싶더니 금세 속삭이듯 낮아졌고, 곧 전국의 극장들을 섭렵하던 때처럼 안정되었다. "크리스마스의 참다운 정신은 당연히 화해에 있습니다."

"화해라……. 맞는 말이에요." 사이크스 목사가 말했다.

"그럼 크리스마스 이야기에는 왜 늘 양치기와 부유한 왕들이 등장해 마구간에서 기도나 하는 걸까요?"

"그들이 딱히……." 포테스큐 목사가 입을 열었지만 무시당했다.

"신이 언제나 인간을 지켜보고 있음을 보여주기 위해서죠. 반대편과 화해하는 것이 진정한 크리스마스 정신입니다. 해마다 크리스마스가 되면 나와 사랑하는 아내 앨리스도 그런 계획을 세우곤 했는데, 이제 더는 어렵네요. 어쩌면 누구나 마찬가지일지도 모르겠어요. 일단 아이들이 자기들 앞가림을 할 만큼 자라면 우리는 크리스마스에 조용하고 소박하게 서로 이야기나 나누며 지내게 되지요. 복싱 데이에는 헤리턴 홀로 많은 사람을 초대했어요. 특히 사이가 벌어졌던 사람들이나 화해가 필요한 사람들을요." 그는 잠시 말을 멈추고 전국 방방곡곡을 누비며 관중을 열광시킨 당밀 같은 목소리로 준비된 이야기를 풀어내기 시작했다.

"그게 바로 잊지 못할 1936년 크리스마스에 우리가 했던 일이지요. 십…… 년…… 전에."

테이블 여기저기서 사람들이 고개를 끄덕였다. 전에 그 이야기를 들은 사람도 있었고 처음 듣는 사람도 있었다.

"크리스마스 날은 조용했습니다. 솔직히 좀 따분하기까지 했죠."

애드리언 경이 다시 말을 이었다. "우리는 새 왕의 성탄절 연설을 들으며 그가 언어 장애를 힘들게 극복한 데 감탄했습니다. 타고난 장점이 없는 이를 지켜보는 일은 항상 기분 좋은 법이지요. 고백컨대 그날 나는 기대감으로 충만해 있었답니다. 다음 날 있을 아름다운 화해라는 그림이 정말 기다려졌어요. 그리고 다른 작품들도……."

테이블의 한두 쪽에서 유감스럽게도 킬킬거리는 소리가 들렸다.

"화해에는 한계가 있죠." 마틴 러브조이가 꺼낸 말이었다.

"애석하게도 그렇죠." 애드리언 경이 마틴이 있는 쪽을 향해 공손하게 고개 숙여 인정한다는 표시를 했다. "우리는 결국 약한 인간에 불과하니까요. 저는 늘 그리스도께서 베푸실 화해의 역사를 바랄 뿐이고, 사람들은 심판대에 선 저를 위해 호소할 수 있을 뿐이죠. 그런데 성경도 오직 한 가지 용서 못 할 죄가 있다고 하지 않았나요?'

그 자리에 있던 세 명의 성직자들 모두가 입이 근질거린다는 표정을 짓자 애드리언 경은 서둘러 이야기를 휘몰아쳐 갔다. "복싱 데이 아침에 처음 도착한 사람은 안젤라 몽포르였고, 비평가인 대니얼 웨스트가 뒤따라 들어왔습니다. 사실 저는 두 사람이 같이 도착했다고 봐도 좋지 않을까 생각합니다. 안젤라에게는 교통수단이 없었으니까요. 웨스트가 그녀의 최근 공연에 대해 쓴 리뷰를 보고 깜짝 놀랐습니다. 무슨 일이 있었는지 모르겠지만 어쩜 그렇게 대놓고 열광적일 수 있는지, 원. 물론 '무슨 일'은 안젤라와 있었겠고, 그 영국인 비평가가 청렴결백하다면 말짱 헛소리거든요. 하지만 내가 안젤라와 잘 못 지낸 건 섹스와는 무관합니다. 문제는 전국 공연 내내 안젤라가 저한테 올 찬사와 관심을 계속 탁탁 가로챘다는 겁니다. 〈사적인 삶〉이라는 연극이었는데 거기서 저는 쫄보 역할을 맡았죠. 많은 사람들이……. 아, 아닙니다, 아무려면 어때요. 다 지나간 영광이요, 오래된 승리인걸요."

셰익스피어의 『템페스트』에 나오는 프로스페로가 마법을 포기할 때와 비슷한 고달픈 억양이었다.

"웨스트가 모욕적인 비평을 썼나요?" 마틴이 천진난만하게 물었다. 그는 이 자리에서 연극에 대해 가장 많이 아는 사람이었고, 자신도 그 사실을 잘 알고 있었다.

"웨스트는 지역 신문에 내가 연기한 말볼리오셰익스피어의 『십이야』에 등장하는 점잔 빼는 집사에 대해 비평을 했어요." 애드리언 경이 퉁명스럽게 말했다. "아주 혹평을 했지요."

"경의 '다 쪼그라든 포대 자루'에 관해 쓴 거 말이죠?" 참석한 사람 중 유일하게 맨체스터 가디언을 구독하는 피터 카버리가 물었다.

"일부러 그렇게 분장했던 거예요!" 애드리언 경이 격노해서 말했다. "내 오랜 친구 빙키 매서가 얼마나 신경 써서 디자인한 건데요. 일개 비평가의 무시와 악의에 모욕당할 만한 게 아니지요."

그가 평정을 되찾으려고 포트와인을 한 모금 홀짝였고, 그러는 사이 피터와 마틴은 서로 눈을 찡끗해 보였다.

애드리언 경이 다시 말을 이었다. "물론 내가 안젤라를 응접실로 안내하자 안젤라가 호들갑을 떨더군요. '헤리턴에 돌아오니 얼마나 좋은지 모른다'나 뭐 그런 말을 했어요. 웨스트는 떨떠름한 표정으로 주변을 둘러보더군요. 내가 뭣도 모르고 웨스트를 지각 있고 전도유망한 비평가로 여길 때 거기 데려간 적이 있었어요. 그는 장엄한 서섹스 구릉지대가 내려다보이는 그 집을 탐내고 있었지요. 그가 남자들에게 들이대는 규칙은 수박 겉핥기식이라, 배우를 한다는 건 좀 우습게 여기면서 비평가를 하는 건 전혀 하찮게 여기지 않았어요. 웨스트는 돈을 꽤 잘 벌었는데, 그게 그의 판단이 옳다는 보증서는 아니죠. 웨스트는 냉소적인 표정을 지었지만, 저는 두 사람을 계속 공손하게 대했어요. 제가 두 사람에게 칵테일을 만들어 주고 있는데 우리 앨리스가 프랭크 맨드빌과 함께 들어섰어요."

"아내의 연인이었나요?" 피터가 말했다.

"아, 이리 편협하고 상스러운 말을 하시다니." 애드리언 경이 심각한 어조로 말했다. "연극계에서는 그런 걸 대수롭지 않게 여깁니다. 옛날 같으면 그 남자가 앨리스의 치치즈베오cicisbeo라고 했겠지요."

"앨리스의 뭐라고요?" 스티븐 코츠가 뭔가 불만스러운 듯 따졌다. 그는 자기 의견을 솔직하게 드러내는 사람이었고 허세를 싫어했다.

"남편 있는 여자의 애인이라는 뜻의 이탈리아어입니다. 이탈리아에는 오래전부터 그런 사람들이 많았잖습니까." 애드리언 경이 친절하게 설명했다.

"보통은 남자가 훨씬 젊죠. 이 경우처럼." 피터가 덧붙였다.

"맞습니다. 더 젊어요. 굉장히 많이 젊지는 않지만요. 프랭크 맨드빌은 오랫동안 미성년 주연을 맡아서 젊음에 관한 한 박사학위를 따고도 남아요. 앨리스가 프랭크를 밀어 준 역사는 짧다면 짧고 길다면 긴데, 그를 데리고 들어오는 앨리스를 보니 한때 왜 그에게 매혹됐는지 자기도 모르겠다는 표정이었어요. 프랭크가 머리에 기름을 듬뿍 발라 올백으로 넘긴 게 차량 정비 기술자들이나 좋아함 직한 스타일이었죠. 나 역시 황당했어요."

"파티는 흥거워졌겠군요." 스티븐이 끼어들었다. 애드리언 경이 미소를 지었다. 정중하고 하물며 과장되기까지 한 사교의 방식을 이해하기에 스티븐은 좀 부족하다는 의미의 미소 같았다.

"프랭크가 호들갑스럽게 안으로 들어가자 안젤라가 '이건 뭐지?'라며 의심스러운 눈초리로 앨리스와 나를 번갈아 쳐다봤다는 얘기를 해야겠군요. 그럴 줄 알고 우리는 주변에 사는 별 볼 일 없는 사람들을 여럿 초대했어요. 훌륭한 교장 선생님, 가난한 지주와 따분한 아내, 적어도 두 명의 교구 목사 같은 좋은 사람들 말이에요. 그래서 그들이 속속 도착할 때, 의심을 하지 않게 해 줬지요."

"의심이라뇨?" 그 얘기를 들은 적도 없고 영리하지도 않은 마이크가 반문했다. 애드리언 경은 옛날 귀족을 연기하면서 익힌 비현실적이도록 당당한 태도로 기다리라는 듯 손을 저었다.

"리처드 말라트랫이 아내와 함께 도착한 후에야 모든 게 제대로 돌아갔어요."

"그 세대 최고의 햄릿이죠." 피터가 악의적인 의도로 끼어들었다.

"오, 리처드만 좋아할 칭찬이군요." 애드리언 경이 고상하게 반응했다. "셰익스피어 연기의 기술은 죽었어요. 그러나 신문사들이 오늘날 연극계를 차세대 올리비에_{셰익스피어 희곡을 연기한 배우이자 연출가}가 주도한다고 믿는다면, 어느 누가 감히 연기 실력을 지적하겠어요."

"당신과 말라트랫이 셰익스피어 극에서 라이벌이죠?" 피터가 묻자, 애드리언 경은 순순히 인정했다.

"올드 빅 극장에서는 그랬죠. 돈은 별로 못 벌었지만 명성은 드높았어요. 내가 간절히 원했던 것이었지요."

"경력을 되살리고 싶어서요?" 사이크스 목사가 물었다. 모두 혐오의 표정으로 목사를 보았다.

"경력을 되살릴 필요는 없어요! 젊은 세대들에게 연기를 도대체 어떻게 해야 하는 건지 보여 주고, 진정한 연기력을 잃어버린 사람들에게 기준을 세워 주려는 거죠. 그런데 말라트랫은 역할을 이해하는 데 필수적인 철학도 부족하고, 숙련된 배우가 써야 할 음악적인 요소도 없이 배역을 맡아 그럴듯한 성공을 거두었지요."

애드리언 경이 눈을 반짝거리며 장난스럽게 몸을 앞으로 숙이고 말했다. "저는 폴로니우스『햄릿』에서 오필리아의 아버지 역을 제안받았어요."

"좋은 배역을 맡았네요." 포테스큐 목사가 넌지시 말했는데, 아마 상처에 소금을 문지르는 격이었을 것이다. 그러나 애드리언은 신경 쓰지 않았다.

"물론 악감정을 가지고 한 제안이었지요. 그 사람이 저에게 배역을 제안하고 공연 준비까지 마친 뒤 모든 친구들에게 그 얘기를 했죠. 그래서 올드 빅에서는 다시 연기하지 않았어요. 팬들을 실망시키고 배역을 받아들이지 않았다고 욕도 좀 먹었죠."

"그의 아내를 어떻게 해 보려 했죠, 아닙니까?" 그쪽 방면으로 정통한 마틴이 물었다.

"신문 기사에는 그렇게 났죠. 글로리아 데비어는 그때 그의 아내가 아니었습니다. 아내와 다름없긴 했지만요. 거기다 한물간 할리우드 스타도 아니었구요. 분명 우리가 새 영화에서, 제목이 뭐였더라, 잠시 만나기는 했습니다. 연극계의 도덕성은 레밍턴 온천이나 캣퍼드와는 다르답니다. 우리는 다른 곳의 연극 계약을 끝낸 후 토요일 밤에 크루 역에서 우연히 만났어요. 추잡하게 들릴 수도 있지만, 나한테는 시간을 보내는 방편 이상도 이하도 아니었습니다. 그저 런던, 미들랜드, 스코틀랜드의 철도가 변덕을 부리는 바람에 오도 가도 못 하고 발이 묶였을 뿐이에요. 뭐 그런 생각은 했습니다. 이 풋내기 같은 것한테 품위를 가르치는 거라고, 로맨스가 피어났을 때 이전 세대는 어떻게 사랑을 나누는지 소개해 주는 거라고, 그리고 여자는 예의와 존중으로 다뤄야 한다는 걸 알리는 거라고 말이죠."

"그녀가 '세상의 모든 뉴스'에서 그때 정말 빌어먹게 지겨웠다고 한 것 같은데요." 피터가 마틴에게 말했지만 소리 죽여 얘기했기에 애드리언 경은 상관 않고 하던 얘기를 계속했다.

"물론 그녀가 나중에 독살스럽게 얘기했지만, 내가 복수심에 일부러 그녀를 만났다는 건 말짱 헛소리예요. 그녀가 그렇게 생각한다 해도, 나로선 그 지저분한 감정도 나름 순수했다고 말하고 싶군요."

"그저 함께 출연하는 사람들의 회합 같은 거였단 말인가요?" 사이크스 목사가 물었다.

"비슷해요. 네, 거의 그랬죠." 애드리언 경의 말투는 늘 그렇듯 느굿했는데, 이 이야기를 할 때는 확실히 더 여유로웠다. "여기까지는 파티가 순조로웠던 것 같습니다. 말라트랫과 그의 야단스러운 아내가 분명 별 볼 일 없는 사람들의 주목을 끌리라 예상하고 계획했거든요. 사람들이 주위에 몰려들어 무대나 스크린에서 보았던 그들의 하찮은 연기에 칭찬과 감탄을 쏟아 내느라 북새통이었죠. 데비어의 유성영화나 말라트랫이 연기한 햄릿이며, 로미오, 리처드 2세 같은 건 안 본 사람이 없는 것 같더군요. 그게 얼마나 지겹고 역겨운 일인지 나는 알아요. 안젤라는 자기애의 자양분이 될 팬들이 없어 좌절했죠. 맨드빌과 독설이나 주고받으며 겨우 자기만족을 하더군요. 물론 맨드빌도 말라트랫한테 관심이 집중되는 데 격분했구요."

"맨드빌은 셰익스피어 연기를 거의 하지 않았잖아요." 피터 카버리가 지적했다.

"거의 배우라고도 할 수 없죠. 그러나 공연계의 불화와 시샘에는 논리가 없는 법이에요. 맨드빌이 연기한 햄릿은 궂은 날씨 때문인지 볼턴에서는 관중을 거의 불러 모으지 못했고, 그래서인지 말라트랫의 인기에 계속 이를 갈았죠."

"그런 사람이 맨드빌만은 아니었지." 스티븐 코츠가 귓속말했다.

"이제 다시 술을 돌릴 시간이 되었지요. 오래전부터 내 의상을 담당해 온 잭 로든이 진입로로 느릿느릿 들어오는 걸 보고 때가 됐다고 생각했어요. 그는 한때 나의 정다운 의상 담당자였답니다. 나는 이미 섞어 놓은 칵테일과 셰리주 두 종류, 스트레이트 위스키 두 잔을 포함해 여러 음료를 잔에 따랐습니다. 점심식사 전에 스트레이트

위스키를 마실 수 있는 무시무시한 취향을 가진 사람은 거기에 단한 명밖에 없었어요. 두 잔을 연거푸 들이켜면 살 확률이 반반이었죠. 쟁반을 어떻게 들이미느냐가 관건이었어요. 손님들을 등지고 서서 위스키 잔 하나에 히오스신진정제의 일종을 던져 넣었죠."

"그 위스키는 누가 마셨습니까?" 질문에 대답하지 않을 줄 알면서도 롤랜드가 물었다.

"아주 취향이 고약한 사람." 애드리언 경이 경멸하는 투로 말했다. "그러고는 현관을 열러 나갔습니다. 잭이 크리스마스라 기차와 버스 서비스가 엉망이라고 주절거리면서 안으로 비척비척 들어왔어요. 아주 애처로워서 못 봐주겠더군요. 말라트랫은 잭을 나한테서 꾀어 내 갔다가 지금 하는 일에 쓸모가 없어지자 내버렸고, 잭은 이제 다른 사람의 이목을 신경 쓰는 건 고사하고 스스로 몸을 씻을 생각조차 하지 않게 되었죠. 나는 히오스신 병을 관목 숲으로 최대한 멀리 던진 후 과할 정도로 다정한 척하며 잭을 응접실로 데리고 가 파티에 참석한 이들에게 일일이 소개했어요. '당신 둘은 오랜 친구잖소.' 그 비열한 말라트랫에게 잭을 데려가서 내가 그렇게 말한 게 기억나는군요. 그 망나니도 메스껍게 예의상 슬쩍 웃습디다. 곁눈질로 보니 손님들 몇이 벌써 쟁반에서 술을 가져다 마셔서 어찌나 기쁘던지요."

"왜 기뻤습니까?"

"내가 준 게 아니라 사람들이 스스로 집어 간 거니까요. 그래도 공연계 사람들이나 가져갔지, 일반인들은 감히 그럴 생각도 못 했죠."

"그런데 왜 파티가 그리 재밌었던 것 같지 않을까요." 마틴이 끼어들었다.

"그래요? 아, 공연하는 사람들은 어디서든 여유가 있어요. 팬들이 옆에 있으면 특히 더 그렇죠. 일단 일반인들 몇 명이 스타 듀오 말라트랫과 데비어한테서 빠져나오면 다음으로 안젤라에게 몰려들죠. 안젤라는 오래전에 무대를 떠났지만 여전히 무대 체질이거든요. 그러니 파티 분위기는 전혀 나쁘지 않았어요."

"누가 죽기 전까지는." 포테스큐 목사가 덧붙였다.

"네, 맞습니다. 그 전까지는." 에드리언 경도 맞장구쳤다.

"그 일도……."

"분위기를 망치지는 않았나요?"

"네, 아직은요. 독은 천천히 퍼지니까요. 청산가리는 효과가 빠르고 극적이지만—스릴러물을 연기한 적이 있어서 압니다—다른 건 대개 시간이 걸리죠. 처음에는 그저 배가 좀 아프다고 느끼죠. 앨리스는 그러다 말았으면 좋겠다고 했어요. 물론 앨리스는 제 계획을 몰랐습니다. 어쩐지 여자는 썩 믿을 만하지가 못해서요, 안 그렇습니까?"

애드리언 경이 좌중을 둘러보았다. 여자를 절대적으로 믿는 사람은 아무도 없었다.

"그럼, 쟁반을 돌린 사람은 앨리스가 아니었습니까? 아랫사람이었나요?" 사이먼이 물었다.

"아뇨. 아랫사람들은 점심 준비하느라 정신이 없었죠. 내가 신사라, 이런 종류의 일에 충직한 이들을 포함시키는 것을 본능적으로 피했습니다."

"그렇다고 직접 하지는 않았을 거 아닌가요."

"네, 물론입니다. 진작 각광에서 멀어진 웨스트와 과거를 회상하느라 정신 못 차리는 우리의 불쌍한 잭의 어깨를 두드려서 새로 장만한 음료를 사람들에게 좀 나눠 달라고 부탁했죠. 그게 늘 내 머릿속에 있던 각본이었어요. 그렇지만 잭이 제대로 걸음도 못 옮기는 걸 보고는 하마터면 마음을 고쳐먹을 뻔했습니다. 바닥에 다 쏟아버리면 큰일이니까요. 그런데 다행히도 잭이 아주 정확히 쟁반을 들어 올리더군요. 제물에게 다가갔을 때 그의 손 가까이에 독이 든 위스키가 놓이도록 말이죠."

"그리고 제물은 정확히 그 잔을 집어 들었구요." 이번에도 포테스큐 목사가 핵심을 짚어 주었다.

"네. 이제 축배를 들 시간이 되었죠. 내가 목소리를 가다듬자 모두 조용해졌습니다. 나는 어떻게 해야 사람들이 조용해지는지 잘 안답니다. 건배사를 오래 고심했는데, 지금 생각해 봐도 참 멋졌던 것 같아요. '오래 알아 온 그리고 새로 사귄 친구들을 위해, 화해와 새로운 관계를 위해, 진정한 크리스마스 정신을 위해.' 내 말에 다들 동의하면서 잔을 들어 올렸지요. 모두 메리 크리스마스를 외쳤고 제물도 잔을 비웠습니다."

"홀짝거리지는 않았나요?" 스티븐이 질문했다.

"아뇨. 제물은 쭉 들이켠 후 좀 뜸을 들였다 다음 잔을 마시는 스타일이었죠. 개인적으로는 조금씩 나눠 마시는 게 더 사교적이라 생각하는 편입니다만."

"얼마 후에 효과가 나타났나요?"

"음, 한 20분 정도." 그 장면을 떠올리는 애드리언 경의 얼굴에 미소가 어렸다. "처음에는 그저 메스꺼워하는 것 같더니 잠시 후 몸이 안 좋다고 하소연하더군요. 앨리스가 세심하게 보살펴 주었어요. 제물을 내 서재로 데려가 구급 상자에서 상비약을 꺼내 물과 함께 권합니다. 제물은 땀을 비 오듯 흘렸고 앞도 잘 보이지 않는 것 같았어요. 급기야 앨리스가 오더니 마을에 가서 의사 카메론을 불러오라고 하더군요. 복싱 데이에 사람을 부르러 가는 게 싫었어요. 게다가 의사는 파티에 초대하지도 않았잖아요."

"의사가 문제를 알아채고 제때 살려낼까 봐 싫었던 건 아니구요?"

"바로 그거죠. 다행히 카메론 선생은 구식 의사라 걸어서 왕진을 다녀요. 요즘 그런 경우는 드물죠. 스코틀랜드 사람 특유의 성마른 기질을 지닌 데다 자존심도 결여된 의사인데, 기어이 도착은 했지만 할 수 있는 게 없더군요. 의혹이 일어 경찰을 불러야 한다는 소리까지 나왔죠. 덕분에 지나고 나면 다 잊힐 복싱 데이 대신 짜릿하지만 다소 불편한 분위기가 연출됐습니다."

"경찰은 즉시 누가 한 짓인지 특정해 내던가요?" 마이크가 물었다. 애드리언 경이 체호프풍으로 한숨을 쉬었다.

"내가 생각했던 것보다 더 빨랐어요. 그 지역은 처음이라 마을 경찰의 역량을 몰랐던 거지요. 흔히 있는 머리 빈 시골 순경일 줄 알았는데, 딱 보자마자 꽤 똑똑할 것 같은 느낌이었어요. 순경이 가까운 모르딕 지역 상관에게 전화를 걸었어요. 거기서 탐정소설에나 나올 법한 군단이 도착하기도 전에, 순경이 사건의 줄거리를 꿰고는 경감이 조사하기 편하게 사건 개요를 일목요연하게 정리하더라고요."

"그래도 많은 사람들이 용의선상에 올랐겠죠." 피터가 말했다.

"네, 물론이죠. 사실 제물을 제외한 공연계 사람들 모두가 쟁반 가까이 있었고, 모두가 제물에게 악감정을 가지고 있었을 겁니다. 그런데, 아뿔싸, 극적으로 범위를 좁혀 준 사람은 다름 아닌 내 아내 앨리스였습니다." 이 부분에서 시크스 목사가 발로 포네스큐 목사의 발을 툭 쳤지만, 에드리언 경은 눈치채지 못했다. 성직자들은 인간의 본성에 관해 어느 정도는 알았고, 그게 비단 자신이 저지르는 육체의 죄에 국한되지는 않았다. "네, 앨리스는 벌써 새로 온 순경과 친밀한 관계를 맺더군요." 발 두 개가 다시 부딪쳤다. "긴장된 분위기 속에서 점심을 먹은 후 앨리스가 순경과 격식 없는 대화를 나누던 중에 아까 창가에 서 있다가 공중으로 뭔가 휙 날아가는 느낌을 받았다는 얘기를 했습니다."

"병 말인가요?"

"네. 수색 끝에 병이 발견됐고 내용물 분석에 들어갔습니다. 그러자 의심할 여지가 없었죠."

"의심할 여지가 없다뇨?" 센스 없는 마이크가 물었다.

"두 번째 음료를 낼 때 히오스신이 들어갔고, 방에서 나간 사람은 문을 열러 갔던 나뿐이었으니까요. 물론 잭을 제외하고요. 잭 로든

이 응접실로 들어설 때 빈 병이 던져졌으니 당연히 나밖에 없는 거죠. 내가 체포됐고 고소당했으니, 연극도 엉망진창이 돼 버렸지요."

모두들 애드리언 경의 이야기가 막을 내렸음을 깨닫고 고개를 절레절레 저었다.

"자, 모두들 갑시다." 때마침 열쇠를 달랑거리며 문 옆에 서 있던 아치가 말했다. "이제 당신이 갈 시간입니다. 우리도 크리스마스 저녁을 먹으러 가야 하거든요, 알죠?"

"근데." 멍청한 것은 아니지만 그 이야기를 들은 적 없는 마이크가 말했다. "제물은 도대체 누구였습니까?"

애드리언 경이 고개를 돌려 테이블 주위에 앉은 사람과 그들이 먹고 남은 음식의 잔재를 둘러보았다. 이제 이 특별한 공연을 잘 마감할 때가 되었다. 배우들이 한 목소리로 새 왕의 대관식을 단두대에 선 기사 작위 배우와 함께 축하해서는 안 된다고 설득한 이래로 열 번의 크리스마스가 지났다. 애드리언 경이 오래전 리처드 3세로 공연했을 때처럼 머리를 앞으로 내밀고 자세를 취했다.

"꼭 물어야겠소? 비평가가 아니면 누구였겠소!" 애드리언 경이 거친 목소리로 말했다. 어떻게 그 말을 또 내뱉게 하나!

"내 명예를 더럽힌 그자가 아니면 누구일 수 있겠소!"

그가 몸을 돌려 다시 감방으로 끌려 돌아갈 때 사람들은 모두 한 곳을 바라보았다. 이제는 베티 그레이블늘씬한 각선미로 백만 달러 보험을 든 것으로 유명한 미국의 배우이 실크 스타킹을 신는 것처럼 한때 타이즈를 신었던 남자의 쪼그라든 엉덩이와 정강이를.

왕세자 인형 도난 사건

THE ADVENTURE OF THE DAUPHIN'S DOLL

엘러리 퀸 Ellery Queen

영리한 마케팅 전략으로 엘러리 퀸이라는 가명을 지어 협업을 결정한 사촌 (프레더릭 다네이와 만프레드 B. 리)은 그들의 탐정도 엘러리 퀸이라 명명했다. 그들은 독자가 작가 혹은 캐릭터의 이름 중 어느 한쪽은 잊어버려도 다른 쪽은 기억할 것이라고 생각한 것이다. 그들의 예상은 맞았고, 엘러리 퀸은 미스터리 소설 역사에 한 획을 그은 작가이자 탐정으로 자리매김했다. 퀸의 소설을 원작으로 십여 편 이상의 영화와 다수의 라디오와 TV쇼가 제작되었다. 「왕세자 인형 도난 사건」은 《엘러리 퀸 미스터리 매거진》의 1948년 12월 호에 처음 발표되었다.

편집자들 사이에서 구전되던 스토리 텔러의 법칙이 있으니, 바로 크리스마스 이야기에는 반드시 아이들이 등장한다는 것이다. 이 크리스마스 이야기도 예외는 아니다. 사실 아동 혐오자들은 우리가 아이를 지나치게 많이 등장시킨다고 불평할 것이다. 미리 고백한다. 이것은 인형에 관한 이야기이기도 하며, 산타클로스, 하물며 도둑도 나온다. 하지만 여기 나오는 도둑이 누구든 간에 바라바_{그리스도 대신 석방} _{된 도둑의 이름} 같은 교훈적 인물은 아니다.

크리스마스 이야기를 지배하는 또 다른 법칙은 '상냥함'과 '빛'에 편중된다는 점이다. '상냥함'은 고아들과 크리스마스의 기적이라는 절대불변의 법칙이, '빛'은 항상 그렇듯이 엘러리 퀸이라는 걸출한 영재가 제공하게 된다. 다소 성격이 어두운 독자라면—적어도 시달릴 대로 시달린 퀸 경감의 경우는—'어둠' 또한 발견하게 될 것이다. 물론 '어둠'은 그 지방을 지배하는 통치자와 그의 행동에서 나온 것이다. 그의 이름은 사탄이 아니라 코머스, 다분히 역설적이다. 모두들 알다시피 원래 코머스는 음주와 향연의 신이므로 지하 세계와 혼히 어울릴 성격이 아니다. 엘러리가 코머스란 가상의 적과 씨름할 때 골머리를 앓았던 이유도 바로 이 비연결성 때문이었다. 그래서 평범함을 경멸하지 않는 사람인 니키 포터가 일반인이 바로 이해할 만한 곳에 해답이 있을지도 모른다고 제안하기 전까지는 엘러리도 공연히 헛바퀴만 돌려 댔던 것이다. 그리고 위대한 코머스에게는 치욕적이게도, 브리태니커 백과사전의 175주년 판 6권 262쪽 b면에 콜랩과 다마시 사이에서 그를 쉽게 찾아 볼 수 있다. 코머스란 이름의 프랑스인 마술사는 1789년 런던에서 자신의 아내를 테이블 위에서 사라지게 만들었는데, 처음에는—그것이 아내의 업적이든 남편의 재주든—거울의 도움 없이 해낸 것처럼 보였다. 엘러리는 그 어두운 적수의 이름으로 역사적인 사실까지 추적하다가 일순간 그의 주변으로 빛이 터져 나와 어둠을 몰아내는 축복의 순간을 맞이하며 벅찬 감격을 느꼈다.

그러나 이것은 혼돈이다.

이야기는 보이지 않는 인물이 아니라 죽은 인물에서 시작된다.

그렇다고 입슨 양이 처음부터 죽은 인물은 아니었다. 78년 동안 살았으며, 숨을 거칠게 쉬는 편이었다. 입슨 양의 아버지가 말한 것처럼 그녀는 '아주 활동적이고 작은' 사람이었다. 입슨 양의 아버지는 중서부에 있는 작은 대학의 그리스어 교수였다.

입슨 교수는 뛰어난 사람이었다. 여느 그리스어 교수들과 달리 그는 그리스인 그리스어 교수였다. 그가 태어난 곳은 미틸리니 섬 폴리크니토스 안에 있는 제라시모스 아가모스 입실로노몬이었다. 그곳은 입슨 교수가 딴짓을 할 때마다 유용하게 사용하는 인용구 '사랑받고 노래로 칭송되는 타오르는 사포Sappho의 땅그리스 섬을 일컫는 시적인 표현'이 가리키는 바로 그 장소였다. 입슨 교수는 그리스의 이상을, 즉 모든 것들에 깃든 무절제함을 진심으로 믿었다. 교수는 태생과 문화적 배경 덕분에 '아버지 되기'에 지대한 관심이 있었다. 그러나 참으로 원통하게도 입슨 부인의 번식력은 그녀의 주된 수입원인 양계장 마당에만 국한되었다. 교수는 어린 여자들과 관계를 맺어 아이를 낳을 때마다 아내를 동정하면서도 그리스 핑계를 댔다. 그러니 교수는 그들 사이에서 생긴 딸을 생물학적 기적으로 여겼다.

교수의 사고 방식도 입슨 부인을 자주 헷갈리게 했다. 가령 부인은 왜 남편이 이름을 센스 있게 존스로 바꿀 일이지 입슨Ypson으로 줄여 쓰는지 늘 궁금했다. "맙소사." 일전에 교수는 그 물음에 이렇게 답했다. "당신은 아이오와 속물이구려." 입슨 부인이 외쳤다. "하지만 그걸 제대로 쓰거나 발음할 수 있는 사람이 하나도 없어요." 입슨 교수가 작은 소리로 말했다. "이건 우리가 입실란티Ypsilanti와 함께 지고 가야 할 십자가라오." 입슨 부인이 말했다. "아, 네."

교수가 하는 말에는 언제나 불가사의한 면이 있었다. 교수가 아내에게 가장 자주 쓰는 형용사가 '입실리폼'이란 단어였다. 그것은 성숙한 난자의 수정 초기 단계를 가리키는 말이었고, 일종의 은밀한 제안이었다. 그러나 입슨 부인은 계속 혼란만 겪다가 이른 나이에 죽었다.

이제 교수는 그의 가엾은 어린 딸을 외가 쪽 친척 중 욕심 많은 장로교 교인 주크스에게 맡기고, 자기는 캔자스 시 연예인들과 신나게 놀아났다.

교수가 현학적이고 멋들어진 편지로 '루크럼lucrum, 〈이익〉이라는 의미의 라틴어'을 요구하는 편지를 써 보낼 때를 제외하고, 어린 입슨 양이 아버지로부터 소식을 들은 것은 40년 긴 세월 동안 오직 한 번뿐이었다. 그때 교수는 딸의 소장품 목록에 추가될 만한, 3천 년 이상 된 그리스산 테라코타 인형을 보냈는데, 불행하게도 입슨 양은 그것이 이유 없이 사라졌을 테니 브루클린 박물관에 돌려주어야 한다는 의무감을 느꼈다. 아버지가 선물과 함께 보낸 편지의 내용은 묘했다. "Timeo Danaos et dona ferentes 신뢰할 수 없는 사람은 친절하게 보일 때라도 두렵다."

입슨 양의 인형들은 우아함이 있었다. 그녀가 태어나자 (한때 다정했던)교수는 다산에 헌신하라는 뜻으로 딸에게 키테레이아비너스의 별명라는 이름을 지어주었다. 이는 신의 아이러니를 보여 주었을 뿐이다. 다산 숭배자인 교수가 아내의 차가운 자궁에 좌절한 것도 모자라, 입슨 양 역시 아주 정력이 왕성한 다섯 남편을 매장하고도 평생 불임이었기 때문이다. 그리하여 그녀는 모든 열정을 다 소진한 후—아버지의 이름을 빌려—넓고 공허한 뉴욕의 아파트를 뛰어다니며 인형들을 가지고 신나게 노는, 애매하고도 간절한 미소를 띤 부드럽고 작은 노부인이 되었으니 고전적인 비극이 아닐 수 없다.

처음에는 그것들도 그저 평범한 클레이 인형이었다. 빌리켄앉아서 미소 짓는 복신福神의 상像, 큐피볼이 빨갛고 머리가 곱슬곱슬한 인형, 캐시 크루즈독일 태생의 캐시 크루즈가 만든 인형 브랜드, 팻시1928년에 처음 생산된 단단한 조립 인형, 폭시 그랜파신문 만화에 나오는 폭시 그랜파를 인쇄한 천 인형 등등. 그러나 입슨 양은 더 많은 인형을 갖고 싶었고, 오래된 것들을 탐하기 시작했다.

입슨 양은 파라오의 땅으로 가서 얇은 널빤지 인형 두 점을 가져왔다. 널빤지에 사람의 형상을 새기고 색을 칠한 뒤 구슬로 머리를 장식한 인형으로, 다리는 없었다(그래야 도망가지 않을 테니). 그 인형은 어떤 감정가라도 현존하는 고대 이집트 패들 인형인류 역사상 가장 오래된 인형으로, 주걱 모양의 나무 인형의 가장 훌륭한 견본이며—일부 전문가들은 부정할지도 모르지만—대영박물관에 있는 것들보다 훨씬 우수하다고 인정할 만한 물건이었다.

입슨 양은 '레티샤 펜 인형'의 조상을 찾아냈다. '레티샤 펜 인형'은 레티샤의 아버지 윌리엄 펜이 어린 딸의 놀이 상대로 선물하기 위해 1699년에 영국에서 필라델피아로 가져온 것으로, 입슨 양이 조상 격인 인형을 발견할 때까지 미국에서 가장 오래된 인형이라는 기록을 보유하고 있었다. 입슨 양이 발견한 인형은 벨벳 옷을 입고 무뚝뚝

한 나무 심장을 가진 '어린 아가씨'였는데 신대륙에서 태어난 첫 영국 아이 버지니아 데어에게 월터 롤리 경이 보낸 것이었다. 그 아이가 1587년에 태어났기 때문에 스미소니언_{과학 지식의 보급 향상을 위하여 1846년 워싱턴 D.C.에 창립된 학술 협회}마저도 입슨 양의 업적에는 감히 의문을 제기하지 못했다.

노부인의 선반 위 판유리 케이스에는, 다 자란 아이들의 유년 시절을 상징하는 천여 개의 인형과 여러 값비싼 인형이 있다. 14세기 프랑스에서 온 '화려한 아기 인형'에서부터 오렌지 자유 주 핑고 부족_{남아프리카 공화국의 부족}의 성스러운 인형, 고대 일본의 사쓰마 종이 인형과 궁중 인형, 이집트 수단의 반짝거리는 눈 인형 '칼리파', 스웨덴의 자작나무 껍질 인형, 호피족_{주로 애리조나 주에 거주하는 북미 원주민 부족}의 '카치나' 인형, 에스키모의 매머드 이빨 인형, 치페와_{슈피리어 호수 지방에 사는 북미 최대의 원주민}의 깃털 인형, 고대 중국의 구르는 인형, 콥트의 뼈 인형, 다이애나에게 봉헌된 로마 인형, 마담 기요틴이 거리를 쓸어버리기 전 페르시아 멋쟁이들의 길거리 장난감이었던 팬틴 인형, 성스러운 가족을 표방하는 기독교 놀이방의 초창기 인형 등은 입슨 양의 수많은 수집품들 중 사소한 몇 가지일 뿐이다. 입슨 양은 판지 인형, 동물 피부 인형, 실패로 만든 인형, 게 집게발 인형, 달걀 껍데기 인형, 옥수수 껍질 인형, 봉제 인형, 이끼가 달린 솔방울 인형, 스타킹 인형, 비스크 도자기 인형, 야자수 잎으로 만든 인형, 혼용지 인형, 심지어 콩꼬투리로 만든 인형까지 가지고 있었다. 1미터나 되는 인형이 있는가 하면, 너무 작아서 입슨 양의 황금 골무에 들어가는 것도 있었다.

입슨 양의 소장품은 세기를 아울렀고 역사적인 영향력을 가졌다. 몬테수마나 빅토리아나 유진필드의 전설적인 장난감이나 메트로폴리탄에 있는 소장품도 입슨 양의 소장품엔 견줄 수 없었으며, 사우스 켄싱턴, 옛 부쿠레슈티에 있는 왕궁, 마법에 걸린 어린 소녀들의 꿈속 어디에도 이보다 더 위대한 인형 컬렉션은 없었다.

인형 컬렉션은 아테네식 기둥으로 받쳐 시골 사람처럼 튼튼하고 온통 도금양桃金孃 꽃이 뒤덮인 장소에 보관되어 있었고, 이 컬렉션은 우리를 몇 년 전 12월 23일에 존 서머셋 본들링 변호사가 퀸의 거처를 방문하는 장면으로 인도한다.

12월 23일은 일반적으로 퀸 부자를 찾기에 적당한 때가 아니다. 리처드 퀸 경감은 크리스마스를 구식으로 즐기는 타입이다. 칠면조 뱃속을 채우기 위해 스물두 시간이나 들여 재료를 다듬고, 가까운 식료품 가게에서 구할 수 없는 재료들을 발품을 팔아 마련하곤 했다. 그리고 엘러리는 선물 포장에 각고의 노력을 기울이는 사람이다. 크리스마스가 되기 한 달 전부터 특이한 포장지와 멋진 리본과 감각적인 스티커를 찾느라 탐정으로의 천재성을 모조리 동원한다. 그러고도 마지막 이틀은 온갖 기교를 부려 아름답게 포장하는 데 아낌없이 바친다.

그래서 존 S. 본들링 변호사가 방문했을 때 퀸 경감은 바비큐 앞치마를 두르고 핀제르브파슬리·골파 등의 식물을 잘게 썬 것으로, 소스·수프의 향미료를 팔꿈치에 묻힌 채 주방에 있었고, 엘러리는 서재 문을 꽁꽁 닫고서 반짝거리는 금속성 후크시아 포장지와 짙은 황록색 무아레 리본과 솔방울로 비밀 교향곡을 작곡하듯 포장에 몰두하고 있었다.

"이런 건 필요 없어요." 니키가 본들링 변호사만큼 깔축없이 생긴 명함을 들여다보며 어깨를 으쓱했다. "경감님을 안다고 하셨죠, 본들링 씨?"

"재산 변호사 본들링이라고 전해 줘요." 본들링이 신경질적으로 말했다. "파크 로라고 하면 알 겁니다."

"변호사님 때문에 경감님의 요리를 망쳐도 전 몰라요. 지극정성을 들이고 있단 말이에요." 니키가 퀸 경감을 부르러 갔다.

니키가 간 사이에 서재 문이 소리 없이 삐죽 열렸다. 그 틈으로 의심에 찬 눈이 밖을 살폈다.

"놀라지 마세요." 틈 사이로 빠져나온 뒤 문을 급히 잠그며 눈동자의 주인이 말했다. "애들을 믿을 수가 없어서 말이죠. 애들은, 그냥 애들이니까요."

"애들! 당신이 엘러리 퀸이군요, 그렇죠?" 본들링 변호사가 갑자기 소리를 질렀다.

"그런데요?"

"애들한테 관심이 많잖아요. 크리스마스, 고아, 인형, 그런 것들에요." 본들링 씨가 무척 성가시게 계속 말을 늘어놓았다.

"그런 것 같군요."

"그것 말고도 더 많겠죠. 아, 여기 당신 아버지가 오시네요. 퀸 경감님!"

"오, 본들링 씨." 노신사가 무심코 방문객의 손을 쥐고 흔들었다.

"누가 올라올 거라고 사무실에서 연락은 받았습니다. 여기 손수건. 칠면조 간이 좀 묻었네요. 제 아들 아시죠? 여기는 아들의 비서, 포터 양입니다. 그래서, 무슨 일입니까?"

"경감님, 저는 키테레이아 입슨의 재산을 관리하고 있습니다. 그리고……."

"만나서 반갑습니다, 본들링 씨." 엘러리가 말했다. "니키, 문 잠겼으니까 화장실 가는 길을 잊은 척은 그만 두고……."

"키테레이아 입슨이라." 경감이 미간을 찌푸렸다. "아, 맞아. 최근에 죽었지요."

"제게 인장품Dollection을 처리하라는 큰 숙제를 남겼어요." 본들링 씨가 씁쓸한 투로 말했다.

"인 뭐라구요?" 방으로 들어가려고 열쇠를 만지작거리던 엘러리가 물었다.

"인형과 소장품, 합쳐서 인장품. 입슨 양이 만든 단어입니다."

엘러리가 열쇠를 도로 주머니에 넣고 안락의자로 슬렁슬렁 걸어갔다.

"이거 여기 내려놔요?" 니키가 한숨을 쉬었다.

"인장품이라." 엘러리가 말했다.

"무려 30년 동안 모은 겁니다. 인형을요!"

"응, 니키. 거기 내려놔."

"자, 자, 본들링 씨. 그러니까 문제가 뭡니까? 크리스마스는 일 년에 한 번밖에 안 옵니다."

"유언에 인장품을 경매로 판매하라고 지정해 놨습니다. 수익금은 고아들을 위한 기금을 조성하는 데 쓰라고 했고요. 새해가 되는 대로 경매를 열 생각입니다." 변호사가 짜증을 냈다.

"인형과 고아들이라." 경감이 자바 섬의 검은 후추와 시골 신사가 그려진 시즈닝 솔트를 생각하며 건성으로 말했다.

"너무 멋져요." 니키가 활짝 웃었다.

"그래요?" 본들링 씨의 말투가 다소 부드러워졌다. "대리인을 만족시키지 않아도 된다면 분명 그렇긴 합니다. 나는 9년 동안 불평 한마디 듣지 않고 재산을 관리해 왔답니다. 그런데 이익금을 전부 그 빌어먹…… 아비 없는 아이들한테 줘 버리겠다니, 사람들이 그것만 보면 나를 빌 사이크스소설 올리버 트위스트에 등장하는 보육원 출신 소매치기로 신뢰할 수 없는 인물로 생각할 겁니다."

"내 칠면조." 경감은 또 시작이었다.

"인형들을 모두 카탈로그로 정리했습니다. 결과는 놀라웠어요! 그것들을 팔 시장이 없다는 걸 아십니까! 그런데 개인 소지품 몇 개를 빼면 인장품이 입슨 양의 전 재산입니다. 땡전 한 푼까지 모조리 거기 박아 넣은 셈이지요."

"어쨌든 상당히 가치 있는 물건 아닙니까." 엘러리가 이의를 제기했다.

"누구에게 말입니까, 퀸 씨? 박물관에서는 항상 그런 물건을 대가 없이 내놓기를 원합니다. 고아들은 그걸 판 돈이 이틀 동안 풍선껌이나 실컷 씹을 정도라고나 생각할 거고요. 딱 하나를 제외하면요."

"그 물건은 어떤 겁니까, 본들링 씨?"

"874번입니다. 이거요."

"874번이라……." 본들링이 큰 코트 주머니에서 끄집어낸 두꺼운 카탈로그에 실린 설명을 퀸 경감이 더듬더듬 읽었다. "왕세자 인형. 희귀함. 상아색으로 된 20센티미터 크기의 어릴 적 왕자 형상. 궁중 복 차림. 진품 어민^{왕들의 가운, 판사의 법복 등을 장식하는 데 쓰는 북방 족제비의 흰색 겨울털} 양단. 벨벳. 예복에 착용하는 황금 검이 허리에 장식됨. 파란색 최고급 다이아몬드가 박힌 금 왕관. 무게가 대략 49캐럿……."

"몇 캐럿이라고요?" 니키가 놀라서 소리쳤다.

"남아프리카의 '희망과 별' 보다 더 크군요." 엘러리도 모종의 흥분에 차서 말했다.

"감정가가……." 아버지 퀸 경감이 계속 설명을 읽어나갔다. "백만 달러군요."

"비싼 인형이네요."

"너무 심해요!" 니키가 말했다.

"터무니 없이 비싼…… 아니, 매우 정교한 이 왕실 인형은 1789년에 프랑스 왕 루이 16세가 죽은 형을 대신해 왕세자가 된 그의 둘째 아들 루이 샤를에게 생일 선물로 준 것이다. 프랑스 혁명기에 어린 왕세자는 상퀼로트에 구금당해 있는 동안 왕당파들에 의해 루이 17세로 추대되었다. 당시 그의 운명은 한 치 앞도 내다볼 수 없을 정도로 어두웠다. 로맨틱하고 역사적인 물건이다." 경감이 계속 읽어 내려갔다.

"몰락한 왕세자군요." 엘러리가 중얼거렸다. "본들링 씨, 이거 진품입니까?"

"전 변호사입니다. 골동품 전문가가 아니라." 방문객이 발끈했다. "각종 서류가 동봉되어 있긴 합니다. 그중 하나가 카페_{Capet} 왕조와 친하게 지낸 영국 여배우 레이디 샬롯 앳킨스가 프랑스 혁명 중에 프랑스에 머물면서 자필로 쓴 진술서입니다. 혹은 레이디 샬롯의 수중에 있었다는 설도 있습니다. 그런데 그게 무슨 상관이겠습니까, 퀸 씨. 역사는 엄혹할지언정 다이아몬드는 영원하잖습니까!"

"백만 달러짜리 인형이 문제의 핵심이든가, 인형 자체가 문제인 것 같군요."

"바로 그겁니다!" 본들링 씨가 감탄한 나머지 손가락 관절을 뚝뚝 꺾으며 소리쳤다. "제 몫으로 조금이라도 챙길 여지가 있는 물건은 왕세자 인형뿐입니다. 그런데 입슨 양이 유언으로 또 뭐라고 했는지 아십니까? 크리스마스를 앞둔 날 키테레이아 입슨 인장품을 내시 백화점 1층에서 공개적으로 선보이라고 했습니다. 여러분, 생각해 보십시오! 크리스마스 전날이라니요!"

"그런데 왜죠?" 니키가 어리둥절한 표정으로 물었다.

"왜냐고요? 그걸 누가 알겠어요? 뉴욕에 있는 거지 떼들의 오락을 위해서였을까요? 크리스마스 전날 내시 백화점을 통과하는 무식쟁이들이 얼마나 될지 상상이나 되십니까? 아주 독실한 신자인 제 요리사 말로는, 마치 아마겟돈 같을 거라더군요!"

"크리스마스 전날이라. 그럼 내일이군요." 엘러리가 미간을 찌푸렀다.

"위험하겠는걸요." 니키가 걱정스럽게 말하더니 곧 얼굴이 환해졌다. "아, 그치만 어쩌면 내시 백화점이 허가하지 않을 수도 있죠, 본들링 씨."

"오, 그러면 정말 좋겠네요! 왜 우리 입슨 양께서는 이런 이벤트를 수년 동안 무식쟁이 장사꾼 무리와 도모하셨을까요! 그자들은 입슨 양이 죽은 그날부터 줄곧 내 발뒤꿈치를 물어뜯지 못해 안달인데!"

"뉴욕에 있는 사기꾼이란 사기꾼은 죄다 꼬이겠군." 경감이 주방 문을 간절히 바라보며 말했다.

"고아들은요. 고아들의 이익도 보호해야 돼요." 니키가 퀸 씨 부자를 힐난하듯 바라보며 말했다.

"특별한 조치가 있어야 할 것 같습니다, 아버지." 엘러리가 말했다.

"물론, 당연하지." 경감이 자리에서 일어나며 말했다. "걱정하지 마십시오, 본들링 씨. 이제 저는 좀 가서……."

"퀸 경감님." 본들링 씨가 앞으로 바짝 몸을 숙이며 쉰 소리로 말했다. "그게 다가 아닙니다."

"아." 엘러리가 재빨리 담배에 불을 붙였다. "이 일에 악당이 붙었고, 본들링 씨는 그게 누군지 아시는군요."

"네, 그렇습니다." 변호사가 불성실하게 말했다. "그런데 누군지 아는 동시에 누군지 모른다고 말해야겠군요. 그게, 코머스거든요."

"코머스!" 경감이 소리를 질렀다.

"코머스요?" 엘러리가 천천히 말했다.

"코머스? 그게 누군데요?" 니키의 말이었다.

"네, 코머스. 그자가 오늘 아침 첫 손님으로 제 사무실에 들이닥쳤습니다. 아마 절 미행했겠지요. 코트도 못 벗고, 비서는 아직 출근도 안 했는데, 밀고 들어와서는 제 책상에 이 카드를 던지더군요."

엘러리가 카드를 집어 들었다. "늘 하던 대로군요, 아버지."

"그만의 방식이지." 경감이 입술을 움찔거리며 낮게 으르렁댔다.

"카드에는 '코머스'라고밖에 안 적혀 있는데…… 누구……?" 니키가 불만스러운 듯 말했다.

"계속해 보세요, 본들링 씨." 경감이 조바심을 냈다.

"차분한 목소리로 저한테 말했습니다." 본들링이 낡은 손수건으로 뺨을 닦으며 말했다. "자기가 내일 내시 백화점으로 왕세자의 인형을 훔치러 오겠다고요."

"오, 미친놈이네요." 니키가 끼어들었다.

"본들링 씨. 그 작자 생김새가 어땠습니까?" 노신사가 떨리는 목소리로 물었다.

"턱수염이 듬성듬성했고 억양이 좀 센 외국인이었습니다. 솔직히 말씀드려서 저도 무망중에 당한 일이라 자세한 건 모르겠습니다. 너무 늦었다 싶을 때까지 쫓아갈 생각도 못 했어요."

퀸 부자가 서로를 보고 프랑스식으로 어깨를 으쓱했다.

"늘 그랬지." 경감의 콧구멍 모서리가 푸르죽죽해진 느낌이었다. "참 기이한 일인데 코머스가 모습을 드러내도 사람들은 그의 턱수염과 발음이 어색하다는 것 말고는 아무것도 기억을 못 하네요. 자, 본들링 씨, 코머스가 덤빈다면 보통 일이 아닙니다. 지금 소장품들은 어디에 있습니까?"

"라이프 신탁은행, 43번가 지점 금고에 있습니다."

"내시 백화점에는 몇 시에 가지고 가실 겁니까?"

"오늘 저녁에 가져다 달라더군요. 그렇게 하겠다고는 말 안 했습니다. 은행과는 소장품들을 내일 아침 7시 반에 옮기기로 했습니다."

"진열은 금방이겠네요. 백화점이 문을 열기 전이니까요." 엘러리가 고심해서 말한 뒤 아버지를 쳐다보았다.

"본들링 씨, 인형 전시를 우리에게 맡겨 주십시오." 그러고는 경감이 단호하게 말했다. "오늘 오후에 전화 주세요."

"경감님, 제가 얼마나 안심이 되는지 이루 말할 수가……."

"그래요?" 퀸 경감이 신랄하게 말했다. "왜 그자가 훔치지 못할 거라고 생각하십니까?"

본들링 변호사가 떠나고 퀸 부자는 머리를 맞댔다. 언제나 그랬듯 말하는 쪽은 주로 엘러리였다. 마침내 경감이 본청에 직통 전화를 하려고 침실로 들어갔다.

"누가 두 분을 보면 바스티유 감옥을 지키려고 계획을 세우는 줄 알겠어요. 근데 도대체 코머스가 누구예요?"

"우리도 몰라, 니키. 대단한 사람인 것 같아. 5년 전쯤부터 활동을 시작했어. 뤼팽의 위대한 전통을 따르지. 예술품을 훔치는 아주 지능적이고 짓궂은 악당이야. 도저히 불가능할 것 같은 조건에서 귀한 물건을 훔치는 일에 각별한 기쁨을 느끼는 것 같아. 변장술의 대가이기도 해서, 십수 가지 다른 모습으로 출몰하지. 누구도 흉내 내기 어려운 속임수를 써. 절대 잡히지도, 사진에 찍히지도, 지문을 남기지도 않아. 아주 창의적이야. 난 그가 미국에서 활동하는 가장 위험한 도둑이라 말하고 싶어."

"절대 잡히지 않는데, 어떻게 그 사람이 범죄를 저지른다는 사실을 알죠?' 니키가 회의적으로 말했다.

"다른 사람일 수도 있지 않느냐는 말이지?" 엘러리가 슬쩍 미소를 지었다. "기법을 보면 그가 한 일이란 걸 알 수 있지. 그리고 아르센 뤼팽처럼 그자도 카드에 '코머스'라는 이름을 써서 현장에 남겨 둬."

"왕의 보석을 슬쩍할 때는 보통 미리 얘기하는 거예요?"

"아니." 엘러리가 인상을 썼다. "내가 알기로 이런 경우는 처음이야. 그자는 이유 없이 어떤 짓을 하는 사람이 아니거든. 그러니 오늘 아침에 본들링의 사무실을 찾아갔다면 그가 그리는 큰 그림의 일부가 아닌가 싶어. 난 그게……."

거실 전화가 큰소리로 쩌렁쩌렁 울렸다.

니키가 엘러리를 보았고, 엘러리가 전화기를 보았다.

"혹시……." 니키가 말하다 말고 고개를 저었다. "아이, 설마 그럴 리가!"

"코머스가 연루된 이상 안 될 일은 아무것도 없지!" 엘러리가 과감하게 말한 후 전화를 받으러 뛰어갔다. "여보세요!"

"오랜 친구가 거는 전화라오." 웅숭깊은 남자의 목소리가 들렸다.

"코머스라네."

"그래, 안녕하시오?"

"내가 내일 내시에서 왕세자 인형을 훔치는 것을 '막아 달라고' 본들링 씨가 당신들에게 부탁하러 갔을 텐데." 목소리가 유쾌하게 말했다.

"본들링이 여기 왔었다는 걸 아는군."

"기적을 일으킨 건 아니고, 퀸. 미행했을 뿐일세. 그래, 사건을 맡을 건가?"

"이봐, 코머스. 평소 같으면 정정당당하게 자네를 잡고 싶어. 근데 이건 일반적인 상황이 아니라서 말이야. 그 인형은 고아원 아이들을 위해 쓰일 아주 중요한 자산이잖아. 그걸 가지고 술래잡기 같은 건 안 했으면 좋겠어. 코머스, 우리가 거절하면 뭐라고 할 건가?"

"그럼 내시 백화점에서 보자고 하겠네. 내일 어떤가?" 목소리가 부드럽게 물었다.

그리하여 12월 24일 이른 아침에 퀸 씨 부자와 본들링, 그리고 니키 포터가 철통처럼 경계가 삼엄한 43번가로 급히 달려가, 무장 경호원이 몇 줄이나 서 있는 라이프 신탁은행의 호랑가시나무로 장식된 창문 앞에 서 있게 된 것이다. 키테레이아 입슨의 인장품을 재빨리 실어 나를 장갑 수송차와 은행 입구 사이에는 경호원이 긴 줄을

형성했다. 무자비한 크리스마스 바람을 맞으며 냉담한 얼굴로 꽁꽁 얼어붙은 도로에 발을 굴리며 지나가던 사람들은 입을 쩍 벌리고 그 광경을 쳐다보았다.

이래서 겨울이 싫어, 퀸 씨가 악담을 퍼부었다.

"뭘 그렇게 툴툴거리는지 모르겠네요. 그래도 경감님과 본들링 씨는 유콘에서 광맥을 찾아다니는 사람들처럼 옷을 겹겹이 입었잖아요. 저 보세요." 이번에는 니키 포터가 투덜거렸다.

"내시에서 교활하게 홍보 전단을 뿌렸군. 비밀을 꼭 지키기로 해놓고, 언론에까지 뿌리다니. 대단하다! 크리스마스 정신이여!" 퀸 씨가 넌더리를 냈다.

"어젯밤엔 라디오에서 온통 떠들더니, 오늘 아침은 신문에 나다니." 본들링 씨가 낑낑거리며 말했다.

"그 작자를 작살내야겠어. 벨리! 저 사람들 가까이 못 오게 해!"

"이봐요, 물러서요." 벨리 경사가 은행 출입구에서 사람 좋은 목소리로 말했다. 자신에게 닥쳐올 운명은 알지 못한 채.

"장갑 수송차에, 산탄총에." 포터 양이 파랗게 질려 보였다.

"니키, 코머스가 내시 백화점에서 왕세자 인형을 훔칠 거라고 미리 우리한테 분명히 통보했어. 그건 수송하는 동안 더 쉽게 인형을 훔치기 위해 한 말이겠지."

"왜 저렇게 꾸물거리지? 에이!" 본들링 씨가 벌벌 떨었다.

퀸 경감이 별안간 출입구에 모습을 드러냈다. 손에 보물을 움켜쥐고 있었다.

"아!" 니키가 신음을 토했다.

뉴욕에 호각 소리가 넘쳐났다.

장관이었지만, 민주주의에 대한 모욕이었다. 그러나 그 순간 거리의 무리들은 어릴 때처럼 마음만은 왕정주의자가 되었다.

뉴욕을 가득 채운 호각 소리 사이에서 토머스 벨리 경사가 퀸 경감 앞에 떡 버티고 서서 엄호했다. 경찰들이 총을 겨누고, 퀸 경감이 품에 왕세자 인형을 안고 경호원들이 늘어선 줄 사이로 보도를 가로질러 내달렸다.

엘러리가 사라지더니 순식간에 장갑 수송차의 문 앞에 나타났다.

"본들링 씨, 부도덕하지만 끔찍할 정도로 아름답네요." 포터 양이 반짝이는 눈으로 호흡을 골랐다. 본들링 씨는 더 잘 보려고 목을 길게 뺐다.

산타클로스가 종을 들고 등장

산타: 오웨, 오웨. 평화, 호의, 저게 라디오에서 떠들어대던 인형이오, 친구들?

B 씨: 어서 꺼져.

P 양: 왜 그래요, 본들링 씨.

B 씨: 자기가 신경 쓸 일 아니지요. 뒤로 물러서. 어이, 산타. 뒤로 가!

산타: 왜 그래, 호리호리하고 화난 친구? 이런 날에도 동정심이

없구먼!

B 씨: 아……. 옜다! (땡그랑) 이제 좀 제발……?

산타: 대단히 예쁜 인형일세. 그래 어디로 데려가는 거유, 아가씨?

P 양: 내시 백화점으로요, 산타님.

B 씨: 그걸 물어보러 왔군. 어쩌나!!

산타: (서두르며) 아가씨한테 드리는 작은 선물이유. 산타의 선물. 기쁘고 기쁘도다.

P 양: 나한테요? (산타 종을 흔들며 재빨리 퇴장) 본들링 씨, 정말 꼭 그래야…….

B 씨: 대중들에겐 아편과 같은 거예요! 저 허풍선이 사기꾼이 당신한테 준 게 뭡니까? 그 해괴망측한 봉투 안에 든 게 뭐예요?

P 양: 그걸 이떻게 알겠어요, 하지만 분명 굉장히 감동적인 게 아니겠어요? 이런, 엘러리한테 쓴 거네. 오! 엘러리이이이이!

B 씨: (바삐 퇴장하며) 어딨지? 당신……! 이 생쥐 같은 사기꾼은 어디로 사라졌지? 산타클로스는……!

Q 씨: (계속 뛰며 등장) 어, 니키? 왜? 무슨 일이야?

P 양: 산타 옷 입은 남자가 좀 전에 이 봉투를 나한테 줬어요. 엘러리 당신한테 보낸 거예요.

Q 씨: 편지? (봉투를 낚아챈 후, 그 안에 든 종이 한 장을 꺼내 그

위에 연필로 쓰인 대문자 메시지를 심각한 표정으로 크게 읽는다) '친애하는 엘러리. 날 못 믿어? 난 오늘 내시 상점에서 왕세자 인형을 훔치겠다고 했고 정확히 그곳에서 가져갈 거야. 당신의……'

P 양: (고개를 쭉 빼며) '코머스.' 그 산타가?

Q씨: (두툼한 입술을 꼭 다문다. 차가운 바람이 분다)

전문가조차 코머스에 맞선 그들의 방어 전략이 기발했음을 인정해야 했다.

내시 백화점 전시팀에서 똑같은 길이로 네 귀퉁이를 연결한 판매 카운터를 준비했다. 아귀가 서로 딱 맞아 연결했더니 안이 텅 빈 사각형이 만들어졌고, 그 가운데 180센티미터 높이의 단이 세워졌다. 카운터 위에 플라스틱 케이스가 놓이고 그 안에 입슨 양의 아가들이 긴 줄을 이루며 펼쳐졌다. 단 꼭대기에는 고급 가구 부서에서 슬쩍 가져온, 멋스러운 거대한 오크 의자가 우뚝 세워졌다. 발할라에서나 볼 법한 장밋빛 원형 왕좌 위에는 경찰청 본부의 토마스 벨리 경사가 진홍색 의복과 밝은 표정의 가면 그리고 구레나룻으로 부여받은 익명성에 억지로 감사하며 앉아 있었다.

이것이 다가 아니었다. 카운터 밖 약 2미터 거리에 있는 6층 뒤편, '미래의 유리 집' 전시장에서 빌려 온 판유리로 감싼 성벽이 빛을 받아 반짝였다. 성벽은 흠도 없이 말끔하게 빛나는 2.5미터의 벽과 딱 맞게 연결되었고, 두꺼운 유리문이 설치되었다. 문에는 어마어마한

자물쇠가 채워졌으며 열쇠는 퀸 씨의 오른쪽 바지 주머니에 감춰졌다.

오전 8시 54분이었다. 퀸 부자와 니키 포터와 본들링 변호사는 백화점 관리자들 사이에 서 있었고, 사복형사 무리가 내시 백화점 1층에서 직원들의 물건을 조사하고 있었다.

"어지간히 된 것 같긴 한데⋯⋯." 마침내 퀸 경감이 중얼거렸다. "맙소사! 유리 칸막이 주변."

사복 차림의 경찰 스물네 명이 오합지졸처럼 우왕좌왕하다가 벽 앞 지시된 곳에 자리를 잡고 서서 벨리 경사를 올려다보며 활짝 웃었다. 벨리 경사도 왕좌에서 이들을 노려보았다.

"해그스트롬과 피고트, 문으로."

대기하던 형사 두 명이 앞으로 나왔다. 그들이 유리문으로 행군하는 동안 본들링 씨가 경감의 외투 소매를 잡아끌었다. "이 사람들 다 믿을 만합니까, 퀸 경감님? 그러니까 제 말은 여기에 코머스가⋯⋯." 본들링 씨가 귀엣말을 했다.

"본들링 씨. 당신은 당신 일을 하고, 나는 내 일을 하면 됩니다." 퀸 경감이 냉정하게 대꾸했다.

"그래도⋯⋯."

"정예 요원들입니다, 본들링 씨! 내가 직접 뽑았어요."

"네, 네, 경감님. 저는 단지 제가⋯⋯."

"파버 경위."

눈 색깔이 옅은 작은 남자가 앞으로 나섰다.

"본들링 씨, 이 사람은 제로니모 파버 경위로 본청 소속 귀금속 전문가입니다. 엘러리?"

엘러리가 왕세자 인형을 외투 주머니에서 끄집어내면서 말했다. "아버지, 괜찮다면 제가 이걸 계속 보관하고 있겠습니다."

누군가 '와우' 하고 감탄하는 소리가 들렸지만 곧 잠잠해졌다.

"경위, 내 아들의 손에 있는 인형은 다이아몬드 왕관을 쓴 유명한 왕세자……."

"만지지 마세요, 경위님, 제발. 아무도 만지지 않게 해야 해서요." 엘러리가 말했다.

경감이 계속 말을 이었다. "그 인형은 비밀 은행 금고에서 방금 이리로 가져왔네. 입슨 양의 재산을 관리하는 본들링 씨 말로는 진품이 확실하다네. 경위, 다이아몬드를 살펴보고 자네 의견을 우리한테 얘기해 주게."

파버 경위가 루페_{보석상이나 시계 수선공 등이 사용하는 소형 확대경}를 꺼냈다. 엘러리가 왕세자 인형을 꽉 잡고, 파버는 그것에 손도 대지 않았다.

드디어 전문가가 말했다. "인형 자체에 대해서는 의견을 낼 수 없지만, 다이아몬드는 진품입니다. 현재 시세라면 백만 달러 이상을 호가할 수도 있습니다. 어쨌든 세팅도 굉장히 단단한 것 같습니다."

"고맙네, 경위. 자, 모두 위치로."

왕세자 인형을 꽉 쥔 엘러리가 성큼성큼 걸어가 유리문을 열었다.

"파버라는 사람 말입니다." 본들링 변호사가 경감의 귀에 대고 속삭였다. "경감님, 저 사람 진짜 확실한……?"

"진짜 파버 경위 맞냐고요?" 경감이 화를 참았다. "본들링 씨, 제리 파버는 18년째 알고 지낸 사람입니다. 진정 좀 하세요."

엘러리가 가까운 카운터를 넘어 험난한 길을 기어왔다. 그러고는 왕세자 인형을 높이 들어 올린 후 울타리 쳐진 바닥을 가로질러 단으로 갔다.

벨리 경사가 우는 소리를 했다. "경감님, 저는 화장실도 못 가고 종일 여기 이렇게 앉아 있으라고요?"

그러나 퀸 씨는 대꾸도 하지 않고 몸을 구부려 바닥에서 무겁고 작은 거치대 하나를 들어 올렸다. 크로뮴으로 만들어진 거치대의 밑바닥 검은 벨벳으로 장식되어 있었다. 그는 이 거치대를 벨리 경사의 거대한 다리 사이에 놓았다.

그러고는 조심스럽게 왕세자 인형을 거치대 틈에 세웠다. 이제 카운터를 가로질러 다시 기어와 유리문을 통과해 열쇠로 문을 잠근 뒤 자신이 한 일을 점검하려고 뒤를 돌아보았다.

왕세자 인형이 당당하게 서 있었다. 작은 금 왕관에 박힌 다이아몬드가 강력한 투광 조명 십수 개로부터 쏟아지는 불빛을 받아 호화롭게 반짝였다.

"벨리, 절대 인형을 만지면 안 돼. 손가락 하나 대지 마." 퀸 경감이 으름장을 놓았다.

경사가 낮은 한숨을 뱉었다. "아아아."

"자, 이제 근무를 시작해. 군중은 신경 쓰지 말도록. 우리의 임무는 오직 저 인형을 지키는 거니까. 종일 인형에서 잠시도 눈을 떼서는 안 돼. 본들링 씨, 이제 만족하십니까?" 본들링 씨가 뭔가 말하려다가 서둘러 고개를 끄덕였다. "엘러리?"

퀸 경감이 이제야 미소를 지었다. "저 인형을 가져갈 수 있는 방법은 박격포를 쏘거나 마법이나 주술을 쓰는 수밖에 없습니다. 쇠창살문을 올리지!"

드디어 최후의 심판일이자, 크리스마스 전 마지막 쇼핑의 기회인 기나긴 하루가 시작되었다. 이날은 전통적으로 생기 없는 사람들, 항상 미루적거리는 사람들, 우유부단하거나 건망증이 심한 사람들이 크리스마스가 코앞으로 다가와 마침내 쇼핑에 나서는 날이다. 땅위에 평화가 있다면, 그것은 오직 그 시간 이후에만 내리리니. 뒤늦게 크리스마스 분위기에 떠밀려 온 사람들에게는 평화도 호의도 없을지니. 포터 양의 표현에 따르면 새장에서 벌어지는 아귀다툼도 이보다는 더 기독교적일 터였다.

그러나 올해 내시 백화점의 12월 24일에는 예년의 아수라장에다 날카롭게 소리 지르는 수천 명의 아이들이 더해졌다. 시편에서 다윗왕이 말씀하사, '자기 화살통이 가득한 자는 행복하다' 했지만^{시편 127장 5절}, 이날 입슨 양의 인형을 둘러싼 것은 궁수가 아니라 권총을 든 형사들이었고, 그들의 상당수는 영웅적인 자기 절제로 발포를 겨우 삼가고 있었다.

1층을 넘쳐흐르는 인간들의 검은 홍수 속에서 어린아이들은 전기에 감전된 피라미들처럼 짤짤거렸고, 짜증난 엄마는 비명을 지르며 아이를 찾아다녔으며, 신이 난 아이들에게 이리저리 치이는 바람에 여기저기서 저주가 새어 나왔다. 진실로 신성함이란 오간 데 없었다. 본들링 변호사는 사납고도 천진난만한 아이들에 맞서 외투를 꽁꽁 감싸 쥐고 있었다. 그러나 백화점 종업원을 연기하도록 명령받은 법의 수호자들은 갑옷 하나 입지 못한 채 이 아비규환에 내던져졌다. 밀려드는 인파에도 꼿꼿이 선 그들에게 아이들은 있는 힘껏 "인형이다! 인형 주세요!" 하고 외쳐 댔다. 이제 그 단어는 우리가 익히 아는 의미를 잃어버렸고, 마치 남자들을 파멸로 이끄는 로렐라이의 비명처럼 변했다.

　　그러나 경찰들은 완강히 버텼다.

　　그리고 코머스는 좌절했다. 오, 그가 시도를 하긴 했다. 오전 11시 18분에 어린 소년의 손을 잡은 쓰러질 듯한 노인 하나가 해그스트롬 형사에게 유리문을 열어 달라고 살살 구슬렸던 것이다. "내 손자가 심각한 근시거든. 문 열어 줘야 그 예쁜 인형을 좀 가까이서 볼 수 있을 텐데." 그러나 해그스트롬 형사가 "꺼져!"라고 으르렁대자 노인은 어린 소년의 손을 거칠게 놔 버리고는 엄청나게 빠른 걸음으로 군중 속으로 사라졌다. 바로 조사해 보니 노인이 엄마를 찾으며 울고 있는 아이에게 다가와 엄마를 찾아 주겠다고 구슬렸음이 밝혀졌다. 랜스 모간스턴이라는 그 어린 소년은 미아보호소로 보내졌고, 이제야 대도가 공격을 개시한 데 모두들 만족했다. 그러나 엘러리 퀸은 아니었다. 그는 어쩐지 어리둥절해 보였다. 니키가 이유를 묻자 엘러리가 심드렁하게 말했다. "좀 어설프잖아, 니키. 그답지 않아."

오후 1시 46분에 벨리 경사가 구원 요청을 보내왔다. 이제는 정말 화장실에 가야만 했다. 퀸 경감이 답신을 보냈다. "좋아. 15분 줄게." 우리의 산타 벨리 경사는 단 위에서 비틀거리며 내려와 카운터 위를 기어 유리문 안쪽을 황급히 두드렸다. 엘러리가 경사를 보내 주고는 즉시 문을 닫았다. 붉은 옷을 입은 경사의 모습이 1층 남자 화장실 방향으로 신속히 사라졌다. 왕세자 인형을 연단에 홀로 놔둔 채.

경사가 쉬는 동안 퀸 경감은 그날 해야 할 일을 되새기며 부하들 사이를 돌아다녔다.

벨리가 육체적 본능에 응답하자 즉각 위기가 찾아왔다. 정해진 15분이 다 되어 가는데 그가 돌아오지 않았던 것이다. 30분이 다 지나도록 경사는 흔적도 보이지 않았다. 보좌관이 화장실을 확인하고 돌아와서 경사가 없다고 보고했다. 곧바로 소집된 긴급 회의에서 벨리를 의심하는 목소리가 나오고 대책까지 논의되던 바로 그때, 오후 2시 35분에 익숙한 산타 복장을 한 경사가 줄을 비집고 들어와 마스크를 손톱으로 긁고 있었다.

"벨리, 어디 갔었어?" 퀸 경감이 으르렁댔다.

"점심 먹으러 갔습니다." 경사가 방어적으로 맞받아쳤다. "오늘 내내 훌륭한 군인처럼 벌을 섰습니다. 그런데 근무중에 배고파 죽을 수는 없지 않습니까!"

"벨리!" 경감은 목이 막혀 그저 손을 힘없이 저으며 말했다. "엘러리, 경사를 다시 자리로 돌려보내."

슬슬 끝이 보이는 듯했다. 언급할 만한 또 다른 사건은 오후 4시 22분에 일어났다. 얼굴이 붉은 어떤 살찐 여자가 소리쳤다. "멈춰! 도둑이야! 도둑이 내 지갑을 훔쳐갔다! 경찰!" 입슨 전시장에서 불과 15미터 떨어진 곳이었다. 당장 엘러리가 소리쳤다. "속임수다! 모두 인형에서 눈을 떼지 마라!" "여자로 변장한 코머스다!" 본들링 변호 사가 소리쳤고, 퀸 경감과 헤세 형사가 군중을 헤치고 여자와 몸싸 움을 벌였다. 여자는 흥분으로 얼굴이 새빨개졌다.

"지금 뭐 하는 거야? 왜 나를 붙잡아! 내 지갑을 훔친 저 도둑놈을 붙잡아야지!" "천만에, 코머스. 메이크업을 닦아 내시지." 경감이 받 아쳤다. "맥코마스? 내 이름은 래퍼티야. 그리고 이 사람들이 다 봤 어. 그놈은 뚱뚱하고 콧수염이 있었어." 천장이 울릴 정도로 여자가 크게 말했다. 은밀한 과학적 테스트를 한 니키가 말했다. "경감님, 이분은 여자입니다. 확실합니다." 실제로 그는 여자였고, 콧수염 단 뚱뚱한 남자가 코머스였다는 데 모두 동의했다. 이 혼란이 코머스에 게 왕세자 인형을 훔칠 기회를 주었을지도 모른다는 절망으로 노선 이 바뀌었다.

"바보야, 바보." 엘러리가 손톱을 물어뜯으며 말했다.

그러나 퀸 경감은 환하게 웃으며 말했다. "틀림없이 코머스가 자 기 꼬리를 덥석 물게 만들었어. 이게 그에게는 죽기 아니면 살기였 을 거야. 이제 그는 끝이야.

"솔직히 전 좀 실망했어요." 니키가 코를 벌름거렸다.

"저는 왠지 걱정이 드는군요." 엘러리가 말했다.

❖

퀸 경감은 천벌 받을 짓을 한 죄인들을 숱하게 겪어 와서 한순간도 방심하지 않는 사람이었다. 5시 30분 벨이 울리고 군중이 출입구로 몰려 나가기 시작하자 경감이 큰 소리를 빽 내질렀다. "자기 자리를 지킨다. 인형에서 눈 떼지 말고!" 백화점이 텅 비었을 때조차도 경계 태세가 유지됐다. 예비 인력들이 사람들을 서둘러 내몰고 있었다. 엘러리는 안내소 위에 올라서서 병목 현상을 보며 팔을 흔들었다.

오후 5시 50분, 1층에서 벌어진 전쟁이 드디어 끝났다. 패잔병들도 모두 밖으로 내보냈다. 눈에 띄는 사람들은 모두 위층에서 울린 마감 종에 오도 가도 못하는 피난민들뿐이었고, 이들은 엘리베이터에서 쏟아져 나와 줄지어 선 형사들의 조사를 거친 뒤에야 대기중이던 백화점 직원들에게 나가도 좋다는 승인을 받았다. 6시 5분에는 사람이 훨씬 줄었고, 6시 10분에는 그나마도 다 나가고 없었다. 곧이어 직원들도 흩어지기 시작했다.

"안 됩니다!" 엘러리가 감시초소에서 날카롭게 소리를 질렀다. "백화점 직원들이 모두 나갈 때까지 자리를 지키세요." 계산원들은 이미 사라진 시 오래였다.

벨리 경사의 애처로운 목소리가 유리문 반대편에서 들려왔다. "집에 가서 크리스마스 트리를 장식해야 합니다. 경감님, 문 좀 열어 주세요."

엘러리가 뛰어 내려가 서둘러 경사를 풀어 주었다. 피고트 형사가 야유를 보냈다. "아이들에게 산타 놀이 해 주러 가는 거야, 벨리?" 그 말에 포터 양이 있다는 것도 잊었는지 경사가 마스크 사이로 선명히 보이도록 입모양으로 욕을 내뱉고는 남자 화장실 쪽으로 쿵쿵 발을 굴리며 걷기 시작했다.

"어디 가는 거야, 벨리?" 경감이 웃으며 물었다.

"이 빌어먹을 산타 옷을 어디 가서 좀 벗어야죠." 경사가 돌아와 마스크에 눌린 목소리로 말하고는 동료들의 우레와 같은 웃음소리를 들으며 다시 사라졌다.

"아직도 걱정인가, 퀸 군?" 경감이 껄껄 웃었다.

"이해가 안 됩니다." 엘러리가 머리를 절레절레 저었다. "자, 본들링 씨, 당신의 왕세자 인형이 인간의 손을 타지 않고 저기 있습니다."

"네, 과연!" 본들링 변호사가 기쁜 듯 이마를 닦았다. "저 역시 이해된다고는 말 못 하겠습니다, 퀸 씨. 그 도둑놈에 대한 평판이 과장된 게 아니라면……" 본들링이 갑자기 경감의 어깨를 와락 움켜잡으며 귓속말했다. "저 사람들! 누구죠?"

"안심하세요, 본들링 씨." 경감이 사람 좋은 목소리로 말했다. "인형들을 다시 은행으로 운반해 갈 사람들입니다. 잠깐! 본들링 씨, 왕세자 인형이 금고로 돌아가는 걸 우리 눈으로 직접 보는 게 좋겠습니다."

"저 사람들 물러서게 해요." 엘러리가 본청에서 나온 사람들에게 조용히 말하고는 경감과 본들링 씨를 따라 울타리 쳐진 곳으로 들어갔다. 그들은 카운터 두 개를 한 귀퉁이에 떼어 놓고 단으로 기어 올라갔다. 왕세자 인형이 다정하게 그들에게 윙크를 하고 있었다. 그들도 서서 왕세자 인형을 바라보았다.

"귀여운 작은 악마." 경감이 말했다.

"이제 생각하니 어리석었네요. 종일 그렇게 걱정하다니." 본들링 변호사가 환하게 웃었다.

"코머스가 분명 계획이 있었을 텐데." 엘러리가 중얼거렸다.

"있었지. 노인으로 변장하고 지갑을 뺏기도 했잖아." 경감이 말했다.

"아니, 아니에요, 아버지. 기발한 것 말입니다. 코머스는 항상 기발한 방법을 썼잖아요."

"음, 저기 다이아몬드가 있잖아요. 코머스가 손쓰지 못……." 변호사가 편하게 말했다.

"변장은……." 엘러리가 계속 낮게 웅얼거렸다. "늘 변장을 했었어요. 은행 앞에서 산타 분장을 한 번 했고……. 오늘 이 주변에 산타가 있었나요?"

"벨리뿐이었지. 그러고는……." 경감이 웃으며 말했다.

"잠시만요." 본들링 변호사가 매우 이상한 목소리로 말했다. 그는 왕세자 인형을 응시하고 있었다.

"왜요, 본들링 씨?"

“왜 그러십니까?” 엘러리 역시 이상한 목소리로 물었다.

“하지만…… 그럴 리가…….” 본들링이 말을 더듬었다. 인형을 검은 벨벳 사이에서 끄집어냈다. “안 돼! 이건 왕세자가 아니에요! 가짜, 모조품이에요!”

엘러리의 머릿속에 스위치를 돌리듯 딸깍! 하는 소리가 나더니 불이 들어왔다.

“당신들 중에! 산타클로스 뒤에!” 엘러리가 으르렁댔다.

“누구 말입니까, 퀸 씨?”

“무슨 말을 하는 거지?”

“누구 뒤에 뭐, 엘러리?” 퀸 경감은 숨이 가빠지는 느낌이었다.

“모르겠어요!”

“여기 서 있지 마세요! 그를 잡아요!” 엘러리가 위아래로 방방 뛰며 소리소리 질렀다. “내가 좀 전에 여기서 내보낸 사람! 남자 화장실로 간 그 산타!”

형사들이 마구 달리기 시작했다.

“그런데, 엘러리.” 니키가 작은 목소리로 말했다. “그건 벨리 경사잖아요.”

“벨리가 아니었어, 니키! 벨리가 두 시 전에 화장실 간다고 나갔을 때 코머스가 그를 불러 세웠어! 벨리의 산타클로스 옷을 입고 돌아온 게 바로 코머스였어. 벨리의 수염과 마스크를 쓴 그자였다고! 코머스가 오후 내내 단 위에 있었던 거야.” 엘러리가 본들링의 손아귀에서 왕세자 인형을 빼냈다. “복제품……! 어쨌거나 해냈군. 그가 해냈어."

"그런데 퀸 씨. 그 목소리. 우리한테 말할 때…… 벨리 경사의 목소리였잖아요." 본들링 변호사가 작게 말했다.

"그래요, 엘러리." 이번에는 니키였다.

"어제 말했지, 코머스는 흉내에 능하다고. 파버 경위! 파버 아직 여기 있나?"

멀리서 멍청히 쳐다보고 있던 보석 전문가가 이미 분명한 듯 고개를 저으며 울타리 안으로 느릿느릿 들어왔다.

"경위. 이 다이아몬드를 살펴봐 주세요……. 아니, 이게 다이아몬드이긴 한가요?" 엘러리가 숨 가쁜 목소리로 말했다.

퀸 경감이 얼굴에서 손을 떼어낸 뒤 쉰 목소리로 말했다. "어서, 제리!"

파버 경위가 루페를 통해 눈을 찡그리고 살폈다. "맙소사. 이건 납유리……."

"그게 뭐라고?" 경감의 목소리가 애처로웠다.

"납유리입니다. 정교한 모조품입니다. 여태 본 것 중에 최곱니다."

"저 산타클로스를 데려오게." 퀸 경감이 낮은 목소리로 말했다.

산타클로스가 경감에게 끌려왔다. 형사 십수 명에게 잡혀 발버둥을 치는 바람에 빨간 옷이 찢기고 바지가 발목에 감겼지만, 수염 달린 마스크는 여전히 매단 채 소리를 치며 다가왔다.

"말했잖아요. 저는 톰 벨리 경사입니다. 마스크를 벗겨 봐요. 그럼 알잖아요!"

"천만에요." 해그스트롬 형사가 죄수의 팔을 부술 듯 힘을 주며 사납게 말했다. "경감님을 위해 아껴 둬야 해서 말이지."

"잡아 주게." 경감이 낮게 말하더니 코브라처럼 달려들어 산타 얼굴에서 마스크를 벗겼다.

분명 벨리 경사였다.

"내가 몇 천 번이나 말했죠." 경사가 두껍고 털 많은 가슴팍을 가로질러 굵고 털 많은 팔로 팔짱을 꼈다. "내 팔을 부수려던 거시기는 도대체 누굽니까?" 그러고는 소리쳤다. "내 바지!" 포터 양이 슬그머니 뒤로 돌자 해그스트롬 형사가 몸을 굽혀 벨리 경사의 바지를 올려 주었다.

"신경 쓰지 마세요." 냉정한 목소리가 멀리서 들렸다. 엘러리였다.

"네?" 벨리 경사가 기분 나쁜 듯 대꾸했다.

"벨리, 두 시 전에 화장실 갔을 때 혹시 공격당하지 않았나요?"

"제가 공격당할 사람으로 보입니까?"

"점심은, 혼자 먹으러 갔고요?"

"맛도 오지게 없더군요."

"오후 내내 인형들 사이에 있었던 사람이 당신 맞습니까?"

"그럼 누구겠습니까. 자, 친구들, 내 참을성 시험하지 말고 빨리 말해 봐요. 이게 다 무슨 일인지."

조용한 경사 앞에서 여러 본청 직원들이 바삐 자초지종을 읊는 동안 리처드 퀸 경감이 말했다.

"엘러리, 아들아. 도대체 그자가 어떻게 한 걸까?"

"아버지. 저 역시 모르겠습니다."

❖

아름답게 장식하세, 그러나 이번 12월 24일 저녁의 퀸은 그럴 수 없다. 그 통탄할 저녁의 퀸이라면 뉴욕 어느 아파트의 거실에 앉아 '랄라라라' 하고 흥얼거리기는커녕 난로에서 타고 있는 거무칙칙한 불이나 우울한 눈빛으로 쳐다볼 뿐이다. 아, 그래도 친구는 있다. 많지는 않지만, 신중히 고른 손님들이다. 오직 둘, 포터 양이 하나요, 벨리 경사가 또 하나. 하지만 전혀 위안이 되지 않았다.

크리스마스 노래들도 지긋지긋했다. 그래서 조용한 노래만 틀었다.

당신의 묘실에서 우웁니다, 키테레이아 입슨. 모두 허사가 되어 버렸소. 당신의 왕세자는 고아들의 재원으로 쓰이지 못하고, 뭐든 사라지게 만드는 데 명수인 사악한 자의 마수에 들어 있소.

말하는 것도 지쳤다. 성경 말씀에 '지혜로운 자가 어찌 헛된 지식으로 대답하겠느냐 어찌 동풍으로 그 품에 채우겠느냐욥기 15장 2절'라고 했고, 말이 너무 많은 자가 죄를 저지른다고 탈무드에 쓰여 있다. 말해 봐야 입만 아프다. 그리고 이제 그들은 최대한 정보를 끌어모아 핵심에 도달했다.

항목: 경찰 본부의 제로니모 파버 경위가, 왕세자 인형이 울타

리로 둘러싸인 보호구역으로 옮겨지기 몇 초 전에 진품 왕세자의 왕관에 박힌 다이아몬드를 감정했다. 파버 경위는 백만 달러 이상의 가치가 있는 다이아몬드라고 했다.

의문: 파버 경위가 거짓말을 했을까?

대답: 파버 경위는 (1) 이미 천 번 이상 검증된 정직한 사나이이며 (2) 돈으로 매수할 수 없는 사람이다. (1)과 (2)는 리처드 퀸 경감이, 자신이 믿는 선지자의 수염에 대고 맹세할 수도 있다고 강하게 말했다.

의문: 파버 경위가 실수를 했나?

대답: 파버 경위는 보석계에서 전국적으로 이름난 전문가다. 유리로 된 가짜와 진짜를 판별해 낼 줄 안다고 추정해야 옳다.

의문: 그 사람이 진짜 파버 경위였나?

대답: 동일한 선지자의 똑같은 수염을 걸고 맹세코, 파버 경위였고 다른 인물일 리 없다.

결론: 그날 아침 내시 백화점이 문을 열기 직전에 파버 경위가 살핀 다이아몬드는 진품 다이아몬드였고, 인형도 진품이었으며, 엘러리가 직접 손에 들고 유리로 둘러싸인 요새에 가지고 들어가 진짜 벨리 경사의 발 사이에 놓아두었다.

항목: 종일, 특히 왕세자가 자리에 놓인 순간부터 가짜로 밝혀지기까지, 즉 이론적으로 가짜 인형으로 바꿔치기가 가능

한 시간 동안, 남녀노소 할 것 없이 그 누구도 울타리 안으로 발을 들여놓지 않았다. 토머스 벨리 경사, 일명 산타클로스를 제외하고는.

의문: 벨리 경사가 자신이 훔치거나 코머스와 손잡을 목적으로 울타리에서 나갔을 때 산타 옷에 진품 왕세자 인형을 숨겨서 가져갔을까?

대답 (벨리 경사의): (편집자 오토 펜즐러에 의해 생략됨)

확인: 퀸 부자와 포터 양은 말할 것도 없고, 경찰 훈련과 특별한 지시를 받은 수십 명의 사람, 그리고 본들링 변호사의 증언에 따르면, 벨리 경사는 하루 종일 인형에 손대지 않았다.

결론: 벨리 경사는 훔칠 수 없었을 것이다. 그러므로 그는 왕세자인형을 훔치지 않았다.

항목: 인형을 주시할 임무를 부여받은 모든 사람이 그 기나긴 하루 동안 실수나 방해 없이 자신의 일을 수행했다고 맹세했다. 게다가 사람이든 기계든, 울타리 안에서든 밖에서든 무엇도 인형에 손대지 않았다.

의문: 인간이란 원래 약한 존재거늘, 그렇게 힘주어 맹세하는 사람들이 틀리지는 않았을까? 피로와 지루함, 기타 등등으로 주의가 산만해지지는 않았을까?

대답: 물론 그럴 수는 있다. 그러나 우연의 법칙이 작용하여 모두 동시에 그럴 수는 없다. 그리고 주의가 산만해질 두 번

의 위기에도 엘러리 본인이 계속 왕세자 인형을 주시했노라 증언했고 인형에 접근하거나 위협이 될 만한 것은 없었다.

항목: 앞서 말한 모든 조건에도 불구하고 그날이 끝날 무렵 진품 왕세자는 사라지고 가치 없는 복제품이 자리를 대신하고 있었다.

"상상도 할 수 없을 정도로 아주 영리해." 마침내 엘러리가 말했다. "환상의 끝판왕이야. 물론 그건 환상이……."

"마법이야." 경감이 끙 신음을 냈다.

"집단 최면이에요." 니키 포터의 가정이었다.

"착시 현상이에요." 경사가 낮게 웅얼댔다.

두 시간 후 엘러리가 다시 입을 열었다.

"그러니까 코머스는 가치 없는 왕세자 복제품으로 바꿔치기하려고 준비를 했던 거지요. 수도 없이 그림으로 그려지고, 글로도 상세히 묘사되고, 사진도 있는 세계적으로 유명한 인형이니……. 가짜를 준비하긴 충분했을 거예요. 하지만 어떻게 그걸 해냈을까요? 어떻게? 어떻게?"

"그 얘기는 지겨울 만큼 했어요." 경사가 말했다.

"종은 울리는데." 니키가 한숨을 쉬었다. "누구를 위해서일까요? 우리는 아니네요." 그들이 축 처져 있는 사이, 세네카로마의 철학자가 진실의 아버지라 일컫은 시간은 어느새 크리스마스의 문턱을 넘어가고 있었다. 그 순간 니키는 깜짝 놀랐다. 오래된 영광의 노래가 자정에 사뿐히 내려앉자, 엘러리의 눈에서 거대한 빛이 번져 나오며 일그러진 얼굴들을 정화시켜 평화가 그곳에 내려앉았고, 그 평화가 엘러리를 깨달음으로 이끌었기 때문이다. 엘러리가 고귀한 머리를 뒤로 떨구며 천진한 아이처럼 기쁨에 겨운 웃음을 터트렸다.

"이봐요." 벨리 경사가 엘러리를 빤히 쳐다보며 말했다.

"아들아." 퀸 경감이 안락의자에서 반쯤 몸을 일으키는데 전화가 울렸다.

"좋아!" 엘러리가 환호를 질렀다. "오, 절묘해! 코머스가 어떻게 바꿔치기를 했을까, 어? 니키……."

니키가 전화기를 엘러리에게 건넸다. "전화한 사람이 '코머스'인지 물어보실 거면, 그 사람한테 직접 물어보시기를 권합니다."

"코머스." 경감이 몸을 움츠리며 낮게 속삭였다.

"코머스." 경사가 차마 말도 다 못 뱉은 억눌린 목소리로 그 이름을 반복했다.

"코머스라고?" 엘러리가 진심으로 반기듯 말했다. "오, 좋아. 여보세요! 축하하네."

"오, 고맙소." 익숙하고 웅숭깊은 목소리가 말했다. "완벽한 게임을 해 준 데 감사를 표하려고 전화했소. 아, 가장 즐거운 성탄절을 보내라는 인사도 해야겠고."

"당신도 메리 크리스마스를 기대하고 있겠지, 물론."

"경배해야지." 코머스가 유쾌하게 말했다.

"그리고 고아들도?"

"그 애들에게도 최고의 덕담을 해 줬지. 오래 붙잡아 두지 않겠소, 엘러리. 당신 아파트 문 바깥에 있는 도어 매트를 보시오. 크리스마스 정신으로 마련한 작은 선물을 갖다 두었소. 퀸 경감과 본들링 변호사에게도 안부 전해 주시겠소?"

엘러리가 미소를 지으며 전화를 끊었다.

매트 위에는 멀쩡해 보이는 진품 왕세자 인형이 있었다. 하지만 경멸스러운 수작을 부린 것이 분명했다. 금관에 있던 다이아몬드가 쏙 빠져 있던 것이다.

나중에 엘러리가 파스트라미 샌드위치를 먹으며 말했다. "그건 아주 단순한 문제였어요. 대단한 환상들이 모두 그렇듯이. 귀중한 물건이 접근 불가능한 울타리의 심장부에 놓이고, 철저히 검증된 정예 요원이 매의 눈으로 지켜보죠. 물건은 절대 시야에서 벗어나지 않고, 한 번도 사람의 손을 타지 않아요. 그러나 경계를 풀자 어느새 가치 없는 복제품으로 바뀌어 있어요. 굉장해요. 정말 놀라워요. 상상 초월이죠. 실제로 모든 마법이 그렇듯 단 한 사람이라도, 경이로움을 무시하고 사실에만 매달렸다면 즉시 해결했을 겁니다. 그러나 경이로움이 우리의 눈을 가려 사실을 보는 것을 방해했죠."

"그럼, 사실은 무엇이냐?" 엘러리가 딜 오이피클을 먹으며 말을 이었다. "사실은 인형이 전시 단 위에 놓인 시간과 도난당했다는 사실을 발견한 시간 사이에는 아무도, 어떤 것도 인형에 손을 대지 않았다는 거죠. 그러므로 그 동안에 왕세자 인형을 훔칠 수는 없었겠지요. 그렇다면, 왕세자 인형은 그 외의 시간에 도난당했음이 분명해집니다.

단 위에 놓이기 전에? 아뇨. 내가 내 손으로 직접 진품 왕세자 인형을 울타리 안에 가져다 놨습니다. 그리고 그때 나 말고는 아무도 인형에 손댄 사람이 없습니다. 심지어 파버 경위조차도요."

엘러리가 먹다 만 피클을 무기처럼 휘둘렀다. 그러고는 진지하게 말을 이었다. "다이아몬드가 납유리라고 파버 경위가 선언하기 전에 나 말고 인형을 만진 사람이 누구냐는 거죠? 그 사람이 도대체 누굴까?"

경감과 경사가 얼떨떨한 표정을 주고받았고, 니키는 아무 생각이 없어보였다.

"본들링은, 그 사람도 고려해야 하지 않나요?" 니키가 말했다.

"그 사람이 제일 중요하지." 엘러리가 머스터드를 집어 들며 말했다. "왜냐하면 모든 사실들이 본들링 씨가 왕세자 인형을 훔쳤다고 말하고 있기 때문이지."

"본들링!" 경감의 얼굴에 핏기가 가셨다.

"에이, 아니겠죠." 벨리 경사가 불평했다.

"엘러리, 뭔가 잘못 생각하셨겠죠." 니키가 말했다. "본들링 씨가 단에서 인형을 잡았을 때 이미 바꿔치기 된 후였어요. 그가 집어든 건 가치 없는 복제품이었잖아요."

엘러리가 샌드위치를 하나 더 먹으려고 손을 뻗으며 말했다. "그게 사람들이 오해하도록 만든 핵심이었던 거지. 본들링이 집어든 게 가치 없는 복제품이었는지 우리가 어떻게 알겠어? 그렇게 말하니까 그렇다고 믿은 거지. 간단해, 안 그래? 그가 그렇게 말했어. 그리고 우리는 모자란 사람들처럼 그의 근거 없는 말을 가스펠예수의 가르침로 여겼지."

"그렇구나! 우리는 인형을 실제로 살펴보지도 않았으니까." 아버지 퀸이 읊조렸다.

엘러리가 음식을 우적우적 씹으며 말했다. "바로 그거예요. 잠시 우리가 멋들어지게 혼란에 빠졌죠. 본들링의 예상대로. 저는 사람들에게 얼른 산타를, 그러니까 여기 있는 경사를 붙잡으라고 고래고래 소리를 질렀죠. 형사들은 순간적으로 사기가 꺾였어요. 아버지는 놀라서 정신이 멍했고, 니키는 지붕이라도 무너진 듯한 얼굴이었고요. 제가 그럴싸한 설명을 지어냈죠. 형사들은 내내 우왕좌왕했어요. 이 모든 일이 일어나는 와중에, 모두들 본들링이 손에 든 진짜 인형에서 눈을 뗀 틈에 본들링은 여유롭게 진품을 자기 외투 주머니에 집어넣고, 반대편 주머니에서 종일 거기 들어 있던 복제품을 꺼냈죠. 제가 그를 다시 돌아봤을 때 본들링의 손에 있던 건 복제품이었죠. 이게 환상의 실체입니다."

엘러리가 건조한 어조로 말했다. "알아요, 좀 실망스럽다는 건. 그래서 마술사들은 직업 기밀을 철저하게 감추죠. 알면 마법이 풀리니까. 만약 마술사가 자신의 아내가 떨어진 바닥문을 공개했다면 고상하신 런던 청중들은 기가 막혔을 겁니다. 마찬가지로 코머스라는 프랑스 마법사도 테이블 위에서 그의 아내를 사라지게 하는, 같은 마법을 쓴 거죠. 훌륭한 속임수는 훌륭한 여인처럼 어두울 때 가장 멋진 법이죠. 경사, 파스트라미 하나 더 줘요."

"크리스마스 날 아침 일찍 먹기에 참 기이한 음식 같네요." 경사가 손을 내밀며 말하다 말고 갑자기 뚝 멈췄다. 그러다 "본들링"이라 말하고는 머리를 저었다.

"이제 범인이 본들링이란 걸 아니까 다이아몬드를 다시 찾아오는 건 쉽겠네. 아직은 그걸 처리할 시간이 없었을 테지. 시내에 가서 전화를……."

"잠시만요, 아버지."

"왜?"

"경찰견을 풀어서 쫓을 사람이 누굽니까?"

"뭐?"

"아버지가 본청에 전화해서 영장을 받고 기타 등등 절차를 밟는다 칩시다. 누구를 잡을 겁니까?"

경감은 어안이 벙벙했다. "왜…… 본들링이라 하지 않았냐?"

엘러리가 피클의 씨를 혀로 발라내며 말했다. "가명을 말하는 게 더 낫지 않을까요?"

"가명? 본들링이 가명이 있어요?" 니키가 말했다.

"무슨 가명 말이냐, 아들아?"

"코머스."

"코머스!'

"코머스?'

"코머스."

"에이, 말도 안 돼." 니키가 커피 한 샷을 스트레이트로 따랐다. 경감의 크리스마스 디너를 위해 훈련중이었기 때문이다. "우리와 종일 함께 있었던 본들링이 어떻게 코머스가 될 수 있죠? 그리고 코머스는 계속 여기저기서 분장한 모습으로 나타났었잖아요. 은행 앞에서 편지를 나한테 건넨 산타, 랜스 모건스턴을 납치한 노인, 래퍼티 부인의 지갑을 낚아챈 콧수염 기른 뚱보."

"그래, 나도 그렇게 생각한다. 어떻게?"

"마법은 여간해선 풀리지 않는 법이죠. 몇 분 전에 저한테 전화해서 도난 사건으로 놀린 사람이 코머스 아니었나요? 작은 선물을 보냈다고 말한 사람이 코머스 아니었냐고요? 그러니까 코머스는 본들링이에요.

말씀드렸죠. 코머스는 번듯한 이유 없이는 어떤 일도 하지 않는다고요. 자신이 왕세자의 인형을 훔칠 거라는 사실을 '코머스'가 왜 '본들링'에게 알렸겠습니까? 본들링은 우리에게 그와 코머스가 완전히 다른 사람이라는 것을 믿게 하려고 또 다른 자신을 경찰에 밀고까지 한 거죠. 그는 우리가 코머스는 조심하면서 자신은 당연한 사람으로 여겨 주기를 원했던 겁니다. 본들링은 그날 우리에게 세 가지 '코머스'를 보여 줬어요. 당연히 공모자들이었죠.

이러면 어떨까요. 아버지가 추적 끝에 당신이 5년 동안 쫓으신 대도가 알고 보니 파크 로에서 신망 받는 재산 변호사였고, 밤이면 부드러운 신발에 등불을 들고 자신의 모든 역량을 다 쏟아 부었다는 사실을 알게 됐다고 하는 겁니다. 그리고 이제 그는 자신의 모든 것을 수인 번호와 창살 달린 문으로 맞바꾸게 되는 거죠. 이런 일에 오늘보다 더 적당한 날은 없을 것 같군요. 옛 영국 속담에 '악마는 크리스마스 파이를 변호사의 혀로 만든다'라는 게 있죠. 니키, 파스트라미 좀 건네줘."

모스 경감의 위대한 미스터리

MORSE'S GREATEST MYSTERY

콜린 덱스터 Colin Dexter

도로시 L. 세이어스나 마이클 이네스처럼 콜린 덱스터의 미스터리 역시 학자적인 지식과 잘 짜여진 플롯, 유머를 겸비한다. 그의 소설에는 모두 모스 경감이 등장하는데 이 캐릭터는 영국에서 엄청난 성공을 거둔 동명의 TV 시리즈 〈모스 경감〉을 탄생시켰다. 알프레드 히치콕처럼 덱스터도 거의 모든 에피소드에 직접 카메오로 등장한다. 덱스터의 십자말풀이 실력이 세계적인 수준이었고 여러 대회에서 우승했다는 사실도 흥미롭다. 「모스 경감의 위대한 미스터리」는 「모스 경감의 위대한 미스터리 단편집」(1993)에 처음 수록되었다.

"이거 봐!"

스크루지가 평소처럼 말하려고

최대한 애쓰면서 낮게 으르렁댔다.

"오늘 같은 날 여기에 오다니 뭐 하자는 거야?"

디킨스, 『크리스마스 캐럴』

그는 노스 옥스퍼드에 있는 모스 경감의 아파트 문에 대고 조심스럽게 노크했다. 책이 가득하고 늘 바그너가 흐르는 그 집에 초대되는 사람은 거의 없었다. 함께 일하는 그(루이스 경위)조차 환영받는다고 느낀 적은 단 한 번도 없었다. 크리스마스라고 별반 다르지 않았다. 모스는 루이스에게 안으로 들어오라 손짓하면서도 은행 지점장에게 화내며 통화를 계속했는데, 분위기가 썩 좋아 보이지 않았다.

"이보세요! 내가 당좌 예금 구좌에 몇백을 넣어 놨으면 그건 내가 조심할 일이지. 내가 어디 이자라도 달라고 했소? 내가 원하는 건 내가 적자가 났을 때, 뭐요? 일 년에 한두 번? 그저 은행 수수료를 붙이지 말라는 거잖소. 내가 돈에 그렇게 인색한 것도 아니잖아요." 루이스의 눈썹이 위로 1센티미터쯤 올라갔다. "다음에 수수료를 매기려거든 전화해서 이유를 말해요!"

모스가 수화기를 소리 나게 내려놓고 말없이 앉아 있었다.

"크리스마스를 즐길 기분이 별로 아니신 것 같습니다." 루이스가 조심스럽게 말을 건넸다.

"난 크리스마스가 싫어. 한 번도 좋았던 적이 없어."

"옥스퍼드에 계실 겁니까, 경감님?"

"장식하러 갈 거야."

"뭘…… 크리스마스 케이크라도?"

"주방을 꾸밀 거야. 난 크리스마스 케이크가 싫어. 옛날부터 그랬어."

"어째 점점 더 스크루지 같으시네요, 경감님."

"그리고 난 디킨스 소설을 읽을 거야. 크리스마스만 되면 하는 일이지. 읽고 또 읽고, 또 읽어."

"저는 디킨스를 잘 모르는데 만약 추천하신다면……."

"나라면 먼저『황폐한 집』을 고르겠어, 다음은『리틀 도릿』……."

그때 전화가 울렸고 본부에 있는 모스의 비서가 경찰 자선 래플기금 모금을 위한 추첨식 복권에서 50파운드짜리 상품권을 보내 왔다고 알려 주었다. 이번에 모스는 한결 누그러진 태도로 전화를 받았다.

"'스크루지'라고 했어, 루이스? 내가 그 자선단체에서 티켓을 다섯 장이나 샀다는 얘기를 안 했구먼. 한 장에 1파운드씩이나 주고."

"저도 다섯 장 샀습니다."

모스가 만족스러운 듯 웃었다. "우린 좋은 일을 더 많이 해야 해, 루이스! 중요한 건 자선단체들을 후원하는 거지, 나중에 돈을 딸 수 있고 없고가 아니야."

"전 차에 가 있겠습니다." 루이스가 작은 목소리로 말했다. 사실 슬슬 짜증이 나기 시작했다. 모스의 성마름은 견딜 수 있지만, 사심 없는 너그러움이 훨씬 듣고 있기가 힘들었다.

모스의 낡은 재규어가 또 수리에 들어갔고('저 인색해 빠진 사람이 새 차를 사겠어?' 동료들이 하는 말이었다), 그래서 루이스가 경감을 태우고 여기저기 돌아다녀야 했다. 틀림없이(물론 일이 제대로 돌아간다면) 모스에게 맥주도 한두 잔 대접해야 할 것이다. 실제로 그럴 가능성이 꽤 커 보였다, 왜냐하면 모스가 개장 시간에 맞춰 조지에 도착하기 위해 그날 화요일 아침에 일을 필사적으로 처리했기 때문이다. 기차역을 지나면서 루이스가 모스에게 전날 사건에 관해 알아낸 것들을 설명했다.

조지의 후원자들은 지적 장애 아동들을 위한 리틀모어 자선단체를 도우려고 400파운드를 모았고, 주말이 되면 역사적인 순간을 취재하기로 약속한 《옥스퍼드 타임즈》 사진 기자의 입회 아래 자선단체 총무에게 전해질 예정이었다. 건물주 마이클스 부인은 오전 10시 30분경에 남편의 차를 타고 카팩스에 있는 은행으로 가서, 여기저기서 모은 동전과 지폐를 10파운드짜리 신권 지폐 40장으로 교환했다. 그 후, 병원에 막 입원한 딸에게 줄 포도를 포함해 몇 가지 물건을 산 후 미니버스를 타고 정오가 조금 지났을 때 집에 도착했다. 희고 긴 봉투에 든 돈은 부인이 아침에 산 여러 물건과 함께 쇼핑백에 들어 있었다. 남편은 아직 캐시앤드캐리 가게에서 돌아오지 않았고, 부인이 바를 통과해 조지에 다시 들어서는데 전화가 울렸다. 예상했듯 병원에서 온 전화였고 부인은 바 카운터에 가방을 내려놓고 서둘러 전화를 받았다. 전화를 끊고 돌아오자 봉투가 사라지고 없었다.

절도가 일어났을 때 술집에는 단골 노령연금 수령자들과 내기 당구를 즐기는 실업자 무리들, 그리고 크리스마스 전 파티를 하려고 근처 회사에서 온 사람 등 약 서른 명이 있었다. 그래서 루이스는 거의 처음부터 돈을 되찾을 확률이 사실상 제로라는 것을 알았다. 그런데도 모스는 형식적인 인터뷰를 세 차례나 했고, 루이스의 눈에는 애석하게도 결과가 불만족스러워 보였다.

마이클스 부인의 남편에게 명쾌하지 못한 증언을 잠시 들은 후에 모스는 캐시앤드캐리에서 일을 보는 데 시간이 왜 그리 오래 걸렸는지 물었다. 그의 설명이 더할 나위 없이 적절해 보였는데도 모스가 가도 좋다고 대답하는 태도는 극히 퉁명스러워 보였다. 그리고 모스가 무뚝뚝한 어조로 전날 아침에 근무한 임시 바텐더에게 가지고 있는 마이너스 통장에 대해 묻자 바텐더는 확연히 적대적인 감정을 즉각적으로 드러내며 대답을 거부했다. 그런가 하면 적갈색 머리의 매력적인 마이클스 부인은 또 어땠는가? 억지로 설핏 웃으며 니코틴으로 치아가 까매진 단골손님에게 모스를 소개한 후, 자신이 사진 기자를 위해 수표 대신 진짜 지폐를 고집한 이유를 설명하면서 고통을 못 이기고 눈물을 흘렸다.

그런데 잠깐! 극적인 뭔가가 방금 모스에게 일어났다는 것을 루이스는 알 수 있었다. 마치 그때까지 암흑 속에 앉아 있던 사람에게 갑자기 빛이 비친 것 같았다. 모스가 갑자기(놀랍도다!) 마이클스 부인에게 혹시 연한 초록색의 굽 높은 가죽신이 있는지 물어보았다. 부인이 그렇다고 대답하자 이번에는 마치 우주의 비밀이라도 푼 것처럼 침착하게 미소 짓더니 방금 인터뷰한 세 사람과 지금 조지에 있는 사람 중에 전날 아침 거기서 술을 마신 사람 모두를 라운지 바로 소환했다.

사람들이 기다리는 동안 모스는 도난당한 지폐의 일련번호를 물었고 루이스가 나오다 말다 하는 펜으로 급하게 숫자를 갈겨 쓴 쪽지를 건넸다. "맙소사! 학교에서 글씨 쓰는 거 안 배웠어?" 모스가 쉰

쉭 소리를 질렀다.

루이스가 거칠게 숨을 몰아쉬고는 다섯까지 센 후 새 종이에 정성껏 숫자를 다시 적었다. 773741-73780. 모스가 그 숫자들을 대충 훑어보더니 주머니에 종이를 쑤셔 넣고 조지의 단골들을 만나러 갔다.

(그의 말대로라면)그는 누가 돈을 훔쳤는지 거의 확신했다. 또한 돈이 어디 있는지도 분명히 안다고 했다. 그는 지폐의 일련번호를 가지고 있었지만, 그건 지금 별로 중요하지 않았다. 도둑이 전에는 그 돈을 당연히 쓰려 했겠지만, 이제 더는 쓸 생각을 못 할 테니까! 왜 그럴까? 크리스마스에는 보통 선량한 마음에 반발할 힘을 낼 수 없기 때문이다.

지금 무덤처럼 고요하고 잠잠한 바 안에서 모스의 말을 듣는 청중은 넋이 나간 표정이었다. 그리고 모스가 지폐를 원래 있던 봉투에 넣어 24시간 내로(어떤 방법이든 상관하지 않을 테니) 템스 벨리 경찰 본부 내 루이스의 사무실로 가져다 두라고 지시를 내리는 동안에도 사람들은 여전히 어안이 벙벙한 얼굴이었다.

돌아오는 길에 루이스는 더는 궁금증을 참을 수 없었다. "정말 자신하십니까, 그러니까……?"

"물론이지!"

"전 그 단서들로는 뭘 알아내지 못할 것 같거든요."

"단서? 무슨 단서 말인가? 단서가 있긴 했나?"

"음. 예를 들어 그 신발. 그건 어떻게 된 겁니까?"

"그게 단서가 된다고 누가 말한 적 있나? 난 그저 연한 초록색 신발이 무려 여섯 켤레나 되는 적갈색 머리 미녀를 만난 적이 있을 뿐이야. 그게 썩 잘 어울린다고 자기 입으로 말하더군."

"그러면…… 신발은 그 사건과 전혀 상관이 없다는 말씀입니까?"

"내가 알기로는 그래." 모스가 중얼거렸다.

다음 날 아침 흰 봉투 하나가 루이스의 사무실로 배달되었다. 접수처에서는 그게 언제 어디에서 왔는지 아무도 기억하는 사람이 없었다. 루이스는 당장 모스에게 전화를 걸어 사건이 잘 해결된 데 축하를 보냈다.

"하나만 여쭤보겠습니다, 경감님. 제가 일련번호가 쓰인 그 종잇조각을 가지고 있어서 아는데, 이건 멀쩡한 새 지폐지 도난당한 것과 같은 게 아닌데요."

"그래?" 모스가 전혀 개의치 않는다는 투로 말했다.

"그 점은 걱정 안 되십니까?"

"맙소사, 걱정을 왜 해! 자네가 조지의 빨간 머리한테 돈을 돌려주면서 다음에는 꼭 수표를 발행하라고 말해! 아, 그리고 하나 더. 나 지금 휴가중이야. 그러니 아무도 방해하지 말게 해 줘, 알겠나?"

"네, 경감님. 그리고 음…… 즐거운 성탄절 보내십시오!"

"자네도!" 모스가 조용히 대답했다.

　　같은 날 은행 지점장이 점심 먹기 직전에 전화를 걸었다. "경감님, 어제 인출하신 400파운드에 관한 겁니다. 다음에 수수료가 발생하면 전화하기로 약속을 해서……."

　　"아가씨한테 설명했는데. 내가 그 돈이 좀 급히 필요해서요." 모스가 이의를 제기했다.

　　"아, 그건 물론 괜찮습니다. 그런데 경감님이 그러셨잖아요, 오늘 아침에 전화해서 이체할……."

　　"내일입니다! 난 지금 페인트 붓을 들고 사다리 위에 올라와 있어요."

　　모스는 수화기는 내려놓고 십자말풀이를 들고 다시 안락의자에 몸을 파묻었다. 그러나 생각은 아주 먼 곳에 있었다. 그리고 자신이 했던 말이 뇌리에서 떠나지 않았다. 선량한 마음에 대한 말……. 그리고 빙그레 미소를 지었다. 이것이 아마 그가 리틀모어의 아이들만큼이나 기쁜 마음으로 크리스마스를 즐기는 방법일 것이다. 그는 평생 수많은 사건들을 해결했다. 이제 그 모든 것 중에서 가장 위대한 인생의 수수께끼에 대한 해답을 맛보기 시작한 것일까? 그는 궁금했다.

피와 살보다 더

MORE THAN FLESH AND BLOOD

수전 무디 Susan Moody

수전 무디는 인상적인 캐릭터를 여럿 탄생시킨 미스터리 작가다. 특히 동에 번쩍 서에 번쩍 바쁜 페니 와나와케는 키 크고 화려하며 '클라리넷처럼 까맣게 윤기 나는' 매력적인 인물이다. 페니의 애인은 훔친 물건을 장물아비에게 넘기는 보석털이범인데, 그 수익금은 페니를 통해 아프리카에 있는 가난한 사람들에게 보내진다. 페니는 능력 있는 범죄 수사 요원이지만 부자들에게서 물건을 훔치는 것은 범죄로 여기지 않는다. 무디의 또 다른 시리즈에 나오는 탐정 카산드라 스완은 사업가이자 브리지 강사로, 보다 전통적인 캐릭터다. 「피와 살보다 더」는 팀 힐드가 편집한 「클래식 크리스마스 크라임」(1995)에 처음 발표되었다.

그는 항상 그곳을 황금빛 가득한 벌집 같다고 기억했다. 그 지역의 누르스름한 돌로 만들어진 집들의 벽은 금빛으로 빛났다. 가장자리가 황토색인 동그란 이끼로 뒤덮인 지붕들은 하나밖에 없는 좁은 길로 기울었고, 열린 대문들은 이전에 가게였던 곳과 곧장 이어졌다.

황량한 언덕을 넘고 넘으니 반갑게도 마을이 나타났다. 혹 모양의 돌다리를 넘어가자 그가 찾던 곳이 드디어 눈앞에 모습을 드러냈다.

차를 세우고 밖으로 나왔다. 가게도, 술집도, 길을 물어볼 사람도 없었다. 길 저쪽 끝에는 젖소들이 있었고, 지기 시작하는 맹렬한 태양에 깃든 연한 황금빛이 열린 농장 문을 향해 내려서고 있었다. 그 너머로 보이는 석조 건물, 진흙과 건초, 버터 만드는 금속 교유기搾乳器를 보니 낙농장 같았다. 그는 안으로 들어섰다.

어떤 여자가 젖소에게 전기 착유기 노즐을 고정하고 있었다. 인기척이 나자 여자는 허리도 펴지 않고 고개만 들어 그를 올려다보았다. 여자의 얼굴은 5, 60년 동안 무자비한 날씨에 그대로 노출된 탓인지 강인해 보였다.

"이 집을 찾고 있습니다." 시골에 온 도시 사람답게 쭈뼛거리며 그가 말했다. 엄지와 약지로 두꺼운 판지 끝을 부여잡으며 그가 여자에게 사진을 보여 주었다.

"네에."

"벡위드 저택이라고 부를 겁니다."

"네에."

"여기 있습니까? 이 마을에?"

"아아니요." 여자의 목소리는 그녀가 돌보는 젖소들처럼 부드럽고 그윽했다. "아아니요, 없습니다."

그 말에 그가 조금 동요했다. 분명 이곳에 다른 집들과 이웃하여 정답게 자리 잡고 있을 줄 알았다.

"그럼 어딥니까?"

"저 위로 좀 올라가야 있습니다." 여자가 남자의 뒤편에 있는 길과 이어지는 낮은 언덕들을 가리켰다. 산마루만 온전히 대낮 같을 뿐, 벌써 그림자는 산비탈 아래로 기울고 있었다. 비탈길에 십자 무늬로 늘어선 돌담의 윤곽과 크고 음울한 헛간만 간간이 보였다.

"얼마나 멉니까?"

"2, 3마일. 아아니면 4마일. 길 오른손 편에 있습니다."

"고맙습니다."

여자가 문으로 다시 돌아가다 말고 남자를 불렀다. "당신이 거기 가는 걸 그분도 아아나요?"

남자가 걸음을 멈췄다. "내가 가는 걸 누가 알아야 합니까?"

"거기 사는 부인이요오."

남자는 미소 지으며 고개를 저었다. "아니요, 모릅니다."

마을에 둘러싸여 있다가 다시 탁 트인 곳으로 나오자 높은 언덕에서 휘몰아쳐 내려오는 바람이 차를 어두운 길가로 밀어내는 느낌이었다. 이제 평생토록 가려고 벼르던 곳에 가까워졌는데도 공허한 기다림만이 가득할 뿐 어떤 기대와 흥분도 일지 않았다.

"……어딘가……." 그녀는 늘 잔인하게 그렇게 말했었다. 그게 어딘지, 오늘날까지도 그는 알지 못했다. 이제 그곳, 그 시간, 그 밤이 마치 맞춤옷처럼 몸을 조이며 그를 향해 조금씩 다가오고 있었다.

길이 다시 휘기 시작했다. 모퉁이를 돌자 돌기둥과 그의 두 배만큼 높은 철문과 벽 뒤를 가득 채운 월계수가 보였다. 그는 길가에 차를 바짝 당겨 주차했다. 문 뒤로 정사각형 이층집을 향해 굽은 짧은 진입로가 보였다. 난생 처음 와 보는 곳임에도 그는 집을 두른 길이 문턱 깊은 창문을 지나 현관 있는 옆문까지 어떻게 이어지는지 정확히 알았다. 길의 끝에는 울타리 쳐진 정원이 내다보이는 돌 깔린 테라스가 있다는 것도 알았다. 집 뒤편 창문에서 바라보는 경치가 어떤지, 자두와 사과나무는 정원 벽에 세워진 연철 대문의 어떤 쪽에 서 있는지 사진처럼 떠올릴 수 있었다. 테라스 옆에는 연못과, 고산 식물 가득한 암석 정원과 흰 바위의 가장자리를 덮고 흘러내리는 작은 덩굴 식물도 있을 것이다. 문기둥 하나에 둥근 슬레이트 문패가 붙어 있었다. 벡워드 하우스. 그는 손가락으로 B자의 반달 곡선 두 개를 따라 그렸다. 오른쪽 문손잡이를 돌렸다. 끽끽거리는 금속 소리가 나더니 곧 빽빽하던 쇠막대가 열렸다. 그 뒤로 펼쳐진 자갈 깔린 땅은 홈이 깊었다.

"⋯⋯*어딘가*⋯⋯."

여기다. 상상의 산물일지도 모른다고 생각했던 이곳에 마침내 도착했다. 단서는 거의 없었다. "*가스웨이*⋯⋯"라고 속삭이는 것을 얼핏 들었을 뿐이다. 가스웨이? 머릿속으로 그 순간을 돌이킬수록 되레 기억은 모호해졌다. 그저 죽어 가는 두 눈이 그를 바라보면서 계속 뭔가를 그리고 있었고, 거대한 몸은 들썩거렸으며, 한 손이 리넨 시트의 시접 부분 위에서 뒤틀리는 동안 무슨 단어를 만들어 내려고 입술을 잔뜩 오므렸다는 것밖에 기억나지 않았다.

발아래에서는 아무 소리도 들리지 않았다. 오래전부터 흙에 박힌 자갈이 마치 수면 아래에서 익사한 사람의 눈 같아 보였다. 집은 방치된 흔적이 역력했다. 그는 엉망으로 자란 월계수 잎을 헤치며 걸었다. 유리창 하나에서 어렴풋하게 불빛이 새어 나왔지만 먼지가 소복한 판유리는 오래 방치된 덩굴 식물에 가려져 거의 보이지 않았다.

현관 위 화려한 채광창으로도 빛이 새어 나왔다. 그가 문에 달린 쇠고리를 두드리자 곧 안에서 기척이 느껴졌다. 재빠르면서도 무언가를 간절히 바라는 듯한 발소리가 통로를 따라 그를 향해 다가왔다.

문을 연 여인이 잠시 그를 빤히 바라봤다. 나중에 생각해도 그게 어느 정도로 긴 시간이었는지 기억나지 않았다. 2초, 3초? 아니면 몇 분이었을 수도 있다. 여인의 얼굴에 환영의 미소가 흘렀고 한참을 가만히 있었다. 여인은 머리가 깔끔한데도 손으로 옆머리를 쓸어내렸다.

"마틴이니." 질문이 아니었다.

"네."

"올 줄 알았다."

"네."

"시간이 많이 걸렸구나."

"어딘지 잘 몰랐어요." 경찰의 정보력을 동원했는데도 이 장소와 이 여인을 정확히 찾아내는 데 여러 주가 걸렸다.

여인은 자신을 추적하는 게 얼마나 어려웠을지 안다는 듯 고개를 끄덕였다.

"그럼, 들어와라." 여인이 옆으로 비켜선 후 좁은 복도 벽에 바짝 몸을 붙여 그가 지나가게 했다.

"곧장 들어가면 주방이다."

목재로 된 주방은 따뜻했고 좋은 냄새가 났다. 그를 내몰았던 것들이었다. 주방은 실내 장식을 새로 해서 벽지가 바뀌었으며 전에 없던 선반이 있었다.

불이 밝은 곳에 가서야 그는 여인을 제대로 볼 수 있었다. 생각했던 것보다 여인은 젊었다. 그리고 훨씬 덜 슬퍼 보였다. 틀림없이 슬퍼 보여야 하는데!

"몇 살이니? 서른둘?"

"생일 지나면요."

"6월 초야, 그렇지?"

그가 고개를 끄덕였다. 정확한 날짜를 기억 못 하는 건 개의치 않았다. 30년 이상을 만나지 못했는데도 달은 기억했으니까. 그가 화덕의 왼쪽 문 뒤에 식품 저장실이 있다는 것을 알 듯, 그전에는 그곳에 걸린 놋 그릇 뚜껑이 일곱 개였는데 지금은 다섯 개밖에 없다는 것을 기억하듯…… 여인이 몸을 뒤로 하여 스토브의 따뜻한 곡선 면에 기대며 고개를 저었다. "다른 어느 곳에서 만났대도 널 알아봤을 것 같구나."

"네." 물론 그럴 것이다.

여인이 인상을 쓰며 말했다. "경찰과 함께 있었지?"

"제가요?"

여인이 다시 얼굴을 찌푸렸다. "지난번에 그 사람이 그렇게 말했어. 경찰이 널 데리고 있다고."

그랬던가? 가끔, 그는 자신이 누구인지, 도대체 어디서 왔는지도 제대로 기억하지 못했다. 가끔은 그 질문에 대답할 수 없다는 사실도 기억하지 못했다. 왜 지금 여기에 왔는지조차도.

그는 코트 주머니에 손을 넣어 꾸러미를 하나 꺼냈다. 안에 든 것을 식탁 덮은 번들거리는 기름천 위에 죽 꺼내놓았다. 그러는 동안에도 절대 사라지지 않을 것 같은 목소리가 다시 귓전을 맴돌았다.

"……어딘가……."

"어디요?"

"어딘가."

"어디요, 할머니?"

"저 북쪽에."

"북쪽 어디요?"

"얘기하게 될 게다. 그러나 지금은 아니겠지."

"말해요, 할머니. 말해 주세요." 그때도, 어렸을 때도, 여섯, 일곱, 열 살이었을 때도 그 말이 중요하다는 건 알았다. 만약 할머니가 장소를 콕 집어 주었더라면. 아니, 막연하게라도, 의미만이라도 말해줬다면. 그는 그곳을 찾아내 뿌리를 내렸을 것이다.

"무슨 일이 있었어요, 할머니?"

할머니가 다시 말을 시작했다. "크리스마스 이브였다." 그러고는 말을 멈췄고, 그를 보고 웃으며 온몸의 살이 떨릴 정도로 몸을 사정없이 아래위로 흔들었다. 할머니는 그가 알고자 하는 욕망이 얼마나 깊은지 너무도 잘 알고 있었다. 그저 알기만 했다.

"크리스마스요, 할머니." 시작이 한결같은 잔인한 의식이었다. "그렇지. 영리한 녀석이라 잘 알고 있구나." 할머니는 고개를 끄덕였고, 안경 윗부분으로 눈을 치켜뜨며 만족스럽지 않은 미소를 슬쩍 지었다. "크리스마스에 은색 양동이에는 샴페인이 담겨 있었고⋯⋯."

아, 그 샴페인. 몇 년간 그는 그게 뭔지 정확히 알지 못했다. "톡 쏘는 와인이란다, 아가." 할머니가 말했었다. "마시면 기분이 좋아지지. 생각하기에 따라 나빠지기도 하겠구나." 그러면서 할머니는 킬킬 웃었다. 기억을 긁어 내는 늙은 여자의 모습이었다.

나이가 좀 더 들어서는 물론 상상 속의 샴페인이 아닌 진짜를 보았다. 그 큰 병을, 반짝거리는 마개를, 다른 병에 붙은 것과는 달리 특별하고 고급스러운 라벨을. 나중에는 마셔도 보았다. 입술로 거품을 느꼈다. 톡톡 튀는 방울이 아주 어릴 적 기억과 뒤엉켰다. 그 크리스마스, 그 샴페인.

"네, 할머니. 샴페인이요."

"은색 양동이에 샴페인이 있었다, 그러고는 네 엄마가⋯⋯."

또 멈췄다. 언제나 그랬듯. 할머니의 손가락이 사진 위를 스치며 떠돌았다. 크고 우악스러운 몸에 비해 작고 섬세한 손이었다. 할머니의 눈에 과거가 어렸다. 그에게는 절대 말하지 않을 끔찍한 무언가가 담긴 눈이었다. 할머니의 침묵에서 그걸 느꼈다. 그리고 얼굴에 잠깐씩 크리스마스에 있었던 정체 모를 사건의 충격이 떠오르곤 했다. 하지만 할머니는 항상 눈 뒤편에 숨은 비밀과는 전혀 상관없는 산타클로스나 민스파이 같은 시시껄렁한 성탄절 이야기로 넘어가려고 했다.

"그래서 뭐요, 할머니? 뭐냐고요?" 추궁하는 그의 목소리에는 힘이 실리지 않았다. 할머니는 얘기해 주지 않을 테니까. 그때도, 이후에도.

여인이 그의 곁으로 다가와 서서 테이블 위에 놓인 사진들을 섞어 버렸다.

"아직도 사진을 다 가지고 있었던 거야?"

"네."

"할머니는 죽었을 텐데."

"네."

"진작 죽었어야 했는데. 어떻게 죽었니?"

천천히, 라고 말하고 싶었지만 하지 않았다.

"난 그 여자가 아주 힘들게 죽기를 바랐다. 죽는다는 걸 아는 채로 고통스럽게 죽어 가기를 바랐어."

정확히 그랬다. 그는 아무 말도 하지 않았다.

"아주…… 끔찍하기를 바랐어. 그 사람처럼." 여인의 목소리가 떨렸다. 사진 속에서 한 장을 골랐다. "이 사람처럼 말이야."

그는 젊었다. 얼굴은 검었다. 이마까지 앞머리를 길렀다. 한쪽 팔에 군모를 끼고 있었다.

여인이 머리를 좌우로 흔들었다. "참 잘생겼지." 여자가 무표정하게 말했다. "참…… 잘생겼어."

"제 아버지군요."

"응. 할머니가 네 아버지에 관해 뭐라고 말했니?"

"아무 말도 안 했어요. 죽었다는 것 말고는."

"말할 이유가 없었겠지."

"심지어 이게 아버지 사진이란 얘기도 안 했어요. 적어도 아주 최근까지는." 그는 할머니 목의 부드러운 살을 죄었다 풀었다 하며 희망을 주었다가도 빼앗았다. 그렇게 할머니에게서 그 말을 억지로 끌어냈다. *"그럼 내 어머니는."* 그가 말했다. *"어머니는 어디 있는지 말해요. 대체 어딨냐고요!"* 할머니는 간신히 이 말만 남겼다. *"가스웨이."*

창 밖 정원 끝에서, 황무지로 열린 철문을 통해 마지막 태양이 언덕을 넘는 광경이 보였다. 이미 그늘이 진 양쪽 벽 사이에 빛이 투명하게 빛났다.

"그래서 이제 네가 무슨 일이 있었는지 직접 확인하러 온 거로구나?" 여인이 수도꼭지에 대고 주전자에 물을 채워 붉은색 스토브 위에 얹었다.

"할머니는 제대로 얘기하신 적이 없어요." 그가 식탁 위 더미에서 사진 두 장을 찾아냈다. "…… 하지만 분명 무슨 일이 있었다는 걸 알아요."

마음 속 어딘가에서 증오에 찬 목소리가 메아리쳤다. *"크리스마스였어. 저 북쪽 어딘가에……."*

사진 두 장. 크리스마스 저녁, 하나하나가 또렷했다. 칠면조, 소시지, 구운 감자와 채소찜, 크랜베리 소스를 담은 유리 접시, 도자기로 된 그레이비 그릇. 테이블 옆에는 은 양동이가 있었다. 사람들이 서로에게 다가앉아 웃으며, 잔을 들고 막 축배를 들 참이었다. 테이블 상석에 마흔 정도의 뼈대가 굵고 머리가 하얗고 큰 가슴이 훤히 보이도록 앞이 푹 파인 드레스를 입은 여자가 앉아 있었다. 아름답고 성숙한 느낌이었다. 경찰서에 함께 있던 그의 친구들이 그 사진을 봤다면 휘파람을 불며 서로 쿡쿡 찔렀을 것이다. 그러지 말라고 해도 아랑곳하지 않았을 것이다. 아름다운 여자는 오른쪽에 앉은 어린 여자애에게 몸을 기울이고 무엇인가 말하고 있었다.

"이 사람이 당신인가요?" 그가 여자애의 얼굴을 손가락으로 쓰다듬으며 말했다.

"그렇구나. 맞네."

그리고 같은 장면, 몇 초 후. 여전히 잔은 공중에 들려 있지만 프레임에 잡히지 않은 뭔가를 바라보는 사람들의 얼굴에는 웃음이 사라지고 공포와 충격이 어렸다. 여자애가 없었다. 테이블 상석에 앉은 여자가 억지로 옅은 미소를 지으며 카메라를 똑바로 쳐다보았다.

"무슨 일이 있었던 거죠? 반드시 알아야겠어요." 이제 웬즈워스에 묻힌 시체는 말하지 못할 테니까. 팅팅 붓고 툭 튀어나온 혀가 마침내 조용해졌으니까. 이제 더는 과거의 비극을 떠올리는 표정을 지은 채 그 작고 하얀 손으로 사진을 이리저리 훑지 못하게 되었다.

여인이 어깨를 들어 올렸다가 한숨을 푹 내쉬었다. "그걸 알아야 하는 사람이 있다면 바로 너겠지. 나는 그때 바비가 사진을 찍는 줄도 몰랐어."

"바비?"

"내 막냇동생. 걔는 카메라에 미쳤었어. 이 모든 걸 카메라로 담았어. '그게' 후세를 위한 기록이 될 거라고 말했었지."

"결국 그렇게 됐군요."

사진을 내려다보며 여인이 조용히 말했다. "나를 싫어했어."

"누가요?"

"내 엄마." 여자가 테이블 상석에 앉은 여인을 가리켰다. "광기나 병적인 집착이었던 것 같아. 아니면 단순히 아빠가 엄마보다 나를 더 사랑해서 질투했을 수도 있고. 요즘은 그걸 가리키는 단어가 있는 것 같던데 뭔지는 모르겠구나. 그때 나는 그게 뭔지 몰랐어. 그저 엄마가 좀 위험하다고 느꼈을 뿐. 오빠들이 나를 지키려 고생을 많이 했어. 어린 바비까지도. 살아 계시는 동안에는 아버지도 그랬지. 나는 엄마가 할 수만 있었으면 나를 죽였을 거라 생각해." 침묵이 흘렀다. "대신 엄마는 차선을 택했어."

"말해 주세요."

다시 오싹한 한숨이 흘러나왔다. "에드워드. 네 아버지란다. 저 멀리 계곡에 살았지. 에드워드 가족은 부자였어. 땅이 많았지. 나보다 열 살 많았지만 그건 문제가 되지 않았어. 처음부터 우리에겐 서로만 보였어." 여인이 그를 바라보았다. "우리는 서로 사랑했단다." 스토브 위에서 주전자가 끓기 시작하더니 물이 넘쳐서 뜨거운 판 표면을 가로질러 개미처럼 잽싸게 달아나고 있었다. 여인이 일어나 찻주전자와 컵과 컵 받침을 꺼냈다. "이해하니?"

"네." 그는 사랑에 대해서는 아무것도 모르면서 그렇게 대답했다.

"엄마한테서 날 지키려고 가족들이 나를 멀리 있는 학교에 보냈어. 그런데 방학 첫날 에드워드가 정문 앞에 왔더구나. 마치 여름처럼 정열적이고 불꽃놀이처럼 화려했어. 땅에서 피어오르는 장미나 노래하는 새처럼 아름다웠지."

여인이 돌아보며 미소를 지었다. 그러나 목소리에는 감정이 없었다.

"그래서 어떻게 됐나요?"

"9월 중순 16번째 내 생일에 군대에 있던 에드워드가 학교로 편지를 보내 왔더구나. 크리스마스 후에 해외에 주둔하게 됐다면서 나에게 함께 가자고 했어. 나도 충분히 나이가 됐으니 에드워드가 우리 엄마에게 결혼을 해도 될지 물어볼 거라고 했어. 아버지가 그 전해에 돌아가셨거든."

"그래서 할머니가 뭐라고 하셨는데요?"

"의논하고 자시고 할 것도 없다고. 내가 너무 어려서 안 된다고 했대. 나는 엄마의 동의 따윈 필요 없다고 편지를 써 보냈어. 법적으로 결혼할 수 있는 나이가 됐으니 맘대로 하겠다고, 크리스마스에 집에 도착하자마자 에드워드와 함께 떠날 거라고 선언했지. 엄마가 길길이 화를 냈어."

그는 고개를 끄덕였다. 그도 할머니의 성미를 잘 알았다. 폭력적이고 성마르기가 세게 흔든 병에서 샴페인이 쏟아져 나오는 것 같았다.

"에드워드가 우리 오빠들은 엄마를 설득할 수 있을 거라고 생각했어. 어쨌든 결국은 엄마가 포기했다고 했지. 엄마가 에드워드더러 크리스마스에 함께 저녁을 먹자고 초대하더구나." 여인이 이마에 손을 대고 눈을 감았다. "나는 진심으로 엄마가……."

마틴이 부드럽게 말했다. "크리스마스였죠, 저 북쪽 어딘가에서……."

똑같이 부드러운 목소리로 여인이 말을 이었다. "그날 눈이 내렸어. 에드워드가 너무 늦는 바람에 어쩔 수 없이 우리끼리 막 저녁을 먹으려던 참이었어. 그때 에드워드가 갑자기 식당에 모습을 드러냈어. 문앞에 서서 나를 그저 바라보고 있었지. 무표정한 얼굴로. 그리고 그때 엄마가 내게 몸을 기대고 말했어……. 엄마가 말했어……."

"뭐라고요?" 이 오랜 세월을 견뎌 드디어! 그는 이제야 내면의 공허함이 채워지기 시작함을 느꼈다.

"엄마는 분명 모든 걸 다 계획했을 거야. 마지막 순간에 어떻게 내게 말할지도 정했을 테고. 보통 나는 엄마 옆에 앉지 않는데, 그날은 내게 그러라고 했어. 그래서 엄마가 하는 말을 나 말고는 아무도 듣지 못했어. 엄마가 에드워드와…… 둘이 사랑하는 사이라고, 엄마가 에드워드를 꼬드겼다고, 너무 쉬웠다고, 에드워드가 사랑하는 건 내가 아니라 자기라고 속삭였어."

"그 말을 믿었어요?"

"아니, 전혀 안 믿었어. 하나도 안 믿었어."

"그럼 뭐예요?"

"에드워드는 엄마의 속셈을 다 알고 있었어. 그래서 내 이름을 부르며 나를 사랑한다고 외쳤지. 나도 모든 걸 잊고 그가 날 사랑한다는 사실만 기억하려 했어. 그런데 갑자기 에드워드가 밖으로 뛰쳐나갔어. 그러고는 총소리가 들렸어."

"맙소사."

"난 잔디밭을 달리고 달렸어. 에드워드가 바닥에 누워 있는 게 보였어. 옆엔 총이 떨어져 있었지. 눈 속에 무릎을 꿇고 앉아 에드워드를 안았고, 그는 그 자리에서 죽었어. 흰 눈밭에 뿌려진 피가 그렇게 붉을 수가 없었어. 엄마가 태어나서 처음으로 나를 안아 주더라. 자기들이 결혼할 거였다고, 에드워드는 선택의 여지가 없었다고 말했지."

"그 말을 믿었습니까?" 그가 다시 물었다.

"처음엔 안 믿었지. 나중엔 내가 한동안…… 병원에 있었어."

"물론 그랬겠죠. 만약 당신이…… 제 생각에 그 당시에는…… 오명보다…… 결혼도 안 하고……." 횡설수설하는 그의 목소리가 잦아들었다.

"퇴원해서 보니 바비는 차 사고로 죽었고 오빠들은 둘 다 호주로 떠나 버렸어. 엄마도 너를 데리고 남쪽으로 가 버렸지. 나의 에드워드가 남긴 건 너뿐이야."

"불쌍한 사람."

"물론 엄마와 에드워드가…… 아니, 난 에드워드를 한 번도 탓하지 않았어. 그건 모두 엄마의 잘못이야."

"불쌍한 엄마." 그가 여인의 손을 잡았다. 그들은 친구가 될 수 있을 것이다. 그녀와 그는 사악한 늙은 여자가 앗아가 버린 모든 세월을 되찾을 수 있을 것이다. 그는 할머니의 죽음을 떠올렸다. 죽기 전에 좀 더 시간을 끌지 않은 것이, 더 고통받게 하지 않은 것이 아쉬웠고, 처음부터 할머니에게 더 잔인하게 굴지 않았던 게 후회됐다. "그런데 왜 나를 찾으러 오지 않았어요?"

여인이 그의 손에서 놓여났다. "내가 왜? 모든 걸 되돌려 놓을 뿐인데. 그날의 상처와 모든 충격을 애써 극복했는걸."

그는 여인이 그렇게 무심하게 말하지 않았으면 좋겠다고 생각했다. "전 아니에요." 그가 말했다.

"짐과 내가 교제를 시작했고 결혼해서 애도 낳고……." 여자가 어깨를 으쓱했다. "그런 거 있잖니."

"하지만, 어머니……." 그 단어가 어색하게 입 끝에 매달려 잘 나와 주지 않았다.

여인이 그를 잠시 쳐다보았다. "난 네 어머니가 아니야." 그 단어를 힘껏 강조하며 말했다.

"네?" 그는 여인이 하는 말을 이해하지 못했다.

여인이 친숙하지만, 그다지 유쾌하지는 않은 듯 슬며시 웃었다. "난 아냐, 마틴. 네 아버지와 난 아무…… 그러니까…… 짐과 결혼할 때 난 처녀였어."

"그럼…… 누가?"

여인은 대답하지 않았다.

"할머니?"

"네가 그 여자를 그렇게 부른다면."

"그 여자가 내 부모님은 돌아가셨다고 했어요." 눈물이 차올랐다. 생생하면서도 격렬한 증오가 밀려들었다. 할머니, 그 뚱뚱하고 더럽고 역겨운 할망구가 어머니였다니. 피와 살, 이걸 찾느라 그렇게 오랜 시간이 걸렸다니.

여인이 그를 보았다. "이제 와서 보니, 그 여자가 옳았어. 그렇지 않니?"

"아냐! 입 닥치지 못해!" 그의 손이 여인의 목을 조였다. 손끝에 여인의 두개골 아랫부분과 목의 발작적인 움직임이 느껴졌다. 그는 머리를 흔들었다. "그럴 리 없어. 역겨운 할망구가 어머니일 리 없다고."

그는 여인의 입에서 억지로라도 다른 말이 나오기를 바라며 손에 더 힘을 주었다. 여인의 흰 손가락이 그의 손을 집어 뜯었고 얼굴은 점점 시커메졌다. "말해, 내 어머니는 그년이 아니라고." 그가 소리를 질렀지만 여인은 대답하지 않았다.

그가 여인을 의자에 도로 내팽개쳤을 때 그의 눈도 여인의 눈처럼 빛을 잃고 흐리멍덩했다. 여인의 작은 손에는 오래전 크리스마스에 찍은 사진이 들려 있었다.

집사의 크리스마스 이브

THE BUTLER'S CHRISTMAS EVE

메리 로버츠 라인하트 Mary Roberts Rinehart

미국 베스트셀러 목록에 처음 올라온 미스터리 소설은 바로 메리 로버츠 라인하트의 『지하 10층의 남자』(1909)였다. 첫 펄프 잡지인 《먼지즈 매거진》에 연재하기 위한 소설이었다. 동일한 잡지에 연재된 『나선 계단』(1908)은 『지하 10층의 남자』보다 먼저 책으로 출판되어 라인하트의 최고 히트작이 되었다. 라인하트와 애버리 홉우드가 1920년에 그 소설을 〈박쥐〉로 각색해 무대에 올렸고, 이것을 기점으로 라인하트는 미국에서 가장 돈을 많이 버는 작가가 되었다. 현재 빈번히 패러디되는 '해드 아이 벗 노운Had I But Known1인칭 화자의 시점에서 회상으로 진행되는 추리소설 작법'의 창시자인 라인하트는 자신의 드센 여주인공들을 자주 절체절명의 위기에 빠트렸다. 「집사의 크리스마스 이브」는 『이자벨을 위한 알리바이』(1944)라는 단편집에 처음 수록되었다.

월리엄이 비를 맞고 서서 버스를 기다리고 있었다. 옅어지는 햇빛을 받은 그는 방금 씻고 나온 80세 노인이나 수염 없는 산타클로스처럼 보였고, 레인코트 아래에는 낡을 대로 낡은 잠옷용 셔츠와 여분의 양말 한 켤레, 갈아입을 셔츠 그리고 새로 산 셔츠 깃이 든 꾸러미를 움켜쥐고 있었다. 그 안에는 1파인트짜리 질 좋은 스카치위스키 한 병도 들어 있었다.

월리엄은 그것을 마시지 않았고, 마실 생각도 없었다. 위스키는 선물이었고 여러모로 위험한 물건이었다. 과거에도 윌리엄은 위스키 때문에 문제를 일으킨 적이 있었다.

크리스마스 이브를 즐기는 거리의 사람들은 비를 맞으면서도 쾌활한 표정이었다.

"엄마, 엄마. 여행 가방이 어디 갔는지 모르겠어요."

"그럼 네가 지금 올라앉은 그건 뭐니? 새장?"

사람들이 왁자하게 웃었다. 비가 내렸다. 신이 난 아이들은 가만히 있지 못하고 짤짤거렸다. 여자가 아이를 꾸짖었다.

"조니, 우산 밑에 가만히 좀 서 있어. 새 옷이 다 젖잖니."

버스가 다가오자 누군가 치는 바람에 윌리엄의 꾸러미가 배수로에 처박혔고 당황한 윌리엄은 서둘러 꾸러미를 집어 들었다. 다행히 술병은 괜찮은 것 같았다. 만져 봐도 멀쩡했다. 샐리 양이 있든 없든 노친네가 마시게 하리라. 반신이 마비된 거구를 휠체어에 넌 무기력한 노친네. 딱 1년 전 오늘, 크리스마스 이브에 윌리엄은 잠들지 못하는 노친네에게 술을 좀 마시게 했다가 샐리 양에게 현장에서 걸렸다.

샐리는 아무 말도 하지 않았다. 잠자코 할아버지에게 굿나잇 키스를 하고는 방을 나갔다. 다음 날 아침 윌리엄이 식품 저장실에서 노친네의 아침을 준비하는데, 샐리가 와서 50년이나 일한 윌리엄을 해고했다.

"미안해요, 아저씨. 할아버지 술 드시면 안 되는 줄 알잖아요."

윌리엄이 노친네 주려고 데운 에그 컵을 내려놓고 샐리를 쳐다보왔다.

"크리스마스 이브라 그랬습니다, 아가씨. 토니 씨도 떠나시고 이래저래 기분이 안 좋으시길래."

샐리가 그 말에 얼굴이 하얗게 질렸지만 목소리는 차분했다.

"참으려 했지만 도저히 안 되겠어요. 이번 일이 아니어도 아저씨는 너무 오래 일했고, 이제 할아버지를 제대로 들어올리지도 못하잖아요. 젊은 사람이 필요해요, 그 일이⋯⋯."

샐리는 말을 끝맺지 못했다. 젊은 남편이 진주만 공습 후 해군에 징집됐을 때 못 가게 하려고 죽어라 싸웠던 얘기는 하지 않았다. 어쩌면 할아버지와 윌리엄이 남편이 떠나는 데 도움을 주었다고 의심하는지도 몰랐다.

윌리엄이 샐리의 말을 믿을 수 없다는 듯 물끄러미 쳐다보았다.

"저는 50년간 장군님을 여러모로 돌봤습니다, 아가씨."

"그걸 내가 모르겠어요? 의사 선생님도 그 편이 좋다고 했어요."

윌리엄은 미동도 없이 서 있었다. 샐리가 그에게 이러면 안 되는 거였다. 자기 손으로 직접 키운 아이가, 자기 아버지까지 키운 사람에게 이렇게 매정하게 굴다니. 반세기 동안 이 집에서 대리만족만 하며 산 사람을 다 늙은 지금 혼자 새로운 삶을 살라고 내쫓는 건 너무한 처사였다. 그러나 샐리는 진심이었고 윌리엄은 무력하게 받아들일 수밖에 없었다.

"언제 갈까요?"

"할아버지를 다시는 보지 않는 게 좋지 않겠어요?"

"아가씨 혼자 감당할 수 없을 겁니다." 윌리엄이 우직하게 말했다. 그러나 샐리는 그냥 가도 된다는 의미로 작게 손짓만 할 뿐이었다.

"미안해요, 아저씨. 벌써 다른 사람을 구해 놨어요."

윌리엄이 식판을 가지고 노친네의 방 앞에 가서 간호사에게 넘겨 주었다. 그러고는 위층으로 올라가 자기 방에 서서 주변을 둘러보았다. 인생의 대부분을 지낸 방이었다. 서랍장 위에 노친네가 스페인 전쟁 당시 의용 기병대 장군일 때 찍은 빛바랜 사진이 놓여 있었다. 노친네의 외동아들이자 1918년 프랑스에서 돌아오지 못한 샐리 양 아버지의 사진도 있었다. 최근에 찍은 토니의 사진도 보였다. 젊고 잘생겼으며 새 해군 유니폼을 입은 모습이 약간 도전적으로 보였다. 그리고 물론 샐리 양의 사진도 있었다. 아기였을 때부터 웨딩드레스를 입고 환하게 웃는 아리따운 모습까지.

윌리엄은 주인을 도와 샐리를 키웠다. 샐리가 태어난 날을 떠올렸다. 장군이—그때는 노친네가 아니라 베넷 장군이었다—아기 엄마가 죽었다는 소식을 듣고 아기를 데려오라고 윌리엄을 보냈다.

"아이가 생겼어. 그것도 여자아이야! 우리가 잘 키울 수 있을까?"

"더 어려운 일들도 해냈잖습니까, 장군님."

"좋아. 그러나 명심하게, 윌리엄. 난 버릇없는 애는 옆에 두고 싶지 않네. 만약 자네가 버릇을 망치면 난 반드시 자넬 해고할 걸세."

"명심하겠습니다." 윌리엄이 힘주어 말했다. "그래도 아마 고집불통이 될 겁니다."

"지금 왜 그런 소리를 해?" 장군이 큰소리로 말했다.

윌리엄은 웃기만 했다.

그렇게 샐리를 키웠다. 사랑스럽지만 3월의 바람처럼 거칠었고 베넷가 사람답게 고집이 셌다. 그러다 윌리엄이 뭐랄 새도 없이 토니를 만났고, 어느 날 아름답고 차분한 모습으로 할아버지의 팔짱을 끼고 교회 통로를 걸어 들어가 유부녀가 되어 나왔다.

그 후로 낡은 집에는 활기가 넘쳤다. 젊음과 웃음소리로 가득했다. 그러다 어느 날 샐리 양이 아이를 낳으러 병원에 갔고, 할아버지는 소식을 기다리느라 얼굴이 새카맣게 타들어갔다. 윌리엄이 장군을 안심시켰다.

"이건 지극히 정상적인 절차입니다, 장군님. 매일 수백만 명이 이런 식으로 태어나지요."

"그 잘난 얼굴 좀 치워. 자네나 수백만 따위 내가 알 게 뭔가? 지금 우리 손녀가 힘들어한다고." 그때만 해도 장군은 멀쩡했다.

무사히 아이가 태어났다는 소식이 들렸을 때도 장군은 괜찮았고, 샐리 양과 토니는 태어난 지 10분 된 아들의 부모가 되었다. 그러나 병원을 나서다 장군이 비틀거리며 쓰러지더니 다시는 걸을 수 없게 되었다. 그때부터 가족들은 장군을 노친네라 부르기 시작했다. 물론 등 뒤에서만.

어려움 없이 자란 샐리 양에게는 감당하기 힘든 비극이었다. 병원에서 눈을 떠 남자아이를 낳았다는 소식을 들은 샐리는 아이가 손가락 발가락이 제대로 달렸는지 물었고, 자신은 아들을 전쟁의 도구로 키울 마음이 없다고 단호히 말하고는 담배를 달라고 했다.

그게 2년 전이었고, 샐리는 크리스마스 이브에 집으로 돌아왔다. 토니가 노친네의 침실에 아기를 기념한 작은 트리를 세우고 꼭대기에 샐리가 만든 밀랍천사를 매달았다. 그 광경을 노친네는 침대에 누워 바라보았다.

"이런 일이 마침내 우리를 구원할 것 같아." 장군이 윌리엄에게 말했다. "빌어먹을. 사람들은 계속 아기를 낳고, 아기는 크리스마스 트리를 선물로 받겠지. 히틀러가 죽어 썩고 난 후에도 오래도록."

물론 아기는 트리를 알아보지 못했고, 1년 후 윌리엄이 해고될 거라거나 잠든 아기 앞에서 신나게 방울이나 흔드는 토니가 나라의 부름을 받고 성난 파도를 헤치게 되리라는 어떤 조짐도 없었다.

어떤 면에서 운 나쁜 한 해였다. 분명 샐리 양에게는 그랬다고 윌리엄은 생각했다. 장군은 뇌졸중을 심하게 앓았다. 몇 시간이고 누워서 손상 입은 쪽의 팔, 다리, 하다못해 손가락이라도 움직여 보겠다고 열의를 불태웠다. 당연히 아무 변화가 없었고 장군은 마침내 휠체어를 비롯해 모든 것을 받아들였다. 윌리엄은 간호사가 침대 시트를 갈 때 장군의 거대한 몸을 돌려주거나, 어떤 여자에게도 몸을 씻기게 할 수 없다고 고래고래 고함을 지르는 장군을 목욕시켰다. 기나긴 밤 동안 잠 못 드는 장군의 곁을 지킨 것도 윌리엄이었다.

샐리 양은 그 상황을 용감하게 받아들였다.

"할아버지는 평생 나를 돌보셨어요. 이제 내가 할아버지를 돌봐야죠. 윌리엄과 내가."

샐리는 정말로 그렇게 했다. 윌리엄도 샐리가 그러도록 허락해야 했다. 샐리는 할아버지가 현관에 앉아 바다를 볼 수 있도록 1층을 개조했다. 할아버지에게 시간과 정성을 바쳤다. 그러니까 진주만 공격이 있을 때까지는 그랬다. 그날 밤 토니는 윌리엄과 체스를 두고 있는 할아버지의 방으로 찾아가 자신의 문제를 털어놓았다.

"샐리를 아시잖습니까. 전쟁에 관해서는 입도 벙긋하지 못하게 합니다. 저 사람은 여기에 있어야 안전합니다. 아기도 그렇구요. 그런데, 음, 누군가는 싸워야 하잖아요."

노친네는 무릎에 놓인 퉁퉁 부은 무력한 손을 내려다보았다.

"알겠다. 물론 너도 가고 싶은 거지?"

"원하고 말고의 문제가 아닙니다."

"그건 그렇지. 빌어먹을!" 노친네가 화를 내며 말했다. "나는 쿠바에 가고 싶었지. 샐리 아범은 프랑스에 너무 늦게 갔고. 난 가고 싶지 않다는 사람을 위해서는 어떤 기대나 염려도 할 생각이 없어. 하지만……." 장군의 목소리가 한결 누그러졌다. "샐리가 몹시 힘들어할 거다. 전쟁이라면 이미 지긋지긋한 아이니."

당연히 그 일은 샐리를 미치도록 힘들게 했다. 샐리는 필사적으로 토니를 말렸다. 그러나 토니는 조금도 지체하지 않고 해군에 지원했고, 크리스마스를 며칠 앞두고 떠나 버렸다. 남편을 배웅하면서 샐리는 울지 않았지만 그가 떠난 후로 얼굴에 침울한 표정이 가실 날이 없었다.

"어차피 갈 거면 즐겨." 샐리가 말했다.

"어떻게 즐겁기를 바라겠어."

샐리의 얼굴에 이상하고 경직된 웃음이 떠올랐다.

"그럼 왜 가는데? 아기와 병든 할아버지를 돌보는 아내를 두고 떠나지 못하는 남자도 많아. 아니 노인이 하나 더 있구나." 토니의 가방을 든 윌리엄을 보며 샐리가 말했다.

토니가 떠나고 할아버지의 방에 들어갔을 때도 샐리는 울지 않았다. 윌리엄도 그곳에 있었다. 샐리는 문간에 서서 윌리엄을 바라보았다.

"이제 두 분 다 만족하시겠네요." 샐리가 싸늘한 목소리로 말했다. "두 분은 여기서 아무 탈 없이 지내면서 마음 내킬 때 응원만 하면 되겠죠. 하지만 경고하는데 제가 듣는 데서는 그러지 마세요. 못 참을 것 같아요."

할아버지가 샐리를 쳐다보았다.

"내가 널 키웠다. 윌리엄과 내가 널 키웠어. 우리가 뭘 잘못한 모양이다. 결국 넌 이렇게 못된 아이가 돼 버렸어. 그리고 난 내가 하고 싶은 만큼 열심히 응원하련다. 윌리엄도 마찬가지고."

그날 샐리가 밤새도록 잠들지 못했다는 걸 아는 사람은 윌리엄뿐이었다. 아침이 밝아 올 무렵에 윌리엄은 샐리가 차가운 해변에 서서 바다를 바라보는 장면을 목격했다.

윌리엄이 그해 크리스마스 이브에 아기를 위해 트리를 손질했다. 꼭대기에 작년과 마찬가지로 밀랍 천사를 매다는 것으로 장식을 마치자 노친네가 갑자기 술을 달라고 했다.

"빌어먹을 의사들이 뭘 알아. 죽을 때 죽더라도 토니를 위해 한잔

해야겠어."

결국 그것은 윌리엄이 장군을 위해 할 수 있는 마지막 일이 되었다. 장군이 막 술을 넘기는 순간 샐리 양이 들어섰던 것이다.

다음 날 아침 샐리는 윌리엄을 해고했다. 그는 위층으로 올라가 짐을 쌌다. 집사복은 남겨 두었지만 사진은 낡고 오래된 여행가방에 챙겨 넣었다. 계단을 내려오자 샐리가 기다리고 있었다. 울 줄 알았지만 샐리는 예의 황량한 표정만 지었다.

"이런 식으로 가시게 해서 미안해요. 여기 급료예요. 혹시 도움이 필요하시면⋯⋯."

"돈은 충분히 모아 뒀습니다. 괜찮다면 가기 전에 아기를 볼 수 있을까요?" 윌리엄이 퉁명스럽게 말했다.

샐리가 고개를 끄덕이자 윌리엄이 밖으로 나갔다. 아기가 그를 향해 아장아장 걸어오자 안아 올려 가슴에 꼭 품었다.

"착한 아이가 되어야 해. 엄마 말 잘 듣고 매일 시리얼을 챙겨 먹으렴."

"차칸 아이." 아이가 말했다.

윌리엄은 잠시 그 자리에 서서 어쩌면 지금도 토니가 있을지 모를 겨울 바다를 바라보았다. 그러고는 아이를 내려놓았다.

"아이를 잘 보살펴 줘요. 존스 양." 윌리엄이 쉰 목소리로 간호사에게 말했다. "이제 노친네에게 남은 거라곤 저 애밖에 없으니까요."

스테이션 웨건에 올라타며 윌리엄은 몸을 떨었다. 기사인 폴이 대신 가방을 들어 주었다. 분명 걱정이 가득한 얼굴이었을 것이다.

"노친네한테 너무 가혹한 일이 될 텐데요. 무슨 일입니까?" 운전기사가 물었다.

"샐리 양이 토니 씨가 가 버린 것 때문에 화가 단단히 났다네. 전쟁을 좋아할 이유가 없지." 윌리엄이 차분하게 말했다.

"누구라 전쟁을 좋아하겠어요! 다음은 제 차례일지도 모르겠군요." 폴이 침울하게 말했다.

그들이 집을 떠날 때 택시 한 대가 문 안으로 들어섰다. 안에 탄 사람은 키 크고 얼굴이 거무스레한 사내였는데 윌리엄은 척 보자마자 그 사람이 싫어졌다. 폴이 투덜거렸다.

"저 사람이 새로운 집사라면 노친네는 일주일도 안 돼 내쳐 버릴 겁니다."

그러나 윌리엄이 알기로 그 남자는 아직 그 집에 있었고, 지금 윌리엄은 수수께끼처럼 알 수 없는 일로 1년 만에 거기로 돌아가는 중이었다.

버스가 내내 덜커덕, 꾸르릉댔다. 주위 사람들은 여전히 쾌활했다. 서로에게 크리스마스 인사를 건넸고 낯선 사람과도 이야기를 나눴다. 일 년 중에 이날 하루만큼은 모두가 서로에게 더없이 따뜻하게 대했다. 꾸러미를 움켜쥔 윌리엄에게도 그런 온기가 조금은 전해지는 듯했다.

윌리엄은 그간 너무 외로웠다. 도시에 방을 얻었지만, 그가 알던 사람들은 이미 죽었거나 이사를 가고 없었다. 공공도서관에서 카드를 발급받아 책을 빌려 읽었다. 날씨가 좋으면 강가 공원에 앉아 배들이 외레순드^{덴마크의 질란드 섬과 스웨덴 남부 사이의 해협}로 가서 호송대와 만나는 광경을 지켜보았다. 회색빛을 띠는 거대한 검은 괴물 같은 배들은 마치 서커스에서 서로의 꼬리를 잡고 있는 코끼리 같았다. 강을 지나는 전함의 갑판은 탱크와 상자로 가득했고, 때로는 적재 한계를 아슬아슬하게 지킬 정도였다. 한번은 강가로 다가온 구축함 난간에서 토니를 본 것 같았다. 윌리엄이 일어서서 낡은 모자를 벗어 흔들자, 젊은 군인들이 경례했다. 그러나 토니는 보이지 않았다.

신문에서 배가 가라앉았다는 소식을 본 윌리엄은 심장이 빠르게 뛰었다. 토니가 탄 배는 침몰하는 배에서 바다로 빠져나온 선원들을 구조하러 갔고, 토니의 활짝 웃는 모습이 찍힌 사진이 신문에 실렸다. 훨씬 지치고 나이 들어 보였다. 윌리엄은 사진을 오려 내어 노친네에게 보냈다. 그러나 답장으로 온 엽서에는 검열 때문에 '돌아와, 이 바보 멍청아'라고만 적혀 있었다.

그러나 노친네와 마찬가지로 윌리엄에게도 자존심이 있었다. 그는 돌아가지 않았다.

그러다 일주일 전에 윌리엄은 전보를 한 통 받았다. 이번에도 검열을 받았지만 전보 회사를 거친 터라 괜찮았다. 거기에는 이렇게 적혀 있었다. '뻣뻣하게 굴지 말고 나를 보러 와. 편지 곧 도착.'

덜컹거리는 버스에서 윌리엄은 편지를 꺼냈다. 좌석에 앉은 아이들이 피곤을 이기지 못하고 하나씩 잠에 빠져들었고, 어른들도 힘든 기색이 완연했다. 그들은 지쳐 쓰러져 잠들기 위해 일부러 미친 듯이 신을 낸 것 같았다. 윌리엄은 안경을 꺼내 편지를 다시 읽었다.

노친네가 마비된 손으로 쓴 매우 이상한 편지였다. 마치 다른 누군가에게 보내는 것 같았다. 집에 문제가 있는 듯했지만, 구체적인 내용은 없었다. 사실 크리스마스 때 아기를 깜짝 놀라게 하자는 이야기만 넌지시 적혀 있었다. 그렇기는 해도 의도가 모호했다. 윌리엄은 어둠이 내린 후에 조용히 그곳에 도착할 심산이었다. 택시를 타고 대문에서 내린 뒤 노친네의 침실 창문에 노크할 생각이었다. 윌리엄이 간호사를 욕조에 처박지 않게 하기 위해 노친네가 미리 손을 써 두겠다고 적혀 있었고 간청하듯 이렇게 끝을 맺었다. '바보 같이 굴지 말게. 난 자네가 필요해.'

버스가 목적지에 도착할 때까지도 윌리엄은 계속 편지 내용을 생각했다. 사람들은 내리기 전에 다시 한 번 소지품을 챙겼고, 여전히 비가 내려와 내리자마자 우산을 폈다. 장거리 여행으로 찌뿌듯한 몸으로 마을에 들어선 윌리엄은 깜짝 놀랐다. 그가 탄 택시가 비추는 헤드라이트 불빛 외에는 사방이 너무나 깜깜했다.

"좋은 생각이죠?" 운전수가 친근하게 말을 걸어왔다. "이곳이 바로 해변가잖아요. 요즘 배가 너무 많이 가라앉아서 말이죠. 일주일 전에도 여기서 또 한 대 침몰했어요. 독일군이 여기 스파이를 심어 뒀나 봐요. 어디로 간다고 하셨죠?"

"베넷가에 갑니다. 해변에 있는."

운전수가 활짝 웃었다.

"전에는 종종 장군님을 태워 드렸죠. 말을 아주 거칠게 하는 분이에요, 안 그렇습니까?"

"힘든 일을 많이 겪어서 그렇죠."

"음. 그래도 손녀분은 참 좋은 사람입니다. 오늘 밤에 손녀분이 어디 갔는지 아십니까? 부대에서 크리스마스 준비를 하고 있어요. 제가 거기서 봤습니다."

"늘 착했었지요." 윌리엄이 힘주어 말했다.

윌리엄이 대문에서 내리려 하자 운전수가 말렸다.

"비가 억수같이 오는데 제가 안까지 모셔다 드리겠습니다."

그러나 윌리엄은 고개를 저었다.

"깜짝 놀라게 해 주고 싶습니다. 길은 알아요."

크리스마스 인사를 나누고 택시가 떠나자 윌리엄은 안으로 향했다. 진입로를 따라 걷는데 불빛은 하나도 보이지 않고, 대서양은 잔잔히 파도쳤고, 해변의 모래가 쓸리면서 사락거렸다. 50년 동안 들어 온 소리였지만 어쩐지 새롭게 느껴졌다. 이제 바다 위에는 목숨을 걸고 나라를 지키는 사내들이 있다. 토니도 저 어둠 속 어딘가에 있을지 모를 일이고 그걸 아는 노친네도 윌리엄처럼 느낄 것이다.

차고에 차가 없는 것을 확인하고 윌리엄은 안도했다. 조심조심 집을 돌아 노친네의 침실 창문으로 동정을 살폈다. 안에서는 아무 소리도 들리지 않았다. 이제 어떻게 해야 할까. 만약 노친네가 잠들었다면…… 그때 갑자기 재채기 소리가 들렸고, 익숙한 목소리가 귓전에서 울려서 윌리엄은 깜짝 놀라 펄쩍 뛸 뻔했다.

"제길, 들어와." 조바심 나는 듯한 목소리가 말했다. "뭘 기다리고 섰어? 폐렴이라도 걸리고 싶어?"

윌리엄은 별안간 마음이 따뜻하고 편안해졌다. 그에게 필요했던 것은 노친네를 다시 만나 욕을 얻어먹고, 그가 으르렁대는 소리를 들으며 묵묵히 그의 곁을 지키는 일이었다. 윌리엄이 창문으로 기어 들어가 행복한 미소를 지었다.

"목소리는 여전하시네요. 저 여기 대령했습니다, 장군님."

"좀 더 일찍 오지. 불 켜, 얼굴 좀 보게. 창문 닫고 커튼도 쳐. 하! 살찐 거 보게!"

"좀 쪘죠?"

"조금이라고? 젤리 통처럼 배가 볼록하구먼."

둘은 서로를 보고 기분 좋게 활짝 웃었고, 노친네는 아프지 않은 손을 내밀었다. "맙소사, 자네가 와서 정말 기뻐. 바로 이곳에 사는 악마한테 가세. 음, 어쨌든 메리 크리스마스."

"장군님도 메리 크리스마스."

둘은 악수를 했고 윌리엄은 휠체어에 꼿꼿이 앉은 노친네를 조심스럽게 살폈다. 여전히 공격적으로 보였지만 얼굴에서 생기가 많이 빠져나갔다.

"자네가 나를 버리고 가 버리다니! 왜 샐리를 무릎에 올려놓고 통통 때려 주지 않았나?"

"제가 전만큼 힘이 세질 않아서요." 윌리엄이 사죄하듯 말하자, 노친네가 싱긋 웃었다.

"걔도 베넷가 사람이야. 예전에도 그랬고 앞으로도 그렇겠지. 하지만 배워 나가고 있다네. 힘들지만 배우고 있어." 장군이 윌리엄을 바라봤다. "그 코트 벗게, 이 사람아. 사방에 물이 떨어지잖나. 저 꾸러미는 뭐야? 잠옷 말고 다른 거라도 있어?"

"스카치위스키를 가져왔습니다."

"그런데 뭘 꾸물거리고 있어?" 노친네가 소리쳤다. "샐리도 없고, 간호사도 없어. 자비스도 나갔어. 아, 집사 이름이야. 그 자식도 집사라 치면 말이지. 그리고 나머진 다 자러 갔어. 자, 잔을 들게. 오늘은 크리스마스 이브 아닌가!"

"장군님을 이렇게 내버려 두면 안 되는데 말입니다." 윌리엄이 꾸짖듯 말했다.

"다들 다른 사람이 보살핀다고 생각하겠지." 노친네가 낄낄 웃었다. "잔 가져와. 가는 길은 알지? 가면서 주위를 한번 둘러봐."

윌리엄이 익숙한 집 뒤편으로 돌아갔다. 발이 축축했고 작은 물방울이 목덜미를 타고 등으로 흘러내렸지만 기분 좋게 걸었다. 식품 저장실을 볼 때까지는 그랬다.

식품 저장실의 처참한 몰골에 윌리엄은 기분이 상했다. 퀴퀴한 냄새가 났고, 은그릇은 제대로 닦여 있지 않았으며 불빛에 비춰 본 유리잔에는 얼룩이 묻어 있는 데다 바닥에선 진득한 것이 묻어났다.

화가 난 윌리엄이 유리잔 두 개를 씻어 그리 깨끗하지 않은 행주로 닦은 후 들고 돌아왔다. 노친네가 두꺼운 눈썹 아래로 그를 바라보았다.

"그래, 어떻게 생각하나? 그 녀석이 과연 집사인가?"

"썩 훌륭한 집사는 아니군요, 장군님."

노친네는 더는 별말이 없었다. 그저 잔을 들고 윌리엄이 술을 따르기를 기다렸다. 그리고는 잔을 들어올렸다.

"토니를 위하여. 토니와 이 전쟁에 참가하는 모든 사내들의 안전한 크리스마스를 위하여!"

그것은 기도와도 같았다. 아마 기도였을 것이다. 윌리엄도 따라 했다.

"토니와 모든 젊은이를 위하여!"

그리고는 드디어 노친네가 편지에 관해 설명했다. 노친네는 자비스를 믿지 않았다. 한 번도 믿은 적이 없었다. 너무 자연스러운 일이었다. 그러나 샐리는 그를 의심하지 않았다. 그렇게 일을 못하는데도. 어쨌든 신체 건장한 남자들은 죄다 잡혀가 복무중이거나 무장하고 있으니 샐리라고 어쩌겠는가!

"그 자식은 뭔가 좀 이상해. 자넨 모르겠지만 지난주에 여기에서 배 한 척이 어뢰 공격을 당했어. 몇 명은 해변에 기어 올라왔는데, 어디에도 못 간 사람이 더러 있나봐. 불쌍한 것들."

"저도 들었습니다. 그래서 제가 뭘 하면 됩니까?"

"내가 어찌 아나? 그냥 둘러봐 주게. 미심쩍은 게 없는지. 아무것도 안 나와도 그 자식은 쫓아내 버려. 나는 그놈이 싫어."

윌리엄의 주름진 얼굴이 약간 붉게 물들었다.

"그럼 제가 여기서 지내게 되는 겁니까?" 윌리엄이 물었다.

"그럼 대체 내가 자네를 왜 다시 불렀겠나? 거기서 멀뚱거리고 서 있지 말고, 몸을 놀려. 밤은 짧아, 이 사람아."

그러나 윌리엄은 완전히 아마추어가 되어 버렸는지 일이 손에 잡히지 않았다. 지금은 자비스가 묵고 있는 그의 옛 거처는 너무 깔끔해서 오히려 놀라웠다. 그러나 별다른 건 없었다. 신호를 보내는 데 쓰는 손전등도 없었고, 암호 책도 없었으며—있었어도 윌리엄은 분명 알아보지 못했을 테지만—무전기조차 없었다.

"깨끗하더라고?" 윌리엄이 보고하자 노친네가 한 말이었다. "흠, 그렇단 말이지. FBI한테 크리스마스 선물을 건네나 싶었더니, 눈에 띄는 것도 없고, 스파이도 없다? 그럼 다른 일을 맡기지. 자네가 더 좋아할 만한 일로." 장군이 의자에 등을 기대고 윌리엄을 짓궂게 바라보았다. "올해 샐리는 아기한테 트리를 만들어 주지 않았어. 그걸 탓하는 건 아니야. 몇 달 동안 그 애는 정신을 차리지 못했어. 육군에 해군 그리고 자네가 본 처참한 식품 저장고까지 샐리를 괴롭혔지. 그 애는 지쳤어. 상심도 클 거야. 왜 안 그렇겠어. 하지만 아기한테는 크리스마스 트리를 만들어 줘야 하잖아."

윌리엄이 손목시계를 들여다보았다.

"이런, 트리를 사기엔 시간이 너무 늦었습니다만 어떻게든 해 보겠습니다."

노친네가 약간 누레진 이를 훤히 드러내 보이며 싱긋 웃었다.

"내가 늙었다고 생각하지, 그렇지? 늘 자네가 나보다 똑똑하다고 생각했지, 안 그래? 그래도 내가 아직 노망은 안 들었어. 현관에 트리가 있네. 오늘 밤에 배달을 시켜 놨어. 근데, 쯧쯧." 노친네가 다시 짓궂게 말했다. "그렇게 비리비리해서야 트리를 안으로 들일 수나 있겠나."

윌리엄도 진짜 이는 아닌 치아를 드러내 보이며 웃었다.

"내기를 걸고 싶지는 않으실 테죠, 장군님?" 윌리엄이 신이 나서 말했다.

10분 후 트리는 노친네의 응접실 한편에 놓였다. 윌리엄은 땀이 났지만 만족스러웠다. 노친네 역시 술 한잔에 기분이 들떠서 의기양양했다. 두 사람은 너무도 신이 났지만, 예고 없이 밖에서 차 소리가 들린 딱 그때까지였다.

샐리였다. 그녀가 차를 세우고 집으로 들어오기 전에 윌리엄은 어두운 응접실에 몸을 숨겼고, 노친네는 램프 옆 의자에 앉아 차분하게 책을 읽는 척했다. 윌리엄이 서 있는 곳에서 샐리가 훤히 보였다. 변했구나, 나이 들어 보여, 하고 윌리엄은 생각했다. 그러나 드디어 인생의 교훈을 얻은 것처럼 한결 부드러워 보였다. 더는 눈빛이 황량하지 않았지만 눈이 푹 꺼져 보였다. 그럼에도 윌리엄은 자부심으로 전율을 느꼈다. 샐리는 그들의 아이였다. 그와 노친네의 아이. 그리고 이제 그녀는 여인이 되었다. 사랑스러운 여인.

"맙소사, 왜 안 주무셨어요? 간호사는 어디 가고?" 샐리가 털 코트를 벗으며 말했다.

"크리스마스 이브잖니. 내가 잠시 보냈다. 곧 돌아올 게야."

그러나 샐리는 그 말을 듣고 있지 않았다. 윌리엄도 느낄 수 있었다. 샐리가 의자 끝에 앉아 무릎에 대고 손가락을 꼬았다.

"편지 온 거 없죠?"

"그런 것 같구나. 토니가 어디 있는지 모르지만, 뭘 보내기가 어렵지 않겠니?"

갑자기 샐리가 울음을 터트렸다.

"왜 그 이야기는 하지 않으시는 거예요? 할아버지는 언제나 생각하는 대로 말하시잖아요. 제가 토니를 그렇게 보내는 게 아니었어요. 저 자신이 용서가 안 돼요. 윌리엄한테도 잘못했어요. 아저씨 보고 싶으시죠?"

"보고 싶으냐고?" 노친네가 일부러 목소리를 높여 말했다. "그 늙고 못된 놈이 무에 그리워? 만날 하는 것 없이 돌아만 다녔는걸. 윌리엄 없어도 난 잘만 산다."

"저 기분 좀 나으라고 거짓말하시는 거잖아요." 샐리가 자리에서 일어났다. "제가 아저씨한테 잘못했어요. 오늘 밤에 아가한테 크리스마스 트리도 안 만들어 줬어요. 사람들이 곁에 있을 때 잘했어야 했는데, 제가 모든 걸 다 망쳤어요."

"사람은 대체로 그렇단다. 그러면서 배우는 거지. 배우는 거야."

그러고는 조용히 문을 닫고 밖으로 나갔다. 윌리엄이 침실로 들어서자 노친네는 어두운 표정으로 불을 바라보고 있었다.

"하여튼 전쟁이 문제야. 지구에서 그런 걸 바라는 빌어먹을 미치광이들! 난 지금 어떤 얼간이가 와서 '땅 위에는 평화, 사람에게는 축복을'이나 불러줬으면 좋겠어!"

마치 그것이 신호라도 됐던 듯 창밖에서 갑자기 어린아이들의 합창이 들려왔다. 윌리엄이 가리개를 조심스럽게 걷어 올렸다. 밖에는 한 손에 우산을 들고, 빵빵한 카속_{성직자들이 입는, 보통 검은색이나 주홍색의 옷}을 와락 움켜쥔, 근처 교회의 성가대 소년들이 말간 얼굴로 진지하고 열성적으로 노래를 부르고 있었다. 아이들은 평화와, 세상을 구하려고 이 땅에 오신 평화의 왕을 노래했고 노친네는 가만히 들었다. 아이들이 가자 노친네는 수줍은 듯 웃었다.

"흠, 아이들 말이 맞을 거야. 조만간 평화가 오겠지. 그 생각에 동의하면 술 한잔 어때?"

그들은 함께 말없이 술을 마시며 1년 전으로 다시 돌아왔다. 더는 주인과 집사가 아닌 오래 사귄 친구로, 단지 함께 있음에 감사했다.

"그런데 저 없이도 잘 지내셨다구요, 장군님?" 윌리엄이 잔을 내려놓으며 말했다.

"그걸 또 들었나?" 노친네가 천진난만하게 대꾸했다.

두 사람은 그런 진부한 농담에도 껄껄 웃었다.

11시가 넘어 윌리엄은 양말을 신고 크리스마스 트리를 장식할 재료들이 있는 다락으로 갔다. 샐리는 아직 깨어 있었다. 샐리가 방에서 뒤척이는 소리가 들렸다. 잠시 그는 문 밖에 서서 귀를 기울였다. 샐리가 어릴 때 안 자고 까불다가 된통 혼난 후 억지로 침대에 되돌아간 것이 마치 어제 일처럼 생생했다. 윌리엄이 샐리의 방문을 두드리면 문을 열고 나와 그의 팔에 안겨 울곤 했다.

"아저씨, 제가 나빴어요."

윌리엄이 샐리를 안고 가녀린 등을 토닥토닥 두드려 주었었다.

"자, 자, 괜찮아요. 아저씨가 다 제자리에 돌려 놓을게요." 그는 그렇게 말하곤 했다.

그러나 물론 이제 윌리엄이 되돌려 줄 수 있는 일은 아무것도 없었다. 다락 계단을 오르며 오히려 뒷골이 서늘했을 뿐이다.

다행히도 다락은 잘 정리되어 있었다. 윌리엄은 불을 켜고 조심조심 몸을 움직여 크리스마스 트리 장식품 상자가 있었던 구석으로 갔다. 여전히 상자는 그곳에 있었다. 하나씩 챙기다가 무언가 발견하고는 갑자기 몸이 뻣뻣해졌다.

장식품들 뒤에 고이 놓인 것은 작은 무선 송신기였다.

윌리엄은 그것의 용도를 바로 알아차렸다. 좀 더 자세히 보려고 무릎을 꿇는데 얼굴이 분노로 서서히 붉어졌다.

"스파이다! 쥐새끼 같은 스파이놈!" 윌리엄이 낮고 굵은 소리로 중얼거렸다.

자비스 같은 스파이들이 감시하는 가운데 대기중이던 잠수함이 배를 공격한다. 바다에서 배가 침몰하고 호송대가 몰려든다. 그렇게 된 거였다.

윌리엄이 맨손으로 송신기를 부숴 버리려는데 등 뒤에서 무슨 소리가 들렸다.

"움직이지 마. 움직이면 쏜다."

그 사람은 자비스가 아니었다. 샐리가 잠옷 위에 가운을 걸치고 새하얗게 질린 채 손에 권총을 들고 서 있었다. 윌리엄이 천천히 일어나 뒤로 돌자 샐리가 헉 하고 숨을 삼키며 총을 떨어뜨렸다.

"아, 아저씨! 여기서 뭐 하는 거예요?"

윌리엄은 비대한 몸 뒤로 송신기를 숨기고 가만히 서 있었다.

"장군님이 보내셨어요." 윌리엄이 위엄 있게 말했다. "할아버지와 함께 아침에 아가씨와 아기를 놀라게 할 계획이었거든요."

샐리가 윌리엄의 믿음직한 얼굴을, 전등불에 빛나는 익숙한 옷깃을, 곧고 건장한 모습을 보고 별안간 턱을 떨었다.

"아, 아저씨. 제가 너무 형편없이 굴었어요."

갑자기 샐리가 윌리엄의 품에 안겨 통곡했다.

"모든 게 다 엉망진창이에요. 아저씨, 저 너무 무서워요. 어찌해야 좋을지 모르겠어요."

윌리엄이 한 번 더 샐리를 안아 주며 말했다.

"다 잘 될 거예요, 착한 우리 샐리 아가씨. 걱정하지 말아요. 괜찮을 거예요."

샐리가 울음을 그치자 윌리엄이 그녀를 방으로 데려갔다. 몹시 떨렸지만 윌리엄은 할 일을 순차적으로 해 나갔다. 자신이 아는 모든 방법을 동원해 송신기를 못 쓰게 만들었다. 그러고는 크리스마스 트리 장식품 상자를 차곡차곡 쌓아서 가지고 내려갔다. 아직 자비스는 보이지 않았고 노친네는 의자에 앉아 졸고 있었다. 윌리엄이 잠시 주저하다가 거실에 들어가 조심스럽게 지역 경찰서장에게 전화를 걸었다.

"윌리엄입니다. 베넷 장군님 집사였던. 네, 제가……."

"돌아오셨군요. 집에 오신 것을 환영합니다. 메리 크리스마스."

윌리엄이 그가 찾은 물건에 관해 말하자 너스레를 떨던 서장은 정신을 번쩍 차렸다. 서장이 사람을 몇 명 보내겠다고 약속했고, 윌리엄은 화재 현장에 출동하는 것처럼 요란스럽게 나타나지는 말았으면 좋겠다고 부탁했다.

"잘 처리하겠습니다. 더러운 족제비 같은 놈들은 곧 다 잡아들이겠습니다. 네, 알겠습니다. 사이렌을 울리지 않고 벨을 누르겠습니다."

윌리엄은 한층 마음이 놓였다. 트리를 장식하기 위해 지하실에 사다리를 가지러 간 사이 자비스가 돌아오는 소리가 들렸다. 자비스는 곧바로 뒤 계단을 통해 방으로 갔고, 들려오는 소리로 보아 그날 밤에는 다락에 들어가지 않을 것 같았다.

이제 윌리엄은 아주 차분했다. 노친네는 깊은 잠에 빠져서 평소대로 거칠게 코까지 골았다. 윌리엄은 사다리를 세워 트리 꼭대기에 밀랍 천사를 매달았다. 그러고는 사다리 위에 위태롭게 서서 트리를 관찰했다.

"음, 우리가 돌아왔군. 우린 둘 다 늙고 지쳤지만, 감사하게도 다시 이 자리에 돌아왔어."

그건 조금 전 저녁에 노친네가 한 기도와도 비슷한 느낌이었다.

윌리엄은 다리에 힘을 주고 사다리에서 내려와 건넌방에 들어가, 자는 노친네의 어깨에 살며시 손을 얹었다. 장군이 퍼뜩 깨어났다.

"이게 무슨 짓이야? 낮잠 자는데 방해나 하고 말이야." 장군이 으르렁댔다.

"크리스마스 트리 장식할 준비가 됐습니다." 윌리엄이 나지막이 말했다.

❖

15분 후 간호사가 돌아왔다. 침실은 비어 있었고, 거실에는 반쯤
장식된 트리가 있었으며 노친네가 그 앞에서 작은, 아주 작은 술잔
을 들고 성난 간호사의 얼굴에 대고 흔들어 댔다.

"메리 크리스마스." 장군의 목소리가 중후해졌다 "오늘 샐리한테
온 전보를 가져오게."

간호사가 어리둥절한 얼굴로 윌리엄을 보았다. 윌리엄은 어느새
다시 완벽하게 집안 상황을 파악했고, 거기다 술도 약간 마셔서 개
선장군처럼 당당했다. 간호사의 엄한 얼굴이 약간 풀어졌다.

"피곤해 보이네요. 좀 앉으세요."

"피곤해? 저치가?" 노친네가 비웃었다. "자넨 저자를 몰라. 전보는
어땠어?"

간호사가 전보를 가지고 오자 노친네가 안경을 꼈다.

"샐리는 이것에 대해 아무것도 몰라. 그 애한테는 비밀로 해줘. 그
게 도움이 될 거야." 노친네가 전보를 소리 내어 읽었다. '내일 아침
먹으러 집에 감. 몸 건강. 사랑. 메리 크리스마스. 토니.'

노친네가 전보를 접고 주위를 둘러보며 환하게 웃었다.

"깜짝 뉴스로 어떤가? 메리 크리스마스! 모두에게 진정한 크리스
마스가 되겠지?"

윌리엄은 멍청히 서 있었다. 무슨 말이든 하고 싶었지만 목이 꽉 매여 목소리가 나오지 않았다. 그러다 순간 몸이 굳었다. 식품 저장실 뒤에서 벨이 울린 것이다.

우스운
크리스마스 미스터리

털이범과 머시기

THE BURGLAR AND THE WHATSIT

도널드 E. 웨스트레이크 Donald E. Westlake

악의적인 의미가 아니라, 현존하는 가장 웃긴 미스터리 작가는 분명 도널드 E. 웨스트레이크일 것이다. 그는 리처드 스타크라는 필명으로 거칠고 전문적인 도둑 파커를 내세운 하드보일드 시리즈를 쓰는가 하면 터커 코라는 필명으로 미치 토빈이라는 가슴 아픈 시리즈를 만들어내는 등 다재다능함을 과시했다. 웨스트레이크가 미국의 미스터리 작가들로부터 특히 존경받는 데는 주로 완벽하게 계획한 도둑질이 비참하게 틀어져 버리는, 불운한 범죄의 귀재 존 도트문더가 등장하는 복잡하고 우스운 오락 소설의 공이 크다. 1993년에는 미스터리 작가 최고의 영예인 그랜드마스터 칭호를 수여받았다. 「털이범과 머시기」는 1996년 《플레이보이》에 처음 발표되었으며, 『좋은 이야기 외』(1999)에 처음 수록되었다.

"이봐요, 새니티 클로스." 위층 복도에서 주정뱅이가 소리쳤다. "기다려요. 이리 좀 와 봐요." 얼굴에 큼지막한 흰 턱수염을 달고 어깨에 크고 무거운 빨간 자루를 맨 산타 옷 남자는 기다리지도, 돌아보지도 않았다. 대신 12월 중순의 어느 추운 저녁, 맨해튼의 고층 아파트 복도를 계속 터벅터벅 걸었다.

"이봐요, 새니티! 좀 기다려 봐요."

산타클로스 옷을 입은 남자는 전혀 기다려 주고 싶지 않았다. 하지만 홀을 울리는 시끄러운 소리를 계속 듣는 것도 싫었다. 그는 사실 평범한 산타클로스가 아닌 털이범 잭이었기 때문이다. 잭은 큰 가방이나 상자, 혹은 손가방이나 자루를 가지고 들어갈 수 있는 사람으로 분장하고 아파트 건물에 들어가기만 하면, 어떤 의심이나 질문도 받지 않고, 최악의 경우에도 체포당하지 않은 채 귀중한 물건을 실컷 가져올 수 있다는 사실을 오래전에 깨달았다.

그래서 가끔 잭은 우편배달부, 택배 직원 혹은 식료품 봉투—반드시 종이봉투라야 한다. 비닐봉지는 안이 들여다보이기도 하고 힘이 없어 똑바로 서 있지도 못하니까—가 가득 담긴 카트를 미는 슈퍼마켓 직원 등으로 위장한 채 고층 아파트 복도를 배회하곤 한다. 딱 한번 청진기와 검정색 검진 가방을 들고 의사인 척한 적이 있었는데, 의사가 왕진하지 않는다는 걸 모두들 아는 바람에 바로 걸려버렸다. 변장의 달인인 잭은 때로 중국 음식점 배달부로 변신한다. 바짓가랑이가 자전거 체인에 끼지 않도록 오른쪽 발목 주위를 밴드로 묶는 세심함은 음식 배달부 분장의 화룡점정이라 할 만했다.

그러나 역시 최고의 분장은 산타클로스였다. 우선 가짜 배와 수염과 모자와 장갑까지 변장에 필요한 모든 것이 갖춰져 있고, 산타 자루는 그가 들었던 어떤 가방보다도 더 큼직했다. 결정적으로, 사람들은 산타클로스를 좋아했다. 그 점이 상황을 더 인간적이게, 더 부드럽고 멋지게 만들어서 물건을 훔치고도 주인들의 미소를 받았다.

산타의 불리한 점은 시즌이 너무 짧다는 것이다. 산타가 공공장소에 나타나도 이상하지 않은 시기는 기껏해야 3주 정도였다. 그 3주가 잭에게는 가장 중요한 대목이었다. 그때만은 따뜻하고 안전하게, 그리고 철저히 익명성을 보장받은 채 여유롭게 자루를 (근처 주민들에게 줄 선물이 아니라 그들로부터 가져온)선물로 채울 수 있었다. 사람들이 그를 발견해도 파티든 굴뚝이든 어디론가 가는 중이라 여길 뿐이어서, 평화와 고요 속에 묻힐 수 있었다.

모두 그렇게 산타를 내버려 둔다. 복도에서 소리치는 여기 이 주정뱅이만 빼고. 털이범 잭은 복도에서 소리를 고래고래 지르는 사람을 필요로 하지도, 원하지도 않았지만 어쩔 수 없이 몸을 돌려 유일하게 분장이 잘못된 눈—반짝이지가 않았다—으로 주정뱅이가 다가오는 모습을 지켜보았다.

주정뱅이가 비틀대며 다가와 툭 튀어나온 못생긴 파란 눈으로 잭을 쳐다봤다. "당신이야말로 내게 필요한 사람이군요"라는 모호한 말을 했지만, 오히려 그에게 시급한 것은 12단계짜리 알코올 중독자 갱생 프로그램과 덩치 크고 무자비한 집행원들일 듯했다.

주정뱅이가 건물이 무너지는 것을 막기라도 하듯 벽을 등지고 섰다. "이 빌어먹을 상황을 해결해 줄 동력원動力源이 있다면, 그건 새니티 클로스지. 배터리가 없다는 말은 하지 마요. '배터리 불포함'이 여기선 문제가 아니거든."

"네." 잭이 짧게 대답하고는 한마디 덧붙였다. "안녕히 가세요."

"잠깐!" 뒤돌아 걸어가려는데 주정뱅이의 외침이 들렸다.

잭이 다시 돌아보며 짜증을 냈다. "소리 좀 치지 마쇼!"

"가지 좀 마요. 난 진짜 큰 문제가 있단 말이오."

잭이 숱 많은 흰 턱수염 사이로 한숨을 내쉬었다. 그가 애초에 이런 일을 하는 이유는 혼자 있을 수 있기 때문이었다. "좋소. 문제가 뭐요?" 사연이 짧기라도 바라며 그가 물었다.

"자, 내가 보여 주겠소." 위험을 무릅쓰고 주정뱅이가 벽에서 몸을 떼고 복도를 휘청휘청 걸어갔다. 잭이 뒤를 따랐고 주정뱅이는 어느 아파트 문에 손바닥을 댔다. 삑 소리가 나더니 깜짝하게도 문이 좌우로 활짝 열렸고, 둘은 안으로 들어갔다. 문이 닫히자, 잭은 우뚝 멈춰 서서 주변을 살폈다.

잭은 직업상 거실을 많이도 봐 왔지만, 여기는 확실히 요상했다. 제대로 된 것이 하나도 없었다. 가구는—그걸 가구라 부를 수 있다면—모두 알록달록한 파스텔 색상에, 기하학 수업에서나 봄 직한 기이한 형태를 하고 있었다. 금속으로 만든 식물 같은 크고 길쭉한 물건은 램프 같았다. 짧고 넓은 데다 구부러진 물건들은 의자일지도 몰랐다. 어떤 물건들은 전혀 용도를 알기 어려웠다.

주정뱅이가 이 추상화 같은 거실을 지나 내부 출입구로 비틀거리며 들어서더니 곧 돌아오겠다는 말을 남기고 사라졌다.

잭은 방을 한 바퀴 돌았는데, 놀라울 정도로 흥미로운 물건이 많았다. 그중 작고 흰 피라미드 모양의 탁상시계가 눈에 띄었다. 자루에 쏙. 귀 달린 아보카도는 CD플레이어로 보였다. 역시 쏙.

한쪽 구석에는 크고 진한 초록색에 장식물을 주렁주렁 매단, 그곳에서 유일하게 정상적으로 보이는 크리스마스 트리가 서 있었다. 아니, 잠깐. 잭이 미간을 좁혀 자세히 들여다보았다. 크리스마스 트리는 곧 엔터프라이즈 우주선으로 전송될 것처럼 흔들리며 반짝반짝 빛났다. 저 트리가 도대체 왜 저러지?

그때 주정뱅이가 돌아와서는, 자부심이 가득한 얼굴로 활짝 웃었다. 흔들리는 크리스마스 트리와 보조를 맞추어 몸을 흔들면서 그가 말했다. "어때요?"

"이게 그러니까, 내가 생각하는 그겁니까?"

"홀로그램이에요. 저 주위를 빙빙 돌아다닐 수도, 사방을 다 볼 수도 있죠. 물은 안 줘도 된답니다. 솔잎 하나 안 떨어지니 내년에 다시 쓸 수 있어요. 아주 멋지죠?"

"전통적이지는 않네요." 잭이 말했다. 그는 사물이 꼭 어때야 한다는 자신만의 기준이 있었다.

"저언-토옹-적이라!" 주정뱅이가 쓰러질 듯 몸을 사정없이 흔들며 힘주어 내뱉었다. "전통은 무슨 얼어죽을, 나는 발명가요!" 방금 전 그를 따라 방으로 들어갔던 '머시기'를 가리키며 주정뱅이가 말했다. "보여요?"

이 '머시기'는 조약돌 같은 회색에 키 120센티미터, 평방 30센티미터의 금속상자로, 사방에 다이얼과 스위치와 안테나가 달렸고 꼭대기는 부드러운 돔 모양이었다. 바닥에는 작은 바퀴가 붙어 있어서 회색 바닥을 가로질러 똑바로 가다 잭 앞에서 잠깐 멈춘 후 다시 움직이며 '칙칙, 치릭, 치릭' 소리를 냈다.

잭은 이 물건이 전혀 마음에 들지 않았다. "도대체 어디에 쓰는 겁니까?"

"바로 그거요." 주정뱅이가 소파인 것 같은 사다리꼴에 풀썩 내려앉았다. "나도 도대체 그게 뭔지 모른다는 거."

"하여튼 마음에 안 들어." 잭이 말했다. '머시기'가 슈퍼마켓 스캐너처럼 웅웅대고 칙칙거리는 통에 잭은 자기가 마치 바코드가 된 것 같았다. "저걸 보니 왠지 좀 불안해지네요."

"나도 불안해요. 내가 만들긴 했지만, 당최 무엇에 써야 할지 모르겠어요. 좀 앉으시죠."

잭이 주위를 둘러보았다. "어디에?"

"아, 그냥 앉으면 됩니다. 에그노그맥주·포도주 등에 달걀과 우유를 섞은 술 한잔?"

펄쩍 뛰며 잭이 말했다. "에그노그? 아뇨!" 그러고는 가까이 있는 마름모꼴에 앉았는데, 다행히도 보기보다 훨씬 더 편했다.

"그 유니폼을 보니 생각나서요." 주정뱅이가 사다리꼴에서 몸을 더 곧게 펴 앉으며 박수를 치기 시작했다.

뭐 때문에 박수를 치는 거지? 그때 다른 '머시기'가 모습을 드러냈다. 가는 금속 팔과 쟁반 모양의 머리가 달려 있었다. 주정뱅이가 말했다. "난 늘 마시던 걸로 주고. 뭐 드시겠수?"

"아뇨, 됐습니다. 어, 지금 근무중이라."

"알겠습니다. 이분에겐 라임 넣은 탄산수를 부탁해." 주정뱅이가 말하자 쟁반 머리 '머시기'는 바퀴를 움직여 자리를 떴다. "난 누가 잔 없이 있는 게 싫어서."

"그러니까 이, 뭐라고 해야 하지, 이게 참 많군요. 다 만들었나요?"

"훨씬 더 많았습니다." 주정뱅이가 벌컥 화를 내며 말했다. "근데 엄청 많이 도둑맞았어요. 제기랄, 제기랄!"

"아, 그래요?"

"그 도둑놈들 잡기만 하면!" 주정뱅이가 공중에 대고 목 조르는 시늉을 하다가 손가락이 한데 엉켜 그걸 푸느라 낑낑대다 옆으로 고꾸라졌다. 주정뱅이는 마름모꼴 위에 누워, 한쪽만 드러난 눈으로 잭 근처를 배회하는 돔 모양 '머시기'를 바라보며 으르렁거렸다. "도둑들이 저거나 좀 훔쳐가지."

"직접 만들었다면서, 어떻게 그게 뭔지 모를 수 있나요?"

"그야 쉽지." 바텐더 '머시기'가 머리인지 쟁반인지에 음료수를 두 잔 가지고 방으로 돌아오자 주정뱅이는 팔다리를 여러 번 꾸물거려 다시 앉고 '머시기'가 옆을 지날 때 잽싸게 자신의 음료를 잡아챘다. '머시기'가 사다리꼴 위에 앉아 있는 잭 앞에 당도하자 잭은 탄산수 잔을 받아들며 '고마워'라고 말하고 싶은 것을 꾹 참았다.

접시머리 '머시기'가 수수께끼 '머시기'를 빙 돌아 나갔다. 주정뱅이가 '머시기'에게 인상을 찌푸리며 말했다. "내가 만든 것의 반 정도는 기억이 안 나요. 그러니 그냥 만들 수밖에. 설계도를 그려 제작팀에 팩스로 보내고 나면 곧 다른 걸 생각하니까요. 그러고 얼마 있으면 딩동, 유나이티드 파슬 택뱁니다, 해서 나가면 주문서에 '어쩌고저쩌고-무슨무슨-설계도'라 적힌 물건이 떡하니 와 있는 식이지요."

"그럼 뭘 어디에 쓰는 건지 어떻게 압니까?"

"발명할 때 컴퓨터에 메모하지요. 물건이 와서 다시 확인해 보면 스크린에 '이제 완벽한 진공청소기가 생겼다'거나 '완벽한 포켓 계산기가 생겼다' 같은 게 적혀 있어요."

"이번에는 어째서 그런 걸 안 했소?"

"왜 안 했겠어요!" 주정뱅이가 으르렁대더니 얼굴이 분노로 벌겋게 달아올랐다. "어떤 놈이 컴퓨터를 훔쳐 가 버렸어!"

"아."

"그래서 이렇게 됐지." 주정뱅이가 자신을 가리키더니 이어서 '머시기'와 술과 크리스마스 트리와 다른 많은 것들을 가리켰다. "이렇게 됐어. 여기 있는 것들, 이게 다 인류를 위한 완벽한 크리스마스 선물이라고 만든 것들인데, 뭔지를 내가 모른다는 거요!"

"그래서 나한테 뭘 원하는 겁니까?" 잭이 마름모꼴에서 뒤척이며 물었다. "난 발명에 관해선 아는 게 없는데 말이오."

"물건을 잘 알잖아요. 사물 말이에요. 세상 누구도 새니티 클로스만큼 사물을 잘 알지 못하지. 전기 연필 깎기, 직소퍼즐, 그런 거."

"네? 그런데요? 그래서 뭐요?"

"생각나는 거라면 뭐든 좋으니, 나에게 아무 물건이나 얘기해 봐요. 그럼 내가 그걸 만들었는지 말해 줄게요. 내가 만든 적 없는 물건이면 여기 있는 주니어에게 주문하고 어떻게 되는지 봅시다."

"글쎄요." 마침내 '머시기'가 그에게서 멀어져 방 한가운데로 갔다. 그러고는 명령을 기다리는 하인처럼 멈췄다. "그러니까 아무 물건이든 당신한테 말하기만 하면 된단 말입니까?"

"내가 잊어버릴 만한 것만 말하면 돼요. 그럼 큰 도움이 될 거요." 주정뱅이가 설명을 마치고 몸을 세워 꼿꼿이 앉아 '머시기'를 넋 놓고 바라보았다. "저거 봐요!"

'머시기'가 더 많은 안테나를 밖으로 내놓고 있었다. 네모난 몸통에 빛이 거의 비치지 않을 정도였다. 안에서 삑삑거리는 소리가 들렸다. 잭이 말했다. "터지는 건 아니겠죠?"

"아닐 거예요. 뭔가 송출하려는 것 같네요. 내가 다른 행성에 있는 정보를 찾으려고 '머시기'를 만들었을 것 같나요?"

"그런 걸 만들고 싶었습니까?"

주정뱅이가 곰곰이 생각하더니 고개를 저었다. "아니. 그렇지 않은 것 같아요." 그가 기운을 차리며 말했다. "그래도 뭔가 생각이 났죠, 그렇죠? 자, 아무 물건이나 말해 봐요. 여기서 시작해 봅시다. 이 놈이 혼자 뭘 시작하기 전에 이것이 뭣에 쓰이는 건지 알아내야 해요. 자, 얼른."

잭이 머리를 굴렸다. 그는 진짜 산타클로스가 아니지만 확실히 물건과 친하긴 했다. "팩스 기계." 잭이 말했다. 그러나 팩스 기계는 마름모꼴 옆에 놔둔 자루에 지금 세 개나 들어앉아 있었다.

"하나 만들었었죠. 신문지를 재생해서 거기에 인쇄하는 걸로."

"커피메이커."

"아침식사 만드는 기계에 포함되어 있어요."

"암석 윤내는 기계."

"그런 게 왜 필요하죠?"

"공기 정화기."

"여기에서는 나만의 공기가 만들어져요."

둘은 그런 식으로 계속해 나갔다. 잭이 잠자코 고민하다가 머리에 떠오르는 걸 말한 후 주정뱅이의 반응을 살피길 반복했지만, 아무것도 맞는 게 없었다. 그사이 '머시기'는 방 가운데에서 쩩쩩, 윙윙거리며 혼자 놀고 있었다. 마침내 잭의 머릿속이 텅텅 비었다.

"미안해요, 친구." 한참을 침묵한 후 마침내 잭이 말했다. 고개를 저으며 마름모꼴에서 일어나 자루를 집어 들었다. "도움이 되고 싶지만, 나도 이제 내 일을 하러 가야겠어요."

"애써 줘서 고마워요." 주정뱅이가 일어서려 했지만 잘 되지 않았다. 갑자기 다시 불같이 화를 내며 주먹을 불끈 쥐고는 소리를 질렀다. "그놈들이 내 컴퓨터만 훔쳐가지 않았어도!" 그가 현관 옆에 있는 키패드를 향해 성난 주먹을 날렸다. "저 패드 보여요? 저게 소위 빌딩의 강도 경보 장치예요! 하! 강도들이 비웃지!"

과연 그랬다. 잭 역시 오늘 밤만 해도 수없이 비웃었으니까. "진짜 좋은 강도 경보 장치는 찾기 힘들⋯⋯." 잭이 말하다 말고 멈췄다.

두 사람이 음 소거 모드인 전자 드럼 악기처럼 저 혼자 깜빡거리고 있는 '머시기'를 보았다. "맙소사." 주정뱅이가 헉 숨을 터트렸다. "당신이 찾아냈군요."

잭이 인상을 썼다. "강도 경보 장치라고요? 저게?"

"완벽한 강도 경보 장치요." 주정뱅이는 사다리꼴 위에서 다시 자신감에 찬 표정으로 물었다. "일반적인 강도 경보 장치는 뭐가 문젠지 알아요?"

"성능이 그리 좋지 않다는 거죠." 잭이 말했다.

"죄 없는 사람은 잡고, 멍청하게 범인은 못 잡지."

"틀림없이 그래요."

"완벽한 강도 경보 장치는 당신과 내게는 너무 미묘하기만 한, 수천 가지의 작은 단서로도 강도를 알아내 그들이 일을 저지르기 전에 경찰에 전화를 걸지요."

빽빽하고 흰 산타클로스 수염 뒤에 숨은 잭의 턱이 난데없이 가렵기 시작했다. 빨간 옷 아래 크고 둥근 가짜 배도 아까보다 무겁게 느껴졌다. '머시기'에게 느글느글하게 웃으며 잭이 말했다. "강도를 감지해 내는 기계? 불가능해요."

"불가능하지 않습니다. 비행기보다 무겁기가 불가능하지, 죄를 감지하는 게 뭐가 어렵겠어요. 기계만 제대로 된 거라면요." 인상까지 써 가며 자신의 발명품에 관해 곰곰이 생각하더니 주정뱅이가 말했다. "그런데 저게 방금 송출을 했어요. 그냥 연습인 걸까요? 나한테 일하러 갈 준비가 됐다고 말하는 건가?"

"저도 일하러 가야 해요." 잭이 문으로 걸어갔다.

"그럼 일하러 가세요. 만나서 반가웠……."

초인종이 울렸다. "허, 이 시간에 도대체 누굴까?" 주정뱅이가 말했다.

성 니콜라스의 방문

A VISIT FROM ST. NICHOLAS

론 굴라트 Ron Goulart

세 가지 장르를 섞어 가독성 있고 훌륭한 이야기로 풀어내기란 쉬운 일이 아니다. 그러나 론 굴라트는 미스터리와 SF와 유머를 한데 녹여 낸 작품을 줄줄이 발표하며 소설적 기교를 과시하였고, 그중 하나인 「모든 것이 무너진 후에」(1970)는 에드거 상 후보에 올랐다. 그의 사설탐정 소설은 미래를 배경으로 시간과 공간을 자유롭게 넘나드는 것이 많은데, 이는 유명배우 윌리엄 샤트너가 스타트렉 시리즈를 쓰는 데 큰 영향을 미쳤다. 「성 니콜라스의 방문」은 마틴 H. 그린버그와 캐롤-린 로셀 워프가 편집한 「산타 클루즈Santa Clues」(1993)에 처음 발표되었다.

으레 그렇듯 매체들은 그 사건을 완전히 잘못 보도했다. 산타클로스 옷을 입은 시체는 강도 사건의 피해자가 아니었고, 그러므로 썩어 가는 우리 사회의 문제를 명백하게 보여 주는 사건도 아니었다.

사실 해리 월키는 절도를 저지르려고 성 니콜라스 옷을 입었다. 그런데 일이 완전히 이상하게 돌아가는 바람에 붉은 옷과 눈처럼 흰 수염을 착용한 채 코네티컷 사우스포트의 밤 해변에서 퍼져 생을 마감하고 말았다.

❖

해리의 마지막 생일이 되어 버린 그날은 눈이 내렸다. 작년 12월 20일이었는데 뉴잉글랜드의 전통적인 크리스마스답지 않게 눈이 발작적이고 무성의하게 내렸다. 4, 50센티미터쯤 넉넉히 내려 주면 그가 거의 2년 전에 마지막으로 이혼하고 도망쳐 온 콘도의 거실 좁은 창문으로 내다뵈는 풍경이 꽤 근사할 것 같았다.

해리는 무릎에 전화기를 올려 놓고 앉아서 차고와 푸른색 플라스틱 쓰레기통 두 개와 듬성듬성한 죽은 잔디를 내다보고 있었다.

"내가 너한테 경고하지 않았냐?" 형 로이가 멀리 오리건 어딘가에 있는 자신의 저택에서 질문을 퍼부었다. "분명 양키 우드랜즈 마을 같은 곳에 거처를 정해서 문제가 생긴 거야. 수 마일 안에 삼림 지대도 없을걸. 안 그래?"

"여섯 그루 있어. 형, 중요한 건……."

"어떤 나문데?"

"느릅나무. 형, 내가 말하고 싶은 건 포먼 앤드 맥케이를 나온 지 4개월이 넘었다는 거야. 못 들었나 본데, 그래서 내 경제 상태가……."

"네가 왕년에는 제법 재주도 있었는데, 워시번 선생님 캐리커처 그린 거 굉장했잖냐."

"누구?"

"우리 고등학교 때 수학 선생, 워시번. 왜 코가 꼭 뭐 같이 생겼다고 해야……."

"내 고등학교 수학 선생은 딜링햄 선생님이랑 리베라 선생님인데. 암튼. 형, 내가 돈이 좀……."

"그렇게 빛나던 캐리커처들이 최악의 상업 예술로 추락했으니 슬프다, 그리고……."

"포먼 앤드 맥케이는 맨해튼에서 두 번째로 큰 광고 회사야, 형. 내가 쿠불라 콜라 회사 일을 하거든. 그러면 매년……."

"일했지, 과거형을 쓰렴."

"그리고 사이클롭스 보안 시스템 일도……."

"알았어. 얼마야?"

"내가 얼마 필요한지 묻는 거야?"

"5천 달러 이상은 안 돼. 애비게일이 석사학위에 도전하고 싶어 하거든, 다음 학……."

"형 애비게일이라는 딸 없잖아."

"내 애인이야. 5천 달러면 되겠냐?"

"그럼. 내가 새 아트 디렉터 자리를 구했거든. 첫 월급 받자마자……."

"애플 다른 자리에 들어갔어?"

"아니, 노워크에서는 끝났어. 여긴 월턴 근처야. 건강 식품과 허브 치료 회사를 주로 홍보하는 작고 적극적인 신생 회사."

"진로 상담사 한번 만나보는 거 어때? 네 나이가 새 출발하기에 그리 늦은 편도 아니고 그리고……."

"내 나이? 형, 나 형보다 두 살 적어."

"흠, 난 낼모레 오십이다."

"오십하나 다 돼 갈걸. 난 마흔아홉이고. 다른 얘기지만 생일이 크리스마스하고 너무 가까운 것도 참 안 좋아. 특히 올핸 더 그래. 결혼한 상태도 아니고 누굴 진지하게 만나지도 않으니까. 선물 받을 일도 없고 심지어⋯⋯."

"혹시라도 다른 여자하고 심각해질 생각일랑 하지도 마라, 해리. 아직은 꿈도 꾸지 마. 결혼을 네 번이나 말아먹었으면 족하지 않냐?"

"세 번인데."

"한 번은 안 말아먹었냐?"

"내가 결혼을 총 세 번 했어, 형."

"확실해?"

"응. 내가 다 세고 있어."

"세 번밖에 안 돼? 어디 보자⋯⋯. 뚱뚱한 여자 있었지, 알렉산드라였나?"

"그건 앨리스야. 그리고 통통하지, 뚱뚱하진 않아."

"55킬로그램 넘어가면 여자는 뚱뚱하다고 치는 법이야."

"한창 많이 나갈 때도 52킬로그램밖에 안 됐어."

"그래도 뚱뚱한 쪽에 가까워, 해리. 그리고 그 깡마르고 이상한 여자도 있었잖아. 이름이 뭐였더라? 꽃 이름 비슷했는데."

"펄."

"맞다. 머리에 뿔이라도 난 것처럼 이상한 여자잖아."

"머리에 꽃이라도 단 것처럼 미친 거겠지."

"맞아, 꼭 그랬어."

"아니, 형이 쓰는 상투적인 표현을 고쳐 줬을 뿐이지 그 여자가 그렇다는 건 아냐. 펄이 약간 괴짜긴 했지만, 음, 그렇다고 정신 나간 정도는 아녔어."

전화기 너머 오리건에서 형이 툴툴거리는 소리가 들렸다. "그래도 첫 번째 여자는 그렇게까지 끔찍하지는 않았어. 그중에 젤 나았어. 이름이 에이미였던가?"

"응."

"생긴 것도 중간 정도는 갔지."

해리가 물었다. "형, 수표를 페덱스로 보내 줄 수 있어?"

"그 정도로 안 좋냐?"

"집세가 밀렸어. 그리고……." 다른 전화가 왔다는 신호음이 울렸다. "형, 잠깐만. 다른 전화가 왔어." 해리가 통화 버튼을 눌렀다. "여보세요?"

"이런, 목소리가 왜 그래? 어디 아파?"

"아니." 해리가 쭈뼛거리며 말했다.

여자가 계속 말을 이었다. "목소리가 완전 이상해. 발작성 기관지염을 달고 살더니 그게 도진 거 아냐?"

"평생 딱 두 번 기관지염을 앓았어, 에이미."

"보통 사람들은 그런 병에 아예 걸리지 않아." 해리의 첫 번째 아내가 말했다. "할 얘기가 있는데 시간 돼?"

"잠깐만. 로이랑 통화 중이었거든."

"로이?"

"우리 형. 우리 결혼식 때 들러리 섰던."

"그 형 이름이 로이야? 백 년도 더 된 일 같네. 굳이 그때를 떠올리는 일도 없으니까. 어쨌든 안부는 전해 줘."

해리가 다시 버튼을 누르고 형에게 말했다. "다른 전화를 받아야 해. 돈 보내 주고……."

"여자네, 그치? 자식 목소리가 수상쩍은 거 보니 맞네."

"기관지염에 걸린 것 같다던데."

"새 여자냐? 너 진짜, 해리, 그런 상황에서 그러면 안……."

"전 아내야. 에이미. 그리고 형한테 안부 전하래."

"역시 그리 나쁜 여자는 아니네. 특히 뒤에 온 다른 여자들에 비하면. 메리 크리스마스, 아 그리고 생일 축하해."

"고마워, 형……. 여보세요, 에이미, 그래 말해 봐."

그렇게 해서 해리는 처음으로 전 아내 에이미와 그녀가 최근에 결혼한 남편이 이사 간 사우스포트 저택의 다락에 관해 듣게 되었다.

사우스포트 저택은 사운드에서 한 블록도 떨어지지 않은 곳에 있었다. 100년 된 빅토리아식 3층 건물이었는데 진저브레드 하우스처럼 복잡한 장식과 연철이 눈에 띄었다.

해리는 에이미의 전화를 받은 다음 날 1시 15분에 그곳에 도착했다. 널찍한 현관을 보고 그들이 새 사이클롭스 보안 시스템을 사용한다는 걸 알게 되었다.

"어김없이 늦었네." 에이미가 넓은 통로로 해리를 안내했다. 집 안에는 새로 칠한 페인트, 새 목재, 가구용 광택제 그리고 말린 꽃 냄새가 가득했다.

"월턴에서 차로 오는 데 예상보다 오래 걸렸어. 바람과 진눈깨비 때문인 것 같기도 하고, 그리고 나도……."

"당신은 한 번도 뭘 제대로 계획하는 법이 없었어. 이 마을에서 저 마을로 가는 단순한 일도." 해리가 외투 벗는 것을 도와주던 에이미가 코트를 들고 큰 옷장 안에 서둘러 집어넣으며 말했다. "이 낡은 코트 그때 입던 건 아니지?"

"그때라니, 언제?"

"우리가…… 음…… 함께할 때 맨날 입던 낡은 코트랑 많이 닮은 것 같아서."

"결혼. 우리가 결혼해서 살 때." 해리가 양손을 바지 주머니에 찔러 넣고는 주위를 둘러보았다. 벽에는 작은 추상화 그림 몇 점이 은색 금속 틀에 끼워져 환하게 빛나고 있었다. 화가가 누구인지는 알 수 없었다.

"아, 부시노 작품이야." 에이미가 엷게 웃으며 가장 가까이에 있는 그림을 보고 고개를 끄덕였다. 그림은 대체로 붉었다.

"아, 부시노." 그러나 해리는 빌어먹을 부시노가 뭔지 몰랐다.

"머리는 왜 그래?"

해리가 손을 들어 머리를 만졌다. "아직 있잖아."

"숱이 별로 없네. 뒤쪽에 머리숱이 상당히 많았잖아, 우리가……
음…… 함께 살 때."

해리가 물었다. "내가 봐 줬으면 좋겠다던 그림은 뭐야?"

"우리 남편…… 탑스 만난 적 있나?"

"탑스? 당신 남편 이름이 탑스야? 아니, 탑스라는 이름 가진 사람
만난 기억은 없어. 뭘 줄인 거야?"

"아니. 별명이야."

"지금 집에 있어?"

"아니, 롱아일랜드에 부모님이랑 함께 있어. 나도 크리스마스 이
브에는 갈 거야. 시댁에서는 이틀밖에 못 견디겠더라고."

"탑스의 성은 뭔데?"

"자레드."

해리가 고개를 끄덕였다. "그림 얘기할까?"

"탑스는 곱슬머리에다 머리숱이 풍성하단 얘기를 할 참이었어."

"나도 예전엔 그랬어."

에이미가 잠시 한숨을 쉬더니 길을 안내했다. "따라와. 지난달에
그림을 발견하곤 다락에 올려다 놨어. 어제 전화로 대충 얘기했다시
피 여러 해 전에 뉴욕의 광고 업계에 있는 어떤 아트 디렉터가 이 집
에 살았대. 우연의 일치지, 그렇지 않아? 당신도 아트 디렉터잖아.
그 사람 이름이 뭐라더라…… 음…… 호건뱅어?"

"그런 사람이 있나?"

"그 비슷했어. 뱅어헤이전일 수도 있어." 에이미가 화려하게 장식된 계단을 오르기 시작했다. "탑스와 나는 그게 1950년대나 아니면 그보다 일찍 그려졌다고 생각해. 그 아트 디렉터가 남겨 둔 거야. 오래된 예술품들이니, 꼭 가져가야 했을 물건 같아. 이 하젠파머가……."

"혹시 페이버헤이즌이야? 에릭 페이버헤이즌?"

"맞는 것 같아. 그 사람에 대해 들어 본 적 있어?"

"물론이지. 1930년대와 1940년대에 유명했던 아트 디렉터야. 아직도 광고 그래픽 잡지에 그 사람 관련 글이 올라와. 당시에는 쿠블라 콜라 건을 맡은 에이전시와 일했어."

"맞아. 다락방에 있는 끔찍한 그림 중에도 콜라 병이 그려진 게 더러 있어."

별안간 해리는 가슴이 꽉 죄는 듯한 통증을 느꼈다. 그러다 숨을 힘겹게 뱉고는 난간을 잡으며 간신히 대꾸했다. "그래?"

"최근에 건강 검진 받아 봤어? 계단 몇 개 오른다고……."

"기관지염이라 그래, 그뿐이야."

"살찐 거 보니까 심장을 심각하게 걱정해야겠는걸."

"몸무게는 우리가…… 음…… 같이 살 때와 똑같아."

"말도 안 돼, 해리." 에이미가 웃음을 터트렸다. "당신 꽤 날씬했었어."

"난 날씬했던 적이 없어."

"어쨌든 지금보다는 확실히 가벼웠잖아. 계단 두 개 더 가야 하는데, 괜찮겠어?"

"네, 부인."

"당신 지금 결혼한 상태 아니지?"

"응, 아니야."

"그림을 발견하기 전에도 당신한테 전화하려고 했었어. 탑스와 내가 5개월 전에 이 집을 사고 내가 시그펜 부동산 그만둔 뒤에." 다른 계단을 오르기 시작할 무렵 에이미가 말했다. "문제는, 탑스가 전 남자친구들…… 이나 전 남편들 만나는 걸 그리 좋아하지 않더라고. 그러다 이 오래된 광고 그림을 발견했거든. 그게 얼마나 가치 있는지 말해 줄 적임자가 당신일 것 같았어. 그래서 탑스를 설득했지. 그리고 아닌 말로, 당신과 내가 다시 친구가 되지 못할 이유는 없잖아. 적어도 이렇게 멀리 떨어져 있으니."

"당신, 나랑 헤어질 때 더는 보고 싶지 않다고 했잖아. 보자…… 정확히 뭐라고 했더라. '죽을 때까지 돼지같이 끔찍한 당신 얼굴을 다시는 보고 싶지 않을 거야라고……."

"음, 그럼 그때도 당신이 살 쪘었나 보네." 에이미가 고개를 천천히 끄덕거리며 말했다. "아까 말했다시피 나는 꽤 자주 기억을 지워버려. 그러니 11년 전에 당신한테 했던 말이 기억날 리가 없지. 내가 한 말 때문에 아팠어?"

"벽돌만큼 아프진 않던데."

"오 맙소사. 내가 당신한테 벽돌을 던졌어?"

"여러 개 던졌지. 세 개나."

"기억이 없네. 벽돌은 어디서 났을까?"

"우리집 책장을 판자와 벽돌로 만들었잖아."

"아, 꼴 보기 싫던 그거." 에이미가 주제를 바꿨다. "이 작은 은닉처에서 긴긴 세월 썩어 온 광고 예술품을 발견하고서 나는 탑스에게 그게 꽤 가치 있을 거라고 말했어. 그런데 탑스는 그냥 세인트 노르비에 기부하고 싶어 해."

"이번에도 별칭인가?"

"세인트 노버트의 교회야. 오는 길에 분명 지나왔을걸."

"꼭대기에 십자가 있는 큰 건물?"

"맞아, 그게 세인트 노르비야." 에이미가 연이어 계단을 오르기 시작했다. "그래도 다음 달 바자회에 기부하기 전에 전문가의 의견을 들어 봐야 한다고 생각했어. 그렇게 공방을 좀 벌인 끝에 탑스가 항복했고, 당신한테 부탁해도 좋다고 했어. 그도 가치가 있을지도 모른다고 인정한 셈이지."

크고 추운 다락에 도착한 해리는 그림 일곱 점을 보았다. 1분도 안되어 어떤 이야기를 해야 할지 느낌이 왔다. 그는 반짝반짝 광을 낸 흑등고래 같은 트렁크에 앉아 기침을 몇 번이나 해야 했다.

액자에 끼우지 않은 그림 여섯 개는 형편없었다. 그러나 일곱 번째 것은—해리가 그 아트 디렉터의 이름을 들은 이후로 계속 기대했던—산타클로스가 밤새 장난감을 배달한 후 장작이 활활 타오르는 벽난로 앞에서 셔츠 바람으로 앉아 있는 모습을 그린 커다란 유화였다. 그림 속 산타는 병에 입을 대고 쿠블라 콜라를 마시면서 쉬고 있었다. 의심할 여지없는 맥스웰 반 젤더의 그림이었다.

오래전에 죽은 상업 미술가 젤더는 유명하진 않았지만, 페이버헤이즌이 가장 좋아했던 화가였다. 그가 그린 쿠블라 콜라 산타 그림은 수집가들 사이에서 높이 평가되었다. 반 젤더는 평생 열다섯 점을 그렸는데 현재 다섯 작품만 수면에 드러났다. 3년 전에 팔린 마지막 그림은 쿠블라 콜라 간부가 40만 달러에 구입했다. 하지만 이 그림은 더 훌륭하니 못해도 50만 달러는 받을 듯했다.

기침을 한 번 더 한 후에야 해리는 에이미에게 말할 수 있었다. "에이미, 저 그림들은 크게 가치가 없어."

"전혀 없어? 하나도?"

"엄밀히 전혀 가치가 없는 건 아니지. 오래된 상업 예술을 모으는 사람이 있어. 하나당 백 달러 정도는 받을 수 있을 거야. 그래도 산타 그림은 크리스마스가 테마라서 2, 3백 정도는 받을지도 몰라."

에이미는 잠시 실망한 표정을 지었지만 이내 미소를 지었다. "이번엔 탑스가 맞았네." 에이미가 다락 문 쪽으로 가면서 말했다.

"잠깐." 해리가 트렁크에서 일어났다. "나도 이런 걸 모으거든."

"그건 몰랐네. 당신이 온갖 종류의 이상한 것들을 주워 모아 집을 어수선하게 만들어도……."

"다 해서 천 달러 어때? 작업실에 저 산타를 걸어놓고 쿠블라에 있었던 시절을 이따금 기억하고 싶어."

"그 정도면 괜찮네. 여기 있어 봤자 먼지만 쌓이지 뭐."

형이 보낸 수표가 내일에는 도착해야 에이미에게 천 달러 수표를 주고 월세와 다른 세금을 낼 수 있다. 그리고 만약 반 젤더의 그림을 45만 달러에 은밀히 처분하면, 음, 몇 년 동안 그 돈만으로 살 수 있을 것이다. 물론 현명하게 투자하면 여기 페어필드 카운티에서도 잘 먹고 잘살 수 있다.

　"내가 가져갈게, 에이미. 그럼 내가 먼저 수표를 보내고……."

　"아, 탑스하고 먼저 상의해 봐야 해."

　"그럼, 물론 그래야지. 롱아일랜드에 전화해서 남편이랑 통화하지 그래? 지금 말이야."

　"흠, 지금 점심을 먹으러 나갔을 텐데, 어딘지를 내가 잘 몰라. 시어머니랑 붑시 박사랑 그리고……."

　"붑시 박사?"

　"진짜 이름은 부블리츠키야. 탑스가 어렸을 때 발음을 못 해서 나름 귀엽게……."

　"그래도 오늘 밤에는 남편과 통화할 수 있지?"

　"아니면 내일 아침이라도, 응, 할 수 있어."

　"난 지금 그림을 가져갈 수 있어. 그래야 나도 다시 안 와도 되고, 당신은 덜 귀찮잖아. 당신 남편도 괜찮다 할 테고 그리고……."

　"난 안 그러고 싶어, 해리. 의논도 안 하고 멋대로 결정해서 탑스를 화나게 만들고 싶지 않아. 당신과 내가 음…… 같은 집에서 살 때와 달라. 우린 아주 민주적인 결혼 생활을 하고 있거든."

　"우리도 그랬어, 에이미. 당신이 스스로 독재자가 되기로 했지만…… 그래도 뭐, 당신 말대로 다 희미한 과거에 묻혔지." 해리가 억지로 미소를 지어 보였다. "당신 남편과 얘기 되는 대로 전화해 줘. 즐거운 성탄절 보내라고도 전해 주고!"

해리는 다음 날 정오까지 기다리고 에이미에게 전화했다. 지나친 열망을 드러내서 에이미를 의심하게 만들고 싶지 않았다.

신호가 열한 번이나 갈 때까지 전화를 들고 있었다. 30분처럼 느껴지는 13분 동안 거실을 서성인 끝에 해리는 다시 전화했다. 이번에는 자동응답기로 넘어갔다.

쇼팽이 흐르는 가운데 남자의 가는 비음이 흘러나왔다. "안녕하세요. 당신 바람대로, 여기는 네이랜드네 집입니다. 당신 바람은 아니겠지만 탑스와 에이미 둘 다 지금 전화를 받을 수 없습니다. 어떻게 해야 하는지 아시죠? 삐 소리를 기다려 주세요."

삐 소리를 기다리지 않고 전화를 끊은 뒤 해리가 투덜거렸다. "이런 제길."

밖에는 차가운 비가 무겁게 내려 그의 좁은 시야를 더 흐리게 만들었다. 해리는 무릎에 전화를 올려놓고 창밖을 바라보며 26분을 더 망설였다.

그러고는 다시 에이미의 전화번호를 눌렀다.

여섯 번째 신호에서 에이미가 짜증난 목소리로 숨을 헐떡이며 전화를 받았다. "네, 뭡니까?"

"나 해리야, 그런데……."

"참, 안 좋은 시간을 골라 전활 했군. 지금 샌해멀 씨가 속옷을 입고 거실에 있어서……."

"뭐?"

"산타클로스 합창 대회 때문이야. 네, 샌해멀 씨, 곧 가요! 곧 여든이 돼. 가련한 분."

"왜 그 사람이 속옷을 입고 당신 거실에 있어?"

"그거야 뻔하지. 사람이 늙을수록—당신도 잘 알겠지만—살이 찌잖아. 산타클로스 옷도 이제 맞지 않아서 밖으로 살이 좀 삐져나올 수밖에. 사실은 가운데 부분이 꽤 많이 삐져나왔어. 근데 하필 불쌍한 샌해멀 부인이 노워크 병원 집중 치료실에 있거든……."

"산타클로스 합창 대회가 뭐야?"

"사우스포트 전통이야."

"그래서?"

"매년 크리스마스 이브에 거리와 마을의 샛길을 돌아다녀. 남자들은 하나같이 산타클로스 복장을 하고 여러 곳에 들러서 캐럴과 썩 나쁘지 않은 찬송가를 부르지."

"멋지네. 근데 지금……."

"전혀 멋지다고 생각하지 않잖아. 남을 깔보는 듯한 그 익숙한 말투로 알 수 있어. 당신이 그럴 때면……."

"사실 당신이 남편한테 그 오래된 삼류 광고 그림 얘기를 했는지 궁금해서 전화했어. 내가 그리로 가…….”

“얘기는 했어. 탑스는 그림이 정말 천 달러밖에 안 하면 우리가 뭣하러 그런 싸구려를 세인트 노르비에 기부하느냐는 거야.”

“천이백으로 올려 줄게. 내가 그 돈을 세인트 노르비에 기부해서 그 사람들의 노고를 덜어…….”

“해리, 솔직이 말할게.” 에이미가 말을 끊었다. “탑스는 당신같이 끔찍한 두꺼비 새끼한테 그림을 파느니 쓰레기 매립지에 던져 버리는 편이 낫겠대.”

“왜 나를 끔찍한 두꺼비라고 하는 건데?”

몇 초간 침묵이 이어지다 에이미가 대답했다. “음, 내가 우리의 비참한 결혼 생활 중에서도 최악일 때를 과장해서 얘기했나 봐.”

해리가 말했다. “천오백 달러.”

“소용없어. 탑스는 당신한테 그림 안 판대. 잠깐, 당신 다음 달에 성당에서 열리는 바자회에 가면 되겠다. 신부님께 당신 앞으로 초대장을 보내시라고 할게.”

그건 너무 위험했다. 누군가 반 젤더의 그림을 알아볼 수도 있다. “이렇게 하면 더 좋을 텐데, 내가…….”

“불쌍한 샘해멀 씨, 추워서 온몸에 소름이 돋았어. 나 이제 진짜 가 봐야 해. 메리 크리스마스. 혹시 볼 수 있다면 다음 달에 성당 바자회에서 만나.”

“응, 메리 크리스마스.”

❖

산타클로스 옷을 구하는 것이 가장 어려웠다. 해리는 크리스마스 오후까지도 어떻게 할지 망설이고 있었고, 마음을 정했을 땐 코네티컷에 있는 분장 가게는 산타클로스 옷을 오래전에 모두 팔거나 빌려줘서 남은 게 없었다.

이 잡듯이 뒤진 끝에 해리는 마침내 웨스트체스터 카운티에서 낡아빠진 산타 의상을 파는 중고 옷 가게를 찾아냈다. 그 형편없는 물건에 이백 달러를 달라고 했다. 형에게서 수표가 도착했기 때문에 당장 뉴욕 주로 달려가서 구입했다. 수염은 지저분하고 옷도 더럽고 누런 게 엉망이었다. 산타 의상을 집에 가져온 해리는 수염에 아이보리 색 스프레이 페인트를 뿌려 썩 괜찮게 만들었다.

흐린 오후와 초저녁 동안 제도판 앞에 앉아서 사이클롭스 보안 시스템 관련 일을 할 때 모아 두었던 자료들을 살폈다. 지금 수중에 있는 도구를 사용하면 에이미의 집에서 사용하는 경고 시스템의 허점을 공략하는 것이 가능할 것 같았다.

계획은 간단했다. 도서관에서 사우스포트 위클리 지난 호에 실린 합창 대회 정보를 찾아본 결과 산타로 분장한 열두 명의 사람이 아홉 시부터 자정까지 마을의 이곳저곳을 돌아다닌다는 것을 알게 되었다. 열세 번째 산타가 있다 한들 관심을 가지는 사람은 아무도 없을 것이다. 크리스마스 이브라면 더더욱. 에이미와 탑스는 지금 롱아일랜드에 있으니 집은 무주공산일 것이다.

반 젤더의 산타 그림은 다락에 다소곳이 놓여 있었다. 경고 시스템을 해제하고 들어가 그림을 꺼내 오기만 하면 됐다. 자신이 의심받는 일이 없도록 은이든 보석이든 눈에 보이기만 하면 뭐든 쓸어 올 것이다. 홀을 장식한 끔찍한 부시노 그림도 가져올 것이다. 경찰은 도둑이 광고 그림도 귀중한 줄 알고 훔쳤다고 생각할 것이다.

경찰의 수사가 느슨해질 때까지 충분히 기다린 후, 그림을 팔아 오십만 달러로 먹고살 것이다. 더는 열 살, 스무 살 어린 아트 디렉터들과 입사 면접을 보지 않아도 되리라. 대출도, 형의 설교도 이젠 안녕.

느닷없이 수입이 생긴 것을 설명하기 위해 갤러리 그림을 그리는 척하리라. 사실 해리는 한때 그림을 잘 그렸으니 시도해 볼 만하다.

계획은 나쁘지 않았다. 그러나 해리가 미처 예상하지 못했던 것은 열네 번째 산타클로스였다.

해 질 녘에 강한 바람이 불어닥쳤고 비가 점점 거세졌다. 저녁 열 시가 막 지나 해리가 차고로 달려 나가는데 비가 마구 퍼부었다.

그는 산타 복장을 큰 천 가방에 넣었다. 나중에 산타 옷으로 갈아입은 후 그 자루에 반 젤더 그림과 나머지 장물을 담아올 계획이었다. 장난감으로 불룩한 자루를 든 산타클로스에게 누가 관심을 가질 것인가.

사우스포트 도서관은 에이미의 저택에서 한 블록도 떨어지지 않은 곳에 있었다. 건물은 어두웠고 불 꺼진 주차장에는 다른 차가 두 대밖에 없었다. 해리는 주차하고 자루를 열었다. 산타 복장에 맞는 재킷을 꺼냈다.

비 내리는 주차장을 둘러본 다음 해리는 재킷을 입기 시작했다. 소매에 좀먹은 구멍이 여러 개 있었다. 다음은 낑낑거리며 바지를 입었는데, 청바지 위에 입기가 여간 어렵지 않았다. 북 하고 찢어지는 소리가 났지만 바지를 더듬어 봐도 찢긴 곳을 찾을 수 없었다.

비가 차 지붕을 때렸고 바람은 머리 위 나뭇가지를 사정없이 떨게 했다.

"이런 제기랄. 수염이 어디 갔지? 빌어먹을 수염 어디 있냐고?"

자루 깊숙이 손을 다시 쑤셔 넣었다.

"아잇, 젠장맞을!"

경고 장치를 해체하려고 가져 온 드라이버에 검지가 찔렸다.

"아, 여기 있네." 가짜 수염 같은 걸 꺼냈다. 그러나 그건 산타 모자였다.

"수염이 있는데. 분명 자루에 넣었는데."

그때 조수석 바닥에서 하얀 뭔가가 눈에 띄었다. 겨우 수염을 집어 들어 철사로 된 고리를 귀에 걸었다. 몸을 펴고 거울에 자신의 모습을 들여다보려 했다. 그러나 김이 서리고 어두워 보이지 않았다.

문을 열려다 또 무슨 생각이 났다. "반편이 같은 놈! 장갑은! 장갑을 잊어먹을 뻔했잖아!"

그것도 천 가방 안 어딘가 있었다. "아!" 겨우 찾아서 손에 꼈다.

만족스러운 듯 고개를 끄덕이고는 천으로 된 큰 세탁물 가방을 챙겨 차에서 내렸다.

비와 바람 때문에 자꾸 옆으로 밀려났다. 숨을 내뱉으며 비바람과 싸워 겨우 몸을 똑바로 했다. 바람 때문에 수염이 한쪽 귀에서 떨어졌다.

간신히 다시 수염을 제자리에 돌려놓았다. 인도에 서서 길 건너 에이미의 어두운 저택을 살피는데 메르세데스 한 대가 젖은 도로 위를 달려 지나갔다.

운전자가 경적을 울렸고 누군가가 차창을 조금 내려 소리 질렀다. "메리 크리스마스, 샌해멀 씨!"

해리가 손을 흔들었다. 아마 살이 좀 찌긴 한 모양이었다.

차가 어둠 속으로 사라진 후 해리는 길을 가로질러 달렸다. 철벅거리는 잔디를 재빨리 건넌 후 빅토리아 저택의 뒤편으로 돌아갔다.

단풍나무로 가려져 있어 거리에서는 보이지 않았던, 뒷문으로 들어갈 생각이었다. 잔디 뒤쪽을 가로지르니 아래쪽에 좁은 강어귀가 있었다. 강물은 검고 거품기가 있었다.

"에이미는 꼭 이래." 뒷문에 도착한 해리가 중얼거렸다. "항상 뭘 활짝 열어 놓고 밖에 나간다니까."

문이 1인치 정도 열린 채였다. 해리는 장갑 낀 오른손을 뻗어 문을 밀었다. 약간 삐걱거리더니 안으로 열렸다.

약 30초 정도 동태를 살핀 후 문턱을 넘어 후면 복도를 따라 걷기 시작했다.

집에서 일전에 맡았던 것과 똑같은 냄새가 났다.

복도에서 해리는 걸음을 멈추고 인상을 찌푸렸다. 불빛이 희미했는데도 벽에 있어야 할 부시노 그림이 없는 게 눈에 띄었다.

그러다 그림들이 계단 밑에 가지런히 쌓여 있는 게 보였다.

그리고 10초 후 해리는 누군가가 계단을 내려오고 있음을 느꼈다.

"오, 안녕하세요." 해리가 늙은 남자의 목소리를 흉내 내며 말했다. "저는 샌해멀인데……."

"시간을 좀 잘 맞춰 들어오지 그랬어요, 친구." 해리에게 다가오는 남자는 오른손에 서류 가방을, 왼손에는 38구경 권총을 들고 있었다. 겨드랑이에 낀 것은 불 밝힌 손전등이었다.

상대방도 산타클로스 복장에 근사한 수염을 달고 있었다.

"빌어먹을! 같은 생각을 한 사람이 또 있단 말인가!" 해리가 몸을 돌려 도망갈 준비를 했다.

상대방 산타가 계단을 날듯이 내려왔다. 그가 떨어뜨린 서류 가방이 금속음을 내며 바닥에 부딪혔다. 남자가 해리의 팔을 잡고 빙 돌리더니 총의 개머리판으로 해리의 관자놀이를 힘껏 가격했다.

그러나 해리가 그 때문에 죽은 것은 아니다. 불행하게도 해리는 바닥에 쓰러지면서 맨 위에 있던 부시노 그림의 틀에 머리를 부딪혔던 것이다.

강도는 아래층에 놔둔 장물과 위층에서 훔친 물건을 챙겨 해리의 세탁물 가방에 모두 밀어 넣었다. 가방은 잠시 그곳에 놔 두고 그는 완전히 숨이 끊어진 해리를 질질 끌면서 저택 뒤편 잔디를 가로질러 내려갔다. 그러고는 물가에 눕혀 놓았다.

그는 집으로 돌아가 훔친 물건을 챙긴 다음 나가면서 경고 장치를 다시 맞춰 놓았다. 사람들이 해리의 시체를 발견했을 때 강도 사건이 일어났다는 생각은 하지 못했다. 어쨌든 그때는 그랬다.

다락에 있던 광고 그림은 하나도 없어지지 않았다. 1월에 에이미와 탑스는 그 그림들을 세인트 노버트의 바자회에 기부했다.

웨스트포트 출신의 한 젊은 상업 미술가가 반 젤더를 225달러에 사 갔다. 어쨌든 해리가 산타 그림의 가치를 과대평가하긴 했다. 그 그림은 지난달 맨해튼 갤러리에 경매로 나와 고작 26만 달러에 팔렸으니까.

재채기를 참지 못한 도둑들

THE THIEVES WHO COULDN'T HELP SNEEZING

토마스 하디 Thomas Hardy

이 작품은 빅토리아 시대의 소설가 토마스 하디의 작품에서 흔히 볼 수 있는 절대적인 절망에 관한 이야기가 아니다. 제목부터 경쾌한 느낌이 드는 이 작품은 기대를 저버리지 않을 것이다. 대조적으로 그의 위대한 소설 두 편, 『더버빌 가의 테스』(1891)와 『비운의 주드』(1895)의 색다른 주제에 독자들의 불평이 쏟아지자 심기가 불편해진 토마스 하디는 두 번 다시 장편소설을 쓰지 않겠다고 선언했다. 심지어 어떤 주교가 하디의 책들을 불태웠고, 이에 하디는 '아마 나를 태울 수 없는 데 절망하여 그랬을 것'이라고 언급한 바 있다. 「재채기를 참지 못한 도둑들」은 《파더 크리스마스》의 1877년 12월호에 처음 발표되었다.

지금은 한물간 떡갈나무가 노신사의 지팡이 정도만 하던 몇 년 전, 웨식스에 허버트라는 자작농의 아들이 살았다. 나이는 열넷 정도에 용감무쌍한 데다 그만큼 순수하고 해맑기도 했지만, 약간 허세가 있었다.

어느 추운 크리스마스 이브였다. 허버트의 아버지는 주변에 도와줄 사람이 없자 허버트를 불러 수 마일 떨어진 작은 마을로 중요한 심부름을 보냈다. 말을 타고 간 허버트는 저녁 늦은 시간까지 일을 보느라 바빴다. 드디어 일을 끝낸 뒤 여인숙으로 돌아가 말을 타고 출발했다. 집으로 가려면 블랙모어 계곡을 지나야 했는데, 길은 진흙투성이에다 구불구불했으며, 인적이 드문 지역이었다. 당시에는 숲도 우거진 편이었다.

아홉 시경이었던 것 같다. 다리가 튼실한 말, 제리의 등에 나무를 잔뜩 싣고 허버트가 계절에 맞게 캐럴을 흥얼거리며 지나가는데, 나뭇가지 사이로 무슨 소리가 들리는 것 같았다. 지금 지나는 곳은 사내들이 숨어서 행인을 노린다는 소문이 도는 곳이었다. 허버트는 제리를 보며 연회색 말고 다른 색이면 좋겠다고 생각했다. 연한 색 때문에 이렇게 어두운 곳에서도 눈에 띌 것 같아서였다. "내가 지금 뭘 걱정하는 거지?" 몇 분간 고민하던 허버트가 큰 소리로 말했다. "제리는 다리가 재빠르니 어떤 노상강도도 근처에 못 오게 할 거야."

"하! 하! 과연 그럴까?" 굵은 목소리가 들리더니 한 사내가 오른편 덤불에서, 또 한 명은 왼편 덤불에서, 그리고 다른 사내는 몇 미터 앞 나무둥치에서 튀어나왔다. 그들이 제리의 고삐를 쥐고 허버트를 말에서 떼어내려 했다. 허버트는 용감한 소년답게 온 힘을 다해 도망치려 했지만 결국 옴짝달싹 못하고 잡혀 버렸다. 곧 등 뒤로 팔이 묶이고 다리도 한데 꽁꽁 묶여 도랑으로 던져졌다. 얼굴을 검정으로 칠한 강도들은 제리를 데리고 뒤도 돌아보지 않고 가 버렸다.

허버트는 간신히 정신을 차리고 온갖 노력을 기울여 다리를 끈에서 빼냈다. 그러나 무슨 수를 써도 팔은 요지부동이었다. 일어나 팔을 뒤로 한 채 걸어 다니다가 끈을 풀어 줄 사람을 만나는 천운을 바라는 수밖에 없었다. 그 상태로 걸어서 집에 도착하기는 불가능할 터였지만 계속 걸었다. 하지만 좀 전의 공격으로 머리가 이상해졌는지 길을 잃었다. 심각한 추위에 이불 한 장 없이 자는 게 얼마나 위험한 짓인지 몰랐다면 낙엽을 긁어 모아 아침까지 자 버렸으리라. 잠을 자면 십중팔구 죽을 터이니, 하는 수 없이 무작정 걸었다. 끈 때문에 팔이 비틀려 감각이 없었으며, 한 번도 못된 짓을 해 본 적 없는 불쌍한 제리를 지켜 주지 못해 가슴이 아팠다. 저 멀리 나무 사이로 희미하게 빛이 보였을 때도 허버트는 별로 기쁘지 않았다. 그저 빛이 비치는 곳을 향해 계속 걷자 눈앞에 큰 저택이 나타났다. 별채, 박공, 탑, 흉벽 그리고 굴뚝이 별빛을 받아 서서히 모습을 드러냈다.

사방은 고요했고, 활짝 열린 문에서 새어 나오는 빛이 그를 유혹했다. 문으로 들어가자마자 연회용 식당으로 쓰일 만큼 넓은 홀에 불이 환하게 밝혀져 있었다. 어두운 벽판으로 덮인 벽에는 사각 틀과 조각품과 벽장 문이 있었다. 그러나 허버트는 홀 가운데 놓인 큰 테이블에 가장 관심이 갔다. 거기에 아무도 손대지 않은 호화로운 저녁상이 차려져 있었다. 주변에 의자가 놓인 위치로 보아 막 식사를 시작할 무렵 무슨 일이 생겨 사람들이 자리를 뜬 것 같았다.

너무나 간절히 음식을 먹고 싶었지만 지금처럼 무력한 상태로는 가축처럼 입을 그릇에 박아 넣지 않는 한 먹을 수 없었다. 허버트는 무엇보다 팔을 풀어 줄 사람이 필요했다. 집 안으로 좀 더 들어가려는 찰나, 현관에서 급한 발소리와 말소리가 들렸다. "서둘러!" 허버트를 말에서 끌어냈던 남자의 낮은 목소리 같았다. 세 남자가 홀로 들어서기 전에 얼른 테이블 아래 몸을 숨겼다. 아래로 처진 테이블 보 밑으로 훔쳐보니 과연 사내들의 얼굴이 검게 칠해져 있었다. 자신을 이 꼴로 만든 장본인이라는 데 의심할 여지가 없었다.

"자, 이제." 저음의 사내가 말했다. "얼른 몸을 숨기자고. 금세 사람들이 돌아올 거야. 집 밖으로 몰아내는 덴 성공했는데 말이야."

"맞아. 너 고통스러워하는 울음소리 꽤 잘 내던데." 두 번째 사내가 말했다.

"그러니까. 굉장하더군." 세 번째 남자가 말했다.

"그 사람들도 그게 가짜란 걸 곧 알게 될 거야. 우리 어디 숨지? 모두 침대에 가서 곯아떨어질 때까지 두세 시간 정도 숨을 만한 장소가 필요한데. 아! 이쪽이야! 바깥에 있는 벽장이 열두 달 내내 한 번도 열리지 않는다는 걸 알아냈지. 몸을 숨기기엔 제격일 거야."

말을 마친 사내가 먼저 홀에서 이어지는 복도로 걸어갔다. 허버트는 앞으로 조금 더 기어가 벽장이 홀을 마주한 벽 맨 끝 쪽에 위치한 것을 확인했다. 도둑들이 벽장 안으로 들어가 문을 닫았다. 허버트는 그들의 의도를 조금 더 간파할 수 있기를 기대하며 간신히 숨을 쉬면서 앞으로 조금 더 미끄러져 나아가 귀를 기울였다. 강도들이 보석과 접시 등 귀중품이 보관된 여러 방에 대해 얘기하는 소리가 들렸다. 그들은 물건을 훔칠 계획이었다.

그들이 몸을 숨기고 오래지 않아 신사 숙녀들이 즐겁게 떠드는 소리가 테라스에서 들려왔다. 허버트는 집 안을 알짱거리다 잡히면 강도로 오인받을 것이라는 데 생각이 미쳤다. 그래서 조용히 다시 미끄러져 돌아가 문 밖으로 나온 후 현관의 어두운 구석에 섰다. 그곳에서는 몸을 숨긴 채 돌아가는 상황을 다 지켜볼 수 있었다. 잠시 후 한 무리의 사람들이 그를 스쳐 집 안으로 들어갔다. 노신사와 노부인, 젊은 신사와 숙녀 여덟아홉 쌍, 그리고 예닐곱 명의 남녀 하인이었다. 저택에 있던 모두가 나갔다 들어온 모양이었다.

"자, 이제 식사를 재개하지." 노신사가 말했다. "도대체 무슨 소리였는지 모르겠군. 내 평생 내 집 문간에서 누군가 살해당할지도 모른다는 기분이 든 건 처음이야."

여인들이 얼마나 무서웠는지 모른다고, 그럼에도 무슨 일이 벌어질지 기대했는데 결국 아무 일도 일어나지 않았다고 떠들어 댔다.

"잠시만 기다리셔. 머지않아 꽤 멋진 일이 생길 테니까." 허버트가 혼잣말했다.

젊은 신사 숙녀들은 노부부의 결혼한 아들딸들이었고, 그들은 부모님과 크리스마스를 보내러 온 것 같았다.

문이 닫히자, 허버트는 현관 밖에 혼자 남겨졌다. 지금이 사람들에게 도움을 청할 적절한 순간인 듯했다. 손으로 노크를 할 수 없어 대담하게 발로 문을 차기 시작했다.

"이봐! 여기서 웬 소란이야?" 문을 연 하인이 허버트의 어깨를 덥석 잡아 올려 홀로 끌고 갔다. "현관에서 무슨 소리가 들려 갔더니 이상한 녀석이 있었습니다요, 사이먼 경."

모두들 돌아보았다.

"앞으로 데려오게." 늙수그레한 사이먼 경이 말했다. "거기서 뭘 하고 있었누?"

"어머나, 팔이 묶였어요!" 한 숙녀가 말했다.

"불쌍해라!" 다른 여자가 말했다.

허버트는 즉시 자초지종을 설명했다. 집으로 가는 길에 노상강도를 만나 말을 빼앗기고 이렇게 무자비한 상황에 처하게 되었노라고.

"생각을 좀 해 봐야겠군." 사이먼 경이 외쳤다.

"있을 법한 얘기긴 하네요." 남자 손님 하나가 약간 미심쩍은 듯 말했다.

"의심스럽지?" 사이먼 경이 물었다.

"저 아이가 강도일 수도 있어요." 어떤 여자가 말했다.

"자세히 보니 분명 저 아이도 어딘가 거칠고 못된 구석이 있어 보이네요." 노부인이 말했다.

허버트는 부끄러워 얼굴이 빨개졌다. 그래서 강도들이 그 집에 숨어 있다는 것을 말하는 대신, 입을 완강하게 다물어 그들이 자신들에게 닥친 위험을 알아서 발견하도록 내버려 두자고 절반쯤 마음먹었다.

"일단 저 아이를 풀어 줘라." 사이먼 경이 말했다. "오늘은 크리스마스 이브니까 저 아이를 잘 대접하자꾸나. 애야, 이리 와서 테이블 끝에 있는 빈자리에 앉아서 양껏 먹거라. 일단 배불리 먹은 후에 네 얘기를 더 소상히 들으마."

그러고는 연회가 계속되었다. 이제 자유의 몸이 된 허버트는 자기가 그 자리에 끼어 있다는 사실이 전혀 미안하지 않았다. 먹고 마실

수록 분위기가 흥겨워졌다. 와인 잔이 자유롭게 오갔고 통나무가 타오르는 벽난로 덕에 방은 따스했으며, 여인들은 신사들의 이야기에 큰 소리로 웃었다. 크리스마스 모임에서 흔히 볼 수 있는 떠들썩하고 기분 좋은 분위기가 이어졌다.

자신의 정직성을 의심받아 마음이 상했을 만한데도 허버트는 좋은 음식과 호화로운 홀, 그리고 이들이 베푼 호의에 몸과 마음이 속수무책으로 따뜻해짐을 느꼈다. 급기야 허버트는 그들의 이야기와 사이먼 경의 재치 있는 입담에도 진심으로 웃게 되었다. 식사가 거의 마무리될 무렵, 와인을 거나하게 마신 신사 한 명이 그 신사다운 세련된 매너로 허버트에게 권했다. "애야, 너도 코담배 한 줌 할래?" 그는 요즘 시골 사람들 사이에서 유행하기 시작한 코담배를 하나 건넸다.

"감사합니다." 허버트가 한 줌 집으며 말했다.

"숙녀분들에게 네가 누군지, 어디 출신인지, 네가 뭘 할 수 있는지 얘기해 주렴." 남자가 허버트의 어깨를 토닥이며 말했다.

"네, 알겠습니다." 우리의 영웅이 몸을 똑바로 세우고 지금은 허세를 부리는 것이 좋겠다고 생각했다. "저는 순회공연 마술사입니다."

"진짜!"

"다음엔 무슨 말을 할까?"

"어마어마하게 깊은 심연에서 영혼이라도 불러낼 수 있니? 꼬마마법사야?"

"저는 벽장에서 태풍이 일게 할 수 있습니다." 허버트가 대답했다.

"하하!" 사이먼 경이 유쾌하게 손을 비비며 말했다. "이 공연은 꼭 봐야겠는걸. 딸들아, 어디 가지 마라. 여기 굉장한 볼거리가 있구나."

"위험하진 않겠지?" 노부인이 말했다.

허버트가 테이블에서 일어나 자기에게 기회를 준 젊은 남자에게 말했다. "제게 코담배 상자를 주십시오. 아무 소리도 내지 말고 저를 따라오세요. 누구라도 얘기를 하면 마법이 풀려 버릴 거예요."

그들은 명령에 따르겠다고 약속했다. 허버트가 통로로 들어간 후 신발을 벗고 까치발로 벽장문을 향해 걸었고, 다른 사람들은 숨을 죽이고 조금 뒤에서 허버트를 따랐다. 허버트는 문 앞에 스툴을 놓고 그 위에 올라 섰다. 그러고는 소리 없이 벽장 문의 위쪽 가장자리를 따라 박스에 든 코담배를 거의 다 부어 버렸고, 몇 모금은 들이마신 후 문틈으로 담배 연기를 불어 벽장 내부로 들어가게 했다. 손가락을 들어 모인 사람들에게 조용하라는 사인을 보냈다.

"맙소사, 저게 뭐지?" 일이 분쯤 지난 후 노부인이 말했다.

벽장에서 참다못한 재채기가 새어 나왔다.

허버트가 다시 손가락을 세웠다.

"아주 특이하군. 정말 흥미진진해." 사이먼 경이 속삭였다.

허버트는 그 순간을 이용해 벽장문의 볼트를 원래 자리로 조금 밀어 넣었다. "코담배를 더 주세요." 허버트가 침착하게 말했다.

"코담배를 건네 주게." 사이먼 경이 말했다. 신사 두세 명이 각자 가지고 있던 상자를 건넸다. 허버트는 다시 코담배를 전부 벽장 속으로 흘려 넣었다. 또 재채기가 터졌다. 처음만큼 잘 참지 못했는지 한층 큰 소리가 났다. 그러고 또 한 번. 이번에는 어찌됐든 도저히 참을 수 없다고 항변하는 소리 같았다. 마침내 재채기가 폭풍처럼 거세게 이어졌다.

"훌륭해. 저렇게 어린 꼬마애가 이렇게 멋진 마술을 선보이다니. 재채기 소릴 내는 기술이 아주 흥미로운걸. 아마 복화술일 테지."

"코담배를 더 주게." 사이먼 경의 하인들이 가장 향이 훌륭한 스코틀랜드산 코담배가 담긴 큰 항아리를 가지고 왔다.

허버트가 한 번 더 벽장의 위쪽 틈에 대고 코담배를 불어 안으로 밀어 넣었다. 불어넣고 또 불어넣어 항아리에 든 것을 몽땅 비웠다. 재채기 소리는 아주 심상찮아졌다. 벽장은 마치 거친 비바람을 맞는 배처럼 흔들렸고, 안에 흘러나오는 소리는 허리케인 속에서 벌어지는 해전처럼 요란해졌다.

"안에 사람이 있는 것 같아. 절대 속임수가 아니야." 그제야 진실을 깨달은 사이먼 경이 외쳤다.

"맞습니다." 허버트가 말했다. "저들은 이 집을 털러 왔습니다. 저 사람들이 바로 제 말을 훔친 사람들입니다."

재채기가 어느새 경련성 발작으로 변했다. 허버트의 목소리를 들은 도둑 한 명이 울부짖으며 애원했다. "아! 부디! 부디! 우리를 여기서 좀 꺼내 줘!"

"내 말 어딨어?" 허버트가 말했다.

"쇼츠 교수대 뒤편에 있는 나무에 묶어 놨어. 제발! 제발, 우리 좀 꺼내 줘. 질식해서 죽을 것 같아!"

이제 크리스마스 손님들 모두가 이것이 더는 구경거리가 아니라 심각한 사건임을 알게 되었다. 남자 하인들이 각자 총과 곤봉을 갖추고 벽장 밖에 정렬했다. 신호에 맞춰 허버트가 볼트를 빼냈고, 하인들이 일제히 일어섰다. 그러나 도둑 셋은 공격은커녕 구석에 쭈그리고 앉아 숨만 헐떡거리고 있었다. 그들은 저항도 못하고 붙잡혀 아침까지 옥외 화장실에 묶여 있었다.

허버트는 연회에 참석한 이들에게 모든 진상을 밝혔고, 그는 깊은 감사의 인사를 받았다. 사이먼 경은 허버트에게 하룻밤 자고 가라고 극구 권했고, 가장 좋은 침실을 내주겠다고 했다. 그 방은 무려 엘리자베스 여왕과 찰스 왕이 방문할 때마다 묵었던 곳이었다. 그러나 허버트는 도둑들이 솔직하게 자백했는지 말을 찾으러 가 확인하겠다며 제안을 거절했다.

손님들 여럿이 도둑들이 제리를 숨겼다고 말한 교수대 뒤 나무까지 허버트와 동행해 주었다. 도착해서 둔덕을 올려다보자, 과연!멀쩡한 제리가 무심한 태도로 묶여 있었다. 허버트를 보고 제리가 기쁜 듯 힝힝거렸다. 어떤 것도 제리를 다시 찾은 기쁨에 비견할 수 없었다. 허버트는 말에 올라타서 친구들에게 굿나잇 인사를 한 후 그들이 가르쳐 준 방향으로 말을 빨리 달려 새벽 네 시에 무사히 집에 도착했다.

이중 산타클로스

A REVERSIBLE SANTA CLAUS

메레디스 니콜슨 Meredith Nicholson

메레디스 니콜슨은 부스 타킹턴, 조지 에이드 그리고 시인 제임스 위트콤 레일리와 함께 20세기 초 인디애나 문학의 황금기를 이끌었다. 비록 오랜 세월 건재했던 작가는 아니지만, 항상 부드러운 유머로 진정한 사랑의 변치 않는 성공과 건전한 중산층의 미덕을 강조하는 소설을 쓴 당대의 베스트셀러 작가였다. 「이중 산타클로스」(1917)는 같은 제목의 작은 그림책으로 처음 발표되었다.

1

윌리엄 B. 에이킨스, 또는 '멍청이' 허버드, 혹은 빌리 더 호퍼는 조용한 차선에 면한 산울타리 뒤에서 잠시 멈춰 호흡을 고른 후 꼬리 등만으로도 나 범죄자입네 하는 분위기를 풍기는 로드스터_{지붕이 없고 좌석이 두 개인 자동차}에서 고속도로를 빼꼼 내다보았다. 크리스마스 이브였다. 계절에 안 맞게 따뜻한 날씨 탓에 부슬부슬 내리던 이슬비가 어느새 변덕스럽게 눈으로 변해 있었다.

호퍼는 두 시간 동안 달린 거친 시골길을 벗어나 도망치는 중이었다. 그는 삼림 지대를 더듬더듬 통과한 후, 집에 돌아가거나 크리스마스 선물을 전하러 바삐 달리는 운전자들의 호기심 어린 눈길을 피하려고 울타리 모퉁이에 몸을 납작 엎드렸다. 그는 나머지 여정을 편하게 해 줄 도시 간 전차 가공架空 선로에 몸을 내맡기기로 결심했다. 집까지는 20마일 정도 남았으리라.

옷이 빗물에 젖어 아무리 몸을 격하게 움직여도 뼛속 깊이 스며든 한기는 누그러들 기미가 없었다. 심장은 갈비뼈에 닿을 듯 뛰었고 절망스럽게 숨이 가빴다. 그는 재빨리 줄행랑치는 천재적이고 날랜 재주 덕분에 '호퍼(메뚜기)'라는 별명을 얻은 시절만큼 젊지 않았다. 지난번에 베르티용 검사각 신체의 길이를 재어 놓아 재범자를 구별하는 방식를 받았는데 (3년 전에 아크사벤Ak-Sar-Ben에서 카니발이 열렸을 때 겪은 굴욕적인 경험이었다), 항상 검사 결과지에 '검정'으로 기입되던 호퍼의 머리가 빠르게 세고 있다는 사실을 알게 되었다.

마흔여덟은 호퍼같이 지략 있고 다재다능한 도둑도 자신을 못 믿기 시작하는 나이였다. 형무소에 갇힌 시기를 제외하면 그는 인생의 대부분을 숨어 지냈는데, 집요한 법무부 직원들에게 쫓기는 도망자 신세는 아무래도 원하던 삶과는 거리가 멀었다. 최근에는 금고를 털다가 경솔한 행동을 하는 바람에 오리건 주에서 강제 노동을 했다. 형을 다 치른 후 호퍼는 하와이에 있는 파인애플 농장에서 일 년간 은밀한 안식년을 가졌다. 섬의 기후가 별로 마음에 들지는 않아서 파인애플이 흉작이던 해에 바로 호놀룰루를 떠났다. 샌프란시스코로 건너가 화부기관차나 난로에 불을 때는 사람가 되었고(고생은 했지만 정신을 차리진 못했다), 호퍼라는 별명 그대로 이곳저곳을 떠돌다가 캐나다의 여러 도시를 경유해 메인 주에 도착했다.

호퍼는 돈이 필요했다. 도둑으로서의 삶에 나름의 개똥철학과 긍지도 있었지만, 그보다는 한방 멋지게 벌어 여생을 어엿한 준법시민으로 보내는 것이 꿈이었다. 그의 꿈이나 꿈을 이룰 방법 모두 칭찬받을 만하다고 할 순 없겠지만, 호퍼는 워낙 걸출한 사람이니 지켜볼 여지는 있었다. 많은 교도소 교화자와 방문객들이 소책자를 가지고 와서 호퍼의 정신과 영혼에 도덕 관념을 심으려 노력했지만 성공하지 못했고, 그는 여전히 자신의 죄를 뉘우치지 못한 사람으로 간주되었다. 그는 메인 주를 통과해 남쪽으로 가는 도중 풍요로워진 세상 속에 혼자 가난한 현실이 너무 싫어서, 결국 페놉스코트 강 상류에서 살짝 옆길로 샌 수송 차량에서 순전히 자신의 영달을 위해 신권 지폐 4만 달러를 슬쩍했다. 그리고 펄떡펄떡 풀쩍풀쩍 뛰어다니던 자신의 역량을 한껏 발휘하고 왕년에 즐겨 썼던 교활한 속임수를 다시 쓰기 시작했다. 4만 달러는 대단히 큰 돈이었고, 호퍼는 흔치 않은 대성공으로 번 돈을 경솔한 행동으로 잃어버리고 싶지 않았다. 그래서 숲이 우거진 곳에 교묘하게 숨는다거나, 신문을 거의 읽지 않으며 세상과 고립된 벌목꾼과 어울리는 식으로 숨어 다니며 맨해튼 섬에 도착했다. 그는 기민한 판단력으로 다신 잡혀가지 않도록 조심하는 동시에 자본주의 사회의 시민으로서의 평범한 삶을 준비하기 시작했다.

그는 큰 도시의 상류 인사들을 상대하는 차량 정비소에서 1년 동안 근면성실하게 일했고, 마침내 정직한 생활을 이어 가려는 고귀한 열망에 사로잡혀 뉴헤이븐 중앙교회에서 엎어지면 코 닿을 곳에 있는 양계장을 구입했다. 대담하게도 해피힐 농장의 찰스 S. 스티븐스라는 가상의 인물을 만들어 중심가 은행에서 계좌를 개설했다. 동반자가 있어야겠다는 생각에서 그가 경찰에 쫓겨 서부 끝자락으로 도망가기 전에 친하게 지냈던, 자기보다 약간 어린 얼치기 좀도둑 여자와 결혼했다. 스티븐스 부인은 어설픈 도둑이라 항상 고생했으므로 호퍼가 결혼을 제안하자 감사해하며 얼른 수락했다.

스티븐스 부부는 그들의 연기에 은퇴한 금고털이를 동참시켰다. 그는 미주리 주 시골 우체국의 금고 틈새로 들이부은 '수프(즉 니트로글리세린)'가 너무 일찍 터져 버리는 바람에 한쪽 눈을 잃은 사람이었다. 제임스 화이트사이즈, 일명 '험피(혹쟁이)' 톰슨에게 거처를 제공하겠다고 제안한 것은 험피만을 위한 것이 아니었다. 험피는 여러 교도소에서 가금류 사육을 담당했기 때문에 양계장 운영에 관한 지식과 경험이 풍부했던 것이다.

호퍼는 고속도로에 세워진 짙어 가는 황혼에 젖은 로드스터를 욕심 가득한 눈으로 오래도록 바라보았다. 그는 뉴욕 정비소에서 일한 덕에 차에 익숙했다. 차를 훔친 자에게 가해지는 고통과 형벌을 잘 알았지만, 그는 고속도로에 세워진 로드스터에 올라타 집 근처까지 몰고 간 뒤 버리면 괜찮을 거라는 강한 유혹에 사로잡혔다. 로드스터의 주인은 아마 관목 숲 뒤에 있는 아담한 오두막집에서 평화롭게 저녁 식사를 하고 있을 것이고, 그렇다면 그 차를 집어 타고 뉴헤이븐 지역에서 자신을 주시하던 수상해 보이는 신사와 거리를 벌리는 것도 괜찮아 보였다.

호퍼는 그날 오후 복잡한 지하철에서 같은 손잡이를 잡은 품위 있는 시민의 앞주머니에서 삐죽 튀어나온 지갑을 슬쩍해서 약간 양심의 가책을 느끼고 있었다. 호퍼는 도둑질로 생계를 잇는 것을 그만두었는데도 붉은 가죽 조각이 가까이 있다는 이유만으로 훔치고 싶어 미칠 지경이었다는 게 몹시 분했다. 자신에게도 그리고 세상에도 화가 났다. 사람들은 왜 지갑이 삐죽 튀어나오도록 어설프게 갖고 다니는가! 유혹에 쉽게 굴복하는 나약한 인간들에게는 몹시 불편한 행동이었다.

호퍼는 메리와 결혼할 때 성서의 십계명과 연방과 주정부 등이 명시한 모든 법을 준수하겠다고 맹세했기에, 그가 죄를 고백하면 메리가 자신을 얼마나 혹독하게 대할지 심히 걱정되었다. 교도소 밖의 삶은 알지도 못하다가 이제야 평화로운 삶을 즐기고 있는 험피도 마찬가지일 것이다. 그가 다시 도둑질을 저질렀다는 사실에 메리와 험피는 좌절할 것이고, 금고털이보다 훨씬 치욕적이고 비열한 절도인 지갑털이 따위로 그들 사이의 불문율을 어겼다며 더 불쾌해할 게 뻔했다.

이런 생각들에 쫓겨 호퍼는 행동을 서둘렀다. 집에 더 빨리 도착할수록 그가 뉴욕에서 오래 머문 이유를 설명하고(달걀을 더 좋은 값에 팔 수 있으리란 기대로 상품을 관리할 위탁 판매인들과 함께 전에 수리 일을 하던 대도시로 갔던 것이다), 얌전히 메리의 꾸짖음을 받아들이고 다시는 죄를 짓지 않겠다고 약속하는 시간이 더 빨라지기 때문이었다. 하필 크리스마스 이브에 다시 도망자가 되어 돌아오다니, 그에게 내려질 인정사정없는 비난은 한층 격해질 게 뻔했다. 뉴헤이븐 지역에서 그를 주시하던 짜리몽땅한 신사가 지하철에서 벌인 작은 거래를 눈여겨본 진짜 형사가 아닐 수도 있지만, 불확실하다는 게 호퍼를 더 화나게 했다. 해피힐 농장에서 행복하게 사는 동안 그는 평온한 삶을 소중하게 여길 줄 알게 되었다. 하지만 어떤 사람이 좀 이상한 눈초리로 본다는 이유만으로 겁에 질려 기차에서 내려 걸어갈 때는 심한 굴욕감을 느꼈다.

그날 오후에 생긴 뜻밖의 사고는 지금의 삶을 무너뜨릴 만큼 심각한 위기를 초래하지는 않았지만, 호퍼의 영혼에 뿌리박은 모든 크리스마스 정신을 산산이 흩어 놓았다.

2

호퍼는 리무진이 지나가기를 기다렸다가 은신처에서 기어 나와 로드스터에 올라탄 후 바로 시동을 걸었다. 혹시 차 주인이 시동 거는 소리를 듣지 않았을까 걱정하며 뒤를 돌아다보았다. 안전하다는 걸 확인한 다음, 돌기 힘든 모퉁이를 잘 통과한 후 정신을 가다듬고 효율적인 경로를 고민하며 도망치기에 전념했다. 하지만 차를 최고 속도로 높인 순간 이상한 소리가 들려 깜짝 놀랐다. 그가 아는 한 차에서 예쁘게 짹짹거리는 소리 따윈 나지 않는다. 전방을 주시하면서 소리가 다시 들리기를 기다렸다. 그런데 찍찍 짹짹 하던 소리는 어느새 좋아서 깔깔대는 소리로 바뀌었다.

"꾸꾸! 까-까-꾸!"

차는 지면을 스치듯 달렸고 문득 호퍼에게 미신적인 공포가 엄습했다. 딱 한 번 캔자스 시티의 경찰 하나가 너무 꼬치꼬치 캐묻는 통에 화를 참지 못하고 한 방 갈긴 적은 있지만, 살인을 저지르지 않았다는 사실에 그는 늘 감사했다. 어깨 너머로 슬쩍 바라봤지만 눈 내린 고속도로에 뒤를 쫓는 유령 따위는 없었다. 그는 옆자리로 시선을 돌렸다. 그곳에 살아 있는 무언가가 든 꾸러미가 놓여 있었다. 아까보다 더 큰 '꾸꾸까까' 소리에 이끌려 그가 오른손을 내밀었다. 손가락 끝에 따뜻하고 부드러운 것이 닿은 순간 꾸러미 안의 뭔가가 그의 손을 꼭 잡아끌었다.

호퍼는 알 수 없는 생명체에게서 손을 떼고 세게 털어냈다. 장갑을 낀 작은 두 손이 그를 꼭 쥔 것 같았다. 호퍼는 성가시다고 생각하면서도 이번에는 왼손을 내밀었다.

"꾸-꾸! 쪼아. 빠이 다려!"

"아기!" 호퍼가 헉 숨을 내뱉었다.

아기를 데리고 달아났다면 그날의 악운 중에서도 가장 참담한 일이었다. 뱃속에서 뭔가가 툭 떨어지는 기분이었다. 호퍼의 상상은 자연스럽게 체포되면 몇 년을 갇힐 것인지, 유괴죄 형량이 어느 정도인지로 뻗어 나갔다. 고민할 것도 없이 혹독했다. 호퍼는 차를 멈춘 뒤 성냥을 켜고 반갑지 않은 동승자를 살폈다. 후드를 쓴 아기가 크고 푸른 눈으로 그를 바라보았고 장갑 낀 손으로 그의 얼굴을 찔러 댔다. 이불에 꼭 싸인 작은 두 발로 힘껏 그를 찼다.

"빠이! 츄바 해!"

명령을 받들어 차를 '출발'했지만, 미신적인 두려움은 더 심하게 그를 짓눌렀다. 남의 지갑을 슬쩍한 순간부터 운수가 사나웠던 걸지도 모른다. 아니면 상상의 '짭새'를 피해 기차에서 서둘러 내린 것이 최악의 징크스로 이어진 것일 수도 있었다. 가장 사악한 정신을 가진 자만이 유괴를 저지를 수 있으리라!

"차 다려! 어서 깐촌 다려!"

바로 이때 벙어리장갑을 낀 아이의 손이 핸들로 다가와서 호퍼는 깜짝 놀랐고, 차가 '깡총 달리는' 바람에 어린 동승자가 호퍼의 무릎으로 뛰어들었다.

아기는 갑작스런 사고에도 세상에서 제일 기쁜 사람처럼 웃었다. 부드럽지만 단호한 태도로 호퍼는 아이를 똑바로 앉힌 후 온전히 혼자 앉아 있을 수 있을 때까지 손으로 지탱해 주었다.

"가만히 앉아 있는 게 좋을 거다, 이 꼬맹아." 호퍼가 꾸짖었다.

꼬맹이는 생판 모르는 사람과 차를 타고 있는데도 전혀 놀라는 기색이 아니었다. 아이는 호퍼를 보고도 주눅 든 기색 없이 생기가 넘쳤다. 엄한 태도로 오늘의 재난에 대한 분노를 아이에게 풀고 싶었으나, 왠지 곁에 있는 작고 다정한 아기에게 전혀 반감이 들지 않았다. 하지만 누가 봐도 호퍼가 아기를 유괴한 것으로 보일 테니, 서둘러 끔찍한 체포의 위험으로부터 벗어나야만 했다. 그러나 어떻게 아기를 처리한단 말인가. 호퍼는 온갖 불편과 고초를 감내하며 아기와 함께 집에 도착했다. 강도라면 아기를 훔치는 것만은 피해야 했다. 경험 많고 현명하기로 정평이 난 강도들 왈, 아기는 가장 위험한 도난 경보기였다. 유괴와 자동차 절도는 진지하게 생각해 볼 것도 없이 괜찮은 조합이 아니었다. 아기가 울지 않아서 오히려 호퍼는 짜증이 났다. 심통이라도 부리면 아기를 버렸을 텐데, 이 꼬맹이는 명랑하고 상냥한 여행의 동반자 행세를 했다. 사실 호퍼는 아기가 '꾸꾸까까'와 '쩍쩍'을 연발하는 바람에 상당히 기분이 좋아졌다.

"요 작고 귀여운 도련님!" 호퍼가 아기의 무릎을 토닥이며 말했다.

아기 도련님도 다정한 표현이 좋았는지 호퍼를 껴안으려고 두 팔을 들어 올렸다.

"빌-리." 아기가 기뻐서 꺄르륵 웃었다.

호퍼는 처음 만난 아기가 자신의 본명을 말하는 바람에 깜짝 놀라 지나가는 트럭과 거의 충돌할 뻔했다. 아기가 자신의 본명을 알다니 믿기 어려웠지만, 불현듯 좋은 징조로 느껴져 그에게 다가오는 어두운 운명에 대한 분노가 누그러들었다. 비록 그는 아기를 훔쳤지만, 함께 도망치는 게 오히려 즐거워지는 명랑하고 용감한 아기니까! 호퍼는 곱상한 도련님을 어느 집 문간에 두고 초인종을 누른 후 도망쳐야겠다는 생각을 버렸다. 피해는커녕 그에게 힘을 주는 다정한 아기를 그런 식으로 다룰 수는 없었다. 조금 불편하고 심각한 위험에 처하더라도 아이 앞에서는 공정하게 행동하리라 굳게 결심했다.

크리스마스답게 눈이 소담스럽게 내리는 가운데 호퍼는 다시 속도를 높였다. 아기는 굉장히 기뻤던지 무모할 정도로 방방 뛰어서 호퍼가 서둘러 진정시켜야 했다.

"진정하자, 아가. 진정해!" 호퍼가 계속 중얼거렸다.

호퍼는 아기를 안전하게 처리할 수 있는 방법을 계속 고민했다. 지금쯤 누군가 분명 아기와 차를 찾아 동분서주할 것이다. 신고를 받은 각지의 경찰들이 도둑맞은 아기와 잘빠진 로드스터를 찾으려 혈안이 되어 있을 것이다.

"메리 크리스마스!" 농장 정문에서 한 소년이 소리쳤다.

"메이 크이스마스!" 아기도 빽빽 소리쳤다.

호퍼는 로드스터를 몰고 집으로 돌아가 황당한 상황에 맞춰 조심스럽게 이 쾌활한 친구의 처리를 고심하기로 했다.

"빠이, 지베, 하아버지 크이스마스 트이 보러!"

아기는 분명 낙천적이고 신뢰를 주는 천성을 지닌 복덩이였다. 아기가 할아버지의 크리스마스 트리를 언급하자 호퍼는 깊은 양심의 가책을 느꼈다. 물론 크리스마스가 그의 인생에서는 한 번도 중요했던 적이 없었다. 조금이라도 즐거웠던 크리스마스는 감옥에서 정다운 동료들과 간수들의 호의로 베풀어진 크리스마스 저녁 식사를 즐겼던 날뿐이었다.

그러나 아기는 크리스마스의 모든 기쁨을 즐길 자격이 있었고 호퍼는 그것을 빼앗고 싶지 않았다.

"웃어요, 도런님. 계속 그렇게 밝게 웃어요. 이 아저씨는 절대 우리 도련님을 아프게 하지 않을 거야!"

뉴헤이븐의 변두리를 조심스럽게 돌아 해피힐 농장에 도착한 호퍼는 오두막 뒤 창고 근처에 차를 대고 조심스럽게 라이트를 껐다.

"자, 도련님, 이제 내리자!"

도련님이 그의 팔에 폴짝 뛰어들었다.

3

호퍼는 뒷문을 두 번 두드리고 잠시 기다렸다가 다시 노크했다. 신호가 끝나자 문이 조심스럽게 열렸다. 그가 그들을 억지로 밀치고 들어가며 문을 발로 차서 닫은 후 식탁 위에 눈을 깜빡거리는 아기를 내려놓자, 메리와 험피가 적대적인 침묵 속에서 그를 조심스럽게 살폈다. 외눈박이 험피가 창가로 뛰어가 초록색 가리개로 창문을 단단히 가렸다. 메리는 우거지상으로 호퍼의 설명을 기다렸는데, 극적인 긴장감의 가치를 아는 호퍼는 짓궂게도 전혀 서두르지 않았다.

"음. 빌, 저거 뭐야?" 메리가 날카로운 어조로 물었다.

호퍼가 인자하고 만족스러운 미소를 지으며 도련님 얘기를 했다. 아이는 케첩 병을 입에 넣으려는 영웅적인 노력을 하고 있었다. 호퍼는 병을 삼키려 안간힘을 쓰는 도련님을 보고 몹시 기분이 좋아졌다. 스티븐스 부인, 일명 '울보' 메리는 즐겁기는커녕 아이의 말도 안되는 행동을 보고 좋아하는 남편한테 짜증이 났다.

"당장 저걸 데리고 꺼져, 빌! 도대체 뭐하는 거야?" 메리가 병을 뺏으며 명령했다.

도련님이 놀라서 크고 푸른 눈을 더 크게 뜨며 슬퍼했지만 곧 회복하고는 접시를 끌어당겨 그걸로 테이블을 치기 시작했다.

"데리고 꺼지라니까!" 험피가 신경질적으로 내뱉었다. "아이를 유괴해 오고는 말도 없다니. 이건 절대 못 참아!"

"마당으로 차가 들어오는 소리가 들리는데, 어쩐지 뭔가 잘못된 것 같고 이보다 더 안 좋기도 어렵겠다 싶었어……." 메리가 울음을 터트리며 말을 보탰다. "너 그럴 권리 없어, 빌. 저 윙윙거리는 놈을 들쳐 오고…… 거기다 아기까지. 먼저 말이라도 해 줬어야지. 뉴욕엔 뭣하러 갔어. 그것도 크리스마스에……."

하필이면 다른 때를 놔두고 크리스마스에 사고를 친 것은 비난받아 마땅했다. 메리와 험피는 크리스마스라는 단어에 힘주어 말했다. 호퍼도 시기가 안 좋다는 것을 충분히 알았지만, 아내가 그를 마음껏 욕하도록 내버려 둘 만한 일은 아니라고 생각했다.

호퍼가 서툰 솜씨로 도련님의 후드를 벗기려 하자 메리가 그를 옆으로 밀치더니 떨리는 손으로 대신 벗겼다. 추위를 뚫고 온 탓에 도련님의 뺨은 발그레했다. 아기는 통통하고 튼튼해 보였고, 호퍼는 뿌듯하게 아기를 바라보았다. 메리가 후드와 코트를 불빛에 대고 세심하게 살폈다. 천도 좋고 바느질 솜씨도 뛰어났다. 메리가 고개를 젓더니 한숨을 쉬면서 그것들을 의자에 조심스럽게 내려놓았다.

"이건 옳지 않아." 험피가 한쪽 눈으로 호퍼의 배신에 깊은 유감을 표했다. 험피는 키가 크고 마른 데다 얼굴에 잔주름이 가득했다. 한 껏 잘 봐줘도 못생긴 얼굴이었고, 한쪽 눈으로 두 눈의 몫을 하려는 듯 쉴 새 없이 고개를 돌리는 버릇 때문에 항상 불안하게 뭔가를 감 시하는 것 같은 인상을 주었다.

"정말 귀여운 도련님이야, 안 그래? 메리, 우리 도련님한테 먹을 것 좀 줘. 이렇게 작은 걸 보면 우유를 먹어야 될 것 같기도 하고. 몇 살쯤 됐을까? 세 살은 안 된 것 같은데 말이야."

"두 살. 두 살은 안 넘을 것 같아."

"예쁜 꼬마 녀석이야. 너 참 귀엽구나. 그치, 도련님?"

도련님이 진지한 표정으로 머리를 끄덕였다. 접시에 싫증난 아이 는 세 사람을 사뭇 진지하게 바라보다 험피의 괴상한 얼굴이 재밌는 지 깔깔 웃었다. 다정한 표현에도 반응이 없자 아이는 메리에게 어 필하기 시작했다.

"나 주 머꼬 시퍼."

"죽." 자신이 우수한 혈통이라 상류층 아기의 말을 제대로 이해한 다는 태도로 험피가 말했다. 도련님이 감사한 듯 험피의 살아남은 눈을 검지로 찔렀다.

"뭐가 있는지 볼게." 메리가 투덜거렸다. "우리 아가는 저녁으로 보통 뭘 먹어?"

'아가'라는 말에서 인정한다는 뉘앙스를 눈치챈 호퍼는 도련님에 게 장난감으로 시계를 주며 메리에게 칭찬의 눈길을 보냈다.

"어서 무슨 짓을 했는지 말해." 메리가 스토브로 다가가 억세게 손을 놀리며 말했다.

호퍼는 도련님의 손이 닿을 만한 곳에 놓인 테이블에 의자를 끌어다 앉아서 그날의 모험을 간략하게 들려주었다.

"슬쩍했네!" 호퍼가 지하철에서 지갑을 슬쩍한 대목에서 메리가 끙끙 앓는 소리를 냈다.

"왜 그런 짓을 해!" 의자에 기대 앉아 불 꺼진 파이프를 빨며 험피가 푸념했다. 그러고는 직업적인 호기심이 충격을 이겼는지 한마디 덧붙였다. "뭐가 들었지?"

호퍼가 씩 웃었다.

"망했지뭐! 종잇조각뿐이었어." 호퍼가 슬픈 듯이 털어놓았다.

메리와 험피는 그들의 분함과 경멸을 분명히 드러냈고, 호퍼를 놀라게 했던 '짭새'의 의심스러운 등장에도 똑같은 반응을 보였다. 어떻게 달아나고 왜 로드스터를 잡아타게 되었는지 솔직히 설명하자 그들은 한층 더 씁쓸해했다.

험피가 자리에서 일어나 좁은 공간에 길들여진 사람 특유의 빠르고 잰 걸음으로 서성거렸다. 호퍼는 불쾌한 시절을 연상시키는 걸음걸이를 지켜보며 불안한 듯 어깨를 으쓱했다.

"앉아, 험프. 불안해 죽겠어. 생각 좀 하자."

"지금이라도 그러는 게 좋을 거다!" 험피가 콧방귀를 뀄다.

"저주 좀 그만 퍼붓지!" 호퍼가 재빨리 충고했다. 손 씻고 새로운 삶을 시작한 후로 그는 존경받는 양계장 주인에게 어울리지 않는, 자신의 출신과 전과를 짐작할 만한 불경스러운 말이나 도둑들의 은 어는 가급적 쓰지 않으려 노력했다.

"도련님이 그런 데 낯설어하는 거 안 보여? 도련님은 어린 신사야. 우리랑은 다른 사람이라고."

"갈수록 태산이네. 유괴라고, 유괴. 네가 저지른 짓은!" 험피가 끙끙거렸다.

"그런 거 아니야." 도련님이 시계 체인을 흔들어 대는 것에는 아랑곳하지 않고 호퍼가 소리를 질렀다. "어쩌다 보니 그렇게 됐다니까! 엄마한테 곧 데려다 줄 거야. 그렇지, 도련님?"

"어서 데려다 줘!" 메리가 같은 말을 반복했다.

호퍼가 또 다시 미치광이 짓을 하려는 조짐을 보이자 험피가 의자에 털썩 주저앉았다.

"쟤 엄마한테 도련님을 크리스마스 선물로 보내 줄 거야." 호퍼가 옆에서 희희낙락하는 어린 손님의 볼을 꼬집으며 재차 다짐했다.

도련님은 호퍼의 배를 차며 그가 자신을 엄마에게 데려다줄 거라고 진심으로 믿는 것처럼 환하게 웃어 보였다. 그러나 찬장에 남은 유일한 시리얼로 정성을 다해 식사를 준비해 온 메리에게는 신뢰를 보여 주지 않았다. 도련님은 느닷없이 나타난 저녁 식사를 무시하는 눈초리로 쳐다보더니 있는 힘껏 물리쳤고, 그 바람에 스푼이 바닥에 덜그럭거리며 떨어졌다.

"내 주 그르 줘! 내 주 그르!" 도련님이 빽빽거렸다.

메리가 아이를 달래느라 애쓰는 모습을 보며 험피는 말 안 듣는 도련님을 어떻게 다뤄야 하는지 충고했다. 아기는 호퍼의 시계를 힘껏 벽에 던져 화풀이를 했다. 도련님의 취향이 아닌 호퍼네 테이블 서비스 탓인지 아기는 죽이 담긴 평범한 흰 사발을 계속 거부했다. 자기 것이 아닌 게 분명한 그릇을 받아들이느니 굶어 죽겠다는 듯 아기는 계속 자기 죽 그릇을 달라고 맹렬하게 떼썼다. 그러고는 테이블 위에 누워 발을 동동 구르며 울었다. 이제 도련님은 엄마와 아버지를 찾고, '하아버지'한테 데려다 달라고 울부짖었다. 이어서 산타클로스와 크리스마스 트리를 목놓아 외쳤다. 아기에게도 간절히 원하는 것이 그렇게나 많다는 게 놀랍고 당황스러웠다. 아기는 이제야 여태 보지 못한 부류의 사람들 틈에 붙잡혀 와 심각한 위험에 처했다고 직감한 듯했다.

"아기 우는 소리가 지구 반대편에서도 들리겠다." 비관적인 험피가 방을 초조하게 서성였고, 문과 창문이 다 잠겼는지 확인하며 울부짖었다. "지나가는 사람들도 다 듣겠어!"

호퍼도 아기를 안고 바닥을 서성이기 시작했다. 험피와 메리는 아기의 버릇없음과 분별없음을 욕했고, 아무것도 모르는 아기를 집 안에 끌고 들어온 호퍼의 어리석음과 경솔함도 매도했다.

"20년쯤 살아야 할 거야!" 험피가 애통해했다.

"유괴했으니 전기 의자에 앉을지도 모르지. 여기서 얼른 데리고 나가야 해, 빌." 메리가 슬픈 얼굴로 덧붙였다.

사형 제도와 긴 복역 기간까지 예의 바르게 안내했는데도 호퍼는 끄떡도 하지 않았다. 오히려 놀랍게도 호퍼는 까다로운 도련님을 웃게 만들었다. 그저 도둑이었던 호퍼에게 아기를 달랠 재주가 있을

리 만무했지만, 아기는 직감적으로 호퍼가 자신에게 진심을 다한다는 것을 깨달았던 것이다. 아이는 작고 통통한 발로 호퍼의 얼굴을 두드리며 배고프다고 앙앙댔다.

"우리 도련님 배고픈 게 당연하져. 이제 메리 이모가 만든 맛있는 죽 좀 드세여. 도련님 예쁜 그릇은 내일 드릴게여. 알았쪄? 음음, 우리 예쁜 도련님!"

호퍼의 끈질긴 설득으로 다시 얌전히 앉은 도련님은 입을 벌리고 죽을 한 숟가락 가득 받아 삼켰다. 아기의 섬세한 미적 감수성을 존중하여 험피가 그릇을 눈에 보이지 않도록 요령 좋게 들고 있었다. 아기는 병에 든 우유도 기꺼이 마셨다.

호퍼는 승리감에 벅차 활짝 웃었지만, 메리와 험피는 그의 안쓰러운 노력을 바라보며 간신히 화를 억누르고 있을 뿐이었다. 그런데 호퍼가 도련님을 안고 천천히 걸으며 부드럽게 콧노래를 부르기 시작했다. 호퍼는 음악을 전혀 좋아하지 않았기에, 험피와 메리는 호퍼가 드디어 정신이 나간 것이 틀림없다는 표정을 주고받았다. 이어서 도련님의 옷을 갈아입혀야 할지 논쟁이 벌어졌다. 메리는 극구 말렸고, 험피도 같은 의견이었다.

"빨리 데려다줘야 하잖아. 그래야 해. 여기서 재울 순 없어!" 메리의 말투가 거칠었다.

호퍼는 반대에도 아랑곳없이 도련님을 험피의 침대로 데려가 옷을 대충 갈아입혔다. 도련님은 갑자기 눈을 동그랗게 뜨고 한쪽 발을 거의 수직이 되도록 올리더니 통통한 손으로 발을 잡았다.

"산타크오스 오셔. 메이 크이스마스!"

"우리 도련님 말이 맞아! 당연히 산타가 오시지. 우리 양말 걸까요, 도련님?" 호퍼는 좋아서 어쩔 줄 몰랐다.

호퍼는 양말 한 켤레를 험피의 침대 발판에 걸었다. 메리와 험피는 마땅찮다는 시선을 던졌고 어느새 도련님은 천진난만한 얼굴로 잠들어 있었다.

4

그들은 몇 분간 말없이 아기를 바라보았다. 마침내 메리가 아기의 목에서 금으로 된 로켓 목걸이를 떼어 내 주방으로 가져가 유심히 살폈다.

"빨리 움직여야 해. 우리의 평화로운 삶을 망칠 순 없어. 여기서 우리가 얼마나 잘 지냈냐고! 마당에는 닭들이 가득하고, 생활은 안정적이야. 나는 감옥에서 썩고 싶지 않아. 난 이제 늙었어." 험피가 호퍼를 설득했다.

"이리 내놔!" 호퍼가 메리의 손에서 로켓 목걸이를 빼앗아 손에 쥐고 유심히 살폈다. 메리와 험피도 같이 고개를 숙이고 로켓에 적힌 글씨를 주의 깊게 보았다.

로저 리빙스턴 탤벗

1913년 6월 13일 생

"어디 보자. 그럼 두 살 반이네. 메리 말이 맞았어."

로켓 목걸이는 금으로 만들어졌으니 도련님은 필시 부유한 집 자식일 것이다.

"그 사람들은 돈을 쌓아 놓고 지낼 만큼 부자가 틀림없어. 우리가 손만 씻지 않았어도 이 애로 한몫 보는 건데……."

갑자기 도덕성이 무너져 내린 듯한 험피의 충격적인 발언을 무시하고, 호퍼는 파이프를 깊이 빨아들이며 사색에 잠겼다.

"우리는 올바른 삶을 포기하지 않을 거야." 호퍼가 메리를 안심시키려 말했다. "저런 일을 하면 안 되는 거였는데, 다 내 실수야. 머리가 어떻게 돼 버렸었나 봐. 하지만 더는 나를 비난하지 마."

"그래서 쟤를 어쩌려고? 어서 말해!" 호퍼의 말을 곧이곧대로 받아들일 생각이 없는지 메리가 따져 물었다.

"가족들한테 데려다줘야지. 암, 그래야지." 호퍼가 말했다.

"미쳤구만, 아주 단단히 미쳤어!" 험피가 자기 무릎을 찰싹찰싹 때리며 울부짖었다. "차라리 고아원에 가서 훔친 차에 아기가 타고 있었다고 말해. 그리고 무슨 짓을 하든 나는 제발 그 일에서 빼 줘!"

"집 바로 옆 길에서 차를 발견했다. 그런데 그 안에 아기가 혼자 있었다. 인간된 도리로 아이를 얼어 죽게 내버려 둘 수 없어 집 안으로 데리고 들어갔다." 호퍼가 마치 기억을 되살리듯 말했다. "아무도 내가 거짓말을 했다고 자백하게 만들 순 없을 거야. 만약 잡히면 경찰한테 그렇게 말하지뭐. 그건 유괴가 아니라 목숨을 구해 준 거라고! 아기를 발견한 곳으로 다시 가 봐야겠어. 차에 아기를 놔뒀다는 게 이해가 안 돼. 생각해 보니 이상하잖아. 길 뒤에 작은 집이 있을 뿐 주변엔 숲이 우거졌어. 불빛도 없는 것 같았고. 애는 할아버지 집과 크리스마스 얘기를 계속하잖아. 아마 크리스마스 파티에 아기를 데려가려 했겠지. 와서 다시 찾아보니 아기가 없었을 거야."

"그들은 부자니까 거물 형사가 붙어 아기를 찾고 있을 거야. 당장 아이를 길에서 주웠다고 뉴헤이븐 경찰에 전화해. 그래야 아이를 우연히 발견했다는 니 말이 그럴싸하게 들릴 거야."

호퍼는 달관한 듯 파이프를 빨며 험피의 제안을 담담히 넘겼다.

"경찰을 안 만나고 아이를 되돌려 놓을 방법을 찾아야 해. 몰래 가서 그곳을 좀 살펴봐야겠어. 난 아이를 경찰에 넘기지 않을 거야. 하지만 그 사람들도 바보가 아니니 아무도 나를 의심하게 해선 안 돼!"

호퍼는 그게 바로 판단력이 흐려졌다는 증거라고 힐난하는 메리와 험피의 협공에 맞서 자신의 계획을 관철시켰다. 그는 두 사람에게 거친 어조로 입을 다물라고 말한 후 멋대로 떠날 준비를 해서 그들의 분노를 키웠다.

호퍼는 벽시계에서 권총을 꺼내 유심히 살핀 후 주머니에 넣었다. 메리가 끙 하고 신음을 뱉었다. 험피는 무력한 절망감으로 허공에 헛손질만 해 댔다. 호퍼는 조립식 쇠지렛대와 전등도 챙겼다. 전등으로 잠든 도련님의 얼굴을 비쳐 보았다. 아이는 잠시 몸을 뒤척이더니 다시 잠잠해졌다. 호퍼는 침대보를 잘 당겨 펴주었고, 그사이 메리와 험피는 문간에 옹송그리고 섰다. 메리가 울었고, 험피는 오랜 친구의 잘못된 결정에 말을 잃었다. 여러 해 동안 험피는 호퍼의 영리함을, 어려움에서 벗어나는 천재성을 존경했다. 업계에서 가장 빈틈없는 사람으로 자리매김했던 그가 형편없이 나락으로 떨어졌다는 생각에 가슴이 아팠다. 호퍼가 침착하게 코트 단추를 잠그고 문 쪽으로 걸어가자 험피는 친구를 무모함에서 구하기 위한 마지막 시도로 문을 막아섰다.

"누가 와서 저 아이에 대해 물으면 내가 말한 대로 얘기해 줘. 농장 바로 옆 길가에서 밤일을 하다가 차와 아이를 발견했고 얼어 죽을까 봐 안으로 데리고 들어갔다고. 그러고는 차와 아이를 보여 주면 돼. 난 이제 아이의 가족들을 찾으러 갈게."

메리가 앞치마에 얼굴을 묻고 절망에 겨워 울었다. 호퍼는 험피가 문을 막고 있는 것을 발견하고는 그를 옆으로 거칠게 밀어젖히고 손잡이에 손을 댄 채 잠시 서 있었다.

"돌아가서 조심스럽게 상황을 엿보고 문제를 해결할 가장 좋은 방법을 찾아볼게. 아이 가족들이 모여서 울고, 경찰이 조사하는 상태에서 차를 몰고 나타날 수는 없잖아. 치밀한 계획을 세워야지. 날이 밝기 전에 정리해 올 테니 걱정하지 마. 난 걱정 안 해. 다 나한테 맡겨." 호퍼가 자신의 행동을 정당화하려고 마지막 노력을 기울였다.

그들도 뾰족한 수가 없었기에 집을 나서는 호퍼의 뒷모습을 말없이 바라보았다.

5

호퍼가 서둘러 도련님을 발견한 집으로 돌아가는 사이 눈이 그치고 달과 별이 세상을 하얗게 비췄다. 뉴헤이븐 차 안에서 그는, 전과 기록이 많은 남자가 뻔뻔스럽게도 아이를 훔쳤다는 사실을 모르는 경찰과 눈이 더 올 것인지에 관해 토론까지 했다. 모든 창조물이 사랑과 평화에 젖어 메리 크리스마스를 나눴고, 범죄를 떠올리는 이는 아무도 없었다.

2년 동안 모범적인 삶을 산 호퍼는 모험의 기쁨을 생생하게 느꼈다. 그가 저지른 실수들은 유감스러웠고, 후회와 불안이 가득했지만, 알 수 없는 미래에 흥미가 일었다. 주머니에 권총을 찬 그는 무법자로 돌아갔고, 아이를 되돌려 놓을 방법을 찾는 데 몰두했다. 그는 도둑으로 전국적으로 명성을 드날리던 때 경험했던 전율 비슷한 것을 느꼈다. 성공한 도둑은 필연적으로 창의적인 사람일 수밖에 없다. 보지 못한 것들을 머릿속에 그릴 수 있어야 하고 천 가지 만일의 사태에 대비할 줄 알아야 한다. 하지만 아무리 낙관해도 그에게는 희망이 없었다. 그의 기발한 재주를 모조리 동원해도 촘촘한 법망은 보이지 않는 곳에서부터 그를 서서히 압박해 올 것이다. 호퍼는 지금의 설레는 모험이 완벽한 실패로 끝나기 십상이라는 것을 알았다. 만약 그가 경찰의 수사 대상에 오르면 메인 주에서 저지른 4만 달러를 훔친 절도 사건도 꼬리가 잡힐 가능성이 다분했다.

도련님을 발견한 곳 근처의 집에 도착한 호퍼는 노련한 지략가의 눈으로 그곳을 살폈다. 어디에도 아기를 잃어버려 비통해하는 넋 나간 부모의 흔적은 보이지 않았다. 아기가 사라졌다고는 생각할 수 없을 만큼 평화로웠다. 호퍼는 신중한 사람답게 아직 사람의 발길이 닿지 않은 눈 덮인 오솔길로 돌아가며 조심스럽게 집 뒤편을 살폈다. 별채 주방 격자문은 쉽게 열렸다. 호퍼는 근처에 인기척이 없음을 확인한 후 창문을 들어 올려 안으로 들어갔다. 식품 저장실에는 크리스마스 파티를 위해 준비한 음식이 잔뜩 쌓여 있었다. 식당으로 들어서자 집주인의 훌륭한 취향과 부유함이 한눈에 보였다.

호퍼가 조심스럽게 전등을 비추자 테이블 위에 바구니가 보였다. 안에는 은으로 된 컵과 접시, 그리고 흰 사발이 눈에 띄었다. 지금 험피의 침대에서 새록새록 잠든 도련님의 집이 바로 이곳이고, 도련님이 갈망하던 것이 바구니에 담긴 흰 사발임을 직감했다. 설사 도련님의 집이 아니더라도 자주 오는 장소일 것이다. 모든 정황으로 보아 도련님은 부모님이 그 바구니를 챙기러 집에 잠깐 들어간 동안 혼자 로드스터에 남겨진 것이 분명했다. 그러나 호퍼는 집주인이 아이가 없어졌다는 사실을 알게 됐을 텐데 집이 이렇게 고요한 이유를 고민했다. 도련님처럼 잘생기고 영특한 아기의 부모가 코앞에서 속수무책으로 아이를 도둑맞았다는 것은 어쩐지 아귀가 맞지 않았다. 호퍼는 방 안을 살피다 로켓 목걸이에서 발견한 이름과 똑같은 이름이 새겨진 물건을 발견했다. 그는 거실로 기어들어가 세상에서 가장 작을 것 같은 크리스마스 트리로 다가갔다. 그 옆에 분명 어린 로저리빙스턴 탤벗을 위해 디자인됐을 꾸러미가 수도 없이 놓여 있었다.

주거침입죄는 시골 우체국을 불법으로 침입하는 것에는 비할 수 없는 일이었기에 바짝 긴장했지만, 집에는 사람이 하나도 없는 것 같았다. 위층 문들은 죄다 열려 있었고 사람들이 바삐 떠난 어지러운 흔적이 있었다. 호퍼는 흰색 벽지로 도배된 방에 관심이 갔다. 방은 벽지와 잘 어울리는 흰색 에나멜 침대와 가구들로 꾸며져 있었다. 어지럽게 깔린 장난감들은 이곳이 도련님의 방임을 알려 주었다. 그 밖에도 도련님이 이 매력적인 집에서 자랐다는 흔적은 많았다. 여기저기 걸린 춤추는 아이들의 액자와 도련님의 얼굴을 그린 수채화와 실내 장식에서 예술을 사랑하는 가족임이 느껴졌다. 심지어 아래층에는 거실과 연결된 화실까지 있었다. 평생 화실이라고는 본 적이 없는 호퍼는 그리다 만 캔버스 하나하나에 전등을 비춰 살폈다. 마침내 도련님의 초상화가 세워진 이젤 앞에 멈춰 섰고, 손으로 그림을 찔러 보니 물감이 살짝 묻어 났다. 그린 지 얼마 안 된 게 분명했다. 그때 바닥으로 큰 도화지가 떨어졌다. 호퍼가 집어 든 도화지에는 목탄으로 메시지가 쓰여 있었다.

6시 반

사랑하는 자기.

당신 감쪽같이 나를 속였군! 오후 내내 당신이 돌아오기를 기다렸어. 6시나 돼서야 당신이 화난 당신 아버지와 같이 밤을 보내려는 거란 생각이 들었어. 그래서 나도 아버지와 운을 시험해 볼까 해! 빌리를 로드스터에 홀로 남겨 두고, 크리스마스 인사와 오늘 밤 우리가 집을 비운다는 얘기를 하려고 잠시 플레밍스 씨 집에 갔었어. 요새 짐이 좋아한다는 일본 그림을 보여 준다길래 잠깐 시간을 보냈는데 그새 당신이 와서 빌리와 차를 가져가 버렸네! 아마 당신 아버지랑 관계를 좋은 방향으로 이끌어 보려고 빌리를 데려간 거겠지? 잘해 봐! 나한테 그 얘길 하려고 오래 기다렸을지도 모르겠네. 크리스마스에 모든 일이 다 잘 풀리면 얼마나 좋을까! 내가 처음 당신한테 키스했던 거 기억나? 4년 전 크리스마스 이브 빌링의 댄스파티에서였잖아! 난 이제 아버지네 가서 저녁을 먹으며 얘기를 좀 해 보려구. 아침 일찍 돌아올게.

늘 사랑하는,
로저.

빌리는 의심할 바 없이 도련님의 별명이었다. 이에 호퍼는 기쁨을 느꼈다. 그와 도련님이 같은 이름을 가졌다는 사실이 강한 유대를 만들어 내는 것 같았다. 편지를 쓴 사람은 아마 아이의 아버지일 것이고, '사랑하는 자기'는 어머니일 것이다. 호퍼는 이 발견에도 안심이 되지 않았다. 상황이 생각과 많이 달랐다. 겨울 저녁에 생각 없이 아기를 차에 놔둔 채 그림을 본 데다, 차와 아기가 없어진 걸 발견하고도 당연히 아기 엄마가 아기를 데리고 갔으려니 여기는 아버지라는 사람에게 호퍼는 아주 낮은 점수를 매겼다. 그러나 이 사람들은 예술가이고, 듣자하니 예술가들은 불행하게도 상식이 부족한 이상한 종자라 했다. 그는 편지를 가리가리 찢어 주머니에 쑤셔 넣었다.

호퍼는 그가 마주한 수수께끼의 진실에 낙담한 채 거실로 돌아와 사람들이 갑자기 돌아올 경우를 대비해 창문을 하나 열고 현관 빗장을 풀어 탈출구를 마련했다. 창문으로 안이 들여다보여서, 호퍼는 자신이 든 전등을 모자로 재주껏 가리며 걸었다. 도련님이 해피힐 농장에서 크리스마스를 보내야 할지도 모른다는 생각이 들었다. 전혀 계산에 없는 일이었다.

전등을 비춰 가며 단서를 찾아나서는데, 테이블 위 램프에 기대 둔 편지가 눈에 들어왔다. 바닥에 떨어뜨리는 바람에 편지를 따라 구석까지 기어가서 어렵사리 전등을 비춰 가며 읽었다.

7시

로저.

아버지 집에서 우리 문제에 관해 세 시간이나 얘기한 다음 방금 집에 돌아왔어. 바보 같다고 생각할 게 뻔해서 간다는 말도 못 했지만, 자기야, 그게 최선이라고 생각해서 그랬으니 용서해 줬으면 좋겠어. 돌아와 보니 당신이 빌리를 데리고 갔구나. 혹시 도움이 될까 해서 데리고 간 거지. 난 전차를 타고 뉴헤이븐에 가서 메이미 파머한테 우리집에 올 수 있다던 요리사에 관해 물어

보고, 가능하면 데리고 올게. 안전하게 잘 다녀올 테니 내 걱정은
마. 알다시피 난 밤에 돌아다니는 거 좋아하잖아. 나보다 먼저 돌
아와도 내가 없다고 놀라지 마, 자기, 우리는 정말 행복하게 지
내잖아. 우리 고집스런 아버지들이 서로 미워하지만 않으면 모든
게 정말 아름다울 텐데 말이야. 그리고 모두 함께 너무나 즐겁고
기쁜 크리스마스를 보낼 테고…….

뮤리엘.

호퍼는 서간체 문학에 대해 거의 아는 게 없지만 그래도 도런님
의 부모는 서로에게 애정이 식어서가 아니라 각자의 아버지 사이의
대립으로 어려움에 봉착했음을 알 수 있었다. 편지를 쓰러 집에 들
어온 뮤리엘은 스튜디오에 있는 로저의 편지를 보지 못했고, 이것은
호퍼에게는 다행스러운 일이었다. 그러나 뮤리엘이 언제든 돌아올
수 있었고, 그녀에게 들킨다면 호퍼가 만든 이야기는 완전히 무너져
내릴 것이다.

6

호퍼가 갈수록 태산인 상황에 낙담하며 차로 돌아가려는데, 베란
다에서 가볍고 탄력 있는 발소리가 났다. 잠시 후 거실 전등이 켜졌

고 날카로운 여자의 외침이 들렸다.

"거기 멈춰 서, 안 그러면 쏜다!"

기민하게 상황을 파악하고 곧장 권총을 겨눈 사람의 힘있는 목소리에 놀란 호퍼는 그랜드 피아노 건반 위로 넘어지며 굉음을 내고 말았다. 몸을 웅크리고 고개를 돌려 보니 긴 코트를 입은 키 크고 젊은 여인이 단호한 표정으로 천천히 그에게 다가오고 있었다. 안정감 있게 쥔 총 너머로 여자의 두려움이라곤 없는 까만 두 눈이 보였다. 여태 여자한테 궁지에 몰린 적이 없었기에 호퍼는 깜짝 놀라 멀거니 그녀를 바라보았다. 뺨에는 아직 어린 태가 남아 있지만, 날렵한 턱선에 똑 부러진 성격이 엿보이는 예쁜 얼굴이었다. 털모자를 한쪽으로 비스듬하게 쓴 탓인지 보이시한 분위기를 풍겼다.

호퍼를 궁지에 몰아넣은 여자는 분명 도련님의 어머니였다. 아들의 실종을 설명하고 칭찬과 감사를 받아가며 아이를 돌려주려는 호퍼의 모든 계획은 물거품이 되어 갔다. 뮤리엘은 난데없는 호퍼의 등장에도 놀란 기색이 아니었다. 도둑질을 하다 들킨 적은 여러 번 있었지만 뮤리엘처럼 침착한 사람은 처음이었다. 그녀는 호퍼를 어떻게 대해야 할지 아주 신중하게 고민하는 것 같았다. 생각에 몰두하느라 잠시 정신이 흐트러진 틈을 타 호퍼는 그녀에게서 눈을 떼지 않은 채 위급 상황을 대비해 열어 두었던 창문으로 고양이처럼 날렵하게 뛰었다.

그녀는 총을 호퍼에게 겨누고 천천히 걸어오며 소리쳤다. "그만 둬! 더 이상 움직이면 당장 쏴 버릴 테다! 안이 추우니 창문은 내려도 좋다."

가능성을 따져 본 호퍼는 도망치기를 체념하고 창문을 내렸다.

"자, 내가 볼 수 있는 구석으로 걸어가서 얌전히 손 들어."

호퍼는 명령에 충실히 따랐다. 바로 옆 테이블에 전화기가 있으니 도움을 요청하리라 짐작했다. 그러나 놀랍게도 그녀는 차분히 자리를 잡고 앉더니 의자 팔걸이에 오른쪽 팔꿈치를 대고 고개를 한쪽으로 약간 기울인 뒤 들고 있던 총의 짙은 남빛 총열을 따라 주의 깊게 그를 관찰했다. 호퍼가 자유를 향해 단숨에 내닫지 않으면 이 비범한 여자는 그를 주거 침입으로 경찰에 넘길 것이고 양계장 주인으로 살던 평화로운 삶은 끝나게 될 터였다. 여인의 긴 침묵이 호퍼를 불안하게 했다. 배심원들의 평결이나 형기를 확정하는 판사의 목소리를 기다릴 때도 이보다 더 긴장되지는 않았다.

"저, 부인." 견디기 힘든 침묵을 끝낼 요량으로 호퍼가 웅얼거렸다.

고민에 빠진 듯 그녀의 눈동자가 이리저리 왔다갔다 했지만, 조금도 동요하지 않았다.

"난 아무 짓도 안 했습니다. 신에게 맹세컨대, 정말 아무 짓도 안 했어요." 호퍼가 떠듬떠듬 항변했다.

"당신이 창문으로 집에 들어오는 것부터 저 편지 읽는 것까지 다 지켜봤어요. 은을 챙기는 대신 편지나 읽는 게 웃기더군요. 왜 편지를 읽었는지 말해 줄래요?" 그녀가 말했다.

"음. 난 그냥 안에 아무도 없는데 편지만 쫙 펼쳐져 있는 게 좀 웃겼고, 본다고 해가 될 것은 없다 싶었어요."

"창밖에서 보니 당신이 손에 든 전등을 아무도 못 보도록 감싸고 기어다니는 게 보통 솜씨가 아니던데요." 여인은 감탄한 기색이었다. "아마 얼마나 오랫동안 집에 사람이 없었는지, 언제까지 여기 있을 수 있는지 가늠하는 것 같았는데, 맞나요?"

"뭐 그 비슷한 거라 할 수 있겠네요." 호퍼가 말했다.

이 말에 여자는 생각이 딴 데 가 있는 사람처럼 애매하게 '음' 하는 소릴 낼 뿐이었다. 그러고는 예술가나 문필가로부터 솔직한 견해를 이끌어 내듯, 그에게 자신의 소양과 직업적인 평판을 스스로 어떻게 생각하는지 물었다. 질문 내용 못지않게 깊은 생각에 잠긴 듯한 여자의 분위기가 호퍼를 어리둥절하게 만들었다.

"당신은 얼마나 강도짓에 능하죠? 깔끔하고 안전하게 일을 해낼 자신이 있나요?"

여자의 질문에 깜짝 놀랐지만 담백한 태도에 압도당한 호퍼가 어깨를 으쓱하고는 불편한 듯 몸을 꼬았다.

"부인이 나를 잡은 걸 보면 썩 괜찮은 도둑은 아닌 것 같은데요." 호퍼의 대답에 여자는 미소로 답해 주었다. 여자가 전혀 두려움을 느끼지 않는 듯 보여 호퍼는 기쁘기 시작했다. 도련님의 어머니는 그가 여태 만난 여자 중에서 가장 비범했고, 모든 점에서 훌륭했다. 슬그머니 자신감이 생겼다. 어쩌면 유괴죄로 장기형을 받지 않고 도련님을 탤벗가로 돌려보낼 방법이 생길지도 모른다고 생각했다.

"당신이 고작 빈집이나 터는 사람이 아니라 제대로 된 강도라면,

그리고 사람들이 사는 집에 침입해서 소란을 일으키지 않고 물건을 훔칠 수 있을 만큼 똑똑하고 용감하다면…… 아마도…… 음…… 우리에게 타협의 여지가 있을 거 같네요!"

"그럽시다!" 더듬더듬 대답하면서도 호퍼는 메리와 험피가 자신을 보고 정신이 나갔다고 한 게 사실이 아닐까 의심이 들기 시작했다. 호퍼가 너무 놀라 자기도 모르게 팔을 좀 흔들었더니 즉시 여자가 일어나서 권총을 눈높이로 들어올렸다.

"죄송합니다. 그러려던 게 아니었습니다. 난 아무 짓도 할 생각이 없었습니다. 솔직히 안 했어요!" 호퍼가 당황해서 서둘러 말했다. "난 그저 당신이 말한 게 좀 웃겨서……."

호퍼가 수줍은 듯 씩 웃었다. 여자가 지금 빌리, 일명 도련님이 남편과 함께 시댁에 있는 게 아니란 걸 알면 이런 식으로 미적대지 않을 것이다. 그리고 아내가 발견하리라 철석같이 믿고 화실에 편지를 남긴 아버지—그러니까 아기가 사라진 것을 보고도 상황 파악이 안 되는 멍청이—라도 교도소를 밥 먹듯 드나들다 평범한 척 살아가는 사람들 집에 아들 빌리가 잠들어 있다는 사실을 알면 분노에 가득 차 응징할 것이 분명했다. 호퍼는 살다 살다 이렇게 부주의한 부모는 처음 봤다. 부모가 아니라 철없는 아이 같았다! 호퍼는 어린 빌리에게 그랬던 것처럼 이 사람들에게도 측은지심을 느꼈다.

"무기를 가지고 있는지 물어본다는 걸 잊었군요." 여자가 찻잔에 설탕 두 조각을 넣을 건지 묻듯 평범하게 말하고 덧붙였다. "맨 먼저 그걸 물어봤어야 했는데 말이죠."

"코트 오른편에 총이 있습니다." 그가 고백했다. "그리고 그게 답니다." 여자의 종잡을 수 없는 미소에 매료되어 눈을 끔뻑거리며 호퍼가 덧붙였다.

여자가 왼손으로 조심스럽게 호퍼의 권총을 끄집어낸 후 테이블로 뒷걸음질했다.

"나한테 거짓말했으면 죽여 버렸을 거예요. 알아요?"

"네, 부인." 호퍼가 온순하고 작은 목소리로 대답했다.

여자는 범죄가 일상인 듯 말했지만, 그녀의 예리한 눈은 조금도 경계를 늦추지 않았다.

"앉아도 좋아요. 저기!"

여자가 푹신해 보이는 소파를 가리켰고 호퍼는 여전히 손을 든 채 주춤주춤 걸어가서 앉았다. 여자는 뒷걸음질해서 창가로 가더니 가리개를 내린 후 테이블을 사이에 두고 앉아 이야기를 시작했다.

"이제 손 내려도 돼요. 근데 이름이……."

호퍼가 망설이다 어느 이름을 대도 잘하는 짓이 아니라고 마음먹었을 즈음, 망설이는 그를 존중해 여자가 통 크게 말했다.

"물론 이름을 대고 싶지 않겠죠. 뭐, 신경 쓰지 말죠."

여자는 양손으로 권총을 쥐고 테이블에 팔을 얹은 채 앉아 있었는데, 구경이 더 큰 호퍼의 권총은 바로 그 옆에 위치했다.

벽난로 위 시계가 낮고 그윽하게 열한 번 울렸다. 뮤리엘은 마지막 소리가 울리길 기다린 후 단도직입적으로 말했다.

"좀 전엔 내가 여기 테이블 위에 놔둔 편지에 관해 얘기한 거예요.

물론 이해하지 못했을 겁니다. 당연하죠. 이제 설명해 드릴게요. 남편과 나는 아버지의 뜻을 어기고 결혼했어요. 두 분 다 반대했죠."

여자는 호퍼가 그녀의 말을 이해할 때까지 천천히 기다렸다. 호퍼는 인상을 쓰고 몸을 앞으로 숙이는 것으로 이야기에 관심이 많음을 표현했다.

"우리 아버지는 시아버지만큼 어리석어서 우리가 상당히 애를 먹고 있어요. 대립하는 이유가 참 우스워요. 남편이나 나한테는 아무 불만이 없는데, 그저 두 분이 라이벌 수집가란 사실 때문에 서로 터무니없이 적대하고 있죠."

호퍼가 멍한 얼굴로 쳐다보았다. 그가 친분이 있는 수집가들은 모두 물건을 훔치는 데 지불할 돈을 제시하는 사람들이었다.

"두 분은 귀한 도자기 따월 수집해요." 뮤리엘이 서둘러 설명했다.

"네, 부인." 여자의 말은 못 알아들었지만 그냥 그렇게 대답했다.

"두 분이 목숨을 바쳐서라도 가지고 싶은, 그러니까 아주 특별한 물건이 시장에 나올 때마다 시아버지 탤벗 씨과 아버지 월턴은 번번이 같은 물건에 입찰을 하는 겁니다. 그것도 수년 동안이나요. 경매가 열리면 희귀한 물건을 살 기회를 좇아 전 세계에서 사람이 몰려들잖아요. 귀한 물건을 찾아 중국과 일본까지도 가는 특이한 취향과 판단력을 가진, 소위 전문 감정가들이죠."

호퍼는 익숙지 않은 단어에 크게 고개를 끄덕이며 속으로는 뮤리엘과 그녀의 남편이 정상이 아닌 것은 유전이라고 확신했다.

"문제는 탤벗 씨와 우리 아버지가 같은 종류의 물건을 좋아한다는 거예요. 그리고 원했던 물건을 상대가 가져가면 악감정을 품는 거죠. 수년 동안 이어진 갈등이 최근엔 더 심해졌어요. 로저와 내가 도망쳐 나와 결혼까지 했는데도 상황은 전혀 나아지지 않더군요. 불과 며칠 전에는 상황이 최악으로 치달았어요."

호퍼가 이 소설 같은 이야기에 완전히 빠져든 게 분명해 보이자 여자는 대충 들고 있던 총을 내려놓고 손을 깍지 꼈다.

"고맙습니다, 부인." 호퍼가 웅얼거렸다.

"지난주에 시아버님이 중국에서 수백 년 전에 만들어진 아주 아주 귀한 보물인 매화꽃 화병을 하나 사셨어요. 얼마 전에 죽은 필라델피아 수집가의 것이었는데, 마침 시아버님의 오랜 친구가 그분의 유산 집행인이라 사들일 수 있었죠. 아버지는 이 화병이 경매에 나오면 입찰하겠다고 잔뜩 벼르고 계시던 터라, 소식을 듣고 노발대발했죠. 그리고 그 직전에는 아버지가 전 세계 수집가들이 수년을 탐내온 굉장히 아름다운 붉은 량야오청나라 강서 순무랑 연좌가 만든 자기 항아리를 손에 넣었거든요. 이 때문에 시아버님은 우리 아버지한테 화가 난 상태였고요. 남편은 지금 시아버지 집에서 어리석은 행동을 좀 멈춰주십사 설득하고, 나는 오늘 우리 아버지를 찾아가 제발 이러지 좀 말라고 얘기했죠. 크리스마스를 위해서라도 우리 모두가 좀 행복해지기를 원했거든요. 크리스마스는 모두에게 기쁜 시기여야 하잖아요. 당신, 음, 당신 같은 직업을 가진 사람들도 크리스마스에는 안 좋은 감정은 다 잊고 다른 사람을 행복하게 해 주려 노력하는, 일 년 중에 유일한 날이잖아요."

"부인 말이 맞겠군요. 방금 말한 그런 항아리 때문에 화를 내다니 어리석네요. 안은 비었을 텐데 말이죠."

"비어요?" 그녀는 호퍼가 그들이 수집하는 '항아리'가 안에 뭔가를 담는 물건이 아니라 그 자체로 가치 있는 골동품임을 모른다는 사실을 이해하지 못해 의아한 목소리로 되물었다. 그러나 이내 호퍼의 무지를 눈치채고는 도련님의 어머니만이 낼 수 있을 법한 쾌활한 웃음 소릴 냈다.

"아! 네, 물론 안은 비었어요! 그래서 더 멍청해 보이죠? 그것들은 유명한 그림이나 아름다운 예술 작품 같은 거예요. 그런 것들 때문에 열을 낸다는 게 좀 이상해 보일 수도 있겠지만, 당신도 때로는 간절히 원하는 물건이 있잖아요? 그리고…… 오!"

여자가 탐욕에 이끌려 선을 넘어 버린 직업을 가진 사람에게 그렇게 말한 자신의 재치 없음에 기막혀하며 말을 멈췄다.

"네, 맞습니다." 호퍼가 서둘러 대답했다. 그리고 여자가 당황한 이유를 깨닫고는 손등으로 코를 문지르며 너그럽게 활짝 웃었다. 문득 여자가 어떤 속임수를 쓰고 있을지도 모른다는 생각이 들었다. 여자는 도움의 손길이 당도할 때까지 얼토당토않은 이야기를 늘어놓으며 그를 묶어 두려는 심산일지도 모른다. 그러나 호퍼는 금세 그 생각을 떨쳐 버렸다. 그런 수작은 이렇게 유쾌하고 아름다운, 도련님의 어머니로서 완벽한 자질을 갖춘 그녀에게 어울리지 않았다.

"음, 점심시간 직전 남편한테는 말도 없이, 이 어리석은 불화를 끝내자 설득하려고 아버지를 찾아갔었어요. 오후 내내 설득했지만 아버지는 여전히 말이 통하지 않았어요. 무조건 탤벗 씨가 필라델피아 건을 잘못했다고 우기는 바람에 포기하고 집으로 왔죠. 약간 어두워지고 난 후에 도착했는데 남편이 빌리를—우리 아들이에요—데려갔더군요. 물론 시아버님이 빌리를 보고 싶어 하실 것 같아 그랬겠지요. 두 분 모두 빌리만 보면 사족을 못 쓰시거든요. 하지만 난 시아버님 집에 가지 않고 남편은 또…… 맙소사!" 여자가 갑자기 말을 뚝 멈췄다. "전화해서 빌리가 잘 있는지 확인해야겠어요."

여자의 말에 깜짝 놀란 호퍼는 머리를 앞으로 쑥 내밀었다. 여자가 시아버지 집에 전화를 해서 빌리에 관해 물으면 유괴가 탄로날 것이다! 다행히 여자가 전화하길 그만두고 말을 잇자 손으로 얼굴을 쓸어내리며 다시 뒤로 기대앉아 안도했다.

"시아버님은 전화를 싫어하는 데다 남편이 한창 설득하는 중일 테니 방해하면 안 되겠죠. 시간도 늦었으니 빌리와 로저는 거기서 자고 올 거고요. 당신이 우리 빌리를 보면 좋을 텐데, 아니 꼭 봐야 해요! 애가 얼마나 영리한지 몰라요. 세상에서 가장 사랑스러운 아이랍니다!"

호퍼는 모순된 감정들에 시달리며 엉거주춤 불편하게 앉아 있었다. 복잡해지는 상황에 그의 머리에 과부하가 걸렸다. 뮤리엘이 호퍼가 모르는 뭔가를 꾸미기 위해 그를 붙잡아 둔다고 의심하지 않더라면, 그는 남편의 편지에 관해 말하고 사랑스러운 빌리가 지금 해피힐 농장에서 마지못한 환대를 즐기고 있다고 털어놓았을 뻔했다. 그러나 호퍼는 뮤리엘이 자신이 가진 패를 보여 줄 때까지 도련님의 행방에 관해서는 침묵을 지키기로 마음먹었다. 이어지는 그녀의 말에서 아직 시아버지에게 전화하려는 생각을 완전히 접지 않았다는 것을 알았기 때문이다.

"그게 옳겠지요? 그런데 로저가 나한테 메모도 하나 남기지 않은 게 이상해요. 요리사도 일주일 전에 떠났으니 남편이 집을 나설 땐 아무도 없었는데 말이죠."

"아이는 잘 있을 겁니다." 호퍼가 위로하듯 말했다.

여자가 그 말을 믿는 것 같자 호퍼는 어이가 없었지만, 자신의 판단을 물었다는 사실에 굉장히 우쭐해졌다. 그가 도둑이었을 때도 동료들은 자주 그에게 조언를 구했지만, 부당하게 얻은 이익을 어떻게 처리할 것인지나 어디로 도망가야 안전할지에 대한 것들뿐이었다. 처음 만난 여자가 의견을 묻는 것만으로 자존감이 차오르고 그의 영혼에 전에 없던 기사도 정신이 깨어나는 느낌이었다. 여자는 천진난만한 아이 같았고, 곤혹스러운 가운데서도 매우 용감했다.

"로저가 빌리를 잘 돌보겠지요. 그럼 이제…… 당신은 내가 지금 뭘 원하는지 궁금할 거예요." 여자가 밝게 미소 짓고는 부드럽게 덧붙였다. "아마 당신이 이렇게 여기 나타난 것은 신의 뜻이 아닐까 싶어요."

여자는 승리감에 젖어 우주를 밝힐 듯 환하게 웃으며 말했다. 호퍼는 도둑질을 하며 여러 사람을 사칭했지만, 한 번도 신의 대리인을 연기한 적은 없었다.

"그건 그럴 수도 있고, 아닐 수도 있지요. 제가 대단히 악한 사람은 아니라고 생각해요. 뭐, 그저 평범한 정도죠, 부인."

"도둑들 사이에도 명예가 있다고 들었던 것 같아요, 그리고……." 여자가 목소리를 낮춰 거의 속삭이듯 말했다. "나도 도둑이 될 수 있을 거예요."

호퍼는 눈이 휘둥그레졌고, 불안감에 다리를 꼬았다가 풀었다.

"그러니까……." 여자가 심각하고 진지한 표정을 지으며 몸을 앞으로 굽히더니 깍지를 꽉 끼고 천천히 말을 시작했다. "그러니까 만약 우리가 아버지의 량야오 항아리와 시아버지의 매화꽃 화병을 손에 넣을 수 있다면……. 그럴 수만 있다면!"

호퍼가 침을 꿀꺽 삼켰다. 이 겁 없고 예쁜 젊은 여인이 그날 그가 벌써 지갑을 날치기하고, 자기 집에서 자동차를 훔치고, 자기 아이를 유괴했다는 사실을 꿈에도 모른 채 두 가지 중죄를 더 저지르자고 제안하고 있었다.

"글쎄요." 호퍼가 다섯 가지 범죄의 최소 형량만으로도 자신의 수명을 한참 넘는다는 걸 계산하며 힘없이 대꾸했다.

"물론 엄밀한 의미로는 물건을 훔치는 게 아니에요. 어떻게 해도 만족하지 않는 어리석은 사람들로부터 물건을 빼앗아 정신을 차리게 만드는 '이중 산타클로스' 역할을 당신이 해 달라는 거예요. 아버지들이 목숨처럼 귀하게 여기는 도자기를 잃어버리면 처신을 잘하게 될 테니까요. 나중에 이 모든 게 내가 저지른 일이라 설명해서 당신에게는 어떤 해도 가지 않게 할게요. 내가 책임지고 안전하게 발을 빼게 해 드릴게요. 당신은 나만 믿으면 돼요. 아니, 내가 당신을 믿으니 당신도 나를 믿어야 할 거예요!"

"아, 나도 당신을 믿겠습니다. 그리고 만약 내가 걸려도 당신을 밀고하지는 않을게요. 우린 친구를 불지는 않아요."

호퍼는 여자가 '친구'라 불리는 걸 싫어할까 봐 걱정했지만, 그 단어가 오히려 여자를 기쁘게 한 것 같았다.

"이제 서로 이해했네요. 일은 어렵지 않을 거예요. 아버지 집은 사운드 강 근처에 있고 시아버님 집은 바로 그 옆이거든요."

호퍼는 여자가 자신이 제안하는 일의 심각성을 전혀 이해하지 못하는 것이 이상했다. 경력이 오래된 범죄자들 사이에서도 조심스러울 만한 일을, 뮤리엘은 버터와 계란을 주문하듯 제안하고 있었다.

"아버지는 귀중품을 식품 저장실 금고 안에 보관해요." 여자가 잠시 고민하더니 말을 이었다. "비밀번호를 가르쳐 드릴게요. 그래야 일이 훨씬 쉬워지겠죠?"

호퍼는 위엄 있게 고개를 끄덕여 그녀의 낙관적인 말에 동의했다.

"시아버님은 귀중품을 서재 책장 안에 만든 캐비닛에 보관해요. 거실 문에 서서 왼쪽에 있는 책장에서 토머스 칼라일_{1795~1881 영국의 사상가} 작품을 찾으면 돼요. 그건 진짜 책이 아니라 금고에 새겨진 그림이에요. 그리고 책장 위쪽 오른편 구석, 책들 바로 위에 있는 스프링을 누르면 캐비닛이 활짝 열려요. 귀중품을 그런 데 보관하는 걸 본 적 있겠죠?"

"음, 꼭 그렇지는 않습니다. 그래도 도움이 되는 설명이네요. 만약에 쏟아 부을 수프가 없다면……."

"수프요?" 뮤리엘이 예쁜 눈을 반짝이며 물었다.

"금고를 열기 위해 틈새로 붓는 액체를 그렇게 불러요." 호퍼가 자세히 설명했다. "비밀번호가 있으면 훨씬 쉽긴 하겠네요. 보통은 잘 안 열려서 애를 먹거든요."

"안 그래야 할 텐데." 뮤리엘이 탄식했다.

여자가 가죽으로 된 문구류 진열대에서 종이 한 장을 꺼내더니 뭔가를 끼적이기 시작했고, 그사이 호퍼는 창문을 슬그머니 쳐다보며 다시금 달아날 궁리를 했다.

"여기요! 이게 아버지 금고 비밀번호예요." 여자가 손목을 비틀어 손목시계를 보았다. "11시 반이네요. 10분 후에 아버지 집으로 바로 가는 전차를 탈 수 있어요. 집사는 노인이라 창문 절반 정도는 잠그는 걸 잊어버려요. 그리고 온실에 자물쇠가 고장 난 창문이 하나 있어요. 오늘 내가 항아리를 훔칠까 생각했을 때 확인해 뒀죠."

호퍼에 대한 신뢰가 확고해졌는지 그가 일어나서 테이블로 걸어가는데도 여자는 그림을 그리는데 몰두할 뿐 눈을 들지도 않았다. 호퍼는 도련님의 할아버지들 관계를 회복시키기 위해 계획을 짜는 여자의 대담함에 매료되어 그녀의 날렵한 손가락을 한참 내려다보았고 지략에 감탄을 아끼지 않았다.

그러고는 침입 경로에 관해 몇 가지 물어본 후 뮤리엘이 그린 아버지 집 구조를 머릿속에 잘 저장했다. 여자는 시아버지 집에 침입할 경로 역시 그림으로 그려 보여 주었다.

"베란다에 프랑스식 창, 그러니까 좁은 유리문이 있어요. 거기서 안으로 들어가요." 여자가 연필로 툭툭 두드렸다. "물론 난 당신을 붙잡히게 하기는 정말 싫어요. 하지만 당신은 경험이 많을 테니 내가 열심히 도우면⋯⋯!"

갑자기 머리를 드는 바람에 여자의 예쁜 눈이 호퍼의 앞으로 바짝 다가왔다. 그는 겸손하게 눈길을 돌렸다.

"잡힐 가능성은 늘 있다고 봐야죠." 호퍼가 감정을 실어 말했다.

뮤리엘은 그가 도련님에게 느끼는 것과 같은 성질의, 그러나 훨씬 강한 매력이 있었다. 호퍼는 여자가 시키는 대로 하게 되리란 걸 알았다. 총을 겨눈 채 도둑질을 제안한 아름답고 젊은 여인을 기쁘게 해 주려고 두 집을 터는 계획에 결국 동참하리라는 것을!

"아버지는 꽤 깊이 잠드는 편이에요. 내가 어릴 때 강도가 집 전체를 헤집어 아버지 옷을 다 가져갔는데도 아버지는 다음 날 아침까지 까맣게 몰랐어요. 하지만 시아버지 집에서는 조심해야 될 거예요. 불면증이 심하시거든요."

"혹시 성능 좋은 도난 경보기는 없습니까?" 여자가 그린 스케치를 살피며 호퍼가 마지막으로 물었다.

"아, 그걸 잊었군요!" 여자가 자신의 잘못을 통탄하듯 소리쳤다. "시아버님 집에는 없지만, 아버지 집에는 거실에 도난 경보기 스위치가 있어요. 받침대 위에 흰 대리석 흉상이 있는데, 스위치는 바로 그 뒤에 있죠. 그걸 끄면 돼요. 아버지는 이틀에 한 번 꼴로 잠자리에 들기 전에 스위치를 켜는 걸 잊어버려요. 그리고 하나 더, 홀에 깔린 곰 가죽 깔개에 걸려 넘어지지 않게 조심하세요. 사람들이 늘 곰 턱

부분에 발이 걸리더라구요."

"조심하겠습니다, 부인."

도난 경보기와 야생 동물의 턱은 반가운 요소가 아니었다. 여자가 너무나 가벼운 마음으로 세운 계획에는 곳곳에 함정이 숨어 있었다. 범죄를 저지르자는 제안을 그렇게 명랑하고 무책임하게 할 수 있다는 게 안쓰러울 지경이었다. 호퍼가 훔쳐야 할 물건을 설명할 때 여자가 쓰는 용어가 중국어보다 더 낯설었지만 탤벗의 집에서는 파랗고 흰 물건을, 월턴의 집에서는 빨간 것을 훔치면 된다고 생각했다. 훔칠 물건의 형태와 크기를 여자는 우아한 몸짓으로 설명해 주었다.

"혹시 실수를 할 것 같으면 제가 함께 가 드릴게요!"

"아, 아닙니다. 그럴 수 없습니다! 조금 불안하지만 혼자서 해낼 수 있을 겁니다. 만약 붙잡히더라도 내가 감당할 겁니다."

"당신이 심한 꼴을 겪지 않게 아버지를 말릴 거예요." 여자가 진지하게 대답했다. "그리고 참, 이 도자기들을 가져다주면 어, 어, 어떻게 보상할지 안 정했네요. 꼭 보답하게 해 주세요. 공짜로 시간을 뺏을 수는 없어요."

"맙소사, 나는 아무것도 받지 않을 겁니다! 우리가 이렇게 만난 건 우연이고, 게다가 나는 가택 침입자인 데다—당신 말대로—초대받은 손님도 아니잖아요. 당신을 위해 기꺼이 그 일을 하겠습니다. 최선을 다할 테니 믿어도 좋아요."

호퍼가 진심을 다해 말했다. 도련님의 어머니는 비록 총을 들이대긴 했지만, 내밀한 가정사를 그에게 털어놓았다. 그리고 뮤리엘은 사실상 호퍼를 그녀의 기사—호퍼는 상황을 정확히 표현할 단어를 찾지 못했다—로 삼은 셈이고, 그는 여자가 보내 준 신뢰에 보답하려는 명예로운, 그리고 불명예스러운 의도를 모두 갖고 있었다.

"괜찮다면……." 호퍼가 몰수당한 총을 가리키며 말했다.

"물론이죠. 가져가도 돼요. 그렇지만 누굴 죽이진 않을 거죠?"

"그럼요. 일할 때 저게 없으면 좀 허전해서요."

여자가 호퍼를 따라 문까지 걸어오며 멀리서 다가오는 전차의 불빛을 가리켰다. "이해하죠? 제가 좋은 일을 바라는 마음에서 제안했다는 걸요. 엄밀하게 따지면 범죄도 아니고. 당신이 성공하면 내 생애 가장 행복한 크리스마스가 될 거예요!"

"네, 부인. 내일 아침이나 돼야 돌아오겠지만 걱정하실 건 조금도 없습니다. 신중하게 기다리세요. 만약 물건을 손에 넣으면 안전하게 전할 수 있을 때까지 잘 숨겨 놓겠습니다."

"고마워요, 정말 감사합니다! 행운을 빌어요!"

여자가 손을 내밀자 호퍼는 거친 손으로 조심조심 악수하고 차를 향해 달려갔다.

7

'이중 산타클로스'의 역할을 맡은 호퍼는 뮤리엘이 세심하게 설명해 준 대로 교차로에서 내려 전차가 떠나길 기다린 후 돌벽에 난 문으로 월턴의 집에 조심스럽게 들어갔다. 초저녁의 구름은 걷히고 하늘에는 별들이 휘황찬란하게 빛나며 땅에는 평화, 사람에게는 축복을 내리고 있었다. 깨끗하고 차가운 공기 사이로 별은 숨 막힐 정도로 눈부셨고, 호퍼는 나무 하나하나를 거점 삼아 집까지 돌러 가는 동안 용기를 얻기 위해 "그럴 수도 있고, 아닐 수도 있다!"라고 중얼거렸다. 의외로 그 구절에 큰 위로와 자극을 받았다.

적절한 때 온실에 도착한 호퍼는 그곳으로 들어가면 괜찮다는 뮤리엘의 설명이 모든 면에서 적절했음을 깨달았다. 호퍼는 따뜻하고 촉촉한 공기를 맡으며 쉽게 안으로 들어가 창문을 약간 열어 둔 채 창문 가리개를 내리고 식품 저장실로 들어섰다. 안에 놓여 있던 은촛대에서 초를 하나 꺼내 비춰 가며 찬장에 숨겨진 금고를 발견했다. 왕년에 시골 우체국에 잠입해 강제로 금고를 열었을 때보다 비밀번호를 알고 있는 지금이 훨씬 긴장된다는 게 놀라웠다. 다급한 마음에 비밀번호를 두 번이나 잘못 눌렀다. 세 번째에야 올바른 번호를 눌렀고 손잡이를 돌리자 벌컥 문이 열렸다. 화병, 유리병, 사발, 쟁반 등 각양각색의 골동품으로 가득한 선반이 모습을 드러냈다. 호퍼의 눈에는 은궤가 도자기보다 훨씬 훌륭한 물건으로 보였고, 진주 펜던트를 매단 다이아몬드 목걸이가 든 보석 상자에는 아찔하도록 마음이 동했다. 그 순간 호퍼의 화려한 경력이 그를 방해했다. 값진 물건들이 버젓이 눈앞에 늘어섰고, 호퍼는 값을 넉넉하게 쳐 줄 장물아비도 알고 있었다. 그러나 무한한 신뢰를 보내 준 아름다운 뮤리엘과 험피의 침대에서 곤히 잠든 도련님의 얼굴을 떠올렸다. 호퍼는 마음을 독하게 먹고 유혹을 물리친 뒤 초를 선반에 바짝 들이대고 골동품을 세심하게 살폈다. 촛불을 받아 화려하게 빛나는 빨간 도자기는 분명 량야오였다. 조심스럽게 그것을 꺼내 뮤리엘이 설명한 여러 가지 특징을 확인한 다음 금고를 잠갔다.

　호퍼가 온실을 향해 되짚어가 중앙 홀에 이르렀을 때 계단에서 삐걱거리는 소리가 들려 깜짝 놀랐다. 누군가 천천히, 그리고 조심스럽게 내려오고 있었다. 고맙게도 뮤리엘이 주의하라고 일러 준 곰의 사악한 입을 조심스럽게 피해 소리 죽여 온실을 나온 뒤 문을 닫고 계단에 쭈그려 앉아 상대의 동태를 살폈다. 계단을 내려온 사람은 심상치 않은 소음에 잠을 깬 모습이 아니었다. 호퍼는 호기심이 일었다. 호퍼는 얼굴을 유리에 대고, 키가 크고 짧고 희끗희끗한 턱수염을 가진 노신사의 행동을 지켜보았다. 머리에 골프 모자를 푹 눌러썼지만, 손에 든 전등의 불빛이 얼굴을 비추는 바람에 호퍼는 그 사람이 누군지 알아챘다. 호퍼가 뮤리엘의 집 테이블에서 보았던 사진 속 모습과 똑같았다. 바로 뮤리엘의 아버지, 월턴 씨였다. 그러나 왜 집주인이 그런 모양새로 돌아다니는지 알 수 없었다. 온실 시멘트 바닥을 밟는 발자국 소리에 놀라 그는 서둘러 약간 떨어진 벽으로 이동해 몸을 납작하게 붙이고 엎드렸다. 은밀한 걸음걸이로 마당을 가로지르는 월턴의 모습이 별빛에 희미하게 비쳤다. 그의 이상한 움직임 덕에 호퍼는 빠져나가기가 곤란해졌다. 량야오 항아리는 주머니에 넣기에는 많이 컸고 팔 아래 끼기에는 조금 작았다. 실수로 항아리를 떨어뜨렸다간 도련님의 두 할아버지의 관계는 돌이킬 수 없이 악화될 게 뻔했다. 잔디에 소복이 쌓인 눈을 보고 발소리가 들리지 않을 거라는 확신이 들어 호퍼는 조심조심 월턴의 뒤를 밟았다. 노신사는 박공지붕이 희미하게 보이는 집을 향해 조심스럽게 나아갔다. 뮤리엘의 그림을 보면 그곳은 탤벗의 집이었다. 호퍼는 월턴의 이상한 행동을 어떻게 이해하고 대처해야 할지 어리둥절했다.

호퍼는 잠시 그를 놓쳤다. 그러나 걸쇠가 풀리는 희미한 소리가 들려 그가 두 집 사이 울타리 근처에 있음을 알았다. 호퍼는 앞으로 살금살금 기어가 월턴이 통과한 문으로 몰래 따라 들어갔다. 월턴은 집 아래 짙은 그림자에 가려져 보이지 않았지만, 호퍼는 간헐적으로 발 끄는 소리를 들었다. 그는 눈 위를 천천히 기어, 별빛을 받아 빛나는 나뭇가지가 집 처마를 스치는 큰 나무에 밑에 숨었다.

호퍼는 월턴의 수상한 움직임을 예의 주시하며 생각했다. 라이벌 수집가가 너무나 미운 나머지 탤벗의 집에 불이라도 지르려는 건 아닐까? 부도덕한 짓을 생업으로 삼았던 호퍼에게도 방화는 역겨운 짓이었다.

초조하게 몇 분을 기다리자 창문을 억지로 열려고 시도하는 소리가 들렸다. 호퍼는 얼마나 힘을 주어야 창문 걸쇠를 매끄럽게 뺄 수 있는지 잘 알았다. 놀랍게도 월턴은 최소한의 소음만 내며 일을 깔끔하게 처리했다. 호퍼는 뮤리엘이 말했던 유리문이 아니라 집 앞을 가로지르는 테라스에 있는 유리문일 거라고 추측했다. 창틀 새시가 천천히 밀리는 소리가 들렸다. 호퍼는 눈 더미에 항아리를 내려놓고 계단까지 나아가 방 안을 들여다보았다. 한쪽 구석에 놓인 램프의 깜빡거리는 불빛에 화병이 있는 곳으로 나아가는 월턴의 모습이 고스란히 드러났다.

월턴의 어처구니없는 도둑질 때문에 자신의 일을 방해받을 순 없다고 여긴 호퍼는 일이 커지기 전에 무례한 월턴의 손아귀에서 화병을 찾아올 최선의 방법을 고민했다. 탤벗의 비밀 금고가 열리고 월턴이 도자기에 불을 비췄다.

그때 집 안 어디선가 고함이 들렸다. 서재에 불이 들어오면서 화병을 훔치려던 월턴의 모습이 드러났다. 작고 통통하며 정수리가 벗겨진 신사가 파자마 차림으로 분노의 외침을 터뜨리며 있는 힘껏 월턴에게 몸을 날리는 바람에 둘 다 바닥으로 쓰러졌다.

"로저! 로저!" 탤벗이 고함을 질렀다. 둘 사이에 몸싸움이 벌어졌고 탤벗이 월턴 위에 올라타 팔로 목을 조이자 월턴이 버둥거리다 간신히 빠져나왔다. 둘은 엎치락뒤치락하며 본격적으로 싸우기 시작했다. 화난 탤벗의 살찐 다리가 허공을 휘저었고 월턴의 몸을 꽉 조였다. 월턴은 어떻게든 머리를 빼내 자신이 유리한 자세를 만들려고 버둥거렸다. 월턴이 기회만 생기면 고래고래 고함을 질렀고, 마침내 어디선가 무슨 일이냐고 소리쳐 묻는 목소리가 들렸다.

둘은 추잡한 난투극에 모든 힘을 쏟아 부은 것 같았다. 빛나는 정수리와 분홍색 줄무늬 파자마 때문에 더 쉽게 눈에 띄는 탤벗은 월턴에게 끈덕지게 달라붙었다. 월턴은 키는 더 크지만 통통한 탤벗의 거센 공격을 당해내기에는 역부족이었다.

도련님의 아버지로 보이는 남자가 권위적인 목소리로 도대체 무슨 짓이냐고 화를 내며 올라오는 바람에 호퍼의 즐거운 싸움 구경은 끝났다. 여기서 붙잡히면 이번에야말로 끝이라는 생각에 호퍼는 슬슬 일을 마쳐야겠다고 생각했다. 월턴과 탤벗은 격렬하게 싸우며 문 근처까지 와 있었다. 목욕 가운을 입은 도런님의 아버지는 상황을 파악할 겨를도 없이 방 안으로 냅다 뛰어 들었다. 그의 행동에 갑자기 영감을 얻은 호퍼는 창문을 통해 기어 들어가 세 남자 옆으로 뛰어들어 월턴이 꺼내 둔 청백 화병을 쥐고 잽싸게 창문으로 뛰어내렸다. 뒤에서 권총이 발사되었고 유리창이 산산조각나서 비처럼 쏟아졌다. 호퍼는 테라스에서 유리조각을 그대로 맞았다.

분명 켈트족의 후예일 듯한 여자가 3층 어디선가 죽어라 소리를 질렀다. 어쩌면 죽었을지도 모른다는 생각에 호퍼는 간담이 서늘했다. 다행히 로저는 간발의 차이로 호퍼를 놓쳤고, 호퍼는 다시 과녁이 될 생각이 없었다.

그는 눈 위에 놓아 둔 량야오를 집어 들고 한쪽 팔에는 량야오를, 다른 쪽에는 화병을 끼고 고속도로를 향해 전력 질주했다. 간목에 발이 걸려 넘어질 뻔하거나 돌 벤치에 부딪혀가며 천신만고 끝에 뉴헤이븐으로 향하는 안전한 길에 도착했다. 도망치는 사이 그를 뒤쫓는 고함 소리와 여러 발의 총성이 들렸다.

작은 마을에 도착해 구멍가게 뒤에 숨어 한숨 돌린 호퍼는 항아리를 감쌀 종이와 바구니를 샀다. 바구니 위에 시든 양상추 잎과 버려진 카네이션을 흩어놓아 딴에는 행복한 휴일 분위기를 냈다. 돌아가는 길에 어느 헛간 아래에 주차된 자전거가 눈에 띄었다. 호퍼는 주저하지 않았다. 어두운 눈길을 자전거로 달리자니 진귀한 항아리를 담은 바구니가 여간 방해가 되지 않았지만, 서둘러 페달을 밟았다.

뉴헤이븐으로 가는 여정의 절반쯤 지났을 때 호퍼는 의심을 피하기 위해 속도를 줄여 경찰 두 명에게 다가가 인사했다.

"메리 크리스마스!" 그는 경찰에게 소리치고는 페달을 밟는 발에 한층 힘을 주었다.

산타클로스에게 인사를 받고 기분이 좋아진 경찰들도 진심을 다해 메리 크리스마스를 외쳐 주었다.

8

호퍼가 세 시에 해피힐 농장에 도착해 문을 두드리자 험피가 열어 주었다.

"또 뭘 가져온 거야?" 개심한 강도가 딱딱거렸다.

"맙소사! 또 슬쩍했군!" 바구니를 보며 메리가 울부짖었다.

"슬쩍하긴 했어, 맞아." 호퍼가 순순히 인정한 다음, 몇 시간 전에 도련님이 올라섰던 테이블에 바구니를 내려놓았다. "애는 어때?"

메리와 험피가 도련님이 자고 있다고 마지못해 대답하며 정체불명의 바구니를 노려보았지만 호퍼는 여전히 태연자약했다.

험피는 바구니의 내용물을 캐려다 호퍼의 가시 돋친 대답에 체념했다. 호퍼는 화가 뻗치지만 신중을 기하려는 둘의 모습을 보며 그들이 별 우여곡절 없이 밤을 넘겼음을 알고 사랑스러워 미치겠다는 듯 그들을 꼭 안았다. 그러고는 파이프에 불을 붙이고 메리의 흔들 의자에 앉아 그간의 이야기를 들려주었다.

화가 잔뜩 난 오만불손한 태도의 둘에게 뮤리엘의 매력과, 강도짓으로 가족의 불화를 해결하려는 그녀를 도우려는 일념으로 도자기를 훔친 호퍼의 합리성을 설명하기란 쉬운 일이 아니었다. 메리는 조금도 이해하는 눈치가 아니었고, 험피 역시 고개를 절레절레 젓고 혼잣말을 중얼거리며 불안한 듯 방을 서성거렸다. 그들이 보기에 애초에 호퍼가 아이를 훔친 것부터 어리석은 짓이었고, 이번 절도는 호퍼가 절망적으로 망가졌다는 것을 증명하는 사건이었다. 메리는 큰 소리로 울었고, 험피는—참으로 성가시게도—그들 모두가 갇힐 '시간'을 가늠하며 손가락으로 수를 셌다.

"내가 비록 슬쩍했지만 별일 없이 빠져나올 수 있을 거야." 호퍼의 말투는 차분했다. 그는 아주 생색내는 듯한 태도였지만, 그가 지키려 했던 고귀한 삶의 철학은 전혀 공감받지 못했다. 어쨌거나 그는 성공적으로 항아리를 훔쳐 낸 사실이 흡족했다.

"돈은 아니지만, 다이아몬드보다 더 값나가는 거야. 이번에 가져온 것들 말야! 배운 사람들만 가치를 알아보는, 왕이나 황제에게 진상되었던 물건이지. 수집가들이 군침을 흘리며 하나라도 가져 보겠다고 혈안이 되어 있어. 머리를 돼지 꼬리처럼 땋은 사람들이 수천 년도 더 전에 만든 물건이라 그 사람들이 죽으면서 제작 비법도 사라졌어. 그러니 더 가치 있을 수밖에. 어떤 나이 든 두 양반은 그 항아리들을 갖겠다고 일까지 그만뒀다니까. 닭이나 말이나 잘생긴 개한테 미친 양반들도 있지만, 이런 걸 가지려면 적어도 백만장자라야해. 그들은 집에 이런 물건을 엄청나게 갖고 있더라고. 모두 어디서 찾아보기 힘든, 입이 떡 벌어지게 귀중한 물건들이지."

불안하고 초조한 메리와 험피에게 크리스마스 아침이 밝도록 이어진 중국 자기에 관한 장광설이 반가울 리 없었다. 그들은 고상한 이야길 늘어놓는 호퍼에게 현실을 들이밀었다. 도련님과 도자기를 어떻게 처리할 것인가. 호퍼는 그들의 불길한 예감에도 이상할 정도로 차분했다.

"그 숙녀분이 나에게 이 일을 시켰거든." 호퍼가 마침내 실토했다. "만약 내가 이 일로 징역을 살면 그 여자도 그렇게 될걸! 나는 여자의 아버지가 남의 집에 침입하는 것도 봤으니 범죄 현장을 목격한 셈이기도 해. 그러니 나를 잡아 넣을 순 없을 거야. 우리가 아이를 길에서 데려와 집에서 안전하게 데리고 있었으니 유괴라고 보지도 않을 거고. 오히려 나에게 고마워할걸." 그들이 자신의 변명에 감명받았다고 생각한 호퍼는 불운의 씨앗이었던 손지갑 사건도 대범하게 언급했다.

"그건 실수였어. 판단 착오였다고 인정해! 이제라도 정직한 삶을 이어 갈 거야. 그리고 지갑이 툭 튀어나온 주머니는 지금 생각해도 정말 웃겼어."

호퍼가 손지갑을 꺼내 덮개에 쓰인 이름을 보았다. 험피가 말리려 했지만 호퍼는 여유 있게 피하며 예절에 관한 신랄한 교훈을 읊더니 손지갑을 주머니에 넣고 시계를 바라보았다.

"도련님 양말에 뭘 좀 넣어야겠어. 아이에게 산타가 자기만 빼먹었다고 생각하게 할 순 없잖아. 메리, 사탕 좀 있지? 양말 안에 사탕을 넣자. 보통 그러잖아."

험피가 도련님의 양말을 가지고 오자 그들은 메리가 크리스마스 파티에 장식하려고 사 온 사탕과 팝콘으로 안을 채웠다. 험피가 자신의 소지품을 뒤지더니 도련님에게 어울릴 만한 물건은 권총밖에 없다고 말했다. 메리가 아기에게 권총이 어울릴 리가 있냐고 깔보며 웃었다. 그러자 험피는 고난의 연속이던 시절에 행운을 빌며 가지고 다녔던 보물인 멕시코 은화 하나를 꺼내 양말에 경건하게 던져 넣었다. 출처를 알 수 없는 황동 단추 두 개, 양계장 일을 가끔 도와주는 이웃 소녀에게 산 하모니카, 어디서 굴러온지 모를 은으로 된 안경 케이스도 기꺼이 양말에 넣었다.

"도련님 주게 계란에 그림 그려야겠어!" 호퍼가 도련님이 잠든 침대에 양말을 다시 가져다 놓은 후 갑자기 생각난 듯 말했다. "노란색과 분홍색 계란 몇 개면 될 거야."

메리가 계란은 크리스마스가 아니라 부활절에 주는 거라고 콧방귀를 꼈다. 험피도 크리스마스를 보낸 경험을 들먹이며 메리를 거들었다. 미주리 교도소에서 복역할 때 봄이면 종종 교도소장의 아이들이 계란을 달라고 했던 기억이 선명하게 남아 있었다. 아마 부활절이었는지 현충일이었는자 확실치는 않았지만 어쨌든 크리스마스는 분명 아니었다.

호퍼는 결국 색칠한 달걀은 크리스마스에는 어울리지 않는다고 인정했다. 그리고 경찰이 들이닥쳐 손쓸 수 없게 되기 전에 이번에 훔친 보물들을 어떻게든 처리하라는 그들의 성난 요구에 굴복했다.

"뮤리엘이 나를 보면 기뻐할 거야. 나와 그녀는 서로를 이해하는 것 같거든. 그럴 수도 있고, 아닐 수도 있지만. 난 크리스마스를 감옥에서 보내지 않을 거야. 우리에겐 정직한 생활과 양계장이 있어. 당장이라도 부화기 몇 개를 더 들일 생각이야. 뒤편 개울 건너에 있는 땅을 빌려서 칠면조도 기르자. 그러면 떼돈을 벌 거야. 칠면조는 발을 젖지 않게 해 주고 폐렴만 조심하면 돼. 까딱 잘못하면 칠면조가 떼죽음을 당하거든. 메리, 커피 좀 타 줘."

그들은 테이블에 앉아 크리스마스 새벽을 맞았다. 거기서 정직한 생활을 이어 가자는 맹세를 새롭게 다지는데 도련님이 소리를 지르는 바람에 모두들 벌떡 일어났다.

도련님은 양말을 보고 크게 기뻐했지만, 침대 맡에 서서 지켜보는 호퍼, 메리 그리고 험피의 기쁨에 비하면 아무것도 아니었다. 메리와 험피는 호퍼가 더 나은 삶을 살겠다고 약속한 데 마음이 놓여 도련님을 각별히 신경 써서 대접하려 했다. 험피는 아침에 해야 할 일도 잊어버리고 막 부화된 병아리 여섯 마리가 든 바구니를 가지고 돌아왔다. 병아리들은 삐약삐약거리며 도련님의 통통한 다리 위로 올라가 자신들도 행복한 크리스마스 파티의 일원인 것처럼 굴었다. 병아리를 데려온 스스로가 대견했는지 험피는 도련님의 아침 식사를 서빙할 수 있는 특전까지 요구했다. 도련님은 군소리 없이 죽을 받아 먹었고 아장아장 걷는 병아리 덕분에 무척 행복해했다.

메리가 도련님을 정성껏 씻기고 옷을 입혔다. 캔디가 자꾸 양말에 달라붙는데 시간이 없어 양말을 뒤집어 신겼다. 아홉시에 호퍼는 도련님이 집에 갈 시간임을 알렸다. 병아리를 놔두고 떠나야 한다는 말에 도련님은 깜짝 놀랐다. 그래서 험피는 최대한 혀 짧은 소리를 내 가며 도련님을 달랬지만, 결국 병아리 두 마리를 챙겨 줄 수밖에 없었다.

"하아버지들하테 벼아이 데이고 가꺼아." 도련님의 말에 호퍼는 웃음을 터뜨렸다. 도련님의 '하아버지들'이 '하아버지' 탤벗의 집 바닥에서 죽기 살기로 나뒹굴던 장면이 생각났던 것이다.

9

호퍼가 훔친 아이 하나와 훔친 도자기를 들고 훔친 차로 해피힐 농장을 빠져나갈 때 메리는 슬피 울었다. 도련님과 헤어지는 것이 슬펐는지 호퍼가 돌아오지 못할까 두려웠는지는 확실치 않다.

험피 역시 눈시울이 붉어졌지만 괴상한 춤으로 약한 모습을 감췄다. 험피의 발작적인 몸짓에 도련님은 크게 기뻐했다. 차가 현관에 도착하자 험피가 작별 인사를 대신해 눈밭에 뒹굴며 발버둥치자 도련님의 기쁨에 겨운 탄성은 최고조에 이르렀다.

도련님을 집으로 데려가는 동안에도 호퍼의 기지는 빈틈없이 작동했다. 지금쯤 서로에게 믿음이 넘치는 탤벗 부부는 이야길 나누고는 아이가 사라졌다는 사실을 알게 됐을 것이다. 당연히 뉴헤이븐 경찰에게 신고했을 테니 호퍼는 불쾌한 만남을 피하기 위해 신중하게 경로를 선택했다. 크리스마스 분위기에 흠뻑 젖은 도련님은 쉴 새 없이 옹알거렸고, 덕분에 한껏 기분이 고조된 호퍼도 도련님에게 장단을 맞춰 주었다.

탤벗 부부의 집 뒤편에 도착한 호퍼는 도련님과 보조를 맞춰 걸었다. 손에는 도련님의 병아리가 든 바구니와 귀한 도자기가 담긴 바구니가 들려 있었다. 집 앞 고속도로에서 큰 리무진 두 대를 발견하고 몹시 긴장했지만 일단 뮤리엘을 따로 만나 보고할 수 있는 상황인지 확인하기로 했다.

호퍼가 주방으로 들어서는 순간, 거실에서 언성을 높여 싸우는 소리가 들렸다. 집 안을 울리는 큰 소리에 도련님이 깜짝 놀라 호퍼의 바짓가랑이를 꽉 쥐었다.

"내 말했지, 빌리를 훔친 사람은 바로 존 월턴이라고!" 탤벗 씨가 격정적으로 소리쳤다. "한밤중에 남의 집에 들어와 애를 훔치려…… 그래, 훔쳤지. 그러고는 잔인하게 살해하려 했겠지. 자넨 자기 손주를 거리낌 없이 해치고도 남을 놈이니까!"

"우이 하아버지." 도련님이 호퍼의 손을 잡으며 귓속말했다. "근데 화낫서."

실제로 탤벗 씨가 매우 화난 것은 자명했다. 그나마 월턴 씨 쪽이 침착했지만, 화가 잔뜩 난 건 마찬가지였다.

"내 하인들한테 돈을 먹여 금고에서 량야오를 빼간 놈이 나더러 뭘 훔쳤다고! 탤벗, 제발 정신 좀 차리고 상황을 이해해 보라고! 만약 항아리가 한 시간 내로 돌아오지 않으면 당신을 경찰에 넘길 거야!"

"거짓말!" 성량이 풍부한 탤벗이 우렁차게 소리 질렀다. "더러운 범죄를 저지른 것도 모자라 나한테 똑같은 죄를 뒤집어씌워 빠져나갈 셈인가? 난 당신 항아리 못 봤고, 갖고 싶지도 않았어! 그걸 내 집에 놔둘 생각 따윈 없었다고!"

뮤리엘이 울먹이는 목소리로 간청했다.

"빌리가 없어졌는데 어떻게 화병 얘기를 할 수가 있어요! 누군가 빌리를 데려갔는데, 도, 자, 기, 외에는 안중에도 없어요?"

도련님이 놀란 얼굴로 호퍼를 올려다 보았다.

"엄마가 우어. 하아버지 엄마 아프게 해!" 두 할아버지가 서로 돌이킬 수 없는 말까지 입에 담기 전에 도련님이 등장해야 했다.

"도련님, 지금 엄마한테 가렴. 이 아저씨가 우리 도련님을 지켜줄게!"

호퍼가 식당을 지나 거실까지 아이를 데려간 뒤, 난장판 속으로 아이를 부드럽게 밀었다. 탤벗 씨가 화가 나서 쿵쾅쿵쾅 걸으며 월턴이 저지른 잘못에 관해 열변을 토했다. 로저는 아버지를 따라다니며 진정하고 앉으시라고 애원했다. 오른쪽 눈에 붕대를 댄 월턴은 그를 말리려는 딸의 팔에 붙들린 상태로 탤벗 씨에게 한 방 먹이려고 버둥거렸다.

"아버지가 아버님을 다치게 할 의도는 아니었다고 확신해요. 그저 실수였을 뿐이죠."

"공범이 있었다. 네 아버지가 날 죽이려 드는 동안 그자가 화병을 가지고 달아났어. 만약 로저가 그 도둑놈이 도망친 후 네 아버지를 창문 밖으로 밀어내지 않았으면, 나는 아마……. 나는……."

뮤리엘이 기쁨의 비명을 지르는 바람에 상황을 악화시키기만 하던 푸념이 중간에서 끊겼다.

"보세요! 빌리가 돌아왔어요! 오, 빌리!" 뮤리엘이 소리쳤다.

뮤리엘이 문으로 내달려 겁에 질린 아이를 가슴에 꼭 안았다. 세 남자가 그 모습을 멍청하게 쳐다보았다. 호퍼는 문 뒤에서 빌리가 돌아온 데 대한 뮤리엘의 기쁨이 로저와 두 할아버지에게 잘 전달되기를 기다렸다.

"내가 크이스마스 저 벼아이 두 마이." 빌리가 엄마의 품에서 꼼지락거리며 말했다.

빌리가 건강한 데다 심지어 정성스럽게 돌봐 준 모습임에 만족한 뮤리엘이 당혹스러워하는 로저에게 빌리를 넘기고 눈물로 얼룩진 얼굴을 문 쪽으로 돌리다가 더비 모자를 비틀며 어색하게 서 있는 호퍼를 발견했다. 뮤리엘이 잰 걸음으로 호퍼가 있는 쪽을 향해 걸어갔다.

"도, 돌아왔군요!" 뮤리엘이 오열을 참으며 더듬더듬 말했다.

"네, 그렇습니다." 호퍼가 코를 손으로 문지르며 대답했다. 그를 보자 로저는 빌리의 아버지로서 분노가 치밀어 올랐다.

"당신이 아이를 데려왔군! 유괴범 자식!"

"로저." 뮤리엘이 항의하듯 소리 질렀다. "그렇게 말하지 마! 이 신사분이 틀림없이 어떻게 빌리를 데려왔는지 설명해 줄 거야."

뮤리엘이 뜻밖의 상황에도 금세 평정을 되찾고 적절하게 대처해 줘서 호퍼는 무척 기뻤다. 그는 뮤리엘을 잘못 판단하지 않았던 것이다. 그녀는 존경스럽고도 이상적인 공모자였다. 마치 '어서요. 우리는 서로를 완벽하게 이해하잖아요'라고 전하려는 듯 뮤리엘이 호퍼에게 재빨리 고개를 끄덕였다. 물론 그녀는 호퍼가 빌리를 데리고 있게 된 이유를 설명할 때까지 상황을 깨닫지 못했다.

빌리의 아버지는 사정이 어찌되었든 간에 아들을 유괴해 간 사람은 법의 심판을 받아야 한다고 말했다.

"아마 유괴라고 생각할 수도 있겠고, 그렇지 않다고 생각하실 수도 있겠죠." 호퍼가 서두르지 않고 말을 시작했다. "저는 쉘 로드 길에 삽니다. 해피힐 농장에서 닭과 계란을 키우고, 이름은 스티븐스입니다, 찰스 S. 스티븐스. 제가 도련님, 멋대로 불러 죄송합니다만, 아이를 보자마자 자연스럽게 그렇게 부르게 되더군요. 그러니까 차에 타고 있는 빌리를 저희 집 앞에서 발견했습니다. 추운 날씨에 홀로 남겨진 아이가 걱정돼서 집으로 데리고 들어왔고, 아내 메리가 저녁을 먹이고 재웠습니다. 우리는 누군가 와서 저 아이에 대해 물어보리라 생각했습니다. 그러다 오늘 아침에 뉴헤이븐 경찰서에 전화했더니 여러분에 관해 얘기해 주었습니다. 그래서 곧장 도련님을 데리고 이곳으로 온 것이지요."

이야기가 꽤 그럴 듯했고, 사람들도 의심 없이 듣는 것 같아 호퍼는 안심했다.

"정말 친절하시군요! 여기 의자에 좀 앉으세요, 스티븐스 씨!" 뮤리엘이 감탄해 마지않았다.

"매우 놀랍네요!" 월턴이 외쳤다. "어떤 쓰레기 같은 놈이 차를 훔쳤다가 안에 아기가 있는 걸 발견하고 길가에 같이 버렸군요. 잔인한 놈 같으니!"

빌리가 자기를 기쁘게 해 주려고 가족들이 만든, 선물 가득한 자기만의 크리스마스 트리에게 말을 걸었다. 빌리에게 유괴범에 대해 캐내려는 월턴 할아버지의 노력은 소용 없었다. 빌리는 바빠도 너무 바빴다. 노아의 방주를 선물받은 빌리는 그곳에 태울 동물들을 고르다가 갑자기 손가락으로 호퍼를 가리키며 말했다.

"아저씨 조아, 빌리 아저씨 시게 가지고 노아써!"

시계가 망가진 것은 안타까운 일이지만 빌리가 고마워한다는 것이 기뻐 호퍼는 환한 미소를 지었다.

빌리가 돌아온 데다 실종된 경위도 충분히 설명되었으니 두 할아버지는 다시 물어뜯고 싸울 기세였다. 빌리는 호퍼의 바지를 잡아끌었고, 호퍼는 바닥에 무릎 꿇고 앉아 노아의 동물들을 제대로 짝짓도록 도와주었다. 그때 로저가 호퍼를 뚫어지게 쳐다봤다. 호퍼는 자신이 화병을 갖고 도망친 도둑임을 알아보는 건 아닐까 불안했지만, 방주에 정신이 팔린 척했다.

"맙소사!" 탤벗이 공격적인 태도로 월턴 앞에 버티고 서서 쓸쓸한 듯 소리쳤다. "한 사람에게 일어날 수 있는 모든 지옥 같은 일이 어제 내게 일어났어. 당신이 내 물건을 훔치고, 나를 죽이려 한 것도 모자라, 지하철에서 소매치기까지 당했지. 중국에 있는 대리인이 귀중한 도자기에 대한 단서라며 건네준 쪽지가 든 손지갑을 도둑맞았다고! 도둑놈은 그런 게 들었을 거라고는 꿈에도 몰랐겠지! 당신 소장품 중에 좀 더…… 반박 안 할 거요? 반박을 안 하네! 로저, 저자가 내 말에 반박을 안 하는구나!"

느닷없이 쏟아진 말에 분한 나머지 월턴은 말문이 막혔다.

그 이야길 들은 호퍼는 갑자기 불안해져 기침을 하며 일어났다.

"도련님, 병아릴 데려오자. 병아릴 데려와서 배에 태우자."

빌리는 고분고분 호퍼를 따라갔고, 호퍼는 얼른 크리스마스 트리을 등지고 서서 손지갑을 꺼내 들고 나타났다.

"저, 실례지만, 선생님. 이게 선생님께서 찾으시는 물건입니까? 웃기네요! 어제 오후에 시내에서 제가 주웠거든요. 아기 때문에 깜빡 잊고 있었네요. 귀중한 서류가 든 것 같아 그대로 뒀습니다."

탤벗이 손지갑을 빼앗아서 내용물을 확인했다. 찌푸렸던 눈썹이 누그러졌고, 지갑을 찾아 준 보답에 관해 불만스럽게 중얼거리는데 빌리가 바구니 두 개를 힘겹게 끌어당기며 다시 등장했다. "빌리 벼아리! 빌리 에쁜 그르. 빌리가 그르 가지고 노아!"

빌리가 항아리 두 개를 '가지고 놀기' 전에 호퍼가 방을 가로질러 뛰어가 바구니를 잡았다. 훔친 도자기를 잘 싸놓은 수건이 벗겨지면서 내용물의 정체가 드러났다.

"잠시만요, 선생님들. 달려들지 마세요." 할아버지들이 뛰어들 기세로 도자기를 노려보자 호퍼가 경고했다. 도자기를 크리스마스 트리 아래에 조심스럽게 내려놓았다. "자, 제 말 좀 들어 보십시오, 선생님들. 여기 도자기에 관해 제가 설명해야겠네요. 제가 그것들을 훔쳤습니다. 저기 계신 숙녀분을 위해서요. 부인께선 선생님들이 이것만 없으면 싸울 일도 없으리라 생각했습니다. 원하시면 경찰을 불러 저를 넘겨도 좋습니다. 하지만 저는 선생님들이 부인을 더는 힘들게 하지 않았으면 좋겠습니다. 그것만은 참지 않겠습니다."

"이 도둑놈!" 탤벗이 고함을 질렀다. "자넨 월턴과 공모해서 내 집에 들어왔어. 그 말은 네가……."

"저는 월턴 선생님을 뵌 적이 없습니다. 선생님 두 분 중 어느 분과도 관계가 없어요." 호퍼가 열심히 변명했다.

"저분 말씀이 맞아요!" 뮤리엘이 발작적으로 외쳤다. "제가 그랬어요. 제가 저분한테 도자기를 훔쳐 주십사 부탁했어요."

그들에게는 뮤리엘의 외침이 들리지 않는 듯했다. 그저 굶주린 짐승처럼 항아리를 쳐다보았다. 월턴이 호퍼를 지나쳐 항아리를 향해 달려들려 했다.

"물러서십시오." 호퍼가 명령했다. "그리고 험담도 멈춰 주세요! 만약 제가 체포된다면 교도소에 갈 사람이 저만은 아닐 겁니다."

호퍼가 힘주어 말하자 월턴은 정신이 번쩍 들었지만, 여전히 탤벗은 도자기에 덤벼들 기회를 엿보고 있었다.

"당장 자리에 앉지 않으시면 이걸 깨 버릴 겁니다. 둘 다 발로 차 버리겠습니다! 산산조각 나도록!" 호퍼가 소리쳤다.

그들이 하는 수 없이 앉았다. 뮤리엘은 나지막이 울었고, 빌리는 해맑은 얼굴로 병아리와 놀고 있었다. 호퍼는 화난 두 남자를 쥐락 펴락하는 이 상황을 즐기고 있었다.

"선생님들은 더 이상 쓸데없는 싸움으로 자식들을 골치 아프게 만들거나 항아리로 으르렁대지 않을 겁니다. 왜냐면 제가 항아리들을 도련님에게 크리스마스 선물로 줄 거거든요. 평화를 위해 이 작은 도련님의 물건이 될 겁니다. 그게 싫으시다면 제가 저것들을 밟아 버릴 겁니다! 도련님, 여기 봐요. 산타클로스가 뭘 줬나요?"

"고마운 산타크오스!" 빌리가 소리 지르더니 주변을 돌아다니는 병아리를 잡으러 대형 소파 아래로 기어 들어갔다.

어른들 사이에서 침묵이 감돌았다. 호퍼가 크리스마스 트리 옆에 묵묵히 서서 대답을 기다렸다.

그때 월턴이 갑자기 안도한 듯 큰 소리로 웃음을 터트렸다. 그러고는 탤벗을 바라보며 손을 내밀었다.

"뮤리엘과 여기 이 친구가 우리를 궁지에 몬 것 같군요! 우리의 애장품을 빌리에게 크리스마스 선물로 주겠다는 생각이 난 굉장히 마음에 드는군요. 어차피 우리가 죽고 난 후에 이 물건들을 아껴 줄 누군가가 필요하니까. 우리 함께 힘을 모으면 빌리를 미국에서 가장 위대한 수집가로 만들 수 있어요!"

"제발요, 아버지." 탤벗이 인상을 쓰며 받아들이기 힘들다는 듯 머리를 젓자 로저가 애원했다.

바로 그때 빌리가 크리스마스 트리에 병아리를 걸겠다고 낑낑대는 바람에 모두 와자하게 웃었다. 크리스마스 아침에 행복하게 웃는 아이 앞에서는 누구나 관대해지는 법이다.

"흠." 탤벗이 마지못해 웃으며 말했다. "어쨌든 이건 모두 가족이 해결할 일이군."

'이중 산타클로스'의 임무가 끝났음을 느낀 호퍼는 재빨리 물러났고 뮤리엘과 로저가 따라왔다.

"집까지 모셔다 드릴게요." 뮤리엘이 환하게 웃으며 말했다.

"당신 차는 뒷문 오른쪽에 잘 세워 놨습니다. 전 전차 타고 돌아갈게요." 호퍼가 말했다.

"그럴 순 없죠! 로저가 모셔다 드릴 거예요. 아, 놀라지 마세요! 남편도 우리 음모를 다 알아요. 오늘 오후에 다시 와 주셨음 좋겠어요. 제가 사과도 드려야 하거든요, 당신을…… 당신을 그렇게 생각한……."

"그럴 수도 있고, 아닐 수도 있죠, 부인. 정황 증거만으로도 많은 사람이 전기의자에 앉게 되죠. 그보단 훨씬 행복한 상황이잖아요." 호퍼가 자신의 철학을 주절주절 뱉었다. "정직한 삶을 살려면 미망인과 고아를 돕고 소란을 해결하라. 부인이 내게 항아리를 훔쳐 달라고 했을 때 감히 거부할 수가 없었어요. 내가 당신의 아이를 데리고 있다고 말하기 두려웠는데, 당신은 날 철석같이 믿는 것 같았어요. 모든 게 크리스마스라 가능한 일이었지요."

호퍼가 돌아오기를 단호히 거절하자, 뮤리엘은 오후 늦게라도 빌리를 데리고 호퍼네를 방문해 고마움을 전하고 싶다고 말했다.

"그럼, 기꺼이 환영하겠습니다." 호퍼가 약간 의심스러운 듯 그리고 부끄러운 듯 대답했다. "이제 더는 내게 집을 털게 하지 않을 거죠?" 호퍼가 환히 웃으며 덧붙였다. "부인, 그건 아주 위험한 일이에요. 나나 당신 아버지 같은 아마추어에게는."

10

메리는 빌리 가족의 방문에 마음이 복잡했지만 어쨌든 험피와 집을 정리하기 시작했다. 다섯 시에 무려 자동차 세 대가 마당으로 들어서자, 험피는 호퍼의 죄가 무거워 모두 함께 평생 감옥에서 썩는 건 아닌지 불안해졌다. 다행히 경찰이 아니라 젊은 탤벗 부부와 빌리, 그리고 두 할아버지가 뮤리엘의 고모 집에서 열리는 파티에 참석하는 길에 들른 것이었다.

두 할아버지는 전에 없이 사이가 좋아졌고, 평화를 사랑하는 뮤리엘이 집을 터는 데 끌어들인 호퍼라는 사람을 무척 궁금해했다.

"그러니까 결국 당신은 정직한 양계장 주인일 뿐이란 말이군." 탤벗 씨가 말했다. "난 당신이 진짜 강도였음 했소. 늘 강도를 한 사람쯤 알고 싶었거든."

험피가 마당에서 작은 전나무를 하나 베어 내 빌리의 관심을 끌어보려고 크리스마스 트리로 만들었다. 호퍼는 읍내에서 기계식 장난감을 몇 개 사 왔고 험피는 아이에게 작동법을 가르쳐 주는 일을 기꺼이 맡았다. 메리는 손님들에게 커피와 파운드케이크를 내왔다. 호퍼는 손님들만큼이나 메리와 험피에게도 좋은 인상을 주려고 자애로운 분위기로 가장의 역할을 수행했다.

머리에 감은 붕대 때문에 외모가 약간 우스워진 월턴 씨가 말했다. "당신같이 훌륭한 분이 내 딸처럼 젊은 여자가 협박한다고 그 애를 위해 집을 털기로 한 게 참 우습네요. 당신이 창밖으로 뛰어나갈 때 쏜 로저의 총이 거의 스치듯 지나갔잖아요! 그때 당신이 총에 맞아 죽었으면 어쩔 뻔했는지 생각만 해도 무시무시하네요."

"음, 모든 건 제가 도련님의 가족을 찾으려고 그 집에 들어가면서 생긴 일입니다." 호퍼가 대답했다.

"아, 그런데 우리 집을 어떻게 찾으셨는지는 얘길 못 들었네요." 로저가 자연스럽게 물었지만, 그 말이 빌리를 위해 대야에 펌프질을 하던 험피를 놀라게 만들었다.

"음, 그저 그 집에 도련님이 살 것 같아 보였다고나 할까요. 옆을 지나가는데 아기자기하고 편안한 느낌이 들어 바로 저곳이지 않을까 싶었던 거지요." 호퍼가 말했다.

"몰라도 괜찮지 않을까요?" 뮤리엘이 부드럽게 말했다. "긁어 부스럼만 될 거 같네요. 만약 스티븐스 씨가 빌리를 찾아 주지도, 물건을 훔쳐 주지도 않으셨다면, 그렇게 친절한 분이 아니었다면 저에게 무슨 일이 있었을지도 모르죠."

"저 사람이 나한테 했던 일을 생각하면 몸이 떨리는구나." 월턴이 탤벗을 조심스럽게 바라보며 말했다.

이번에는 탤벗이 말했다. "중요한 건, 스티븐스 씨가 여태 아무도 해내지 못했던 일을 해 주셨다는 거지. 한낱 보물 따위로 싸우는 게 얼마나 어리석은지 알게 해 줬으니까. 난 스티븐스 씨가 아주 마음에 든단다."

"맞아." 월턴이 외쳤다. "만약 내 능력 밖의 문제로 협상할 일이 생기면 스티븐스 씨께 부탁드려야겠군."

"제 일은 닭과 계란을 돌보는 거고, 그것만으로 충분합니다." 호퍼가 겸손하게 말했다.

모두들 떠나려고 일어서자, 한창 험피와 신나게 놀던 빌리가 가기 싫다고 떼를 쓰는 바람에 모두들 크게 웃었다.

"우린 참 좋은 이웃이 될 것 같아요." 뮤리엘이 파티가 무사히 성공한 데 감격한 나머지 눈물까지 글썽거리는 메리와 악수하며 말했다. "이젠 여기서 닭과 계란을 사 먹으려고요. 저흰 키우지 않거든요."

그 말에 호퍼가 태연한 얼굴로 방문객 한 명 한 명에게 현재 이름이자 마지막 가명이길 바라는 '해피힐 농장주 스티븐스'의 명함을 돌렸다.

호퍼가 빌리를 안아 데리고 나갔고, 험피는 해피힐 농장에서 주는 크리스마스 선물을 들고 옆에서 걸었다. 메리는 문간에 서서 그들이 메리 크리스마스를 외치며 떠나는 광경을 지켜보았다. 빌리가 피리를 '뿌뿌' 하고 즐겁게 불어 젖히는 소리가 멀리서 들려왔다.

호퍼와 험피가 집으로 돌아오자 셋은 주방에 모여 파란만장했던

24시간을 정리했다.

"참 좋은 사람들인 것 같아. 우리를 마치 오래 신어 편안한 슬리퍼처럼 대했어." 험피가 말했다.

"하나도 건방지지 않았어. 그 여자가 제일 대처 능력이 좋은 것 같더라. 덕분에 상황도 깔끔히 정리됐고, 할아버지들도 멍청한 중국 도자기 때문에 싸우진 않겠지. 그 여자 남편도 신사 같았어."

"그림 그리는 사람이 그렇지." 호퍼가 예술과 인생에 해박한 사람처럼 말했다. "다양한 사람을 만나고 그들도 우리처럼 실수를 저지른다는 사실을 알게 되면, 우리도 정정당당하게 살아갈 기운이 나는 법이지. 내게 정직한 삶이란 닭과 계란, 그리고 우리가 여기 있다는 걸 경찰이 절대 몰랐으면 좋겠다는 희망이야."

험피가 벽난로를 확인하러 응접실로 갔다가 벽난로 위에서 봉투 두 개를 발견했다며 가지고 돌아왔다. 각각 천 달러짜리 수표가 한 장씩 들어 있었다. '메리 크리스마스'라고 적힌 명함은 각각 월턴 씨와 탤벗 씨의 것이었다. 호퍼는 수표와 명함을 주방 테이블 위에 올려놓고 한참동안 고민에 빠졌다. 호퍼가 너무 오래 말이 없자 메리와 험피는 슬슬 불안해졌다.

"그 정도는 쓸 수 있는 사람들이잖아. 결국 그 사람들한테 좋은 일을 해 줬으니." 험피가 말했다.

"그 사람들은 백만장자니까 이까짓 건 아무것도 아니겠지." 호퍼가 말했다.

"화물차를 사자. 읍내로 물건 실어 갈 때 쓸 만할 거야. 화물차가 들어갈 헛간까지 하나 지어도 되겠네." 메리의 제안이었다.

호퍼는 수표 위에 케첩 병을 올려놓고 말에 신중을 기하려는 듯 뺨을 문지르며 눈을 가늘게 뜨고 천장을 올려다보았다.

"그럴 수도 있고, 아닐 수도 있지. 비열한 짓을 하며 살아온 우리는 다행히 이렇게나 성공했어. 아직 내겐 현금 수송 차량에서 슬쩍한 돈이 2만 달러 남았는데, 아무도 모르는 장소에 묻어 놨지. 그 돈을 수송 차량 회사에 돌려 주자고. 조금씩 나눠서 보내면 아무도 어디서 오는 건지 모를 거야."

메리가 눈물을 흘렸고, 험피는 입을 떡 벌리고 한쪽 눈을 이상하게 굴리며 호퍼를 쳐다보았다.

"매년 조금씩 빚을 갚는 셈이지. 그러면 마음이 편해질 것 같아. 그렇게 걱정거리를 털어 버리고 신의 뜻을 따라 살아가면 어깨를 펴고 당당해질 수 있을 거야. 험피, 우리 얼마나 금고를 많이 털었어. 그런데 감옥에서 썩기만 했지 결국 가난했잖아."

"갑자기 종교가 생겼나? 그래 그런가 봐!" 마치 호퍼의 인생에 절대적인 비극이라도 일어난 듯 험피가 끙끙 앓으며 말했다.

"종교일 수도 있고 단순한 상식일 수도 있겠지." 호퍼는 험피의 비난을 받아넘기듯 말했다. "미네소타 교도소 교화사가 늘 하던 말인데 자신에게 떳떳하면 신에게도 떳떳할 수 있다고 했어. 난 지은 죄가 많고, 이제부터라도 회개할 거야. 크리스마스에 일어난 갑작스런 사건과 다정하고 사랑스러운 도련님과 뮤리엘 덕분에 내가 늙은 양반들의 문제를 해결할 기회를 얻었어. 게다가 경찰에 잡혀 가지 않은 건 단순히 운이 좋아서가 아냐. 하느님의 뜻이라고!"

힘이 느껴지는 말투에 험피가 울음을 터트리며 죽을 "것 같은" 기분이라고 말했다.

"크리스마스라 그런가 봐." 수표 두 장을 벽시계에 집어넣는 호퍼를 보며 메리가 말했다. "이렇게 제대로 된 크리스마스는 난생 처음이야!"

셜록 홈즈
크리스마스 미스터리

겨울 스캔들

A SCANDAL IN WINTER

질리언 린스코트 Gillian Linscott

질리언 린스코트는 《가디언》과 BBC 기자를 거쳐 미스터리 작가가 되었다. 질리언은 여성참정권운동가 탐정, 넬 브레이에를 주인공으로 한 작품을 잇달아 발표했고, 이 시리즈로 영국추리작가협회 엘리스 피터스 역사 미스터리 상을 수상했다. 린스코트는 셜록 홈즈의 마니아로 『베이커 가의 살인』(2001)과 『미국에 온 셜록 홈즈』(2009) 같은 소설을 썼으며, 이집트를 배경으로 한 작품을 내기도 했다. 「겨울 스캔들」(1996)은 마틴 H. 그린버그, 존 L. 렐렌버그, 캐롤-린 워프가 편집한 홈즈 단편집에서 처음 선보였다.

처음에 '은 지팡이'와 '네모 곰'은 우리가 에델바이스 호텔에서 잠시 시간을 죽일 흥밋거리에 불과했다. 크리스마스와 새해의 에델바이스 호텔은 반짝거리는 흰 무인도나, 바다보단 눈을 뚫고 항해하는 아주 호화로운 원양 여객선 같았다. 거기서 우리 백여 명은 세상과 단절된 상태로 서로를 친구 삼아 지내고 있었다. 1910년에 유행하는 겨울 스포츠를 즐길 수 있는 호텔은 이곳을 포함해도 몇 군데 되지 않았다. 십여 명이나 겨우 찾을까 싶은 맞은편 베르그하우스 같은 곳에선 절대 즐길 수 없었다. 아만다와 나는 산책하다가 종종 마을 사람들이 잔뜩 쌓인 장작더미에서 나무를 옮겨 싣거나 진흙 묻은 짚단을 쇠스랑으로 가득 퍼내는 것을 보곤 했다. 그들은 스키나 스케이트를 타지 않았고 마을에는 썰매가 두 대 있을 뿐이었다. 하나는 마구에 종을 몇 개 매단 둔한 암갈색 말이 끄는 수수한 썰매였는데, 가까운 기차역에서 손님과 짐을 실어 날랐다. 아만다와 내가 관심을 가진 것은 다른 썰매였다. 검정색과 진홍색의 긴 줄과 은종을 매달아 화려하게 장식된 썰매. 은빛 꼬리와 갈기를 가진 데다 매끈하게 빠진 황금색 하플링거 말이 끄는 산바람처럼 날랜 썰매였다. 에델바이스에 묵는 손님들을 즐겁게 해 주기 위한 오락용 썰매로, 그 썰매가 사람들의 발자국으로 얼룩진 눈밭에 끌려오는 것을 금색 콧수염을 기른 잘생기고 젊은 썰매 주인이 긴 채찍을 들고 참을성 있게 기다리는 광경이 보이곤 했다. 가끔 그는 손님들의 무릎에 흰 털 깔개 덮는 것을 도와주기도 했다. 준비가 끝나면 썰매는 쉭쉭 땅그랑 소리를 내며 솔숲 사이 눈길로 사라졌다. 아만다와 나도 새해 선물로 새해 첫날 썰매를 타기로 약속되어 있었다. 그래서 우리는 크리스마스보다 그날을 더 간절히 기다렸다.

그러나 새해 첫날은 아직 열흘이나 남았고, 그때까지 다른 오락거릴 찾아야 했다. 우리는 호텔 뒤 아이스링크에서 스케이트를 탔다. 아버지는 아침에 가이드와 스키를 타러 나가시고 어머니가 편지를 읽고 쓰는 동안 우리는 호텔 테라스에 앉아 크림을 얹은 핫초코를 마셨다. 어머니가 보고 있지 않을 때를 틈타 아만다와 나는 초콜릿을 다 마시고 컵 바닥에 달달한 크림만 남겨 스푼으로 빨리 퍼먹는 내기를 하곤 했다. 어머니에게 들키면 제발 유치한 짓 좀 그만하라고 잔소리를 들었는데, 그때 아만다는 열하나, 나는 거의 열셋이었으므로 할 말이 없었다. 우리는 서운함을 뒤로 하고 다른 재밋거리를 찾아야 했다. 에델바이스 호텔에서는 모두가 시간이 남아돌았다. 자연스럽게 손님들은 서로에게 관심을 가졌고, 아만다와 나도 어른들의 소소한 이야기에 계속 귀를 기울였다.

"설마 그 여자가 올까?"

"음, 수석 웨이터가 그럴 거랬어. 그 사람은 알 거 아냐. 테라스가 내려다보이는 구석 자리를 예약했대. 토케이 포도주까지 마실 거라던데."

"작년하고 같은 테이블이네."

"와인도 같아."

우리 부모님은 커피를 따르는 여종업원을 애써 의식하지 않으려고 하면서 크로와상 너머로 눈빛을 교환했다('애야, 사람들은 하인을 의식할 뿐이라고 생각하지만 사실은 불편하게 만들고 있는 거란다').

"분명 사실이 아닐 거야. 감정이 있는 사람이라면······."

"왜 그 여자가 감정이 있다고 생각해?"

눈짓이 우리 머리 위로 날아들더니 잠시 침묵. 나는 그 눈짓이 무슨 의미인지 알았다. 우리가 도착한 날 밤, 부모님이 자기 전에 나눈 대화를 엿들었을 때가 떠올랐다. "……제시카한테 영향이……."

내 이름이다. 나는 퍼뜩 잠에서 깼지만 잠자코 듣기만 했다.

"그건 걱정할 필요 없을 것 같아. 제시카는 생각보다 강해." 어머니의 목소리였다. 어머니가 우리를 걱정하느라 시간을 낭비하지 않게 하려면 우리가 강해져야 했다.

"그래도 기억할 거야. 불과 1년 전이잖아. 아이에겐 그런 경험이 평생 남는 법이지."

"여보, 애들은 우리처럼 반응하지 않아. 그 나이에는 훨씬 더 무신경하기도 해."

아버지의 깊은 침묵에서 비록 수긍은 못 하지만 어머니의 확신에 가타부타 말해 봤자 소용없다고 생각하는 게 느껴졌다. 어둠 속에서 일이 분 정도 잠이 깬 상태로 내가 들은 것이 평생 남을지, 남는다면 어떤 형태로 남을지 생각해 보았다. 그러다 언젠가 파리에서 온 소녀처럼 나도 피루엣발레에서 한쪽 발로 서서 빠르게 도는 것을 할 수 있을까 궁금해하며 잠에 빠져들었다.

아침식사 시간에 부모님은 그 여자가 어떻게 행동할지 이러쿵저러쿵하다가 손님 두 명이 다가오자 얘기를 멈췄다. 아만다가 내 눈을 보았다.

"은 지팡이와 네모 곰이 스키 타러 가려나 봐."

우리 눈에는 초로의 신사로 보였지만 아마 오십대 중반쯤일 남자 두 명이 신부님처럼 두꺼운 모직 점퍼와 트위드 반바지를 입고, 두꺼운 긴 양말을 신고 있었다. 그들이 테이블 건너에서 부모님에게 목례하며 굿모닝이라 인사하자, 부모님도 같은 인사로 답했다. 무거운 운동복으로도 키 큰 남자의 특이하고 별난 분위기는 가려지지 않았다. 내 생각에 그는 세상에서 가장 마른 사람 같았다. 그런데도 여느 키 크고 늙은 사람들과 달리 몸을 똑바로 세워 가볍게 걸었다. 코는 독수리 부리 같았고 얼굴은 마을 주민들처럼 까맣게 탔지만, 그들과는 달리 코에서 입가로 난 두 개의 굵은 주름만 빼면 얼굴이 매끈한 편이었다. 가장 깊은 인상을 준 것은 머리였다. 마치 비싼 지팡이 위에 달린 손잡이처럼, 깨끗하고 세련된 은색 모자에 머리카락이 느슨하게 매달려 있었다. 그와 늘 함께 다니는 동료는 안 그래도 어깨가 넓고 네모졌는데 스키복을 입은 탓에 거구가 더 도드라져 보였다. 그는 어기적거리다 의자에 걸려 넘어질 뻔했다. 둥글고 정감 있는 얼굴에 색이 옅고 촉촉한 눈과 깔끔하게 정돈된 콧수염이 단정한 인상을 풍겼지만, 빛나는 정수리엔 머리카락이 겨우 한 가락 정도 남아 있었다. 테라스나 복도에서 만날 때마다 그는 우리에게 다정한 미소를 지었다. 그는 항상 은 지팡이에게 커피를 따라 주거나 편지를 부쳐 주는 등 도움을 아끼지 않았다. 그래서 우리는 네모 곰을 은 지팡이의 지킴이라고 생각했다. 아만다는 은 지팡이가 보름달만 뜨면 미치기 때문에, 네모 곰이 그를 가둔 후 사람들이 그의 울부짖음을 못 듣게 하려고 큰 소리로 노랠 부를 거라고 했다. 아만다는 사람들에게 다음 보름달은 언제 뜨냐고 묻고 다녔지만 대답해 주는 사람은 없었다. 나는 몸이 무척 야윈 것으로 보아 은 지팡이는 폐병으로 곧 죽을 몸이고, 네모 곰은 그의 주치의일 거라고 생각했다. 그러나 그가 폐병 환자처럼 발작적으로 기침하는 모습은 한 번도 보지 못했다. 두 사람이 아침을 먹으려고 자리에 앉자 우리는 자꾸 쳐다본다고 혼나지 않고 맘껏 그들을 관찰할 수 있었다. 네모 곰이 접시 옆에 놓인 신문을 펴 들고 은 지팡이에게 읽어주자, 은 지팡이는 커피를 홀짝이며 이미 다 아는 내용이라는 듯 이따금 고개를 끄덕였다. 신문은 《런던 타임스》였고 역에서 썰매로 배달되기 때문에 최소 이틀은 지난 것일 터였다.

아만다가 속삭였다. "먹네."

웨이터가 크로와상 대신 토스트를 담은 그릇과 옥스퍼드 마멀레이드가 든 석재 용기를 가져다주었다. 은 지팡이가 평범한 사람처럼 토스트를 먹었다.

아버지가 물었다. "누가 먹어?"

우리는 눈으로 은 지팡이를 가리켰다.

"왜 안 먹겠어? 스키를 타려면 에너지가 얼마나 많이 필요한데."

어머니가 그들이 스키를 타기엔 너무 늙은 것 같다고 말했다.

"의사인 왓슨 박사는 스키를 꽤 잘 타는 편이고, 다른 쪽은, 음, 가이드도 안 가는 아주 가파른 곳에서 새처럼 내 옆을 지나가더라. 그리고 모두가 눈에 큰 구멍이나 내고 있을 때에도 저 사람은 그냥 가파른 곳 끝자락에 서 있어. 이성적이라 겁이 전혀 없는 것 같아. 보통 두려움 때문에 스키를 망치거든. 가파른 곳에 서면 떨어질 것 같은 두려움에 열에 아홉은 넘어져. 그런데 홈즈는 가파른 곳에서 못 탈 이유가 어딨냐는 표정으로 여유 있게 내려오더라고."

어머니는 진짜 이성적인 사람이라면 애초에 스키를 타러 가지 않을 거라고 말했다. 대화를 듣던 내가 물었다.

"네모 곰이 의사예요? 은 지팡이는 아프고?"

"아픈 건 아닐 텐데. 포트에 커피 남았나?"

그러고는 잠시 그 일을 잊었다. 여러분은 그 사람이 누군지 아만다와 내가 당장 알아챘어야 한다고 말할지도 모르겠다. 아마 유럽에 사는 아이 열에 아홉은 눈치챘으리라. 그러나 우리는 어머니 때문에 색다른 삶을 살고 있었고, 우리 나이대 여자아이들이 잘 모르는 것을 많이 알게 된 한편, 흔히 아는 것을 제대로 알지 못했다.

우리는 아버지와 가이드가 어깨에 스키를 메고 솔숲을 지나 눈이 두텁게 쌓인 곳에 도착할 때까지 손을 흔들어 준 후 다시 스케이트를 타러 갔다. 진입로에서 수수한 검은색 썰매가 계곡을 내려가 역으로 가길래 옆으로 비켜섰다. 뒤에는 아무도 타고 있지 않았지만, 깔개가 말끔히 접혀 손님 맞을 채비를 하고 있었다.

"또 누가 새로 오나 봐." 아만다가 말했다.

썰매가 돌아왔을 때 아만다와 나는 방에서 책을 읽고 있어서 썰매를 탄 사람이 누군지 보지 못했다. 나중에 아래층에 내려가니 호텔

안이 웅성거렸고 긴장감이 서려 있었다. 마치 바이올리니스트가 음악이 연주되기 전 현에 활을 대고 가만히 있는 순간과 비슷한 느낌이었다. 한낮이었는데도 벌써 계곡은 서서히 어두워지고 있었다. 깜깜해지기 전에 돌아오겠다고 허락을 받아 보통 때처럼 아이스 링크로 향했다. 색색의 전등이 어두운 얼음판에 노란색, 빨간색, 파란색으로 빛났다. 아코디언을 든 절름발이 남자가 슈트라우스 왈츠를 연주했고 몇몇 커플들이 능숙하진 않지만 음악에 맞춰 스케이트를 즐겼다. 링크 끝 쪽 화롯가에 많은 사람이 모여 있었고, 웨이터가 멀드와인레드 와인에 설탕, 레몬 껍질, 향신료 등을 넣어 가열시킨 것을 작은 잔에 따라서 돌렸다. 아코디언을 든 남자는 스케이트를 타는 사람들이 지쳤거나 집에 가고 싶어 한다고 여겼는지, 왈츠 대신 춤추기 어려운 거친 집시 음악을 연주하기 시작했다. 얼음을 타던 커플들이 몇 번 시도해 보더니 포기하고 웃으며 난롯가로 모여들었다. 링크가 텅 비었지만 절름발이 남자는 땅거미가 완전히 져서 산이 어둑해질 때까지 음악을 연주했다.

그때 어떤 여인이 얼음판 위로 미끄러져 들어왔다. 다른 사람들과는 사뭇 다른 단호한 움직임이 눈에 띄었다. 링크 위에서는 휘청대는 초보자나 자신만만한 숙련자나 모두 이곳이 자신의 영역이 아님을 의식하는 분위기였지만, 여자는 물 위에 떠 있는 백조나 하늘을 나는 제비처럼 익숙하게 얼음판에 사뿐히 내려섰다. 모두 웃음을 그치고 술잔도 내려놓은 채 여자가 얼음판 위에 내려서서 몸을 굽혔다가 원을 도는 광경을 지켜보았다. 파리에서 온 소녀처럼 현란한 피루엣을 하거나 팔짱을 끼고 보란 듯이 미소 짓지는 않는 걸 보니 선수는 아닌 모양이었다. 그러나 분위기만으로 주위의 시선을 단숨에 사로잡았다. 심지어 스케이트를 탈 복장도 아니었다. 검은색 밍크 재킷을 입고 거기에 어울리는 모자를 썼으며 스케이트 신발 몇 인치 위에서는 검은 스커트가 하늘거렸다. 아마 역에서 올 때 입었던 옷차림 그대로인 것 같았다. 그러나 그런 복장으로 스케이트를 타는데 익숙해 보였고, 올 때부터 그럴 예정이었던 듯했다.

여자가 링크에서 내려왔다. 그녀가 스케이팅에 몰입한 동안엔 누군지 알아보지 못했고, 나이 든 우아한 여인이 왔다는 인식밖에 없었다. 그러다 어머니를 쳐다보았는데, 어머니는 소나무처럼 뻣뻣하고 까칠하게 서서 여자를 바라보고 있었다. 어머니의 얼굴에 어린 것은 경탄이 아니라 공포에 가까웠다. 다른 어른들의 표정도 비슷했다. 마치 여자가 위험한 소식을 들고 온 전령이기라도 한 것 같았다. 그때 어떤 여자가 말했다. "저 여자가 여길? 어떻게 감히?"

모두들 같은 생각이라는 듯 수군거렸고, 이제 여자에 대한 공포는 집단적인 비난 같은 것으로 변하고 있었다. 침묵이 깨지자 기다렸다는 듯 수많은 말이 쏟아져 나왔고, 썰매 경주마가 자갈밭 위를 달리듯 날카로운 어구들이 곳곳을 쑤석거렸다.

"일 년밖에 안 됐는데…… 어떻게 여길 다시…… 예의라곤 없는…… 그렇게 된 것만도 다행인데…… 그런 일이 있었으면서."

어머니가 우리 어깨를 꼭 쥐며 말했다. "차 마실 시간이다."

보통 같으면 몇 분 더 있겠다고 반항했겠지만, 어머니의 표정과 분위기가 자못 심각했다. 링크에서 호텔로 들어가려면 뒤편 테라스로 몇 계단 올라가서 큰 유리문을 통과해야 한다. 테라스에는 남자 둘이 서 있었다. 거기에서도 링크가 보였으므로 그들 역시 지금 상황을 이해하고 있었다. 은 지팡이와 네모 곰이었다. 거실 조명을 받아 반짝이는 야윈 남자의 눈빛은 여태 내가 본 어떤 눈보다 더 매서웠고, 얼음보다 더 차갑게 느껴졌다. 보통 같으면 잘 교육받은 아이답게 저녁 인사를 건넸을 테지만, 어머니가 말없이 우리를 끌어당겼다. 우리를 테이블에 앉힌 후 어머니는 곧바로 스키를 타고 돌아온 아버지를 찾으러 갔다. 부모님이 나에 관해 얘기하리란 걸 알았고 왠지 중요한 사람이 된 것 같았지만, 그 기대에 부응할 수 없을 것 같아 걱정이 됐다. 어쨌든 내가 본 것은 겨우 몇 초뿐이었다. 나는 아무것도 이해하지 못했다. 그 일이 일어나기 전에 나는 그 사람이 식당을 가로지르는 걸 몇 번 봤을 뿐 그를 전혀 알지 못했다. 사람들이 나중에 얘기해 줄 때까지 그 사람이 죽었다는 것조차 몰랐다.

저녁 식사 역시 집시 음악만 없었을 뿐 링크에서와 비슷한 분위기였다. 그날은 아만다와 나도 수프가 나올 때까지 남아도 좋다고 허락받았다. 보통 수프를 먹고 나면 공손하게 굿나잇 인사를 한 후 각자 침대로 들어갔다. 하루 종일 스케이트와 스키를 탄 사람들은 허기지게 마련이라 주방 여닫이문과 은 식기를 들고 오는 웨이터에게 집중하곤 했다. 그러나 그날 밤은 달랐다. 다들 구석진 창가의 작은 테이블을 신경 쓰고 있었다. 다른 테이블처럼 흰 리넨과 은수저, 가장자리가 금으로 된 접시들, 크리스털 잔 몇 개가 놓인 일인용 테이블로, 아직 비어 있었다.

아버지가 말했다. "피하는 모양이군. 난 그 여자를 탓하지 못하겠어."

어머니가 조용히 하라는 눈길을 보낸 후 그날 저녁에는 프랑스어로 말해야 한다고 선언했다. 그러고는 내게 빵을 좀 건네 달라고 프랑스어로 부탁했다.

나는 문을 등진 상태로 빵 바구니에 손을 댔다. 그때 갑자기 식당 안이 조용해졌다.

"돌아보지 마라." 어머니가 영어로 날카롭게 말했다.

얼떨결에 뒤를 돌아보니 거기에 검은 벨벳과 다이아몬드로 치장한 그 여자가 있었다. 작년보다 훨씬 하얗게 센 머리를 뒤로 쓸어 넘기고 진주와 다이아몬드 빗으로 고정한 모습이었다. 작년에 그 일이 일어나기 전에 어머니는 여자가 은퇴한 오페라 가수치고 몸매가 놀랄 만큼 날씬하다고 평가했었다. 여자는 검은색 벨벳 보디스드레스의 상체 부분 위로 드러난 광대뼈와 쇄골에 종이가 벨 것 같이 뾰족하게 여위어 있었다. 여자가 수석 웨이터에게 머리를 우아하게 숙였는데, 아마도 환영 인사를 받은 것 같았다. 수석 웨이터는 웃고 있었지만, 특별히 그 여자를 위해 웃는 건 아니었다. 여자가 웨이터를 따라 먼, 아주 먼 구석 테이블로 가는 동안 아무도 웃어 주지 않았다. 여자로부터 고개를 돌리느라 목이 삐걱거리는 소리까지 들릴 지경이었다. 오페라 가수 시절, 처음 무대에 올라설 때도 지금처럼 신경이 곤두서지는 않았을 것 같았다. 어머니의 엄한 명령에도 불구하고 그녀를 보지 않는 것이 나이아가라 폭포를 건너는 블롱댕외줄타기의 명수을 무시하기보다 어려웠다. 가끔 어머니의 말을 어겨 의외의 보상을 얻을 때가 있는데, 그날이 바로 그랬다. 조용한 식당 한가운데에서—여자를 못 본 척하는 백 명 남짓한 사람들 중에서—은 지팡이가 일어서는 장면을 본 것이다. 모두 자리에 앉아 있어 그는 평소보다 훨씬 키가 커 보였고, 콧마루 위로 말끔하게 정돈한 은색 머리는 마터호른 산 위에 쌓인 눈처럼 빛났으며, 흑백 야회복이 얼음처럼 번뜩였다. 네모 곰이 잠시 머뭇거리더니 은 지팡이를 따라 자리에서 일어났다. 여자가 다른 사람들의 테이블을 지나며 외롭게 걸어가는 동안, 은 지팡이는 고개 숙일 일이 별로 없는 사람이 가질 만한 위엄 있는 태도로 고개를 숙였고, 네모 곰도 덜 우아하지만 정중하게 동료를 따라 인사했다. 네모 곰은 얼굴이 벌겋게 상기되었지만, 은 지팡이는 태연자약했다. 여자가 잠시 걸음을 멈추고 흰 목을 굽혀 인사에 답한 후 계속 걸어갔다. 수석 웨이터가 의자를 끌어당겨 주고 여자가 앉을 때까지 방에는 계속 침묵이 감돌았다. 그러다 마치 신호를 받은 것처럼 튜린채소·수프를 담아 상에 낼 때 쓰는, 뚜껑이 있는 큰 그릇을 든 웨이터들이 여닫이문에서 걸어 나왔고, 수저가 맞부딪쳐 내는 소리가 전쟁을 시작하는 알림처럼 요란하게 울렸다.

아침 식사 때 내가 어머니에게 물었다. "왜 그 아저씨들이 여자한테 고개 숙여 인사해요?" 금지된 주제인 줄 알았지만, 나에게 큰 영향을 미칠 수도 있으니 내게는 물어볼 권리가 있을지도 모른다. 나는 월계수 잎에 쓴 비밀 글자를 보기 위해 가슴에 품은 사람처럼 언제 그 이야길 듣게 될지 늘 궁금해했다. 내가 열넷, 열여덟이 되면?

"쓸데없는 질문 하지 마라. 그리고 밀크 커피에 설탕을 뭣하러 두 덩어리나 넣니?"

아버지가 점심을 먹고 나서 계곡 아래 마을로 크리스마스 선물을 사러 가자고 제안했다. 정신을 딴 데 돌리려는 시도로는 조금 효과가 있었지만, 나는 여전히 그 여자 생각에서 벗어날 수 없었다. 그날 아침에는 재미없는 애들과 눈싸움을 하기로 약속해서, 링크가 내려다보이는 테라스 쪽으로 정처 없이 걸어갔다. 거기서 그 여자를 다시 만나면 좋겠다고 생각했지만 시끄러운 초보자들만 꽥꽥 소리를 지르며 스케이트를 타고 있었다. 나는 그들의 평범함을 경멸했다.

방향을 틀어 별 생각 없이 호텔 뒤쪽을 바라보는데 뒤에서 발소리가 나더니 누군가 말을 걸었다. "그 일이 일어났을 때 서 있던 자리가 거기니?"

은 지팡이의 목소리를 가까이에서 들은 것은 그때가 처음이었다. 동굴에 갇힌 바닷물처럼 깊고 맑은, 기분 좋은 목소리였다. 그는 거친 트위드 재킷에 귀 덮개 있는 모자를 쓰고 불과 몇 미터 떨어진 곳에 서 있었다. 뒤에는 모직 스카프를 두른 네모 곰이 걱정스러운 표정으로 서 있었다. 나는 지붕을 올려다본 뒤 발치를 내려다보며 잠시 생각에 잠겼다.

"네, 이쯤이었던 것 같아요."

"홈즈, 아이 어머니에게 물어 봐야 하지 않을까? 아마도……."

"어머니는 거기 없었어요. 내가 있었지."

나는 이미 무대의 주인공이 되는 느낌을 알았던 것 같다. 은 지팡이가 그 여자에게 목례를 한 것처럼 내게도 고개를 까딱해 주면 굉장한 기분이 들 것 같다는 생각도 났다.

"그렇구나."

은 지팡이는 목례는 하지 않았지만 만족스러운 얼굴이었다.

"왓슨, 제시카 양이 적어도 그 사건으로 히스테리 상태에 빠진 건 아닌 것 같군."

나는 은 지팡이의 말이 칭찬이라는 것을 알아챘고, 그래서 아만다 몰래 거울 앞에서 연습한 대로 그에게 머리를 약간 기울여 보았다. 그가 미소를 지었는데, 키나 날카로운 분위기 때문에 느끼지 못했던 부드러움이 느껴졌다.

"네가 본 것에 관해 얘기하는 데 크게 거부감은 없는 것 같구나."

내가 우아하게 대답했다. "조금도 그렇지 않아요." 그러고는 정직해야겠다 싶어 이렇게 덧붙였다. "제가 본 게 그렇게 많지 않아서 문제지만요."

"중요한 건 얼마나 많이 보았느냐가 아니라 얼마나 분명히 보았느냐란다. 네가 본 걸 정확하게, 기억나는 대로 최대한 상세하게 왓슨 박사와 내게 말해 줬으면 좋겠구나."

목소리는 부드러웠지만, 내게 고정된 검은 눈에는 다정함이라곤 없었다. 그렇다고 매섭거나 잔인한 눈빛은 아니었다. 카메라나 망원경처럼 어떠한 감정도 실리지 않았다고나 할까. 그 눈빛이 기분을 이상하게 만들었다. 두렵지는 않았지만 마치 겪어 보지 못한 방식으로 '진정한 나'가 된 듯한 느낌이었다. 1년 전 그날 내가 본 일에 대해 분명히 말하는 것이 내가 여태 한 어떤 일보다 중요하다는 것을 직감했다. 그래서 눈을 감고 진지하게 생각했다.

"바로 여기 서 있었어요. 산책하러 가려고 엄마와 아만다를 기다리고 있었어요. 아만다가 털장갑 한 짝을 잃어버려 찾으러 갔거든요. 그러다 그 사람이 떨어지는 걸 봤어요. 식당 위 지붕에 부딪히고는 아래로 주르륵 미끄러졌어요. 눈도 같이 쓸려 내려갔고, 남자는 눈과 함께 저 위에 떨어졌어요. 저 의자 있는 곳에요. 같이 쓸려 온 눈이 그 사람 위에 쌓여서 팔만 겨우 보였어요. 팔이 움직이지 않았지만 죽은 줄은 몰랐어요. 사람들이 뛰어와서 서둘러 눈을 치우기 시작했어요. 그때 누군가 제가 거기 있으면 안 된다고 말했고, 사람들이 저를 엄마한테 데려갔어요. 그래서 그 사람한테서 눈을 쓸어낼 때 저는 거기 없었어요."

나는 말을 멈추고 숨을 헐떡였다. 네모 곰은 불안해 보였고 나를 불쌍하게 여기는 것 같았지만, 은 지팡이의 눈빛은 변함없었다.

"어머니와 여동생을 기다릴 때 어느 쪽을 보고 있었니?"

"링크 쪽이요. 스케이트 타는 사람들을 보고 있었어요."

"그렇구나. 그럼 호텔은 등지고 있었겠구나."

"네."

"그런데도 남자가 떨어지는 걸 봤어?"

"네."

"무엇 때문에 돌아보았니?"

그건 확실하게 기억하고 있었다. 사람들이 가장 신경쓰는 것도 바로 그 부분이었다.

"그 사람이 소리를 질렀어요."

"뭐라고?"

"'아냐'라고 했어요."

"소리 지른 게 언제였지?"

나는 잠시 머뭇거렸다. 그런 걸 물어보는 사람은 없었는데.

"떨어질 때."

"물론 그렇겠지. 그런데 떨어지는 동안 어떤 지점에서 소리를 질렀는지 궁금해서 말이야. 나는 식당 위 지붕에 떨어지기 전이었다고 생각하거든. 아니었다면 네가 그때 뒤를 돌아보지 않았을 테니까."

"네, 맞아요."

"그럼, 네가 돌아봤을 때 남자는 벌써 떨어지는 중이었니?"

"홈즈, 그렇게까지……."

"왓슨, 좀 조용히 해 봐. 자, 제시카 양?"

"네, 그때 이미 공중에 있었어요."

"그럼 벌써 그 사람이 비명을 지른 다음이었겠구나. 그래서 정확히 어느 순간 그 사람이 비명을 질렀니?"

나는 은 지팡이가 나를 좋게 볼 수 있도록, 내가 좀 더 영리하고 어른스러웠으면 좋겠다고 생각했다.

"여자가 그 사람을 창밖으로 밀었을 때였던 것 같아요."

네모 곰이 복잡한 감정을 내보였다. 눈을 찡그리고 얼굴이 벌개졌으며 털장갑 낀 손으로 간청하는 듯한 신호를 보냈다. 그 바람에 그는 여느 때보다 더 곰 같아 보였다. 이번에는 은 지팡이가 아닌 내게 그만하라고 말하는 듯했다. 은 지팡이가 손을 들어 올려 무슨 말을 하려는 네모 곰을 저지했고, 그의 이마에 날카로운 V자가 새겨지며 표정이 바뀌었다. 목소리 역시 살짝 덜 부드러워졌다.

"그때 누가 그를 창밖으로 밀었지?"

"아내인 맥커보이 부인이었어요."

나는 덧붙여야 할지 어떨지 잠시 고민하다 그렇게 하기로 결심했다. "어젯밤에 아저씨가 인사한 여자예요."

"그 여자가 미는 걸 봤니?"

"아뇨."

"그럼 맥커보이 부인이 창가에 있는 걸 봤니?"

"아뇨."

"그런데 넌 맥커보이 부인이 남편을 창밖으로 밀었다고 말하는구나. 왜지?"

"부인이 그랬다는 걸 모르는 사람은 없어요."

네모 곰의 표정으로 내가 실수했다는 것은 알아챘지만 무엇을 잘못했는지는 알 수 없었다. 인정 많은 남자인 그가 내 마음을 알아챘는지 내게 설명하려고 애를 썼다.

"있잖아, 얘야, 내가 이 친구 홈즈 씨와 오래 알아 왔는데……."

그러나 이번에도 은 지팡이가 손을 저어 제지하는 바람에 네모 곰은 말을 끝맺지 못했다.

"왓슨 박사는 좋은 의도로 대신 말해 주려 했지만, 내가 직접 말하고 싶었단다. 제시카 양, 나이를 먹으면 저절로 철이 든다는 건 잘못된 생각이란다. 그러나 물론 나이가 들면 경험은 쌓이는 법이지. 네가 허락해 준다면 지혜가 아닌 경험에서 우러나온 충고를 하나 하고 싶은데 괜찮겠니?"

이번에는 우아하기는커녕 두려워하며 고개를 끄덕였다.

"내가 해 주고 싶은 말은 이거야. 이 말을 항상 기억하렴. 누구나 아는 것은 아무도 모르는 것과 같아."

은 지팡이는 스케이터가 회전을 하거나 미끄러질 때 무게를 싣듯 목소리에 한껏 무게를 실었다.

"맥커보이 부인이 남편을 창밖으로 밀어냈다는 건 모두가 아는 사실이라고 말했잖니. 내가 알기로는 세상에서 맥커보이 씨가 떨어지는 걸 본 유일한 사람이 바로 너더구나. 그런데 넌 맥커보이 부인이 남편을 미는 장면은 보지 못했다고 했어. 우리가 아는 한, 아무도 목격하지 못한 사건에 대해 그렇게 확실한 주장을 할 수 있는 '모든 사람'은 도대체 누굴까?"

답을 모르는 것은 비참한 일이다. 19 곱하기 3은? 동사 'faire'의 과거분사형은? 나는 은 지팡이의 기대에 부응하고 싶었지만, 그는 자기도 모르게 학생을 당황시켜 버렸다. 내가 불쑥 말했다. "맥커보이 씨는 매우 부자였고, 부인은 남편을 사랑하지 않았어요. 이제 부인은 매우 부자이고 원하는 건 뭐든 할 수 있어요."

또 네모 곰의 털 장갑이 허공을 허우적댔다. 이번에도 은 지팡이는 그걸 무시했다.

"그래, 맥커보이 부인이 부자고 원하는 걸 다 할 수 있단 말이지? 그럼 부인은 행복해 보이니?"

"홈즈, 아이가 어떻게 그런 걸……?"

나는 집시 음악과 윤기 나는 검은 털과 머리에 꽂은 진주를 떠올렸다. 나도 모르게 머리를 저었다.

"아니지. 그리고 부인은 다시 이리로 왔어. 남편이 죽은 지 꼭 1년 후에 어떻게든 피하고 싶을 장소에 돌아온 거야. 사람들이 뭐라고 수군거릴지 알면서도, 모두가 자신을 쳐다볼 걸 알면서도 머리를 꽂꼿이 든 채로 말이야. 그녀에게 그게 무슨 의미인지 알겠니?"

이번에는 은 지팡이가 말려도 네모 곰은 가만히 있지 않았다. "어떻게 아이가 성숙한 여인의 감정을 알기를 기대하나? 어쩌자고 어른들의 저속한 뒷담화 때문에 아이를 힘들게 하는 거야? 홈즈, 이건 정말 아닐세." 이번에는 은 지팡이도 친구의 말에 동의하는 듯했다. 그가 이마에 생긴 V자를 펴며 사과했다.

"자, 그럼 다시 네가 실제로 본 확실한 것만 물어 볼게. 호텔은 작년 이후로 다시 손본 곳이 없는 것 같은데, 맞니?"

나는 다시 고개를 돌려 호텔 뒤편을 보았다. 내가 알기로는 작년 그대로였다. 식당에서부터 이어지는 유리문들과 테라스 위의 거실, 타일로 된 비스듬한 지붕. 지붕 위로 연결된 호텔의 주요 객실 세 층. 그중 위쪽 두 개 층은 연철로 된 발코니가 있어서 맑은 날이면 산맥이 보이기 때문에 사람들이 가장 많이 찾는다. 그 아래에는 작은 방들이 있는데, 주방과 식당 바로 밑에 있어서 소음과 음식 냄새가 심한 데다 발코니도 없어서 인기가 없는 편이었다.

은 지팡이가 네모 곰에게 말했다. "저게 그들이 작년에 묵었던 방이야, 맨 위층, 오른쪽에서 두 번째. 그러니 맥커보이 씨를 발코니 너머로 밀어야 아래로 떨어질 수 있단 말이지. 그러려면 엄청나게 힘이 좋아야 하지 않을까?"

마지막은 내게 한 질문이었다. 은 지팡이는 맥커보이 씨가 창밖으로 떨어지기 전에 내가 그를 본 적이 있는지 물어보았고, 나는 몇 번 본 적 있다고 대답했다.

"덩치가 작았니?"

"아뇨, 아주 컸어요."

"예를 들어 여기 왓슨 박사만 했어?"

네모 곰이 군사 훈련이라도 받는 것처럼 넓은 어깨를 쫙 폈다.

"맥커보이 씨가 더 살쪘어요."

"나이는?"

"아주 많았어요. 아저씨와 비슷한 정도."

네모 곰이 풉 하고 웃으며 어깨를 조금 떨어뜨렸다.

"그럼 우리 친구 왓슨과 나이는 비슷하고 체중은 좀 더 나가는 남자란 말이지. 그렇다면 여자가 맥커보이 씨를 억지로 밀어서 떨어뜨리기는 참 어렵겠군. 그렇지?"

"아마 부인이 남편을 불러 창밖을 가리키며 무언가를 보라고 한 다음 남편의 다리를 잡아 올려 떨어뜨린 건 아닐까요?"

그건 나 혼자만의 가설이 아니었다. 일 년 전에 이미 몇 번이고 조사된 사건이었고, 부모님이 갖은 노력을 쏟아 못 듣게 막았음에도 내가 주워들은 말이었다.

"아주 인상적인 그림이군. 그럼 이제 우리가 확실히 아는 것으로 되돌아갈까? 눈은 어땠니? 작년에도 이만큼 눈이 많이 내렸니?"

"그랬던 것 같아요. 작년에는 제 무릎 위로 올라올 정도로 쌓였어요. 올해는 그렇지 않지만, 그건 제 키가 커서 그런 거예요."

네모 곰이 중얼거렸다. "그런 것은 기록에 남아 있을 거야."

"그렇긴 하지, 그렇지만 우리는 제시카 양이 가늠한 것도 참고해야 하니까. 미안하지만 마지막으로 하나만 더 물어도 될까?"

내가 다소 조심스럽게 그래도 좋다고 대답했다.

"고개를 돌려 맥커보이 씨가 떨어지는 것을 보기 전에 '아냐'라고 외치는 소리를 들었다고 했잖니. 어떤 종류의 '아냐'였을까?"

어리둥절했다. 그런 걸 물어보는 사람은 처음이었다.

"화난 '아냐'였니? 저항하는 듯한 '아냐'? 누가 발코니 위로 밀면 너도 외쳤을 그런 종류의 '아냐'였니?"

네모 곰이 이번에도 이의를 제기하고 싶어 하는 눈치였지만 조용히 있었다. 나는 은 지팡이의 강렬한 눈빛에 얼어 붙었다. 내가 바로 대답하지 않자 은 지팡이가 눈에 띄게 자세를 풀고 나긋한 목소리를 냈다.

"대답하기 어렵지? 모두들 확신에 차서 그들의 생각을 네 마음속에 각인시킨 결과, 너한테는 한 가지 종류의 '아냐'만 남았을 거야. 네가 친절을 베풀어 줄 생각이 있다면 나를 위해 뭘 좀 해 줬으면 좋겠어. 왓슨 박사와 내가 지금 여기에 서서 작년의 너처럼 링크를 내려다보고 있다는 사실을 잊어 줬으면 좋겠구나. 다른 건 모두 잊고 네가 작년처럼 처음으로 그 외침을 듣는다고 생각해 주면 좋겠어. 그래 줄 수 있겠니?"

나는 그들에게서 고개를 돌렸다. 먼저 올해 스케이터들을 바라보고, 그런 다음 눈을 감고 작년 기억을 더듬었다. 초록색 스카프 때문에 목이 가려웠고 기다리는 동안 손발이 시렸다. 비명이 들렸고 내가 할 수 있는 거라곤 뻣뻣이 굳은 채 남자의 몸이 떨어지는 것을 보는 것뿐이었다. 눈을 뜨자 그들이 참을성 있게 기다리고 있었다.

"기억난 것 같아요."

"어떤 종류의 '아냐'였니?"

분명 알겠는데 말로 나와 주지 않았다.

"그건…… 꼭 시간이 있었다면 다른 뭔가도 말했을 것 같다고 해야 하나? 그냥 '아냐'가 아니라 '뭔가가 아냐'였던 것 같아요."

"뭐가 아니었을까?"

전보다 더 오래 침묵하자 네모 곰이 끼어들었다.

"이름이었을까, 애야?"

"아이의 머리에 다른 생각을 심지 말게. 제시카 양, 맥커보이 씨가 '아냐' 앞에 뭔가를 말하려 했던 것 같은데, 뭔지는 모르겠다고 했지, 그렇지?"

"네, '달리기는 아냐. 오늘 간식은 케이크가 아냐' 같은 거였어요. 물론 달리기나 케이크는 아니었겠지만. 어쨌든 내가 뭔가를 할 수 없다는 느낌이었어요."

"아니면, 거기 없는 걸 없다고 말한 것일 수도 있지? 케이크처럼?"

"네. 그런 비슷한 거였어요. 케이크가 있을 리는 없다는 것만 빼면요. 그렇죠?"

"있을 리 없다? 뭔가 실제로 일어난 이상 그럴 리 없다거나 있다거나 하는 건 아무 의미도 없어."

가정교사들이 꼭 저런 식으로 말한다고 생각하는 순간, 은 지팡이의 미소를 보고 나는 내 얘기가 그를 만족시켰다고 느꼈다.

"네 어머니와 여동생이 오는구나. 그러니 이제 그만 이 유익한 대화를 마쳐야겠지? 네 관찰력에 아저씨가 많이 신세를 졌구나. 혹시 괜찮다면 나중에 너한테 질문을 또 하도록 허락해 주겠니?"

내가 고개를 끄덕였다.

"비밀이에요?"

"그러고 싶니?"

"홈즈, 이 어린 숙녀한테 굳이……."

"친애하는 왓슨, 내가 관찰한 바로 아이들에게는 비밀을 유지하게 하는 것보다 더 귀중한 일은 없다네."

어머니가 아만다와 함께 테라스를 가로질러 걸어왔다. 은 지팡이와 네모 곰이 모자에 손을 얹더니 즐겁게 산책하라고 인사하며 떠났다. 나중에 어머니가 무슨 얘기를 했느냐고 물었지만, 나는 작년에도 눈이 이렇게 많이 왔는지 물었다고 둘러댄 후 우리의 동맹은 비밀에 부쳤다. 나는 마음속으로 그의 눈과 귀가 되기로 맹세했다.

크리스마스 이브 티타임에 아이들을 위한 파티가 있었다. 부모님은 우리가 크리스마스 트리 아래 놓인 호텔 선물에 정신이 팔려 있다고 믿었는지 낮은 목소리로 이야기를 나누기 시작했다. 그러나 빨간 옷에 흰 수염을 단 짐꾼이나 실에 꿴 나무 거위 세 마리 따위의 후한 선물이 내 관심을 돌리기에는 역부족이었다. 나는 은 지팡이가 다시 질문할 때를 대비해서 아주 작은 것들까지 엿듣고 머릿속에 새겼다. 그리고 크리스마스 이브와 크리스마스 내내 검은색 옷을 입고 보석을 매단 채 허리를 꼿꼿이 세우고 긴 드레스 자락을 조용히 끌며 돌아다니는 창백한 맥커보이 부인을 주시했다.

다음 만남은 복싱 데이였다. 그날도 호텔 마당에서 눈싸움이 벌어졌는데, 이번에는 부모들도 가세했다. 나는 무리에서 멀찌감치 떨어져 헐벗은 자작나무 숲 옆에서 둘을 기다렸다. 과연 은 지팡이와 네모 곰이 내게 걸어왔다.

"맥커보이 부인에 관해 많은 걸 알아냈어요." 내가 말했다.

"그래?"

"맥커보이 씨는 부인의 두 번째 남편이었어요. 더 사랑했던 다른 남자는 열병으로 죽었대요. 오래전 그들이 이집트를 방문했을 때였어요."

"10년 전 일이란다."

은 지팡이의 목소리가 아련했다. 그렇게 말하는 그는 나를 보고 있지도 않았다.

"부인이 맥커보이 씨와 결혼한 건 3년 전이에요. 사람들은 돈 때문에 결혼했다고 수군댔지만, 파티에 온 미국 숙녀분은 맥커보이 씨가 굉장히 좋은 사람이고 음악과 가수에 관심이 많다고 했어요. 그러니 사랑까지는 아니어도 서로 꽤 좋아해서 한 결혼일 거라고 했어요. 이것도 아시죠?"

나는 머릿속에 새겨 둔 정보를 꽤 잘 전달했다고 생각했다. 어머니가 친구들에게 말하는 것을 따라하려고 노력했고 내 귀에도 꽤 그럴듯하게 들렸다. 하지만 반응이 없자 실망한 나는 비장의 무기를 단숨에 꺼내 놓고 말았다.

"그런데 부인이 계속 남편을 좋아한 것 같진 않아요. 결혼한 후에 부인이 남편의 눈빛에 관해 알아 버렸거든요."

"눈빛?"

마침내 반응이 왔다. 네모 곰이 아니라 은 지팡이에게서. 나는 그 눈빛에 딱 맞는 단어를 찾아냈다.

"방랑. 한 군데 정착하지 못하고 이리저리 헤매는 눈빛이었어요. 맥커보이 씨는 계속 다른 여자를 찾아다녔고, 부인은 그게 마음에 들지 않았어요."

그들이 나의 특별한 방식을 이해해 주길 바랐다. 어떤 방식인지 나 자신도 몰랐지만, 어른들이 파티에서 그들끼리 그런 식으로 이야기하면 확실히 서로 통하는 게 있었다. 그러나 어쩌면 내가 이 두 사람을 과대평가했는지도 몰랐다. 두 사람은 그저 멀거니 나를 쳐다봤다. 아마 은 지팡이는 내가 생각한 것만큼 똑똑하지 않을지도 모르겠다. 나는 내가 가진 마지막 너절한 정보를 던졌다. 누구라도 알 만한 것이었다.

"그리고 부인의 이름을 알아냈어요. 아이린이에요."

네모 곰이 헛기침을 했다. 은 지팡이는 아무 말도 하지 않았다. 그저 내 머리 너머로 눈싸움하는 광경을 바라보았다.

"홈즈, 이젠 제시카 양을 친구들하고 놀게 보내 줘야 할 것 같아."

"아냐. 물어보고 싶은 게 아직 있어. 작년 크리스마스에 호텔에 있었던 직원들 다 기억하니?"

이거야말로 대실망이었다. 내가 물어다 준 것은 사랑과 돈과 결혼이 빽빽히 들어 찬 영양가 있는 이야기인데, 그는 엉뚱한 것을 물어보고 있었다. 내 얼굴에 떠오른 실망이 바보 같아 보였는지 은 지팡이가 서둘러 다시 물었다.

"시중 들어 준 사람들, 짐꾼과 웨이터들, 여급들. 특히 여급들 말이야."

"다 똑같은 것…… 같아요." 나는 머릿속으로 하나하나 짚어 보았다. 우리에게 초콜릿 컵을 가져다주는 머리를 굵게 땋은 페트라, 침대 정리하는 뚱보 레나타, 다리를 저는 회색 머리 울라이크…….

"떠난 사람은 아무도 없니?"

"그런 것 같아요."

그때 곱슬곱슬한 금발이 유니폼 모자에서 삐져나온, 복도를 쓸며 새처럼 명랑하고 깨끗한 목소리로 노래하던 사람이 생각났다.

"에바가 떠났어요. 결혼했대요."

"누구와 결혼했지?"

"프란츠라는 썰매 주인과 결혼했어요." 마침 햇빛을 받아 금빛으로 빛나는 작은 말이 끄는 썰매가 은색 종을 울리며 진입로를 달려 내려갔다.

"호텔 여급치고 결혼을 잘했네."

"작년에는 프란츠에게 썰매가 없었어요. 하급 짐꾼이었죠."

"그렇구나. 왓슨, 썰매를 타 봐야겠어. 수석 짐꾼을 만나 예약 좀 해 주겠나?"

나는 은 지팡이가 나도 함께 가자고 해 주기를 바랐지만, 그런 말은 하지 않았다. 그는 다시 마음씨 좋은 아저씨로 돌아가 있었다. 내가 한 말 때문에 그런 건지는 알 수 없었지만.

"제시카 양, 내가 또 신세를 졌어. 또 부탁할 일이 있을 거야, 머지 않아 곧."

두 사람이 눈 속을 걸어 다시 호텔로 돌아가자 나는 어쩔 수 없이 눈싸움 무리에 합류했다.

❖

그날 오후 산책하다가 프란츠의 썰매를 타고 진입로를 달려 내려가는 은 지팡이와 네모 곰을 봤다. 즐거운 여행 같아 보이지는 않았다. 프란츠의 잘생긴 얼굴은 딱딱하게 굳었고 홈즈는 앞만 똑바로 쳐다보았다. 그들은 호텔 진입로 끝에서 숲을 향해 방향을 트는 대신 왼쪽으로 돌아 마을로 향했다. 아버지가 손으로 깎은 지팡이를 얻으러 어떤 노인을 만나러 가자고 해서 우리도 마을로 걸어가고 있었다. 도로를 따라 걸으니 교회 바로 옆, 초록색 덧문이 있는 깨끗한 샬레스위스 산간 지방의 지붕이 뾰족한 목조 주택 밖에 썰매와 말이 서 있는 게 보였다. 그곳이 프란츠의 집이란 걸 알았기에 홈즈와 왓슨에게 무슨 일이 일어난 건 아닌지 신경 쓰였다. 약 30분 후 아버지와 마을 일을 마치고 돌아오다가 홈즈와 왓슨이 샬레 밖 발코니에서 에바와 함께 있는 것을 보았다. 에바의 금발은 여전히 곱슬곱슬했고, 머리를 약간 숙이고 있었다. 홈즈가 하는 말을 진지하게 듣고 있는 것 같았는데 어깨가 축 처진 것으로 보아 유쾌한 내용은 아닌 듯했다.

"왜 은 지팡이가 저 사람과 얘기하는 거지?"

아만다가 쓸데없는 질문을 한다고 핀잔을 들었다. 더 나이가 많고 현명한 나는 아무 말도 하지 않았고, 비밀을 가슴속에 고이 간직했다. 맥커보이 씨를 민 사람이 에바였나? 그들은 에바를 감옥에 보내버릴까? 만족감과 동시에 죄책감이 일었다. 내가 말하지 않았다면 홈즈는 에바에 대해 몰랐을 테고, 그러면 망할 일도 없었을 것이다.

나중에 창문 밖을 내다보며 썰매가 돌아오기를 기다렸지만, 그날은 나타나지 않았다. 대신 어두워지기 직전에 홈즈와 왓슨이 진입로를 걸어 돌아왔다. 그들은 입을 다문 채 빠르게 걸었다.

❖

다음 날 아침, 커피를 마시는데 네모 곰이 어머니에게 왔다. "혹시 제시카 양과 테라스를 잠시 걸어도 되겠습니까?

어머니는 주저했지만, 네모 곰은 점잖은 사람이었고 커피를 마시는 곳에서도 테라스가 보였으므로 마지못해 허락했다. 나는 모자, 망토, 장갑을 챙긴 후 그와 함께 유리문 밖으로 나가 차가운 공기를 맞았다. 그들이 처음 내게 말을 걸었을 때 내가 서 있었던 바로 그 자리에 서서 링크를 내려다보았다. 우연이 아니었다. 뭐든 잘 숨기지 못하는 네모 곰의 유난스러운 태도와 경직된 목소리에서 그 사실을 알 수 있었다. 테라스도 평소와 달랐다. 추운 아침인데도 많은 사람이 나와 있었다. 스무남은 사람들이 몇 명씩 무리를 짓고 얘기를 나누며 뭔가를 기다리고 있었다.

"홈즈 씨는요?"

네모 곰이 추위 때문에 눈물을 흘리며 나를 보았다.

"사실은 애야. 나도 어디에 있는지, 뭘 하려는 건지 모른단다. 아침 먹을 때 나한테 지시를 내리고는 지금까지 보이질 않는구나."

"저에 대한 지시였나요?"

네모 곰이 대답하기 전에 비명이 들렸다. 톱날처럼 허공을 가르는 남자의 비명이었다. 아니, 그건 '아냐'라는 외침이었다. 나는 숨이 턱 막힌 채 뒤를 돌아보았다. 작년 그때처럼 허공에서 시커먼 물체가 옷을 펄럭이며 떨어지고 있었다. 테라스에 모인 사람들의 입에서 동시에 헉 하는 한숨이 터져 나왔다. 검은 물체가 눈이 높게 쌓인 레스토랑 지붕으로 떨어지더니 아래로 미끄러졌다. 다시 한 번 "아냐"라는 소리가 들렸다. 이번에는 내가 낸 비명이었다. 작년의 경험으로 다음에 무슨 일이 일어날지 알았기 때문이었다. 경사진 지붕을 따라 눈이 쏟아져 아래로 떨어진 사람을 덮을 것이고, 그 사람의 팔만 삐죽이 나올 터였다.

처음에는 기억이 너무 강렬해서 작년과 똑같은 일이 벌어졌다고 생각했다. 그런데 몇 초가 지나자 작년과는 다르다는 걸 깨달았다. 일단 떨어진 자리부터 약간 옆이었다. 지붕으로 똑바로 미끄러져 내려오지 않고, 가장자리에 있는 작은 장식용 난간(본관 건물과 부속 건물로 연결했다)에 걸리는 바람에 그 앞에 쓸려 내려간 눈이 쌓였다. 그때 누군가가 믿을 수 없다는 듯 말했다. "멈췄어요." 검은 물체는 멈춰 있었다. 지붕을 넘어 테라스로 가는 대신 난간에 쓸려 마치 원통형의 눈뭉치처럼 눈에 싸인 채 지붕의 가장자리 1미터 안에 멈췄다. 허리 아래쪽이 눈에 덮였지만 그는 한 손으로 난간을 쥐고서 일어나 앉았다. 그가 쓰고 있던 모자는 창밖으로 떨어지는 도중에 잃어버렸는지 미소 짓는 갈색 얼굴 위로 축축한 머리가 은색으로 빛나고 있었다. 자신이 한 일에 혼자 감탄하며 속으로 웃는 것 같았다.

숨죽여 지켜보던 사람들의 입에서 갑자기 말들이 터져 나왔다. 사다리를 가져오라고 고함을 지르고, 어디론가 달려가는 사람도 있었다. 도대체 무슨 일이 일어난 거냐고 서로 묻기 바빴고, 그러다 누군가가 3층에서 활짝 열린 창문을 발견했다.

"저기예요. 맥커보이 부인의 방 창문."

"맥커보이 부인의 발코니에서 사람이 떨어졌어요. 작년하고 똑같아요."

"하지만 그 사람은……."

와중에 네모 곰이 내 어깨에 손을 얹었다. 그는 몸을 굽히고 옆에 앉아 내 얼굴을 걱정스럽게 들여다보더니 들어가서 어머니를 만나자고 말했다. 나는 지붕에 있는 홈즈를 만나고 싶어서 왓슨이 비켜 줬으면 좋겠다고 생각했다. 그때 어머니가 거부할 수 없는 분위기를 풍기며 테라스에 도착하는 바람에 나는 안으로 들어가야만 했다. 그러나 곧 사다리가 도착했다. 홈즈가 약간 경직됐지만 품위 있게 사다리를 밟고 내려왔다. 그리고 한 가지 더. 홈즈가 사다리에서 내려서자 테라스로 가는 유리문이 열리더니 맥커보이 부인이 밖으로 나왔다. 작년에 그 일이 일어났을 때 부인은 거기에 없었다. 하지만 오늘은 검은 털 재킷을 입고 주변의 시선에 아랑곳하지 않은 채 사람들 사이를 헤치고 홈즈에게 다가가 손을 내밀며 감사의 인사를 전했다.

❖

 그날 밤 저녁 식사 시간에도 부인은 혼자 테이블에 앉아 밥을 먹었지만, 거기까지 가는 데는 평소보다 더 오래 걸렸다. 안 그래도 식당 구석 테이블까지는 거리가 상당했는데, 사람들이 하나같이 부인에게 말을 걸어 건강한지 묻고 다시 만나 반갑다는 말을 하는 바람에 시간이 오래 걸렸던 것이다. 부인이 닷새 전에 도착한 게 아니라 그날 오후에 막 도착한 것 같은 분위기였다. 부인의 테이블에는 분명 마을에서 주문했을 아름다운 꽃다발이 여러 개 놓여 있었고, 샴페인이 담긴 은 양동이도 준비되었다. 부인이 옆을 지나가자 홈즈와 왓슨이 부인에게 목례를 했는데, 첫날 밤과는 달리 평범하고 공손한 인사였다. 부인이 그들에게 보낸 미소는 떠오르는 태양 같았다.

 여느 때처럼 수프를 먹자마자 우리는 침대로 가야 했다. 아만다는 곧장 잠들었지만, 나는 중요한 일에서 배제된 게 분해서 잠이 오지 않았다. 부모님의 거실이 우리 침실 옆이어서 두 분이 여전히 흥분한 상태로 들어오는 소리가 들렸다. 그러고는 곧 객실 방문을 노크하는 소리와 웅얼거리는 말소리가 들렸고, 아버지는 약간 놀랐지만 어쨌든 들어오라고 권하는 것 같았다. 먼저 왓슨이 늦은 시각에 소란을 피워 죄송하다고 사과했고, 다음으로 홈즈가 날카로운 목소리로 말했다. "실은 두 분께, 혹은 따님께 설명을 해야 할 것 같아서요. 왓슨 박사가 나중에 제시카 양이 충분히 나이가 들었을 때 얘기를 할지, 아님 지금 이야기를 할지 결정하실 수 있도록 먼저 두 분과

상의하는 게 좋겠다고 권했습니다."

누군가 내 금궤를 붐비는 거리에 집어던지는 걸 봤대도, 내 비밀이 나도 모르게 새어나가리란 소리를 듣는 이 순간보다 더 화가 나지는 않을 것 같았다. 처음에는 잠옷을 입은 채 맨발로 옆방에 뛰어들어가 부모님 말고 나한테 얘기하라고 말할 참이었다. 하지만 그러면 안 될 것 같았다. 일단 침대에서 내려와 그들의 목소리가 더 잘 들리도록 문을 조금 연 후 침대로 돌아갔다. 이내 은 지팡이의 목소리가 들렸다.

"오해를 피하기 위해 이 얘기부터 먼저 해야겠군요. 왓슨 박사와 저는 아이린 맥커보이가 남편을 밀어 추락시키지 않았다고 확신했습니다. 문제는 증명 방법이었는데, 그러려면 따님의 증언이 꼭 필요했습니다. 맥커보이 씨가 떨어지는 것을 본 사람도, 떨어지면서 소리치는 것을 들은 사람도 따님뿐이라서요. 아이들의 귀는 정확해서 일단 확신하고 나면 어른들의 허튼소리가 들리지 않는 법이지요. 따님도 그 비명을 녹음기처럼 정확하게 기억하고 있었고 그것이 비명의 절반이었다는 것까지 알아챘더군요. 그러니까 맥커보이 씨가 시간이 있었다면 다른 말을 덧붙였을 거라고 느꼈다는 말입니다."

잠시 침묵. 나는 목에 이불을 두르고 침대에 앉아 홈즈의 낮고 분명한 목소리를 한 마디도 놓치지 않으려고 신경을 곤두세웠다.

"무엇무엇이 아냐. 문제는 '무엇이 아니라고 하고 싶었을까'였습니다. 맥커보이 씨는 뭔가가 거기에 있길 바랐고 창문에서 떨어지는 순간 그게 없어서 놀란 겁니다. 중요한 건 그게 무엇이냐는 거죠."

다시 침묵. 이어지는 말을 기다리며 누구도 입을 떼지 않았다.

"테라스에서 호텔 뒤편을 올려다보면 한 가지 분명한 것이 보입니다. 3층과 4층에만 있는 발코니입니다. 맥커보이 부부가 묵었던 방에 발코니가 있다는 건 스위트룸에 머무는 이라면 다 아는 사실이지요. 다들 2층에 발코니가 없다는 사실을 굳이 주목하지 않았을 겁니다. 저는 맥커보이 씨가 자기 방 창문이 아니라 다른 사람이 묵던 아래층에서 떨어졌다는 가설을 세웠습니다. 마지막으로 하려던 말이 무엇인지 떠오르더군요. '발코니가 아냐'라고 외치려 했던 것이죠."

어머니가 헉 숨을 몰아쉬었고, 아버지는 "맙소사"라고 탄식했다.

"그렇게 가정하니 맥커보이 씨가 누구의 방에서 무엇을 하고 있었는지가 문제였습니다. 소문난 부자이니 도둑질을 할 가능성은 배제했지요. 그럼 누군가를 만나고 있었다는 건데, 그 사람이 누군지가 다음 문제였습니다. 그리고 여기서 댁의 따님이 우연히 큰 도움을 주었습니다. 그저 순수하게 어른들끼리 수군대는 이야길 전해 주었는데, 죽은 맥커보이 씨가 다른 여자들한테 한눈을 팔았다는 얘기가 있었습니다."

아버지가 웃기 시작하더니 곧 웃음을 억눌렀다. 어머니가 "흠" 하는 소릴 냈는데, 왠지 나중에 나에게 꼬투릴 잡을 것 같았다.

"그 이야길 들으니 답이 명확해졌습니다. 맥커보이 씨는 사람들에게 갈랑트리여성의 환심을 사려는 태도로 보일 만한 행위를 하려고 다른 사람의 방에 들어가 있었던 거지요. 사고는 아침에 터졌습니다. 세상에 어떤 여자가 아침에 애정 행각을 벌이려 했겠습니까? 그러니 특별한 사정이 있던 거지요. 그래서 오전에 호텔 방에서 가장 만나기 쉬운 사람이 누굴까 계속 자문했더니 해답이……."

"맙소사, 객실 청소부군요!"

어머니의 목소리였다. 홈즈는 자신의 말에 끼어든 것을 전혀 불쾌하게 여기지 않았다.

"네, 그렇습니다. 맥커보이 씨는 객실 청소부를 만나러 갔던 겁니다. 지난 크리스마스 이후에 호텔을 떠난 젊고 매력적인 청소부가 있는지 물어봤습니다. 에바라는 사람이 있었다더군요. 하급 짐꾼과 결혼했는데, 멋진 썰매를 사고도 남을 만큼의 돈을 지참금으로 가지고 갔더라고요. 그렇다면 빈틈없는 청소부라고 한들 팁만으로 그렇게 많은 지참금을 모을 수 있을까 하는 의문이 남습니다. 그 썰매를 보면 에바의 지참금이, 그러니까…… 과하다는 게 분명했지요."

이번에도 아버지가 크게 웃었고, 어머니가 노려보자 웃음을 멈췄다는 게 느껴졌다.

"왓슨 박사와 저는 에바를 만나러 갔습니다. 제가 추론한 사실을 말했더니, 가련하게도 아주 상세하게 시인하더군요. 밖에서 다른 직원의 목소리가 들렸고, 놀란 맥커보이 씨가 서둘러 발코니—라고 생각한 곳—방향으로 도망쳤다는 얘기까지요. 그렇다면 왜 에바라는 여자가 즉시 자백하지 않았느냐고 말씀하실지도 모르겠습니다만……."

"분명 그래야 했죠."

"하지만 그 여자 입장을 생각해 보십시오. 호텔에서 잘릴 뿐 아니라 잘생긴 프란츠와의 약혼까지 물거품이 될 판이었죠. 그래서 결국 다른 사람이 법정에 서게 된 겁니다. 사교계는 기꺼이 맥커보이 씨가 실수로 창문에서 떨어졌다는 얘기를 가리고, 죄 없는 여인에게 그를 살해한 혐의를 덮어씌웠죠."

어머니가 이번만은 착 가라앉은 목소리로 말했다. "하지만 맥커보이 부인은 알았을 텐데 왜 아무 말도 하지 않았죠?"

"아, 거기에 대답하려면 맥커보이 부인의 과거를 알아야 합니다. 왓슨 박사와 저는 우연히도 그걸 알고 있죠. 오래전—부인의 행복한 첫 결혼식이 있기 전에—한 왕자가 부인을 사랑했습니다. 제 생각에도 그는 딱히 존경받을 만한 왕자는 아니고 그저 그런 사람이었지만요. 상상할 수 있으시겠습니까? 왕자의 사랑을 받다가, 욕실 비품으로 돈을 모은 남편이 호텔 청소부와 짜고 바람피우는 상황에 처한 여인의 기분을 말입니다. 자존심 강한 여인이 그런 수모를 감당하느니 차라리 살인자가 되는 게 낫겠다고 생각한 것을 이해해 주실 수 있으시겠습니까?"

다시 한 번 침묵. 그러다 어머니가 한숨을 쉬며 말했다. "네, 네. 그럴 수 있겠네요. 불쌍한 사람."

"아이린 맥커보이에게 필요한 건 동정이 아니었습니다." 그러고는 어조를 바꿔 말했다. "자, 그건 그렇고. 어느 시기에 제시카에게 어떻게 얘기해 주실지를 결정하셔야 합니다."

사람들이 의자에서 일어나는 소리가 들리더니 아버지가 말했다. "음, 그런데 오늘 아침에 당신이 보여 주신 건?"

"아, 그 어설픈 연극이요. 저는 일이 어떻게 된 건지 알지만, 맥커보이 부인을 위해서는 부인이 결백하다는 걸 세상에 보여 줄 필요가 있었습니다. 에바를 증인으로 부르지 않겠다고 약속했으니 더욱 어쩔 수 없었고요. 그래서 지붕의 경사와 눈의 높이를 조사해 보니 맥커보이 부인의 발코니에서 사람이 떨어져서는 맥커보이 씨처럼 떨어지지 않는다는 과학적인 확신이 들었습니다. 결과는 여러분이 보신 대로고요."

굿나잇 인사를 남기고, 약간 가라앉은 표정으로 그들이 방을 나서려는 것이 보였다. 나는 문틈으로 그들의 모습을 살피고 있었다. 그들이 문에 가까워졌을 때 행동이 칼처럼 정확한 홈즈가 갑자기 파이프를 떨어뜨렸고 그것을 주우려고 무릎을 꿇었다. 그러면서 문틈 사이 시선을 돌렸고, 그의 밝은 눈이 내 눈과 마주쳤다. 그는 다른 사람은 보지 못하게 재빨리 씩 웃었다. 내가 계속 듣고 있다는 사실을 알았던 것이다.

그들이 떠난 후 어머니와 아버지는 한참을 말없이 앉아 있었다.

드디어 아버지가 말했다. "계산이 틀렸으면 그는 그대로 죽었을 텐데."

"위험한 스키를 타듯 말이지."

"그녀를 아주 많이 좋아했나봐."

"그 사람이 사랑한 건 자신의 논리겠지."

하긴 낭만적이지 못한 쪽은 항상 어머니였다.

크리스마스 의뢰인

THE CHRISTMAS CLIENT

에드워드 D. 호크 Edward D. Hoch

에드거 앨런 포와 오 헨리 같은 거장들은 오직 단편으로 유명해졌고, 아서 코난 도일 역시 단편을 발표하기 전까지는 셜록 홈즈로 성공을 거두지 못했다지만, 지난 반세기 이상 작가가 단편만 써서 생계를 유지하기란 거의 불가능한 일이었다. 이를 감안하면 에드워드 D. 호크는 희귀한 경우였다. 그는 900편 이상의 단편을 썼으며, 그의 가장 유명한 단편 『길쭉한 방』(1967)으로 에드거 상을 수상했다. 『먼 길』(1965)은 고층건물 창문에서 나왔지만 한 시간이 지날 때까지 땅에 닿지 못하는 남자의 이야기인데, 이 소설은 텔레비전 시리즈 〈맥밀런과 아내〉의 두 시간짜리 에피소드의 원작이 되었다. 『크리스마스 의뢰인』은 마틴 H. 그린버그와 존 L. 렐렌버그, 캐롤-린 워프가 편집한 『휴일을 위한 홈즈』(1996)에 처음 발표되었다.

내가 베이커 가의 하숙집에서 셜록 홈즈와 함께 살던 1888년 크리스마스의 일이다. 우리의 평화로운 휴일은 갑작스러운 의뢰인의 도착으로 깨져 버렸다. 허드슨 부인이 그날 밤 함께 거위 고기를 먹자고 우리를 초대한 터라 계단에서 소리가 들릴 때 식사 시간을 알리러 온 부인인 줄 알았다. 대신 부인은 놀라운 소식을 가져왔다.

"신사 한 분이 홈즈 씨를 찾아왔네요."

"크리스마스에요?" 너무도 경우 없는 방문에 놀란 나머지 읽고 있던『크리스마스 연감』을 내려놓았다. 난롯가 의자에 앉아 있던 홈즈는 화가 났다기보다 호기심에 찬 얼굴이었다.

"친애하는 왓슨 군, 누군가 크리스마스에 우리의 도움을 구한다면 필시 화급을 다투는 문제거나 이런 날 의지할 곳 하나 없는 외로운 영혼 아니겠나. 올려 보내 주십시오, 허드슨 부인."

흰머리와 목주름으로 보아 의뢰인은 오십대 중반은 너끈히 되어 보이는 잘생긴 남자였다. 키는 180센티미터에 약간 못 미치고, 몸피는 가늘었으며, 말쑥한 얼굴이 상당히 깔끔했다. 홈즈가 부드러운 악수로 그를 맞았다. "메리 크리스마스, 선생님. 저는 셜록 홈즈이고 여기는 제 친구 왓슨 박사입니다."

남자가 나하고도 악수한 뒤 부드러운 목소리로 말했다. "찰스 럿위지 도지슨입니다. 뵙게 되어 영광입니다, 그리고 최고로 즐거워야 할 날에 시간을 내 주셔서 감사합니다."

나는 남자가 말하는 동안 윗입술이 약간 떨릴 정도로 말을 심하게 더듬는다는 것을 감지했다.

"좀 앉으시죠." 홈즈가 말하자 남자는 우리 둘 사이에 놓인 안락의자에 앉았다.

"자, 이제 무슨 일로 크리스마스에 이곳까지 오셨는지 말씀해 주시지요. 분명 너무 긴급한 일이라서 크라이스트 처치^{잉글랜드 옥스퍼드에 위치한 대학교 겸 성당}에서 크리스마스 미사도 집전하지 못하셨을 테니까요."

우리의 호리호리한 방문객이 홈즈의 말에 깜짝 놀랐다. "저를 아십니까? 제 오명이 이렇게나 널리 퍼졌나요?"

셜록 홈즈가 미소 지었다. "도지슨 씨, 당신이 신부이고, 아마 옥스퍼드 크라이스트 처치 대학의 수학자이자 작가이며, 아직 미혼이시고, 오늘 일찍 런던에 도착한 직후 불쾌한 경험을 하셨다는 것을 빼면 제가 뭘 알겠습니까."

"대체 어떻게 아신 건가요?" 도지슨이 평정심을 잃고 물었다. 홈즈가 방문객을 경악시킨 일은 허다하지만, 그 광경을 지켜보는 것은 여전히 즐거웠다.

오히려 홈즈는 태연하게 파이프와 담배에 손을 내밀었다. "면밀히 관찰한 결과이지요. 선생님의 조끼 주머니에서 저자 이름이 크라이스트 처치 신부 찰스 도지슨으로 되어 있는 작은 팸플릿이 삐죽이 나와 있는 걸 봤습니다. 옥스퍼드 왕복 열차 티켓도 함께 보였고요. 만약 선생님이 다른 날 런던에 오셨다면 티켓이 여태 주머니에 들어 있지는 않겠지요. 그리고 팸플릿 앞면을 보니 고난도의 수학 방정식을 연필로 풀어놓은 게 보이더군요. 틀림없이 옥스퍼드에서 오는 기차 안에서 푼 것일 테지요. 수학 분야의 전문가가 아닌 이상 저런 식으로 시간을 보내지는 않지요. 왕복표가 한 장이니 혼자 왔을 테고, 결혼한 남자가 크리스마스에 감히 아낼 놔두고 혼자 오셨겠습니까?"

"불쾌한 경험은?" 내가 홈즈에게 물었다.

"도지슨 씨 바지 무릎 부분이 긁히고 더러워진 거 보이지? 기차에서 발견했다면 이미 손으로 털거나 조치를 취했을 걸세. 그러므로 런던에 도착한 후 무릎으로 넘어지셨겠지."

"홈즈 씨, 하나도 빠지지 않고 다 맞습니다." 찰스 도지슨이 말했다. "저는 크라이스트 처치에 수학 교수로 있다가 7년 전에 그만두었지만, 그 후로도 계속 적을 두고 있습니다."

"그럼 이런 날 무슨 일로 런던에 오셨습니까?"

도지슨이 한숨을 푹 쉬었다. "홈즈 씨를 완전히 믿기에 말씀을 드린다는 걸 알아 주십시오. 저한테는 아주 곤란한 이야깁니다. 하지만 맹세컨대 저는 어, 어떤 도덕적인 잘못도 저지르지 않았습니다."

"계속하시죠." 홈즈가 파이프에 불을 붙이며 뒷말을 재촉했다.

"저는 협박을 당하고 있습니다." 도지슨이 홈즈와 내가 충격받은 표정을 짓길 기대한 듯 잠시 뜸을 들였다. 그러나 별 반응이 없자 말을 이었다. "몇 년 전, 사진이 처음 유행했을 때 저도 빠져들었습니다. 저는 특히 사람을 찍는 걸 좋아했지요. 그런데 저, 저는 어린 여자애들이 다양한 복장을 입고 포즈를 취하는 걸 좋아했습니다. 부모의 허락을 받아 가끔 누드 촬영도 했습니다." 도지슨의 목소리가 이제는 거의 속삭이듯 작아졌는데, 나는 그의 차가운 미소가 약간 삐딱하다고 느꼈다.

"맙소사, 도지슨 씨!" 나도 모르게 소리를 쳤다.

도지슨은 내 말을 듣지 못했는지 여전히 홈즈 쪽을 쳐다봤다. 청력에 이상이 있는 게 아닌가 싶었다. 성가신 수수께끼를 막 받아 든 것처럼 파이프를 뻑뻑 빨아 대던 홈즈가 물었다. "그게 성직에 임명되고 난 후의 일입니까?"

"가끔 제 이름 뒤에 '신부'라는 호칭을 쓰지만, 실은 부제副祭입니다. 저는 저, 절대 사제가 되지 않을 겁니다. 언어 장애가 있어 설교하기가 힘들거든요. 지, 지금보다 상태가 안 좋을 때도 있습니다. 한쪽 귀도 잘 안 들리고요."

"사진 이야기로 넘어가죠. 여자아이들은 몇 살 정도였습니까?"

"보통 사춘기가 되지 않은 소녀들이었습니다. 전 정말 순수한 마음으로 사진을 찍었습니다. 그, 그건 알아 주셨으면 좋겠습니다. 물론 어른들도 찍었습니다, 엘렌 테리와 테니슨과 로제티 같은."

"물론 옷은 입고 찍었겠지요?" 홈즈가 엷게 웃으며 말했다.

"아는 사람들 중에도 제가 그런 사진을 찍는 걸 역겨워하는 사람들이 많습니다. 그래서 8년 전쯤에 사진을 그만뒀습니다."

"그럼, 협박은 무슨 이유로?"

"1879년에 제가 「유클리드와 그의 현대 라이벌들」이라는 수학 논문을 발표했습니다. 대중은 그 논문에 별로 관심이 없었지만 저는 수학계에 파장 비슷한 걸 일으킨 게 기뻤습니다. 당시에 제게 연락해 온 사람들 중에 작은 대학 수학과 학과장 교수가 있었습니다. 우리는 금세 친해졌고, 제가 사진을 찍는 걸 좋아한다는 것도 알게 되었습니다. 제가 사진을 그, 그만둔 후에도 그 친구는 직접 사진을 찍곤 했습니다. 지난여름 브라이튼 해변에서 사랑스러운 어린 여자애를 하나 만났는데, 잠시 얘기를 나누다가 혹시 바다에 들어가 줄 수 있는지 물었습니다. 옷이 젖지 않게 해, 해 주려고 제가 옷핀으로 치마를 올려 고정해 주었습니다."

나는 더 이상 참을 수가 없었다. "이거 변태 아닙니까! 이 순진한 아이들을……."

"나쁜 짓은 하지 않았다고 맹세합니다. 그런데 아까 말씀드린 그 친구가 제가 여자애의 치마를 핀으로 꽂는 순간을 사진으로 찍었더군요. 그리고 그 사진들로 저를 지금 협박하고 있습니다."

"오늘 런던에는 왜 오셨습니까? 그리고 무슨 불쾌한 일이 있었기에 저를 찾아오셨는지요?" 홈즈가 물었다.

"협박이 시작된 것은 몇 달 전이었습니다. 해변에서 찍힌 사진을 조건으로 상당한 돈을 요구했습니다."

"크라이스트 처치에서 퇴직한 수학 교수가 그렇게 많은 돈이 있으리라 믿게 만든 이유는 뭡니까?"

"제가 그, 글을 써서 돈을 좀 벌었습니다. 대단한 부자는 아니지만 편히 살 정도는 됩니다."

"기하학 논문이 그렇게 성공적이었나요?" 홈즈가 따지듯 물었다.

"다른 글 중에⋯⋯." 도지슨은 곤란한 듯 입을 다물었다.

"오늘은 무슨 일이 있었습니까?"

"그 교수가 100파운드를 가지고 패딩턴 역에서 만나자고 했습니다. 시키는 대로 정오 기차로 옥스퍼드에서 왔습니다만, 역에 나오지 않았더군요. 대신 거지한테 폭행을 당했습니다. 이상한 메시지가 쓰인 쪽지를 건네고는 저를 길바닥에 밀어 버렸습니다."

"경찰에 신고했습니까?"

"설마요. 제 며, 명예가⋯⋯."

"그래서 이리로 오셨나요?"

"도대체 어찌해야 좋을지 모르겠습니다. 홈즈 씨의 명성을 익히 알고 있었고, 홈즈 씨라면 해결해 주실 거라 생각했습니다. 저는 그 사람 손아귀에서 놀아나고 있습니다. 재산도 명성도 한순간에 잃어버릴지도 모릅니다."

"협박범의 이름이 뭡니까?" 홈즈가 연필을 집어 들며 말했다.

"모리아티 교수입니다. 제임스 모리아티."

셜록 홈즈가 연필을 내려놓고 설핏 미소를 지었다. "당신을 도울 수 있을 것 같습니다, 도지슨 신부님."

그때 허드슨 부인이 30분 후면 크리스마스 거위 요리가 준비된다고 알려 왔다. 원한다면 일찍 내려와서 크리스마스 셰리주를 마셔도 좋다고 했다. 홈즈가 부인에게 도지슨을 소개하자 뜻밖의 일이 벌어졌다. 부인이 안경 너머로 그를 쳐다보더니 제대로 들었는지 확인하기 위해 이름을 되뇌었다. "찰스 도지슨 신부?"

"네, 맞습니다."

"함께 식사할 수 있으면 좋겠네요. 음식은 네 사람이 먹고도 남을 만큼 충분해요."

홈즈와 내가 서로 눈길을 주고받았다. 허드슨 부인은 이전에 방문객을 저녁 식사에 초대하기는커녕 말조차 섞은 적이 없었다. 아무리 부인이라도 크리스마스에는 낯선 사람을 환대하는 모양이었다.

부인이 도지슨을 아래층으로 안내하는 사이에 내가 홈즈에게 귓속말로 물었다. "모리아티라면 올 초에 있었던 공포의 계곡 사건과 관련된 사람 아닌가?"

"그랬지, 왓슨. 만약 모리아티가 도지슨의 협박범이라면 기꺼이 사건을 맡아 그와 다시 만나야겠어."

저녁을 먹는 동안은 아무도 사건 이야길 꺼내지 않았다. 허드슨 부인은 어린 조카들이 가끔 베이커 가에 놀러 온다는 얘기로 그를 즐겁게 했다. "자주 애들한테 저걸 읽어 주곤 해요." 부인이 아이들 책이 꽂힌 작은 책꽂이를 손으로 가리키며 말했다. "아이들은 모두 좋은 책을 읽어야 해요."

"그럼요, 지당하신 말씀입니다." 도지슨이 대꾸했다.

우리가 민스파이를 다 먹고 허드슨 부인이 테이블을 치우느라 바쁜 사이, 홈즈는 사건 이야기로 돌아갔다. "모리아티 교수와 편한 친구 사이라 하셨는데, 최근에 무슨 일로 원한이 생겼습니까?"

"책 때문인 것 같습니다. 모리아티가 수학 이론에 관해 쓴 책 중 가장 유명한 것이 『소행성의 역학』입니다. 제가 다소 유머러스하게 그것과 비슷한 『미립자의 역학』을 썼는데, 모리아티는 자기를 비꼰 거라고 생각했나 보더군요. 제가 몇 번이고 그 책은 글래드스톤과 개손 하디 사이의 다툼을 다룬 거라고 설명해도 전혀 받아들이지 않습니다. 그때부터 저를 망가뜨리려고 혈안이 된 것 같습니다."

홈즈가 마지막 남은 파이를 다 먹은 후에 말했다. "허드슨 부인, 굉장합니다. 굉장해요! 부인의 요리는 환상적입니다!"

"고마워요, 홈즈 씨." 부인이 주방으로 물러났고, 홈즈는 파이프를 꺼냈지만 불은 붙이지 않았다.

"당신이 어리둥절해졌다는 그 메시지 얘기 좀 해보세요."

"네, 그거라면⋯⋯." 도지슨이 주머니에서 작게 접힌 종이 한 장을 꺼냈다. "이게 거지가 제게 준 겁니다. 거지를 따라잡았더니 그가 절 밀치고 도망갔습니다."

홈즈가 메시지를 두 번 읽더니 내게 종이를 건넸다.

벤자민 카운트 데이에,
그의 고결한 얼굴 밑에서,
자네의 불명예를 없애기 위해,
돈을 지불하길 바라네.

미친 모자 장수의 시계가
한 시를 가리키면,
노부인이 일을 끝낸 후
블록 아래로 간다네.

"말이 안 돼, 홈즈." 그게 내가 보인 첫 반응이었다. "동시 비슷한 글인데 잘 쓴 것도 아니잖아."

"저도 아무리 봐도 모르겠습니다. 벤자민 카, 카운트가 누굽니까?"

"프로 권투 선수입니다. 아버지가 그 선수에 관해 얘기하신 게 기억나는군요." 홈즈가 메시지를 두고 골똘히 생각에 잠겼다. "제가 아는 모리아티는 이 시 안에 모든 단서를 담을 사람이고 우리가 풀기를 기대할 겁니다."

"카운트의 고결한 얼굴은 또 뭐지?" 내가 물었다.

"높은 곳에 있는 동상이나 초상화일 수도 있지. 그의 날이라면 태어난 날이거나 특별한 승리를 거둔 날이거나, 사망일일 수도 있겠지? 위층에 있는 내 서류엔 그 사람에 대한 자료가 하나도 없고 도서관은 이틀 뒤에나 열 테니 난감하군."

"그럼, 이 미친 모자 장수는 뭘까?" 내가 물었다.

그때 허드슨 부인이 주방에서 돌아와 내 질문을 들었다. "도지슨 씨, 제 조카는 3월 토끼를 더 좋아한답니다. 하긴 어린 여자아이는 대개 부드럽고 털 많은 동물들을 좋아하지요." 부인이 작은 책꽂이로 걸어가더니 얇은 책 한 권을 끄집어냈다. "보이죠? 저도 당신 책을 가지고 있어요. 다른 책도 있답니다."

부인이 『이상한 나라의 앨리스』한 권을 들어 올렸다.

홈즈가 한 손을 이마에 갖다 댔다. "오늘 내 정신이 어디로 갔나 봅니다. 그렇군요! 당신이 바로 루이스 캐럴이라는 가명으로 『거울 나라의 앨리스』를 쓴 작가였어요!"

찰스 도지슨이 살짝 미소 지었다. "공공연한 비밀입니다. 저는 긍정도 부정도 하지 않지만요."

"새로운 관점으로 사건을 봐야겠군요." 홈즈가 파이프를 내려놓고 허드슨 부인을 돌아보며 말했다. "기억을 환기시켜 주셔서 감사합니다." 그러고는 다시 메시지를 보았다.

나도 한참 골머리를 싸맨 후에 도지슨을 바라봤다. "미친 모자 장수를 언급하는 걸 보니 모리아티도 당신이 쓴 책을 아는군요."

"물론입니다. 그런데 그 메시지가 무슨 뜻일까요?"

"오늘 밤에는 여기 계셔야겠네요. 내일이면 모든 게 명백해질 겁니다." 홈즈가 도지슨에게 말했다.

"왜죠?"

"메시지에 벤자민 카운트 데이라고 써 있잖습니까. 그 사람은 프로 복서입니다. 내일이 복싱 데이구요."

찰스 도지슨이 깜짝 놀라 머리를 절레절레 저었다. "그 사람 자체를 미친 모자 장수라 할 만하군요!"

허드슨 부인이 도지슨에게 빈방을 내주었다. 아침에 나는 그의 방을 노크하며 같이 아침을 먹자고 권했다. 홈즈는 여러 도시의 지도와 자료를 살피느라 뜬눈으로 밤을 지샜다. 도지슨이 뭘 좀 찾았느냐고 물었으나, 내 친구의 대답은 절망적이었다. "하나도 못 찾았습니다! 런던 어디에도 복서 벤자민 카운트를 기념해 세워진 동상이나 그의 특별한 초상화 따윈 없네요. 시에서 말하듯 고귀한 위치에 있다고 할 만한 건 아무것도 없었습니다."

"그럼, 전 어떻게 해야 할까요?"

"사건 자체가 몹시 이상하네요. 내놓으라는 돈이 수중에 있었는데, 왜 거지는 그걸 가져가지 않고 메시지를 주었을까요?"

"그게 모리아티의 방식이죠. 저한테 창피를 주고 싶어 하거든요." 도지슨이 주장했다.

"저도 그 사람을 좀 아는데, 그는 굴욕을 주기보다 경제적 이익을 얻는 데 더 관심이 있지요." 홈즈가 아직 읽지 않은 도시 가이드북 몇 권을 끄집어내 페이지를 대충 넘기기 시작했다.

"모리아티를 만난 적 있습니까?" 우리의 방문객이 물었다.

"아직은요. 하지만 언젠가는……. 어라, 이게 뭐지?" 홈즈가 눈으로 훑고 있던 책에서 뭔가를 발견했다.

"카운트의 초상화가 나왔나요?"

"그 이상입니다. 이 가이드북에 따르면 런던에서 가장 유명한 종탑인 빅 벤은 벤자민 카운트의 이름을 딴 것이고, 그가 이름을 날렸던 1858년에 화이트 채플 주조 공장에서 종을 만들었다는군요. 다른 책에서는 빅 벤이란 이름이 건설 작업의 수석 책임자인 벤자민 홀 경에게 따 왔다고 쓰여 있지만요. 어느 쪽이 진실인지는 중요하지 않습니다. 중요한 건 빅 벤이란 시계에는 분명 고결한 얼굴이 있고, 의회와 템즈 강을 건너다본다는 사실이지요."

"그렇다면 도지슨 씨는 모리아티를 복싱 데이인 오늘 1시에 빅 벤 아래에서 만나야 한다는 거로군." 내가 말했다. 마침내 내게도 의미가 명확해졌다.

그러나 찰스 도지슨은 그다지 확신하지 않았다. "미친 모자 장수의 시계, 그가 주머니에 가지고 다녔던 시계는 시간이 아니라 날짜를 말해 주었습니다."

셜록 홈즈가 미소 지었다. "『이상한 나라의 앨리스』에 관한 당신의 뛰어난 지식에 경의를 표합니다."

"그러면 이렇게 되는 건가?" 내가 홍차를 한 잔을 더 따르며 물었다. "메시지에서 1은 시간을 가리키는 것이겠지. 첫 번째 줄이 벤자민 카운트 데이를 말하는 거라면 돈은 새해 첫날이 아니라 복싱 데이에 달라는 거고!"

"그렇지. 우리 셋이 빅 벤에 가서 1시에 무슨 일이 벌어지는지 지켜보도록 하지." 홈즈가 말했다.

그날은 익숙한 겨울 구름 사이로 햇살까지 비쳐들어 충분히 상쾌한 날씨였다. 지난주에 내린 눈은 이미 녹은 지 오래였고, 기온도 4도를 오르내렸다. 우리는 목적지 바로 맞은편인 웨스트민스터 성당까지 택시를 탔고, 산뜻한 날씨를 만끽하며 산책을 즐겼다.

"누굴 기다리는 사람은 없는걸." 웨스트민스터 다리 쪽으로 걸으며 내가 말했다.

홈즈가 매처럼 날카롭게 행인들을 훑었다. "1시 5분 전이잖아, 왓슨. 도지슨 씨는 우리보다 약간 앞서서 걸었으면 합니다. 다리에 이르렀을 때 아무도 당신을 가로막지 않으면 잠시 멈췄다가 이리로 돌아오십시오."

"모리아티의 인상착의는 어떻게 됩니까?" 지시대로 앞서 걷는 도지슨에게 내가 물었다.

"직접 나오지 않을 겁니다. 청부업자가 올 테지요. 그게 더 위험하고요."

"우리가 찾아야 하는 게 뭐지?"

홈즈가 시를 기억해 내고는 말했다. "노파를 찾아야 해, 왓슨."

그러나 노파는 눈에 띄지 않았고, 누군가를 기다리거나 도지슨에게 접촉을 시도하려는 사람도 없었다. 다리에 도착한 도지슨은 보도를 따라 되돌아오기 시작했다. 보도 위에 분필로 거칠게 뭔가를 그리고 있는 어린 소년에게 점점 가까워졌다.

홈즈는 호기심 어린 표정을 지었다. 소년이 그림을 다 그리고 뛰어가자 홈즈가 멈춰 서서 그것을 살폈다. "여기서 무얼 알아낼 수 있을까, 왓슨?"

분필로 대충 그린 원 안에 1부터 31까지의 숫자가 둥글게 배치되어 있었다. 화살표는 오늘 날짜인 숫자 26을 가리키는 것 같았다.

"그냥 아이가 그린 그림이잖아." 내가 말했다.

도지슨이 돌아와서 분필로 그려진 그림을 보더니 놀란 표정을 지었다. "시간 대신 날짜가 쓰여 있는 미친 모자 장수의 시계입니다. 이거 누가 그렸습니까?"

"어린 꼬마였어요. 틀림없이 모리아티가 돈을 주고 시켰을 테니, 지금쯤 몇 블록 떨어진 곳에 있겠군요."

"그런데 그게 무슨 뜻일까요?" 도지슨이 물었다.

"미친 모자 장수 시계에, 한 시를 가리키면……." 홈즈가 메시지 내용을 읊었다. "그 시계엔 시간이 없고, 날짜만 있어요. '미친 모자 장수의 시계'는 책에 나온 시계가 틀림없겠지요. 분필로 그린 시계 그림 위에 서 보세요."

그림 위에 선 도지슨에게 지나가는 사람들이 의아한 시선을 보냈다. "이제 어떡해야 합니까?"

그때 내가 빅 벤 탑의 동쪽 벽면에 잘 포장된, 진료 가방만 한 크리스마스 선물 상자를 발견했다. "이게 뭐지?" 내가 그걸 집어 들려고 몸을 굽히며 물었다. "도지슨 씨 사진인가?"

"왓슨!"

내가 상자의 포장을 벗기려는데 홈즈가 소리쳤다. 내가 상자를 열려는 찰나, 서둘러 달려온 홈즈가 내 손아귀에서 상자를 낚아챘다. "왜 그래, 홈즈?"

"1시야!" 머리 위에 매달린 큰 종이 시간을 알리자 홈즈가 소리쳤다. 몇 걸음 달리더니 상자를 있는 힘껏 강으로 던져 버렸다. 홈즈의 상당한 팔 힘에도 상자는 강에 한참 못 미친 곳에서 대포 같은 굉음과 강렬한 빛을 내며 폭발했다.

웨스트민스터 다리 근처를 산책하던 사람 두 명이 폭발로 경미한 부상을 입었고 우리 모두는 공포에 떨었다. 몇 분 내로 경찰이 출동했고, 15분 정도 지나 우리의 오랜 친구인 런던 경찰청 레스트레이드 경감이 현장에 도착했을 때는 다들 조금씩 진정된 상태였다.

"아, 홈즈 씨. 홈즈 씨가 관련된 사건이라길래 왔습니다. 평온한 휴일이기를 바랐건만."

"크리스마스 상자에 시한 폭탄이 들어 있었습니다." 평정심을 되찾은 홈즈가 경감에게 말했다. "상자를 던지기 전에 시계와 다이너마이트 스틱 몇 개를 얼핏 봤습니다. 1시에 터지도록 맞춰져 있었어요. 여기 계신 도지슨 씨가 빅 벤에 가기로 되어 있던 시간이지요."

변함없이 호리호리하고 페렛 같이 생긴 레스트레이드가 다가와 내 코트에 묻은 먼지를 털어 냈다. "왓슨 박사님, 다치신 덴 없으시죠?"

"네, 저는 괜찮습니다." 내가 무뚝뚝하게 대답했다. "여기 계신 도지슨 씨가 표적이었습니다. 적어도 우리는 그렇게 생각합니다."

사람들이 모여들자 레스트레이드는 거기서 우리를 내보내려 애썼다. "자, 자. 경찰차로 갑시다. 제 사무실로 자리를 옮겨서 사건의 진상을 고민해 봅시다."

나는 폭발의 충격에서 헤어나지 못하는 도지슨이 걱정되었다. "왜 그자가 저를 죽이려 했을까요? 100파운드를 기꺼이 주겠다는데." 도지슨은 계속 이 말을 되뇌었다.

"모리아티 교수는 100파운드보다 더 큰 걸 노리고 있어요. 그게 대체 뭘까요?" 홈즈가 도지슨에게 물었다.

레스트레이드가 운전사에게 큰 소리로 지시를 내리자 경찰차가 출발했다. 홈즈는 폭발 때문에 모여 든 엄청난 수의 경찰관과 경찰 차량을 가만히 응시했다. "휴일인데도 어마어마하게 많은 경찰이 동원됐군요."

"런던의 신성한 빅 벤이잖습니까, 홈즈 씨. 가볍게 여길 수 없지요. 배후에 혁명 단체가 있는 게 틀림없습니다."

"글쎄요." 홈즈가 미소로 답했다.

런던 경찰청의 우중충한 사무실에 도착할 때까지 홈즈는 말이 없었다. "곧 새 건물이 완공될 겁니다." 레스트레이드가 사과하듯 말했다. "자, 이제 본론으로 들어가지요."

도지슨이 약간 주저하며 크리스마스에 패딩턴 역에서 폭행을 당한 후 홈즈를 찾아오기까지의 과정을 설명했다. 어린아이들과 관련된 이야기는 얼버무리려 했지만, 레스트레이드는 집요하게 파고들었다. "협박을 당하고 계시는군요! 당장 옥스퍼드 경찰에 신고하셨어야죠." 경감이 깜짝 놀라서 말했다.

"말은 쉽지만 저에겐 굉장히 어려웠습니다." 도지슨이 대답했다. "제 명예를 지키는 데 100파운드는 그리 비싼 금액도 아니었구요."

여기서 셜록 홈즈가 끼어들었다. "경감님, 도지슨 씨를 협박한 건 시선을 돌리기 위한 수작으로 보입니다. 만약 눈속임용 협박이라면, 빅 벤에서 폭탄을 터트린 것 역시 시선을 끌기 위한 것 아닐까요?"

"무슨 말씀이신지?"

"모리아티가 보낸 비밀 메시지로 돌아가 보죠. 다 설명되었지만 마지막 두 줄이 문제입니다. '노파가 일을 끝내고, 블록 아래로 간다'……."

"허튼 시구예요." 도지슨이 주장했다. "그저 그뿐이죠."

"하지만 도지슨 씨가 쓴 말도 안 되는 구절들은 대체로 의미가 있잖습니까. 그 책에 대해서는 솔직히 잘 모르지만, 런던 범죄에 관해서는 알 만큼 안답니다. 레스트레이드 경감님, 노파가 무엇을 나타내는 걸까요?"

"글쎄요."

"평범한 노파에게서 물건을 빼앗는 것은 은퇴한 옥스퍼드 교수를 협박하는 것과 비슷할 겁니다. 하지만 특별한 노파라면 이야기가 다르죠."

레스트레이드의 얼굴에서 핏기가 가셨다. "혹시……." 경감이 목소리를 낮춰 귓속말했다. "빅토리아 여왕님!"

"아니, 아니, 극작가 셰리던의 문구, '스레드니들 가의 노마님셰리던의 하원 연설에서 기원한, 잉글랜드 은행의 별명'을 말한 겁니다."

레스트레이드와 내가 동시에 외쳤다. "잉글랜드 은행!"

"바로 그거였어요. 빅 벤 폭발 사건으로 오늘 사실상 전 경찰이 출동했습니다. 휴일이면 문을 닫는 금융가는 텅 빈 셈이죠. 지금 모리아티의 부하들이 잉글랜드 은행을 털어 '블록 아래'에 만들어 둔 터널로 달아나고 있을 겁니다."

"맙소사! 그런 일이 가능합니까?" 도지슨이 소리쳤다.

"모리아티 교수는 충분히 그럴 수 있는 인물이죠. 레스트레이드 경감님, 잉글랜드 은행 근처의 대축척 지도를 가져다 주시면 터널의 위치를 알려 드리겠습니다."

"그러기만 한다면 홈즈 씨는 진정 마법사입니다." 도지슨이 말했다.

"그럴 리가요. 런던 지하에 터널을 뚫으려면 당연히 가장 짧은 거리로 만들어야 할 겁니다." 홈즈가 웃으며 말했다.

한 시간 정도 후에 나는 홈즈, 도지슨과 함께 안전한 거리에서 레스트레이트의 부하들이 모리아티의 터널을 순조롭게 찾아내는 광경을 지켜보았다. 불행하게도 모리아티는 그곳에 없었다.

"언젠가, 왓슨. 언젠가는 우린 그를 만날 거야." 홈즈가 자신에 찬 어조로 말했다. "어찌됐든, 도지슨 씨. 당신의 문제는 해결된 것 같습니다. 이 협박 건은 위장이었습니다. 이제 경찰에 모든 걸 털어놓으셨으니 모리아티도 협박으로 건질 건 없을 겁니다."

"어떻게 감사드려야 할지 모르겠습니다. 사례로 얼마를 드려야 할까요?" 도지슨이 말했다.

"크리스마스 선물이라 생각하십시오." 홈즈가 손을 저으며 말했다. "제 기억이 맞다면 지금 바로 역으로 가면 옥스퍼드로 돌아가는 다음 기차를 탈 수 있을 겁니다. 패딩턴 역까지 모셔다 드리죠. 집까지 무사히 돌아가시기를 빌어 드리겠습니다."

푸딩 그릇의 비밀 & 헐록 숌즈의 크리스마스 사건

THE SECRET IN THE PUDDING BAG
& HERLOCK SHOLMES'S CHRISTMAS CASE

피터 토드 Peter Todd

20세기 영국에서 가장 다작했던 작가 찰스 해밀턴의 필명 중 하나가 바로 피터 토드이다. 그는 스물다섯 개 이상의 가명으로 7천만 단어, 단행본 천 권 분량에 달하는 소설을 써 냈다. 프랭크 리처즈라는 가명으로 발표한 빌리 번터 시리즈가 가장 유명하다. 피터 토드는 최초의 셜록 홈즈 패러디물 헐록 숌즈 시리즈의 저자로 사용한 이름이다. 그는 100편에 달하는 헐록 숌즈 작품을 썼으며,「푸딩 그릇의 비밀」은 1924년 12월 27일자 《페니 포퓰러》에,「헐록 숌즈의 크리스마스 사건」은 1916년 12월 3일자 《마그네트》에 발표되었다.

푸딩 그릇의 비밀

푸딩 그릇의 놀라운 비밀을 누설하기 전에 나, 런던 셰이커 가의 헐록 숌즈 탐정은 독자들에게 나의 활동을 설명하고자 한다.

여러 해 동안 나를 도와 스퍼드슨 부인의 과한 집세를 지불한 충직한 친구 좟슨 박사는 내가 담당한 사건들을 기록하는 역할을 맡아왔다. 그보다 이 일을 훌륭하게 해낼 사람은 없을 것이다. 그는 의사이며 뇌질환 전문가이기도 하다. 하지만 내가 누누이 말했다시피 좟슨은 정신 병원에 있어야 할 사람이다(물론 외과의사로). 그의 엄청 난 실력이 셰이커 가에서 썩고 있는 셈이다.

좟슨의 나를 향한 헌신에는 한 가지 결점이 있다. 그는 눈부신 성공 외에는 어떤 것도 기록하려 하지 않는다. 푸딩 그릇 사건은 성공적으로 해결하지 못했지만 크리스마스 분위기를 내려는 편집자가 간절히 원했다.

내가 투팅 벡에서 독이 든 도넛에 얽힌 미스터리를 성공적으로 해결한 직후 셰이커 가로 돌아오니 덩치 큰 남자가 좟슨에게 독자들을 위해 이야기를 들려 달라고 사정하고 있었다. 좟슨은 거듭 거절했다. 그래서 내가 직접 이 놀라운 사건을 기록할 수밖에 없었다.

좟슨 박사는 오랫동안 지치고 우울한 상태였다. 수술중에 환자의 몸 안에 그가 제일 좋아하는 은도금 가위를 두고 배를 닫아 버린 이후로 좟슨 박사는 제정신이 아니었다.

나는 불쌍한 좟슨이 환자와 가위를 잃어버린 걸 걱정하는 것 외에는 문제가 없다고 생각했다. 그러나 크리스마스 직전의 모습을 보고 그게 아니라는 걸 깨달았다.

어느 밤 안락의자에 앉아 바이올린으로 슈노펜스타인의 Bb장조 연습곡을 연주하고 있는데 우르릉거리는 수상한 소리가 들렸다. 처음에는 G현을 조여야 하나 했었다. 그러나 정체불명의 소리는 옆방에서 들려 왔다.

나는 연주를 멈추고 돌발상황에 대비하여 오른손에 바이올린을 꼭 쥔 채 침실 문으로 살금살금 걸어가 우아하게 허리를 굽히고 열 쇠구멍에 귀를 들이댔다.

우르릉거리는 소리가 크고 또렷하게 들렸다. 침실에선 좃슨 박사가 혼잣말을 하고 있었다. 내가 문을 활짝 열고, 호랑가시나무와 작은 초록색 새들이 그려진 자주색 실내복을 입은 내 모습이 위엄 있어 보이길 바라며 우뚝 섰다.

"좃슨! 자네 왜 이래!"

내 오랜 친구 좃슨이 침실을 서성거리다 손을 뒤로 한 채 멈춰 섰다. 얼굴에는 놀란 표정이 역력했고, 엷은 갈색 팔자수염은 죄 지은 것처럼 축 늘어져 있었다.

"솜즈, 듣고 있었군. 뭘 들었나?"

"뭘 들었느냐고? 그건 내가 묻고 싶네. 나한테 뭘 숨기는 건가, 좃슨? 등 뒤에 있는 게 뭔가?"

"헤, 헤, 헤! 붕대 몇 개뿐인걸." 좃슨이 자기의 실없는 농담에 희미하게 웃으며 대답했다. "어서 가서 내 기니피그에 자네의 어설픈 생체 실험이나 계속하시지!"

나는 부아가 치밀어 방을 나왔다. 그러나 콜니 해치_{정신병원인 프라이런 병원의 정식 명칭}에 전화하기 전에 내 충직하고 오랜 친구에게 다른 증상은 없는지 예의 주시하기로 마음먹었다.

날이 갈수록 좃슨이 정신적으로 병들어 가고 있다는 확신이 들었다. 좟슨이 침실에서 혼자 중얼거리는 소리를 몇 번이나 들었다. 그러나 좟슨이 내 도움이 필요하면 반드시 말할 거라고 생각했다. 그래서 나는 그저 코카인을 마시거나 바이올린을 뜯으며 런던 경찰청과 미국 경찰을 당황시킨 독약 미스터리 수십 건을 해결했고, 좟슨이 자신을 알아서 돌보도록 내버려 두었다.

크리스마스 이브에도 좟슨 박사는 심상찮은 분위기를 풍기며 어디론가 사라졌다. 나는 한참 동안 진료실 난로 앞에 앉아 파이프를 태우며 석간신문을 읽었다. 밖에는 눈이 아름답게 흩날렸지만 나는 크리스마스 따위엔 관심이 없었다.

석간신문에 실린 '크라운 왕자의 강 여행'이라는 제목의 기사 중한 문단이 눈길을 끌었다. '파리에서 출발해 오늘 오후 런던에 도착한 스클라카 스플리젠의 크라운 왕자는 강 위에서 런던 주의회 의사당을 보고 싶다는 의사를 표했다. 왕자는 기자들에게 이 훌륭한 건축물을 보면 러시아 남부 스클라카 스플리젠의 수도 췸놈지테에 있는 국영 고문拷問 기구가 떠오른다고 말했다. 크라운 왕자는 런던 경찰청의 핑크아이 경감과 세 명의 유명 형사들에게 밀착 경호를 받고있다. 왕자의 영국 해변 방문을 노려 스클라카 스플리젠의 무정부주의자 협회가 왕자의 포리지주로 아침으로 먹는 귀리죽에 폭탄을 떨어뜨리겠다고 위협했기 때문이다.'

이 짧은 문단이 내 마음 속에 짙은 의혹을 드리웠고, 다시 좟슨을예의 주시해야겠다는 생각이 들었다.

❖

크리스마스 이브 11시였다. 스퍼드슨 부인은 머리에 컬페이퍼를 말고 쉬고 있었다. 나는 난롯불을 끄고, 새장을 덮어 주고, 진료실 불을 끄고, 개를 묶고, 고양이를 내놓은 다음 좟슨이 보도록 열쇠를 문 앞 깔개에 놔두었다. 그러고는 내 방으로 들어갔다.

실내 가운을 막 벗으려는데 좟슨이 집으로 들어오는 소리가 들렸다. 그러고는 천천히 위층으로 올라가 진료실 불을 켰다. 나는 방을 나와 살금살금 기어올라가 진료실 문을 홱 열어젖혔다.

좟슨은 벌에 쏘인 듯 화로 앞에서 펄쩍 뛰어올랐다. 흥분으로 말도 제대로 못 이었다. "아이고, 깜짝이야! 자네가 스크루지의 유령인 줄 알았네. 지금 '크리스마스 캐럴' 공연을 보고 왔거든. 헤, 헤, 헤!"

내 오랜 친구가 멈칫거리며 내뱉는 말과 노래하는 듯한 웃음 때문에 나는 좟슨이 진실을 말하지 않고 있다고 느꼈다.

"좟슨." 내가 단호하게 말했다. "내가 내년치 소득세를 미리 내려고 세무 징수관에게 다녀오지 않은 것처럼 자네도 오늘 밤 공연에 가지 않았잖은가. 이제 말해 봐, 어디 갔었나?"

나는 예리한 눈으로 난로의 쇠살대를 훑었다. 불꽃과 재를 보니 좟슨이 뭔가를 태운 것 같았다. 내가 눈치챘다는 사실을 좟슨이 모르게 하려고 얼른 눈길을 돌렸다.

내 오랜 친구가 초조한 듯 콧수염을 만지작거렸다.

"아무것도 아닐세. 정말이야, 숌즈." 좟슨이 불안한 얼굴로 말했다. "알아도 자넨 날 비웃기만 할 거야. 조롱거리가 되고 싶진 않네."

"말도 안 되는 소리야. 좟슨!" 내가 진심을 담아 말했다. "나뿐만 아니라 모두 자넬 비웃어. 어, 물론 자네 환자들은 안 그렇겠지만. 그들은 길게 웃을 수 있을 만큼 오래 살지를 못하니까."

최대한 부드럽고 정감 어린 목소리로 말했지만 좟슨은 발끈 성을 내더니 방 밖으로 터벅터벅 나가버렸다.

의도한 대로였다. 금세 난로 망에 코를 박고는 재빨리 안을 자세히 들여다보았다. 글자가 타이핑된 종이가 가늘고 길게 찢어져 있는 게 보였다. 좟슨이 돌아오는 발소리가 들려 황급히 주머니에 쑤셔 넣고 천진스럽게 브라질너트를 집어 먹고 있는데 좟슨이 진료실로 들어와 화를 낸 것을 사과했다.

나는 발견한 것에 관해서는 일언반구도 하지 않고, 침실로 돌아와서 그것을 주의 깊게 살폈다.

"……이 영광스러운 일에 당신이 선발되었습니다. 동지, 실패하지 않기를."

땡그랑, 땡! 달그락 둥! 댕그랑 땡땡!

다음 날 아침 행복한 크리스마스를 알리는 종이 요란스럽게 울리는 가운데 좟슨과 나는 아침 인사를 주고받았다.

아침식사를 앞에 둔 좟슨 박사는 평소와 달랐다. 멍청한 상태로 훈제 청어 반쪽을 내게 주었으며, 오늘은 커피포트로 끓인 차의 첫 잔—보통은 찌꺼기가 남은 마지막 잔을 준다—을 내게 건넸다. 가련한 좃슨의 상태가 더욱 걱정되었다.

나는 의자에 앉아 청어 뼈를 조심스럽게 발라내며 좃슨을 지켜보았다. 그는 생선 대가리를 들고 창가로 가 개똥지빠귀의 환심을 사려 애썼다.

"좃슨, 맛있는 크리스마스 저녁을 위해 미리 매릴본 역이나 왁스워크스 주변을 좀 걷는 건 어떻겠나?" 내가 무심한 척 말을 건넸다.

좃슨의 옅은 갈색 수염이 눈에 띌 정도로 떨렸다.

"유, 유감이지만 사양해 두겠네. 숌즈!" 좃슨이 더듬거리며 말했다. "오른쪽 심장이 계속 떨리는 노부인 환자가 계시는데, 나더러 2LO영국의 두 번째 라디오 방송국에서 크리스마스 성가대로 노래할 수 있게 좀 봐 달라고 해서서 말이야."

"쯧, 쯧! 나도 자네와 함께 가겠네. 좃슨."

"아니야, 숌즈. 크리스마스에 이런 일로 자네를 데려갈 순 없지. 버스를 타고 동물원에 가거나, 아니면 난로에다 땅콩이나 구워 먹으며 한가하게 지내게."

더는 권하지 않았지만 머릿속은 복잡해졌다. 한동안 나는 안락의자에 가만히 앉아 있었다.

좃슨이 뭔가 일을 벌이려는 것은 확실했다. 좃슨은 양동이에 든 장어처럼 재빨리 움직였다. 그가 소리 없이 모자와 코트를 챙겨 집을 나서는 기척이 느껴졌다.

나도 번개처럼 일어나 내 오랜 친구의 뒤를 밟기 시작했다. 좟슨 박사는 오른쪽 겨드랑이에 큰 갈색 종이 꾸러미를 끼고 있었다. 종이 꾸러미는 깔끔했다. 저기 뭐가 들어 있을까?

담뱃갑 속 그림 카드를 구걸하는 어린 소년을 밀어내는 매정한 모양새로 미루어 보아 불쌍한 좟슨은 지금 초조했다. 좟슨은 염소가 구스베리를 뜯는 숲 바깥쪽 모퉁이에 멈춰 서서 잠시 망설이더니 곧 지나가는 버스에 뛰어올랐다. 나는 친구가 종이 꾸러미를 들고 안으로 사라질 때까지 기다렸다가 나도 쏜살같이 내달려 버스에 탔다.

좟슨은 채링크로스에서 내렸다. 나는 버스가 다시 움직이기 시작할 때까지 잠시 기다린 다음, 능숙한 기교로 차장의 모자를 훔쳐 버스 밖에 던졌다. 차장이 버스를 멈추려 하자 나는 잽싸게 그에게 내 모자를 씌워 주고, 떨어진 그의 모자를 주웠다. 나는 차장의 모자를 머리에 쓰고 아랫입술에 검은 가짜 수염을 붙인 후 좟슨의 뒤를 밟았다.

갑자기 좟슨이 걸음을 멈추고 뒤를 돌아보았다. 그러나 그의 눈에 비친 것은 음식점 근처에 선 깡마른 버스 차장이었을 것이다.

그의 몸이 국회의사당을 향해 화이트홀 궁전 쪽으로 쿵쿵거리며 걸어가는 것을 지켜보는데, 한바탕 바람이 불어 좟슨이 겨드랑이에 끼고 있던 꾸러미의 종이를 날려 버렸다. 그 바람에 흰 천에 덮인 푸딩 그릇이 그대로 드러났다.

종이를 붙잡는 데 실패한 좟슨은 푸딩 그릇을 옆구리에 불안하게 끼고 천을 손에 들고서 바보 같은 표정으로 다시 걷기 시작했다. 처음에는 푸딩 그릇을 보고 안심했지만, 순간 무서운 생각이 떠올랐다. 푸딩 그릇은 폭탄일지도 모른다! 크리스마스 아침 산책길에 벌어질 사건을 상상해 보았다. 좟슨의 수상한 웅얼거림, 스클라카 스플리젠의 크라운 왕자에 관한 기사, 난로 쇠살대에서 꺼낸 종잇조각에서 본 수상한 메시지. 좟슨은 안전해 보이는 푸딩 그릇에 폭탄을 담아 무시무시한 임무를 수행하기 위해 강으로 가고 있었던 것이다.

내 친구는 단호한 태도로 템스 강 제방으로 성큼성큼 걸어갔다.

많은 사람이 난간에 도열해 있었다.

"뭣 때문에 이 난립니까?" 내 친구가 깡패처럼 보이는 사람에게 묻는 소리가 들렸다.

"저기 슬래키 스플리템인가 뭔가 하는 곳의 크라운 왕자가 곧 부두에 도착할 예정입니다."

좟슨은 사람들을 밀어젖히고 난간으로 다가갔다. 나도 좟슨을 바짝 따라갔다.

이내 좟슨이 푸딩 그릇을 집어 들어 난간 위로 가볍게 밀어뜨리는 모습이 보였다.

"멈춰!" 내가 소리 지르며 손을 앞으로 내밀었다.

좟슨이 목표물을 정확히 맞춘 것 같진 않았다. 그릇이 강둑에서 둑 튀어나온 선반 비슷한 바위에 맞부딪혔기 때문이다. 나에겐 모두를 죽음으로 몰고 갈 무서운 폭발에 대비해 몸을 숙일 시간조차 없었다. 그러나 놀랍게도 그릇이 깨지더니 거대한 푸딩이 튀어나왔다. 푸딩은 왕자가 도착하기를 기다리며 방파제 위에 서 있던 보트맨에게 떨어져 산산이 부서졌다. 구경꾼들은 놀라서 제대로 숨도 못 쉬었다. 그러다 무슨 일이 일어났는지 깨닫자 사람들이 와자하게 웃음을 터뜨렸다. 보트맨은 화가 단단히 났다! 머리에 큰 푸딩 조각을 뒤집어쓴 보트맨이 위를 쳐다보며 크리스마스의 경구 '땅에는 평화, 하늘에는 영광'과는 전혀 어울리지 않는 욕설 몇 마디를 내뱉었다. 그러고는 고개를 돌려 왕자가 타고 온 배를 묶는 데 열중하자 나는 좆슨의 손을 잡고 멀리 끌어냈다.

"이게 다 무슨 일인가?"

"숌즈!"

좆슨은 천천히 이야기를 시작했다. 그는 스퍼드슨 부인이 크리스마스 푸딩을 만들었고, 크리스마스 디너에서 좆슨과 나에게 먹어 달라고 고집을 부릴 것을 알게 됐단다.

"숌즈, 자네의 착한 성격이라면 분명 우리 주인 아주머니를 실망시키고 싶지 않아서 그걸 먹을 거라고 생각했네. 작년에 먹었을 땐 어땠나? 이틀이나 복통으로 소파에서 끙끙 앓았잖은가! 올해는 무슨 일이 있어도 크리스마스 푸딩을 없애 버리겠다고 다짐했지. 의사로서 푸딩이 위험하다는 걸 알았고, 자네를 끌어들이거나 스퍼드슨 부인의 감정을 상하게 하고 싶진 않았네. 그래서 푸딩이 든 그릇을 조용히 갖고 나와 푸딩이 든 채로 버리는 게 최선이라 생각했지. 내가 강 위로 푸딩 그릇을 내던지는 걸 보지 않았나."

나는 그가 혼자 중얼거리는 모습과 종이에 타이핑된 글을 보고 걷잡을 수 없는 의혹에 휩싸였다고 말했다.

이번에는 죶슨이 크게 웃었다.

"맹세코, 숌즈! 나는 자네가 나를 그렇게 걱정해 주는 줄 몰랐네. 난 2주 전에 매릴본 연극 클럽에 가입했고, 유명한 러시아 극작가 브스무지가 쓴 〈저당 잡힌 왕권 상징 보석〉이라는 극에서 코피투페 역을 제안받았지. 자네가 나를 비웃을까 봐 침실에서 몰래 연습했다네. 그런데 어찌나 대본이 머릿속에 안 들어오는지, 화가 나서 갈가리 찢어 불에 던져 버렸어. 자네가 발견한 종잇조각은 대본의 일부일세."

"그러면 도대체 왜 모든 걸 나한테 말하지 않았나, 이 친구야?" 내가 소리쳤다.

"왜냐하면 실패를 인정하는 것이 싫었거든. 그런 걸 좋아하는 사람이 어딨겠나?"

"허, 정말. 이제야 수수께끼가 풀렸군! 그럼 셰이커 가로 돌아가 놀랍도록 소화가 안 되는 스퍼드슨 부인의 크리스마스 푸딩 대신 칠면조의 위시본_{두 사람이 서로 잡아당겨 긴 쪽을 가진 사람이 소원을 빌면 이루어진다는, 목과 가슴 사이에 있는 V자형 뼈}을 즐기도록 하세."

헐록 숌즈의 크리스마스 사건

"내일이 크리스마스야!" 헐록 숌즈가 생각에 잠겨 말했다.

"친애하는 숌즈!" 내가 중얼거렸다.

헐록 숌즈가 미소 지었다.

"내가 단정해서 놀랐군, 좟슨. 그러나 나는 이게 사실이라고 장담하네." 숌즈가 말했다.

"숌즈, 난 자네의 말이나 행동, 그 어떤 것에도 더는 놀라면 안 된다는 걸 알아. 하지만 무슨 근거로 그런……."

"아주 간단하다네, 좟슨 군. 창문 너머로 질벅질벅한 길과 서두르는 사람들을 보면, 크리스마스가 다가오는 걸 알 수 있지!"

"맞아! 그런데 정확히 왜 내일인가?"

"아, 좀 더 깊이 들어가 보자구, 좟슨. 달력을 유심히 살핀 결과 내일이 크리스마스라고 추론했어!"

"달력!" 내가 놀라서 소리 질렀다.

"암!"

"알다시피, 숌즈, 난 자네의 사고를 나름대로 변변찮게나마 노력해서 연구해 왔다네. 그러나 고백하건대 나는 연결성을 전혀……."

"아마 쉽지 않겠지. 하지만 예리한 지성을 가진 사람에겐 전혀 어려운 일이 아니라네. 크리스마스는 이달 스물다섯 번째 날이야, 그렇지?"

"그렇지!"

"달력을 봐, 좟슨!"

내가 시키는 대로 했다.

"뭐 생각나는 거 없나?"

"없어!" 내가 고백했다.

숌즈가 다시 미소 지었지만, 이번엔 약간 따분한 듯한 미소였다.

"친애하는 친구여, 달력을 보면 오늘이 스물네 번째 날이야."

"그렇지, 그런데……."

"그리고 크리스마스는 25일이니, 빠른 추론에 익숙한 예리한 사람은 내일이 크리스마스라는 걸 알 수 있지!"

나는 조용히 감탄하면서 나의 대단한 친구를 바라볼 뿐이었다.

"그러나 우리에게 내일은 휴일이 아니야, 좟슨." 숌즈가 말했다. "후키워커 공작한테서 전보를 받았어. 공작 전하가 도착했다는!" 숌즈가 말을 마치기도 전에 후키워커 공작이 거실로 들어섰다.

숌즈는 우아하고 공손한 태도로 벽난로 선반에서 발을 치웠다.

"앉으시지요. 내 친구 좟슨 박사 앞에서는 자유롭게 말씀하셔도 됩니다."

"숌즈 씨, 내가 끔찍한 손해를 입었습니다!"

숌즈가 미소 지었다.

"전하께서 전당표를 잃어비리셨습니까?"

"숌즈 씨, 당신은 마법사가 틀림없군요! 어떻게 그런 걸 추측해……."

"추측하는 게 아닙니다. 저는 사실만을 말하죠. 상세하게 말씀해 주시겠습니까?"

"숌즈 씨, 전당표가 없어진 게 맞습니다." 공작이 불안한 목소리로 말했다. "후키워커 가가 손님을 융숭하게 대접하기로 유명하다는 건 아실 겁니다. 요즘에도 그 점을 중요하게 생각하지요. 그래서 후키 성에서 반드시 성대한 크리스마스 파티를 열어야 했고, 필요한 자금을 모으기 위해 가문의 보물들을 하운즈이치의 이키 솔로몬즈 씨에게 담보 잡혔습니다. 전당표는 제가 명함 케이스에 넣어 보관했고, 저는 항상 같은 자리에 명함 케이스를 넣고 다녔습니다. 그런데 이제 보니 숌즈 씨, 전당표가 사라졌습니다!"

"그럼 명함 통은요?"

"여전히 주머니에 있습니다!"

"가문의 보물들은 언제 솔로몬즈 씨에게 가져다 두었습니까?"

"어제 아침에요!"

"그리고 표가 없어진 건……."

"어젯밤입니다." 공작이 자신이 없는지 더듬거리며 말했다. "안전하게 잘 있는지 명함 케이스를 열어 확인했더니 사라지고 없었습니다. 그걸 어떻게 도둑맞을 수 있는지. 숌즈 씨. 수수께끼, 도무지 모를 수수께끼입니다!"

"훌륭한 탐정에게 도무지 모를 수수께끼는 없습니다." 숌즈가 차분히 말했다. "사라진 전당표를 되찾을 방법이 있을 겁니다."

"숌즈 씨, 당신이 절 구해 주시겠군요. 그런데 어떻게……."

숌즈가 말을 끊었다.

"솔로몬스 씨 집에서 떠난 다음 전하께서는 어디로 가셨습니까?"

"육군성의 잡담_{雜談} 부서를 방문했고, 거기서 후키 성으로 돌아왔습니다."

"다른 곳에는 가지 않으셨습니까?"

"네, 전혀요."

"재주 좋은 소매치기가 잡담 부서에 있었을 가능성은 거의 없겠군요." 숌즈가 생각에 잠긴 채 말했다.

"네, 그럴 가능성은 없습니다, 숌즈 씨! 그 대단한 부서의 사무관들은 무슨 기술이 됐든 간에 재주가 하나도 없으니까요!"

"그렇겠지요!"

"단서조차 없다니!" 공작이 절망적인 말투로 말했다. "사라진 전당표를 되찾지 못하면 그 유명한 후키워커 가의 보석들을 잃어버리게 됩니다!"

"제게 맡기시죠." 헐록 숌즈가 태평하게 말했다. "내일 좋은 소식을 가지고 후키 성을 방문하게 될 겁니다."

"신의 축복이 함께하시길, 숌즈 씨!"

그러고는 공작이 떠났다.

헐록 숌즈는 난해한 문제를 해결하기 위해 집중해야 할 때 늘 파이프 담배를 몇 대 피웠다. 나는 숌즈의 사색을 감히 방해하고 싶지 않았다.

숌즈가 드디어 미소를 지으며 말했다.

"아주 재밌는 문제야, 좟슨. 내가 공작 전하가 밝히기도 전에 전당표가 없어졌다는 사실을 맞춘 것이 자네는 어리둥절하겠지?"

"그래, 몹시 놀랐네, 숌즈."

"그런데 간단해. 후키 성의 거대한 사교 모임에 대해 들은 적이 있다네. 가문의 보석 정도는 저당 잡혀야 열 만한 규모더군. 공작 전하가 나를 급하게 방문한 것이며 불안에 휩싸인 모습을 보니 아주 분명해 보였어. 전당표를 잃어버렸거나 도둑맞은 거겠지. 아주 기본적인 추론이야, 그렇지 좟슨? 그러나 없어진 표를 되찾는 것은……."

"그게 그리 간단한 일이 아닐 것 같아, 숌즈."

"그건 모르지." 숌즈가 일어서서 그의 유명한 실내가운을 여몄다. "난 잠시 어딜 다녀와야 해, 좟슨. 자네도 가서 환자를 보게나."

"하나만 물어봄세, 숌즈. 어딜……."

"잡담 부서에."

"하지만……."

숌즈는 방에서 휙 나가 버렸다.

❖

나는 숌즈의 행동이 당황스러웠다. 그는 분명 잡담 부서에는 소매치기가 없다고 말했었다. 그곳을 조사하러 가다니. 숌즈는 셰이커 가로 돌아와서도 별다른 설명을 하지 않았고 나도 차마 물어보지 못했다. 다음 날 아침 거실에 내려가자 숌즈가 미소로 나를 맞았다.

"오늘 아침에 좀 달릴 준비됐나, 친구?" 숌즈가 물었다.

"언제든 말만 하게, 숌즈."

"좋아! 그럼 택시를 불러 주게."

몇 분 후, 숌즈는 택시 기사에게 '후키 성'으로 가자고 했다.

"공작을 만나러 가는 건가, 숌즈?"

숌즈가 고개를 끄덕였다.

"그런데 사라진 전당표는?"

"두고 보게!"

가는 내내 숌즈는 높으신 정치가에게나 어울릴 말만 반복했다.

택시는 위풍당당하게 후키 성으로 들어섰다. 세련된 하인이 우리를 대저택으로 안내했고, 곧 공작이 나타났다.

공작은 손님들을 놔두고 우리를 보러 왔다. 그는 약간 초조해 보였다.

"숌즈 씨. 얘기할 만한 건 다 말씀드린 것 같은데, 쇼브 해페니 파티^{판 위에 얹은 원반들을 긴 막대로 숫자판 쪽으로 밀면서 하는 셔플보드 게임 파티} 중에 불러내다뇨."

"죄송합니다." 숌즈가 태연하게 말했다. "그렇다면 파티로 돌아가십시오, 공작 전하. 전당표는 다음에 드리겠습니다."

공작이 너무 기쁜 나머지 펄쩍 뛰었다.

"숌즈 씨! 찾았습니까?"

숌즈가 빙긋 웃었다. 명백히 공작의 놀란 모습을 즐기고 있었다.

공작은 나의 경이로운 친구가 건네는 종이를 놀란 눈으로 바라보았다. "잃어버린 전당표군요!" 공작이 기뻐서 소리쳤다.

"바로 그거죠!" 숌즈가 말했다.

"숌즈!" 내가 감탄했다. 달리 할 말이 없었다.

후키워커 공작이 떨리는 손으로 표를 받아 들었다.

"숌즈 씨." 공작이 깊이 감동한 목소리로 말했다. "당신이 후키워커 가의 명예를 구했습니다. 저녁 시간까지 기다려 주십시오, 숌즈 씨. 트리프_{사람이 먹을 수 있는 소 위胃의 내실 안쪽 면}와 양파를 대접하겠습니다."

"트리프와 양파라면 마다할 수 없군요." 숌즈가 웃으며 말했다.

그래서 우리는 성에 머물렀다.

셰이커 가로 돌아가는 택시에 타고 나서야 숌즈는 내 궁금증을 풀어 주었다.

"숌즈!" 택시가 우람한 성문을 빠져나오자 내가 외쳤다. "도대체 어떻게……."

숌즈가 큰소리로 웃었다.

"아주 간단한 사건이야. 공작이 전당표를 명함 케이스에 넣어 뒀지. 집에 돌아오기 전에 육군성 잡담 부서만 방문했고. 여간 훌륭한 소매치기가 아니고서야 명함 케이스는 놔두고 전당표만 가져갈 순 없겠지. 하지만 전하는 정부 부서에 그만큼 똑똑한 인물은 존재하지 않는다고 했어. 그러므로 누군가 전당표를 훔쳤을 리는 없네."

"숌즈!"

"누군가 그걸 가져간 게 아니야, 좠슨. 그런데도 공작의 손에서는 벗어났어. 문제는, '어떻게'라는 거겠지."

"하나도 모르겠군, 숌즈."

"누군가 공작한테서 표를 가져가지 않았다면, 공작이 자기도 모르게 누군가에게 준 거겠지."

"그럴 리가 있나, 숌즈?"

"생각해 보게, 좟슨 군. 공작 전하는 안전을 위해 명함 케이스에 전당표를 넣었어. 그리고 잡담 부서를 방문했을 때 당연히 명함을 건네려 했겠지. 그때 실수로 명함 대신 전당표를 건넨 걸세."

"숌즈!"

"그때 전당표가 사라진 거지. 내가 들은 사실로 유추할 수 있는 유일한 가설이었어. 그래서 잡담 부서에 가서 공작이 만난 관리를 찾아갔지. 만나기는 좀 어려웠지만 어떻게든 확인할 수 있었다네. 예상대로 사라진 전당표는 그곳 쟁반 위에 있더군. 공작이 방문한 후로 아무도 건드리지 않았더라고."

"멋진걸!"

숌즈가 지루한 듯 씩 웃었다.

"이 정도는 기본이지뭘. 아, 벌써 셰이커 가에 도착했군."

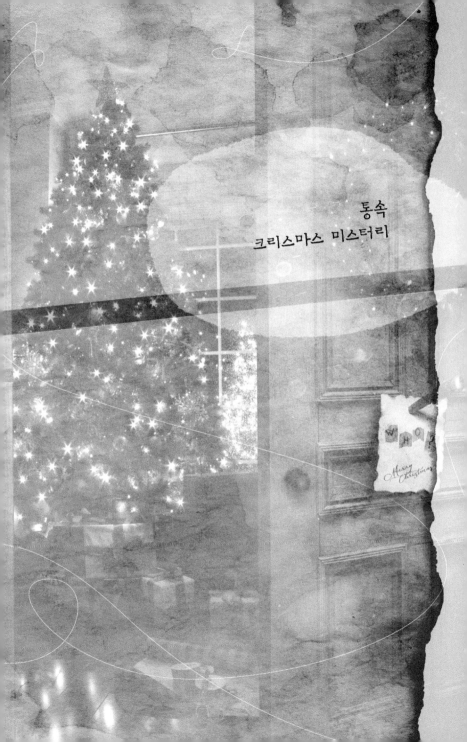

통속
크리스마스 미스터리

크리스마스 거리에서 죽다

DEAD ON CHRISTMAS STREET

존 D. 맥도널드 John D. MacDonald

존 D. 맥도널드의 가장 유명한 캐릭터인 트래비스 맥기는 포커 게임에서 이겨
따낸 '버스티드플러시'란 이름의 선상 가옥에서 살았다. 맥기는 사설 탐정이자
도둑인데, 도둑맞은 재산을 되찾아 주는 것으로 생계를 유지했으며 법의 테두리
밖에서도 활동했지만 범죄자만을 재물로 삼았다. 맥도널드의 탁월한 서스펜스
소설 『사형집행인들』은 〈케이프피어〉라는 제목으로 1962년과 1991년, 두 차례
영화화되었다. 「크리스마스 거리에서 죽다」는 《콜리어스》 1952년 12월 20일 특
집호에 처음 발표되었다.

순찰차를 타고 현장에 나타난 경찰이 방수포를 꺼내 시체를 덮은
뒤 군중을 뒤로 몰아냈다. 사람들은 질퍽한 회색 눈을 밟으며 불편
한 듯 옆으로 물러섰다. 간혹 위를 올려다보는 사람도 있었다.

신문에는 창문에 X 표시가 그려진 사진이 실릴 데고, X에서부터
시체가 누워 있는 곳까지 점선으로 이어질 것이다. 반짝이와 크리스
마스 트리로 장식된 상자를 한 아름 안고 현장을 지나가는 사람들은
이유 없는 죄책감에 시달렸다.

호기심이 많은 이들은 현장에 남았다. 길 건너 백화점 유리에는 거대한 기계 산타가 앞뒤로 몸을 흔들며 기계 손으로 완충재를 넣은 허벅지를 때리면서 끝없이 웃었다. "와하호호호. 와하호호호." 손에는 허벅지를 때리느라 닳은 붉은 자국이 선명했다.

구급차가 도착했고, 수련의가 사무적인 목소리로 'DOA_{dead on arrival, 도착 시 이미 사망}'를 선언했다. 축축한 눈만 내릴 뿐 주변은 쥐 죽은 듯 썰렁했다. 다만 길모퉁이에 서 있던 코가 푸르스름한 가죽 옷 입은 산타가 다시 손에 든 종을 흔들기 시작했다.

형사과의 길 신 경위가 전화를 걸었을 때 젊은 지방 검사보 대니얼 파울러는 책상 앞에 앉아 있었다. "댄? 나 길이야. 개리티 사건 들었어?"

잠시 기억을 더듬었다. 로린 개리티는 셰리던 시티 금융 회사 사건의 목격자였다. 지난 2월, 개리티는 용의자인 아이들이 강도짓을 저지르려던 것이 맞다고 확인해 주었다. 증언이 나오기 전에 아이들이 자백하지 않았다면 댄은 곧장 기소했을 것이다. 개리티는 댄에게 재판에서 증언해 주겠다고 약속했다.

"개리티가 왜요, 길?"

"한 시간 전쯤 사무실 창문 밖으로 고공 다이빙을 했어. 17층에서 크리스마스 행렬 속으로 곧장 떨어졌지. 사람 위에 안 떨어진 게 신기하다니까. 코니 와이언트가 사건을 맡았는데 개리티가 금융 회사 사건 중요 목격자란 걸 기억하고 나한테 말해 주더라. 몸집이 큰 개리티가 창문 밖으로 떨어지지 않으려 안간힘을 쓴 흔적이 있어. 누군가 민 거야. 그래서 코니가 사건을 맡게 된 거지. 그에게 멋진 크리스마스 선물이 되기를."

"금융 회사로 쳐들어간 녀석들에게도 멋진 크리스마스 선물이겠군요." 댄이 어두운 표정으로 말했다. "개리티 없이는 사건도 힘들어질 거예요. 코니에게 그렇게 전해 주세요. 나중에 따로 만나 제대로 애기하긴 하겠지만."

댄 파울러가 작업중인 서류를 옆에 끼고 복도를 지나갔다. 지방검사의 비서가 책상에 앉아 업무를 보고 있었다. "제인, 검사님은 바쁘신가?"

검은 머리를 풍성하게 늘어뜨린 제인은 큰 회색 눈과 매끄럽고 조그마한 입술을 가진 여자였다. 그녀는 한쪽 눈썹을 올리며 댄을 가늠하듯 살폈다. "지금 뇌물 받을 준비 됐어."

댄이 과장되게 주변을 살피더니 책상 위로 몸을 굽히고 그녀가 위로 쭉 내민 입술에 키스했다. 그러고는 제인을 내려다보며 미소를 지었다. "사람들이 우리 사이에 대해 쑥덕거리기 시작했어." 댄이 의노와 달리 사법시 못한 어조로 속삭였다.

제인이 머리를 갸웃거리더니 인상을 쓰며 말했다. "그런데 무슨 일이야, 댄?"

댄은 책상 모서리에 앉아 제인의 두 손을 쥐고는 덩치 크고 당당하게 걷던 검은 머리 여자가 창밖으로 떨어진 일을 말해 주었다. 제인도 궁금해할 만한 이야기였다. 제인을 그 사건에 개입시킨 게 후회됐다. 하지만 개리티는 쉽게 매수당할 것 같은 사람이었기에, 직감이 좋은 제인에게 도움을 받고 싶었다. 두 사람을 점심식사에 초대해 놓고 빠져나갈 핑계를 만들어 둘만 따로 있게 만들었었다.

개리티를 만난 후 제인은 이렇게 말했다. "댄, 난 그녀가 별로 마음에 안 들어. 물론 그 여자도 날 의심하는 것 같았어. 한눈에 봐도 원기왕성한 사람이더라. 어쨌든 증언은 할 거라고 봐. 매수될 것 같지는 않고."

제인은 개리티의 소식을 듣자 동정의 눈물을 쏟았다. "오, 댄! 너무 안됐어. 검사님께 당장 얘기해. 빈스 설비우스가 분명 누군가를 사주한 게 틀림없어."

"진정해, 숙녀분." 댄이 부드럽게 말했다.

댄이 손가락 끝으로 제인의 검은 머리를 쓰다듬은 후 살짝 미소 짓더니 검사의 사무실 문을 열고 안으로 들어갔다.

지방 검사 짐 헤글런은 길쭉한 얼굴에 테가 두꺼운 안경을 끼고 있었다. 전문가다운 진중한 분위기의 그는 진지한 표정으로 농담하는 것을 좋아했고 추진력이 넘쳤다.

"자넬 볼 때마다 짜증 나는 걸 억지로 참고 있어. 내 최고의 비서를 훔쳐 가려고 하다니!" 헤글런이 말했다.

"한동안 그만둘 일은 없을 겁니다. 문제가 생기진 않을 거예요."

"좋아! 그리고 네가 문제 이야기를 해서 말인데……."

"티가 났나요?" 댄이 헤글런의 책상과 마주한 육중한 가죽의자 팔걸이에 걸터 앉았다. "사실 문제가 좀 있습니다. 셰리던 시티 금융 회사 사건 기억하십니까?"

"어렴풋이는. 자세히 얘기해 봐."

"10월의 어느 날, 오후 다섯 시. 금융 회사가 막 문을 닫으려 할 때였습니다. 불량배 셋이 문을 때려 부수려고 했지요. 셋 중에 카스트렐라와 켈리는 열여덟입니다. 리더 역할을 하는 조니 설비우스는 열아홉이구요. 조니는 빈스 설비우스의 막내 남동생입니다.

놈들은 복면을 쓰고 총을 흔들면서 회사로 들어갔습니다. 매니저는 눈치는 없어도 배짱이 두둑한 자였습니다. 그때 금고를 열고 있던 매니저가 놈들을 보고는 문을 꽝 닫고 손잡이를 돌렸습니다. 놈들은 매니저를 폭행하며 문을 열라고 협박했지만, 매니저는 금고가 시한자물쇠특정한 시간이 되어야 열리게 되어 있는 잠금장치로 잠겨 있어 열 수 없다고 했습니다. 사실은 아니었죠. 놈들은 매니저의 바지에서 15달러를 꺼냈고 카운터 뒤에 있는 여자한테서 4달러를 빼앗아 달아났습니다.

복도 바로 맞은편에 토머스 키스트너라는 회계사의 사무실이 있습니다. 당시 그는 이미 퇴근했고 비서인 로린 개리티가 사무실을 닫으려던 참이었는데 조금 열린 문 틈으로 놈들이 회사에서 나오며 복면을 벗는 걸 봤답니다. 다행히도 놈들은 여자를 보지 못했고요.

개리티는 서둘러 경찰을 찾았고, 벽에 붙은 범죄자 전단에서 조니와 카스트렐라를 바로 알아봤습니다. 둘을 잡아들일 때 켈리도 그 자리에 함께 있다가 같이 체포되었습니다. 개리티는 조니와 카스트렐라를 직접 보고 그때 본 강도들이 맞다고 했습니다. 금융 회사 매니저도 켈리의 목소리를 알아들었습니다.

빈스 설비우스가 놈들을 꺼내 줄 거라 생각했는지 보석금이 높게 책정됐습니다. 그런데 놀랍게도 빈스가 놈들을 안에 그냥 두겠다는 겁니다. 그가 동생 조니를 위해 한 거라곤 조지 테라피에로에게 변호를 맡긴 게 답니다. 우리는 좀 당황스러웠어요. 그래도 우리는 개리티를 증언대에 세우면 되니 별 상관은 없었습니다. 개리티는 아주 훌륭한 증인이었습니다. 상당히 적극적인 여자였었거든요."

"였었다? 과거형인가?"

"오늘 오후에 그녀가 사무실 창문 밖으로 몸을 날렸습니다. 17층에서요. 길이 말하길, 코니는 살인이 틀림없다고 단언했답니다."

"코니가 그렇다면 그런 거야. 세 녀석들에게 유죄 판결이 큰 의미가 있나?"

"설비우스는 차량 절도로 전과 하나가 있고, 카스트렐라는 특수 폭행으로 전과 하나가 있습니다. 켈리는 깨끗하고요."

헤글런이 미간을 찌푸렸다. "이상하군, 안 그래? 이 주에서 무장 강도는 초범일 때 보통 7년에서 15년형을 받아. 빈스의 지위를 감안하면 설비우스는 5년형 정도 받게 되겠지. 5년형을 피하겠다고 살인을 저지르는 건 좀 과해 보이는데 말이야."

"빈스와 동생의 관계에 답이 있지 않을까요? 둘은 나이 차이가 많이 납니다. 빈스는 마흔 가까이 됐을 겁니다. 조니를 충분히 도울 수 있을 만큼 이미 성공했고요. 조니는 벌써 좋은 학교 세 곳에서 퇴학

당했습니다. 그런데 빈스 말에 따르면 조니는 나쁜 짓을 할 수 없는 애랍니다. 저는 조니를 살인사건과 무관하게 만들려고 빈스가 세 녀석을 감옥에 그대로 둔 게 아닌가 싶습니다."

"그럴 수도 있겠군, 댄. 얼른 수사를 진행하고 경과를 알려 주게."

댄은 코니와 레반도스키 경위가 조사실에 있다는 얘길 듣고 사무실에 앉아 기다렸다.

몇 분 후 코니가 들어와 댄에게 다가왔다. 코니는 푸른 눈이 툭 튀어나온 데다 눈빛이 흐리멍덩했다.

댄이 일어서자 땅딸막한 코니의 키를 훌쩍 넘어섰다. "그래, 상황이 어때, 코니?"

"녀석들에게 소송 걸 일은 아니라고 길이 말하더군. 나? 나는 개리티가 스스로 창밖으로 뛰어내린 거였으면 좋겠네. 그런데 개리티가 손톱이 다 깨지도록 창틀을 꽉 잡고 있었대.

나무 창턱에도 선명한 자국이 남았어. 창턱에 머리를 박으면서 거칠거칠한 창틀 가장자리에 개리티의 검은 머리카락이 끼었어. 그리고 신발 한 쪽이 사무실 라디에이터 아래서 발견됐지. 라디에이터가 창문 바로 앞에 있거든. 일단 키스트너는 뭐라 하는지 들어 보자고."

댄이 코니를 따라 조사실로 갔다. 토머스 키스트너가 긴 테이블 구석에 앉아 있었다. 팔꿈치 옆에 놓인 유리 재떨이에 불이 꺼진 시가가 놓여 있었다. 그들이 문을 열자 키스트너가 재빨리 쳐다보았다. 그는 덩치가 크고 배가 불룩했으며 건강이 안 좋은지 얼굴이 거무튀튀했고 항상 권위적인 태도를 보였다.

키스트너가 말했다. "막 경위님께 회계사의 어려운 점을 얘기하고 있었습니다."

코니가 말했다. "누구나 다 어렵죠. 이쪽은 지방 법원에서 오신 파울러 씨."

키스트너가 힘겹게 자리에서 일어났다. "만나서 반갑습니다. 이렇게 유쾌하지 못한 일로 만나 유감입니다."

코니가 지친 듯 자리에 앉았다. "키스트너 씨, 아까 한 얘기를 다시 들려주었으면 합니다. 괜찮으면 나 대신 파울러 씨에게 말해 주시구요. 그 이야길 아직 못 들었답니다."

"할 수 있는 한 뭐든 돕고 싶습니다." 키스트너가 힘주어 말하더니 댄을 돌아보았다. "저는 사무실을 자주 비웁니다. 작은 소매업체 서른세 곳과 계약을 맺어 회계 업무를 봐주거든요. 업체들을 자주 방문해야 합니다.

오늘 아침 출근한 로린이 무척 불안해 보여 이유를 물었죠. 지난주부터 누군가에게 미행당하는 것 같다고 했습니다. 상대가 어떤 사람이냐고 물었더니, 마르고 중키에 푸르스름한 회백색 펠트 모자를 썼고, 황갈색 래글런 외투를 입었으며 얼굴이 거무스름하다고 했어요. 저는 로린에게 사건의 증인인 만큼, 경찰에 알리고 보호를 요청하는 편이 좋을 거라고 했지요. 그런데 로린은 도움을 요청하고 싶진 않다고 하더군요. 뭐랄까, 독립적인 성격이었거든요."

"저도 그런 인상을 받았습니다." 댄이 말했다.

"사무실을 나선 뒤로는 로린이 했던 말을 더는 생각하지 않았습니다. 아침 시간 대부분을 핀치 제약에서 보냈습니다. 근처에서 샌드위치를 먹고 다시 사무실로 돌아왔습니다. 평소보다 좀 늦었죠. 거의 두 시쯤 됐을 겁니다.

곧장 17층으로 올라갔습니다. 사무실에 들어가기 전에 화장실에 들렀습니다. 열쇠로 문을 열고 들어갔지요. 한 3분 정도 안에 있었나? 다시 나왔더니 어떤 남자가 내 옆을 스쳐 지나갔습니다. 목깃을 올리고 모자챙을 푹 눌러쓴 채 재빨리 사라졌어요. 그때는 별 생각이 없었습니다.

사무실에 들어왔는데 창문이 활짝 열려 눈이 안으로 들어오고 있었습니다. 로린은 보이지 않았어요. 어디 갔는지 통 모르겠더군요. 화장실에 갔겠거니, 창문은 이유가 있어 열어 놓았을 거라 생각했습니다. 창문을 닫으려는데 거리에서 비명이 들리더군요.

밖을 내다봤더니 바로 아래 로린이 널브러져 있었어요. 코코아 색 옷을 보고 알았죠. 새 옷 같았거든요. 큰 충격을 받아 멍하니 서 있다가 문득 로린의 미행 이야기와 복도에서 만났던 낯선 남자가 떠올랐어요. 로린이 말한 것처럼 회백색 모자에 황갈색 코트를 입었고 얼굴이 거무스름했던 것 같습니다.

곧장 경찰에 신고했고, 경찰이 오는 동안 아내에게 전화를 걸었죠. 아내가 오열했어요. 우리 둘 다 로린을 좋아했거든요."

그가 슬픈 미소를 지었다. "그 후로 이 이야기를 수도 없이 한 것 같습니다. 아, 물론 이야기하는 건 괜찮지만, 너무 끔찍한 일이라서 요. 저는 어떤 사람이 범죄를 목격하면 당연히 재판이 끝날 때까지 경찰의 보호를 받아야 한다고 봅니다."

"경찰이 그렇게 많지가 않아서요." 코니가 뚱한 얼굴로 말했다. "복도에서 만난 남자는 덩치가 얼마 만했습니까?"

"키는 중간 정도에 약간 마른 편이었습니다."

"나이는요?"

"글쎄요. 스물다섯일 수도 있고, 마흔다섯일지도 모르겠네요. 얼 굴을 제대로 못 봤어요. 아주 가까이서 본 것도 아니고요."

코니가 댄을 돌아다보았다. "엘리베이터 보이는 그 사내에 관해 아무것도 모른다더군. 아마 계단을 이용했겠지. 로비는 북적여서 비 상구로 사람이 드나드는 걸 아무도 눈치 못 챈 것 같아. 개리티가 사 무실에 있을 때 문을 잠근 적이 있습니까, 키스트너 씨?"

"그것까진 잘 모릅니다."

코니가 말했다. "사내가 잽싸게 들어와서 재빨리 한 방 먹인 모양 이야. 깔개가 끌린 흔적이 있으니 사내가 개리티를 창문까지 질질 끌고 갔겠지. 창밖으로 밀려고 하자 몸싸움을 벌였어. 아래 세 개 층 사람들이 개리티가 떨어질 때 내는 비명을 들었다고 증언했고."

"맞은편 건물 사무실에서는 뭐라고 했습니까?" 댄이 물었다.

"길이 넓은 데다 눈이 많이 와서 아무것도 볼 수가 없었답니다. 로 린이 창밖으로 떨어지기 15분 전부터 눈이 심해졌어요. 아마 그자는 그걸 기다렸겠지요. 범행을 가려 줄 커튼 역할을 했을 테니까요."

"개리티가 그자에게 흔적을 남겼을 가능성은 없어, 코니?" 댄이 물었다.

"글쎄. 개리티의 손톱자국을 보면 그자가 개리티를 들어올려 발부터 창밖으로 내보냈고, 개리티는 그자를 등지고 있었어. 개리티가 양쪽 창틀을 잡았고 섀시에 머릴 부딪혔지. 그자는 개리티의 양쪽 어깨를 잡고 무릎으로 등을 밀었을 거야. 엉덩이가 창틀에서 미끄러지고 나서는 개리티도 더는 손으로 버틸 수 없었겠지. 그리고 손잡이를 확인했는데 그자는 장갑을 낀 모양이더군."

댄이 키스트너를 돌아다보았다. "개리티의 집안 사정은 어땠습니까? 만났을 때 직접 물어봤는데 얼버무리고 말더군요."

키스트너가 어깨를 으쓱했다. "대가족이었습니다. 로린은 가족들과 잘 지내지 못했어요. 딸만 일곱이었나, 그랬을 겁니다. 로린이 둘째였어요. 첫 직장을 얻자마자 독립해서 리즈 애비뉴의 다리 근처에 방을 얻어 혼자 살았습니다."

"남자친구는 있었나요?" 코니가 물었다.

"없었던 걸로 알고 있습니다. 데이트는 더러 하는 것 같았지만, 특별히 오래 만난 남자는 없었어요."

코니가 네이블 끝을 손가락으로 똑똑 두드렸다. "키스트너 씨가 개리티에게 수작 건 적은 없습니까?"

방이 조용해졌다. 키스트너가 꺼진 시가를 바라보았다. "거짓말하고 싶진 않습니다만, 집에 분란을 일으키고 싶지도 않습니다. 제겐 군에 있는 아들이 있고 고등학교 졸업반인 딸이 있습니다. 하지만 작은 사무실에서 로린 같이 젊은 여자와 단둘이 일하니 그렇게 되기도 하더군요.

6개월 정도 전에 주 의사당에 세금 문제로 갈 일이 있었습니다. 로린더러 같이 가겠느냐고 물어봤더니 그러겠다고 하더군요. 그러면 안 되는 거였습니다. 결국 잘 되진 않았어요. 우리는 그 일을 잊기로 했습니다.

두세 주 동안은 사무실에서 무척 어색해했지만, 이내 잊어버린 것 같아요. 로린은 훌륭한 직원이었고 저도 월급을 꽤 많이 줬습니다. 그래서 감정에 치우치지 않고 현실을 보는 게 서로에게 더 이익이었죠. 아까 말씀드렸다시피 경찰에 거짓말할 생각은 없습니다. 하긴 어쨌든 찾아내셨을 테죠. 공연히 제가 로린을 죽이거나 뭐 그래 보일 수도 있겠다 싶어서 먼저 말씀드리는 겁니다."

"솔직하게 말씀해 주셔서 감사합니다." 코니가 표정 없이 말했다. "선생님의 도움이 필요하면 연락드리겠습니다."

키스트너가 의례적으로 악수를 나누고 안도하며 자리를 떠났다.

그의 뒤로 문이 닫히자마자 코니가 말했다. "나는 저 사람을 믿을래. 바람 좀 피웠다고 사람을 감옥에 가둘 순 없다는 걸 오래전에 배웠지. 내가 싫어하는 사람이 정직한 사람인 경우도 허다하고, 도둑인데도 함께 맥주 한잔하기 좋은 사람도 많아. 그래, 여자친구는 잘 지내?"

댄이 손목시계를 보았다. "지금쯤 옷을 차려입고 있겠군. 나도 이제 슬슬 준비해야겠어. 캣 앤드 피들에서 스테이크 먹는 건 어떨까?"

코니는 눈을 반쯤 감고 있다가 잠시 후 한숨을 쉬었다. "하긴 그게 그 남자한테 다가가는 좋은 방법일 수 있겠군. 그 사람이 얘기하면 전화해서 반응을 알려 줘. 입을 안 열면 할 수 없고."

❖

제인은 휴일 분위기에 젖어 있다가 댄이 행선지를 말하자 톡 쏘아붙였다. "내가 일하는 여자인 건 맞지만, 이런 날까지 초과 근무를 해야 해?"

댄이 천천히, 조심스럽게 말했다. "자기, 나에겐 어쩔 수 없는 부분이 있다는 걸 부디 이해해 줬으면 좋겠어. 사무실 문을 닫는 순간 쌓아 둔 사건들을 잊어버리는 성격은 못 돼. 어딜 가도 떠올리고 마는 나쁜 버릇이 있다고. 내가 다른 곳에 가서 미친 듯이 기쁜 척해야 할까, 아니면 캣 앤드 피들에 가서 마음에 들러붙은 신경 쓰이는 걸 털어내는 게 나을까?"

제인이 댄에게 가까이서 속삭였다. "따분하게 늙은 일벌레 같으니."

"인정!"

"좋아, 이제 고백할게. 나도 나중에 거기 가자고 할 참이었어. 선수를 치니 좀 짜증 나서."

댄이 웃었고, 다음 신호등 앞에서 제인에게 재빨리 키스했다.

캣 앤드 피들은 8마일 떨어진 곳에 있었다. 마침내 초록색과 푸른색의 네온 사인이 나타났고, 댄은 주차장으로 들어섰다. 차가 40대가량 늘어서 있었다.

그들은 물품 보관소를 지나 천장이 낮은 바 라운지로 들어갔다. 크리스마스 분위기를 풍기는 것은 오직 바에 가져다 놓은 작은 은색 트리뿐이었다. 작고 푸른 조명이 트리를 비추고 있었다.

바에 앉아 마실 것을 주문했다. 바에는 다른 커플이 몇 팀 앉아 낮은 목소리로 얘기를 나누고 있었다. 피아니스트가 식당에서 부드러운 음악을 연주했다.

댄이 명함을 꺼내 메모를 적었다. '혹시 할 말 있으면 불러요.'

댄이 가까이에 있는 바텐더를 불렀다. "빈스에게 이걸 보여 줄 수 있나요?"

바텐더가 대답했다. "설비우스 씨가 오셨는지 확인하겠습니다." 그는 다른 바텐더에게 뭔가를 말하더니 바 뒤에 있는 문으로 사라졌다가, 1분도 안 돼 돌아와서는 공손하게 미소 지었다.

"계단으로 올라가십시오. 오른쪽 두 번째 문이 설비우스 씨의 사무실입니다."

"난 여기서 기다릴게, 댄." 제인이 말했다.

"혹시 레머 양이시면, 설비우스 씨가 함께 오셔도 좋다고 하셨습니다." 바텐더가 제인에게 말했다.

제인이 댄을 바라보자 댄이 고개를 끄덕였고, 제인도 스툴에서 내려왔다.

계단을 오르다 제인이 말했다. "나를 아나 봐."

"자기는 악명이 높으시잖아요. 아니면 목격자가 필요하다고 생각하는지도 모르지."

그들이 들어갔을 때 빈센트 설비우스는 작은 개인 바에 서서 마실 술을 만들고 있었다. 그가 고개를 돌리며 미소 지었다. "파울러 씨, 레이머 양. 와 주셔서 반갑습니다. 뭐 좀 만들어 드릴까요?"

댄은 정중하게 거절했고, 그들은 자리에 앉았다.

빈스는 짧은 머리에 몸매가 탄탄했고, 나이에 어울리지 않게 벌써 머리가 희끗희끗했다. 인공 태닝을 한 데다 맞춤옷을 입고 있었다. 여러 해 동안 그는 폭력 사건에 직접 관여하지 않았다. 그는 폭력배였다는 흔적을 대부분 없애 버렸다.

지금은 전반적으로 전도유망한 사교가 같은 인상이었다. 골프 수업과 발성 수업, 성형수술, 몸에 딱 맞는 멋진 양복이 그의 인상을 뒤바꿔 놓았다. 그러나 빈틈없고 무자비한 느낌은 어떻게 해도 지울 수 없었다. 그는 결코 농담을 섞지 않았다. 자신만의 규칙을 만들었고, 장전된 총처럼 긴장감을 유지하고 자신이 가진 권력을 휘두를 줄 알았다.

빈스가 술을 들고 벽난로로 다가가 선반에 팔꿈치를 기대며 이쪽을 바라봤다.

"아주 똑똑하던데요, 파울러. '혹시 할 말 있으면'이라니요. 물론 할 말이 있습니다. 그 애는 쓸모가 없어요. 그게 내 진심입니다. 찌질한 깡패 자식이에요. 그 녀석이 금융 회사에 가서 강도짓을 하기 전엔 나도 그렇게까지 생각하지 않았어요. 한때는 여기서 음식 사들이는 일을 맡겨 녀석을 좀 바꿔 보려 했습니다.

그런데 이제 두 손 두 발 다 들었습니다. 짐 헤글런에게 말해도 좋습니다. 테라피에로도 확인해 줄 겁니다. 내가 뭐라고 했는지 물어보세요. 그에게 이렇게 말했죠. '그 애 변호를 맡아 주시오. 할 수 있으면 빼내 주고, 안 돼도 뭐, 괜찮습니다. 빼내 주면 난 그놈을 마을, 아니 주에서 쫓아낼 겁니다. 그놈이 주변에 있는 게 싫어요.'

그런데 개리티 사건이 터진 겁니다. 마치 내가 그 녀석을 위해 위험을 무릅쓰고 그녀를 죽인 것 같잖아요. 위험을 무릅쓰는 건 어제로 족합니다. 오늘이나 내일은 아니에요. 그만큼 속았으면 됐어요."

빈스가 뽀송뽀송한 손수건을 꺼내 이마를 닦았다. "내가 이성을 잃었군요. 말이 너무 많았습니다."

"헤글런이 어떻게 생각하는지 아시지요? 경찰도 그렇고요." 댄이 조용히 말했다.

"맹세컨데 난 그 일과 아무 상관이 없어요." 빈스가 반쯤 미소를 지으며 말했다. "지난달에 개리티라는 여자애가 나와 거래하려고 왔을 때 녹음기가 있어야 했는데."

댄이 앞으로 몸을 숙였다. "여기에 왔다고요?"

"아주 씩씩한 여자더군요. 수줍어하는 기색이라곤 전혀 없었어요. '돈을 내놓으시죠, 설비우스 씨. 그러면 당신 동생을 봤다는 진술을 번복할게요'라니."

"지난달 언제쯤이었습니까?"

"보자. 10일이었던 것 같네요. 10일 월요일."

제인이 조용히 말했다. "그래서 내가 로린이 배신하지 않으리란 인상을 받은 거로군. 댄, 우리가 함께 식사한 건 월요일보다 뒤였으니까. 배신하려 했지만 결국 못 하게 된 다음이었어."

빈스가 술을 한 모금 홀짝였다. "처음에는 큰 액수를 부르더니 점점 낮추더군요. 그냥 내버려 둬 봤죠. 마침내 제가 말했습니다. 단 1달러도 쓰고 싶지 않다고, 오히려 동생을 보내 버리고 싶다고요.

여자애가 완전 뚜껑이 열리더군요. 몇 분 동안 그 애 입을 다물게 하려면 죽여야 할지도 모르겠다 싶었습니다. 그러다 술을 몇 잔 마시고는 잠잠해지더군요. 그때 계속 찝찝했던 이유를 알아챘어요. 상황이 너무 어색해 보였던 겁니다."

"무슨 말씀이신지요?" 댄이 물었다.

"설정이 너무 깔끔했어요. 문이 우연히 조금 열려 있었던 거며, 하필 그 여자가 늦게까지 일을 했던 거며, 아이들이 나오는 걸 우연히 봤다는 것까지 전부요.

처음에는 아무것도 인정하지 않았어요. 나한테 뭘 얻어 내고 싶었기 때문이겠죠. 그러나 내가 한 푼도 줄 생각이 없다고 확실히 말하고 나니 그날 실제로 있었던 일을 말해 주더군요. 그 시간에 사무실에 있었던 건 자기 상사가 일을 끝내기를 기다리며 서성이고 있었기 때문이라고요.

그들만의 시스템이 있었습다. 여자애는 사무실 불을 끄고 상사의 퇴근을 기다리죠. 그가 퇴근하면 5분 정도 뒤에 자신도 사무실을 나갑니다. 상사가 주차장에서 차를 빼 오는 시간이죠. 상사가 모퉁이에서 그 여자애를 태웁니다. 그는 결혼생활에 지장을 주지 않도록 철저하게 조심하는 타입이었다더군요. 둘이 가끔 데이트만 했대요. 난 그런 짓은 안 해 봤어요. 내겐 너무 어려운 일이거든요, 파울러."

긴 침묵이 이어졌다. 댄이 물었다. "동생 친구들이나, 켈리나 카스트렐라의 친구들은 어떤가요, 설비우스 씨?"

빈스가 잠시 걸어 다니다 그들을 마주보고 앉았다. "하나, 조니는 자기 집에 불이 났다 해도 물 한 양동이 가져올 친구도 없었습니다. 둘, 내가 약속을 받아 냈습니다."

"무슨 뜻이죠?"

"난 이렇게 외진 곳에 조용히 있는 게 좋습니다. 그래서 누구든 그 깡패 세 놈을 도와주지 않으면 좋겠어요. 모두 그렇게 약속했습니다. 그러니 무슨 일이든 할 사람이 있겠습니까? 이제 당신네가 헤글런에게 내 말을 분명히 전해 주십시오. 테라피에로와 확인하라고도 말해 주세요. 경찰한테 정보원을 체크하라고 전하시고 동생한테 직접 물어보세요. 나도 그 애를 찾아가 보기는 했습니다. 자, 죄송하지만, 저는 이제 다른 약속이 있어서."

댄은 코니와 연락이 되기도 전에 스테이크를 다 먹었다. 세 번째 전화 통화에서 메시지를 입수했다. '코니는 리즈 스트리트 311번지

6A 아파트에서 파울러 씨를 기다리고 있으며 레이머 양도 함께 와 주면 감사하겠다'.

그들은 다시 차를 몰아 시내로 들어왔다. 경찰차가 건물 앞에 주차되어 있고, 레반도스키 경위가 운전석에 앉아 반쯤 졸고 있었다. "얼른 들어가자고. 뒤 건물 1층, 6A야."

코니가 그들을 반겼고, 댄이 전해 주는 빈스의 말을 경청했다. 댄이 말을 마치자 코니는 별로 중요하지 않다는 듯 무심히 고개를 끄덕이고는 말했다. "레이머 양. 저는 이런 걸 잘 몰라서 그러는데 좀 도와주십시오. 저기 개리티의 옷장이 있어요. 안을 살펴보고 저 옷들을 살리려면 비용이 얼마나 드는지 말씀해 주십시오."

제인이 옷장의 옷을 살펴보더니 감탄사를 터트렸다. "와!"

"어떻습니까?" 코니가 물었다.

"이 옷은 분명 200달러 이상일 거예요. 만약 5센트라도 더 싸면, 내가 그 옷을 삼켜 버리죠. 그리고 이 코트 좀 보세요. 못해도 400달러는 될 거예요." 제인이 몸을 굽혀 신발 한 짝을 들어올렸다. "오랫동안 이런 신발을 가져 보는 게 꿈이었는데…… 적어도 37달러 50센트는 하겠네요."

"다해서 얼마쯤 될까요?"

"맙소사, 수천. 잘 모르겠어요. 드레스가 아홉 벌이나 있는데, 한 벌에 못해도 100달러는 할 거예요. 정확한 금액이 필요한가요?"

"그 정도면 충분합니다. 고맙습니다." 코니가 주머니에서 푸른색 통장을 꺼내 댄에게 넘겼다. 댄이 받아들고 안을 들여다보았다. 로린 개리티는 수중에 1100달러 이상이 있었다. 입금도 출금도 잦았고, 금액도 적지 않았다.

코니가 말했다. "개리티의 가족을 보러 갔었어. 좋은 사람들이던데, 죽은 사람에 대해 나쁜 말은 하고 싶지 않아 해서 시간이 조금 걸렸지. 그런데 우리 개리티가 사기꾼 기질이 있더군. 양심은 없고 도덕성은 결여된, 결혼 상대로는 상상도 못 할 대단한 여자 같았어.

키스트너 가족도 보러 갔어. 아내가 입을 열 때마다 키스트너가 끼어들어 방해하더군. 할 수 없이 레반도스키한테 그를 시내로 좀 데리고 가라고 했지. 그랬더니 아내가 입에 침이 마를 때까지 쉬지 않고 말하더라고.

사업은 너무 어렵고, 얼마나 아끼고 사는지 딸이 고등학교 체육관에서 내일 크리스마스 무도회가 있는데 그날 입을 새 옷조차 살 수 없는 형편이라나 뭐라나.

거기서 나온 뒤 회계사 친구에게 전화를 걸었어. 키스트너의 평판이 어떤지 물어봤지. 그 친구가 키스트너를 욕하며 사업은 아주 잘되고 있다고 말했어. 사실 키스트너는 다른 회계사한테서 괜찮은 소매업체를 훔쳐 왔었대. 그리고 개리티의 집에 와 보니 그 돈이 여기 모인 것 같더란 말이지. 확신이 필요해서 너넬 기다렸던 거야."

"이제 어떻게 할 거야?" 댄이 노기 띤 목소리로 물었다. 경찰에 거짓말하고 싶지 않다던 뚱보 사내한테 격렬한 분노가 일었다.

"지금이 열한 시니까, 키스트너는 어딘가에서 식은땀을 흘리며 앉아 있을 거야. 나는 내일까지 크리스마스 쇼핑을 마쳐야 하니까 시간을 맞추려면 그를 빨리 자백시키는 수밖에 없겠어."

제인이 눈을 동그랗게 뜨고 이야기를 듣고 있다가 말했다. "사람들은 늘 사소한 걸 잊어버리잖아, 아니면 몰라서 놓쳐 버리거나. 가령 5분 느린 시계라거나 뭐 그런 게 단서가 되는 경우도 있어. 내 말은 소설 속에선 항상……." 자신이 없는 듯 제인의 목소리가 점점 작아졌다.

"제인에게 경찰 배지를 줘, 코니." 댄이 재미있어하며 말했다.

코니가 턱을 만지작거리며 말했다. "그거 괜찮은데, 댄. 그래도 될 것 같아. 레이머 양, 혹시 배짱 좀 있으십니까? 그렇다면 당신 말이 증명되는 모습을 직접 보셔도 좋을 것 같습니다."

자정 가까운 시각, 코니는 본청에 있는 작은 사무실에 댄과 제인을 30분 동안 단둘이 있게 해 줬다. 코니가 문을 열고 머리를 들이밀었다.

"갑시다. 하지만 말은 한 마디도 하지 마세요."

그들은 조사실로 갔다. 그들이 들어서자 키스트너가 벌떡 일어섰다. 책상 한쪽에 레반도스키가 지겨운 표정으로 앉아 있었다.

키스트너가 화를 내며 말했다. "아시다시피 저는 얼마든지 협조할 용의가 있었습니다. 그런데 이렇게 고압적으로 대하시다니요. 왜 저를 끌고 오셨는지 알아야겠습니다. 왜 변호사에게 전화하면 안 되는지도 알고 싶고요. 당신들은 지금 공권력을 남용하고 있고, 저는⋯⋯."

"앉아!" 코니가 폐부 깊은 곳에서부터 힘을 모아 고함을 질렀다.

생각지도 못한 고함에 충격을 받았는지 키스트너의 목소리가 갑자기 작아졌고, 엉거주춤 자리에 앉았다. 피로에 찌든 젊은이가 축 늘어진 모습으로 들어와 책상에 앉더니 노트를 펼치고 심이 날카로운 연필 세 자루를 사이에 끼웠다.

코니는 댄과 제인에게 조사실의 어두운 구석에 있는 의자를 가리켰다. 그들은 나란히 앉았다. 댄의 손목을 잡은 제인의 손톱이 그의 살을 파고들 지경이었다.

"키스트너 씨, 당신이 어떻게 사무실에 돌아왔는지 차근차근 다시 말해 주시죠." 코니가 말했다. 키스트너는 아이에게 얘기하듯 뭔가를 꾹 참고 있다는 투로 대답했다. "건물 뒤에 있는 주차장, 제 주차 공간에 차를 주차했습니다. 뒷길을 이용해 로비로 들어갔습니다. 위로⋯⋯."

"시가를 사러 갔잖습니까!"

"네, 그랬습니다! 잊어버렸군요. 시가를 사러 갔습니다. 거기서 시가 세 개를 사고 바니와 잡담을 나눴습니다. 그런 다음 엘리베이터를 타고 위로 올라갔습니다."

"엘리베이터 보이와 얘기도 나눴구요."

"보통은 그렇게 합니다. 그러면 안 된다는 법이라도 있습니까?"

"그런 법은 없습니다. 계속하시죠."

"열쇠로 남자화장실의 문을 열었고, 안에서 약 3분 정도 있었습니다. 밖으로 나왔을 때 전에 말씀드렸던 남자가 옆을 스쳐지나갔지요. 사무실에 갔더니 창문이 열려 있었습니다. 창문을 닫으려다 아래에서……."

"이 모든 게 2시경에 일어났구요, 2시 몇 분 전이거나 후거나."

"그렇습니다." 이야기를 하던 중에 키스트너는 다시 자신감을 회복한 모양이었다.

코니가 레반도스키에게 고개를 끄덕였다. 경사가 천천히 일어나 걸어가서 문을 열었다. 건장하지만 주눅 든 젊은 남자가 안으로 들어왔다. 카키색 바지와 가죽 재킷을 입고 있었다.

"앉으세요. 이름이 뭡니까?" 코니가 태연하게 말했다.

"폴 힐버트입니다."

피곤한 젊은이가 메모를 했다.

"직업은 뭡니까?"

"배관공입니다. 주식회사 센트럴 배관 소속입니다."

"그때 조합은행 건물에서 전화 받으셨습니까?"

"아뇨, 전화는 받지 않았지만 일하러 갔습니다. 늘 가는 곳이죠. 관리인에게 말했더니 17층으로 올라가게 해 줬습니다. 남자화장실 배수구가 막혀서요."

"몇 시에 거기 도착했습니까?"

"보고서를 보니 1시 15분이었습니다."

"일을 끝내는 데 얼마나 오래 걸렸습니까?"

"3시에 일을 마쳤습니다."

"일하는 동안 잠시라도 남자화장실에서 나간 적 있습니까?"

"아뇨."

"사람들이 들어오려 했을 것 같은데요."

"서너 명 정도 있었습니다. 제가 수도를 모두 끊어놔서 16층으로 가시라고 안내했습니다. 관리인이 거기 문을 열어 뒀거든요."

"들어오는 사람 얼굴은 다 봤습니까?"

"물론입니다."

"서너 명이라고 하셨죠. 여기 그때 봤던 사람이 있습니까?"

젊은이가 소심한 표정으로 방 안을 둘러보더니 고개를 저었다. "아뇨, 없습니다."

"고맙습니다, 힐버트 씨. 밖에서 기다려 주세요. 타이핑이 끝나면 진술서에 사인해 주셔야 하거든요."

힐버트가 발자국 소리를 크게 울리며 문으로 걸어갔다. 모두 키스트너를 쳐다봤다. 그의 얼굴은 달의 뒷면처럼 차갑고 고요하며, 머나먼 미래를 내다보고 있는 것 같았다.

마침내 키스트너가 거의 들리지 않는 쉰 목소리로 말했다. "실수했군요. 멍청했어요. 그 안을 들여다보는 데 10초면 족했을 텐데, 그걸 놓쳤군요. 좀 더 신중을 기해야 했어요. 바니한테 말을 걸고, 엘리베이터 보이까지 신경 썼는데 말입니다. 그들은 로린이 언제 떨어졌는지 알게 될 테니, 저는 사무실이 아닌 장소에 있어야 했습니다.

일이 어떻게 된 건지 모르시지요? 로린이 항상 돈을 요구했습니다. 돈이 없으면 저와 조금도 엮이고 싶지 않아 했습니다. 결국 저는 돈이 떨어졌지요.

제가 미쳤던 것 같습니다. 거래처에서 돈을 빼오기 시작했습니다. 어렵지 않았어요. 고객들은 저를 믿었으니까요. 여기저기서 조금씩만 빼냈습니다. 로린이 이를 알아차리고는 점점 더 많은 돈을 요구하더군요. 로린에겐 새로운 돈줄이 생긴 거죠. 더 내놔라, 안 그러면 다 불어 버리겠다.

생각하고 또 생각한 끝에, 저는 로린이 목격자라는 사실에 주목했습니다. 로린의 증언을 막으려는 누군가 그녀를 죽인 것처럼 꾸미면 될 것 같았습니다. 이제 어떻게 되든 상관없습니다. 다 끝나서 오히려 속이 후련합니다."

키스트너가 코니를 기가 막힌다는 듯 한참 바라보았다. "미친 거 같죠? 다 끝났는데 기쁘다니. 다른 사람들도 이런가요?"

코니가 댄과 제인에게 사무실에서 기다리라고 하고는 10분 후에 돌아왔다. 코니는 몹시 피곤해 보였다. 배관공이 함께 들어섰다.

코니가 말했다. "난, 이 일이 정말 싫어. 사람을 쫓고, 덮치고, 결국엔 그 사람 때문에 마음이 아프고……. 이게 뭐야, 도대체? 어쨌든 레이머 양, 배지 값은 하셨네요."

"제가 없었어도 배관공은 찾아내셨을 거잖아요?" 제인이 말했다.

코니가 제인을 보고 쓴웃음을 지으며 배관공을 엄지로 가리켰다. "소개합니다, 교통 경찰 힐버트입니다. 수도꼭지와 파이프 렌치도 구별 못 하지요. 우린 키스트너가 로린을 창밖으로 밀어내기 위해 열과 성을 다하느라 남자 화장실을 점검하지 못했을 거라 생각했습니다. 다행히 추측이 잘 맞아떨어졌고 저는 내일 크리스마스 쇼핑을 갈 수 있게 됐네요. 아니, 잘하면 오늘 갈 수도 있겠는데요."

댄과 제인은 본청을 떠나 팔짱을 끼고 거리를 걸었다. 법원 청사 앞에는 호랑나무가시와 거대한 트리가 있었고, '동방 박사 세 사람'을 부르는 사람들을 잔뜩 실은 차 한 대가 옆을 지나갔다. 키스트너의 모습이 머릿속에서 서서히 사라져 갔다.

어느새 다시 내리기 시작한 눈 속을, 둘만의 완벽한 크리스마스이브가 될 때까지 걷고 또 걸었다. 제인의 검은 머리에 내린 눈이 작고 완벽한 별꽃송이처럼 반짝였다.

범죄의 크리스마스 캐럴

CRIME'S CHRISTMAS CAROL

노벨 페이지 Norvell Page

《블랙마스크》, 《다임 미스터리》 같은 펄프 잡지에 글을 수도 없이 발표하던 노벨 페이지는 1933년에 그랜트 스톡브리지라는 필명으로 《더 섀도》와 경쟁하려고 만든 히어로 펄프 잡지 《더 스파이더》에 소설을 연재하기 시작했다. 제1,2호에는 R. T. M. 스콧의 소설을 실었지만, 곧 스물아홉 살이었던 페이지에게 소설을 의뢰했다. 페이지는 인정사정없고 두려움 없는 악당을 만들기 위해 마스크와 변장술을 동원했다(리처드 웬트워스라는 이름의 날카로운 송곳니를 지닌 곱사등이였다). 웬트워스는 무시무시한 악당들을 잡아 죽인 뒤 먹잇감의 이마에 거미 모양 낙인을 찍었다. 가장 왕성하게 활동하던 때에는 한 달에 《더 스파이더》 연재 소설의 절반을 비롯해 십만 단어 이상의 소설을 쓰기도 했다. 「범죄의 크리스마스 캐럴」은 《탐정 이야기》 1939년 5월 호에 처음 발표되었다.

애나는 톰이 코트 입는 것을 도왔다. 늘 그랬듯 낡아빠지고 가벼운 코트가 애나의 가슴을 쓰리게 했다. 창문을 뒤흔드는 바람이 굶주린 듯 가는 소리를 내고 있었다. 신문으로 꽁꽁 막았는데도 창틀이 헐렁한 탓에 바람이 마구 새어 들어왔다. 크리스마스 화환 대신 애나가 꽂아 둔 작은 빨간색 리본들이 앞뒤 좌우로 흔들렸…….

"내가 하지 않을 일이면 당신도 절대 하지 마세요, 만 씨." 애나가 말했다.

톰은 여위고 야리야리한 얼굴을 비틀어 윙크했다. "뭘 안 하실 건데요, 만 부인. 크리스마스 이브가 어떨지 상상하는 거?"

"음." 애나가 애써 쾌활한 척했다. "적어도 은행을 털진 않을 거예요. 응, 그건 안 할 것 같아."

"그래?"

"네, 분명 그렇답니다, 만 씨. 오, 우리는 말 그대로 돈을 굴릴 수 있거든요. 이거 봐, 나한테 97센트가 있네!"

"얼마나 부자인지 어디 한 번 볼까요, 부인." 톰이 애나의 손에 든 은과 구리로 된 동전을 내려다보았고, 반짝거리는 은빛 니켈 하나를 손으로 쿡쿡 찔렀다. "지하철 개찰구를 통과할 때 사용하면 되겠군."

애나가 단호하게 말했다. "오스터슈미즈 씨라면 받아줄 거야. 그분이 나한테 준 거거든."

톰이 애나를 바라보며 눈을 동그랗게 떴다. "크리스마스에 고기를 먹을 거라는 말은 아니시죠, 만 부인!"

애나가 웃어 보이려고 노력했다. 톰은 입술을 꼭 다물었다. 둘 다 겉으로만 웃고 있었다. 톰이 더듬거리는 목소리로 낮게 욕을 내뱉었다. 그러곤 재빨리 몸을 돌려 문 밖으로 나갔다. 애나가 그 뒤를 쫓아 외풍이 심한 복도로 뛰어나갔다.

"여보! 굿바이 키스도 안 했잖아!" 애나가 소리쳤다.

그러면 항상 걸음을 멈추곤 했다. 그러나 이번에는…… 멈추지 않았다. 발을 쿵쿵 굴리며 곧 무너질 듯한 계단을 내려가는 발소리가 점점 희미해졌다. 현관에서 쾅 소리가 났다. 춥고 낡은 집에 빈 메아리만 울렸다.

"오, 톰. 제발…… 후회할 일은 절대 하지 마! 신이시여 부디, 쓸데 없는 짓을 하지 않게 하소서." 애나는 작은 소리로 기도했다. 깊은 한숨을 쉰 그녀가 곧 빙그레 미소를 지었다. 물론 톰이 그럴 리는 없 다. 그저 일자리를 구하려고 하겠지. 파트타임으로 일하던 가게가 잠깐 문을 닫았지만 어떤 일이든 찾으면 될 터였다. 2월에는 그곳도 다시 문을 열 테고……. 애나는 손에 있는 97센트를 꼭 쥐었다.

애나는 낡은 가구에 해가 비칠 때까지 작은 방과 주방 벽장을 샅 샅이 정리했다. 그러느라 세 시간이 훌쩍 지나갔다. 덜컹거리는 창 문을 신문으로 때우며 또 한 시간을 보냈다. 이제 생각하는 것 외에 는 달리 할 일이 없었다. 애나는 주변을 돌아보았다. 톰이 집에 돌아 오기까지 몇 시간이 있었다. 몇 시간…….

애나는 얇은 코트를 꺼내 입고 계단을 내려가 밖으로 나갔다. 거 리를 휘감는 세찬 바람이 느껴졌다. 톰은 여기 어딘가에 있다. 그렇 겠지? 톰은 춥고 배고픈데 왜 다른 사람들은 따뜻하고 편한 걸까? 사 람들이 양손 가득 선물 꾸러미를 들고 바보 같은 미소를 띤 채 서로 에게 '메리 크리스마스'를 외치고 있었다.

차가운 포장도로에 쌓인 질퍽한 눈이 애나의 얇은 신발 밑창으로 새어 들어왔다. 신문지를 대는 걸 잊어버렸다. 그러자 애나의 눈이 빛났다. 신발을 만지다 보면 얼마간의 시간을 죽일 수 있겠구나. 아 마 30분은 족히 걸릴 것이다! 집으로 방향을 틀어 다시 천천히 걸었 다. 그 후에는…… 애나는 그들이 직면한 문제는 생각하지 않기로 했다. 아니면 전혀 다른 것을 생각하든지.

애나는 아버지의 반대에도 불구하고 자신과 톰이 이런 시기에 무모한 결혼을 감행한 것이 어리석었음을 깨달았다.

"네가 마음의 준비만 되면 언제든 집에 와도 좋다." 아버지의 예리하고 현실적인 목소리가 귓전을 때렸다. "하지만 궁핍한 사위를 부양하고 싶지는 않구나. 너희들은 둘 다 경험 없는 애송이야."

톰은 너무 진지하고, 너무…… 어렸다. "어르신, 저희는 서로 사랑합니다. 그리고 저는 일하는 게 두렵지 않습니다. 물론 힘들겠지만, 남자 된 몸으로 아내를 먹여 살리지 못할 정도는 아닐 겁니다."

애나는 톰이 '아내'라고 말할 때 목소리가 얼마나 부드러웠는지 기억했다. 너무 낯설지만 너무 달콤한…… 어쩌면 톰이 벌써 집에 와 있을지도 모른다! 크리스마스 후에 일하기로 결정되었을지도 모른다! 애나는 바람만이 어지러운 거리를 달리기 시작했다. 여윈 얼굴에 비해 검은 눈은 턱없이 크기만 한 어린 그녀가…….

톰은 집에 없었다. 일단 신을 벗어 정돈하고 나니 다시 밖에 나가는 게 의미 없어 보였다. 애나는 양손을 무릎에 축 늘어뜨린 채 창가에 앉아 하루가 저무는 광경을 바라보았다. 그리고 어리석은 사람들이 멍청한 미소를 흘리며 바삐 지나가는 것을 지켜봤다…….

"제발, 톰. 후회할 짓은……." 애나가 낮고 작게 중얼거렸다.

추위에 벌벌 떨고 있다는 것을 깨달았을 때는 벌써 날이 저문 후였고, 거리에는 희미한 불빛만이 보도 위의 차고 흰 웅덩이를 비출 뿐이었다. 애나는 물건을 사러 가야 했다. 여태 구매한 물건은 동전 한 푼까지 모두 계산해서 기록해 두었다. 햄버거는 1파운드에 23센트인데, 반 파운드만 사려면 반 센트를 더 내야 했다. 그렇게 반 센트를 더 받다니 그 사람들도 참 똑똑했다. 오늘만은 그들이 반 센트를 더 받지 못하게 하고 싶었다. 이번에는…… 크리스마스 저녁을 위해 햄버거 1파운드를 살 테니까. 얼굴이 조금 붉어졌다. 손에 돈을 꽉 움켜쥐고 마음이 변하기 전에 재빨리 계단을 내려갔다.

바람 때문에 볼이 얼얼했고 무릎이 시렸다. 날씨는 더 추워졌고, 진창은 꽁꽁 얼어붙었다. 넘어져서 다치면 아버지가 측은해할까? 다리가 부러지면……. 톰이 아버지에게 알리면 치료받게 해 줄 것이다. 집으로 오라 채근하고 있었으니까…….

"왜 나같이 미래 없는 놈과 계속 사는 거야?" 돈이 떨어지면 톰은 울부짖곤 했다. 일자리를 못 구했을 때도 "왜 고통을 사서 해……." 라고 슬픈 듯 말했다.

애나는 다리가 부러지면 얼마나 많이 아플지 생각해 보았다. 꽁꽁 언 도로에 무작정 뛰어들자 때마침 달려오던 차 한 대가 끽 하고 멈춰 섰다.

"조심해. 병원에 갔다간 크리스마스고 뭐고 없다고!" 운전자가 소리쳤다.

애나는 계속 달렸다. 차에 치이지 않은 게 다행이었다. 톰은 분명 자책할 테고, 그리고…… 그리고 애나는 생각보다 크게 다칠 수도 있었을 것이다. 심지어 죽을 수도 있었다! 그럼 톰은 혼자 남겨질 테니…… 갑자기 눈물이 솟구쳤다. 애나가 작은 소리로 말했다. "오, 신이시여, 감사합니다. 정말 그러려던 건 아니었습니다!"

고개를 푹 숙이고 모퉁이를 돌던 애나는 누군가와 부딪쳤다. "죄송합니다, 아가씨." 어깨에 식료품 상자를 맨 배달부 소년이었고 모퉁이에 오스터슈미츠에서 온 배달트럭이 음식을 산더미처럼 싣고 주차된 게 보였다. 잠긴 철창 뒤로 큰 상자들이 안전하게 놓여 있었다. 저기는 문이 단단히 잠겨서 사람들이 볼 수도 없겠지…….

더 가까이 다가갔다. 쇠창살 바로 안쪽 가장 큰 상자에 커다란 칠면조가 있었다……. 바람이 애나의 코트를 잡아채는 통에 트럭 앞으로 떠밀려 갔는데, 갑자기 쇠창살이 삐걱대더니 벌컥 열렸다. 쇠창살은 잠겨 있지 않았다! 배달 소년이 잊어버린 게 틀림없다……. 눈앞에 커다란 칠면조가 있고, 활짝 열린 문이 이리 오라고 손짓하는 것 같았다…….

톰 만은 잘 닦였지만 낡은 신발을 질질 끌며 무겁게 걸음을 옮겼다. 종일 몸을 꼿꼿이 세우고 일할 수 있다는 약속이라도 받아 내려고 이 가게 저 가게 헛되이 돌아다닌 탓에 어깨가 아팠다. 이제 크리스마스 열기도 끝나서 가게 주인들은 그저 어깨만 으쓱했다. "내년 2

월쯤이나 돼야⋯⋯." 톰과 아내가 과연 그때까지 살아는 있을까? 어떻게⋯⋯ 모든 노력을 다했는데도⋯⋯. 톰의 어깨가 축 늘어졌다. 다른 사람의 탓이 아니었다. 그가 책임져야 할, 그의 실패였다.

톰은 도로변에서 내려서다 미끄러져 급하게 멈췄다. 이런, 다리를 부러뜨렸더라면 애나에게 멋진 크리스마스 선물이 됐을 텐데! 아니, 어쩌면 여태까지 준 것 중에 가장 좋은 선물이 됐을지도! 그랬다면 애나는 그녀의 집으로 돌아가야 했을 테니까. 톰은 모퉁이에 서서 얼어붙은 거리를 바라보았다. 야위고 앳된 얼굴이 순식간에 나이 들어 보였다⋯⋯. 마지못해 집을 향해 돌아섰다. 오른쪽 신발 바닥이 약간 헐렁해져서 걸을 때마다 작게 직직 소리를 내며 그의 생각에 박자를 맞춰 주었다. 실패, 실패, 실패⋯⋯.

앞에 우편배달부 한 명이 무거운 가방 때문에 몸을 구부리고 어느 집 계단을 오르고 있었다. 톰은 매혹된 듯 그 회색 유니폼 입은 남자를 눈으로 좇았다. 복 많은 사람들은 크리스마스 선물을 받는구나. 아마 돈도 받겠지! 맞다, 돈! 등기우편으로 돈이 오고갈 터였다. 사람들이 문간에서 등기를 받았다는 사인을 하고 있었다.

"메리 크리스마스." 복 많은 여자가 인사하더니 문을 닫았다.

톰은 쓰디쓴 웃음을 삼켰다. 배짱만 있다면 애나에게 이걸 크리스마스 선물로 줄 텐데! 손 닿을 거리에 돈이 있었다. 계단을 내려오는 우편배달부의 손에는 등기 편지가 여남은 통이나 있었고 가로등과 가로등 사이라 주위는 어두웠다⋯⋯. 톰은 머리를 힘껏 저었다. 애나가 원하는 건 이런 게 아니다.

"메리 크리스마스." 톰이 계단을 내려오는 우편배달부에게 소리쳤다.

남자가 웃었다. "바보 같은 소리 작작해. 아직 다섯 시간이나 더 일해야 하는데 무슨 메리 크리스마스야."

톰은 생각했다. '그래도 일은 있잖아요.' 그러나 말하지는 않았다. 우편배달부가 도로로 내려서다가 미끄러졌다. 균형을 잡으려고 팔을 양 옆으로 활짝 펼쳤다. 손에 있던 편지가 주위에 흩어지고 톰은 넘어지는 우편배달부를 잡아 주었다. 몸이 비틀려 하마터면 톰도 같이 넘어질 뻔했다. 톰은 자기가 그렇게 허약한 줄 몰랐다.

톰이 숨을 헐떡이며 말했다. "다섯 시간 일을 못 할 뻔했네요."

우편배달부가 욕을 퍼부으며 편지를 집기 시작했다. "고맙소. 이제 이것들을 다시 분류하려면 한 시간을 더 일해야……."

톰은 편지를 주워서 우편배달부에게 건넸다. 계단 옆 그늘진 곳에 반쯤 숨겨진, 추가 우편 요금과 '등기 우편'이라는 도장이 찍힌 편지 봉투를 발견한 것은 순전히 우연이었다. 그것을 발로 밟은 것도 거의 사고에 가까웠다.

톰은 우편배달부가 우편물을 다시 분류하러 간이식당에 들어갈 때까지 우편 위에 가만히 서 있었다. 배달회사는 이 편지를 잃어버릴 것이고, 촘촘한 법망이 당장 톰을 쫓을 것이다. 이걸 가지고 도망칠 수 있다고 생각하다니 어리석었다. 내일 아침쯤이면 그들이 톰을 추적해 올 것이다. 크리스마스 아침에 우편배달부에게 편지를 가져다주면서 어두운 곳에 떨어진 걸 나중에 발견했다고 설명하는 편이 나을 듯했다. 편지를 집어 들자 톰의 차가운 손가락 사이로 봉투의 두툼함이 느껴졌다. 기분 좋은 소리가 희미하게 들렸다……. 톰은 손을 떨었다.

경찰이 아침에 그를 잡으러 온들 뭐 어떤가? 애나에게 근사한 선물을 주고 함께 행복한 저녁 시간을 보내고 난 다음일 텐데. 내일 경찰이 올 테면 오라지! 그가 감옥에 가면 애나는 아버지의 보호를 받을 수 있는 집으로 돌아가면 된다. 애나의 아버지는 딸이 빈털터리와 이혼하는 것을 보게 되겠고. 맙소사, 애나를 잃을 순 없다. 애나를……. 그러나 이미 그는 애나를 잃어버렸다. 패배자니까. 톰은 마음을 단단히 먹고 용기가 사라지기 전에 봉투를 찢어 열고 손으로 돈다발의 두께를 느꼈다. 모퉁이로 몸을 숨겼다. 봉투를 없애야 했다. 증거가 될 테니까. 톰은 일그러진 웃음을 지으며 주머니에 돈을 쑤셔 넣었다. 하지만 서둘러 걷다가 자기도 모르게 편지를 보도에 떨어뜨렸다.

"이봐요!" 어떤 남자가 뒤에서 소리를 질렀다. "어이, 거기! 잠시 기다려요!"

톰은 곁눈질로 푸른 경찰 제복을 입은 남자가 그를 따라오는 걸 발견했다. 맙소사! 이렇게 빨리 따라왔단 말인가! 톰은 못 들은 척하고 모퉁이로 숨어들었다. 애나에게 오늘 하룻밤이라도…… 톰은 재빠르게 달려 경찰관이 모퉁이를 돌기 전에 골목으로 숨어들었다. 숨이 차고 온몸이 사시나무처럼 흔들렸지만 계속 달렸다.

❖

먼저 오스터슈미츠로 가서 가장 큰 칠면조를 샀다. 다음은 애나에게 줄 선물을 고를 차례였다. 돈을 대충 세어 본 톰의 눈이 흥분으로 번들거렸다. 50, 60, 70……. 더는 셀 필요도 없었다. 한번에 그렇게 많은 돈을 가진 게 얼마 만인지……. 도대체 그게 언제…… 제기랄, 그게 뭐가 중요해? 애나와 하루 저녁을 행복하게 보내면 그만인걸!

일전에 애나가 톰에게 들키지 않으려고 곁눈질로 간절히 쳐다보던, 발랄한 느낌의 두툼한 코트가 보였다. 옆에는 부드러운 빨간색 울 모자와 장갑이 진열되어 있었다. 따뜻하겠다……. 톰은 오늘만이라도 애나가 밖에서 따뜻해하는 것을 보기 위해 오늘 밤 아무 일도 없었다는 듯 그녀와 산책을 나갈 것이다. 저 옷만 있으면 거지같은 몰골로 집에 돌아가지 않아도 된다. 잠깐, 혹시 아침에 경찰이 와서 옷도 벗겨 가려나? 톰은 꽃가게로 눈을 돌렸다. 빨간 장미……. 줄기가 긴 탐스러운 빨간 장미. 경찰이 애나에게서 저것마저 앗아가지는 않겠지. 가게 안으로 비척거리며 들어가는 톰의 입술에 괴상한 웃음이 걸려 있었다.

가게를 나온 톰은 거리를 내달렸다. 집까지 세 블록만 더 가면 된다. 이제 두 블록…… 그가 오는 것을 보는 애나의 눈이 얼마나 아름답게 빛날까! 아마 음식은 이미 도착해 있을 것이다. 큰 칠면조도. 애나는 행운이 그들에게 웃어 줬다고 생각할 것이다. 혹시 배달이 밀렸다면 음식이 아직 도착하지 않았을지도 모르겠다. 그게 더 좋을 수도 있겠어! 애나는 좋아서 손뼉을 치며 웃을 것이다. 걱정 어린, 어색하고 딱딱한 표정 대신 환한 웃음을 웃으리라.

한 블록만 더. 톰은 모퉁이를 돌다가 우뚝 멈춰 섰다. 세 들어 사는 집 앞에 경찰이 문을 올려다보며 서 있었다! 톰의 어깨가 축 늘어졌다. 그들은 하룻밤도 함께 보낼 수 없단 말인가? 대가는 얼마든지 치를텐데……

톰은 방향을 틀어 비척비척 천천히 걸었다. 발걸음이 무겁고 무거웠다……

바람이 휘몰아치는 펜턴 스트리트에서 경찰은 어느 집 초인종을 끈질기게 울리다 결국 가 버렸다. 그가 사라지자 한 소녀가 블록의 다른 모퉁이를 돌아 나타났다. 식료품의 무게 때문에 소녀의 몸이 비틀거렸다. 창백한 얼굴에 눈을 동그랗게 뜬 소녀가 달렸다. 가녀린 팔에 너무나 큰 음식 상자를 가까스로 끌어안고 잰걸음으로 끈덕지게 달렸다. 굳게 다문 입술 사이로 흐느낌이 계속 터져 나왔다.

"오, 제발. 제발, 무사히 도착하게 해 주소서! 아직은 나를 찾지 않게 해 주소서!"

손에 든 열쇠로 어찌어찌 문을 열고 계단을 한참 기어 올라가 그들의 작은 방으로 들어갔다. 잠시 문에 기대서서 벌벌 떨며 바깥의 동정을 살폈다. 아직도 몸은 떨렸지만 겨우 안도의 한숨을 쉬었다.

아, 아직 아니었다. 뭐라고 하며 방을 들어가지? 애나는 몇 시간 전에 테이블을 세팅했고 주방 선반에 톰의 눈에 띄도록 음식을 올려놓고 뛰어나갔었다. 오스터슈미트 씨가 큰 친절을 베풀었다고 이야기할 참이었다. 애나가 납 니켈에 관해 얘기했더니 오스터슈미트 씨가 그게 애나에게 얼마나 큰 의미인지 이해하고는 한사코 엄청난 식료품과 칠면조를 그냥 가져가라고 했다고.

톰이 오면…… 톰이 오면 애나가 하려던 얘기였다. 문득 지금이 얼마나 늦은 시각인지 깨달았다. 왜 톰은 오지 않는 걸까? 한껏 긴장하여 몸을 꼿꼿이 세웠다. 세상에, 톰에게 아무 일도 일어나지 않게 하소서! 혹시 자기가 저지른 일 때문에 톰이 어떻게 된 건 아니겠지! 그건 옳지 않아. 그건…… 오, 누군가 죗값을 치러야 한다면 자신이게 하소서! 그게 옳은 일이야. 제발, 신이시여……. 마주잡고 떠는 흰 두 손에 공포가 어렸다.

어쩌면 그 경찰은 애나를 따라왔던 것이 아닐지도 모른다. 톰이 멍청한 짓을 해서 경찰이 쫓고 있을 수도 있다. 아니면, 아니면 톰이 다쳤을까. 집에 전화가 없으니 혹시 사고가 나도 직접 와서 알리는 수밖에 없으니까. 경찰 한 명을 보내서…….

애나는 창가로 가서 어둡고 바람 부는 펜턴 스트리트를 살며시 내려다보았다. 이제 아래에는 아무도 없었다. 긴장감으로 얼마나 꽉 쥐었던지 손이 아팠다. 그런 일이 있어선 안 돼. 제발, 톰이 집에 돌아오게 해 주소서. 제발……. 톰만 괜찮을 수 있다면 애나는 음식을 모두 도로 가져다 놓을 생각이었다. 가게에서 가지고 올 때와 똑같이 포장할 수도 있었다.

애나는 문으로 달려가 불안에 휩싸여 귀를 기울였다. 계단에서 무겁고 불길한 발소리가 들렸다. 피곤할 때 톰이 내는 발소리와 비슷했지만, 평소보다 무겁고 무거웠다.

혹시 경찰? 계단 난간에 기대 아래를 내려다보았다. 아니, 경찰은 아니었다. 회색 소매에 물건을 잔뜩 든 누군가가 위로 올라오는 게 보였다. 아마 2층에 사는 새코 씨일 것이다. 아니다, 2층을 지나쳤다. 그럼 3층에 있는 프란스 씨와 게티 씨일 터였다. 그러나 그 남자는 4층 계단을 향해 걸어오고 있었다.

"톰! 아아, 톰!"

애나는 불빛이 침침한 복도에 서서 아래를 내려다보았다. 양팔 가득 뭔가를 들고 미소 짓고 있는 톰을…….

"메리 크리스마스, 만 부인." 톰이 소리쳤다.

애나가 억지로 웃음을 지어 보였다. 감사합니다, 정말 감사합니다, 신이시여. 그런데…… 저 상자들은 다 뭐지? 톰이…… 바보 같은 짓을 했을 리가 없어. 애나는 계단을 뛰어 내려갔다.

"오, 톰, 바보같이." 애나가 숨을 헐떡였다. "무슨 짓을 한 거야?"

톰이 애나를 보고 싱긋 웃었다. "산타클로스를 그렇게 맞을 거야?"

"톰. 지금 장난해? 자, 짐을 좀……." 애나가 꾸러미 몇 개를 받아 들고 톰을 앞서 달려갔다. 곧 망가질 듯한 계단을 애나는 비틀거리며 올라갔고 그 뒤를 톰이 웃으며 따랐다. 아무럼 어때? 어쨌든 톰은 행복한 순간을 맞이했다……. 톰은 방에 도착하자 진지한 표정으로 어떤 사람의 지갑을 주워서 돌려줬다고 얘기했다. 돈이 잔뜩 들어 있었다고!

"딱 산타클로스처럼 머리는 하얗고, 옷깃에는 큰 털이 붙어 있고 배는 커다란 젤리처럼 흔들렸어. '세상에, 이렇게 정직한 사람을 그것도 크리스마스 이브에 만나다니! 여기, 크리스마스 선물 사는 데 보태세요.' 이러면서 나한테…… 100달러짜리 지폐를 주는 거야!"

"그랬을 리가 없어." 애나가 울었다. "오, 하지만 정말 멋진 사람이야. 그런데 자기야, 오스터슈미트 씨도 오늘 산타클로스셨어. 봐, 아저씨가 우리한테 준 이 멋진 것들을 보라구. 큰 칠면조에……."

톰이 창가에 놓인 삐걱대는 낡은 의자에 털썩 주저앉았다. "아가씨도 깜짝 놀랄 만한 일이 있었군요." 톰이 울먹였다. "우리 오늘 칠면조 두 마리를 먹게 되겠네. 나도 오스터슈미트 씨 가게를 지나다가 거기서 가장 큰 칠면조를 주문했거든. 이제 곧 올 거야."

애나가 천천히 말했다. "오, 칠면조 두 마리라. 정말 멋지네!" 그러고는 작은 주방으로 향했다. 전혀 필요 없는 것을 훔쳤단 말인가! 그리고 이제 경찰이 우릴 쫓고 있고……. 아, 톰을 어떻게 할까? 미친 듯이 흥분한 상태로 톰이 가져온 큰 장미 상자를 보았다. "장미! 오, 톰. 이 바보 같은 사람……. 꽃을 사 왔으니 키스해 줄게."

톰은 억지로 웃으려 했지만 웃음이 나오지 않았다. 제기랄, 하룻 밤뿐인데……. 그런데 웃음이 나오지 않다니. 애나는 톰이 거짓말하고 있다는 걸 알면서도 일부러 씩씩한 척하고 있었다. 될 대로 되라지! 지금은 그들의 밤이었다. 톰은 빨간 모자와 장갑이 담긴 상자를 들어올린 후…… 참을 수 없어서…… 슬쩍 거리를 내려다보았다. 경찰이 집을 향해 다시 걸어오고 있었다!

❖

애나의 검은 곱슬머리에 빨간 모자를 포근히 씌워 준 후 웃고 있는 그녀의 입술에 키스하면서 톰은 손을 사정없이 떨었다. 애나가 흐느끼면서 톰의 목에 팔을 두르고 매달렸다.

"오, 톰. 계속 입을 다물고 있을 수가 없어. 거짓말은 못 하겠다고. 난……. 내가 식료품을 훔쳤어! 철창 문이 잠겨 있지 않아서 바람에 활짝 열렸어. 꼭 나한테 들어오라고 하는 것 같았어. 그래서 이렇게 큰 칠면조가, 오스터슈미트 씨네 가게에서 가장 큰 칠면조가……."

초인종이 날카롭게 울리자 애나가 톰의 팔에서 빠져나와 문 앞에 섰다. "아, 그 사람들이 나를 잡으러 오고 있어!"

톰이 긴장된 목소리로 말했다. "말도 안 돼. 오스터슈미트에 있는 가장 큰 칠면조는 내가…… 자기, 어느 식료품 가겐지 봤어?"

"오, 그게……." 애나가 말을 제대로 못 이었다.

애나가 머리에 꼭 맞는 빨간 모자를 쓴 채 무릎을 꿇고 상자에서 흩어진 종이를 치우면서 맹렬히 뭔가를 찾았다. 그러고는 떨리는 손으로 종이 한 장을 집어 들고 톰을 향해 마구 흔들어댔다. 말을 하기 전에 두 번 꿀꺽 침을 삼켰다.

"오, 토미, 당신 말이 맞았어. 내…… 내가 우리 식료품을 훔쳤어!

아, 이제 모든 게 다 괜찮아. 오, 이렇게 기쁜 적이 없어. 다시는 이렇게 바보 같은 짓은 안 할 거야. 그럴 가치도 없는 일을, 안 그래, 토미?"

톰이 건조하게 말했다. "맞아요, 만 부인. 그럴 가치가 없는 일이에요." 그러나 톰은 애나의 반짝이는 검은 눈동자와 그녀의 입술에 어린 미소를 넋을 놓고 바라보았다……. 그리고 자신이 한 일은 가치가 있었다고 생각했다……. 초인종이 계속 울려 댔다.

톰이 서둘러 말했다. "아마 물건이 제대로 잘 도착했는지 확인하려는 배달부 소년일 거야. 나 담배 좀 피우고 싶어. 오랫동안 못 피웠잖아. 내가 내려가서 문 열어 주고 담배도 사 올게. 금방 돌아올 거야." 톰이 밖의 소리에 귀를 기울였다. 누군가 현관문을 열었는지 홀에서 목소리가 들렸다. 굵은 남자 목소리, 그리고 곧이어 계단을 천천히 오르는 소리가 들렸다. 톰이 재빨리 문 쪽으로 갔다. 아직은 애나가 알게 해선 안 된다. 그가 돌아오기를 기다리는 잠시 동안이라도 그녀를 행복하게 해 주자.

애나가 문 앞에서 톰을 막아섰다……. 눈썹에 눈물방울을 매달고 희미하게 웃으며 애나가 말했다. 너무 작아서 거의 들리지도 않았다. "경찰이 왔어. 그렇지, 토미?"

잠시 거짓말을 할까 했지만, 그럴 수 없었다. 토미는 애나를 바라보다 팔을 내밀어 꽉 껴안았다. 꽉, 꽉……. 영원히 계속될 것처럼 꽉. 이제 발자국 소리가 2층에 도달했다.

"누군지 알아. 내가 식료품을 가지고 들어오기 전에도 문 밖에서 경찰이 기다리고 있었어. 이제 알겠네. 나를 쫓아온 게 아니었어. 왜? 왜 친절한 사람들도 사례비로 100달러조차 내놓지 않는 거지?"

톰은 어떤 말도 또박또박 나오질 않아 천천히 뜸을 들여 가며 말했다. "괜찮아, 자기야. 그리고 당신 말이 맞아. 내…… 내가 우편배달부가 떨어뜨린 등기 편지를 훔쳤어. 이제 당신은 나를 잊고 아버지에게로 가……. 그게 최선이야. 난 다짐만 했지 한 번도 제대로 된…… 제대로 된 남편인 적이 없었어."

애나가 마구 말을 퍼부었다. "이 바보야. 당신은 세상에서 가장 소중한, 유일한 남편이야. 당신, 내가 당신을 가게 놔두지 않을 거야. 내가 그 사람들한테 말할게, 내가……."

그때 남자가 주먹으로 문을 두드렸다. 톰의 미소 띤 얼굴이 약간 일그러졌다. 톰이 어깨를 쫙 폈다. 남자로서 당당히 맞서야 하는 일이었다. 문을 여니 경찰이 서 있었다.

"토머스 만 부인?" 그가 말했다.

톰은 숨을 들이마셨다. 애나가 식료품 훔치는 것을 누군가 봤다는 말인가!

"토머스 만은 접니다." 톰이 분연히 말했다.

경찰이 머리를 흔들며 모자를 벗더니 편지 한 통을 꺼냈다. "아뇨, 이 편지는 토마스 만 부인한테 온 겁니다. 어떤 남자가 이걸 떨어뜨리는 걸 보고 불렀는데, 못 듣고 가 버렸습니다. 보자, 등기 우편이니 중요한 것일 테지요. 토마스 만 부인이……."

톰이 편지를 내려다보았다. 자신이 훔친 것과 같은 편지였다. 전혀 의심할 여지가 없었다. 봉투에 스탬프가 찍힌 거며 봉투 위에 찍힌 발자국까지.

"감사합니다. 세상에서 가장 중요한 편지일 것 같습니다."

"아. 아버지가 보낸 거예요." 애나가 작은 목소리로 말했다.

경찰이 약간 어리둥절한 표정을 지었다. "아, 그럼……. 두 분 모두 메리 크리스마스."

"진정한 메리 크리스마스예요." 애나가 두 팔을 경찰의 목에 두르고 흐느끼듯 속삭였다…….

문이 다시 닫히고 톰에게 애나가 안겼다. "어떻게 이런 일이. 믿기지 않지만 현실이야. 당신 아버지가 당신한테 보낸 편지를 훔쳐서, 그 돈으로 당신 선물을 샀다니……. 자기야, 우리 이제 고집불통 바보짓은 그만하자. 내가 당신을 제대로 돌볼 수 있을 때까지 집에 가 있어."

애나의 웃음에 진정한 행복이 넘쳐흘렀다. "오, 그럴 필요 없을걸. 우리가 너무 어리고 어리석어 헤어지기보다 굶어 죽는 것을 선택할 바에야 집에 와도 좋다고 적혀 있어! 당신이 할 일도 마련해 놓으셨대. 톰, 거절하지 않을 거지?"

톰이 조용히 말했다. "만 부인, 내가 너무 바보 같았어! 자, 보닛을 쓰시고 숄도 걸치시고 오시죠. 어서 나가서 전화를 거는 거야……. 당신 아버지가 잊어버리기 전에 쐐기를 박아야겠어. 그리고 물론 메리 크리스마스라고 인사도 하고……."

이제 사람들의 얼굴에 어린 미소가 전혀 우스꽝스럽지 않았다. 가로등마저도 웃으며 그들 주위를 비추는 듯했다. 그러나 그것은 아마도 애나의 눈 속에 무언가가 있어서 그랬던 것 같다. 그들이 눈물을 글썽이게 했던 무언가가…….

킬러에게 바치는 세레나데
SERENADE TO A KILLER

조지프 커밍스 Joseph Commings

조지프 커밍스는 도저히 범행이 불가능할 것 같은 상황에서 발생하는 밀실 살인의 대가이며, 다른 소설들 역시 탁월하다. 커밍스의 작가 생활은 제2차 세계대전 중에 동료 군인들을 즐겁게 해주려고 이야기를 지어낸 것에서 시작되었다. 전쟁이 끝나자 들려준 이야기를 재구성해서 펄프 잡지에 실었다. 1940년대 후반에 펄프 소설은 사라졌지만 소책자 형식의 잡지가 활기를 띠자 커밍스는 《미스터리 다이제스트》, 《세인트 미스터리 매거진》, 《마이크 셰인 미스터리 매거진》에 그의 소설을 실었다. 커밍스는 장편 미스터리 소설도 여러 권 썼으며 친구인 존 딕슨 카의 추천도 받았지만, 한 권도 출판되지는 못했다. 「킬러에게 바치는 세레나데」는 《미스터리 다이제스트》 1957년 7월호에 처음 실렸다.

　살인과 크리스마스는 보통 극과 극이다. 그러나 상원의원 브룩스 U. 배너는 이번 크리스마스 시즌에 팔콘리지에서 일어난 말도 안 되는 살인사건을 마주해야 했다.

　그는 코블스킬 고아원에서 깨끗하게 면도한 크리스 크링글독일의 산타클로스처럼 새로 칠한 장난감들 사이에 서 있었다. 배너는 겨드랑이에 보헤미안 호밀빵 한 덩어리를 끼고 여섯 군데나 헝겊을 덧댄 청바지를 입은 채로 그들처럼 고아였던 자신이 어떻게 지금에 이르렀는지 처음부터 말해 주었다. 그러고는 자신이 어떻게 경찰을 도와 우편 주문서신 왕래를 통해 결혼하는 방식 신랑 여섯을 죽인 외로운 금발 여자를 잡을 수 있었는지 아이들에게 이야기해 주었다. 고아원을 운영하는 노처녀 둘이 상태를 엿보러 발걸음을 멈췄다가 아이들에게 그런 이길 들려주면 안 된다며 분개했다. 하지만 아이들은 그를 좋아했다. 그는 190센티미터의 키에 체중이 130킬로그램이나 나갔고, 번들거리는 검정색 끈 넥타이에 칙칙한 프록코트를 입은 데다, 헐렁한 회색 반바지에 밑창이 새빨간 거대한 고무장화를 신은 우스운 모습이었기 때문이다.

그는 장난감과 함께 약간 우스꽝스러운 말을 건네며 아이들의 머리를 헝클어뜨렸다. 행사가 진행되는 사이 젊은 남자 하나가 고아원으로 들어와 쭈글쭈글한 갈색 호랑가시나무 화환이 걸린 썰렁하고 황량한 식당에 서 있는 게 보였다. 남자의 피부는 누르께하고, 몸집은 왜소했으며, 콧수염마저 듬성듬성했지만 눈만은 크고 광채가 남달랐다.

남자는 배너가 일을 마칠 때까지 초조하게 기다린 후 다가왔다.

"의원님, 저는 벌 그리폰이라고 합니다. 지역신문인 《그리폰》의 소유주인 아버지를 도와 기자로 일하고 있습니다."

배너가 활짝 웃었다. "나를 인터뷰하려고!" 그가 새 코로나 시가를 입에 물었다. "예이, 예이! 좀 더 일찍 왔으믄 애들한테 내가 허는 얘기를 들었을 터인디……."

"아뇨, 단순한 인터뷰가 아닙니다, 의원님." 벌의 빛나는 눈이 불안한 듯 왔다 갔다 했다. "어디 조용히 얘기할 곳 없을까요?"

배너가 인상을 찌푸리며 어두운 사무실로 벌을 안내했다. 창문에 빨간 마분지로 만든 크리스마스 장식을 달아 놓았지만 라디에이터가 식어 싸늘했다. 두 사람은 등받이가 낡아 부서질 듯한 나무 의자들을 의심스러운 눈길로 바라보다가 그냥 서 있기로 했다.

벌이 손가락 관절을 잘근잘근 씹었다. "의원님이 일을 해결하는 방식에 관한 글을 여기저기서 많이 읽었습니다. 살인 같은 것들 말이에요. 저는 뉴욕에서 잭 호너의 재판도 본 적 있습니다."

배너가 바지 맨 위 단추에서부터 숨을 그러모아 그르렁거렸다. "그래요? 그럼 내가 그 독살범이 삼촌에게 소리 지르게 만든 것도 봤겠네유."

"네, 봤습니다. 그래서 의원님의 도움이 필요합니다. 혹시 유명 피아니스트, 카스파 울포크라고 들어 보셨습니까?"

배너가 씩 웃었다. "허, 음악이라면 내 토요일 밤마다 주크박스는 좀 듣쥬."

벌이 개의치 않고 다음 말을 이었다. "오늘 아침 일찍 울포크가 살해됐습니다!"

"저런!"

"제가 잘 아는 여자가 그를 죽였다고 주장합니다만, 상황이 모두 들어맞기를 않습니다." 배너가 아닌 무언가를 뚫어지게 바라보는 벌의 눈은 어리둥절하고 몹시 놀란 듯했다.

배너가 육중한 몸을 쑤석거려 고쳐 앉았다. "처음부터 끝까지 말해 보슈. 고양이 털에서 진드기 잡아내듯 세세하게."

벌이 빨리, 그리고 진지하게 얘기했다. "울포크는 교외 저택, 팔콘 리지의 주인이었습니다. 거기에는 그가 '뮤직박스'라 부르는 작은 팔각형 건물이 있습니다. 피아노와 음악 도서를 두었지요. 그런데 오늘 아침 울포크가 거기서 죽어 있었습니다. 살해당한 게 분명한데 아무도 그 방법을 몰라. 제가 아침에 인사를 하러 들렀는데, 문에서 만난 오라가 덜덜 떨고 있더군요."

"오라는 누구유?"

"오라 스파이어스. 제가 말한 여잡니다. 울포크한테 열 살짜리 딸이 있는데 그 애의 입주 가정교사입니다……. 울포크는 홀아비였습니다. 말씀드렸듯 오라는 공포에 질려 있었습니다. 뮤직박스 안에서 울포크 씨에게 뭔가 끔찍한 일이 생겼다는 말밖에 못 했어요. 혼자서는 감히 확인할 엄두도 못 냈더군요……. 밤새 눈이 내려서 땅에 잔뜩 쌓였는데 잔디에 덮인 눈에는 울포크가 뮤직박스로 가는 발자국 외엔 어떤 발자국도 없었습니다. 울포크가 돌아오지 않았으니 당연히 발자국은 한 줄밖에 없었고요. 그가 지나간 길을 따라 걸어 보니 열린 문으로 연결되더군요. 아침인데도 꽤 어두워 방에 불을 켜자 건반 위에 엎어진 울포크가 피아노 의자에 앉아 있었어요. 이마 정중앙에 관통상을 입고 싸늘하게 죽어 있었습니다."

방 안이 추운데도 벌의 주름 잡힌 이마는 땀으로 번들거렸다.

"울포크의 발자국밖에 없었던 걸 기억해 내고 처음 든 생각은, 만약 타살이라면 범인이 아직 안에 있다는 것이었습니다. 그래서 곧장 그곳을 수색했습니다. 그런데 아무도 없었어요. 흉기도 없었으니 자살이 아닌 건 의심할 여지가 없고요. 어떻게 그런 일이 있을 수 있는지 모르겠어요. 눈이 자정쯤 그쳤으니, 울포크는 그 후에 뮤직박스로 간 거죠. 그리고 누군가 그를 죽였습니다. 범인이 누구든 눈에 흔적을 남기지 않고 도망쳤다는 말이 됩니다!"

"본채에서 뮤직박스는 얼마나 떨어져 있는데유?"

"몇 백 미터는 족히 됩니다."

"명사수라면 백 미터든지 자시든지 열린 창문으로 울포크를 쏠 수 있지 않겠어유."

"아니요. 문과 창문 모두 닫혀 있었습니다. 울포크는 가까운 거리에서 총에 맞았습니다. 범인은 피아노 반대편에 서 있었습니다."

곰곰이 생각한 후에 배너가 말했다. "음. 세 가지 중에 골라 봐유."

"세 가지나요!" 벌이 화들짝 놀라 말했다. 배너가 뭉툭한 엄지를 들어올렸다.

"첫째. 살인자는 눈이 멎기 전에 그곳으로 갔쥬. 그 사람이 지나가고 난 다음에도 계속 눈이 내려 흔적을 덮은 거쥬. 나중에 울포크가 오자 그가 울포크를 죽이고 뮤직박스에 몸을 숨겼고, 너무 잘 숨어 당신이 못 찾은 거쥬."

벌은 화나고 실망한 표정이었다. "그럴 리가 없습니다. 말씀드렸듯이 거기에는 아무도 없었습니다."

배너는 한결같은 표정으로 검지를 들어올렸다. "둘째. 살인자와 울포크 둘 다 눈이 멎기 전에 그곳으로 갔어유. 그러면 두 사람의 발자국이 내리는 눈에 다 덮이겠쥬. 살인자는 울포크를 죽인 후에 울포크의 신발을 신고 본채를 향해 거꾸로 걸어가는 거쥬."

벌이 머리를 세게 저었다. "제가 발견했을 때 울포크는 자기 신발을 신고 있었습니다. 나중에 경찰도 확인해 주었고요. 발자국에는 절대 속임수가 없습니다. 분명 뮤직박스로 걸어가는 울포크의 발자국이었습니다. 틀림없습니다!"

배너가 가운뎃손가락을 들어 올리더니 잠시 머뭇거리면서 생각에 잠겨 손가락을 응시했다. "셋째. 이번에도 살인자가 울포크보다 먼저 그리로 갔…….."

배너가 한참 동안 말이 없자 벌이 말했다. "그러면 어떻게 돌아갔겠습니까?"

"백 미터나 되는 눈밭을 흔적 없이 건너는 방법을 알겠지유!"

벌이 놀라서 입을 떡 벌렸다가 다시 닫았다. "오라 스파이어스가 답을 알지도 모르겠네요. 오라는 자기가 울포크를 죽였다고 생각합니다. 계속 그렇게 말해요." 벌이 잠시 말을 멈췄다. "하지만 어떻게 거기서 돌아왔는지 설명을 못 해요."

배너가 재미있다는 듯 숱 많은 검은 눈썹을 치켜 올렸다. 그러고는 손잡이에 손을 가져다대며 말했다. "이젠 내가 너무 궁금해서 오라가 사롱_{이슬람교도가 허리에 두르는 치마와 비슷한 옷} 두른 아가씨보다 더 매력적으로 느껴지는구먼."

벌이 열린 문으로 걸어가더니 말했다. "아직 남은 게 있습니다, 의원님. 오라는 몽유병이에요."

❖

뮤직박스에 있는 그랜드피아노는 윗부분 전체를 덮은 큰 스페인식 숄이 피에 젖어 끈적끈적했다. 울포크의 시체는 옮겨지고 없었다. 배너는 피아노 의자 뒤를 걸었다. 피아노 선반에 벨리니의 〈라 손남불라La Sonnambula〉 악보가 놓여 있었다.

"울포크를 발견했을 때 전등이 뒤집어져 있었나유?" 배너가 물었다.

벌이 고개를 끄덕였다.

피아노에서 열 걸음 정도 떨어진 곳에 커다란 괘종시계가 있었다. 벽장은 음악 앨범으로 빼곡했다.

벌이 말했다. "피아노 위에 놓인 악보에서 특별한 의미가 느껴지시지 않습니까, 의원님. 〈라 손남불라〉, '몽유병의 여인'입니다!"

"오호." 배너가 희끗희끗하고 수세미 같은 머리를 까딱거렸다.

벌은 자제하기 힘든 듯 계속 주절거렸다. "울포크는 약간 우스꽝스러운 사람이었어요. 좀 이상하다고 할까. 그의 말이 항상 듣기 좋은 건 아니었어요. 그는 암시의 힘, 물질을 능가하는 정신의 능력에 관한 이상한 이론들에 집착했어요. 어떨 때는 파리아 신부최면술의 동물 자력론을 부정하고 제안의 위력을 설파한 가톨릭 수사와 칼 삭스투스의 아연 단추, 뽀떼 남작동종요법과 최면술을 편 프랑스 밀교도의 요술 거울, 헬 신부의 자석 같은 기괴한 인물과 물건들을 언급했었지요. 비전秘傳으로 내려오는 그런 지식들이 여자를 지배하는 데 도움이 된다고 생각했던 것 같습니다. 저는 그렇게 생각하지 않습니다만, 여자들은," 그가 애석하다는 듯 덧붙였다. "어떻게 해야 남자를 잘 이용해 먹을 수 있는지 본능적으로 아는 것 같습니다."

배너는 대답하지 않았다. 그는 창문으로 느릿느릿 걸어갔다. 창문 두 개를 하나하나 열어 보았다. 작은 집의 동쪽으로 10미터 정도 떨어진 곳에 단열 처리된 가로대와 붙은 기둥이 서 있었다. 소복이 쌓인 눈에는 사람이 지나간 흔적이 전혀 없었다. 창틀 어디에도 눈은 없었다. 돌출된 처마가 눈을 막아주었던 것이다. 배너는 처마를 올려다보았다.

벌이 지친 목소리로 말했다. "눈 덮인 지붕에도 누가 밟은 흔적은 없습니다."

배너가 창문을 닫은 후 두 사람은 눈 덮인 잔디를 터덜터덜 걸어 저택으로 갔다.

오라 스파이어스는 서른한 살 독신 여성이었다. 뿔테 안경을 끼고 걱정이 많아 보이는 이마에서 머리를 싹 빗어 넘겨 뒤로 단단히 묶어 쪽을 지었다. 드레스가 헐렁해서 몸매가 드러나지 않았다. 입은 안으로 쏙 빨려 들어간 모양이었는데, 자신의 모든 감정을 입술로 막으려는 것처럼 보였다. 그러나 그리 못생긴 인상은 아니었다. 배너는 오라가 일부러 자신을 못나게 보이려 하는 것인지 그냥 꾸밀 줄 모르는 것인지 궁금했다.

"경찰은 갔어." 오라가 깊이 잠긴 목소리로 조용히 말했다. "경찰이 울포크 씨를 호스테틀러 씨 댁으로 데려갔어." 오라는 벌이 유리

구두라도 신기려고 온 것처럼 기대에 찬 얼굴로 벌을 바라보았다.

벌이 말했다. "오라가 말하는 건 울포크의 시체입니다. 호스테틀러는 마을의 장의사입니다……. 오라, 경찰한테 그 이야기는 안 했지?"

"아, 맞다."

배너가 참지 못하고 말했다. "저는 배너 의원이에유. 제가 도움이 될 것 같다고 해서유."

"아, 네." 오라가 재빨리 덧붙였다. "저도 의원님을 한 번 찍었어요."

"좋네유, 만나서 반가워유." 배너가 오라의 기운 없는 손을 들어올렸다. "이리 와서 앉아유. 사건을 해결해야쥬."

응접실에 앉자 오라가 안달하며 말했다. "오늘 아침에 제가 울포크 씨를 죽이는 꿈을 꿨다고 생각했어요. 그런데 그게 꿈이 아니라 현실이었던 거예요."

배너가 등받이가 와플 모양인 안락의자에 깊숙이 앉았다. "자초지종을 말해 봐유."

안경 너머 오라의 눈에 눈물이 차올랐다. 배너에게 모조리 다 얘기하리라. 배너는 속마음을 다 털어놓고 싶게 만드는 사람이었다. "저는 평생 코블스킬에서 살았어요. 부모님은 돌아가시고 캐롤라인 언니가 저를 키웠죠. 저보다 네 살 많아요. 3년 전쯤 울포크 씨의 어린 딸을 돌보는 일을 하러 왔어요. 벌, 베릴 얘기 해 드렸어?"

벌이 극락조 무늬의 양탄자에 놓인 발을 꼼지락거렸다. "있다는 얘기만 했어."

오라가 씁쓸한 미소를 지었다. "이제 열 살이에요. 베릴은 참 다루기 어려운 아이랍니다."

"너무 유하게 말하는군." 벌이 신음하듯 말했다.

"그래도 느낌은 다 전해질 것 같네요, 의원님. 울포크 씨는 늘 저한테 베릴을 맡기고 콘서트 투어를 다녔어요!" 오라가 희고 긴, 섬세한 손가락을 신경질적으로 들어올렸다. "저는 일기를 써서 제 화장대 서랍에 넣어 잠그고는 열쇠를 목에 달고 다녀요. 2주 전쯤 됐나, 밤에 하루를 정리하려고 서랍을 열었어요. 그런데 거기에 마지막으로 '난 울포크 씨가 싫다!'라고 쓰여 있어서 깜짝 놀랐어요. 그런 말을 쓴 기억이 없거든요." 오라의 몸이 경직됐다.

"누가 교묘하게 위조한 것 아닌가유?" 배너가 추측했다.

오라가 고개를 저었다. "어떻게 그럴 수 있겠어요? 틀림없이 제 글씨였는걸요. 게다가 제가 일기장을 몰래 숨겨 둔 곳이라 누가 접근할 수도 없어요. 화장대 서랍이 억지로 열린 흔적도 없었고요. 그날 밤새도록 뜬눈으로 생각하고 또 생각했죠. 울포크 씨한테 싫은 면이 많긴 했어요. 전에는 의식하지 못했었지만요."

"가령 어떤 것이었나요?" 오라가 잠시 몸서리를 치는 사이에 배너가 물었다.

"음, 자잘한 버릇들이 싫었어요. 옷 입는 방식이나 항상 한쪽 신발이 버걱거리게 걷는 걸음걸이 같은 것. 아침마다 시리얼에 설탕을 한 스푼씩 넣는 것도 싫었어요. 담배를 너무 많이 피워서 발작적으로 기침하거나 가까이 다가올 때마다 콧바람을 부는 것도 거슬렸고요. 저한테 좋은 걸 알려 주겠답시고 자기가 여자들을 유혹할 때 얼마나 악마 같은지 암시하는 거며…… 네, 그날 밤새도록 내면의 목소리가 제게 이렇게 속삭였어요, 난 울포크 씨가 정말 싫다!

특히 지난주에 신경에 거슬리는 짓을 많이 한 데다, 어제가 크리스마스 이브였잖아요. 울포크 씨가 저녁 식사 후에 우리 언니 캐롤라인을 병문안 갔어요. 최근에 많이 아팠거든요. 저는 베릴하고 즐겁게 시간을 보내려 했지만 애가 어찌나 제멋대로 구는지 결국 짜증이 나서 억지로 침실로 들여보냈어요. 울포크 씨는 10시쯤 돌아왔어요. 코트에 눈이 쌓여 있는데도, '밖에 눈 와'라고 말하는 게 진짜 듣기 싫었어요. 눈 오는 거야 누가 몰라요. 코트만 봐도 아는 사실을 과장된 어조로 말하며 씩 웃는데 틀니가 왜 그리 꼴 보기 싫던지요. 코트를 걸더니 저한테 다가왔어요. 손을 내밀어 제 손을 잡더군요. 그런 일은 처음이었어요. 저도 모르게 몸이 움찔했죠. 기분을 상하지 않게 하려고 슬며시 손을 빼내려고 했어요. 그때 울포크 씨가 느끼하게 말했어요. '이따 뮤직박스에 갈 거야. 피아노 소리가 들리는 곳으로 와.'

최대한 비꼬는 투로 대답했어요. '크리스마스 캐럴이라도 연주하시려나 봐요.' 계속 능글맞게 웃으면서 '아니, 꼭 캐럴이기야 하겠어'라고 하더군요. 저는 대답을 안 하고 자리를 피했어요." 오라가 잠시 말을 멈추고 안경을 들어 올려 좁은 코 위에 잘 맞춰 고정했다. "무슨 의미로 그러는지 알았어요. 그래도 강압적으로 굴진 않았죠. 크리스마스 트리를 꾸미고 주변에 선물을 늘어놓고 있는데 홀에 있는 시계가 울리더군요. 자정이었어요. 울포크 씨가 계단을 오르는 소리가 들렸어요. 저는 제 방으로 가는 계단을 오르다가 첫 층계참에서 잠시 멈춰 창밖을 보았어요. 눈이 그치고 달이 나와 있더군요. 사방이 하얗고 예뻤어요. 마저 계단을 올라 방에 들어가 문을 잠갔어요. 전날 밤에는 너무 피곤해서 일기장을 열 힘도 없었는데, 그때는 뭔가가 계속 절 끌어당겼어요. 몇 단어라도 쓰려고 일기장을 폈는데, 그 안에 쓰인 글자를 보고 일기장을 떨어뜨리고 말았어요. 거기엔 '오늘 밤 나는 울포크 씨를 죽일 거다'라고 쓰여 있었거든요."

오라가 고통스럽게 마른침을 삼켰다. "제가 미쳤었나 봐요. 어째서 그렇게 끔찍한 말을 썼을까요? 저였을 리가 없어요. 그런데 글씨체는 분명 제 것이었어요. 일기장을 도로 서랍에 집어넣고, 침대로 기어들었어요. 생각만 해도 토할 것 같았고 온 몸이 덜덜 떨렸어요. 지난 2주 동안 사악한 악마가 집에 들어와 절 지배하는 것 같았어요. 제가 몽유병이 있는 건 알아요. 베릴도 제가 자면서 걷는 걸 본 적이 있대요. 한번은 잠든 사이 가져다 놓았는지 방에서 은그릇이 나오기도 했어요. 잠든 사이 무서운 짓을 저지를까 봐 두려워서 최대한 잠과 싸우며 깨어 있었어요. 무슨 소리라도 들리지 않을까 귀를 기울였지만 집은 조용했어요. 그렇다고 계속 깨어 있을 수도 없으니 잠이 들면, 꿈에서……."

오라의 얼굴이 잿빛이었다. "마음 한구석에서 울포크 씨가 한 말이 자꾸 떠올랐어요. '피아노 소리가 들리는 곳으로 와.' 제 행동 하나하나가 모두 꿈처럼 둥둥 떠다니는 것 같았어요. 멀리서 울포크 씨가 〈라 손남불라〉의 한 부분을 연주하는 소리가 들렸어요. 어떻게 갔는지 모르겠지만 결국 스페인풍 숄을 덮은 피아노에 앉은 그를 만났어요. 음악이 멈췄고, 울포크 씨가 자리에서 일어나 빙긋 웃었어요. 그 어느 때보다 더 그 사람이 싫었어요. 제 손에 총이 있었는데— 어떻게 그게 손에 들어왔는지도 몰라요— 울포크 씨가 이렇게 외쳤어요. '쏴! 어서! 나를 쏘라고! 내가 그렇게 싫은데 왜 못 쏴!' 그러고는 몇 번이고 총을 쐈고, 사방이 다시 깜깜해졌어요.

아침에 잠에서 깨니 침대 위였어요. 그래서 생각했죠. 신이시여, 감사합니다. 모든 게 끔찍한 꿈이었군요. 옷을 입고 베릴을 깨운 다음 아침 식사를 준비하러 내려갔어요. 울포크 씨가 집 안 어디에도 안 보여서 찾으려고 밖으로 나갔더니 발자국이 뮤직박스 쪽으로 나 있었죠. 그가 뮤직박스에 있다는 걸 직감했어요. 그런데 어제 꿈이 현실이 아니라면 밤새 안 돌아왔을 리가 없다는 생각이 들더군요. 그렇게 생각하니 너무 무서워서 확인하러 갈 수가 없었어요. 그때 벌이 와서…….."

배너가 인상을 찌푸렸다. "울포크는 언제 죽었남유?"

벌이 대답했다. "경찰은 새벽 네 시경이라고 했습니다. 눈이 그치고 네 시간 후."

"사용된 흉기는?"

"마구간에 놔뒀던 오래된 대형 권총이었어요."

"경찰이 찾아냈나유?"

"집을 이 잡듯 뒤져서 찾아냈죠. 살인자가 지붕 위 굴뚝에 막대기를 걸쳐 놓고 총을 끈에 묶어서 안으로 반쯤 처지게 얹어 놨더군요."

그때 의자 뒤에서 가는 목소리가 들리기 시작했다. "강아지 좀 봐줘. 내가 파랗게 칠했어."

배너가 고개를 돌려 뒤를 보았다. 마치 나무로 만든 것 같은 무미건조한 얼굴을 한 아이가 물감으로 칠한 듯 짙지만 멍한 초록빛 눈으로 그를 바라보고 있었다. 앙상한 어깨 위로 쥐꼬리처럼 양 갈래로 묶은 붉은 머리가 드리워져 있었다. 하얀 팔에는 주근깨가 가득했고 핏기 없는 입술은 터서 갈라졌다.

오라가 인내심이 한계에 도달했는지 쇳소리처럼 날카로운 목소리로 외쳤다. "베릴! 침대에 있으라고 했지!"

"싫어. 이불도 다 찢어 버렸어. 다시 갈아야 할걸." 베릴이 배너를 빤히 쳐다보았다. "아저씨 싫어. 뚱뚱하고 더럽고 피아노도 못 치잖아."

배너가 오라에게 슬쩍 웃으며 말했다. "이 친구가 아빠 일을 아남유?"

"네, 얘기해 줬어요." 오라가 말했다.

"크게 슬퍼하는 것 같지도 않아요." 벌이 말했다.

"자기 싫다니 억지로 재우지 말고 깨어 있으라고 해유." 배너가 코트 주머니에 손을 집어넣더니 봉지에 싸인 사탕을 하나 꺼내 들었다. "버터스카치여. 입에 넣으면 살살 녹는단다. 침대로 돌아가면 이걸 줄게. 하지만 안 자고 깨어 있겠다니······." 배너가 과장되게 어깨를 으쓱해 보였다.

배너가 버터스카치를 다시 주머니에 집어넣는 것을 베릴이 시큰
둥하게 쳐다보았다. 그러더니 앉은뱅이 의자에 얌전히 앉았다.

벌이 갑자기 떠오른 듯 말했다. "오라, 무선 안테나 고쳤어?"

"아니." 오라가 힘없이 말했다.

"그건 또 뭔감유?" 배너가 물었다.

베릴이 앉은뱅이 의자에서 몸을 꼬며 실토했다. "그거 내가 어제
부러뜨렸어."

"네가 부러뜨렸다고!" 배너가 말했다.

베릴이 야윈 어깨를 으쓱했다. "지붕널을 가르고 지붕에 올라갔
어. 안테나를 넘을 수 있을 줄 알았는데…… 근데 아저씨가 무슨 상
관이야?"

배너가 노려보았다. "그러게. 내가 바보 같은 짓을 하고 앉았구
먼."

오라는 눈을 동그랗게 뜨고 벌을 바라보았다. "안테나 고장 난 건
어떻게 알았어? 내가 말 안 했……."

"어제 마을에서 만났을 때 네가 말했잖아."

"나 어제 너 본 적 없어!" 오라가 강하게 반발했다.

"이런, 오라. 확실히 만났어. 네가 그리폰 편집실에 와서 학교 강
당에서 열리는 차이콥스키 오후 콘서트에 같이 가겠느냐고 물었잖
아. 그래서 둘이 보러 갔고, 〈호두까기 인형〉 좋다고도 했잖아."

"벌! 나 놀리지 마! 난 오후 내내 여기 있었어. 집에 있으면서 청소

를 했다고."

"아니, 오라. 넌 나랑 적어도 두 시간은 같이 있었어."

"거짓말이야!"

벌이 오라의 거친 반박을 듣더니 단호하게 말했다. "오라, 내가 증명할 수 있어. 널 본 사람이 여럿 있거든. 네 아버지도 보셨지. 왜 우리가 그런 걸 가지고 거짓말을 하겠니?"

오라는 미치기 일보 직전이었다. "아냐, 벌. 나 집에서 나간 적 없어. 오후 내내 뭘 했는지 다 기억해. 나가지 않았다고!"

"그럼 누가 네 가면이라도 쓰고 다녔다는 거야? 아냐, 너였어. 우린 소꿉친구잖아. 아무도 변장으로 날 속일 순 없을걸."

베릴이 귀를 쫑긋 세우고 비난하듯 말했다. "또 자면서 걸어 다녔겠지."

"자면서 그렇게 멀쩡하게 행동하지는 않아." 벌이 반박했다. "내 말 들어, 오라. 넌 깨어 있었고 나와 함께 있었어."

"더 이상 안 들을래." 오라가 일어났다. "베릴! 마지막으로 말할게. 자러 갈 거지?"

베릴이 배너의 주머니를 바라보며 머뭇머뭇 말했다. "저거 주면……."

배너가 껄껄 웃었다. "아주 좋구먼!" 배너가 버터스카치를 베릴의 손에 쥐여 주었다. "이제 이불로 들어가서 공부나 좀 하시쥬."

베릴이 한결 마음이 풀려서 오라와 함께 자리를 떴다.

배너가 엄한 얼굴로 말했다. "쟤는 좀 제대로 혼나 봐야겠군."

벌이 팔을 벌리더니 툭 떨어뜨렸다. "오라는 왜 저와 함께 있었던 걸 부인하는 걸까요? 제가 거짓말을 하는 건 아니에요."

"아마 오라도 거짓말하는 건 아닐 거구먼요." 배너가 애매하게 말했다. "혹시 베릴을 좋아하는 사람이 있나유?"

"걔 아버지는 좋아했지요. 이유는 신만이 알겠지만. 저애는 작은 악마예요. 틈만 나면 다른 사람들을 엿보러 다니고 입에서 나오는 건 죄다 거짓말이에요. 안테나 부러뜨린 것도 보세요. 게다가 옷을 입고 샤워를 하질 않나, 시간도 되기 전에 식사 종을 치질 않나. 말을 마구간에서 다 몰아내기도 하고, 정원을 물바다로 만든 적도 있어요. 베개 싸움 하고 싶다고 조르고는 베갯잇에 두꺼운 책을 넣기도 했죠. 무엇보다 오라더러 미쳤다고 해요."

벌이 갑자기 말을 멈췄다.

무슨 소리가 들려 배너가 곁눈질하니 웬 낯선 여인이 출입구에 서 있었다. 캐롤라인 스파이어스였다. 캐롤라인은 볼품없는 여동생과는 완전히 다른 모습이었다. 몸에는 점점 군살이 붙고 있지만(배너는 탐욕으로 뭉친 살이라고 후일 덧붙였다) 유행하는 멋진 옷을 입고 있었다. 짚단 같은 금발머리는 파마한 지 얼마 되지 않았는지 웨이브가 살아 있었고, 화장은 지나치게 두터웠다. 외모는 차분했지만 언제든 더러운 성질이 나올 것 같은 분위기라고 배너는 생각했다.

"안녕하세요, 캐롤라인." 벌이 약간 놀란 듯 인사를 건넸다. "이쪽은 배너 의원이십니다."

캐롤라인이 하이힐을 또각거리며 들어와서는 상황에 어울리는 슬픈 미소를 지으며 배너와 악수했다. "처음 뵙겠습니다."

"만나서 반갑구먼요." 배너가 말했다.

"여기 계셔서 깜짝 놀랐습니다. 오라가 어젯밤엔 손가락 하나 까딱 못 하실 정도로 아프셨다고 해서요. 금세 회복하셨군요." 벌이 말했다.

연필로 그린 눈썹 사이에 짜증이 밀려들었다. "몸이 어떻든 이런 때 안 올 순 없잖아." 핸드백에서 포장지에 싸인 물건을 하나 꺼냈다. "카스파가 이걸 가져오길 바랄 것 같아서." 캐롤라인의 아랫입술이 떨렸다. "누가 알아요? 몇 주 더 있었으면 내가 울포크 부인이 됐을지."

배너는 생각했다. '오, 연기 한번 잘 하는구먼.'

"베릴이 엄마를 원한다고 생각하셨구먼요."

"아닐걸요." 캐롤라인이 단호하게 말했다. "베릴은 통제가 안 되는 아이예요. 그런 애새끼랑 한집에 살아 득 될 게 뭐 있겠어요. 멀리 있는 학교로 보내면 몰라도. 걔 아버지한테도 그렇게 말했어요. 그러지 않으면 당신이랑 결혼할 수 없다고."

"울포크 씨가 어젯밤에 당신에게 병문안을 갔었지유. 열 시가 다 돼서 나갔다던디, 혹시 그 후에 자리에서 일어났는감유?"

캐롤라인이 능글맞게 웃었다. "그럴 수가 없었어요. 간호사가 30분마다 한 번씩 자는지 확인하러 들어왔거든요. 분명 당신은 아니라고 생각하겠죠. 하지만 제가 뭣 하러 황금 알을 낳는 거위를 죽이겠어요." 그러고는 매니큐어 바른 손으로 포장된 선물을 이리저리 돌렸다. "실례, 이걸 크리스마스 트리 아래 둬야 해서요." 몸을 돌리기 전에 캐롤라인이 한마디 덧붙였다. "참 끔찍한 크리스마스야!"

복도로 나가는 그녀의 하이힐 소리가 들렸다.

벌이 말했다. "캐롤라인이 계획대로 울포크를 꼬셨으면 지금쯤 팔 콘리지의 안주인이 됐겠네요. 최근에는 울포크가 오라에게 관심이 있는 건 아닌가 캐롤라인이 걱정했어요. 둘다 드러내진 않았지만 두 자매 사이에 경쟁심이 있죠. 캐롤라인은 한시도 아팠던 적이 없을 거예요. 이렇게 빨리 회복된 거 보면 알 수 있죠. 울포크를 아침저녁 으로 침대맡에 묶어 두려고 연극을 한 거예요. 어쩌면 울포크 씨도 끝내 순전히 동정심으로 캐롤라인과 결혼했을지도 모릅니다."

배너가 기민한 하늘색 눈으로 벌을 살폈다. "당신 오라를 사랑하 나유? 아니면 오라가?"

벌이 진심으로 놀란 듯했으나 곧 웃으며 말했다. "우습네요. 전 한 번도 그렇게 생각한 적이 없습니다. 유감스럽지만 아니에요, 의원 님. 우리는 평생 알고 지냈습니다. 좋은 친구지요. 사실 전 오라가 결혼하긴 할까 의문입니다. 오라는 지금까지 내내 독신이었습니다. 갓난아기 때부터 캐롤라인은 오라에게 남자에 대한 두려움을 심어 줬습니다." 벌이 잠시 말이 멈추었다. "울포크에 관해 말씀드려야 할 흥미로운 사실이 떠올랐습니다. 같이 도서관으로 가시죠."

배너가 따라 들어갔다.

방은 온통 두꺼운 책으로 빽빽했다.

벌이 책을 소개하듯 손으로 죽 가리키며 말했다. "하나도 남김없이 모두 이상심리학異常心理學에 관한 것입니다." 그러고는 한 권을 집어들었다. "대개는 제게도 아주 익숙한 주제들입니다. 홀리 크로스 대학에서 심리학을 전공했거든요."

배너가 눈으로 제목들을 훑었다. 피해망상, 조증, 우울증, 환각, 심기증건강을 지나치게 걱정하고 아픈 곳이 없는데도 자신이 병들었다고 생각하는 심리 상태, 가학 성욕 도착증, 피학대 성욕 도착증, 낭광자신을 이리라고 여기는 정신병.

사각 테이블에 책장이 덮인 책이 한 권 있었다. 배너가 죽 넘겨보다 조현병이 시작되는 챕터에서 멈췄다. 거친 필체로 적힌 문구가 보였다. '그녀는 분명 정신분열증이다.'

배너가 책을 탁 접었다. 누구를 가리키는 것일까? 오라? 베릴? 캐롤라인? 아니면 또 다른 누군가?

배너는 서재를 가로질러 잰걸음으로 걷다가 그 책을 축음기 위에 내려놓았다. "경찰이 발견한 굴뚝 위에 걸린 총은 어떤 종류였지유?"

"말씀드렸다시피. 오래된 대형 권총이었습니다. 단발총이었죠."

"경찰이 집을 수색하면서 다른 총은 못 찾았나유?"

"다른 것? 아뇨. 있어야 합니까? 울포크를 죽인 건 그 권총이었는데요."

배너는 대답하지 않고 쿵쿵 카펫을 가로질러 서재 밖으로 나갔다. 그러고는 식당으로 들어갔다. 벌이 따라갔다.

크리스마스 트리가 있었다. 장식용 조명 아래 선물들은 아직 열지 않은 상태였다. 베릴, 그 버릇없는 아이는 입어서 더러워진 속옷을 나무 위에 매달아 두었다. 캐롤라인은 보이지 않았다.

배너가 통통하게 살찐 무릎으로 꿇어앉아서 울포크에게 온 모든 선물 상자를 분류했다. 그러고는 예의를 모르는 사람처럼 작은 상자들을 집어 뜯었다. 다섯 번째 상자를 뜯자 작고 검은 자동 권총이 밖으로 튀어나와 나무 바닥에 시끄러운 소리를 내며 부딪혔다.

"세상에, 어떻게 저게 저 안에?" 벌이 소리쳤다.

배너가 살벌한 눈빛으로 고개를 돌렸다. "전에 본 적 있나유?"

"네, 울포크의 것입니다."

"오라와 캐롤라인에게 서재로 오라고 말해 주세유."

"그런데, 의원님, 총이 왜 저기 있는 걸까요?"

"오라가 감추어 두었는데 경찰이 찾지 못한 거쥬."

"오라!"

"오라와 캐롤라인을 찾아와유! 어여!"

벌이 위층으로 뛰어갔다.

배너가 권총 총열에 연필을 끼워 넣어 총을 집어 올리더니 서재로 재빨리 뛰어 들어가 축음기를 유심히 바라보았다. 그러고는 레코드가 든 캐비닛을 열고 안을 살폈다. 앨범 하나를 골라 창문으로 들어오는 희미한 빛에 비쳐보았다. 배너가 껄껄 웃었다. 라벨에는 '〈라손남불라〉 선곡집, 피아니스트 카스파 울포크'라고 적혀 있었다.

세 명이 오는 소리가 들렸다.

"오라." 오라가 비틀거리며 안으로 들어오자 배너가 황소개구리 같은 목소리로 말했다. "당신 이야기는 이상한 점이 많네유. 만약 자면서 뮤직박스까지 걸어갔다면 눈에 발자국이 남았을 거유. 그리고 어떻게 울포크를 죽였는지 말할 때 '몇 번이고'라는 말을 썼어유."

"네, 그랬어요." 오라가 흥분해서 말했다. "분명 여러 번 쐈어요. 몇 번인지는 모르겠지만요."

"울포크는 딱 한 번 총에 맞았어유. 단발총에 맞아 죽었다 이 말이유. 대형 권총은 장전하지 않고는 다시 쏠 수가 없쥬."

오라가 멍청히 쳐다보았다. "그럼 제가 쏘지 않았다는……."

배너가 검은 자동 권총을 들어올렸다. "당신이 쏜 총은 이거유."

"그래도 어쨌든 제가 울포크를 죽인 거잖아요." 오라가 자포자기 상태로 울부짖었다.

배너가 껄껄 웃었다. "빈 총으로 쐈어유!"

"비어요!" 벌이 폭발했다. "도대체 어젯밤에 저 사람들은 무슨 짓을 한 겁니까?"

"아주 음흉한 짓이쥬." 배너의 표정이 사뭇 진지했다. "울포크는 심리학에 빠져 있었어유. 왜 그랬는지는 나중에 살펴보기로 하쥬. 울포크는 오라를 대상으로 야비한 실험을 했어유. 최면을 걸어 살인을 저지르게 하려 했쥬!"

"최면!" 벌이 알겠다는 듯 손가락을 튕겼다.

"울포크는 요술 거울, 칼 삭스투스의 아연 단추, 그리고 헬 신부의 자석에 관한 얘기를 주절거렸쥬. 모두 최면을 걸기 위한 도구유!"

"제가 최면에 걸렸나요? 아니에요, 절대. 울포크 씨는 저한테 최면을 걸지 않았어요. 제 의지를 거스르면서 그런 짓을 할 순 없죠. 누구도 불가능해요."

"당신은 자면서 걷지 않나유. 몽유병이 최면 상태와 가장 가까운 거유. 울포크는 당신을 만나 은근히 제안……."

"다 봤겠군요. 제가 잠옷 입고 있는 걸 봤어요." 오라는 모멸감을 느꼈다. 살인 혐의를 받는 것보다 더 기분 나빠했다.

배너가 웃으며 계속 말을 이었다. "정신과 의사들은 그걸 후최면 암시라고 부르쥬. 어떤 사람에게 특정 행동을 하라고 암시하고는 나중에 했다는 걸 잊으라고 명령하는 거유."

"그래서 오라가 어제 오후에 마을에서 나와 함께 있었던 일을 기억하지 못했군요." 벌이 말했다.

"그래유. 그 사람은 오라 당신이 일기장에 적을 내용도 최면으로 암시한 거쥬. 말했다시피 울포크는 당신을 상대로 실험을 했어유. 가짜 살인을 하도록 마음을 조정하고 있었던 거유. 그는 당신처럼 천성이 온화한 여자가 어디까지 선을 넘을 수 있는지 보고 싶었던 거유. 그리고 희생자로는 자신을 선택했쥬. 마침내 울포크는 실험 준비를 마쳤어유. 당신한테 자기가 피아노 치는 소리가 들리는 곳으로 오라고 말했쥬."

"네, 기억해요."

어느새 캐롤라인이 뒤에서 소리 하나 내지 않고 넋을 놓고 듣고 있었다.

배너가 말했다. "어젯밤에 오라 당신은 3시 30분에 울포크가 심어 둔 암시에 잠에서 깬 거유. 울포크가 직접 공포탄을 장전한 쪼그만 검은색 자동권총을 당신 침대 옆 탁자에 놓아 뒀쥬. 잠이 깬 당신은 그걸 자연스럽게 발견했쥬. 손에 총을 들고 아래층으로 갔어유. 그때 울포크가 연주하는 〈라 손남불라〉가 들렸어유. 바로 여기 서재에서 나오는 소리였어유. 울포크는 추위와 눈과 당신의 얇은 잠옷을 고려해서 본채 서재를 뮤직박스처럼 만든 거쥬. 축음기와 피아노만 있으면 됐으니께. 그는 책으로 네모난 테이블을 만들어서 그 위에 큰 스페인식 숄을 덮었쥬. 피아노 위에는 항상 그 숄이 덮여 있었기에 당신은 그게 피아노라고 생각했을 거유. 당신이 들은 음악은 울포크가 축음기에 올려 둔 자기 앨범이었어유." 배너가 검지로 축음기를 툭툭 쳤다. "당신이 오는 소리가 들리자 축음기를 껐쥬. 자리에서 일어나 당신이 장전도 되지 않은 자동권총을 발사할 때까지 당신을 들들 볶았겠쥬. 그렇게 당신이 울포크를 죽인 거유."

오라가 안도감에 오열했다.

"하지만 누군가는 실제로 뮤직박스에서 울포크를 죽였잖습니까!" 벌이 외쳤다.

"이제 그 얘기를 할 거유. 오라가 방으로 돌아간 후, 울포크는 레코드와 책을 치우고 스페인식 숄을 팔에 둘렀어유. 아마 방금 일어난 일로 감정이 복잡했겠쥬. 시간이 거의 네 시쯤 됐겠고, 얼마 전에 눈은 이미 그쳤어유. 숄을 들고 눈 위에 유일한 발자국을 남기며 뮤직박스로 걸어갔쥬."

다른 사람들은 숨조차 쉬지 않고 조용히 배너의 말을 들었다.

"살인자가 뮤직박스에서 기다리고 있었어유, 벌써 몇 시간째 그곳에서 기다리고 있었겠쥬."

"아." 벌이 마치 기도하듯 부드러운 감탄사를 터트렸다.

캐롤라인이 귀에 거슬리게 헛기침을 했다. "살인자는 카스파가 거기로 갈지 어떻게 알았을까요?"

"그야, 울포크가 오라에게 피아노 소리가 들리는 곳으로 오라고 말하는 소리를 엿들었던 게쥬. 피아노가 있는 곳은 뮤직박스 말고는 없다고 여겼을 게유." 벌의 눈빛이 반짝이기 시작했지만, 배너는 모른 척하고 하던 얘기를 계속 했다. "울포크가 들어와 늘 있던 대로 피아노에 악보와 숄을 놓았어유. 살인자는 대형 권총의 공이치기를 잡아당긴 채 괘종시계 뒤에 몸을 숨기고 있었쥬. 하도 오래 기다린 탓에 손가락이 뻣뻣해졌을 거유. 울포크가 피아노 의자에 앉아 건반을 누르는데 살인자가 걸어 나와 총을 발사했쥬. 울포크는 머리에 총알이 박힌 채 피아노 위로 고꾸라졌쥬."

"맙소사!" 오라가 떨리는 손을 하얀 목에 대고 숨을 헐떡였다.

벌은 잔뜩 흥분한 상태였다. "그러면 이제 살인자가 거기서 나가야 하지 않습니까!"

"일단 그래야쥬. 눈밭을 걸어 돌아가면 발자국이 뚜렷이 남아 유죄를 입증하게 될 테쥬. 다른 방법이 있어야 했어유." 배너가 벌의 빛나는 눈을 들여다보았다. "고아원에서 당신이 내게 그 답을 말해 줬어유. 범죄를 발견했을 때 얘기를 하면서 말이쥬. 나가는 길은 하나밖에 없어유."

"제가요?" 벌은 믿을 수 없다는 표정이었다. "제가 알아요?"

배너가 단호하게 고개를 끄덕였다. "뮤직박스에 들어갔을 때 날이 어두워 불을 켜야 했다고 말했잖유. 나중에 나도 뒤집어진 테이블 램프가 생각났어유. 전기, 바로 전기유!"

"아니, 저는 도무지……." 벌이 어리둥절해했다.

"그리고 전기가 있다는 건 전선도 있다는 의미쥬!"

"아아." 벌이 바람 빠진 풍선 같은 소리를 냈다.

"절연선은 처마 아래에서 9미터 떨어진 가로장 댄 전봇대로 길게 경사져 이어져유. 창문에서 선을 잡을 수 있구유. 미끄럽지도 않고 얼음만큼 차갑지도 않쥬. 뮤직박스에서 집까지 전봇대가 늘어서 있으니 발자국이 하나도 남지 않게 된 거유."

캐롤라인이 속삭였다. "그럼 살인자는 기어오르는 데 문제가 없을 사람이겠군요. 작은 원숭이처럼."

"그렇쥬." 배너가 우울한 목소리로 대답했다. "무선 안테나 같은 것을 타고 넘어갈 수 있는 사람이어야 하쥬. 이쯤 하면 알겠쥬. 말괄량이……."

오라가 충격과 공포로 인해 손으로 입을 막고 아무 말도 못 했다.

그때 누군가가 홀에서 비명을 지르며 배너에게 돌진해 침을 뱉고 집어 뜯으려 했다.

"나를 멀리 보내려고 했어!" 베릴이 배너를 보고 꽥꽥거렸다. "내가 다 들었어. 캐롤라인이랑 결혼하려고 나를 쫓아내려 했단 말이야! 나보다 그년을 훨씬 더 좋아했어!"

오라는 살인을 자백하는 아이의 말을 듣고 소름이 끼쳤다.

나중에 정신과 의사가 배너에게 말했다. "울포크는 자기 아이의

심리 상태를 연구하기 위해서 심리학을 공부하기 시작했던 것 같네요. 비전문가지만 진단은 정확했어요. 그 애는 정신분열이었어요."

다른 정신과 의사가 끼어들었다. "저는 이 경우는 조발성 치매가 더 정확한 용어라고 봅니다."

배너가 두 사람에게 반점이 얼룩덜룩한 큰 손을 까딱거리며 푸념했다. "선생님들, 그런 어려운 말 필요 없어유. 한마디로 그 애는 그냥 미쳤어유."

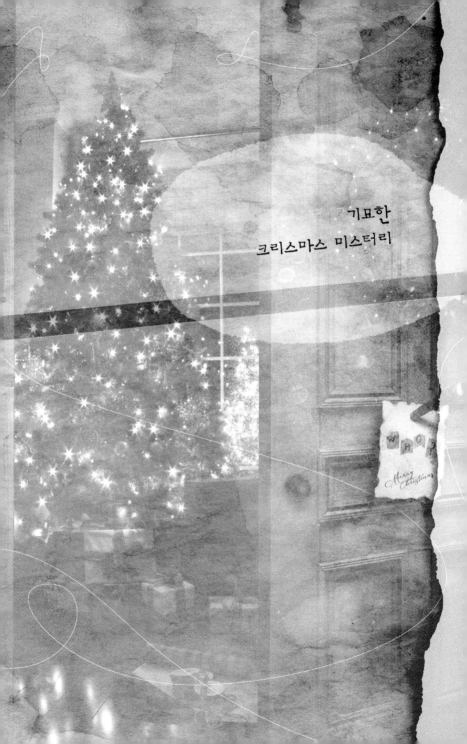

기묘한
크리스마스 미스터리

귀신 들린 크레센트 저택

THE HAUNTED CRESCENT

피터 러브시 Peter Lovesey

피터 러브시만큼 팬들로부터 많은 사랑을 받고 비평가와 동료 들에게 서도 찬사를 받은 현대 미스터리 작가는 역사상 드물다. 그의 첫 책 『죽음을 향해 비틀비틀』(1970)은 맥밀란 출판사가 주최한 미스터리 콘테스트 최고 데뷔작 상을, 유머러스한 소설 『가짜 경감 듀』(1982)는 영국추리작가협회 골드대거 상을 받았다. 『사과주』(1986)와 『소환장』(1995)은 에드거 상에 노미네이트되었다. 『마담 타소가 기다리다 지쳐』(1978), 『소환』, 『블러드하운드』(1996)는 모두 영국추리작가협회 실버대거 상을 수상했으며, 2000년에는 그의 공로를 인정하여 영국추리작가협회의 최고 명예에 해당하는 다이아몬드대거 상을 수상했다. 「귀신 들린 크레센트 저택」은 샬럿 매클라우드가 편집한 《미슬토 미스터리》(1989)에 처음 발표되었다.

지난 크리스마스에 로열 크레센트_{영국 바스 시에 휘어진 길을 따라 초승달 모양으로 늘어선 건축물}에 있는 어느 집에서 귀신이 나타났다. 믿어 주시라, 사실이다. 바스 시의 거주자이자 심령 현상의 권위자로서 말하는 것이다. 소위 귀신 이야기의 99퍼센트는 이런저런 환각에서 비롯한 것임이 밝혀졌지만, 이곳은 진짜 귀신이 나오는 집이다. 사생활 보호를 원하는 집주인을 배려하는 차원에서 정확한 주소를 밝히지는 않겠지만, 내 말이 의심스럽다면 1988년 크리스마스 이브에 내게 어떤 일이 일어났는지 읽어 주기 바란다.

집주인 커플은 축제의 계절을 맞아 12월 23일 금요일에 집을 떠나 노퍽 주영국 왕실의 별장이 있는 동부의 주에 갔다. 끝내 주는 계획이었다. 그 귀신은 크리스마스 이브에 나타나 서성거린다고들 하니까. 내 관심사를 아는 집주인들은 관대하게도 선뜻 나를 그 집으로 안내해 주었다. 전직 경찰인 나는 어지간해서는 놀라지 않는 강심장이다.

눈이 높이 쌓이고 바람이 우짖는 밤의 귀신 이야기를 좋아하는 분들에게는 상당히 죄송하다. 당신을 실망시켜야 하니까. 1988년 바스의 크리스마스에는 눈이 내리지 않았다. 때아니게 따뜻했고 심지어 안개도 끼지 않았다. 그나마 그날 밤에는 보름달이 떴고 부엉이가 울어 대기라도 했다. 하지만 하필 이놈은 으스스하게 생긴 외양간 올빼미가 아닌 평범한 올빼미였고, 사실상 부엉부엉 울기보다 아주 발랄하게 "키윗" 하고 높은 음조로 울어댔다. 아직 실망하기엔 이르다. 그 집에서 일어난 일들은 늑대인간이나 밴시구슬픈 울음소리로 가족 중 누군가가 곧 죽을 것을 알려준다는 아일랜드 민화의 여자 유령가 없는 아쉬움을 덮고도 남으니!

사건이 일어난 건물을 자세히 묘사해야 이야기를 제대로 이해할 수 있을 것 같다. 당신은 아마 로열 크레센트를 어떤 식으로든 본 적이 있을 것이다. 영국에 살거나 관광 온 적이 없더라도 이곳을 배경으로 찍은 수많은 영화 중 한 편은 봤을 것이다. 로열 크레센트는 바스 시 북서부의 조용한 곳으로, 존 우드 형제 중 동생이 설계해 1774년에 완성된, 타원형 테라스가 있는 서른 채의 집이 늘어선 장소다. 건물들은 유럽 여느 지방의 주택과 비교해도 손색이 없다. 나는 포르티코대형 건물 입구에 기둥을 받쳐 만든 현관 지붕와 난간으로 표면을 덮은, 장엄하고 간결한 아이오니아식 기둥과, 제인 오스틴과 찰스 디킨스가 걸어간 자갈길의 위풍당당함에 감탄하지 않을 사람은 없으리라 장담한다. 그러나 당신은 귀신 이야기를 애타게 기다릴 테니 이쯤에서 건물의 설명은 접기로 하자.

　내가 처음으로 괴이한 느낌을 받은 것은 크리스마스 이브 밤 11시 20분 무렵이었다. 나는 두어 시간 전부터 1층 응접실에 있었다. 내 자리에서 문은 제법 멀었고 집은 어두웠다. 아니, 그건 정확한 표현이 아니다. 불이 하나도 켜져 있지 않았다고 말해야 옳다. 사실 달빛이 은은하게 비쳐 크리스마스 트리의 밑단과 카펫에 비취색 사각형을 만들며 트리의 꼬마전구보다 방 안을 예쁘게 비췄다. 안락의자며 테이블, 그랜드피아노 등을 분간할 수 있을 정도였다. 게다가 사람의 눈은 어둠에 적응하기 마련이므로 불을 켜지 않은 집에 혼자 있다고 별로 으스스하지는 않다. 죽은 사람의 영혼이 나타나는 것은 전깃불과 상관없다는 사실 역시 누구나 안다.

　어느 집이든 소음 하나 없이 완전히 조용할 수는 없다. 특히 중앙 난방이 가동되는 집이라면 더더욱. 소위 귀신이 나오는 집이라면 마룻장이 삐걱거리는 소리가 위아래에서 들려 귀신 사냥꾼을 떨게 해야 제격이지만, 이 집 주인들은 집이 어는 것을 걱정해 난방 시스템을 켜 두었다. 그러나 난방이 열한 시에는 꺼지도록 설정되어 있으니 지금 들리는 무언가 부딪치고 삐걱거리는 소리가 그 밤의 유일한 소음이어야 했다.

그 일에 놀란 것은 소리 때문이 아니었다. 갑자기 찬바람이 얼굴을 스치면서 흰 물체가 방을 가로질러 휙 지나갔던 것이다. 순간 온몸이 긴장되었다. 어느새 집은 조용해졌고, 나는 정체를 알아보려고 방을 가로질렀다.

물건의 정체는 벽난로 위에서 쇠살대로 떨어진 크리스마스 카드였다. 하나도 놀라울 게 없었다. 카드야 항상 떨어지게 마련이니. 그래서 사람들은 카드를 줄에 매달아 두는 것이다. 나는 몸을 숙여 카드를 집어 올려 원래 자리로 돌려놓은 후 내 지나친 상상력에 미소를 지었다.

하지만 분명 바람을 느꼈다. 카드가 떨어졌을 뿐이니 바람이 불 이유가 없다. 문과 창문은 모두 꼭 닫혀 있고 바람이 못 들어오게 틈새도 빈틈없이 막아 두었다. 나는 숨을 참고 귀를 가만히 기울였다. 응접실은 집 어디에서 나는 소음도 들리는 곳이었다. 건물은 지하1층부터 3층까지 있었고, 응접실은 건물 중심부인 2층이었다.

하지만 아무 소리도 들리지 않아 층계참까지 내려가 봤다. 얼떨떨하긴 했지만 초자연적인 현상으로 받아들이긴 싫었다. 중앙난방이 끊긴 것 때문에 온도차가 생겨 공기가 이동한 것인지, 아니면 그냥 느낌이었던 건지 확인하고 싶었다. 카드가 떨어진 것은 별일 아니었지만, 바람은 정체를 확인해야 했다. 그때 나는 이렇듯 차분하고 분석적이었다.

10초에서 15초 정도가 지났다. 난간 위로 몸을 기대 계단 아래를 내려다봤더니 현관은 잠겨 있었다. 순간 바스락거리는 소리가 들렸지만 나는 당황하지 않았다. 어차피 카드가 다시 떨어졌거나 충계참 창문에 달린 커튼이 움직이면서 낸 소리일 것이다. 딱히 돌아가서 조사할 것도 없어 보였다. 지금은 3층으로 올라갈 것인지 아니면 1층과 지하실을 탐색할 것인지 결정해야 했다.

아래로 내려가기로 했다. 만약 누군가 창문을 열었다면 1층이나 지하실일 테니까. 하지만 잘못된 추측이었다. 일부러 긴장감을 고조시키려는 건 아니다. 다만 지하실, 주방, 부엌, 식당, 서재를 둘러보면서 모든 창문과 문이 잠겨 있다는 걸 확인했을 뿐이다. 그러니 아무도 나를 따라 안으로 들어올 수 없었다.

다시 2층으로 가서 차근차근 방을 하나씩 들여다보았다. 그런데 3층으로 가는 계단에서 한숨 소리를 들었다.

가끔 빅토리아 시대 소설을 보면 주인공이 한숨을 '크게 내쉬'곤 한다. 왜인지 항상 그 구절이 거슬렸다. 실제로 무거운 한숨 소리를 들어본 적은 없지만, 그런 한숨을 쉬려면 근육까지 동원해야 하지 않을까 생각했었다. 그런데 지금 들린 소리는 누군가의 내면 깊은 곳에서 끌어올려진 한숨 같았다. 그게 사람이 낸 소리인지 어떤 물체가 낸 소리인지는 두고 볼 일이지만.

소리는 확실히 위에서 들려왔다. 이제 나는 흥분을 억누를 수 없었고 서둘러 3층 층계참으로 갔다. 문이 세 개 있었는데 모두 닫혀 있었다. 하나씩 재빨리 열어 안을 둘러봤다. 침실 두 개와 욕실 하나였다. 욕실이라. 배관에 이상이 생겨 '한숨' 소리가 날 수 있었을지도 모른다. 조지 왕조풍 건물에서 기갑_{실내 기압을 조정하는 기밀실}은 늘 고질적인 문제였다. 이 집에는 밸브와 물탱크가 갖춰지지 않았고, 배관의 질은 오로지 배관공의 실력에 의지하고 있었다.

갇힌 공기가 빠져나가며 낸 소리가 틀림없었다.

이만하면 합리적인 해석이었다. 나는 조사를 끝내고, 소리의 근원이 사람도 귀신도 아니라는 사실에 만족했다. 욕실 문을 닫고 나와 여태까지 지나온 것들보다 더 좁은, 마지막 계단으로 가는 층계참에 올랐다. 옛날 하인들의 숙소가 있던 다락으로 이어지는 통로였다. 계단 끝에 보이는 하얀 문이 조금 열려 있었다.

나는 발을 첫 번째 계단에 올려놓고 손은 난간에 얹은 채 뻣뻣이 굳어 버렸다. 문이 움직였다.

문은 서서히 안으로 열리고 있었다. 느리고 신중한 움직임이었다. 틈이 넓어지자 희미한 달빛이 안에서부터 오른쪽 벽으로 드리워졌다. 문간에는 한 여자가 서 있었다.

여자는 발까지 내려오는 가운이나 로브로 보이는 흰색 옷을 입고 있었다. 느슨하게 푼 머리는 가슴께까지 내려왔는데, 빛을 받으며 머리색이 서서히 옅어져 옷 색깔과 어우러졌다. 피부도 핏기 하나 없이 창백했다. 그러나 눈은 회색이 감도는 검정색이었다. 나를 보자 그녀의 눈이 커졌다. 여자가 오른손으로 자기 목을 쥐더니 헉 하고 숨 멎는 소리를 냈다.

여자를 맞닥뜨린 순간의 느낌은 지금도 어떻게 말해야 할지 모르겠다. 분명 사람은커녕 사람 비슷한 무엇도 나를 따라 이 집에 들어오지 않았고, 모든 출입문과 창문을 꽁꽁 잠그고 확인했다. 대체 저 여자는 어디서 들어왔단 말인가. 설명할 길이 없었고 납득되지도 않았다. 하물며 여자가 귀신일 리는 없었다. 내가 말했다. "누구요?"

여자는 놀란 듯 뒷걸음질쳤다. 나는 여자가 다락문을 닫을 거라고 생각했지만, 여자는 멈춰 서서 여전히 목에 손을 댄 채 나를 빤히 쳐다보았다. 많아야 스물 정도 됐을 젊은 여자였다.

내가 물었다. "말할 수 있소?"

여자가 고개를 끄덕였다.

"도대체 여기서 뭐 하는 거요?"

여자가 숨을 고른 후 마치 내가 한 말을 따라하듯 수상한 목소리로 작게 말했다. "누구세요?"

나는 여자 쪽으로 한 계단 올라갔다. 그 행동에 놀랐는지 여자가 뒤로 물러나 어두운 다락방 안으로 모습을 숨겼다. 나는 여자가 안심할 수 있을 만한 말을 꺼내려 애썼다. "괜찮아요. 날 믿어요, 괜찮아요."

그러다 소리가 들려 몸을 움찔했다. 아래층에서 초인종이 울렸던 것이다. 야심한 크리스마스 이브에 초인종이라!

"세상에 무슨……?" 내가 말했다.

흰 옷 입은 여자가 뭔가를 쩡얼거렸지만 들리지 않았다.

나는 별일 아니라는 듯 말했다. "산타겠지."

여자는 반응하지 않았다.

초인종이 한 번 더 울렸다.

"산타면 굴뚝을 이용해야 하는데." 나는 방문객이 누구든 무시하기로 결심했다. 갑작스러운 방문객은 하나로도 충분했다.

여자가 깨끗한 목소리로 명확하게 말했다. "맙소사, 저 사람 좀 돌려보내 줘요!"

"누군지 아는 거요?"

"제발요! 부탁이에요."

"누군지 알면 나가 보지 그래요." 내가 꽤 합리적으로 말했다.

"안 돼요."

다시 초인종이 울렸다.

"아는 사람이요?"

"제발 가라고 해 주세요. 문을 열면 갈 거예요."

기꺼이 여자의 말을 들어주기로 했다. 난 여자를 더 알고 싶었고, 그러려면 그녀의 협력이 필요했다. "좋아요. 내가 돌아올 때까지 여기 있을 거요?"

"네, 안 갈게요."

직감적으로 나는 그 말을 믿었다. 몸을 돌려 계단을 내려가 복도에 섰다. 초인종이 또 울렸다. 집이 어두웠는데도 방문객은 포기할 생각이 없는 듯했다.

나는 잠금쇠를 당겨 현관문을 열고 밖을 내다보았다. 남자 하나가 쇠 난간에 몸을 기댄 채 문간에 서 있었다. 징과 체인으로 요란하게 장식한 가죽 재킷을 입은 젊은 남자였다. 머리는 빡빡 민 상태였다. 어쨌든 인간 같아 보이긴 했다. 그가 말했다. "뭐 하느라 늦었어?"

내가 말했다. "원하는 게 뭐요?"

남자가 노려보며 말했다. "미치겠네. 도대체 당신 뭐요?" 남자가 눈을 옆으로 돌려 벽에 붙은 번지를 확인했다.

내가 억지로 공손함을 유지하며 말했다. "뭔가 실수를 한 것 같군요."

"아니. 이 집 맞아. 도대체 뭘 하자는 거요? 불도 다 꺼놓고 여기서 뭘 하냐고?"

심령 현상을 관찰하는 사람이라고 대답했다.

"뭐라고요?"

"귀신. 여기가 귀신이 나오는 집이라는 소문이 있거든요. 주인이 친절하게도 오늘 밤 귀신이 나오는지 지켜보는 걸 허락했어요."

"아, 그래요? 무섭다, 아이고 무서워. 내 눈에도 보이려나." 남자가 몹시 회의적으로 말하더니 문을 밀었다. 안전 사슬이 없어서 밀고 들어오는 그를 막을 수 없었다. 남자가 문지방을 넘어 안으로 들어섰다. "귀신 사냥꾼이란 말이죠, 그죠? 혹시 은그릇도 슬쩍하려는 건 아니고요? 안에 다른 사람 없어요?"

내가 말했다. "이러면 안 되죠. 당신이 뭔데 억지로 들어와?"

"당신이나 나나 비슷하지 않나? 내가 벨 눌렀을 때 위층에 있었나?" 남자가 나를 스쳐 걸어가며 말했다.

"경찰을 부를 거야."

남자가 무시하듯 손을 펄럭거렸다. "그러시든지. 난 올라가요."

순간 당황해서 나도 모르게 이런 말이 튀어나왔다. "올라가면 찝찝할 텐데."

"뭐요?"

"카메라가 돌아가고 있거든. 마이크와 덫으로 쳐놓은 철사를 곳곳에 숨겨 놨어."

"안 믿어." 남자가 말은 그렇게 했지만 목소리는 그렇지 않았다.

"이 귀신이 크리스마스 이브만 되면 나와서 돌아다닌다나 뭐라나. 그래서 필름으로 잡으려고 말야." 나는 '잡는다'는 단어를 특별히 강조했다.

남자는 "당신 미쳤구만" 하고 말했지만, 최대한 당당한 척하면서 열려 있는 문 쪽으로 뒷걸음질했다. 남자가 도망치듯 집을 떠나며 말했다. "당신은 감옥에 갇혀야 해. 이 미치광이야."

남자가 문밖으로 나가자 내가 말했다. "당신이 왔었다고 주인한테 말할까? 누구라고 말하면 돼?"

남자가 욕을 하며 멀리 사라졌다. 나는 문을 닫고 다시 잠금쇠를 제자리에 채웠다. 나는 떨고 있었다. 하마터면 위험할 뻔했다. 나는 예전만큼 못 되먹은 놈들을 상대할 기력이 없었다. 순간적인 기지가 통한 데 감사했다.

다시 계단을 올라갔다. 여자는 2층 계단에서 나를 기다리고 있었다. 무슨 일이 벌어지는지 엿보려고 내려온 게 분명했다. 2층은 다락 계단보다 밝아서 여자를 좀 더 자세히 볼 수 있었다. 이제 좀 상황이 현실적으로 보였다. 드레스는 공단이나 실크로 만들어진 야회복이었다. 눈 주위에 까맣게 칠한 아이라인를 제외하면 마임 연기자처럼 새하얗게 화장한 얼굴이었다.

여자가 말했다. "어떻게 감사의 말씀을 드려야 할지 모르겠어요."

내가 아무 일도 아니라는 듯 대답했다. "아가씨, 난 아가씨한테서 설명을 듣고 싶소."

여자가 팔짱을 끼더니 소매를 문질렀다. "여기 좀 추워요. 저기 들어가면 안 돼요?"

나는 응접실로 들어가면서 여자가 불을 켤 생각을 하지 않았다는 사실을 놓치지 않았다. 여자가 테이블 위에 놓인 담배를 가리켰다. "펴도 돼요?"

나는 난로 옆에 놓인 성냥으로 불을 붙여 주었다. "방금 온 사람은 누구였습니까?"

여자가 깊이 숨을 들이쉬었다. "파티에서 만난 남자예요. 원래 다른 사람과 가려고 했는데 도중에 갈라섰거든요. 무슨 말인지 아시죠? 그런데 저 놈팡이가 수작을 걸었어요. 처음에는 괜찮았는데, 점점 세게 나오더군요. 최대한 진정시키려 했지만 그 남자는 느닷없이 이 알약을 권했어요. 먹으면 편해질 거라고. 당연히 거절했지만 정말 위험하다는 생각이 들어 무서워졌어요. 얼른 위층으로 도망쳤어요. 바보 같았죠. 그쪽에 사람들이 많아서 괜찮을 거라 생각했거든요. 그 남자가 계속 따라와서 꼭대기 방에 들어가 문을 잠그고 선반으로 문을 막았어요. 그 남자가 주먹으로 문을 쾅쾅 때리면서 날 어떻게 해버리겠다는 둥 겁을 줬어요. 무서워 죽는 줄 알았죠. 창문 밖으로 나가는 수밖에 없다 싶어서 밖으로 나와 작은 돌 벽 위로 올라갔어요."

"이 건물? 꼭대기 난간?"

"내 얘기가 좀 헷갈렸나요? 여기서 몇 집 건너에서 파티가 있었거든요. 지붕과 벽 사이에 있는 좁은 통로를 따라 달리면서 혹시 열린 창문이 없는지 다 밀어 봤어요. 밀려서 열린 건 이 집 창문이 처음이었어요."

"다락 창문? 이제 알겠네." 갑작스럽게 불어온 바람이 이해되었다. 온갖 노력 끝에 여자가 숨을 고르며 내뱉었을 한숨도.

여자가 말했다. "정말 감사합니다."

"감사?"

"그 남자를 쫓아 주셔서요."

"이제 택시를 부르면 될 것 같군요. 어디 살아요?"

"멀지 않아요. 걸어가면 돼요."

"이런 일을 당하고 난 다음인데 그러면 쓰나. 그런 사람은 끈질겨요. 아마 어디서 기다리고 있을 거예요."

"그 생각은 못 했네요." 여자가 담배를 재떨이에 비벼 껐다. 잠시 생각하더니 여자가 말했다. "좋아요. 전화기는 어디에 있나요?"

서재에 하나 있었다. 여자가 전화를 하러 간 사이 나는 그녀의 말을 생각해 보았다. 여자의 말은 거짓말이 분명했다. 하지만 나는 그보다 훨씬 중요한 것을 발견했다. 여자가 응접실로 돌아왔다. "10분 걸린대요. 근데 아래층에서 하신 말 사실이에요? 이 집에 귀신이 나온다는?"

"으음?" 나는 계속 다른 생각에 빠져 있었다.

"귀신 말이에요. 카메라 숨겨 놨다는 것도 사실이에요?"

"카메라는 없어요. 난 기계는 젬병이라. 카메라가 있다고 하면 망설일 거 같아서 허세를 부려 본 거요."

"귀신 나온다는 건요?"

"그건 사실이에요."

"그 얘길 들려주실 수 있어요?"

"그런 이야긴 무섭지 않소?"

"무섭죠, 무서워요. 그런데 아까 일어난 일만큼 무섭진 않아요. 그냥 알고 싶어요. 귀신 이야기 듣기에 크리스마스 이브만 한 멋진 밤은 없겠죠?"

내가 말했다. "그냥 이야기 이상인데."

"해 주세요."

"한 가지 조건이 있어요. 택시 타러 가기 전에 당신 얘기를 제대로 해 줘요. 왜 오늘 밤 이 집으로 들어왔는지."

여자가 망설였다.

내가 말했다. "그럼 하는 수 없구먼."

"좋아요. 귀신 얘길 해 주세요." 여자가 손을 뻗어 담배 한 대를 더 집어 들고는 의자 팔걸이에 걸터앉았다.

나는 창가로 가서 도시의 불빛에 윤곽을 드러낸 나무들을 바라보았다. "귀신 얘기가 다 그렇듯 죽음과 불안한 영혼이 얽힌 오래된 이야기랍니다. 약 150년 전에 이 집엔 대븐포트라는 이름의 퇴역장교가 살았어요. 그 사람한테는 로저먼드라는 딸이 있었는데 아버지의 딸 사랑이 각별하다고 소문이 날 정도였대요. 로저먼드는 좋은 옷을 입고 훌륭한 교육을 받았는데 당시에는 드문 일이었어요. 로저먼드는 생기 넘치고, 똑똑하고, 매력적인 여인이었지요. 길게 기른 머리가 꼭 당신처럼 부드럽고 아름다운 금발이었어요. 당연히 흠모하는 남자들이 많았겠고. 로저먼드가 가장 좋아한 사람은 브리스틀 출신의 루크 로버트슨이었는데 당시 건축가였어요. 그 시절 관습상 두 사람은 샤프롱_{과거 사교 행사 때 젊은 미혼 여성을 보살펴 주던 나이 든 여인}을 동반한 모임 몇 번, 편지 몇 통, 시 몇 편으로 서로 애정을 키웠죠. 요즘 사람으로서는 믿기 어려울 구식 연인들이었어요. 육체적인 관계가 있었대도 몰래 키스 몇 번 한 정도였을 테죠. 이 집 어딘가에 L과 R을 연결한 그림을 새긴 나무가 있을 겁니다. 보여 주지는 못하겠네요. 나도 못 찾았거든."

밖에 택시 한 대가 자갈길을 천천히 굴러 들어오고 있었다. 두 커플이 근처 건물에서 웃으며 나오더니 택시에 올라탔다. 파티를 마치고 떠나는 모양이었다. 강렬한 비트의 음악이 여기까지 들렸다.

"자정이 넘었나 모르겠네. 그럼 벌써 크리스마슨데."

"이야기나 빨리 해 주세요."

"소녀의 아버지 대븐포트 대령은 외로운 사람이었어요. 몇 년 전에 아내가 죽었거든. 나중에 이웃에 사는 오십 가까운 과부 크랜들리 부인과 친해졌는데, 그녀는 크레센트 맨 끝 쪽 집에 살았어요. 부인은 음악가이자 피아니스트로 개인 레슨을 했죠. 로저먼드가 부인의 학생이었고요. 부인은 좋은 선생이었고 로저먼드는 장래가 촉망

되는 학생이었어요. 할 줄 알아요?"

"네?"

내가 고개를 돌려 여자를 바라봤다. "그러니까, 피아노 칠 줄 아느냐고?"

"아, 네. 조금요."

"아직 당신 이름도 모르는군."

"얘기하고 싶지 않네요, 괜찮으시다면. 대령과 크랜들리 부인 사이에는 무슨 일이 있었나요?"

"그들 사이에는 애정이 싹텄지. 대령은 부인이 자신과 결혼해 주기를 바랐어요. 크랜들리 부인도 싫지는 않았어요. 사실 한 가지 조건을 걸고 동의한 셈이지. 부인에게는 유스티니아누스라는 스물일곱 먹은 아들이 있었어요."

"네, 왜 이름이 그렇죠?"

"유스티니아누스. 황제의 이름을 따서 아이를 부르는 게 유행이었어요. 이 유스티니아누스는 황제의 매력을 반감시키는 팔푼이였어요. 게으르고 뚱뚱했죠. 집밖으로는 거의 나가지 않았어요. 크랜들리 부인은 아들을 거의 체념한 상태였죠."

"부인이 아들을 떠나보내고 싶어 했나요?"

"그게 바로 문제였지. 부인은 아들이 결혼하기를 원했고, 아들에게는 로저먼드가 최고의 파트너라 여겼어요. 분명 그렇게 매력적이고 재능 있는 아가씨라면 부인의 아둔한 아들이 뭐라도 하게 만들었을 거예요. 크랜들리 부인은 그렇게 되길 간절히 바라며 유스티니아누스에게 로저먼드가 수업을 받으러 올 때마다 문을 열어 주라고 명령했어요. 그러고는 방에 앉아서 로저먼드가 연주하는 걸 들으라 했죠. 둘을 이어지게 하려고 부인은 할 수 있는 걸 다 했어요. 유스티니아누스는 당연히 어머니의 계획이 만족스러웠어요. 부인은 아들에게 로저먼드와 결혼만 하면 자기 집을 주겠다고 약속했어요. 아들로서는 늘 불만 많고 잔소리 심한 어머니 대신 예쁜 아내를 곁에 두게되는 셈이었죠. 유스티니아누스는 점점 더 호감을 가지고 로저먼드를 보기 시작했어요. 그래서 대령이 크랜들리 부인에게 청혼했을 때부인은 아들이 로저먼드와 동시에 결혼한다는 조건으로 수락을 했지요."

"로저먼드는 어땠어요? 선택의 여지가 없었나요?"

"당시에는 결혼을 보통 부모가 정했죠."

"하지만 로저먼드에게는 이미 사랑하는 사람이 있었다면서요. 분명 아주 훌륭한 사람이었을 거예요, 아닌가요?"

나는 고개를 끄덕였다. "물론이죠. 그러나 크랜들리 부인에게 루크 로버트슨은 안중에도 없었고, 철저히 무시당했죠. 로저먼드는 결국 1838년 가을에 유스티니아누스와 약혼했어요. 합동 결혼식은 크리스마스 이브에 대수도원에서 열릴 계획이었죠."

"맙소사, 나머지 이야기는 추측할 수 있을 것 같아요."

"아마 기대하는 것 이상일 거요. 결혼식이 다가오자 로저먼드는 앞일이 두려워지기 시작했어요. 아버지에게 약혼을 깨달라고 간청했지요. 대령은 들으려 하지 않았어요. 크랜들리 부인을 너무 사랑한 나머지 정신이 온통 거기에 쏠려 있었으니까. 절망에 사로잡혀 로저먼드는 하녀에게 편지를 쥐어 주고 루크에게 보냈어요. 그에게 지하실 계단에서 비밀리에 만나자고 청하는 편지였죠. 로저먼드는 루크가 자신을 데리고 도망치리라는 로맨틱한 생각을 했던 거예요."

여자는 이야기에 푹 빠져 있었다. "그래서 루크가 왔나요?"

"오긴 했어요. 로저먼드가 자신의 얘기를 쏟아 냈고, 루크도 공감하며 들었지만 신중했어요. 야반도주를 해결책으로 보지 않았던 거죠. 오히려 과감하게 대령에게 대화를 청한 다음 로저먼드가 스스로택한 남자와 결혼하는 걸 허락해 달라고 간청하려 했어요. 허락하지 않는다면 대령에게 로저먼드가 신성한 결혼을 억지로 해서는 안된다고 상기시킬 생각이었고요. 결혼에 동의하는 일은 자유로운 상태에서 이루어져야 하는 만큼 보류할 권리도 있다는 논리였죠. 이틀뒤에 만난 대령은 당연히 불같이 화를 냈죠. 루크를 집에서 내쫓고, 다시는 로저먼드와 말도 섞지 못하게 했어요. 불행한 아가씨는 아버지에게 불려가 다른 사람과 약혼한 여자가 어떻게 전 연인과 사특하게 어울릴 수 있느냐고 닦달당했죠. 결국 아가씨는 비밀 편지와 계단에서 만난 사건까지 실토했어요. 대령은 로저먼드가 아버지의 결혼을 망치려 든다고, 이기적이고 불충실하다고 몰아세웠죠. 설상가상으로 로저먼드는 계약 위반으로 유스티니아누스에게 고소당할 수도 있었어요."

"가여운 어린 영혼! 그래서 로저먼드는 무너졌나요?"

"아뇨. 놀랍게도 자기 의견을 고집했죠. 루크도 열심히 연인을 지원하고 응원했어요. 로저먼드는 유스티니아누스와 결혼하지 않을 생각이었어요. 결국 대령은 패배를 인정하고 크랜들리 부인을 만나러 갔어요. 돌아온 대령은 자신도 결혼하지 않을 거라고 딸에게 말했어요. 크랜들리가 중혼이 아니면 안 된다고 했다면서."

"저는 억만금을 준대도 로저먼드의 상황이 되고 싶지 않아요."

"하지만 대령은 딸에게 하인보다 못한 행동을 했다고 비난했어요. 지하실 계단에서 연인을 비밀스럽게 만나고 다른 남자의 애정을 하찮게 여겼으니 대령은 딸을 하인처럼 대하겠노라 선언했어요. 실제로 하녀를 해고해 버렸죠. 대령은 딸을 하녀가 지내던 다락방에서 살게 하고, 매일 아침 다섯 시 반부터 늦은 밤까지 숨도 못 쉬도록 많은 일감을 주었어요."

"잔인하네요."

"대령은 모든 비통함을 딸에게 푼 거죠."

"로저먼드가 자살했나요?"

"아뇨." 내가 조금 뜸을 들인 후 말했다. "살해당했어요."

"살해당해요?"

"결혼식이 열릴 뻔했던 크리스마스 이브에 로저먼드는 침대에서 질식해 죽었어요."

"끔찍해라!"

"베개로 얼굴을 눌러 질식시켰죠. 크리스마스 아침에 로저먼드가 나타나지 않자 요리사가 가 봤더니 침대에 누워 죽어 있었어요. 곧 대령한테 알렸고 경찰도 왔죠."

"누가 죽였어요?"

"그 사건은 강력 범죄를 별로 다뤄 보지 않은 현지 경찰에게 맡겨졌는데, 그는 여지없이 대븐포트 대령이 살인자라고 지목했어요. 강력한 동기가 있었잖아요. 그녀를 대하는 태도에서 강한 적대감이 드러났으니까. 날이 갈수록 분노는 커졌고, 결혼이 다가오자 더는 견딜 수 없었던 거겠죠."

"그게 사실이에요? 대령이 죽였다고 자백했나요?"

"그는 어떤 진술도 거부했어요. 하지만 대령이 범인이라는 증거는 차고 넘쳤죠. 크리스마스 이브에 눈이 엄청나게 쌓이도록 내렸고, 그날 저녁 여덟 시쯤 멈췄죠. 로저먼드가 죽은 시각은 밤 열한 시정도로 추정돼요. 조사관과 부하들이 다음 날 아침에 도착했을 때, 통로에는 경찰을 부르러 간 요리사의 발자국 말고 다른 흔적은 없었어요. 집에 있던 사람은 대븐포트 대령뿐이었고요. 대령은 자기 친딸을 살해한 혐의로 체포됐고, 진술을 거부했기 때문에 재판은 쉽게 끝났어요. 끝까지 침묵했죠. 유죄 판결을 받고 1839년 3월에 브리스틀에서 교수형을 당했답니다."

여자가 담배를 껐다. "무섭네요."

"네."

"얘기가 더 있지 않나요? 귀신 말이에요. 불안해하는 영혼과 관련 있다고 말하셨잖아요."

내가 말했다. "대령이 범죄를 인정하지 않았다는 점이 불편했어요. 유죄 판결이 내려진 후에 사람들은 대령에게 자백하고, 조물주

앞에서 죄를 내려놓으라고 설득했어요. 살인자는 종종 죽음을 앞두고 자백하곤 하니까요. 심지어 재판 내내 결백을 호소했던 사람도 말이죠. 교도소장, 교도관, 신부 그리고 교수형 집행인까지도 대령을 설득하려고 최선을 다했어요. 참혹하지만 그 또한 그들의 일이죠. 자백해야 교수형에 처해질 사람이 죄인이라는 게 분명해지는데, 자존심이 강한 늙은 대령은 말 한 마디 하지 않았어요."

"대령을 불쌍하게 여기는 것 같군요. 정말 어떤 의혹도 없었나요?"

내가 말했다. "150년 동안 이 집에서 초자연적인 일이 계속해서 일어나잖아요. 생각해 봐요. 다른 누군가가 살인을 저질렀을 수도 있죠."

"그게 누구일까요?"

"유스티니아누스 크랜들리."

"그건 불가능해요. 그 사람은 여기 살지 않았잖아요. 눈 위에는 요리사의 발자국밖에 없었다면서요."

"오늘 밤 당신처럼 집에 들어왔다면 안 될 것도 없죠. 지붕을 타고 와서 다락 창문으로 들어온다면 로저먼드를 살해하고 무사히 자기 집에 돌아갈 수 있었을 거예요."

"그럴 수도 있겠군요. 그럼 동기가 무엇이었을까요?"

"복수. 결혼이 취소되지 않았으면 그는 어머니 집의 주인이 됐을 거예요. 그런데 고압적인 데다 이젠 적의까지 품은 어머니와 불안정한 미래를 살게 되었잖아요. 당연히 로저먼드를 원망했을 테고, 그녀가 자신이 아닌 누군가의 아내가 되는 걸 용납할 수 없었던 거죠."

"그게 당신이 믿는 건가요?"

"이제는요." 내가 말했다.

"왜 대령은 사람들에게 자신의 결백을 말하지 않았을까요?"

"자책에 빠지지 않았을까요? 자기 딸을 하녀처럼 대한 데 깊은 죄의식을 느꼈을 거예요. 자기가 그렇게 이기적으로 굴지 않았다면 살인도 일어나지 않았을 거라고……."

"대령은 진실을 알았을까요?"

"분명 알았을 겁니다. 다만 대령은 크랜들리 부인을 너무 사랑해서 그녀가 불행해지는 걸 원치 않은 거죠."

잠시 침묵이 흘렀고, 곧 자갈 위를 달리는 택시 소리가 정적을 깼다.

여자가 일어났다. "오늘 밤 다락 문에 있는 절 보고 로저먼드의 귀신이라고 생각하셨나요?"

"아뇨. 로저먼드는 이곳을 으스스하게 만들 생각이 없어요. 그녀의 영혼은 편히 잠들었거든요. 가죽 재킷 입은 남자한테서 도망쳤다는 당신 얘기를 믿지 않은 것처럼 당신을 진짜 귀신으로 여기지도 않았어요."

여자가 창문으로 걸어갔다. "제 택시예요."

나는 여자가 사실을 말하기 전까지는 보낼 생각이 없었다. "당신은 처음부터 이 집에 침입할 생각으로 두 집 건너에서 열리는 파티에 참석했어요. 당신은 지붕 위로 기어올라 위에서 침입하고, 당신 친구는 현관으로 들어오게 할 셈으로 말이죠. 집을 털 생각으로."

여자가 헉 하고 숨을 쉬더니 불안한 듯 주변을 돌았다. "그걸 어떻게 알았어요?"

"내가 문을 열었을 때 그 남자는 당신을 찾고 있었어요. 그러면서 '뭐 하느라 늦었어?' 라고 말했지. 즉 당신이 어느 집에 들어갈지 알고 있었던 거죠. 당신 이야기가 사실이었다면 그는 당신이 어디로 갔는지 몰라야 맞잖아요."

여자가 기다리는 택시를 내려다보았다.

내가 말했다. "내가 택시 얘길 꺼낼 때까지 당신은 당신을 위협했다던 그 남자가 있는 거리로 나가겠다고 했죠."

"나 갈래요."

"하나 더. 당신은 불을 켤 생각이 없더군."

여자의 어조가 바뀌었다. "당신 짭새 아냐? 나 경찰에 넘길 거야? 한 번만 봐줘. 이번이 처음이야. 다시는 안 그럴게."

"내가 그걸 어떻게 알아?"

"내 이름과 주소 말해 줄게. 체크해 보면 되잖아."

여자가 순순히 자기 신상을 불었다는 얘기면 충분할 것 같다. 굳이 그 여자의 신원을 조회해 보진 않을 것이다. 나는 더 이상 자잘한 범죄자를 잡아넣는 일 따위는 하지 않으니까. 여자가 택시 쪽으로 걸어가는 게 보였다. 여자는 민머리 남자친구를 그만 만나기로 내게 약속했다. 내가 여자를 너무 가볍게 내보내 줬다고 생각할 수도 있겠다. 그러나 그녀의 범죄는 내가 발견한 것에 견주면 아무것도 아니었다. 그녀 덕분에 큰 발견을 했다.

이제 내 의무에서 놓여났다. 앞서 내가 한때 경찰이었다고 말했지만, 정확히는 조사관이었다. 나는 결정적인 실수를 했고, 150년 동안이나 진실을 찾아다녔다. 그러나 이제 진실을 발견했으니 편히 쉴 수 있다. 로열 크레센트의 귀신 이야기는 오늘로 끝났다.

크리스마스에 나타난 적기

THE CHRISTMAS BOGEY

팻 프랭크 Pat Frank

팻 프랭크라는 필명으로 활동한 해리 하트 프랭크는 작가이자 저널리스트, 그리고 정부 자문 위원이었다. 제2차 세계대전에 참전한 후 저널리스트로 복귀하였고, 동시에 워싱턴 관료주의에 관한 논픽션을 쓰기 시작했다. 가장 오래 인기를 끈 하트의 소설 『아아, 바빌론』(1959)은 고립된 플로리다 주의 평범한 미국인들이 소비에트와 미국 간에 벌어진 핵전쟁 속에서 살아남는 이야기이다. 「크리스마스에 나타난 적기」는 《이 주의 미스터리와 서스펜스》(1957)에 처음 발표되었다.

나중에 비밀리에 열린 공군 평가 회의에서 최초 목격 보고가 늦었다는 사실이 크게 비난받았다. 2-C_{농업 종사자로 징병이 연기된 사람에게 부여되는 징병 검사 기호} 이등병 워런 피츠의 잘못으로 보고가 늦어졌지만, 피츠가 실수를 저지른 이유는 문서에 남지 않았다. 너무 감정적이고 군인답지 못해서였다. 열여덟 어린 나이의 피츠는 초소에 있긴 했으나 향수병으로 울고 있었던 것이다.

피츠는 그날 아침 '조기 경보 레이더 48시간 근무팀'에 배치된 기술자 다섯 중 하나였고 가장 어렸다. 레이더는 그린란드 북부에 펼쳐진 툴레 공군기지가 내려다보이는 바람 부는 언덕 위에 있었다.

그가 마지막 당직이었다. 기지에서는 이미 모두들 크리스마스 파티에 여념이 없었다. 할리우드에서 온 댄서를 포함한 미국 위문 협회단도 와 있었다. 피츠는 세 달 동안 여자라곤 보지 못했다. 강당에는 메인 주에서 B-36 폭탄 적재실에 싣고 공수해 온 크리스마스 트리가 있었다. 그것도 나무라 친다면 1000마일 내에 있는 유일한 나무였다. 클럽과 휴게실에서는 파티가 열렸고 식당에서는 칠면조 요리가 준비되었으며, 아직 전달되지 않은 우편물과 소포 들이 산더미처럼 쌓여 있었다. 피츠는 가족들이 보내주기로 약속한 크리스마스 선물을 아직 받지 못했다.

레이더실도 축하 분위기였다. 옆방에서는 나이 많은 군인들이 연유와 분말달걀, 바닐라 농축액과 약용 알코올로 에그노그를 만들었다. 피츠는 술을 마시지 않았으므로 저녁 시간대 불침번에 배정되었다.

옆방은 밝고 따뜻한 분위기에 라디오로 크리스마스 음악을 듣고 있었고, 헤이크 중사는 미국 본토에서 알고 지내는 여자들에 대해 진짜 같은 허풍들을 쏟아내고 있었다.

정확한 감시를 위해 전망대에는 불빛이 전혀 없었다. 피츠는 어둠 속에 외로이 앉아 스크린 위에서 최면을 걸듯 빙빙 도는 가늘고 흰 선을 바라보았다.

피츠는 자신이 나라를 지키고 있다고는 전혀 생각하지 않았다. 머릿속에서 그저 투손미국 애리조나 주 남부에 있는 요양 도시의 뜨거운 태양만 떠올리고 있었다. 몇 주 동안 해를 보지 못했고 앞으로 몇 주는 더 그럴 예정이었다. 그는 큰 소리로 말했다. "아, 집에 가고 싶다."

그는 뒤늦게 스크린 오른쪽 상단에서 꽤 큰 초록색 신호가 그를 향해 사악하게 깜빡거리고 있음을 눈치챘다. 언제부터 신호가 잡혔는지 알 수 없었다. 극지방을 가로질러 왔는지 동쪽에서 들어왔는지도 몰랐다. 레이더의 활동 범위는 300마일 정도였는데, 피츠가 처음 깜빡거리는 신호를 봤을 때는 이미 150마일 안에 들어와 있었다.

이때 즉시 보고했다면 툴레에서 성공적으로 차단할 수 있었을 텐데, 피츠는 그러지 않았다. 대신 깜빡거리는 신호를 보고 제발 떠나 달라고, 오지 말라고 애원했다. 때때로 러시아 기상 관측 비행기가 북극을 건너왔지만 항상 주변을 잠시 배회하다 돌아갔으므로, 피츠는 이번에도 그러길 바랐다. 그는 헤이크 중사에게 설명할 필요도 없다고 여겼지만, 신호는 신중하게 우회하더니 150마일 원의 가장자리를 돌며 계속 접근했다.

이제야 피츠는 의자에서 일어나 소리쳤다. "적기가 나타났다!"

옆방에서 시나트라가 부르는 '화이트 크리스마스' 소리만 빼고 일제히 조용해지더니 순식간에 모든 사람들이 피츠에게 달려왔다. 헤이크가 세 방향으로 화면을 회전시켜 가며 신호를 점검한 후 피츠에게 말했다. "얼마나 오래 잠들었나?"

"자지 않았습니다. 절대 자지 않았습니다."

중사는 피츠의 눈이 빨개지고 하얗고 초췌한 얼굴에 눈물이 흘러

내렸음을 알아챘다. 중사가 다시 화면을 돌아보았다.

"무엇이라고 생각하십니까?" 피츠가 걱정스럽게 물었다.

"큰 비행 접시거나 산타클로스와 여덟 마리의 귀여운 순록이거나, 아니면 역시 적의 제트 폭격기겠지." 중사가 전화를 집어 들고 중앙 레이더 관제실에 전화했다.

그날 밤은 진중한 청년 프레블 중위가 근무중이었다. 관제실 내부에는 조기 경보장치의 중계기를 포함하여, 벽을 따라 여러 종류의 레이더가 늘어서 있었다. 프레블 중위가 레이더를 켜자 신호가 나타났다. 그는 적기가 툴레에서 80도 방향 140마일 떨어진 지점에서 400노트의 속도로 정남쪽으로 이동하는 중이라고 보았다.

캐나다와 시카고로 향하는 스칸디나비아 여객기일 수도 있었다. 어쩌면 스코틀랜드 프레스트윅 공항에서 연습비행을 오는 공중 급유기가 지난 한 시간 동안 위치를 보고하지 않은 것일지도 모른다.

아니면 툴레 근처를 염탐하는 적의 제트 폭격기일 수도 있었다.

그게 뭐든, 레이더 통제실은 60초 안에 미확인 비행 물체의 정체가 파악되지 않으면 전투기를 긴급 이륙시키고 포대에 경계경보를 내려야 했다. 피츠가 저지른 실수만 아니었다면 분명 그런 조치가 내려졌을 터였다.

프레블 중위는 가끔 F-94 전투기 조종사인 캐노바 기장과 체스를 뒀다. 지금 캐노바 기장과 그의 파트너인 레이더 관측사는 조종사 대기실에 있었다. 경보가 내려지면 급히 이륙해서 얼음 같은 공기를 처음으로 맞을 사람이 바로 그였다.

툴레에서 포커, 브리지, 진 러미 등 카드 게임을 즐기는 사람은 많지만, 체스를 두는 사람은 드물었다. 그래서 프레블 중위와 캐노바 기장은 금세 절친해졌다. 프레블은 이번 임무가 툴레에서 하는 캐노바의 마지막 임무가 될 수도 있음을 알았다.

캐노바는 아침에 짐을 싸서 스코틀랜드에서 온 공중 급유기에 오를 예정이었다. 아내가 아파서 특별 위로휴가를 받았기 때문이다. 급유기의 소속 기지는 매사추세츠 웨스트오버 필드이고, 캐노바는 보스턴에 살았다. 사고만 없다면 크리스마스 밤을 아내와 함께 보낼 수 있다.

밖은 기온이 영하 42도에 풍속이 50노트가 넘었다. 적기가 항로와 속도를 유지하면 캐노바는 레이더의 보호망 밖에서 장거리 요격을 해야 할 터였다. 사고 위험이 큰 상황이었다.

프레블이 통신원에게 말했다. "교신을 시도해 보자고. 유조기에 다시 전화해 봐."

유조기는 응답하지 않았다. 프레블은 유조기는 별로 걱정되지 않았다. 조난 신호도 없었고, 세계의 끄트머리에 있는 자극(磁極) 근처에서는 무전이 잘못되는 경우가 잦으니까.

상업용 채널도 시도해 보았지만 여전히 응답이 없었다.

프레블은 책상 모서리를 꽉 붙들었다. 이제 신호는 120마일까지 접근했다가 툴레의 동쪽으로 향하더니, 다시 남쪽으로 빠르게 선회하여 기지에서 멀어지고 있었다. 지금 당장 캐노바가 출동하지 않는다면 요격할 기회가 없어질 것이다.

프레블은 시계를 보았다. 커다란 초침이 단두대처럼 아래로 떨어지고 있었다. 신호를 적기라 가정하고 캐노바가 격추시켰다가 사실은 크리스마스를 맞아 집으로 향하는 사람들을 잔뜩 실어 나르는 수송기로 판명될지도 모를 일이었다.

그리고 신호의 정체가 뭐든 간에, 일단 경보가 울리면 극장에서 진행되는 위문공연은 중단되고 클럽에 있던 사람은 모두 뛰쳐나와야 할 것이다. 이 참담한 추위에 수천의 항공병과 대공포병이 자기 위치로 돌아갈 테고 모처럼의 크리스마스는 엉망진창이 될 것이다. 캐노바가 만약 아군기를 격추시키면 프레블 중위는 툴레에서—어쩌면 모든 곳에서— 자리를 잃어버릴 것이다.

결국 프레블은 붉은색 경보 버튼에 한 손을 올려놓고 마이크를 잡았다. "라이트닝 블루, 요격 준비! 라이트닝 레드, 대기!"

프레블은 시계를 보고 시, 분, 초를 표시했다. 캐노바는 3분 이내에 이륙해서 지시를 기다릴 것이다. 그러나 추격이 길어지면 통신 불가 지역에 도달해 기지 레이더망에서 벗어날 것이다. 상황 발령이 너무 늦었다는 것을 알았다. 밖에서 사이렌이 울렸다.

크리스마스 이브, 동부표준시 오후 6시 24분. 툴레에서 우선전문優先電文이 뉴욕, 뉴버그, 동부방위사령부 상황실에 도착했다. '적기가 툴레를 통과했다. 요격은 성공하지 못했고, 조종사는 기지로 돌아왔다. 적기는 시속 400마일 이상, 추정고도 3만 피트로 래브라도나 뉴펀들랜드 방향으로 향했다.'

두 번의 전쟁에서 수훈을 거두었지만 고위급 간부들 중에서는 가장 젊고 경험이 일천한 헤이든 소령의 어깨에 시카고 동쪽에서 대서양까지, 미국 핵심 지역 1/3의 평화와 안전이라는 막중한 책임이 놓였다. 헤이든 소령이 상황실에서 유일하게 독신이었으니 크리스마스 이브에 혼자 있는 것도 이상하지 않았다.

헤이든 소령은 최초 보고에 놀라지 않았다. 그날 정보국은 이 시기엔 세계 정세가 비교적 평화롭다고 했다. 게다가 비행기도 한 대라지 않나. 헤이든 소령은 비행기 한 대를 띄워서 공격하는 어리석은 일은 있을 수 없다고 생각했다. 백 대라 해도 적거늘.

또한 신호가 무엇인지 합리적으로 설명할 수 있었다. 소령의 상황판에는 동부 상공의 모든 군용기와 민항기가 표시된다. 그 신호는 제트 기류를 받으러 북쪽으로 간다고 보고한 영국의 여객기일 가능성이 있었다. 아니면 구스 베이_{대서양 횡단 항공기의 중간 급유 지점}를 찾는 스칸디나비아 여객기거나. 경우의 수는 차고 넘쳤다.

헤이든 소령은 상황판에 미니어처 비행기로 예상 경로와 속도에 따라 신호가 있는 지점을 표시하라고 명령했다. 미확인 비행 물체임을 보여 주는 빨간 깃발이 이 비행기 위해 꽂혔다.

장군이 여섯 시에 상황을 점검하러 상황실을 방문했지만, 소령은 장군을 성가시게 하고 싶지 않았다. 장군은 늘 걱정을 달고 살았다. 헤이든 소령이 대학 2학년생이었던 1941년 12월 7일 당시 장군은 하와이 히컴필드에서 폭격기 중대를 지휘하는 소령이었는데, 그때 자신의 중대 비행기가 모두 폭격당해 추락했기 때문이다. 하지만 조금 전 장군이 상황실을 나가며 이런 말을 남겼다. '포인트에 있는 딸애

집에 저녁 먹으러 갈 거야. 전화번호 알지? 무슨 일 생기면 전화해.'

헤이든 소령은 아직은 무슨 일이 생기지 않았다고 믿었다. 게다가 장군은 매년 크리스마스 이브에 손주들에게 크리스마스 트리를 만들어 준다. 그 다정한 분위기를 깨고 싶지 않았다.

헤이든 소령은 캐나다 공군 연락소에 전화하고, 외딴 기지들과 국경지역 레이더 기지에 위험을 알렸다. 그러고는 잠시 기다렸다.

한 시간 후 보고가 들어오기 시작했다. 프레스트윅에서 출발한 제트 유조기가 무전이 안 되는 상태로 툴레에 나타났다가 갠더_{캐나다 뉴펀들랜드 섬 동부의 도시}에 착륙했다는 소식이 확인되었다. 거긴 툴레는커녕 근처도 아니었다. 스칸디나비아기는 아이슬란드에서 이륙하지 못했다고 밝혀졌다.

헤이든 소령은 조바심이 났다. 15분마다 부하 여직원이 빨간 깃발을 조금씩 영공에 가깝게 배치했다. 소령에게는 상황판 위의 빨간 깃발밖에 보이지 않았다. 소령은 워싱턴 북부의 모든 전투기 기지와 대공포 부대와 지상관측대에 경보를 내렸다. 지상관측대는 유감을 표했다. 기지에 과연 사람이 있기는 한지 의심스러웠다. 관측대는 최선을 다하겠지만 남은 건 지원병뿐이며 지금이 크리스마스 이브임을 상기시켰다.

두 번째 목격 보고가 들어왔을 때는 명백히 위험한 상황이었다. 메인 주의 라임스톤 레이더가 4만 피트 상공에서 600노트로 이동하는 미확인 신호를 잡아냈다. 신호는 무방비 상태인 캐나다 지구에서 내려왔다. 인구가 밀집한 해변으로 향하는 대신 바다로 급격히 내려간 후 사라졌다. 나타나자마자 순식간에 레이더에서 벗어나 공중 요격은 불가능했다. 게다가 라임스톤 최고의 야간 요격 전투기 조종사들은 모두 나이가 많았고 크리스마스 휴가를 떠난 참이었다.

헤이든 소령은 무슨 일이 일어났고 어떻게 대비해야 하는지 파악했다. 침입자는 약삭빠르게 바다에 떠 있는 미사일 감시선과 해변 이착륙장을 피했다. 그러고는 엄청난 속도로 위험 구역을 지나갔다.

일단 바다에 도달하자 적기는 레이더의 눈을 피해 안전하게 4천 피트 아래로 강하했다. 이제 천천히 목표물에 다가가 전술적 기습을 시도하겠지. 헤이든 소령은 장군에게 전화했다.

웨스트포인트 스미스 씨 집에 전화가 울렸을 때 보결 인력인 장군은 손주들의 따끔한 조언과 충고를 받으며 사다리 위에서 균형을 잡고 크리스마스 트리 꼭대기에 천사를 다는 중이었다. 장군의 딸인 트레이시 스미스가 전화를 받았다. "아빠 전화예요."

장군이 말했다. "나 바쁘다고 해. 잠시만 기다리라고."

원하는 자리에 똑바로 천사를 다는 데 3분이 걸렸다. "흠." 장군이 사다리에서 내려오며 말했다. "이 집을 보호하는 천사야." 그 3분의 시간이 중요한 역할을 했을지도 모른다.

장군이 전화기를 들었다. 한참 듣기만 하다가 말했다. "알았어. 적색경보야. 스캣SCAT을 발령해. 스캣만이 살길이야. 지금 가겠네."

전화를 끊은 장군은 십 년은 늙어 보였다. 딸이 말했다. "뭐예요?"

"미확인 비행 물체가 해안에 나타났어. 적기인 것 같아." 장군이 코트를 입으며 말했다.

"한 대예요?" 트레이시 스미스가 물었다.

"비행기 한 대는 곧 폭탄 하나이자 도시 하나. 아마 뉴욕일 테지."

그리고 장군은 집을 나섰다.

헤이든 소령은 불빛으로 자기 구역에 있는 모든 비행장에 스캣 명령을 보냈다. 스캣은 항공교통 보안통제Security Control of Air Traffic를 의미했다. 스캣 하에서는 작전중인 전투기를 제외한 모든 비행기가 즉시 가까운 비행장에 착륙해야 한다. 30분 후 공중에는 적기와 아군 전투기를 제외하고는 아무것도 없어야 했다. 대공포 중대와 니케 미사일 부대가 적기와 싸울 환경을 만들기 위해서였다.

곧 헤이든 소령은 크리스마스 이브 밤에는 스캣을 발령해도 소용없다는 사실을 알게 되었다. 모든 대도시에서 기록적인 수의 여행객이 몰린 덕분에 비행기들이 아이들와일드, 라과디아, 뉴어크 공항 상공 2만 피트 위에 옹기종기 모여 착륙 지시를 기다리며 선회했다. 보스턴, 필라델피아, 워싱턴 내셔널도 사정은 똑같았다. 그리고 도시 사이의 항로도 혼잡했다. 니케 마사일을 사용하려면 얼마나 오래 기다려야 할지 알 수 없었다. 니케가 아무리 똑똑한 미사일이라지만 제트 폭격기와 80명을 실은 수송기를 구별하기는 쉽지 않았다.

롱아일랜드와 이스트 모리치스의 정찰기로부터 보고가 들어왔을 때 장군은 상황실로 들어섰다. 거대한 제트기 한 대가 가늠할 수 없는 속도로 바다에서 날아 들어왔다. B-47보다 커다란 제트기는 날개가 뒤로 누운 형태로, 기체 가까이 있는 날개에 네 개의 엔진이 부착되어 있었다. 2천 피트 상공까지 내려오자 기체에 그려진 붉은 별이 보였다.

그때 장군은 지금 공중에서 격추해야 한다는 걸 직감했다. 하지만 지금 절대 할 수 없는, 크리스마스에는 해서는 안 될 일이었다.

몇 분 후 수상한 비행기 한 대가 아이들와일드 위를 빙빙 돌고 있는 대열에 합류하더니 속도를 늦추었다. 제트기였다. 비행기 무리 중 하나가 착륙하러 내려가자 제트기도 날개에 불을 켜고 착륙을 시도했다. 제트기는 마치 소속 공항이라도 되는 양 천천히 착륙하면서 엔진의 파란 불꽃과 붉은 불꽃을 번갈아 내보냈다. 착륙한 제트기에서 남자 셋이 밖으로 나왔다. 그런데 이상한 유니폼을 입고 있었다.

아이들와일드의 공군 연락 장교가 장군에게 소식을 전했다.

"둘은 폴란드 사람이고, 하나는 체코 사람입니다. 비행기는 지난 노동절에 모스크바에서 선보인 러시아 428 비행기의 새 모델인데 유일하게 기상 관측기로 적합 판정을 받았답니다. 이 세 남자는 거의 1년 동안 이 일을 계획했다고 합니다. 한 사람은 햄트랙_{미시건 웨인 카운티의 도시}에 산 적이 있고, 다른 사람은 피츠버그에 삼촌이 있으며 다 영어를 합니다."

"훌륭하군! 그들이 여기 온 건 기적이야. 원칙대로면 한참 전에 격추당했어야 했어."

"네. 그들은 모든 걸 다 계산했다고 합니다. 미국인들에게는 크리스마스만큼 큰 의미를 갖는 게 없다는 것도 알았다는군요."

"그렇지. 아주 똑똑한 사람들이군. 정말 현명해."

유령의 손길

THE GHOST'S TOUCH

퍼거스 흄 Fergus Hume

찰스 디킨스와 윌키 콜린스는 미스터리 소설을 썼지만 당시 출판업자, 서적상, 평론가 중 누구도 미스터리 소설로 인정하지 않았다. 그래서 19세기 미스터리 소설 가운데 베스트셀러의 영광은 퍼거스 흄의 『이륜마차의 비밀』에게 돌아간다. 사비를 들여 출간한 이 소설이 성공하자 그는 모든 권리를 영국 투자자 그룹에 50파운드에 팔아 버렸다. 불행하게도 그 후에 50만 부 이상이나 더 팔렸다. 흄은 그 뒤로 130편에 달하는 소설을 썼지만, 모두 별 재미를 보지 못했다. 「유령의 손길」은 작가의 단편집 『빨간 옷의 댄서』(1906)에 처음 발표되었다.

1893년에 링쇼 그랜지에서 보낸 끔찍한 크리스마스를 결코 잊지 못한다. 나는 군의관으로 머나먼 나라들에서 이상한 일을 수도 없이 겪었고, 국경에서 끊임없이 벌어지는 여러 전쟁에서 섬뜩한 광경들을 마주했다. 하지만 한츠에 있는 낡은 농가에서의 사건이야말로 내 인생에서 가장 인상 깊은 경험이었다. 너무나 뼈아픈 사건이라 다시는 입 밖에 내고 싶지 않지만, 실제로 그런 무시무시한 사건은 다시 일어날 리 없다고 생각하며 용기를 냈다. 실제 이야기라기보단 소설로 읽히겠지만, 소설보다 현실이 더 기이하다는 진부한 옛말을 인용하고 싶다. 방랑생활에서 이 속담이 진리임을 여러 번 뼈저리게 느꼈다.

모든 일은 프랭크 링건이 크라이스트 처치 근처에 있는 집안 저택에서 그의 사촌 퍼시와 함께 크리스마스를 보내자고 초대장을 보낸 것에서 시작됐다. 그때 나는 휴가를 받아 인도에서 돌아와 집에 머물고 있었다. 그리고 피카딜리에서 우연히 퍼시 링건을 만났다. 그는 몇 년 전 멜버른에 있을 때 친하게 지냈던 호주인이다. 윤기 나는 금발에 작고 땅딸막한 사내로, 피부가 투명해서 독일 드레스덴 도자기처럼 허약한 이미지였지만 의외로 용기와 기백이 넘쳤다. 그는 심장 질환을 앓고 있었고 가끔 기절하기도 했다. 그러나 묵묵한 용기로 그의 치명적인 약점과 싸워 왔고, 심장에 무리가 가는 일이 없도록 조심하면서 그럭저럭 삶을 영위해 왔다.

그가 눈에 띌 정도로 나약하고 지위와 신분에 쉽게 굴종하는 기질이 있었음에도 불구하고, 훌륭한 점도 많아 나는 그를 꽤 좋아했다. 그래서 그를 다시 만나 기뻤고, 솔직하게 기쁨을 표현했다.

"영국에서 자넬 만날 줄은 몰랐어."

"런던에 벌써 9개월이나 있었어, 라셀레스." 그가 평소처럼 고상한 체하며 말했다. "기분 전환을 하고 싶었는데 마침 사촌 프랭크가 이리 건너오라고 간곡히 초대하기도 해서 왔지."

"멜버른에서 자네가 늘 얘기했던 그 부자 사촌 말이야?"

"응. 그런데 내가 부자인 쪽이고, 프랭크는 집안의 장손이지." 퍼시가 내 팔을 잡고 어떻게 잘 설명할지 고민하면서 말을 이었다. "있잖아, 작은 아들인 우리 아버지는 금광이 한창이던 시절에 멜버른으로 이민해서 부자가 됐어. 아버지의 형님은 대대로 내려 온 집에 남아 얼마 되지 않는 재산으로 가문의 자존심을 지켰지. 그래서 우리 아버지는 가문의 장손인 형님을 시시때때로 도왔어. 5년 전에 큰아버지와 아버지가 돌아가시고 프랭크와 내가 상속자가 되어 한쪽은 대대로 내려온 집을 물려받고 나는 아버지의 재산을 가지게 됐지. 그래서⋯⋯."

"그래서 자네 아버지가 했던 것처럼 가문의 품위를 지키려는 사촌을 돕는 거로군."

"응, 그렇다고 볼 수 있지." 퍼시가 솔직하게 인정했다. "우리 링건 가문은 태생과 지위를 매우 중요하게 여겨. 그래서 우리는 서로에게 유리하도록 유언장을 작성했어."

"무슨 뜻이야?"

"음, 만약 내가 죽으면 프랭크가 내 돈을 상속하고, 프랭크가 죽으면 링건 가문의 부동산을 내가 물려받는 거지. 자네에게 이런 얘길 하는 게 이상하네만, 자넨 내 오랜 친구니 서두르는 게 이해될 거야."

나는 딱히 거창한 비밀도 아닌데 그의 과장된 말투에 웃지 않을 수 없었다. 사실 퍼시는 입이 가벼워서 개인사를 쉽게 털어놓는 편이었다. 게다가 잘난 체하기 좋아하고 허영심이 있는 그가 자기 가문의 유구한 역사와 기품이 실제로 영국 상류 계층 사이에서도 손꼽힌다는 사실을 은근슬쩍 자랑하고 싶어 한다는 것을 잘 알았다.

퍼시의 태도는 다소 유치하긴 해도 딱히 해가 되는 건 아니라서 그를 경멸하지는 않았다. 그래도 보잘것없는 가문의 역사엔 관심이 별로 없어서 다음 주에 저녁이나 먹자고 약속한 후 얼른 헤어졌다.

나는 퍼시와 아테네클럽에서 링건 가문의 장손이자 퍼시의 사촌인 프랭크를 만났다. 퍼시처럼 프랭크도 작고 단정했지만 퍼시보다는 훨씬 건강해 보였다. 그러나 프랭크는 어딘가 교활한 느낌이 있었고, 식민지로 간 사촌을 약간 깔보는 듯해서 나는 퍼시가 더 좋았다.

퍼시는 프랭크가 하는 말마다 지당하다고 추켜세웠고, 가문의 문장이 들어간 방패가 빛이 바랜 걸 알고는 도금하는 데 자신의 금을 기꺼이 내주겠다는 의향도 비쳤다. 두 사촌은 분위기가 비슷했지만, 보면 볼수록 퍼시가 더 성격이 온화하고 고결한 게 느껴졌다.

어떤 이유에서인지 프랭크는 나와 알고 지내길 원하는 눈치였고, 내가 런던에 머무는 동안 이래저래 그와 꽤 자주 만났다. 내가 노퍽에 있는 친척들을 찾아가기로 했을 때, 프랭크는 링쇼 그랜지에서 크리스마스를 함께 보내자며 나를 초대했다. 당시만 해도 별로 큰 뜻은 없어 보였다.

"거절은 사양합니다." 프랭크가 성심성의껏 말했다. "당신의 오랜 친구 퍼시가 당신이 오길 고대하고 있고—이런 말을 해도 괜찮을지 모르겠지만—저 역시 그렇습니다."

"오, 꼭 와야 돼, 라셀레스." 퍼시가 진심을 다해 말했다. "옛날 영국식으로 크리스마스를 축하하자고. 워싱턴 어빙 스타일로. 호랑가

시나무로 장식도 하고, 커다란 독에 술도 담그고, 게임도 하고, 겨우 살이 아래서 키스도 하고……."

"유령이나 뭐 그런 게 등장할지도 모르지." 한껏 들뜬 사촌을 슬쩍 곁눈질하며 프랭크가 웃는 얼굴로 말을 맺었다.

"아, 맞다. 그랜지 저택에 유령이 나온다는 전설이 있죠?" 내가 말했다.

"그렇다나 봐." 사촌이 무슨 말을 하기 전에 퍼시가 먼저 말했다. "앤 여왕의 유령이라던데. 집에 오면 프랭크가 자네를 유령 나오는 방에 묵게 해 줄 거야."

"안 돼!" 프랭크가 날카롭게 소리쳐서 내가 오히려 놀랐다. "푸른 방에는 아무도 들이지 않을 거야. 나쁜 일이 벌어질지도 모르거든. 라셀레스, 당신은 웃겠지만 우리집엔 유령이 실제로 존재한답니다."

"역설적이군요. 유령은 존재할 수 없어서 유령인데 말입니다. 하지만 유령 이야기를 들어 볼……."

"지금 얘기하기에는 너무 길어요. 그랜지에 오셔야 들을 수 있을 겁니다." 프랭크가 웃으며 말했다.

"좋습니다." 나는 유령이 나온다는 얘기에 오히려 매혹되었다. "크리스마스에 갈게요. 하지만 미리 말해 두건데, 링건 씨, 저는 유령을 믿지 않습니다. 유령들은 가솔린이 등장하며 사라졌으니까요."

"그럼 우리 집 유령들은 전기와 함께 돌아온 모양이군요." 프랭크 링건이 쏘아붙였다. "레이디 조안은 분명 그랜지에 자주 나타나거든요. 그 때문에 특이한 집이 된대도 저는 별로 개의치 않습니다."

"오래된 가문에는 꼭 유령이 있지." 퍼시가 힘주어 말했다. "조상이 있는 집안엔 아주 자연스러운 일인걸뭐."

한동안 유령의 존재에 대해 이야기하지 않았지만, 나중에 크리스마스 이삼일 전 링쇼 그랜지에서 머물던 내가 결론을 제시한 셈이 되었다. 사실 나는 퍼시가 걱정돼서 초대에 응했다. 심장 질환을 앓는 퍼시에게 갑작스러운 충격은 치명적이었고, 퍼시처럼 예민하고 연약한 남자가 으스스한 고택에서 유령이나 고블린의 이야기를 접하면 위험할 것 같았다.

퍼시에 대한 걱정과 유령을 보고 싶은 은밀한 욕망 때문에 나는 결국 링쇼 그랜지에 가게 되었다. 지금도 후회되긴 하지만 한편으로는 내가 그곳에 있었던 걸 신의 섭리로 여긴다. 내가 없었다면 더 끔찍한 재앙이 벌어졌을 것이다. 더 끔찍해지기도 어려웠겠지만.

링쇼 그랜지는 오래된 크리스마스 소설 속 삽화처럼 박공과 금강석 여닫이창, 퇴창_{벽면의 일부가 외부에 돌출한 창}, 예스러운 테라스를 모두 갖춘 고풍스러운 엘리자베스 시대풍의 저택이었다. 큰 공원에 둘러싸인데다 나무가 거의 문에 닿을 듯 심어져 있어서, 런던에서 밤기차를 타고 달빛에 비친 저택을 보았을 때 정말 유령이 있을 만해 보였다.

나는 문턱을 넘으며 저택에 사는 유령이 이 집의 분위기만큼 무서웠으면 좋겠다고 생각했다. 으스스한 분위기의 저택 덕분에 크리스마스가 지루하지는 않겠다고 생각했지만, 맙소사, 그렇게 비극적인 크리스마스를 보내게 되리라곤 상상하지 못했다.

집 주인은 총각이었고 안주인 노릇을 할 만한 여자 친척도 없었으므로 손님들은 시커먼 남자들 일색이었다. 사실 먼 친척뻘이라는 가정부가 한 명 있었는데, 나이는 들어 보이나 옷 입는 스타일이나 행동이 완전히 아이 같았다. 그녀의 이름은 로라 양으로, 일이 없을 때는 대개 자기 방에 있었으므로 아무도 눈여겨보지 않았다.

파티 구성원은 나를 제외하면 모두 서른 살이 넘지 않는 젊은 남자들이었고, 교양 있는 사람은 드물었다. 대화 주제는 대개 스포츠, 경마, 맹수 사냥, 요트 항해 같은 것이었다. 가끔 비슷한 화제에 싫증이 나면 가만히 서재로 가서 책을 보거나 뭘 끼적이곤 했다. 저택에 도착한 다음 날 프랭크가 내게 집 안 구석구석을 안내해 주었다.

아주 멋지고 오래된 저택이었다. 넓은 통로는 다이달루스 미로처럼 고불고불하게 끝없이 이어졌고, 전통을 그대로 간직한 작은 침실들과, 바닥에선 반질반질 윤이 나고 천장엔 멋있는 그림이 그려진 큰 연회장도 있었다. 관례에 따라 조상의 초상화들이 벽에서 인상을 쓰며 내려다보고 있었고, 빛바랜 갑옷 여러 벌과 음산하고 섬뜩한 전설이 수놓인 오래된 태피스트리여러 가지 색실로 그림을 짜 넣은 직물도 있었다.

저택에는 골동품 수집가들을 미치게 만들 만한 희귀한 보물이 가득했고, 집 안 곳곳에 수 세기를 거쳐 색조가 부드러워진 잡동사니들이 조화롭게 배치되어 있었다. 나는 링쇼 그랜지에 매혹돼, 그때부터 퍼시가 자기 가문에 품은 자존심을 더는 깔보지 않게 되었다.

"모두 너무 대단하지요." 내가 수도 없이 했던 말을 프랭크가 반복하고는 이어서 말했다. "퍼시는 부자라 저택을 그대로 보존할 수 있겠지만, 나는 쥐처럼 궁핍해요. 돈 많은 여자와 결혼하든지 적당한 유산을 상속받지 못하면 집, 가구, 공원 그리고 목재까지 전부 경매에 부쳐지게 될 겁니다."

프랭크는 몹시 우울한 표정으로 말했다. 내가 다소 미묘한 문제를 건드린 것 같은 기분이 들었다. 서둘러 주제를 바꾸려고 유령이 나온다는 유명한 방을 보여줄 수 없느냐고 물었다. 저택에 오며 가장 기대한 것이었다.

"이 길을 따라가면 됩니다." 프랭크가 길을 안내했다. "라셀레스 씨가 묵는 곳에서 그리 멀지 않아요. 낮에는 딱히 유령의 흔적은 보이지 않습니다만, 사실은 내내 머물고 있죠."

그렇게 말하면서 프랭크는 천장이 낮고 큰 여닫이창이 있는 방으로 나를 안내했다. 여닫이창에서는 나무가 빽빽하고 관리가 필요해 보이는 공원이 바로 내다보였다. 벽에는 검고 괴상한 형태들을 수놓은 푸른 천이 매달려 있었는데 정체는 알 수 없었다. 캐노피가 쳐진 크고 오래된 침대와 오밀조밀한 무늬의 커튼, 그리고 조지 왕조 초기의 물건으로 보이는 가구도 여러 점 있었다. 여러 해 동안 비워 둔 탓에 방은 삭막하고 조용했으며 유령 하나는 물론 한 대대가 나타나도 이상하지 않을 만큼 소름끼치는 모습이었다.

"동의할 수 없군요!" 내가 프랭크의 말에 대답했다. "낮인데도 벌써 유령이 나올 것 같은 분위긴데요. 이 방에 얽힌 전설은 뭔가요?"

"크리스마스 이브에 말해 줄게요." 방에서 나오며 링건이 대답했다. "피가 얼어붙을 정도로 무서운 이야기라서요."

"그걸 믿어요?" 프랭크가 하도 침통한 분위기여서 내가 물었다.

"믿을 수밖에 없는 증거가 있어요." 이번에는 태연하게 말하더니 한동안 그 이야긴 언급조차 하지 않았다.

크리스마스 이브에 우리 모두가 서재 난롯불 주변에 모였을 때 다시 유령 이야기가 나왔다. 밖에는 눈이 두껍게 쌓였고, 야윈 나무들은 새하얀 지면 위에 잎 하나 없이 시커멓게 서 있었다. 하늘에는 날카롭게 빛나는 별들과 단단해 보이는 달이 새파랗고 차가워 보였다. 눈 위로 얽히고설킨 가지들이 먹물처럼 검게 그림자를 드리웠고, 날씨는 극지방처럼 혹독하게 추웠다.

그러나 호랑가시나무가 장식된 방에서 맹렬히 타오르는 웅장한 난롯불 앞에 앉아 있자니 문밖의 얼어붙은 세상에는 조금도 관심이 가지 않았다. 열 시까지는 모두 웃고 떠들거나 소리 높여 노래를 부르고 과거를 추억하며 즐거운 시간을 보냈다. 밤이 깊자 자연스레 으스스한 이야기로 빠져들었다. 그제서야 프랭크는 망설임없이 입을 열어 우리에게 저택의 전설을 들려주며 등골을 오싹하게 했다.

"앤 여왕 시절이었지요." 프랭크가 주제에 걸맞는 심각한 목소리로 이야기를 시작했다. "제 조상님 휴 링건이 당시 집주인이셨습니다. 여자한테 배신당해 젊어서부터 사람을 싫어하는 조용하고 염세적인 분이었지요. 여자를 불신하다 보니 오랫동안 결혼할 생각을 하지 않다가 오십이 되어서야 어떤 예쁜 소녀의 유혹에 넘어가 힘겨운 결혼 생활에 들어갔습니다. 그 여인은 브랜스코트 백작의 딸, 조안 챌로너로 앤 여왕의 성에서 가장 아름다운 여인이었습니다.

런던에서 조안을 만난 휴는 그녀의 순수하고 아이 같은 모습을 보고 자신의 성실한 아내가 되어 줄 거라 믿으며 교제한 지 여섯 달 만에 결혼식을 올리고 그녀를 링쇼 그랜지로 데려왔습니다. 결혼 후 휴는 생기를 되찾았고 주변 사람들을 덜 불신하게 되었지요. 레이디 조안은 휴에게 아내가 할 수 있는 모든 것을 해 주었습니다. 아이도 일찌감치 낳은 조안은 남편과 아이한테 헌신하는 듯 보였습니다. 그런데 어느 크리스마스 이브에 이 모든 행복은 산산조각이 나버렸습니다."

"오!" 내가 다소 냉소적인 어조로 말했다. "레이디 조안도 다른 여자들과 별반 다르지 않았나 보군요."

"휴 링건은 그렇게 생각했습니다. 그러나 의사 선생, 당신처럼 휴도 착각을 한 거였습니다. 조안은 일전에 유령이 나오는 그 푸른 방에서 지냈습니다. 크리스마스 이브에 집에 늦게 돌아온 휴에게 한 남자가 저택에서 내려오는 게 보였습니다. 그 광경에 벼락을 맞은 듯 충격받은 휴가 득달같이 달려가, 남자가 밖에 세워 둔 말에 올라타기 전에 그를 붙잡았습니다. 사내는 스물다섯쯤 된 잘생긴 젊은이였는데 휴의 질문에 아무 대답도 하지 않는 겁니다. 당연히 아내의 연인이리라 생각한 휴는 낯선 사람에게 결투를 청했고, 한참 엎치락뒤치락한 끝에 그를 죽였습니다.

죽은 남자를 눈 위에 내버려 두고 휴는 저택으로 돌아가 아내에게 달려들어 배신을 추궁했죠. 조안은 그 남자는 오빠이고 제임스 2세를 복권하려는 역모에 가담하고 있어서 영국에서는 존재를 비밀에 부쳐야 했다고 설명했습니다. 물론 휴는 믿지 않았고, 자신은 아내의 정부를 죽였노라 태연하게 말했습니다. 그랬더니 조안이 비난의 말을 쏟아내며 남편을 저주했습니다. 그녀의 괘씸한 말에 화가 난 휴는 처음엔 아내를 죽이려 했지만, 그것으로는 벌이 시원치 않다 싶었는지 아내의 오른손을 잘랐습니다."

"왜요?" 예상 밖의 전개에 사람들이 물었다.

"조안은 자신의 희고 아름다운 손에 자부심이 대단했고, 그 놈팡이가 창문에서 내려오기 전에 아내의 오른손에 키스하는 걸 봤기 때문이었죠. 그래서 휴는 잔인하게 아내의 손을 난도질한 겁니다."

"조안은 죽었겠군요."

"네. 손이 잘리고 일주일 후였지요. 그리고 죽기 전에 레이디 조안은 반드시 다시 돌아와 자신이 묵었던 푸른 방에 있는 모든 것을 만지리라 맹세했습니다. 조안을 약속을 지켰습니다. 푸른 방에서 머물던 많은 이들이 죽은 조안의 손길을 느꼈고, 얼마 안 가서 죽어버렸거든요."

"휴는 아내의 결백을 알게 됐나요?"

"아내가 죽고 한 달 만에 알게 됐습니다. 그 남자는 아내가 말한 대로 오빠가 맞고 제임스 2세의 복귀를 계획하고 있었던 거죠. 휴는 자신이 저지른 죄로 법적 처벌을 받지는 않았지만, 1년 후 푸른 방에서 잔 다음 날 아침 오른쪽 손목에 세 개의 손가락 자국이 찍힌 채 죽어 있었습니다. 아마 그는 참회의 뜻으로 일부러 아내가 저주를 내리는 방에 가서 죽음을 맞지 않았나 싶습니다."

"그에게 흔적이 남았다고요?"

"오른쪽 손목에 불에 덴 것 같은 자국이 있었습니다. 세 개의 손가락 모양이었죠. 그 후로도 그 방에선 유령이 나온다고 합니다."

"거기서 잔 사람은 모두 죽었나요?" 내가 물었다.

"아뇨. 대부분은 아침에 팔팔한 상태로 일어났습니다. 요절할 운명인 사람들만 그 손길을 느끼더군요!"

"마지막으로 사람이 죽은 건 언제였습니까?"

프랭크가 뜻밖의 대답을 했다. "3년 전이었어요. 허버트 스펜서라는 친구가 그 방에서 자겠다고 했습니다. 녀석은 유령을 봤고, 뭔가 닿는 느낌도 있었다더군요. 다음 날 아침에 내게 자국을 보여줬습니다. 빨간 손가락 자국 세 개가 선명했지요."

"징조는 효력이 있었나요?"

"네. 스펜서는 세 달 후에 죽었습니다. 말에서 떨어졌지요."

의구심이 들어 다른 질문을 던지려는데 밖에서 비명이 들렸다. 모두 깜짝 놀라 자리에서 벌떡 일어나 문을 열었더니 로라 양이 흥분해서 제정신이 아니었다.

"불! 불이에요!" 로라 양이 미친 듯 울부짖었다. "오! 링건 씨. 방에 불이 났어요. 제가……." 그녀가 말한 링건 씨는 퍼시 링건이었다.

로라 양이 더 말을 잇지 못하자 우리는 일제히 퍼시의 방으로 달려갔다. 연기가 문 밖으로 뭉텅뭉텅 피어올랐고, 방 안은 불길에 휩싸여 있었다. 그 상황에서도 프랭크는 냉정하고 신속했다. 비상벨을 울려 하인과 마부, 마구간지기 등을 불러 모았고 불은 20분 만에 꺼졌다.

어떻게 불이 시작되었는지 묻자 로라 양은 발작적으로 흐느끼며 경위를 설명했다. 로라 양은 침실이 준비가 되었는지 확인하려고 퍼시의 방에 들어갔다. 불행하게도 바람 때문에 침대 커튼 한쪽이 들썩거리더니 그녀가 들고 있던 촛불에 닿았고, 곧 방이 활활 타올랐다고 했다. 어쩔 수 없는 사고였다고 로라 양을 안심시킨 후 프랭크는 사촌을 돌아보았다. 우리는 서재로 돌아온 상태였다.

"퍼시, 네 방이 물바다에다 그을음으로 가득하니 오늘 밤은 다른데서 자야겠다. 근데 푸른 방 말고는 딱히 네가 잘 방이 없네."

"푸른 방!" 모두 동시에 외쳤다. "뭐! 그 유령 나온다는 방?"

"네. 다른 방은 다 차서 말이죠. 퍼시가 정 못 가겠다면……."

"못 가다니!" 퍼시가 분이 나서 소리쳤다. "난 전혀 무섭지 않아. 기꺼이 푸른 방에서 잘 거야."

"하지만 유령이……."

"난 유령 따위 신경 안 써." 퍼시가 불안한 듯 웃으면서도 허세를 멈추지 않았다. "세상에 유령이 어딨어! 한 번도 본 적 없는 유령 따위 안 믿는다고."

모두 퍼시가 그 방에서 못 자게 말렸고, 몇몇은 방을 같이 쓰자고 했다. 프랭크도 그중 하나였다. 그러나 퍼시는 자존심이 걸린 문제라 생각했는지 혼자 자겠다고 단호하게 말했다. 말했다시피 퍼시에겐 쓸데없는 만용이 있었는데, 다른 이들의 제안을 받아들이면 모두 자신을 겁쟁이로 여기리라 생각했던 것이다.

결국 자정이 조금 못 돼 퍼시는 푸른 방에서 홀로 잘 거라고 선언했다. 퍼시의 고집스러운 얼굴에 더는 할 말이 없었고, 아침이 되기 전에 어떤 일이 벌어질지 까마득히 몰랐던 우리는 하나둘 자리에서 물러났다. 그해 크리스마스 이브에 푸른 방은 갑작스럽게 손님을 맞이했다.

나도 방으로 돌아갔지만 잠이 오지 않았다. 프랭크에게 들은 이야기가 계속 떠올랐고, 그 불길한 방에서 퍼시가 잔다고 생각하니 몹시 불안했다. 나는 유령을 믿지 않았고, 내가 아는 한 퍼시도 마찬가지였다. 하지만 그는 심장질환을 앓는 데다가 유령 이야기에 극도로 긴장한 상태이니, 꼭 유령 때문이 아니더라도 돌발 상황이 발생하면 퍼시가 위험할 수도 있었다.

자존심 강한 퍼시가 무슨 일이 있어도 방에서 나오지 않으리라는 걸 알았지만, 나 역시 그를 푸른 방에서 혼자 자게 두진 않겠다고 마음먹었다. 설득은 어려울 테니 술수를 쓰기로 했다. 여행 가방에서 구급상자를 꺼내 강력한 수면제를 준비해서 테이블 위에 올려두고, 내 방에서 가까운 푸른 방으로 갔다.

문을 두드리자 퍼시가 파자마 차림으로 나왔다. 척 봐도 푸른 방의 으스스한 분위기에 불안해하고 있었다. 창백하고 심란한 얼굴이었지만, 꽉 다문 입은 어떤 제안도 듣지 않겠다는 완강함을 내보였다. 나는 필요 이상으로 거칠게 용건을 말했다.

"내 방으로 가지, 퍼시. 신경을 안정시킬 약을 좀 줄 테니."

"난 무섭지 않아!" 퍼시가 도전적으로 말했다.

"누가 그렇대? 자네도 나만큼 유령을 믿지 않잖나! 그러니 두려울

이유가 없지. 하지만 화재 때문에 신경이 좀 곤두섰을 거 아닌가. 약이라도 먹지 않으면 잠들기 힘들걸세."

"음, 확실히 마시는 게 더 좋겠지. 지금 가지고 있나?"

"아니, 내 방에 있어. 멀지 않으니 함께 가세."

내 말과 태도에 속은 퍼시가 나를 따라 내 방에 와서 순순히 약을 삼켰다. 나는 약을 먹은 후 금세 걸어 다니는 건 좋지 않다며 퍼시를 안락의자에 앉혔다. 결과는 성공적이었다. 채 10분도 안 돼 가련한 퍼시는 수면제의 영향으로 깊이 잠들었다. 아무리 흔들어도 깨지 않았고, 다음 날 느지막한 시간까지는 잠들어 있겠다는 확신이 들어 내 침대에 끌어다 눕혔다. 임무를 달성했으므로 불을 끄고 내가 푸른 방에서 밤을 보낼 요량으로 그곳으로 갔다.

내 방 소파에 그냥 있었어도 될 것을 왜 그랬느냐고 묻는다면, 사실은 유령이 나오는 방에서 자 보고 싶었다고 대답하겠다. 딱히 유령의 존재를 믿진 않지만, 만약 유령이 있다면 만날 수 있는 유일한 기회일지도 모르니 놓치고 싶지 않았다.

그래서 퍼시가 안전한 걸 확인한 후 나도 호기심에 차 두려움도 없이 유령 나오는 방에 자리를 잡았다. 저택에 있는 경솔한 젊은 사내들이 짓궂은 장난이라도 칠 걸 대비하여 권총은 챙겨 갔다. 푸른 방으로 들어선 나는 문을 잠그고 불은 켜 둔 채 침대로 들어갔다. 만일의 경우 얼른 잡을 수 있게 권총은 베개 아래 잘 넣어 두었다.

"이제, 유령이든 도깨비든 짓궂은 장난꾼이든 나올 테면 나와라." 나는 스스로에게 힘을 불어넣듯 엄하게 말했다.

말똥말똥한 상태로 푸른색 휘장에 그려진 이상한 그림들을 한참 쳐다보았다. 초의 옅은 불빛을 받아 그림이 일렁이자 누구라도 정신이 어지러워질 만큼 기괴한 광경이 연출되었다. 바람에 태피스트리가 흔들리자 그림 속 형상들이 살아 움직이는 것처럼 보였다. 이 광경만으로도 퍼시를 푸른 방에서 재우지 않기를 잘했다고 생각했다. 가련한 퍼시가 창백한 얼굴로 심장을 부여잡고서 침대에 누워, 삐걱대는 소리를 들으며 벽에서 일렁이는 기괴한 그림을 본다고 상상해보았다. 퍼시가 아무리 용감해도 침착할 수 없을 것 같았다. 하긴 유령이 없다고 부르짖던 나도 조금은 불안했다.

그러다 초가 거의 다 탔을 때쯤 잠이 들었다. 얼마나 잤는지는 모르겠지만, 방 안에 뭔가 혹은 누군가 있다는 느낌에 퍼뜩 잠에서 깼다. 초가 거의 촛대에 닿을 정도로 탔는지 불꽃이 펄럭거리며 깜빡깜빡하는 바람에 방은 밝았다가 깜깜해지기를 반복했다. 방을 가로지르는 부드러운 발소리가 들렸고, 초에서 불꽃이 인 순간 침대 맡에 조그만 여자가 보였다. 꽃무늬 양단 가운을 입고 앤 여왕 시대의 화려한 머리 장식을 하고 있었다. 불빛이 깜빡거려 여자의 얼굴은 확인할 수 없었지만, 분명 조안의 유령이라는 걸 직감하고 나도 모르게 몸서리쳤다.

초자연적인 대상을 마주한 두려움이 잠시 나를 압도했다. 나는 침대 밖에 있던 손과 팔을 몸쪽으로 끌어당긴 채 공포에 떨었다. 마치 악마 앞에서 어찌할 줄 모르는 악몽을 꾸고 있는 것 같았다.

꺼져 가는 촛불이 마지막 불꽃을 태워 올릴 때 유령을 들여다보려

했는데, 어느새 그것이 내 위에 몸을 숙이고 있었다. 희미한 사향 냄새가 났고 양단으로 된 치맛자락이 바닥에 끌리는 소리가 들렸다. 다음 순간 내 오른쪽 손목을 짓누르는 강한 압박이 느껴져 감각이 마비되는가 싶더니 날카로운 통증이 밀려왔다.

나는 소리를 지르며 손목을 비틀어 뺀 후 유령에게서 멀리 달아났고, 고통으로 제정신이 아닌 상태로 왼손을 더듬거려 권총을 찾았다. 권총이 손에 들어오는 순간 촛불이 마지막으로 타올랐고, 유령이 태피스트리를 향해 뒤로 미끄러지는 것이 보였다. 잠시 후 권총을 들어올려 발사했다. 두려움과 괴로움이 섞인 찢어질 듯한 고함이 들리더니 유령의 몸이 바닥으로 툭 쓰러졌고, 나는 정신없이 푸른 방 밖으로 도망쳐 나왔다. 사람들을 불러내기 위해 권총을 한 방 더 쏘았고, 그사이 유령은 어두운 바닥에서 아주 끔찍한 소리로 신음하고 있었다.

몇 분 만에 손님과 하인 들이 각양각색 차림으로, 손에 불을 들고 달려왔다. 여기저기서 웅성대는 소리가 들렸고, 나는 제대로 알아들을 수도 없는 설명을 횡설수설 늘어놓으며 방으로 사람들을 안내했다. 바닥엔 유령이 누워 있었고, 우리는 촛불로 유령의 얼굴을 확인했다. 내가 소리를 질렀다.

"프랭크 링건!"

분명 여자 가발과 양단 드레스를 입은 프랭크 링건이었다. 그는 불안한 듯 입을 놀려가며 귀신같은 얼굴로 나를 보았다. 가까스로 손을 짚고 몸을 일으킨 프랭크는 고백인지 변명인지 모를 말을 하려

했다. 그러나 입을 열 힘도 없었는지 단말마의 외침이 터져 나오더니 입으로 피를 뿜고는 그대로 쓰러져 죽었다.

그 끔찍한 사건을 나는 비밀에 부쳤다. 세상을 살다 보면 말하지 못할 것들이 있는 법이다. 다만 공포와 혼란의 와중에도 내가 처방한 강력한 수면제 덕분에 퍼시는 아이처럼 평화롭게 잠들어 목숨을 건졌다는 말은 할 수 있겠다.

아침이 밝자 사건의 전말을 알 수 있었다. 우리는 푸른 방의 어떤 태피스트리 뒤편이 프랭크의 침실로 곧바로 연결되어 있다는 걸 발견했다. 바닥엔 쇠로 만들어진 섬세한 손이 떨어져 있었는데, 불에 덴 자국을 만드는 도구인 것 같았다. 내 오른 손목에 남은 선명한 화상 자국 세 개도 그것으로 만든 것일 터였다. 그리고 프랭크의 죽음으로 공포에 휩싸인 로라 양이 설명을 덧붙여 주었다. 슬픔과 공포로 왈칵 울음을 터뜨리더니, 조금 진정하고는 후회에 찬 목소리로 말했다.

"다 프랭크 탓이에요. 그는 가난했고 부자가 되고 싶었죠. 그래서 퍼시가 자신에게 유산을 남기게 한 뒤, 깜짝 놀라게 해 죽이려고 했어요. 프랭크는 사촌의 심장 질환을 잘 알았죠. 그래서 크리스마스 이브에 사촌이 푸른 방에서 잘 수밖에 없도록 계략을 꾸몄고, 스스로 불에 달군 손을 들고 조안 유령을 연기했어요. 손목에 선명한 상처를 남길 수 있도록 미리 쇠로 된 손을 달궈 놨을 거예요."

"누구 아이디어였습니까?" 내가 악마 같은 계획에 놀라 물었다.

"프랭크의 생각이었어요!" 로라 양이 숨김없이 말했다. "퍼시를 죽이고 유산을 받는 걸 도와주면 저와 결혼하겠다고 약속했어요. 몇 년 전에 푸른 방으로 이어지는 비밀통로가 있다는 걸 발견하고는 그곳에 유령이 나온다는 스토리도 만들어 냈고, 그날 밤 여러분에게 자세히 들려줬지요."

"이 못된 여자 같으니! 퍼시의 방에도 일부러 불을 지른 겁니까?" 내가 고함쳤다.

"네, 프랭크가 도와주면 저와 결혼할 거라고 약속했다니까요! 우리는 퍼시를 푸른 방에서 자게 만들어야 했고, 그래서 제가 그의 침실에 불에 질렀어요. 조안으로 변장한 프랭크가 달궈 둔 쇠 손으로 퍼시를 놀래켜 죽였다면 아무도 진상을 알 수 없었겠죠. 당신이 푸른 방에서 대신 밤을 보내서 퍼시의 생명을 구한 거예요, 라셀레스 박사님. 생각해 보니 프랭크는 당신도 계획적으로 초대한 거겠네요. 박사님이 있어야 퍼시가 자연사했다고 확인해 주실 테니까요."

"몇 년 전에 허버트 스펜서의 손목에 덴 흔적을 만든 것도 프랭크였습니까?" 내가 물었다.

"네!" 로라 양이 벌건 눈을 닦으며 대답했다. "유령이 다른 사람들에게도 나타나야 퍼시의 죽음이 더 자연스러워 보일 거라고 생각했죠. 하지만 스펜서 씨가 유령을 만나고 세 달 만에 죽은 것은 순전히 우연의 일치였어요."

"당신이 얼마나 사악한 여자인지 알고 있습니까, 로라 양?"

"참 박복하지요." 로라 양이 쏘아붙였다. "평생 사랑한 유일한 남자를 잃은 데다 그의 사촌은 살아남아 링쇼 그랜지에 주인으로 들어

앉게 생겼잖아요."

그것이 내가 그 형편없는 여자와 나눈 유일한 대화였다. 사건 직후 로라 양은 어딘가로 사라져 버렸다. 소식이 완전히 끊긴 걸 보면 분명 해외에 나갔을 터였다. 프랭크의 사인을 규명하는 심리에서 사건 이야기가 밖으로 새어나갔고, 《런던 프레스》가 사건의 경위를 소상하게 싣자 유령을 믿는 사람들은 유령 나오는 저택으로 명성이 자자했던 링쇼 그랜지의 정체에 경악을 금치 못했다.

배심원들이 내가 살인범이라는 평결을 내리지 않을까 두려웠지만 다행히 사건의 특수성이 고려되어 무죄가 선고되었다. 그 후 나는 무사히 인도로 돌아갔다. 퍼시는 사촌이 죽었다는 소식에 매우 괴로워했고, 프랭크가 자신을 배신했다는 사실에 충격을 받았다. 그러나 퍼시는 가문의 당주가 되는 것으로 위로받았다. 링쇼 그랜지에서 조용히 사는 한 심장 질환으로 일찍 죽을 가능성은 그리 많지 않을 듯했다. 적어도 유령 때문에 일찍 죽지는 않을 거라는 말이다.

푸른 방은 폐쇄되었다. 이제는 교묘하게 지어낸 전설의 주인공 조안보다 그 이야기를 만들어낸 프랭크가 더 무서운 유령이 되어 나타날 테니까. 다른 사람을 죽이려던 순간에 자신이 죽음을 맞은, 자기 꾀에 자기가 넘어간 냉혈한 유령이 나타날 테니까. 그리고 나는 유령 사냥이나 유령이 나오는 방에서 자는 일은 완전히 포기했다. 그런 일로 아무리 나를 유혹해도 이제 소용없다. 그런 종류의 모험은 평생 한 번이면 충분하다!

말리에게 바치는 화환

A WREATH FOR MARLEY

맥스 앨런 콜린스 Max Allan Collins

다재다능한 작가 맥스 앨런 콜린스는 살인청부업자 놀란, 미스터리 작가이자 탐정인 맬로리, 특별 수사관 엘리엇 네스, 유명인과 어울리는 시카고의 사립 탐정 네이선 헬러 등을 포함한 십여 개의 시리즈물을 썼다. 또한 만화 딕 트레이시 시리즈를 연재하고 여러 차례 배트맨 시리즈 스토리를 맡았으며, 만화 사립탐정 '미스 트리'를 만들어 내기도 했다. 그래픽 노블인 『로드 투 퍼디션』은 톰 행크스 주연의 영화 〈로드 투 퍼디션〉으로 만들어져 아카데미상을 수상하였다. 「말리에게 바치는 화환」은 피터 크라우더와 에드워드 E. 크레이머가 편집한 『단테의 제자들』(1995)에 처음 발표되었다.

사립탐정 리처드 스톤은 기념일이나 명절에는 관심이 없다. 하물며 명절을 기념하는 일에는 더더욱.

그럼에도 리처드는 1942년의 크리스마스 이브에 이미 고인이 된 파트너 제이크 말리와 함께 썼던 워배시_{미국 인디애나주의 도시}의 소박한 사무실에서 작은 크리스마스 파티를 열기로 결심했다.

파티에 참석한 사람은 엷은 갈색머리를 땋고 다니는 귀염둥이 비서 케이티 크로켓과 리처드가 새로 영입한 젊은 파트너 조이 어니스

트였다. 마지막으로 도착한 건장한 남자는 그의 절친한(적어도 제이크가 죽은 후로는) 친구인 살인 사건 전담 경찰 행크 로스 경사였다.

케이티가 장식용 반짝이를 매달고 접수 데스크 옆에 작은 트리를 세워 크리스마스 분위기를 냈다. 그리고 모두 럼을 잔뜩 넣은 에그노그로 크리스마스 축배를 들었다. 항상 음울한 분위기를 풍기는 잘생긴 스톤도 오늘 아침만은 기분이 좋아 보였다. 평발 덕분에 4-F_{신체검사에 불합격한 사람에게 부여하는 징병 검사 기호} 판정을 받았기 때문이다.

"평발이라면 누구나 부적격을 받아야지!" 리처드가 호탕하게 웃었다.

"무슨 짓을 한 거야? 징병위원회 의사한테 뇌물이라도 먹였어?" 로스가 물었다.

"무슨 상관이야?" 스톤이 싱긋 웃었다. "너희 경찰들이 자동으로 징병 유예를 시켜 주던걸."

두 남자가 컵을 맞부딪쳤다.

사실 그의 말대로 스톤은 징병위원회 의사에게 뇌물을 줬다. 하지만 굳이 말할 필요는 못 느꼈다.

"제길." 조이가 말했다. 평소 조이의 입에서 나오지 않는 거친 말이었다. "난 갈 수 있으면 좋겠어요. 이놈의 고막만 안 터졌어도……"

"자네는 시나트라_{미국의 가수 프랭크 시나트라 역시 고막 이상으로 병역이 면제됨}와 같은 운명이군." 스톤이 웃었다.

케이티는 말없이 책상에 놓인 액자 속 사진을 보고 있었다. 태평

양 어디쯤에서 크리스마스를 보내고 있을 남동생 벤의 사진이었다.

"자네들 모두에게 줄 선물이 있어." 스톤이 봉투를 돌리며 말했다.

"이게 뭐죠?" 조이가 어리둥절한 표정으로 봉투를 열어 이름과 남부 어딘가의 주소가 쓰인 종이 한 장을 보며 물었다.

"그 도시 암시장 최고의 정육점이야. 자네 가족들이 내 앞으로 달아놓고 등심을 먹으며 내년을 시작할 수 있지." 스톤이 말했다.

"뭔가 분위기가 좀 이상한데…… 왠지 불법……."

"맙소사! 자네는 그렇게 고지식한데 어떻게 여태 내 밑에서 일할 수가 있지? 일손이 부족한 게 자네에겐 행운이야."

로스가 봉투를 열고 20달러짜리 지폐 다섯 장을 재빨리 세었다. "자넨 내가 필요한 게 뭔지 귀신같이 안단 말이지, 스토니."

"경찰들 줄 선물은 참 고르기 쉬워." 스톤이 말했다.

케이티가 약간 당황한 듯 스톤에게 감사하다고 귓속말을 했다.

"뭘 그런 걸 가지고. 여태 내가 많이 받았잖아."

스톤이 케이티에게 준 것은 마셜 필드의 란제리 매장에서 쓸 수 있는 50달러짜리 상품권이었다. 이렇게 관대한 상사는 드물었다.

모두들 스톤에게 선물을 주었다. 조이는 10달러짜리 전쟁 채권을, 케이티는 어깨에 메는 수공예 가죽 권총집을, 로스는 최신 에스콰이어 '바르가 캘린더핀업걸이 그려진 달력'를 주었다.

"이 지저분한 건물을 한층 업그레이드해 줄 것 같아서." 로스가 말했다.

조이가 잔을 들어올렸다. "자, 말리 씨를 위하여."

"말리 씨를 위하여!" 케이티의 눈이 갑자기 촉촉해졌다. "편히 잠드시길."

로스가 잔을 기울이며 말했다. "1년 전 죽은 제이크를 위하여."

스톤이 잔을 들어 올리며 말했다. "내 파트너였던 제이크를 위하여. 자넨 성격이 더러운 개자식이었지만, 어쨌든 메리 크리스마스!"

"꼭 그렇게 말해야 해요?" 케이티가 말했다.

"사실인데도 그러면 안 돼?" 스톤이 히죽거리며 말했다.

갑자기 조용해졌다. 그러다 로스가 물었다. "스토니, 좀 불편하지 않아? 자넨 탐정인데 자네 파트너 살인사건이 해결이 안 됐으니. 사업에 안 좋지는 않아?"

"아니. 대부분 이혼 관련 일이라 괜찮아."

로스가 씩 웃으며 머리를 절레절레 흔들었다. "스토니, 자넨 우리 모두에게 귀감이 되고 있어." 그가 손을 흔들고는 느긋하게 밖으로 걸어 나갔다.

케이티가 몹시 슬픈 표정을 지었다. "말리 씨의 죽음이 당신한텐 아무런 의미도 없는 건가요? 말리 씨는 사장님의 가장 친한 친구였잖아요!"

스톤이 어깨 아래에 있는 38구경 권총을 쓰다듬었다. "여기 내 가장 친한 친구 새디가 있어. 그리고 말리의 죽음이 왜 내게 아무 의미가 없겠어. 유일한 사장이 되었고, 문에 걸린 이름도 내 것밖에 없게 됐는데."

케이티가 슬픈 듯 천천히 머리를 흔들었다. "전 정말 사장님한테 실망했어요⋯⋯."

스톤이 케이티를 한쪽으로 데리고 가서 부드럽게 속삭였다. "그래서 이제 더는 당신 아파트에 못 가는 거야?"

"물론 언제든 오셔도 돼죠. 아직도 내일 우리 가족들이랑 크리스마스 저녁을 먹으러 오길 바라고 있어요."

"난 가족 모임엔 취미가 없어. 암시장 칠면조로는 안 되는 거야?"

"리처드!" 케이티가 손가락을 입에 대고 조용히 하라는 시늉을 했다. "조이가 들어⋯⋯."

"뭘? 아, 당신이 성스러운 케이티가 아니란 걸 알게 될까봐?" 스톤이 케이티의 이마에 쪽 소리 나게 키스하더니 엉덩이를 토닥거렸다. "크리스마스 다음 날에 봐⋯⋯. 러시 스트리트에 새로 생긴 카지노에 가 보자."

케이티가 한숨을 쉰 후 말했다. "즐거운 크리스마스 보내요, 리처드." 그러고는 코트와 지갑을 챙겨들고 밖으로 나갔다.

이제 조이와 스톤 둘뿐이었다. 조이가 말했다. "케이티가 의심하기 시작했어요."

"뭘?"

"뭐긴요. 사장님과 말리 부인 말이지요."

스톤이 코웃음을 웃었다. "케이티는 내가 그저 죽은 파트너의 부인한테 잘해 준다고 생각해."

"그 '잘해 주는' 게 의심스러워 보이는 이유예요. 오늘 사장님이 외출했을 때 말리 부인이 다섯 번이나 전화했었어요."

"이런 제길! 케이티가 말 안 하던데."

"제 말 아시겠어요?" 조이가 코트 걸이에서 외투를 가져왔다. "사장님, 제발 제가 계속 사장님의 부정을 덮어 줄 거라고 기대하지 마세요. 기분이 아주…… 더러워요."

"자네 시카고에서 태어난 거 맞아?" 스톤이 조이를 위해 문을 열어 주었다. "얼른 집에 가! 그리고 우라지게 재밌는 크리스마스를 보내! 산타가 온다고 말해서 애들을 침대에 보낸 다음 부인과 겨우살이 아래에 서라고."

"감성적인 코치 고맙네요, 사장님." 조이가 획 나가 버렸다.

혼자 된 스톤은 이제 에그노그를 제쳐 두고 럼을 마시기로 결정했다. 잔을 내려놓는데 문을 두드리는 소리가 들렸다.

구세군 옷을 입은 두 사람이 방으로 들어섰다. 자선냄비를 든 머리가 허연 노신사와 구세군 보닛을 쓰고 화장기가 없는 예쁜 여자였다.

"지나던 길에 잠시 들러서……." 노인이 말을 시작했다.

"도움의 '손길'을 좀 구하러 오셨겠죠." 스톤이 나머지 말을 했다. "잘 오셨습니다. 에그노그 좀 드십시오." 그러고는 젊은 여성에게 따뜻한 미소를 건넸다. "안으로 들어갑시다……. 거기 현금이 있거든요."

스톤은 작은 여자와 안쪽 사무실에 들어가 문을 닫고 책상 서랍에서 20달러 지폐를 꺼내 여자의 봉긋한 블라우스 안으로 밀어 넣었다.

여자의 눈이 동그래졌다. "제발요!"

"'제발'이란 말은 안 해도 돼요." 스톤이 손으로 여자의 허리를 잡고 끌어당겼다. "어서요……. 산타한테 키스해 줘야지."

여자가 스톤의 뺨을 힘껏 올려붙였다. 눈에서 번개가 번쩍했다. 스톤은 여자의 블라우스에서 지폐를 재빨리 빼냈다.

"크리스마스 정신이 없구먼." 스톤은 문을 열고 여자를 사무실에서 밀어냈다.

"대체 무슨 짓입니까?" 노인이 식식거리자 스톤은 20달러를 접어서 구세군 냄비에 던져 넣고는 그들을 밖으로 몰아냈다.

"벽창호들 같으니." 스톤은 중얼거리며 다시 럼을 마셨다.

오래지 않아 문이 열리더니 검은 옷을 입은 여자가 나타났는데, 마치 몸매 좋은 유령 같았다. 머리는 차가운 금발이었고, 여위고 흰 조안 크로포드 같은 얼굴에 얇은 입술은 상처라도 난 듯 새빨갰다. 마흔은 돼 보였지만 할머니의 딸기잼보다 더 잘 보존된 느낌이었다.

여자가 얼른 스톤의 팔에 안겼다. "자기, 메리 크리스마스!"

"뭔 얼어죽을." 스톤이 냉정하게 말하며 여자를 밀어냈다.

"자기…… 무슨 일 있어……?"

"또 사무실에 전화를 해 댔더군. 그러지 말라고 했지. 사람들이 의심하잖아."

여자에게 벌써 백만 번은 그 얘길 했을 것이다. 그들은 제이크 말리 살인의 완벽한 용의자들이었다. 둘 다 알리바이가 없었다. 살인이 일어난 시각에 스톤과 매리는 각자 집에 혼자 있었다.

그러나 서로를 보호하려고 경찰에게는 말리의 펜트하우스에서 크리스마스 이브 저녁을 함께 먹으려고 말리를 기다리고 있었다고 거짓말을 했다.

"사람들이 우리가 그렇고 그런 사이라고 생각하면 우리는 유력한 용의자가 되는 거야!" 스톤이 여자에게 말했다.

"일 년이나 됐는데……."

"아직 충분하지 않아."

여자가 머리를 들자 금발과 다이아몬드 귀걸이가 반짝거렸다. "난 이제 검은색 좀 그만 입고, 당신 팔에 안겨서 부끄러움 없이……."

"당신이 언제 부끄러워했다고?" 스톤은 그녀를 데리고 침대로 기어들어갔지만 애초에 매기 말리를 만나지 말았어야 했다며 진저리를 쳤다. 하지만 그는 신만이 아실 만큼 오래 그녀와 침대에 함께 있었고, 말 한 마디 한 마디에…….

매기가 장갑 낀 손으로 그의 얼굴을 만졌다. "우리 함께 크리스마스 이브를 보내는 거야, 리처드?"

"안 돼. 친척들이랑 보내야 해."

"누구, 당신 삼촌과 숙모?" 매기가 못 믿겠다는 듯 실실 웃었다. "당신이 그 사람들을 보겠다고 촌구석으로 돌아간다니 믿을 수가 없네. 거기 싫어하잖아!"

"이봐, 그들을 안 보는 것도 옳진 않아. 크리스마슨가 뭔가잖아."

매기가 뭔가 걱정이 많은 눈으로 스톤을 바라봤다. "난 우리가 애길 나눌 수 있길 바랐어. 리처드…… 문제가 생긴 거 같아……."

"어떤?"

"……에디가 나를 협박해."

"에디? 그 마르고 쬐그만 자식이 왜?"

에디는 말리의 남동생이었다.

"조직에서 감당할 수 없는 일이 생겼나 봐." 매기가 말했다.

"뭐, 도박해서 또 손해 봤어? 그놈은 절대……."

"나한테서 돈을 짜내려고 해." 매기의 목소리가 다급했다. "우리가…… 리조트에 함께 있는 사진을 가지고 있대."

"그래서 뭐?" 스톤이 어깨를 으쓱했다.

"리조트에서 우리가 한 방에 있는 사진하고…… 숙박 명부까지 가지고 있대."

스톤이 인상을 찌푸렸다. "제이크가 죽은 지 불과 일주일밖에 안 됐을 때 일이군."

"맞아. 당신이…… 날 위로해 준다고."

'이 여자가 누굴 놀리나!'

"내가 에디를 만나 볼게." 스톤이 말했다.

매기가 다시 스톤에게 다가갔다. "지금 블루스팟 바에서 나를 기다리고 있어. 날 위해 약속 지켜줄 수 있어, 리처드?"

매기가 스톤에게 키스했다. 이 여자보다 화끈하게 키스하는 사람은 없었다. 또는 싸늘하게…….

30분 후, 스톤은 담배 연기로 자욱한 블루스팟 바에 들어섰다. 발가락까지 쓸리는 드레스를 입은 여가수가 마이크를 부여잡고 음정도 안 맞는 '화이트 크리스마스'를 부르고 있었다.

스톤은 바에 서서 스카치를 만들고 있는 콧수염 기른 족제비 같은 에디 말리를 발견했다. 나비넥타이에 격자무늬 주트 수트_{상의는 어깨가 넓고 기장이 길며 바지는 통이 넓은 남성복. 1940년대에 유행했다}를 입은 대머리 사내였다.

"헤이, 디키…… 만나서 반가워요. 뭐 한잔 드릴까?"

"'디키'라 부르지 마."

"그럼 스토니."

"코트 입고 와. 내 사무실로 가서 얘기 좀 하지." 스톤이 골목으로 나가는 문을 고개로 가리키며 말했다.

두 남자가 골목으로 나오는데 고양이 한 마리가 쥐를 쫓다가 쓰레기통에 부딪쳐 쨍그랑 소리가 났다. 차가운 비가 내려 바닥에 얼어붙은 눈과 진눈깨비 위에 물웅덩이를 만들고 있었다. 에디는 출입구 안쪽에서 담배를 꺼냈고, 스톤은 밖에 비를 맞으며 서서 에디에게 불을 붙여 주려고 지포라이터를 꺼내 앞으로 몸을 숙였다.

잠시 세상이 칠흑같이 어둡지만은 않은 곳이 되었다. 아주 잠시 동안.

"나도 뭐 귀찮게 하고 싶지는 않아요, 스토니……. 근데 조직에 돈을 토해내지 않으면 살아서 43년을 맞질 못해요. 우리 형이 나 먹고 살 길을 막막하게 만들었잖아요, 알다시피."

"눈물이 나는구먼."

에디가 어깨를 으쓱했다. "형의 생명 보험금이 많이 나오긴 했어요. 보험금 배액 배상으로 말이에요. 그래서 매기가 저렇게 잘살고 있잖아요. 그리고 에이전시 파트너십도 당신한테 반환돼서 아쉬울 게 없지 않아요? 그런데 제 몫은 어디 갔을까요?"

스톤이 에디의 목을 쥐고 들어올렸다. 왜소한 에디의 눈이 커졌고 입술에서 담배가 튀어나와 웅덩이에 빠져 지글거리는 소리를 냈다.

"니가 도박 하느라 다 썼잖아, 에디."

그러고는 스톤이 에디를 골목 안으로 거칠게 밀치는 바람에 에디는 쓰레기통에 부딪쳐 위로 튕겨 올라갔다.

"나중에 후회할걸, 개자식아! 네가 이상한 짓을 했다는 증거도 있어!"

스톤의 발이 에디를 향해 날아들었다. "있긴 뭐가 있어, 에디."

"사진! 리조트 숙박부에 네가 직접 쓴 글씨 사진이 있다고!"

"다신 침실에서 벗고 설친 건 말도 꺼내지 마. 사진 원판하고 숙박부 가져와. 그럼 작은 거 다섯 장 주지. 처음이자 마지막이야."

족제비의 눈이 튀어나올 듯 커졌다. "500? 난 내일까지 큰 거 다섯 장이 필요해. 못 주면 그들이 내 무릎을 박살낼 거야! 인심 좀 써. 크리스마스 자선을 좀 베풀라고, 제발!"

스톤이 트렌치코트 깃을 세웠다. "사무실로 와, 에디. 작은 거 다섯 장 외엔 국물도 없어."

"못된 스크루지 같으니. 매기는 부자잖아! 너도 돈 굴리고 있고!"

스톤이 에디의 옆구리를 찼고, 에디는 울부짖었다.

"사진 원판과 숙박부야, 에디. 나한테 한 번만 더 이랬다간 시카고 강에서 영원히 헤엄치게 해 주겠어. 알았나?"

"알았어! 더는 때리지 마! 알았다고!"

"메리 크리스마스, 멍청이!" 스톤은 골목에서 빠져나간 뒤 잠시 발걸음을 멈추고 담배에 불을 붙였다. 백화점 대형 스피커에서 크리스마스 캐럴이 백파이프로 연주되고 있었다. '기쁘다, 구주 오셨네.'

"기쁘다 구주 좋아하시네." 스톤이 투덜거리고는 택시를 불렀다. 뒷좌석에서 보온병에 담긴 럼을 홀짝였다. 택시 기사가 크리스마스 이야길 하자 스톤이 말했다. "거래 하나 합시다. 입 좀 다물어 주면 크리스마스 팁을 받을 수 있을지도 모릅니다."

골드코스트 아파트에서 엘리베이터를 기다리는데 로비 거울에 수상한 모습이 비쳤다. 스톤은 트렌치코트를 입고 페도라를 쓴 눈에 띄는 남자가 뒤에 서 있는 것을 봤다. 아니, 봤다고 착각했을지도.

죽은 그의 파트너, 제이크 말리였다!

스톤은 주변을 빙 돌아보았지만…… 아무도 없었다. 한숨을 내뱉고 다시 거울을 보았더니 자신의 얼굴밖에 없었다. "친구, 럼은 그만 마시는 게 좋겠어!"

7층 714호 문을 열고 아파트 안으로 미끄러져 들어갔다. 예술적이고 모던한 세간에서 그의 경제적인 성공을 가늠할 수 있었다. 이혼과 관련된 부정한 돈벌이로 그는 돈방석에 앉았다. 스톤은 재킷을 반원 모양의 흰 소파에 던지고 넥타이를 느슨하게 하고는 방금 한 말을 잊어버린 듯 럼을 마시러 잘 꾸며진 바로 갔다.

물론 그가 삼촌과 숙모를 보러 간다는 말은 거짓이었다. 크리스마스에 시골이라니, 웃기고 팔짝 뛸 일이다! 거머리 같은 매기와 밤을 보내지 않을 핑계였을 뿐이다.

냉장고에서 재료를 꺼내, 호밀 빵에 매운 겨자를 바르고 그 위에 살라미 소시지와 스위스치즈를 올렸다. 작은 램프 하나만 켜 둔 거실로 돌아와 콘솔 라디오를 켜고 스포츠나 스윙 음악이나 전쟁 뉴스라도 좋으니, 빌어먹을 크리스마스 캐럴 아닌 다른 것을 찾으려고 이리저리 채널을 돌렸다. 그러나 하나같이 싸구려 감성을 자극하는 방송뿐이어서 스위치를 꺼 버렸다.

여전히 어깨에 권총집을 두른 채 편안하고 푹신한 의자에 앉아 먹고 마셨다. 무료함이 땅 안개처럼 스멀스멀 기어 올라왔다.

케이티는 오늘 밤 가족들과 있느라 바쁠 테고, 아는 창녀들도 대부분 크리스마스 이브 밤에는 쉬었다.

'제기랄, 나는 나대로 크리스마스를 즐겨야겠군……'

자기도 모르게 잠에 빠졌다. 그러다 어떤 소리에 퍼뜩 잠이 깼다. 눈을 미처 다 뜨기도 전에 그의 믿음직한 38구경 권총 새디를 손에 쥐었다.

"거기 누구야?" 그가 말하며 자리에서 일어섰다. 누군가 램프를 껐다! 도대체 누구지? 방이 너무 어두워…….

"미안해, 친구." 익숙한 목소리였다. "불빛 때문에 눈알이 아파서."

죽은 그의 파트너 제이크 말리가 창가에 서 있었다.

"내가 꿈을 꾸고 있는 게 분명해." 스톤이 흠칫 놀란 뒤 이성을 되찾고 말했다. "친구, 자네는 죽은 지 오래잖아."

"나 죽었지, 맞아. 죽은 지 꼬박 1년 됐지." 창문으로 붉은 네온 불빛이 들어와 트렌치코트와 페도라 차림의 키 큰 사내를 비췄다. 깊은 팔자주름과 가는 콧수염, 날카롭게 잘생긴 얼굴이었다. "그렇지만 친구, 자네가 꿈을 꾸고 있는 건 아니야."

"이게 대체 무슨 속임수……." 스톤이 말리에게 다가가 그를 자세히 보았다. 화장도 아니요, 마스크도 아니었다. 가장무도회 복장도 아니었다. 그리고 트렌치코트의 앞면에는 실로 꿰맨 네 개의 그을린 구멍이 있었다.

총알구멍이었다.

스톤이 말리의 어깨에 손을 얹었더니 그대로 통과되었다.

"맙소사!" 스톤이 뒤로 물러섰다. "네가 유령일 리 없어. 내가 몹시 취해서 그래." 그가 몸을 돌렸다. "불안하고 초조하고 또 뭐 그래서 그래. 잠에서 깨면 넌 가고 없는 게 좋을 거야. 안 그러면 내가 리플리'믿거나 말거나 박물관' 설립자한테 전화……."

말리가 슬쩍 미소 지었다. "너 말고는 아무도 날 볼 수 없어, 친구. 날 봤다고 얘기해 봐. 아마 사람들이 널 정신병원에 처넣고 열쇠를 던져 버릴걸. 좀 앉아도 될까? 발 아파 죽겠어."

"눈도 아프고, 발도 아프고. 유령이긴 한 건가?"

"물론이지." 말리가 말하더니 금속 긁는 소리를 내며 몸을 질질 끌어 천천히 소파 쪽으로 갔다. "네가 말한 대로 난 빌어먹을 유령이야…… 그리고 만약 친구가 내 사건을 해결해 주지 않으면 앞으로도 계속 유령일 거야."

트렌치코트 아래 말리의 발에 죄수가 찰 것 같은 무거운 족쇄가 채워진 게 보였다.

"무거워 보이지? 금속을 만지는 소년들이 자넬 위해서는 어떤 걸 만들고 있을지 기대해 봐."

말리가 족쇄를 쩔렁거리며 힘겹게 자리에 앉았다. 스톤은 멀찌감치 물러서 거리를 유지했다.

"나한테 원하는 게 뭐야, 제이크?"

"불가능에 가까운 일…… 친구, 자네가 올바른 일을 했으면 좋겠어."

"올바른 일?"

"날 살해한 사람을 찾아야 할 거 아냐, 이 바보 멍청아! 맙소사!" 그 마지막 감탄사를 내뱉고는 몸을 숙여 위로 올려다보며 중얼거렸다. "악의는 없었습니다, 보스. 용서해 주십쇼……. 자넨 탐정 아닌가. 파트너가 살해당했으면 뭐라도 해야지. 그게 관례야."

"터무니없는 소리! 난 사건을 경찰한테 맡겼어. 그들이 일을 망쳐 버린 걸 어떡해." 스톤이 어깨를 으쓱했다.

"안……돼……!" 말리가 처음으로 유령다운 목소리로 신음하는 바람에 스톤은 목에 털이 쭈뼛 서는 느낌이었다. "난 자네 동업자였어. 유일한 친구였고…… 자네 멘토이기도 했지……. 그런데 자네는 내 일과 아내를 차지하느라 내 사건을 미해결로 내버려 뒀어."

스톤이 다시 움찔하면서 럭키 한 대에 불을 붙였다. "알고 있었군 그래. 매기 일 말이야."

"물론 알지!" 말리가 무시하라는 듯 손을 흔들었다. "아, 매기는 조금도 신경 쓰지 않아…… 항상 마녀에 창녀였으니까. 자네 인생에 매기가 있다는 건 자네가 지은 범죄에 대한 벌이나 마찬가지지. 하지만, 친구. 자네와 나, 우리는 서로 묶여 있어! 영원토록 사슬로……."

스톤은 꿈을 꾸고 있다고 확신하고 비웃으며 말했다. "진심이야, 말리? 어쩌다?"

말리가 앞으로 몸을 숙이자 족쇄가 철커덩거렸다. "내 가장 친한 친구가 탐정인데, 그 친구는 내 사건을 다시 수사할 이유가 쥐꼬리만큼도 없다고 생각하다니. 저세상에서는 가장 친한 친구한테서 충성심을 얻어내지 못하면 완전히 실패한 영혼이야."

스톤이 어깨를 으쓱했다. "개인적인 감정이 있는 건 아니었어."

"난 지극히 개인적 원한으로 살해당했어! 그리고 자넨 누가 날 죽였는지 쥐똥만큼도 신경 쓰지 않았어. 그래서 자네가 빌어 처먹을 놈이란 거야."

"허튼소리!" 스톤이 배를 만졌다. "……아니면 배고픈 소리인가."

말리가 자세를 고쳐 앉느라 족쇄가 또 쩔렁거렸다. "자넨 내가 항상 동생 에디를 돌봤다는 걸 알잖아. 물론 그 녀석은 비리비리하고 구질구질하지. 그래도 내 유일한 동생이잖아……. 그런데 자넨 에디에게 어떻게 했어? 쓰레기통에 던져 버렸지! 나쁜 놈들이 덧신에 시멘트를 붓도록 ^{마피아가 사람을 죽일 때 무게를 늘려 바다에 던지는 수법, 또는 그렇게 죽이겠다는 협박} 내

버려 뒀어!"

"그 자식은 족제비 같은 놈이야!"

"죽은 절친의 동생이야! 걔 뒤를 좀 봐줘!"

"내가 안 봐준 줄 알아? 나를 협박하는데도 봐주느라 안 죽였어."

"죽은 형의 아내와 잤다는 걸로 건수 잡아서?"

스톤이 무시하듯 허공에 팔을 휘두르며 말했다. "지옥에나 가버

려, 말리! 자넨 진짜가 아니잖아! 상한 고깃덩어리거나 나랑은 맞지

않는 겨자 같은 거겠지. 난 자러 가겠어."

"처음으로 맞는 말을 하네, 넌 지옥에 갈 거야……. 아니면 지옥

대기실에서 기다리든지. 나처럼." 말리의 목소리가 애원하듯 부드러

워졌다. "스토니, 날 좀 도와줘. 제발."

"어떻게?"

"내 살인사건을 해결해 줘."

스톤이 담배 연기를 불어 고리를 만들었다. "그게 다야?"

말리가 일어서자 우짖는 바람이 집 안으로 불어 들어온 듯 커튼이

미친듯이 펄럭거렸다. "내겐 정말 중요한 일이야!"

스톤은 땀을 뻘뻘 흘렸다. 이건 꿈이 아니었다.

"1년 전." 말리가 깊고 웅웅거리는 목소리로 말했다. "그들이 비스

마르크 호텔 뒤 골목에서 나를 발견했어. 난 총을 심장에 한 방, 배에

두 방, 그사이 한 방을 맞고 벽에 기댄 채 죽어 있었어……. 기억해?"

말리가 총알 자국이 난 트렌치코트를 치우고 상처 네 군데를 보여

주었다. 창문에서 들어오는 붉은 네온 불빛이 마술사의 상자를 통과하는 칼처럼 말리를 통과해 지나갔다.

"기억나?"

스톤이 손바닥으로 허공을 두드리는 시늉을 하며 수긍했다. "알았어, 알았다고…… 누가 자넬 죽였는지 말해, 그러면 내가 해결할게. 그럼 우리 빚진 거 없이 끝나는 거다."

"그게 그리 쉽지가 않아……. 자네한테 말하지 말라고 했거든."

"누가 그따위 빌어먹을 법을 정했는데?"

말리가 눈썹을 치켜 올리고 손가락을 들어 올리며 위를 가리켰다. "바로 저기. 우리 둘을 다 구하려면 자네가 탐정처럼 행동해야해……. 단서를 찾아 가며…… 그리고 이 일은 반드시 직접 해야 해. 도움받을 수는 있겠지만……."

"어떻게?"

"앞으로 방문객 세 명이 더 올 거야."

"멋지군! 누가 먼저 와? 칼로프_{보리스 칼로프, 프랑켄슈타인 역으로 유명한 배우} 아니면 루고시_{벨라 루고시, 드라큘라 백작 연기로 유명한 배우}?"

말리가 족쇄를 철커덕거리며 소파에서 떨어져 나와 문으로 향했다. "우리 둘 모두를 위해 이 일을 발설하면 안 돼, 친구." 그리고는 문을 통해—그렇다, 문을 통해—밖으로 나갔다.

스톤은 죽은 파트너가 사라진 곳을 멍청히 바라보다가 고개를 저었다. 그러고는 바에 가서 술을 한 잔 따랐다. 방금 일어난 일의 현실성을 의심했다. 술 한 잔을 비우고는 침실로 비틀거리며 들어가 옷도 벗지 않고 침대 위에 엎어졌다.

스톤이 곤드레만드레 취해 깊은 잠에 빠져 있는데 침대가 거칠게 흔들리는 느낌이 들었다.

누가 침대를 발로 차고 있었다.

반쯤 어두운 방에서 깨어 스톤이 말했다. "대체 어떤 놈이……."

밀짚모자를 쓰고 단추가 두 줄인 흰색 무명옷 차림에 클라크 게이블_{'할리우드의 제왕'이라는 별명을 가진 미국의 영화배우이자 뮤지컬 배우}처럼 콧수염을 기른, 잘생겼지만 인상이 거친 남자가 그에게 다가왔다.

스톤이 침대 옆 탁자에 아무렇게나 던져 둔 어깨 권총집에서 권총 새디를 가져오려고 몸을 날리려는데, 눈을 한 번 깜빡거리는 찰나에 사내가 사라졌다.

"이보게, 위에 있네."

스톤이 몸을 돌리자 밀짚모자를 뒤로 젖혀 쓴 사내가 거기 서서 이쑤시개로 이를 쑤시고 있었다.

"총 안 맞게 조심해. 난 벌써 몇 방 맞았어." 사내가 말했다.

그러고는 재킷 단추를 풀고 흉한 관통상 몇 개를 보여 주었다.

"뒤에서 쐈어. 개자식들이."

사내는 이상하게 낯익어 보였다. "그런데 누구십니까?"

"자, 이러면 알까? 만약 걸핏하면 총질해 대는 수사관 몇 명이 자넬 쫓고 있다면 내 전기문에 나오는 것처럼 골목 아래로 기어들어가지 마. 거기 막다른 길이거든."

"존 딜린저_{대공황 시대 미국의 유명한 갱스터}!"

"맞아, 그런데 '저' 말고 '거위'할 때 '거'로 읽어줘. 딜링-거. 알았지, 젊은이? 늘 불만이었거든."

딜린저가 재킷 단추를 채웠다.

"저 옷을 입고 살해당하지는 않았을 것 아닙니까."

"물론 아니야. 이건 새 옷인걸. 우리 보스가 크리스마스 선물로 준 거야. 난 여기서 상당히 돈벌이가 좋다네. 자네 같은 얼간이들이 부자가 되게 도와가면서 말이야."

"당신 같은 천박한 사기꾼이 대체 어떻게 나를 부자로 만들어 준다는 겁니까?"

딜린저가 스톤의 멱살을 잡았다. 스톤은 귀신에게 주먹을 휘둘렀지만, 손이 그냥 통과해 버렸다.

"존 딜링거에게 천박한 건 없어! 난 은행만 털었지, 사람 물건을 빼앗지는 않았어. 힘든 시대였고, 은행은 죄다 나쁜 놈들 천지였고…… 그리고 나는 아무도 쏘지 않았어. 안 그랬다면 나도 땡잡을 뻔했지."

"땡을 잡아?"

딜린저가 눈썹을 치켜 올리며 엄지를 아래쪽으로 향하게 했다. "젊은이, 만약 자네가 일을 똑바로 처리하지 않으면 나처럼 될걸세. 나랑 함께 가지."

"어디 가는데요?"

"자네 과거로. 내가 이 장난에 말려든 이유를 알 것 같군. 나도 자네처럼 중서부 농장에서 자랐거든. 어서! 안 그러면 끌고……."

어쩔 수 없이 스톤은 귀신을 따라 옆방으로 갔다…….

……스톤은 더이상 자기 집 거실이 아니라 작은 농가 앞의 눈 덮인 뜰에 와 있었다. 눈송이가 목가적인 시골 겨울 풍경 위에 느리게 떨어졌다. 여덟 살 정도 돼 보이는 소년이 눈사람을 만들고 있었다.

"여기 어딘지 알아요."

"누군지도 알걸. 자네니까. 저기가 자네 집일세." 딜린저가 말했다.

"저는 왜 안 춥죠? 분명 추워야 하는데 여전히 내 아파트에 있는 것 같아요."

"자넨 여기서 그림자거든. 나처럼."

"디키!" 현관에서 누가 불렀다. "안으로 들어와. 독감 걸릴라!"

"엄마!" 스톤이 반갑게 외치며 그녀를 향해 걸어갔다. 문간에 선 엄마의 평화롭고 아름다운 얼굴을 살폈다. "엄마…….."

스톤은 엄마를 만지려 했지만 손이 그냥 통과해 버렸다.

그의 뒤에서 딜린저가 말했다. "말했잖아, 멍청아. 자넨 그림자라니까. 그냥 뒤로 기대서 보기나 해……. 아마 뭔갈 알게 될 거야."

여덟 살짜리 디키 스톤은 미래의 자신을 똑바로 통과해 집 안으로 달려들어가 스톤과 딜린저를 현관에 남겨 두고 문을 닫아 버렸다.

"이제 어떡하죠?"

"자네가 언제부터 무단 침입을 주저했지?" 딜린저가 말했다.

그러면서 문을 통과해 걸어 들어갔다…….

"사돈 남 말 하시네요." 스톤이 숨을 돌리고 따라 들어갔다.

어느새 스톤은 장작 난로를 때는 안락한 농가에 들어와 있었다. 놀랍게도 방 안의 따스함이 느껴졌다. 소박하게 꾸민 거실 한쪽 구석에 너무 키가 커서 방에 놔두기도 어려운 전나무가 반짝이와 별로 장식된 채 서 있었고, 아래에는 포장된 선물이 흩어져 있었다. 벽에는 작은 피아노가 붙어 있었다. 스톤은 여덟 살인 자신이 비행사 모자와 모직 코트와 부츠를 벗고 작은 테이블에 앉아 퍼즐을 맞추는 장면을 지켜보았다.

"500조각이었어요. 톰 믹스와 말 그림이었어요. 말 이름이 뭐였더라."

"토니." 딜린저가 말했다.

"맙소사, 저 전나무 냄새! 그리고 엄마가 음식을 만들고 있어요! 내가 그림자면 어떻게 엄마가 요리하는 냄새를 맡을 수 있어요?"

"이봐, 젊은 친구. 나한테 물어보지 말게. 난 단지 여행 가이드일 뿐일세. 아마 위쪽 어딘가에 자네가 냄새를 맡으면 좋을 사람이 있나 보지."

스톤은 어머니가 스토브 앞에서 그레이비소스를 젓고 있는 주방으로 갔다.

"세상에, 저 그레이비 냄새 너무 좋다……. 냄새 나요?"

"아니." 딜린저가 말했다.

"민스파이도 굽고 있어요……. 저 냄새는 못 맡아서 다행이에요. 냄새가 고약하거든요. 그런데 아빠는 항상 그게 좋다고……."

"우리 엄마는 크리스마스에 작은 자두 푸딩을 만들었어." 딜린저가 말했다.

"우리 엄마도요! 지금 스토브 위에서 부글부글 끓고 있네요. 냄새나요?"

"아니! 이건 자네 과걸세. 내 과거가 아니라……."

뒷문이 열리더니 푸른색 데님 코트와 모직 니트 모자를 쓴 남자가 작업화에서 눈을 툭툭 털며 안으로 들어왔다.

"천국은 분명 저 민스미트 파이 같은 냄새가 날 거야." 남자의 얼굴은 산전수전 다 겪은 듯 딱딱했지만 하늘색 눈만은 온화한 느낌이었다.

"아빠예요."

남자는 재킷을 벗고 다 큰 아들의 몸을 유유히 통과했다. "길에 아직 눈이 많이 쌓였어." 아버지가 어머니에게 말했다.

"어쩌나! 크리스마스 저녁 먹으러 밥과 헬렌이 와야 하는데."

"우리 삼촌과 숙모 얘기예요. 밥은 엄마의 남동생이에요." 스톤이 딜런저에게 말했다.

"오겠지. 데이비가 마차로 마을에 데리러 갈 거야." 아빠 스톤이 옅게 웃으며 말했다.

"데이비는 우리 형이에요." 스톤이 딜런저에게 설명했다.

"맙소사." 스톤의 어머니가 탄식했다. "걔는 너무 약해서……. 당신은 어떻게 된 게……."

"어른 할 일을 애가 하게 하느냐고? 세라, 데이비는 열여섯이야. 학교 성적 좋은 건 자랑스럽지만, 그 애도 남자가 되는 법을 배워야

해. 어쨌든 하고 싶어 할 거야. 사람 돕는 걸 좋아하잖아."

스톤의 어머니는 계속 '어머, 어쩌나'만 반복했다.

"세라, 난 이제 우리 아들들을 아기처럼 다루지 않겠어!"

"음, 우리집 늙은이, 그러니까 저 개자식은 확실히 나를 아기처럼 다루지 않았어요." 스톤이 딜린저에게 말했다.

"데이비는 디키만큼 배짱이 없어. 디키는 항상 상처투성이에 데이비처럼 성적이 좋진 않지만, 임기응변이 좋고 근성도 있어."

스톤은 아버지가 자기를 그런 식으로 생각하는지 전혀 몰랐다.

"그럼, 왜 그 애한테 그렇게 심하게 구는 거예요, 제스? 지난번에 학교 땡땡이치다 잡혔을 때 평생 흉터가 남을 정도로 세게 채찍으로 때렸잖아요."

"그렇게 안 하면 어떻게 배우겠어? 우리 아버지도 내게 그렇게 곧고 좁은 길을 가르치셨어."

"면도칼 가는 가죽이 더 곧고 좁겠네." 스톤이 빈정거렸다.

어머니가 아버지의 거친 얼굴을 쓰다듬었다. "당신은 아들 둘을 다 사랑해요. 오늘은 크리스마스예요, 제스. 애들한테 당신 마음을 표현하는 게 어때요?"

"애들도 다 알아." 아버지가 무뚝뚝하게 말했다.

스톤은 마음이 복잡해졌고 더 이상 여기 있기 싫어졌다. "여행 가이드 양반, 이제 볼 만큼 본 것 같은데……."

"아직 아니야. 다른 방으로 가지." 딜린저가 말했다.

갑자기 사방이 어두워지더니 장면이 바뀌었다. 거실 소파와 의자가 모자라 바닥에도 가족들이 옹기종기 모여 앉아 있었고, 모두들 음식을 극찬하며 저녁을 먹은 다음 사이다를 마시고 있었다.

땅딸막하고 온화해 보이는 사십대 남자가 여덟 살 디키에게 말했다. "선물이 마음에 드니?"

소년 디키는 경찰 모자를 쓰고 작은 훈장을 달고 있었다. 손에는 미니 야경봉과 수갑, 호루라기가 있었다. "완전 쩔어요, 밥 삼촌!"

"그런 저속한 표현들은 어디에서 배우니?" 어머니가 못마땅한 듯 물었지만, 그리 엄한 목소리는 아니었다.

"《빌리 장군의 포탄Captain Billy's Whiz Bang》1920년대 가장 인기 있던 악명 높은 유머 잡지의 하나에 나온 거예요." 스톤이 딜린저에게 귓속말했다.

"나도 한 호도 안 놓치고 다 읽었어." 딜린저가 말했다.

소년이 귀가 째지도록 호루라기를 불기 시작하자 모두 웃었지만, 소년의 아버지만 정색하고 말했다. "그만!"

즉시 소년은 숨을 멈췄다.

문이 열렸다. 빼빼 마르고 디키보다 별로 크지 않은 열여섯 소년이 들어왔다. 두꺼운 겨울옷을 입고 난로에 넣을 장작을 한 아름 들고 있었다.

"형이에요." 스톤이 말했다.

"자넨 형을 좋아했나?" 딜린저가 물었다.

"멋진 사람이었어요. 웃고 싶거나 도움이 필요하면 항상 찾게 되는 사람……. 하지만 그럼 뭘 해."

데이비는 겨울 재킷에 품은 장작을 내려놓아 정리하고는, 어린 동생의 머리를 헝클었다. "나쁜 사람들 잡을 거니, 동생아?"

"때려서 잡은 다음 수갑을 채울 거야!"

"크리스마스에?" 데이비가 물었다. "사기꾼들도 구세주의 생일을 축하할 권리는 있지 않겠어?"

"음…… 좋아, 그럼 나중에……."

어린 디키가 상상의 흉악범에게 야경봉을 휘두르자 모두들 기분 좋게 웃었다.

"디키야, 언젠가 내 너를 경찰서에서 일하게 해 주마." 밥 삼촌이 말했다.

스톤이 딜린저에게 설명했다. "삼촌은 디캘브의 경찰서장이셨죠."

"멋진걸." 딜린저가 말했다.

"엄마, 피아노로 더 크리스마스 분위기를 내주시면 안 돼요?" 데이비가 말했다.

"맞아, 엄마! 피아노 좀 쳐줘!" 어린 디키도 거들었다.

데이비가 먼저 노랠 불렀고, 곧 모두가 함께 캐럴을 불렀다. "하나님은 축복을 내릴 것이니……."

"볼 만큼 봤어?" 딜린저가 물었다.

"잠시만요. 조금만 더 들을게요……. 제 기억으로는 이때가 마지막으로 크리스마스를 제대로 보낸……."

잠시 후 방은 그대로 둔 채 밝게 노래하는 사람들이 사라지기 시작했다. 갑자기 아버지가 손에 권총을 들고 고통으로 일그러진 얼굴로 창가에 꿇어앉은 모습이 보였다. 시간이 더 흐른 크리스마스였다는 걸 단박에 알 수 있었다. 이번 크리스마스에는 크리스마스 트리조차 없었다. 어머니는 피아노 옆에 몸을 웅크리고 있었다. 잔뜩 겁에 질려 금방이라도 눈물을 터뜨릴 것 같았다. 열네 살 먹은 디키가 창문 근처 아버지 옆에 쭈그리고 앉아 있었다.

"맙소사, 이 크리스마스는 안……." 스톤이 말했다.

"아들아. 엄마와 넌 밖에 나갔으면 좋겠다." 아버지가 십대 소년 스톤에게 말했다.

"안 돼요, 아빠! 아빠 옆에 있고 싶어요. 엄마는 가야 하지만……."

"이젠 커서 엉덩이를 때려서 말을 듣게 할 수도 없고……."

"아빠……." 밖에서 확성기 소리가 들렸다. "매형, 나 밥이에요! 이리 와서 얘기라도 좀 해요!"

"지옥이 다 얼어붙으면 그때 얘기해! 당장 내 집에서 꺼져 버려, 아니면 맹세하건대 자네 서 있는 곳에 총을 쏠 거야." 아버지가 소리쳤다.

"여보, 걔는 내 동생이에요." 어머니가 눈물을 머금고 말했다. "그리고, 이제……. 이건 우리집이 아니에요……."

"그럼 누구 집이야? 은행? 은행이 20년 동안 이 땅을 일궜나? 은행이 이 땅에 피와 땀과 세월을 묻었냐고?"

딜린저가 스톤을 팔꿈치로 찔렀다. "저래서 이 나라에는 나 같은 사람이 필요한 거야. 근데 자네 형은 어디 갔어?"

"죽었어요. 28년 겨울에 폐렴 걸려서……. 춥고 바람 부는 날 도랑에 처박힌 싸구려 소형자동차 꺼내는 걸 돕느라 몇 시간 동안 밖에 있다가…… 우리 가족의 모든 꿈은 형과 함께 사라졌어요."

"밥에게 들어오라고 해요. 그 애 말을 끝까지 들어봐요." 어머니가 말했다.

아버지는 심각한 얼굴로 고민에 빠졌다. 갑자기 훨씬, 몇 년이 아니라 몇십 년은 더 늙어 보였다. "좋아, 세라. 당신을 위해서야. 어쨌든 당신 가족이니까."

문이 열리고 밥이 들어왔다. 경찰서장복 위에 털 재킷을 걸쳤고, 모자에 배지가 번쩍거렸다.

"매형. 이제 더는 물러날 곳이 없어요. 제가 도울 수 있으면 좋은데 은행이 이미 담보권을 실행해 버렸어요. 법은 법이라."

"왜 법은 그들의 편이야? 법은 모두를 공평하게 도와야 하는 거 아니야?" 십대 소년 디키가 물었다.

"돈 가진 사람들이 훨씬 더 유리하게 대접받는 세상이란다, 아들아." 아버지가 비통하게 말했다.

"방법을 생각해 봤어요. 가구는 지킬 수 있어요. 범인호송차를 끌고 와서 가구를 다 우리 집 창고에 넣어 둘게요. 비용은 전혀 안 들 거예요. 헬렌과 내가 형님과 누나, 디키가 있을 방을 마련해 뒀어요. 일을 찾을 때까지 우리와 함께 있으면 돼요."

아버지의 손엔 여전히 총이 들려 있었다. "이건 내 집이야, 밥."

"아니에요. 은행 소유예요. 형님 식구들이 이제 형님의 집이에요. 함께 가요. 이거 한 번 물어볼게요. 데이비가 살아 있었으면 형님이 어떻게 하길 바랐을까요?"

스톤은 고개를 돌려 버렸다. 다음에 일어날 일을 너무나 잘 알았다. 아버지가 우는 건 두 번밖에 보지 못했다. 한 번이 바로 그때였고, 다른 한 번은 데이비가 죽은 날 밤이었다.

눈물 한 줄기가 뺨을 타고 내렸고, 아버지가 말했다. "내가 어떻게 내 가족을 부양하지?"

밥의 목소리는 부드러웠다. "철조망 공장을 하는 친구들이 있어요. 벌써 형님 이야기 해 놨어요. 거기서 일할 수 있대요. 이런 시기에 일할 수 있는 건 축복이에요."

아버지가 고개를 끄덕였다. 한숨을 쉬고는 총을 건넸다. "고마워, 처남."

"네, 밥 삼촌. 우라지게 즐거운 크리스마스예요!" 십대 소년 스톤이 비꼬듯 말했다.

"리처드!" 어머니가 놀라 소리쳤다.

아버지가 스톤을 때렸다.

"또 때려 봐, 이 늙은이야." 디키가 아버지를 삿대질하며 말했다. "내가 당신 대갈통을 확 부서 버릴 테니!"

디키가 뛰쳐나가자 스톤이 고개를 저었다. "맙소사! 제가 저때 아버지에게 꼭 저 말을 했어야 할까요? 완전히 바닥까지 추락한 불쌍한 사람한테 더 아래로 밀어뜨릴 말을⋯⋯."

아버지는 아래를 내려다보며 꼿꼿이 서 있었고, 어머니는 절박한 심정으로 아버지를 껴안고 매달려 있었다. 밥 삼촌은 스스로를 부끄러워하는 듯한 얼굴로 터덜터덜 걸어 나갔다.

"한참 어렸잖아. 뭘 알았겠어?" 딜린저가 말했다.

"왜 이렇게 지옥 같은 곳엘 데리고 오셨어요? 과거를 바꿀 수도 없는걸! 이게 제이크 말리를 죽인 사람 찾는 것과 무슨 상관이 있어요?"

"나한테 묻지 마! 난 그저 도와주러 왔을 뿐이야." 딜린저가 버럭 화를 냈다.

은행 강도 유령이 성큼성큼 밖으로 나가자, 스톤도 남아 있고 싶지는 않아 재빨리 따라갔다.

이제 스톤과 유령 친구는 경찰들이 바삐 오가고 접수처가 흐릿하게 보이는 작은 마을 경찰서에 와 있었다. 딜린저는 서리 낀 유리문에 크리스마스 화환이 걸린 칸막이 쳐진 사무실로 스톤을 안내했고, 그들은 문을 열지 않고 통과해 들어갔다.

일리노이 주 디캘브의 경찰차장인 제이크 말리가 의자에 등을 기대고 앉아 크리스마스 카드를 열어보며 미소 지었다. 카드에서는 빳빳한 현금이 떨어져 나왔다.

"많은 사람이 크리스마스에 제이크를 기억했죠." 스톤이 말했다.

"많은 사람이 크리스마스에 많은 경찰을 기억하지." 딜린저가 이죽거렸다.

노크 소리가 들리자 말리는 재빨리 현금을 쓸어 모아 책상서랍에 넣고는 퉁명스럽게 말했다. "왜? 뭐야?"

안을 들여다보는 제복 입은 경찰은 젊은 디키 스톤이었다. "말리

차장님? 저한테 들르라고 말씀하셨다고 해서……."

"들어와, 들어와!" 콧수염 기른 붙임성 좋은 말리가 관대한 몸짓으로 책상 맞은편 의자를 가리켰다. "짐 내려놓고……."

젊은 스톤이 자리에 앉았고, 옆에는 미래의 스톤과 유령이 서 있었다.

말리가 과장스럽게 미소 지었다. "어제가 근무 첫날이었지?"

"네, 차장님."

"음, 자네가 그걸 알았으면 해서. 자네가 추천을 통해 경찰이 됐지만 나는 자네를 조금도 나쁘게 생각하지 않네, 조금도."

"무슨 말씀이신지……."

말리가 어깨를 으쓱했다. "아무것도. 사내라면 해야 할 일을 해야지, 출세해야 한다고. 자네 삼촌 밥이 누군갈 추천해서 채용시키는 건 드문 경우야. 그는 곧이곧대로만 사는 사람이거든."

"밥 삼촌은 조금 고지식한 면이 있으시지만 제게는 가족이고 저는 삼촌을 변함없이 지지합니다."

"좋아! 기특하군, 아주 기특해. 그런데 말이야, 이 경찰서에는 그가 모르게 벌어지는 일이 있어……. 그리고 나는 이게 계속됐으면 좋겠어."

젊은 스톤이 인상을 찌푸렸다. "가령 어떤?"

"이렇게 말해 보겠네. 만약 자네가 태도를 조금만 바꿔서 매달 50달러 지폐를 가지게 된다면…… 전혀 문제 되지 않는 일이라 치면…… 자네는 밤에 잠을 잘 수 있겠나?"

"태도를 바꾼다는 게, 어떤 식입니까?"

말리는 자신이 시카고 출신이며, 26년에는 지역 하원 의원이 기름칠해 준 덕분에 경찰차장 자리를 차지할 수 있었고, 그 대가로 그쪽 집단에 편의를 봐주고 있다고 설명했다.

"지금은 그런 일이 크게 많지 않아. 금주법이 있던 시절에 그 사람들이 근처에 증류소를 운영하던 시절과는 다르지. 가로변 술집 몇 개에서 사람들이 법을 피해 재미를 좀 보게……."

"도박과 여자 말씀이시군요."

"맞아. 그리고 그쪽 사람들이 쓰는 농가가 있어. 도시에서 하기가 좀 힘들어지면 그들이…… 예전에도 그렇고…… 식물이나 심고 하는……."

"그런 일이 있는 걸 알면 밤에 잘 자지는 못할 것 같습니다."

말리의 눈썹이 위로 솟구쳤다. "그래?"

"한 달에 50 가지고는 못 잘 것 같습니다." 젊은 경찰이 씩 웃었다. "75면 몰라도요. 100이면 베개에 머리를 대자마자 잠들 것 같구요."

말리가 책상 너머로 손을 내밀었다. "자, 이게 우리 아름다운 우정의 출발점이 될 것 같군."

둘이 악수를 했고, 젊은 스톤이 손을 빼내자 손바닥에 100달러짜리 지폐가 쥐어져 있었다.

"메리 크리스마스, 말리 씨."

"'제이크'라고 부르게. 이런 기쁜 날이 앞으로도 계속되길, 친구."

딜린저가 스톤의 팔을 끌어 사무실 문을 통과해 걸어가자 갑자기

다른 사무실이 나타났다. '말리와 스톤 홍신소'의 대기실이었다. 케이티가 구석에 놓인 크리스마스 트리에 물을 주고 있었다.

"이건, 뭐야?" 딜린저가 스톤에게 물었다. "5년 전?"

"네, 37년 크리스마스 이브……인 것 같군요."

말리가 5년 젊은 스톤에게 귓속말했다. "아주 예쁜 아가씨를 뽑았구먼."

"대기실의 품격을 높여줄 거야. 그런데 기억해, 제이크. 내가 먼저 찜했어."

말리가 활짝 웃었다. "매기 같은 여자가 있는데 저렇게 어린 여자와 내가 뭘 어쩌겠어. 이크! 호랑이도 제 말하면 온다더니……."

매기가 산뜻한 양복을 입고 예쁘장하게 생긴 금발 남자의 팔짱을 끼고 대기실로 들어왔다.

"스토니, 우리 최고 고객을 소개하지. 이쪽은 래리 터너……. 항상 우리에게 일을 넘겨 주시는 보험 회사의 부사장님." 말리가 말했다.

"터너 씨는 저희에게 절대적으로 필요한 분이시군요." 스톤이 말했다.

"'래리'라고 불러주세요. 이렇게 연줄이 많은 회사와 거래하게 돼서 기쁩니다."

딜린저가 말했다. "이 보이스카우트 같은 녀석은 뭐지?"

"영업 첫날부터 '보이스카우트'가 우리에게 보험 회사를 연결시켜 줬고, 우리는 그곳에서 받는 돈의 20퍼센트를 '보이스카우트'에게 입막음조로 바쳐 왔어요. 제이크가 어떻게 저 사람을 아는지 모르겠지만, 덕분에 우리는 디캘브가 아닌 일리노이 주 중심부에서 사업을 시작했습니다."

"자네가 경찰을 떠나는 걸 밥 삼촌은 어떻게 생각했나?"

"거의 울 지경이었어요……. 삼촌은 언젠간 제가 자기 자리에 앉기를 바랐거든요. 가련한 무지렁이 같으니…… 모든 부정부패가 바로 자기 코밑에서 벌어지는 것도 모르고……."

"차장과 조카 말이지?"

스톤은 아무 말도 하지 않았지만, 5년 전 그는 말리에게 이렇게 말하고 있었다. "보험 사기도 괜찮긴 하지만, 진짜 돈이 되는 건 이혼 사업이라니까."

"자네 말이 맞아, 친구. 나도 진작 생각했지……. 바람 피는 배우자의 사진을 그럴듯하게 만들어서 제일 비싼 값을 부르는 사람에게 파는 거야."

"좋아! 그들에게 필요한 건 사랑, 명예, 복종이 아니라 바로 그거니까."

둘은 함께 너털웃음을 터뜨렸다. 케이티가 크리스마스 이브를 흥겹게 보내는 두 사장님을 보고 기뻐서 미소 지었다.

"어서 와." 딜린저가 손짓으로 스톤을 부르며 말했다.

스톤을 잡아끌어 벽을 통과시켜 골목길로 데리고 갔다. 그곳엔 눈에 초점이 사라진 말리가 총상을 입어 쓰레기통 두 개 사이 벽돌 벽 앞에 구겨지듯 누워 있었다.

로스가 스톤에게 시체를 보여주었다. "직접 보는 게 나을 것 같아서. 불쌍하게도 자기 총은 꺼내 보지도 못했어. 단추가 잠긴 외투에 쏙 들어가 있지. 총을 쏜 사람은 틀림없이 말리를 아는 자야. 그래 보이지 않아?"

스톤이 어깨를 으쓱했다. "살인 사건은 자네 담당이잖아."

"음, 스토니⋯⋯. 나도 자네가 이 사건을 조사하는 걸 원치 않아. 말리가 자네 파트너이자 친구란 걸 아니까. 그치만⋯⋯."

"전에는 손 떼라며. 나는 매기한테 알리기나 할게." 스톤이 담배 한 대를 물었다.

로스가 멍하니 스톤을 바라보다 말했다. "염병할 메리 크리스마스, 스토니."

"잘도 그러겠네." 스톤이 죽은 파트너에게서 몸을 돌렸다.

딜린저가 말했다. "이런! 매정도 하지! 오랜 친구를 위해 눈물 한 방울도 못 짜낸 거야?"

스톤은 아무 말도 하지 않았다. 1년 전의 그가 그를 똑바로 통과해 걸어갔다.

"진실을 알고 싶나요, 딜링-거? 제이크가 괴롭힌 사람이 얼마나 많은데 이렇게 오래 산 것도 행운이라고 생각해요. 게다가 우리 동업 계약서에 기술된 대로 사업은 온전히 내 것이 되었어요."

"이게 뭔! 나는 길리스가 냉정하다고 생각했는데⋯⋯."

"길리스?"

"레스터 길리스. 자네는 베이비 페이스 넬슨^{별명과는 달리 아주 폭력적이고 FBI 요원을 가장 많이 죽인 1930년대 은행 강도}으로 알고 있으려나. 이봐, 스토니. 자네와 난 여기까지야."

딜린저가 벽으로 스톤을 세게 밀었다. 스톤은 어느새 그의 아파트 침대 위에 혼자 있었다.

스톤은 침대에 앉아서 눈을 비비며 머리를 긁적였다. "단백질 부족이야 뭐야. 아니면 그 살라미 소시지가 상했던지……."

스톤은 옷을 입은 채 다시 침대에 드러누워 천장을 바라봤다. 꿈의 잔상이 남아 있었다. 과거를 보며 떠오른 생각들, 어머니와 아버지와 형, 그리고 말리의 모습이 눈앞에 떠다니며 그에게 말을 걸었다……

순간 밖에서 초인종이 울려 스톤은 깜짝 놀랐다. 침대 옆 탁자에 놓인 동그란 플라스틱 시계를 보았다. 새벽 두 시였다. 이 시각에 도대체 누가 온단 말인가?

문으로 비척비척 걸어가면서 살아 있는 누군가와 얘기하면 좋은 기분 전환이 될지도 모르겠다고 생각했다. 문간에 약식 군모를 이마로 비스듬하게 내려쓴, 막 씻고 나온 듯 말끔한 얼굴에 주름진 제복을 입은 젊은 군인이 서 있었다.

"스톤 씨?"

"벤? 벤 맞아? 벤 크로켓!" 스톤이 환하게 웃었다. "전쟁에서 돌아온 케이티의 남동생! 케이티가 얼마나 좋아할까!"

안으로 들어오는 젊은 군인은 약간 멍한 표정이었다.

"어, 벤……. 케이티를 찾는 거라면, 오늘 밤에는 집에 갔어."

"전 당신을 만나러 왔습니다, 스톤 씨."

"그래, 좋아 꼬맹이……. 그런데 왜?"

"저도 잘은 모르겠어요. 앉아도 될까요?"

"그럼, 그럼! 뭐 마실 거라도?"

"괜찮습니다. 무례를 용서하십시오. 제가 좀 헷갈려서요. 제가 급하게 전해들은 내용이……. 아주 이상해서."

"전해들은 이야기?"

"네. 임시로 할당된 일이에요. 그런데 저만이 이 일을 할 수 있는 사람이라고 했어요."

"그들이 원하는 게 뭔데? 나 보고 신체검사를 한 번 더 받게 하라던가?"

"그러고 보니 생각났어요!" 크로켓 이병이 주머니에 손을 넣어 종잇조각을 꺼냈다. "이게 무슨 뜻이죠? '4-F 판정. 스톤 씨에게 그는 정말 평발이고, 돈을 받은 의사가 그에게 사기를 친 것이라고 전하라.'"

스톤의 입이 떡 벌어졌다가 곧 크게 웃었다. "아, 그 시카고 의사 양반인가. '임무'는 그게 다인가?"

젊은이가 종잇조각을 다시 주머니에 집어넣었다. "아뇨. 더 있어요……. 그게 이상해요. 당신한테 거울을 보라고 말하라던데요."

"거울을 봐?"

"네, 건너에 있는 저걸 말하는 것 같아요."

"녀석……."

"제발요, 스톤 씨. 임무를 완수하기 전에는 크리스마스라도 집에 못 갈 거예요."

스톤이 한숨을 쉬며 좋다고 말한 뒤, 콘솔 라디오 근처에 있는 거울로 비틀거리며 걸어갔다. 수염을 깎지 않고 눈이 약간 게슴츠레한 자신의 모습이 보였고, 어깨 너머로 군모를 단정하게 쓴 진중한 젊은이가 서 있었다. "이제 뭐?"

"그 안을 들여다보게 하는 것, 그게 다예요. 당신이 내일 보게 될 거랬는데……. 아, 이미 자정이 넘었죠? 어쨌든, 1942년 크리스마스에……."

그때 스톤 앞의 거울이 창문이 되었다.

창문으로 매기 말리와 보험 회사 부사장인 래리 터너가 칵테일 잔을 부딪치는 게 보였다. 매기는 네글리제 차림이었고, 터너는 실크로 된 스모킹 재킷_{과거 남자들이 흡연시 입던, 벨벳으로 된 상의}을 입고 있었다. 그들은 매기의 멋진 아파트 소파에서 바짝 들러붙어 있었다.

"이거 뭐지? 매기와 저 뱀 같은 터너가……. 언제부터 저런 사이가 됐어?"

그때 매기가 터너에게 말하는 게 들렸다. "얼마나 더 내가 그 사람을 참아 줘야 해?"

"당신은 스톤이 필요해. 당신의 알리바이잖아, 자기야." 터너가 매기의 목에 코를 비비며 말했다.

"내가 제이크를 죽인 것도 아니잖아!"

"물론 그렇지……. 어쨌든, 조금만 더 붙어 있어. 그러다 제풀에 지치면…… 지금은 스톤을 수중에 둘 필요가 있어. 당신한테 에디가 들러붙는 것도 처리해 줬잖아, 안 그래?"

매기가 미간을 좁혔다. "음……. 그건 그렇지만, 그 자식 손길만 닿아도…… 소름이 끼쳐……."

"이런 개자식이……." 스톤이 화난 듯 입을 열었다.

그러나 거울이 뿌예지더니 다른 장면으로 바뀌었다. 에디가 그의 지저분하고 작은 집에 웅크리고 있었다. 누군가 주먹으로 문을 쾅쾅 두드렸지만 에디는 꿈쩍도 하지 않았다.

"에디, 문 열어줘! 너한테 줄 크리스마스 선물이 있어!"

에디는 미친 듯 떨고 땀을 흘리면서 죽은 형 제이크의 액자 사진을 바라보며 속삭였다……. "형, 어떻게 나한테 이럴 수가 있어? 나 돌봐주겠다고 약속해 놓고……."

문이 벌컥 열리더니 조직원으로 보이는 코트와 페도라 차림의 덩치 큰 사내 둘이 들어와 에디를 구석으로 재빨리 몰아넣었다.

"한 주만 시간을 더 줘! 오늘 작은 거 다섯 장 줄게. 제발 다음주까지만 좀 기다려 줘!"

"너무 늦어, 에디." 무시무시한 사내가 위협적으로 말했다. "넌 조직을 그렇게 오래 기다리게 해 놓고……."

45구경 권총을 한 번, 두 번, 세 번 쐈다. 바닥으로 쓰러진 에디가 피를 흘리며 죽어 갔다.

"제이크 형…… 형…… 어떻게 날…… 약속했잖아……."

거울이 다시 흐려졌다. 스톤이 크로켓 이병을 보았다. "이건 바꿀 수 없는 미랜가? 아니면 저게 크리스마스에 일어날 일이니 내가 저 족제비를 구할 시간도 있다는……?"

"전 모릅니다, 스톤 씨. 그것까지는 안 알려 줬어요."

새로운 장면이 거울에 떠오르기 시작했다. 조이가 그의 집 거실 벽난로 옆에 앉아 있었다. 시무룩한 얼굴, 아니 울기 일보직전의 표정이었다. 옆에는 여섯 살 어린 아들과 네 살된 딸이 크리스마스 전구를 밝힌 트리 아래에서 멋진 새 장난감을 가지고 놀고 있었다.

붉은색 크리스마스 드레스를 입은 아름다운 금발머리, 아내 린다가 다가와서 남편을 팔로 껴안았다.

"자기, 왜 그렇게 우울해?"

"나도 모르겠어……. 행복해야 하는데. 늘 크리스마스만 되면 좋았는데…… 그런데 너무…… 너무 부끄러워……."

"여보……."

"내 나이의 다른 사내들은 신의 영광과 나라를 지키려고 피로 물든 바다에서 싸우고 있어. 그런데 나는 침대 밑에 기어 들어가거나 호텔 옷장에 숨어서 오입쟁이들의 더러운 사진이나 찍고 있잖아."

"조이! 애들 들어!"

"알아! 아이들……. 물론 애들이 좋은 환경에서 편하게 자랐으면 좋겠지……. 그렇다고 이런 짓을 해야 할까? 그것 말고도 다른 백만 가지 수치스러운 짓과 바람피우는 사장 뒤 봐주기도 있어. 나 그만둘래! 맹세해, 나 월요일에 사표 낼 거야!"

아내가 남편의 뺨에 키스했다. "그럼. 난 항상 당신을 열렬히 지지할 거야."

조이가 아내를 겸연쩍은 표정으로 바라보았다. "여태까지도 겨우 겨우 할부금을 냈는데…… 앞으로 그건 어떡하지, 린다?"

"내가 군수 공장에서 일하면 되지뭐. 우리 둘 다 밖에 나가도 애들은 엄마가 돌봐줄 수 있어. 다 괜찮을 거야."

"오, 린다. 당신을 정말 사랑해. 메리 크리스마스, 여보!"

"메리 크리스마스, 자기."

그들이 포옹하자 거울이 다시 뿌예졌다.

다음 장면은 무료 급식소에 있는 노숙자들의 모습이었다. 그들은 줄 서서 따뜻한 수프와 빵을 받았다. 식사를 나눠 주는 사람은 스톤이 사무실에서 수작을 걸었던 젊고 예쁜 구세군 아가씨였다. 뒤에선 전도를 나온 사람들이 캐럴을 부르고 있었다. '하나님은 축복을 내릴 것이니.'

"우리집에서도 저 노랠 부르곤 했었어." 스톤이 벤에게 말했다. "엄마는 피아노를 쳤었고. 맙소사! 이런 재수 없는 놈."

"누구요?"

금세 거울 속 장면이 바뀌었다. 케이티와 살찐 중년 여자와 노쇠한 남자…….

"어이, 젊은이. 자네 누나네!" 스톤이 말했다.

"그리고 우리 가족이에요." 벤이 나직이 말했다.

그들은 케이티의 작은 아파트의 크리스마스 트리 주변에 앉아 선물을 풀어 보면서 즐겁게 대화를 나눴다. 초인종이 울리자 케이티가 얼른 일어나 문을 열었다.

그러나 케이티는 되돌아오지 않았다.

"어······. 육군성에서 온 전보예요."

"안 돼! 이건 아냐······." 케이티의 어머니가 울부짖었다.

"벤이야, 맞지?" 아버지가 말했다.

그들은 서로 머리를 맞대고 전보를 읽었고, 눈물이 얼굴로 주룩주룩 흘러내렸다.

"저건 잘못됐군." 스톤이 크로켓 이병에게 말했다. "내일 가서 오해를 풀어. 가족이 자네가 죽은 줄 알고 비통해하고 있잖아."

"스톤 씨." 벤이 모자를 벗어 정중앙에 난 총알구멍을 보여 주며 말했다. "그들이 옳아요."

"맙소사······."

"전 이제 돌아가야 해요. 누나한테 사랑한다고 말해 주세요. 그래 줄 수 있죠, 스톤 씨? 그리고 가족에게도요."

젊은 군인은 거울 속 장면처럼 흐려지더니 사라져 버렸다.

다시 침실에 혼자 남은 스톤은 손으로 지끈거리는 머리를 감쌌다. "누가 내 술에 마약 같은 거라도 탔나?" 스톤이 기진맥진해서 침대로 기어들어가 얼굴을 묻자 다행스럽게도 잠이 찾아와 주었다.

'네가 없으면 크리스마스가 우울할 것 같아······.'

스톤이 별안간 눈을 번쩍 떴다. 침실은 여전히 어두웠다. 누군가 노래를 부르고 있었다. 컨트리 가수 빙 크로스비 비슷한, 이 세상 목소리 같지 않은 이상한 목소리······.

'······분명 우울한 크리스마스를······.'

시계가 새벽 4시를 알렸다.

'……하얀 장식들…….'

"저 빌어먹을 소린 뭐야? 라디온가?"

"접니다, 스톤 씨." 같은 목소리가 말했다. 그윽하고 걸쭉한 바리톤의 목소리.

스톤은 침대에서 간신히 몸을 일으켜 오늘 만난 유령 중에 가장 독특한 귀신을 바라보았다. 그의 앞에는 모조 다이아몬드가 박힌 망토에 흰색 가죽 옷을 입은 남자가 서 있었다. 약간 살찐 그는 머리가 새까맣고 길었으며 얼굴이 붓고 눈이 부석부석했지만, 그래도 건방지고 잘생긴 느낌이었다.

"당신 도대체 누구요?"

"너무 **빡빡**하게 그러지 마세요." 그가 쉰 목소리로 말했다. "내가 온 곳에서는 사람들이 나를 '왕'이라 부르죠^{엘비스 프레슬리는 '로큰롤의 제왕', 또는 단순하게 '왕'으로 불렸다.}"

"당신이 예수란 말은 하지 마쇼." 스톤이 눈을 부릅뜨며 말했다.

"그럴 리가요! 나는 가난한 시골 소년입니다. 지금은 일곱 살쯤 됐겠죠."

흰 가죽 옷을 입은 유령이 그를 향해 다가왔다. 신발 역시 이상했다. 모조 다이아몬드가 박힌 흰색 카우보이 부츠라니. "당신이 이해하지 못해 유감입니다만, 나는 당신 시대에는 아직 어른이 되지도 못했고 별로 오래 살지도 않았어요……. 당연히 죽지도 않았고요."

"아직 죽지 않았는데 유령이라고? 흰색 가죽 주트슈트를 입은 귀신이라! 최곤데. 지금까지 만난 중에 가장 마음에 드는……."

"이봐요. 난 아주 유명했던 사람이었거나 아니면 유명해질 거예요. 자랑하려는 건 아니지만 난 비틀즈보다 더 대단했었어요."

"비틀즈? 당신은 내가 본 것 중에 최고로 큰 곤충이야, 그게 다지!"

"스톤 씨, 난 내 재주와 몸을 학대해서 벌을 받는 중입니다. 그래서 내가 이런 공연을 하는 거구요."

"'공연'?"

"난 앞으로 펼쳐질 공연들을 맛보기로 조금씩 보여주려고 여기 왔답니다. 다음 크리스마스, 그러니까 43년 크리스마스에 있을 일을……."

유령이 온몸으로 화살표를 만들 듯 이상한 자세를 취하자 갑자기 그와 스톤이 작은 예배당에서 교회와 전혀 어울리지 않는 화려한 크리스마스 장식을 하고 있었다.

"여기가 어디요?"

"내 세상에 온 걸 환영합니다, 스톤 씨. 우리가 몇 년 일찍 와서 잘 모르시겠지만, 언젠가 여기는 끝내주게 화려한 도시가 될 겁니다."

"뭐라는 거야, 도대체?"

왕이 비스듬하게 웃었다. "이곳은 베가스랍니다!"

예배당 정면에 남자와 여자가 목사를 마주하고 서 있었다. 녹음된 오르간 음악이 새어나왔다. 결혼식이 진행되고 있었다.

스톤이 자세히 보려고 앞으로 걸어갔다.

"무슨 이런 일이 다 있어!" 스톤이 말했다.

"그게 우리가 막으려는 일입니다, 스톤 씨."

"매기와 저 소름끼치는 래리 터너가! 결혼을 해! 참네, 둘이 없어 져서 속이 시원하……."

"당신이 다음 크리스마스를 어떻게 보내는지를 봐야 할 것 같군 요."

그리고 이제 스톤과 모조 다이아몬드 귀신은 교도소 독방에 와 있 었다. 흑백 죄수복을 입은 내년의 스톤은 많이 수척해진 모습이었 다. 그는 절망적인 얼굴로 간이침대에 앉아 있었다. 그의 맞은편 스 툴에 행크가 앉아 있었다.

"행크, 내가 결백하다는 걸 알잖아!"

"나는 믿지, 스토니. 그런데 배심원단이 안 믿는 걸 어떡해. 목격 자도 그렇게 증언하고……."

"매수된 거야!"

"……그리고 자네 총이 흉기란 게 드러났으니, 이제……."

"1년이나 지나서 내 총으로 제이크를 죽였다는 증거라는 총알이 익명의 제보로 발견된 게 좀 의심스럽지 않아?"

"탄도 시험은 일치했어."

"어떤 사기꾼 경찰이 증거라는 총알과 내 총에서 나온 가짜를 바 꿔치기한 게 틀림없어. 말했잖아, 행크. 내가 휴가차 마이애미에 갔 을 때 내 침대 옆 탁자에 총을 두고 갔다고. 누군가……."

"이미 수도 없이 들은 이야기야, 스토니."

"넌 내 말을 믿어야……."

"나는 믿어. 그러나 항소도 기각되었고……."

"주지사는 뭐래?"

"신문은 당신의 치부를 원해. 주지사는 표를 원하고. 일이 어떻게 돌아가는지 알겠지?"

"그래, 행크. 나도 알겠어, 맞아……."

"스토니, 이제 조물주와 화해하는 게 좋겠어." 로스가 깊게 한숨을 쉬었다. "왜냐하면 내일 이 시간쯤에는…… 그를 만나게 될 거니까."

로스가 친구의 어깨를 툭툭 치고 간수를 부른 뒤 나가 버렸다. 스톤은 감방 쇠창살에 매달려 쓸쓸한 하모니카 소리를 들었다. '참 반가운 신도여.'

"사형? 내년 크리스마스에 내가 사형당하는 거요?" 스톤이 왕에게 말했다.

"스톤 씨, 죄송하지만 그렇습니다. 그리고 우리는 이동해야 할 것 같아요……."

둘은 다시 아파트로 돌아왔다.

"도대체 당신이 누군지 모르겠지만 어쨌든 당신한테 은혜를 입었소. 오늘 밤에 본 모든 것 중에 당신이 보여 준 것이 내게 가장 많은 깨달음을 줬어요."

"대단히 감사하군요." 그가 말했다.

스톤이 잠시 먼 곳을 봤다가 시선을 돌리니 유령은 건물을 떠나고 없었다.

어질어질한 상태로 스톤은 다시 침대 위로 쓰러져 잠에 빠져들었다…….

잠에서 깼을 땐 거의 정오였다. 스톤은 다시 태어난 것 같았다. '기쁘다, 구주 오셨네'를 휘파람으로 불며 샤워와 면도를 끝냈다. 옷을 입고 어깨 권총집에 든 권총을 꺼낸 다음 실린더를 살폈다.

"아이고, 새디. 너는 대체 어찌된 여자애가 이렇게 크리스마스에 장전이 되어선……."

껄껄 웃으며 인상을 찌푸리고는 손잡이를 살피며 38구경 권총을 유심히 들여다보았다.

"내가 망할 수도 있단 말이지." 스톤이 혼잣말을 하더니 이제 다 알겠다는 듯 미소를 지었다. "……아닐 수도 있고."

스톤은 권총을 권총집에 다시 밀어 넣고 외투를 걸쳤다. 그러고는 벽에 있는 금고로 가서 100달러짜리 지폐로 5000달러를 세어 접은 후 주머니에 집어넣었다.

스톤이 에디의 아파트를 노크하자 대답이 없었다. 너무 늦었나? 그가 소리 질렀다. "에디, 나 스톤이야! 돈 가져왔어. 5000달러 다 가져왔다고!"

마침내 에디가 밖으로 삐죽이 내다보았다. 스톤이 어젯밤에 손봐준 탓에 얼룩덜룩 멍이 들어 있었다. "뭔가요, 지금? 연극인가요?"

"아냐, 좀 들어갈게."

작은 집 안에 오래된 《경마 소식》 잡지와 더러운 옷가지와 포장음식 상자들이 널브러져 있었다. 스톤이 놀란 에디 앞에서 현금을 꺼내 세었다.

"이거 뭐지?"

"크리스마스 선물이다, 이 족제비 같은 놈아!"

"왜……?"

"넌 내 파트너의 동생이잖아. 난 널 도울 책임이 있었어. 그래도 이걸로 끝이야……. 이거면 오늘 네 목숨은 구하는 거지? 앞으로 다시는 살려 달라고 떼쓰지 마, 알았냐? 조직 놈들이 오면 주고 다 끝내. 그리고 만약 도박벽을 끊고 싶으면 네가 사무실에서 할 만한 일을 구해 줄게. 그게 싫으면 네 맘대로 살아."

"이해가 안 되는데요. 왜 날 도와줘요? 협박까지 했는데……."

"아, 또 그러면 내가 네놈 팔을 아작내 버릴 거야."

"이제 좀 스토니 같네."

"아니, 어제의 스토니 같았으면 널 죽였을걸. 네가 그랬잖아, 형한테 무슨 일이 생기면 형이 널 '돌봐주기로' 약속했다며. 넌 그걸 확신한 모양인데……."

에디가 있는 힘껏 고개를 끄덕였다. "형이 내게 보험 약관을 설명할 때 말해 줬어요. 50퍼센트가 내게 올 거라고. 그런데 왜인지 그 마녀가 모조리 가져가 버렸죠."

곧 스톤은 말리의 매기가 사는 최고급 아파트 문을 두드렸다.

매기는 스톤을 보고 불편한 기색을 드러내지 않으려고 애썼다. "아, 리처드." 매기가 목소리 톤을 한껏 올려 말했다. "크리스마스라서 놀라게 해 주려고……."

그러나 스톤은 터너가 숨을 장소를 찾기 전에 매기를 옆으로 밀치고 안으로 들어갔다. 터너는 양말 하나 걸려 있지 않은 벽난로 옆에서 스톤에게 붙잡혔다.

"메리 크리스마스, 래리. 내가 선물을 가져왔지……."

스톤이 38구경 권총을 꺼내 떨고 있는 터너에게 겨눴다. 터너는 어젯밤 거울에서 본 대로 실크 스모킹재킷을 입고 있었다.

"사실 네가 나에게 준 선물이지만. 내 가장 좋은 친구이자 최고의 여인은 바로 내 총 새디였어. 어쩐지 좀 슬프지, 그치?"

"도대체 왜 이러는지 모르겠군, 스톤……. 조금 진정하고……."

"웃기는 게, 이건 새디가 아니야. 상상해 봐. 나는 일 년이 넘도록 아무것도 모르고 잘못된 여자하고 놀아났어!"

매기가 말했다. "리처드, 그 총 좀 치워 줘."

"자기, 거기 당신 남자친구 옆에 좀 서 줄래? 솔직히 난 당신이 이 일에 관여했다고는 생각 안 해. 하지만 모험을 할 수야 없잖아."

매기가 무슨 말을 하려고 하자 스톤이 말했다. "움직여!" 그러고는 38구경 권총을 흔들어 매기에게 터너 쪽으로 가라고 지시했다.

스톤이 이어 말했다. "작년 언젠가, 래리…… 언젠지는 잘 모르겠지만 크리스마스 이브 전이었을 거야…… 당신은 내 새디를 훔쳐가서 비슷한 총으로 바꿔 놨어. 그거 알아? 내 새디는 총 손잡이가 아주 조금 부서졌어. 근데 이 총에는 그게 없더라고."

"대체 내가 왜 그런 짓을 하겠어?" 터너가 물었다.

"당신은 내 총으로 제이크를 죽이고 싶었으니까. 실제로 당신이 쐈지."

"제이크를 죽여! 내가 왜……."

"당신하고 매기가 그렇고 그런 사이거든. 은밀한 사이. 당신은 제이크의 보험 약관을 고쳐서 보험금을 전부 매기가 받도록 만들었어. 제이크는 쓸모없는 동생이 반을 가지게 해 놨었지만 말이야. 제이크는 당신을 친구라 여겼어. 그래서 당신이 38구경 권총을 들고 크리스마스 인사를 하러 다가갔을 때도 제이크는 손을 주머니에 찔러 넣고 총은 코트 아래 둔 채 아무 대응도 안 했지."

"당신 총으로? 이게 사실이면, 난 그 총을 오래전에 경찰에 넘겼을 거야."

"굳이 그럴 필요가 없었지. 당신은 보험쟁이니까……. 내 총을 사용한 것도 보험을 드는 셈이었겠지. 당신이나 매기가 의심받으면 언제든 총을 바꿔친 후 익명의 전화나 한 통 걸면 될 거라 생각했겠지."

매기가 눈을 크게 뜨고 터너를 보며 공포에 찬 목소리로 울부짖었다. "사실이야? 당신이 제이크를 죽였어?"

"말도 안 돼." 터너가 매기를 무시하듯 말했다.

"그럼 당신이 내 벽 금고에 넣으라고 했던 그 총은 뭐야? 나를 보호하기 위한 거라며!" 매기가 매몰차게 말했다.

"입 닥쳐."

"이제 내가 크리스마스 선물로 뭘 원하는지 알았어. 매기, 금고를 열어." 스톤이 말했다.

매기가 주춤주춤 유화 그림을 치우자 둥근 금고가 나타났다. 매기는 금고를 열었다.

"자기, 이제 옆으로 비켜서서 래리가 총을 꺼내게 해."

터너는 땀을 뻘뻘 흘리고 입술을 빨면서 총을 끄집어내 스톤을 향해 한 발 발사한 후 근처 소파 아래로 기어 들어갔다. 터너가 주변을 살피며 다시 스톤에게 총을 쏘려 했을 때, 스톤은 이미 바닥에 엎드려 있었다. 스톤은 재빨리 총을 쏘았고, 총알은 푹신한 소파 쿠션을 관통해 터너의 어깨를 관통했다. 터너가 소파 밑에서 뛰쳐나오자 스톤이 달려들어 그를 제압했다.

터너가 소리를 지르며 넘어졌고, 그가 떨어뜨린 총은 대리석 바닥에서 헛돌고 있었다.

스톤이 터너 위에 올라서자, 터너가 분노와 고뇌에 찬 눈으로 올려다보며 총에 맞은 어깨를 꽉 잡고 있었다. "내가 너와 총격전을 벌이길 원했군!"

"맞아."

"왜?"

"네가 나를 쏘려 들기 전까지는 가설에 불과했으니까. 이제 경찰과 법원이 처리할 일이야."

"이 개자식, 스톤……. 왜 네 손으로 처리하지 않는 거야? 그냥 날 쏘고 끝내면 되잖아."

"나는 그러고 싶지 않아. 첫째, 나는 당신이 다음 크리스마스를 교수형을 기다리며 보냈으면 좋겠어. 둘째, 당신은 그렇게 쉽게 지옥에 갈 가치가 없어."

스톤이 행크에게 전화했다. "응, 집에 있는 거 알아, 행크. 그런데 줄 선물이 하나 더 있어서 말야. 깔끔하게 포장한……."

스톤이 전화를 끊자 어느새 매기가 음흉한 미소를 지으며 곁에 다가와 있었다.

"괜찮아?"

"아니. 우린 둘 다 비열했어. 둘 다 서로 딴 짓을 했어."

매기가 스톤을 유혹하듯 바라보며 손가락으로 스톤의 팔을 아래위로 훑었다. "아까 총 쏘는 모습 정말 섹시했어……. 이전엔 한 번도 당신을 매력적으로 느껴 본 적이……."

스톤이 허탈하게 웃으며 머리를 절레절레 흔들며 매기를 옆으로 슬며시 밀어냈다.

"차라리 지옥에 가겠다." 스톤이 말했다.

터너를 행크에게 건넨 후 스톤은 북쪽 교외지역에 있는 조이의 집에 들렀다.

"스톤 씨, 어쩐 일로……?"

"그냥 즐거운 성탄절 보내라고. 그리고 내 새해 계획이 이혼 사업을 접는 거라는 걸 말해 주고 싶어서."

"정말이에요?"

"정말이야. 대신 소매 금융 건이 좀 있어……. 큰돈을 벌긴 어렵겠지만 거울을 똑바로 보고 살 수는 있을 거야."

조이의 얼굴이 밝아졌다. "이게 저한테 어떤 의미인지 모르실 거예요, 스톤 씨!"

"알 것도 같은데. 그건 그렇고, 말리 부인하고 나 결딴났어. 이제 사장의 구린 짓도 덮어 주지 않아도 돼."

"스톤 씨⋯⋯. 들어와서 가족들에게 인사하시죠. 아직 저녁 식사도 시작하지 않았거든요. 같이 드시죠!"

"인사는 하고 싶지만 오래 머물 수는 없어. 다른 약속이 있거든."

마지막으로 스톤은 케이티의 작은 아파트 문을 두드렸다.

"어⋯⋯. 리처드!" 케이티의 밝은 얼굴로 보아 아직 어떤 소식도 도착하지 않은 모양이었다.

"남자가 이랬다저랬다 해서 미안한데, 나 당신 가족들이랑 크리스마스를 보내고 싶어."

케이티가 스톤의 팔짱을 끼고 안으로 안내했다. "와, 당신을 보면 깜짝 놀랄 거예요. 너무 행복해요, 리처드⋯⋯."

"오늘은 그냥 당신하고 있고 싶었어. 그리고 나중에, 새해 되기 전에 우리 같이 디캘브에 가서 밥 삼촌과 헬렌 숙모를 만나자."

"너무 좋을 것 같아요." 케이티가 반짝이는 크리스마스 트리가 놓인 거실로 그를 데리고 갔다. 케이티의 부모님이 미소 지으며 소파에서 일어났다.

이 밝은 분위기는 초인종만 울리면 금방 끝나 버릴 테고, 우울한 크리스마스가 될 것이다. 스톤은 그들과 함께 있어 주고 싶었다.

케이티와 함께 있고 싶었다.

그리고 그들이 벤의 무덤 앞에서 기도드리고 화환을 내려놓을 때, 스톤 역시 소중한 친구이자 파트너였던 말리에게 화환을 바칠 것이다.

올해도 크리스마스가 돌아왔다!

편집 후기

본편을 마주하기에 앞서 '편집 후기'를 먼저 읽어도 얼마든지 무방하다는 것을 밝히며 이야기를 시작해 본다. 내가 초등학생이었을 무렵, 크리스마스가 다가오면 늘 미리 구입해 두는 책이 있었다. 크리스마스(와 이브)에 방영되는 각종 프로그램의 편성표가 적힌 《TV 가이드》였다. 《TV 가이드》는 원래 1953년 미국에서 처음 발매되었고 각 나라가 그 콘셉트를 그대로 따라 발행했던 걸로 알고 있다. 한국어판에는 말할 나위도 없이 MBC, KBS1, KBS2 TV의 정보를 담았다. 그중에서 가장 큰 관심사는 크리스마스 특집으로 어떤 영화가 방영될까 하는 것이었다. 〈구니스〉, 〈인디아나 존스〉, 〈스타워즈〉, 〈에일리언〉 같은 우주적이고도 어드벤처 향취 물씬 풍기는 제목이 보이면 가슴이 뛰었다. 당시에도 동네마다 비디오가게가 줄줄이 들어서 있었기 때문에 원하는 영화는 언제든 빌려볼 수 있었지만 나는 어쩐지 성우들이 우리말로 녹음한 더빙판이 더 마음에 들었다. 몰려오는 졸음을 참아가며 그 시간이 되기를 기다렸던 기억이 난다.

2017년 크리스마스를 앞두고 『미스터리 서점의 크리스마스 이야기』라는 책을 펴냈다. 『미스터리 서점의 크리스마스 이야기』에 관해서는 이 책의 표3(뒷날개)에 적어 놓았으니 자세한 설명은 하지 않겠지만 소설을 편집하는 과정에서 오토 펜즐러라는 인물에 대한 흥미로운 정보들을 알게 되었다는 정도는 얘기해 두고 싶다. 미국에서 오토 펜즐러는 맨해튼의 미스터리 서점의 주인이자 에드거 상을 수상한 걸출한 에디터로서 지금까지 모으고 출간한 방대한 양의 엔솔로지로 유명한 인물이다.『미스터리 서점의 크리스마스 이야기』를 읽은 한국 독자들이 '크리스마스를 맞아 크리스마스를 테마로 한 미스터리를 읽을 수 있어서 정말 좋았다'는 감상을 여럿 남긴 걸 보고 나는 크리스마스 미스터리 엔솔로지를 좀 더 출간해도 괜찮겠다는 생각을 했다. 크리스마스가 오기를 기다리며 읽는 크리스마스 미스터리라니 꽤 낭만적이지 않은가. 작품은 얼마든지 많다. 우리가 사랑하는 수많은 미스터리 작가들이 모두, 크리스마스 미스터리 한두 편 정도는 써놓았으니까 말이다.

만약 당신이 나와 비슷한 타입이라면 '축성탄'적 기분을 만끽하기 위해 무엇이든 하려 들 것이다. 아울러 잘 쓴 미스터리를 읽는 것은 언제나 즐거운 일이다. 자, 이 두 가지를 결합하면 어떤 결과가 나오는지《워싱턴 포스트》에 실린『화이트 크리스마스 미스터리』소개를 한번 살펴보도록 하자. 패트릭 앤더슨은 어느 해 크리스마스를 앞두고 이런 칼럼을 썼다. "작가이자, 출판업자이자, 미스터리 서점의 주인이기도 한 펜즐러는 19세기 후반에서 21세기 전반에 걸친 뛰어난 이야기들, 특히 범죄 소설에 관한 백과사전적 지식을 소유하고 있다. 여기에는 유명한 작가는 물론이고 불합리하게 잊힌 작가들의 소설도 포함된다. 행복하게도, 펜즐러가 소개한 이야기들은 크게 폭력적이지 않고 선혈이 낭자한 것도 아니다. 정말로『화이트 크리스마스 미스터리』를 읽는 즐거움 중 하나는 기분 좋게 재미있다는 점이다. (중략) 여기에 소개된 이야기들 대부분이 다이아몬드나 촛대나 복권을 훔치는 단순 절도 사건을 모티브로 삼았다는 걸 주목해 보라. 『화이트 크리스마스 미스터리』는 현대 스릴러가 우리를 교화하기 위해 끝이 없는 연쇄살인마와 도끼살인마를 만들기 전, 더 단순했던 시절을 상기시킨다. 그 이야기들이 오늘날의 재능 있는 범죄소설 작가들에게 깊은 영향을 끼쳤으며 여전히 빛을 잃지 않고 있음을 떠올려 봐도 좋겠다. 지난 세기와 그 이래의 최고의 미스터리를 보고 싶은 사람이라면 크리스마스 연휴에 이 두꺼운 책을 받는 행운을 기꺼이 누리려 할 것이다."

이 책의 원제는 『The Big Book of Christmas Mysteries』인데 그 제목답게 방대한 분량을 자랑하여 한국어판으로 편집할 경우 1300페이지에 육박할 것으로 예상되었던 바, 부득이하게 두 권으로 나누어 한 권은 2018년 크리스마스에, 다른 한 권은 2019년 크리스마스에 출간하기로 원작자(원작 소유권자)와 계약을 맺었다. 도널드 웨스트레이크, 피터 러브시, 엘리스 패터스, 엘러리 퀸, 아이작 아시모프 같은 쟁쟁한 작가들이 쓴 미스터리에 호감이 있고 크리스마스를 즐길 용의가 충분하다면, 이 책(과 내년에 출간될 또 한 권) 역시 애정하게 될 거라 생각한다. 우연히 들어간 카페에서 흘러나오는 흥겨운 캐럴을 듣는 기분으로 이 책을 마주할 형제자매님들 모두 메리메리한 크리스마스를 만끽하길 바라며.

마포 김 사장 드림.

화이트 크리스마스 미스터리

초판 1쇄 발행 2018년 12월 25일

지은이	엘러리 퀸·도널드 웨스트레이크 외
엮은이	오토 펜즐러
옮긴이	이리나

발행편집인	김홍민·최내현
책임편집	조미희
편집	한재현
표지디자인	씨오디
용지	한승
출력(CTP)	블루엔
인쇄 제본	현문

펴낸곳	도서출판 북스피어
출판등록	2005년 6월 18일 제105-90-91700호
주소	(121-826) 서울특별시 마포구 망원동 513 상암미젤란21 101-902
전화	02) 518-0427
팩스	02) 701-0428
홈페이지	www.booksfear.com
전자우편	editor@booksfear.com

ISBN 978-89-98791-82-7 (03840)